¡ESTOY EN APUROS!

Rosario Tey

© 2015, Rosario Tey

Cubiertas y diseño de portada: © Agustín Paniagua

www.rosariotey.com

ISBN: 978-84-608-4424-2

A ti, por enamorarte de esta historia
cuando ni siquiera lo era.

PRÓLOGO

Serra

Miraba por la ventanilla del coche con la cabeza muy alejada de ese presente. Sabía que tenía que reflexionar y estudiar con detenimiento cada uno de mis movimientos. Ahora mi único objetivo era centrarme en lo que teníamos entre manos.

—¿Quieres? —me preguntó mi compañero ofreciéndome una bolsa con magdalenas que olían a gloria bendita—. Son caseras. Las hace mi mujer.

Sonreí. López era un buen tío.

—No, gracias.

—Venga, hombre, coge. Le hará ilusión saber que te comiste una.

Lo observé con detenimiento y por un instante su mirada inocente y sincera me recordó a la de mi padre... Pero supongo que por aquel entonces todo me recordaba a él.

—Está bien.

Me deshice del envoltorio y me la zampé de dos bocados.

—¿Cuántos años llevas con tu mujer? —inquirí con curiosidad.

—Veinticinco haremos este verano. Un cuarto de siglo, se dice pronto...

—No me extraña. Si encuentro a una chica que haga unas magdalenas como estas firmaré un siglo entero.

López sonrió orgulloso y con la mano que tenía libre toqueteó la radio.

Yo continué con la vista puesta al frente. Nos habíamos detenido a descansar de nuestra ronda y cuando me quise dar cuenta estaba admirando aquella construcción de ladrillos rojos que mantenía el estilo artístico y arquitectónico neomudéjar. El Gran Teatro Falla siempre me había parecido una verdadera obra de arte.

Y allí estaba yo, pensando en monumentos, cuando de pronto una repentina ráfaga de aire fresco me golpeó la cara y ella apareció de la nada.

Se apoyó en mi ventanilla y antes de que me diera tiempo a visualizarla, vociferó con dificultad.

—¡Estoy en apuros!

No pude evitarlo, mis ojos fueron directos a sus labios, abultados, con ese tono idéntico al coral, y debajo de ellos, una fila de dientes blancos y relucientes. Tenía una tez clara pero sus mejillas parecían estar vivas, probablemente a consecuencia de la carrera. Su cabello le caía liso y castaño sobre los hombros, enmarcando unas facciones asombrosas. Una nariz pequeña y salpicada de unas pecas adorables, en el centro de ese cuadro hermoso, y arriba, sus ojos: despiertos, brillantes, de un azul suave, idéntico al de una marea temprana, enmarcados por cientos de pestañas larguísimas.

Estaba asimilando lo bonita que era cuando ella abrió esa jodida boca perfecta de nuevo:

—Necesito estar dentro de dos minutos en la Plaza Asdrúbal. Tengo que hacer el examen práctico del carné de conducir y si no llego a tiempo volverán a suspenderme.

Miré a López para asegurarme de que yo no era el único que había sido deslumbrado y él me devolvió la mirada acompañada de una risita.

Maldita sea, era preciosa.

Me tomé mi tiempo en contemplarla de la cabeza a los pies. No era muy alta. Un metro sesenta todo lo más. Delgada, con una cintura estrecha y unas tetas, a primera vista, deliciosas. Toda ella era perfectamente proporcionada. Vestía de un modo sencillo, vaqueros ajustados y creo que una camisa celeste, o era rosa…, da igual. Pensé que tal vez era profesora de primaria o no sé… quizá recursos humanos en alguna empresa importante. Desprendía una elegancia simple, sobria, esa armonía y suavidad en cada uno de sus rasgos.

¡Dios, qué bonita!

Si hubiera sabido quién era en ese instante, no habría cometido el error de enamorarme de ella como un gilipollas. Aunque a decir verdad sucedería igualmente…

1

UNA BODA

E se día deseaba diluirme y desposeerme de todo el control de mi abnegada existencia. Anhelaba con una fuerza invisible soltar las riendas de esa vida que no era la mía y hacer aquello que dictara mi maltrecho corazón. Pero ya era tarde, muy tarde para todo eso...

Ese día tenía que levantarme y realizar, por quinta vez consecutiva, el examen práctico del carné de conducir. Cuatro malditas veces había suspendido y ya estaba empezando a pensar que lo mejor sería comprarme un *Segway* o uno de esos diminutos y ridículos coches para los que solo te exigen el carné de motocicleta. Para colmo, mi madre se había empeñado en que me examinara antes de casarme. No llevaba demasiado bien mis fracasos. Ella se inclinaba por coger un teléfono, para pedir favores o hacer sobornos con tal de que sus hijos estuvieran en el primer escalafón de su absurda jerarquía. No, señor, ella no iba a quedarse quietecita viendo cómo me examinaba una y otra vez y me suspendían por mis innumerables despistes y mi temeridad ante el volante. Ella ya había movido sus hilos y sobornado a un examinador de tráfico para que ese día me otorgara un aprobado absolutamente ilícito, fraudulento y, por supuesto, inmerecido.

Mi madre sostenía la tétrica y execrable teoría de que el dinero era capaz de comprarlo todo. Pero mucho me temía que a partir de ese día, los ilimitados esfuerzos de mi «adorable» progenitora serían insuficientes.

—¡Oh, Dios! Mierda, mierda.

Era todo lo que articulé cuando miré el reloj y vi que eran las ochos menos diez y que en tan solo unos minutos comenzaría el examen.

Siete minutos más tarde, bajaba los peldaños de mis escaleras de forma que parecían estar recubiertos de lava volcánica. Tenía que buscar un taxi de cualquier manera. Había salido de mi casa como alma que lleva el diablo y para colmo la parada de taxis estaba desierta.

Me llevé las manos a la cara y me masajeé las sienes.

¡Maldita sea!

De repente, un coche de la Policía Nacional se detuvo justo al otro lado de la calle donde me encontraba. La descabellada idea que me atravesó el pensamiento fue tan descarada que estuve a punto de desecharla, sin embargo, sabía que no tenía tiempo para remilgos, así que respiré hondo y crucé la calle en dos zancadas.

—¡Estoy en apuros! —grité apoyándome en la ventanilla de aquel coche.

Los agentes que estaban en el interior del vehículo me miraron estupefactos.

—Necesito estar dentro de dos minutos en la Plaza Asdrúbal. Tengo que hacer el examen práctico del carné de conducir y si no llego a tiempo volverán a suspenderme.

Los dos policías se miraron entre ellos y confinaron unas risas. Uno de ellos era mucho más joven que el otro y mucho más fuerte… y mucho más alto… y mucho más moreno… y con los ojos mucho más verdes… De pronto, aquel ejemplar de varón que tenía ante mí con una sonrisa ladeada y genuina, me observaba como si acabara de escaparme de un hospital psiquiátrico. Desde su posición, en el asiento del copiloto, serpenteó su arrolladora mirada esmeralda por mi rostro, por mi cuello y por toda mi figura, para luego articular con la voz más sexi, masculina y excitante que había oído jamás:

—Pero, guapa, que nosotros estamos trabajando, no somos taxistas.

Me costó salir de mi asombro pero haciendo un esfuerzo sobrehumano por no despistarme de mi objetivo, me arrodillé sobre la puerta como si de un confesionario se tratara y supliqué:

—No me ha oído, estoy en apuros. Ustedes son policías, ¿no? Sálvenme, por favor.

El policía más mayor se apiadó de mí al instante y sin pensárselo dos veces exhaló:

—¡Qué demonios! Sube, muchacha, te llevaremos a tu examen.

Me escurrí en el asiento trasero y me coloqué en medio de los dos agentes.

—¿Cómo te llamas, joven? —me preguntó el poli más veterano.

—Sara —respondí con el corazón a mil y metiendo mi cabeza entre sus dos asientos. El más joven se giró para mirarme y cuando lo tuve tan cerca, algo verdaderamente extraordinario sucedió en mi interior.

¿De dónde diablos había salido ese adonis? ¿Acaso era legal ir por la calle con esas facciones y ese cuerpazo? Dios mío, el uniforme de policía le quedaba tan bien que parecía llevarlo tatuado al cuerpo. Sin embargo, mostraba una actitud arrogante y chulesca. Seguro que era uno de esos policías gallitos e insolentes. Uno de esos malotes que te esposa sin piedad a los barrotes de la cama… Pero esa impresión no hizo más que provocarme una oleada de deseo entre mis muslos, y tuve que sacudir la cabeza para librarme de esos inesperados y pecaminosos pensamientos.

—Muy bien, Sara, agárrate fuerte —exclamó el policía más mayor, pisando el acelerador y haciendo sonar las sirenas del vehículo. Él, seguía con su impresionante sonrisa ladeada dibujada en su cara.

Efectivamente, dos minutos después, aquel vehículo derrapó de manera exagerada en la Plaza Asdrúbal llamando la atención de una multitud de corderitos acobardados que esperaban impacientes a que los inconmovibles examinadores de tráfico iniciaran la ansiada prueba práctica y dictarán sus veredictos. Toda la gente que allí se agolpaba me contemplaba como si yo fuera una fugitiva y estuviera bajo la tutela de esos dos agentes. Aunque, una vez fuera del vehículo, y tras echar un vistazo más al cuerpo del joven funcionario, estuve a punto de cometer un delito, ¡pero uno de naturaleza sexual!

—Muchísimas gracias, de verdad. No sé cómo agradecerles el favor que acaban de hacerme.

—Yo sí... —¿Ah, sí? ¿Cómo?—. Aprobando —murmuró él con el codo apoyado en la puerta del vehículo y mirándome de una manera casi obscena.

—Mucha suerte, muchacha —vociferó el más mayor antes de meterse en el interior del vehículo para volver a su ordinaria actividad policial.

—Adiós, Sara —siseó él de una manera tan sensual que el simple acto de ver cómo mi nombre escapaba de sus labios me paralizó los sentidos.

Una hora más tarde el examinador y mi profesor de autoescuela me pedían a gritos y con los ojos desencajados que detuviera el coche cuanto antes. Esta vez, ni siquiera el soborno de mi madre evitaría mi quinto y merecido suspenso. Definitivamente, conducir no era lo mío...

La mañana prometía ser bastante entretenida. El día entero auguraba ser muy, pero que muy laborioso. Todo lo hacendoso y embrollado que puede ser el día antes de tu boda. Y desde luego no pensaba pasarlo consternada por haber suspendido una vez más la dichosa prueba práctica.

Llamé a mi madre, aguanté lo mejor que pude sus reprimendas y sus continuos recordatorios de que haría lo posible por conseguirme un aprobado. Luego, colgué el teléfono y me armé de fuerzas para enfrentarme a lo que estaba a punto de hacer, es decir, casarme con una persona que yo sabía de sobra que me estaba engañando a pesar de sus innumerables esfuerzos por demostrarme lo contrario.

Me casaría con el prototipo de novio ideal: abogado, rico y de buena familia. Si por buena familia se entendía a una panda de pijos clasistas y presumidos, acicalados con perlas y teteras de porcelana. Lo ideal para mi madre, claro, pero no para mí. Y lo que era aún peor; que yo estaba dispuesta a soportar todo eso si hubiese tenido la certeza de que ese hombre me amaba de verdad. Pero no era así. Él solo quería casarse conmigo para mejorar su posición en su asqueroso partido político y convertirse oficialmente en la mano derecha de la alcaldesa, mi madre. Claro que, eso lo supe mucho después...

Esos pensamientos me acompañaron durante toda la mañana, y a medida que las horas iban transcurriendo, el temor a cometer la mayor estupidez de mi vida se hacía más ostensible, sobre todo, después de encontrar una semana antes en su coche una nítida prueba de que me estaba poniendo los cuernos. Un colgante en plata de ley y circonita cúbica transparente, muy parecido a uno que yo misma llevaba en mi pulsera Pandora y que él me había regalado un año antes. Su respuesta a mi pregunta sobre aquel hallazgo fue sencilla:

—Ese colgante es tuyo. Se te habrá caído de tu pulsera. —Nada más.

Solo que yo sabía que ese colgante no era mío. Como tampoco lo era el olor a perfume femenino y sofisticado que traía en sus camisas en más de una ocasión. Sin embargo, ante aquella desagradable traición me encontraba sin fuerzas para revelarme. Estaba haciendo lo que más odiaba en esta vida: conformarme.

Y ese día hice lo que se suponía que tenía que hacer. Asistí a los innecesarios y prohibitivos tratamientos de belleza que mi neurótica madre había concertado para mí. Recogí mi traje de novia y me lo probé por última vez, soportando los elogios y las alabanzas de las dependientas lameculos y codiciosas. Me pasé por la floristería para concretar el tipo de flores que adornaría el coche nupcial y, antes de hacer mi último recado, llamé a mi amiga Irene y me fui a almorzar con ella para comentarle lo apesadumbrada que me encontraba ese día. Ella aún seguía pensando que mi estado de ánimo tan solo era un cúmulo de nervios por la boda. Pero yo sabía que no era así.

El mejor momento de la mañana llegó justo cuando al salir de aquel restaurante, tras nuestro almuerzo, me tropecé de nuevo con aquel guapo policía. En el mismo instante que Irene y yo salíamos de aquel bar, él y un compañero distinto al de la mañana sujetaban la puerta para acceder al interior. Ahora, lo tenía de nuevo allí, delante mía.

—Vaya, Sara, volvemos a encontrarnos. —Su voz, una vez más, me resultó excitante y peligrosamente seductora.

—Hola —titubeé muy nerviosa. Él sabía mi nombre y yo el suyo aún no.

Me puse a charlar con él en la puerta del restaurante pero esa conversación fue más bien una confluencia de miradas. Miradas ininteligibles, de ojos profundos y aceitunados. Miradas irresistibles y ardientes. Miradas provocadoras y desafiantes. Me preguntó por el examen y le conté, muy por encima, mi impericia hacia las normas de Seguridad Vial. Su sonrisa y su voz resonaron en las grietas de mi deslomado corazón y se quedaron allí como pócima sanadora.

—Tendré que aceptarlo, conducir no es lo mío—dije, tocándome el pelo y humedeciéndome los labios ante la asombrada expresión de Irene. Obviamente no daba crédito de mi actitud.

—Es decir, que casi perdemos la licencia por llevarte al examen... ¿para nada?—Había bastante diversión en su tono.

—Bueno, al menos me habéis hecho el favor.

—Pues mira por donde, mañana por la noche soy yo el que se encuentra en apuros. Y he pensado que como esta mañana yo te salvé del tuyo, podrías devolverme el favor.

Me fijé en cómo pronunciaba cada sílaba y esa sonrisa que iluminaba su rostro. Por aquel entonces, lo único que recuerdo es que pensé que podría haber estado horas contemplándolo y descifrando el color de sus ojos.

—¿Y qué se supone que puedo hacer yo por ti? —inquirí expectante.

—Necesito una acompañante para una cena importante.

La idea de irme a cenar con ese bombón me hacía la boca agua. Y hubiera aceptado sin pensármelo dos veces, si no fuera porque la invitación era en mi noche de bodas. Irene me miró con los ojos como platos en cuanto vio que estaba deliberando si aceptar o no aquella cita. Su amigo seguía sosteniendo la puerta con una simpática expresión en su rostro.

—Mañana tengo cosas que hacer, pero quizá otro día... —respondí sin más, agarrando a Irene de la mano y alentándola a seguirme.

Tenía que largarme cuanto antes o no podría resistirme a aceptar su proposición.

Él sonrió ocultando su decepción, y se retiró de mi camino dejándome paso.

—De acuerdo. Hasta otra entonces... —No insistió, simplemente se limitó a despedirse de nosotras y se adentró en el establecimiento.

A medida que se alejaba de mí, mi mente no dejaba de reflexionar en lo rápido que estaba sucediendo todo...

—¿Mañana tienes cosas que hacer? Ya lo creo... ¡Vas a casarte! ¿Acaso lo has olvidado? —bramó mi amiga cuando estuvimos alejadas del restaurante.

Por supuesto que no lo había olvidado, eso me hubiera gustado, olvidarme, armarme de valor y salir de una vez por todas de esta absurda mentira. Pero me daba tanto miedo decepcionar a mi familia que poco a poco me estaba cavando mi propia tumba.

El último recado, en principio, era tarea de mi novio, pero esa misma mañana me había llamado para que yo me hiciera cargo de recoger las alianzas en la joyería de su tío.

Al entrar en aquel comercio, su odiosa prima se acercó a recibirme. De pronto recordé el motivo por el que yo le había encomendado a él la tarea de las alianzas: no soportaba a su prima. Además, en teoría, no era su prima, tan solo era la hija adoptiva de su tío. Un motivo más para que las confianzas que se tomaba con mi novio me resultasen completamente inapropiadas.

Y en el preciso instante en el que ella tendía una alfombrilla de terciopelo sobre el mostrador para mostrarme las alianzas, me fijé en su muñeca. Más concretamente en su pulsera Pandora. Y, obviamente, en aquella pulsera faltaba un colgante.

¡Cómo no!

¡¿Cómo había sido tan estúpida para no darme cuenta de que era ella a quien el capullo de mi novio se follaba cada vez que yo me daba la vuelta?!

Aguanté como pude la estúpida conversación con la que esa «Barbie» oxigenada me martirizó el tiempo que estuve allí dentro y, antes de salir, abrí mi bolso, saqué el colgante que guardaba en mi monedero desde el día que lo encontré en su coche y me dirigí a ella de forma desinteresada:

—Por cierto, Eva, creo que esto es tuyo. Lo encontré en el coche de Fernando.

Su simulada sonrisa se desvaneció a la velocidad de un cometa y sus ojos, excesivamente maquillados, impactaron con los míos. Aquel duelo de miradas me confirmó lo que yo ya presuponía: estaban liados.

La oí titubear algo al largarme de allí, pero lo cierto era que no quería escucharla.

Di por terminados los recados y me marché a mi casa sin mencionar ni una sola palabra a Irene.

Al día siguiente, me desperté en mi habitación de soltera. Mi madre seguía conservándola exactamente igual que cuando era una niña. Antes de levantarme respiré profundamente, alcé la vista al cielo y creo recordar que recé. Dos horas más tarde, embutida en mi vestido de novia, ya maquillada y peinada, una chica intentaba colocarme el velo. El salón de esa casa parecía una feria, había gente por todas partes: peluqueros, maquilladoras, la prensa, una hermana histérica, un hermano sabelotodo, mis sobrinos revoloteando a mí alrededor, una madre controladora y obsesiva, un padrastro ausente, sin voz pero con voto, claro. Y yo observándolo todo desde mi posición. Sintiendo cómo la sangre abandonaba mi cara y las voces sonaban amortiguadas en mis oídos...

El flash de una de las cámaras me deslumbró de repente, devolviéndome al inclemente presente. En ese instante mi madre se situó junto a mí. Observé su extravagante tocado color lavanda, y luego, murmuró:

—Sé que estás un poco triste por el suspenso de ayer. Pero no tienes de qué preocuparte. Acabo de llamar al Director General de Tráfico Provincial y me ha dado su palabra de que tendrás el carné de conducir hoy mismo. Y ahora, por favor, sonríe a las cámaras. —Abrí la boca para decir algo, pero enseguida asimilé que dijera lo que dijera mi madre solo aceptaría aquello que fuese lucrativo para su campaña, así que lo mejor era callar.

Media hora después el coche nupcial hacía su rocambolesca aparición en la Plaza de La Catedral. Tan solo recuerdo que el corazón me bombeaba a una velocidad vertiginosa y notaba el pulso descompasado al igual que mi respiración. Era como si me hubiesen colocado al filo del trampolín y estuviese a punto de saltar a la piscina. Solo que la piscina esta vez se encontraba a kilómetros de distancia y yo me sentía a punto de lanzarme al vacío.

Me sujeté con fuerza al brazo de mi padrastro y barrí mi mirada por toda la gente que se agolpaba en el exterior para observar el espectáculo. Mi madre se acercó a recibir a la prensa, haciendo uso del legendario arte del diálogo y desplegó uno de sus ensayados y aburridos discursos electorales. Un amplio dispositivo policial acordonaba la zona y cuando giré la cabeza para enfrentarme de una vez por todas a la inminente realidad, me encontré de nuevo con aquella mirada esmeralda. Allí estaba él, otra vez, embutido en su uniforme de policía. Se encontraba ante mí el hombre más sexi y atractivo que había visto en mi vida y, para colmo, su gesto de confusión y desconcierto al verme vestida de novia a las puertas de la Iglesia no hizo más que acelerar mi aturdimiento.

—Sara, ¿estás bien, cariño? —La melódica voz de mi padrastro me obligó a apartar mis ojos de él y concentrarme en los escalones que me llevaban directa al infierno—. Aún estás a tiempo de escapar de todo esto —murmuró en mi oído antes de cruzar el umbral de la Catedral.

Alcé la vista y le miré directamente a los ojos. El pánico que tuvo que ver en mi expresión lo alentó a agarrarme la mano con firmeza mientras me guiaba al altar. Y allí, esperándome con su ensayada sonrisa y con un extravagante traje de pingüino, me esperaba mi futuro y adúltero marido.

Aquel instante fue crucial. El tiempo dejó de avanzar y yo con él. Mi corazón comenzó a latir con violencia y mi respiración lo acompañó al mismo ritmo. Era vagamente consciente de que todo el mundo me observaba pero yo solo pensaba en lo infeliz que sería de seguir adelante.

Le miré primero a él, luego a mi padrastro y me detuve antes de llegar al altar. Mi madre me observó desde la primera fila y en cuanto me vio negando con la cabeza, su rostro se tiñó de asombro y de ira.

—No puedo hacerlo. —Fue lo único que logré articular sin apartar mis ojos de mi padrastro. Un leve gesto de asentimiento y un ápice de sonrisa en su rostro me dieron la fuerza necesaria para salir pitando de allí. Sí, lo hice.

Sin mirar a nadie más, me sujeté el vestido para quitarme los zapatos y, acto seguido, salí corriendo de aquel lugar sin tener en cuenta las consecuencias. Me detuve en la puerta de la Catedral y le busqué entre todos aquellos funcionarios que acotaban la zona y se cercioraban de que mi boda se llevaría a cabo con éxito. Lo vi, apoyado en uno de los furgones de policía y charlando con un compañero. Y sin pensarlo me lancé escaleras abajo en su búsqueda.

Las miradas estupefactas de los periodistas y de toda la gente que se encontraba en el exterior no me impidieron correr y plantarme delante de él. Su compañero le dio un codazo y fue entonces cuando me miró. La increíble mezcla de conmoción y fascinación que se extendió por su rostro me dio la fuerza que necesitaba para decirle lo que tenía en mi mente. Pero cuando fui a abrir la boca, él musitó:

—No me lo digas. Estás en apuros, ¿no? —Sus labios se curvaron formando una sonrisa fascinante.

—No, ya no. Iba a preguntarte si sigue en pie la cena de esta noche —exhalé, respirando con rapidez y el corazón aporreándome el pecho.

—Por supuesto —respondió él con una seguridad aplastante, acercándose lentamente a mí y envolviéndome en su perversa y tentadora mirada.

Miré sus carnosos y apetitosos labios, y todo lo demás desapareció de la faz de la tierra...

2

MALA MEMORIA

Allí, colgada de su cuello, saboreando sus labios, chupando su lengua... Con toda la firmeza de su cuerpo apresándome contra él...

Así me hubiese quedado para siempre si no fuera porque al salir de la Catedral, huyendo de esa catastrófica boda y de un futuro aún peor, el tacón se me enganchó en el traje de novia y caí rodando los empedrados escalones. Por lo que el beso con aquel macizo policía solo fue producto de mis absurdos delirios durante el trayecto de la ambulancia al hospital.

¡Sí, señor!

No hubo boda. Pero tampoco hubo beso con ningún agente de la ley.

Me desperté en una desconocida habitación de la Clínica de la Salud, con un dolor de cabeza terrible. Tenía la boca seca y al abrir los ojos, la claridad que se colaba por la ventana me hizo un daño tremendo. Pero eso no fue nada comparado con la odiosa voz de mi madre martilleándome en los oídos e impactando en mi cerebro. Estaba a los pies de mi cama hablando por su teléfono móvil y apenas se percató de que yo ya estaba despierta.

—No tengo ni idea, pero arréglalo. Envía un comunicado al Diario de

Cádiz y cuéntales que ella tan solo salió de la Catedral en busca de algo o de alguien. Invéntate lo que te dé la gana. Pero aleja todos esos rumores que circulan por ahí sobre «novia a la fuga». Esta boda se llevará a cabo en cuanto mi hija se recupere, como Teresa Maldonado que me llamo.

Me llevé las manos a la cabeza, para tantearla, y de pronto me di cuenta que un horrible vendaje la cubría, abarcando gran parte de mi cara y frente.

Me pregunté quién habría sido el mal nacido o peor parida que me había vendado de esa manera, y cuando estaba empezando a retorcerme en la cama de dolor, mi madre se giró para recordarme mi vuelta a esta despiadada realidad.

—¡Oh, Dios mío, Sara, menos mal que has despertado! ¿Cómo estás, cariño? —exclamó, colgando el teléfono y colocándose a mi lado.

De repente, al observar su rostro y tras oír su conversación telefónica se me ocurrió algo completamente disparatado y chiflado, pero en aquel momento me pareció una idónea vía de escape.

—¿Quién eres? —articulé con los ojos entrecerrados y forzando un poco la voz.

La cara de mi madre pasó de un color carne, es decir, rosa clarito tirando a beige o yo que sé, porque lo cierto es que nunca he sido capaz de determinar qué tipo de color es ese, a un tono idéntico al papel de fumar. Vamos, que estaba a punto de darle un amarillo.

—Sara, cariño, soy yo, tú mamá —entonó ella, agarrando mi mano y sin dejar de recorrerme el rostro con la mirada—. Hija mía, ¿no me conoces?

Parecía verdaderamente angustiada. Pero, aun así, seguí fingiendo y negué con la cabeza, rezando para que no se percatara de mi improvisado teatro.

—¿Sabes cuál es tu nombre?—continuó ella mientras yo volvía a negar—. Eres Sara, amor mío, Sara Maldonado.

Escrutó mis ojos buscando alguna respuesta, y luego la vi dirigirse hacia la puerta y vociferar en el pasillo.

—¡Enfermera!, por favor, llame al doctor Gutiérrez, mi hija ha despertado.

—Sí, señora alcaldesa —respondió una voz dulce y aniñada.

—¿De verdad que no recuerdas nada? —preguntó de nuevo al volver a mi lado.

—No —respondí con un hilo de voz—. ¿Qué ha pasado? ¿Por qué estoy aquí?

¡Joder!, la que iba a liar en cuanto descubriese que todo eso no era más que una trola de las mías...

—Ibas a casarte, Sara.

—¿Casarme?

—Sí, mi vida, con Fernando, tu novio desde hace seis años. Pero te tropezaste en la puerta de la iglesia y te golpeaste. —Ella, por supuesto, omitió que aquel accidente había sido huyendo del lugar de los hechos— .Llevas inconsciente desde ayer. Te han cogido algunos puntos en la cabeza y en la barbilla. Pero el médico dijo que despertarías perfectamente... ¡No entiendo nada!

—Me duele mucho... —me quejé esta vez cuando un agudo pinchazo en la coronilla me obligó a cerrar los ojos con fuerza.

—¡Vaya, ya se ha despertado la bella durmiente! —Irrumpió la voz de un hombre bajito de mediana edad, con gafas y una bata blanca.

—¡Doctor, no recuerda nada! —relató mi madre, acercándose a él con una expresión de desesperación.

—¿Cómo? Eso no puede ser... —masculló él, tranquilamente, colocándose a un lado de mi cama y deslumbrándome los ojos con una linterna en forma de bolígrafo.

Mi interpretación debía ser muy buena de ahora en adelante si quería convencer, incluso a la ciencia, de que todos mis recuerdos se habían esfumado de mi azotea.

—Sara, ¿sabes qué día es hoy?

Pues la verdad es que no, pero, vamos, que de eso no tenía la culpa mi pérdida de memoria. Por regla general, me costaba saber en qué día vivía. Siempre miraba la fecha en mi IPhone.

—No... —murmuré, sin querer hablar mucho. Temía que mi mentira fuese destapada.

—¿No recuerdas nada?

Puse cara de circunstancia como si estuviera intentando hacer un esfuerzo y luego negué con un ligero pestañeo. Con esa venda en la cabeza y haciendo esos gestos con los ojos, debí parecer una completa imbécil. Sin embargo, el médico no parecía muy convencido.

Mi madre permanecía allí, observándonos con cara de susto.

—¿Sabes qué es eso? —preguntó, señalando un pequeño televisor que colgaba de un soporte en la pared.

¿De verdad me acababa de preguntar si sabía que aquello era una tele? Por un momento se me ocurrió responder algo rocambolesco, como por ejemplo…: una aspiradora. Más que nada por ver la cara que ponían los dos. Pero no estaba el horno para bollos.

—Una televisión —respondí con sequedad.

—¿Y esto? —dijo agarrando mi móvil que descansaba sobre una mesita auxiliar.

Pero, por favor, ¡¿qué coño era eso?! ¿Un cuestionario sobre memoria tecnológica?

—Un IPhone 6 64 GB —declaré con cara de mala leche.

—¿Y sabes dónde lo compraste?

Por internet, estuve a punto de decirle. Pero, claro, si recordaba dónde había comprado el teléfono… ¿Por qué no iba a recordar a mi madre y, obviamente, mi nombre?

Así que volví a negar y fingí que me dolía de nuevo la cabeza.

—Es muy extraño… —añadió él, dirigiéndose a mi madre—. Le hicimos pruebas de todas clases para descartar cualquier tipo de traumatismo craneal o conmociones cerebrales leves, y no vimos nada anormal.

—Pues es evidente que algo se les ha pasado, doctor —protestó ella dispuesta a increpar al médico—. Quiero que vuelvan a repetirlas todas. Mi hija tiene que recuperar sus recuerdos cuanto antes.

—Quizá solo sea una pérdida de memoria transitoria. Ocurre en casos muy aislados cuando la persona en cuestión está sometida a intensos periodos de estrés o agotamiento. Pero si es ese el caso de Sara, no se preocupe, pronto volverá a recordarlo todo.

Los dos me contemplaron durante unos segundos. Mi madre con pena y el médico con cara de no creerse ni una palabra.

—¿Has oído, cariño? Enseguida estarás perfectamente. No te angusties —dijo ella, acariciándome la pierna por encima de la sábana.

—No obstante, si cuando repitamos las pruebas seguimos sin ver nada…, habrá que operarla. Y lo malo de estas operaciones es la cicatriz que deja luego en la cabeza… —murmuró él, analizando con precisión todas mis expresiones.

Estaba asustándome, de eso no me cabía duda. Y, desde luego, lo estaba consiguiendo. Si decidía continuar con esta farsa, era muy probable que acabara con el cerebro de Frankenstein.

Mi madre, al ver mi cara de horror, se giró y reprendió al impertinente doctorcito que ahora empezaba a encontrar idéntico a Woody Allen.

—Doctor, ¿podemos dejar esta conversación para más adelante? No creo que sea necesario explicarle ahora todas las derivaciones. Acaba de despertar.

Él se metió las manos en los bolsillos y se encaminó hacia la puerta.

—Pediré que le hagan otras pruebas. Estoy seguro de que esto no es más que una desagradable etapa de la vida de Sara. Pasará pronto… —masculló, taladrándome con su miope mirada antes de desaparecer de la habitación.

La cosa empezaba a ponerse fea. Si no conseguía convencer a mi médico, ¿qué opciones me quedaban…?

Pero justo en el instante en que ese hombre salía entró mi amiga Irene con cara de circunstancia.

—¡Ya se ha despertado! Menos mal —exclamó, mirando a mi madre y luego otra vez a mí—. Hola, Sara, ¿cómo estás?

—No recuerda nada —la informó mi madre con un deje de melancolía en su voz.

—¡¿Qué?!

—Lo que has oído. Según el médico tiene una pérdida transitoria de memoria —decía ella como si yo no estuviera en la habitación.

—¿No sabes quién soy? —preguntó mi amiga, horrorizada.

—Ni tú ni nadie. No recuerda nada.

—¿Cómo que nada? ¿No sabes qué es eso? —inquirió, señalando de nuevo el maldito televisor, que en ese momento estaba encendido aunque sin voz, y mostraba un primer plano de Chabelita, la hija adoptiva de Isabel Pantoja. ¿Por qué a todos les estaba dando esa petera con la tele?

—Eso es una mujer, creo —respondí.

—Me refiero al aparato.

—Ah, sí. Es un televisor. Y esto una cama. Y eso una ventana. Y esto que tengo en la cabeza un vendaje horrible. ¿Queréis hacer el favor de dejadme en paz de una puñetera vez? —protesté, llevándome una mano a la frente. Estaba francamente fatigada. Mentir de esa manera era agotador.

Mi madre suspiró.

—Irene, voy a salir un momento a hacer unos recados. ¿Te quedas con ella un rato?

—Claro, Teresa. No te preocupes.

Perder a mi madre de vista aliviaría un poco mi malestar.

—Si ves que se pone a decir cosas raras o notas algo diferente en ella, avisa al doctor.

—De acuerdo.

¿Cosas raras? No era ya bastante raro fingir pérdida de memoria…

Cuando Irene y yo nos quedamos a solas en aquella impoluta estancia, ella se puso muy cerca de mí, me miró con ojos de corderito degollado y empezó a gritar:

—¡Soy Irene, tu mejor amiga! ¡Nos conocimos en primero de EGB!

—¡Encantada, Irene! ¡He perdido la memoria, pero la audición la tengo intacta!

Mi amiga era una persona un tanto peculiar. Si había alguien en mi entorno que creería mi pantomima, esa era Irene. Jamás en toda mi vida había conocido a una chica más inocente e ingenua como ella.

—Lo siento, Sara. No me puedo creer que no recuerdes nada.

—Pues no.

Ella cogió una silla y se sentó a mi lado.

—Ibas a casarte, ¿sabes?

—Sí, algo he oído…

Atisbé que se quitaba su cazadora de cuero y se acomodaba en la silla. Se colocó un mechón de su oscuro flequillo tras la oreja y luego se dejó caer en el respaldo. Irene era una chica de mediana estatura, como yo. Tenía un proporcionado cuerpo de un metro sesenta con una belleza sencilla que ella transformaba en irresistible con su personalidad arrolladora y divertida.

—Joder, Sara, esto es muy emocionante. Quiero decir que estas cosas solo pasan en las películas. La gente pierde la memoria y luego llegan a sus casas y tienen que convivir con auténticos desconocidos.

En realidad, mi vida era así siempre. Me sentía como si yo no encajara en aquella familia.

—Creo que querías largarte. Últimamente has estado muy nerviosa. Esa boda, todos los preparativos… —Ella continuó hablando mientras yo me perdía en mis pensamientos—. ¿De verdad no recuerdas nuestro viaje a Ibiza? No te perdonaría que olvidases eso, Sara, aquel mulato que quería bailar contigo en Pachá —dijo ella, enarcando las cejas de un modo muy infantil.

—No —farfullé, mirando hacia otro lado. Me resultaba muy difícil mentirle a mi mejor amiga. Y, además, tampoco sabía exactamente cuál era mi propósito. Quizá si fingía no acordarme de nada mi madre me dejaría en paz y no me estrangularía por haber anulado la boda de sus sueños, no de los míos, obviamente, y de esa manera cuando los recuerdos volviesen a mí, estaría tan contenta por volver a recuperar a la Sara de siempre que se olvidaría del escándalo, ¿no?

—¿Tampoco recuerdas cuando en primero de BUP tiramos las colillas de nuestros cigarros en una papelera del baño de chicas y salió ardiendo toda esa planta del colegio? —Eso lo dijo en voz baja, como si temiera que alguien pudiera oírnos—.¡Dios!, si tu madre se hubiera enterado de que fuimos nosotras las que provocamos ese incendio, ahora mismo aún estaríamos internas.

No pude evitar sonreír al rememorar aquello.

—Supongo que en unos días volveré a recordarlo todo —la consolé.

—Eso espero…

De pronto su móvil comenzó a sonar, ella rebuscó en su bolso y cuando lo tuvo en la mano miró la pantalla y me la enseñó.

Me quedé petrificada cuando una fotografía del policía macizo apareció de fondo, acompañando a la melodía de Beyoncé que Irene usaba como tono de llamada. Ella había registrado su nombre como "Poli de Sara".

—¿Sabes quién es? —preguntó ella, cortando la llamada.

—No… pero… ¿por qué le cuelgas?

—Bah, no te preocupes, luego lo llamo. Probablemente solo quiere saber cómo sigues. Me llamó también ayer.

—¿Y de qué lo conoces? —la interrogué con curiosidad.

—Pues lo conozco por ti. Nos encontramos con él un día antes de tu boda. Me comentaste que te había llevado a tu examen de la autoescuela. Y luego, en ese encuentro, él te invitó a cenar. Pero, por supuesto, le dijiste que no. Se supone que vas a casarte con Fernando…—dijo ella haciendo una mueca con la boca que yo entendí como un gesto de repulsión.

—¿Y cómo que tienes su número? —seguí escarbando.

—Me lo pidió después de tu accidente en aquellos escalones. Ese chico se mostró bastante preocupado por ti, Sara. Si lo hubieras visto…—Soltó un profundo suspiro—. Fue él quien te cogió en brazos y te trasladó a la ambulancia. Está buenísimo, nena. Ojalá algún hombre se hubiera preocupado así alguna vez por mí… ¿Y sabes qué? Que antes de que perdieras la memoria habría apostado a que este chico te gustaba.

—¿Estás segura? —murmuré esta vez entre dientes, fingiendo que aquella conversación no me interesaba demasiado.

—¡Oh, sí, ya lo creo! Cuando lo veas en persona de nuevo lo recordarás todo. Es imposible olvidarse de un hombre como ese…

3

UN FUNERAL Y UN PEPPERONI

—¿Cuándo vas a dejar de fingir conmigo, Teresa?

—Por favor, Álvaro, mi hija está en el baño. Podría oírte.

—Me da igual. Quiero que dejes a Diego. Yo podría hacerte más feliz que ese cantamañanas.

—No digas tonterías. Yo no voy a dejar a Diego. Mis hijos lo adoran. Desde que murió mi marido él ha sido un padrastro maravilloso, y a pesar de nuestras diferencias, yo le amo. Además, lo nuestro solo fue una noche, Álvaro. Y no volverá a ocurrir.

¡¿Mi madre se había enrollado una noche con ese médico enano?! Pero si le llegaba por debajo del hombro... ¿Habían estado fingiendo una formalidad delante de mí cuando en realidad se conocían íntimamente?

Abrí la puerta con presteza para interrumpir esa asquerosa conversación que ahora empezaba a resultarme vomitiva, y ellos se sobresaltaron. Habría jurado que él la estaba acorralando contra la pared. No sé cómo, pero así era.

Mi madre había engañado a mi padrastro con ese *Pokemon*. ¡Joder, qué mal gusto...! Pero lo que más rabia me daba era que Diego no merecía tener una esposa infiel, egoísta y desagradecida como ella. Ese hombre era lo único bueno que había en mi familia. Claro, no llevaba nuestra sangre...

—Bueno, Sara, ¿cómo te encuentras hoy? ¿Mejor? —Ese era el tercer día que pasaba en aquella Clínica y yo seguía empeñada en continuar con mi amnesia selectiva. Y digo selectiva porque del único que me acordaba a la perfección era del poli macizo, a algunos los habría eliminado de mi mente, y a ser posible del planeta...—. ¿Recuerdas algo?

—No —respondí de mala gana, metiéndome de nuevo en la cama.

—¿Nada de nada? —preguntó de nuevo con un tono desagradable.

—Nada —declaré con rotundidad.

Obviamente el impertinente *Pokemon* no se creía ni una palabra.

—Teresa, ¿te importaría dejarnos solos? Quiero examinar a Sara con más detenimiento.

Mi madre, al principio, no pareció estar muy conforme, pero luego, su teléfono comenzó a sonar y salió de la habitación sin más dilaciones.

En cuanto ella cerró la puerta, mi mirada y la de él colapsaron.

—Así que has perdido la memoria... ¿No? —murmuró con las manos metidas en los bolsillos de su mini bata y rodeando mi cama.

—Sí.

—Venga ya, Sara. Sé que todo esto no es más que una táctica de las tuyas. No sé por qué haces esto, pero no va a funcionar. Tengo que darte el alta. Estás perfectamente.

Miré a ese hombre durante unos largos segundos. El tiempo suficiente para pensar cómo salir ilesa de ese atolladero. Y, gracias a Dios, mi retorcida mente halló la respuesta.

—Puede darme el alta si quiere. Pero en su informe dirá que necesitaré un tiempo para recuperar todos mis recuerdos —dije aquello sentada en la cama, con una voz amenazante. Menos mal que ya no tenía esa venda en la cabeza. De lo contrario, no habría resultado tan convincente.

—¡No haré eso! ¡¿Por quién me has tomado, jovencita?!

—¡Sí lo hará! Ya lo creo que sí. ¿Y sabe por qué? —En aquel momento la expresión de ese hombre era tan ridícula que para no desviarme de la conversación miré hacia otro lado, como si tuviera la mirada perdida en algún punto—. Porque de lo contrario, le contaré a mi padrastro que te acuestas con mi madre.

Él abrió mucho los ojos, horrorizado. Pero luego se movió de un lado a otro, a los pies de la cama, despacio.

—Me da igual que se lo digas. Estoy enamorado de tu madre —anunció, alzando la barbilla, orgulloso.

Joder, con el doctorcito. Lo difícil que me lo estaba poniendo.

—Dices eso porque no conoces el verdadero pasado de Diego —mascullé aquello, esbozando una sonrisa maligna.

—¿Qué pasado?

—¿No sabes lo de México?

Todo el mundo sabía que mi madre y Diego se habían casado en México. Llevaban diez años juntos y la gente que los conocía estaban al corriente de que se dieron el *sí quiero* en las azules playas de la Riviera Maya. Él trabajaba allí como ingeniero industrial para una empresa extranjera y mi madre tan solo estaba de vacaciones. No sé cómo lo consiguió. Bueno, sí lo sé. Mi madre podía llegar a ser muy insistente, tanto que se vino casada y él dejó su trabajo allí para convertirse en un marido florero. Eso sí, ella se empeñó en conservar el apellido de mi padre para ejecer su cargo político.Así era Teresa…

—No. ¿Qué pasó en México? —inquirió en alerta.

—Diego era un narcotraficante muy peligroso allí. Asesinó a sangre fría al amante de su primera mujer. De hecho, aún guarda en casa una pistola. Es una Magnum 44 —dije, inventándome el nombre del arma, me sonaba de alguna película…, pero en ese instante, en lo único que pensé fue en ese anuncio de la tele en el que una chica muerde un helado de chocolate con almendras sin que se deshaga entero—. Puedes preguntar a quién quieras. Todo el mundo sabe que tras ese aspecto tranquilo e inofensivo que aparenta, se esconde un despiadado criminal. El cuerpo de ese hombre jamás apareció. Y una vez, le oí de madrugada en mi casa hablar por teléfono con alguien. Comentaban algo sobre una trituradora…

El interpelado cruzó los brazos a la altura del pecho y luego se quitó las gafas y las limpió con el borde de su bata. La vena de su frente lo delataba, y también su pulso.

—No me lo creo —increpó bastante acobardado, diría yo.

—Me da igual que te lo creas o no. Solo te digo que como no pongas hoy mismo lo que te he dicho en ese maldito informe, Diego aparecerá una noche de madrugada en tu casa y te volará tu estúpida cabeza. ¿Cómo crees que se tomaría un narco como él, que mi madre le engañe con un medicucho de tres al cuarto? —farfullé, mirándolo de arriba abajo con repulsa.

Pobre Diego, ese hombre no era capaz de matar ni a una polilla. De hecho, cuando encontraba alguna en casa, la capturaba con cuidado para sacarla por la ventana. Y yo ahora le estaba describiendo como una persona horrible.

Él levantó el brazo para señalarme con el dedo, muy cabreado, pero en ese instante y como por arte de magia, Diego entró en la habitación y le lanzó una mirada de menosprecio al doctorcito.

Supe al instante que mi padrastro lo conocía o, al menos, se hacía una idea de lo que ocurría entre mi madre y ese hombre.Estuve a punto de estropearlo todo cuando casi se me escapa saludar eufóricamente a Diego. Ya había estado visitándome el día anterior y también había tenido que fingir delante de él. Bueno, de él, de mis hermanos, de toda la gente del Ayuntamiento, incluso de mis compañeros del Centro de Autismo. Madre mía… ¿Cómo iba a salir de todo ese lío?

—Hola, Sara —dijo, acercándose a mí para darme un beso en la mejilla e ignorando que había alguien más en la habitación.

Mi padrastro era un hombre bastante resultón. Alto, delgado, con un precioso cabello grisáceo y una piel ligeramente bronceada. Se movía con gracia y en sus andares me recordaba a uno de esos galanes de Hollywood. Había nacido en Argentina pero creció en México, por lo tanto su acento era muy peculiar. No lograba entender por qué mi madre había engañado a un hombre como él y, encima, con esa especie de caricatura de Woody Allen.

—¿Qué tal estás hoy?

—Perfectamente. Precisamente eso me estaba diciendo ahora mismo el doctor. Que me va a dar el alta hoy mismo. Él dice que probablemente los recuerdos volverán de un momento a otro. Se lo estaba comentando a mi madre. Por lo visto ella y él se conocen desde hace mucho, ¿verdad, doctor Gutiérrez?

Diego se giró y lo enfrentó con una mirada gélida. Era la primera vez que veía a mi padrastro comportarse de esa manera con alguien.

—Eh… Sí…, ahora mismo pediré que traigan el informe. Tengo que marcharme a ver otro paciente. Disculpadme… —habló aturullado y saliendo de la habitación.

—No soporto a ese hombre —bisbiseó mi padrastro cuando lo perdió de vista.

—Yo tampoco…, si te sirve de consuelo —murmuré para mí.

Tres horas después me hallaba en casa de mi madre, en mi antigua habitación. Ya ella se había encargado de explicarme que lo mejor era quedarme unos días allí, en vez de volver a mi confortable apartamento. Y claro, qué podía decir yo, si se suponía que ni siquiera me acordaba de que tenía un piso yo solita.

—Sara, —me interrumpió mientras deshacía una maleta con ropa que mi hermana había traído de mi casa—Fernando ha venido a visitarte, está en el salón.

—¿Quién es Fernando? —pregunté de forma teatral.

Desde luego, si había alguien a quien hubiese deseado olvidar con una fuerza infinita, ese era él. Además, el muy hijo de su mala madre, no había mostrado signos de preocupación alguna. Desde luego por el hospital no había aparecido.

—Cariño, es tu novio. Ibas a casarte con él el día que te accidentaste. Pero no te preocupes, celebraremos la boda muy pronto.

—No pienso casarme con nadie, y menos con alguien a quien ni siquiera recuerdo.

La vi acercarse lentamente a mí. Iba vestida de un modo informal, con unos sencillos vaqueros y un jersey gris de cuello cisne. Mi madre era una mujer elegante incluso con una bata de guatiné. No era muy atractiva pero su figura esbelta y aquella seguridad en sí misma hacía que el resto de las féminas pareciéramos simples siluetas de relleno a su lado.

—Sara, sé que estás pasando por un momento muy delicado. No recordar nada debe ser frustrante. Pero estoy segura de que en cuanto empieces a hacer las mismas cosas que solías hacer antes, todo volverá a la normalidad. Venga, mi vida —decía ella, acariciándome el pelo y colocando un mechón de mi oscuro cabello detrás de la oreja. Acto que me pareció excesivamente cariñoso, teniendo en cuenta que podía contar con los dedos de una mano las veces que mi madre me había besado desde que podía recordar—. Sal ahí fuera y saluda a Fernando. Quién sabe, igual te vuelves a enamorar de él nada más verlo de nuevo. —«Sí, sobre todo eso», exhalé sin que ella me oyera—. El pobre no ha podido visitarte en la Clínica porque después de tu accidente su abuela, que ya estaba hospitalizada desde hacía unas semanas, empeoró y ha muerto hace tan solo unas horas.

¡Vaya, hombre!, menos mal que esa mala pécora al fin la palmaba. Casi salté de alegría ante esa noticia. La abuela de Fernando era la mujer más detestable, clasista, cruel y diabólica que había conocido en mi vida. Cada vez que mi novio me obligaba a visitarla, luego me daban ganas de lavarme con agua bendita.

—Solo te voy a pedir que tengas un poco de paciencia, querida. Fernando está muy triste. Han sido muchas cosas en muy pocos días. Tu accidente, la pérdida de tu memoria y, ahora…, la muerte de su abuela.

—Vale, vale…, está bien, voy a saludarlo, pero que se vaya pronto. No me encuentro muy bien.

Mi madre casi me empujó hasta el salón donde me encontré con la imagen más patética y tragicómica que había visto nunca. Es decir, Fernando roto de dolor. Cogiéndose la cabeza con las manos y con los codos apoyados en las rodillas.

De esa manera, cualquiera habría pensado que en vez de su abuela se le había muerto un hijo.

—Hola —murmuré, colocándome a una distancia prudencial.

Él alzó la vista y se puso de pie, frente a mí. Atisbé que mi madre le hacía un gesto y luego desaparecía, dejándonos solos.

Estudió mis ojos con su mirada llorica y yo lo contemplé durante unos segundos, pero luego aparté la vista.

No soportaba a ese hombre. No entendía cómo alguna vez había estado enamorada de un tipo tan… tan… imbécil. Y para colmo, no era nada del otro mundo. Medía poco más que yo, era delgado aunque su desinterés por cualquier culto al cuerpo le estaba dotando de una barriguita muy desfavorecedora. Sus ojos eran castaños, rasgados, de pestañas luengas y enarcados por unas cejas delgadas. Tenía una mirada bonita, no lo voy a negar, pero ahora que en mi mente solo aparecían aquellos ojos cetrinos y desconocidos, esos labios colorados, esos brazos torneados de tez lisa y bronceada, su ancha espalda… ahora que mi cabeza se empeñaba en visualizar el cautivador rostro de ese desconocido policía, mi novio me resultaba tan poca cosa que estuve a punto de empujarlo y salir corriendo de nuevo. Pero no. No lo hice. Me quedé allí con los brazos cruzados y con cara de póker, esperando a que dijera algo, y cuando ya empezaba a desesperarme, el muy idiota comenzó a sollozar y a sonarse los mocos con un pañuelo de tela. Sí, ¡de tela!, con el asco que me daban.

—Sara, amor mío, la yaya Consuelo ha muerto —dijo, hipando.

¡Por el amor de Dios!, ¿dónde coño estaba en ese momento la Magnun 44 de mi padrastro? Ojalá esa historia hubiese sido verdad. De esa forma, habría tardado menos en enviarlo con su abuela que Hacienda en cobrar recargos.

—¿Me acompañarás al tanatorio? No quiero enfrentarme solo a algo tan duro.

«¡Madre mía…! Sara, respira hondo», me autoconvencía.

—Lo siento, pero estoy un poco cansada y muy confundida. Será mejor que vayas tú. Yo no recuerdo nada.

—Cielito, sé que estás desorientada y confusa por ese golpe, pero con mi ayuda en unos días todo volverá a ser como antes.

Se adelantó hasta poner sus manos en mis hombros y me contuve para no empujarle.

Odiaba cuando me llamaba «cielito». ¡Uf!

A veces pensaba que, en realidad, Fernando era hijo de mi madre en vez de yo.

—Vístete y ven conmigo, te lo suplico —imploró, sujetándome esta vez las dos manos.

—Ya estoy vestida —contesté, ojeando mis tejanos y la camisa de cuadros verdes de manga corta. Es más, era un conjunto que me quedaba monísimo.

—Me refiero a que te vistas de luto.

¡¿De luto?! ¿En serio acababa de decir eso?

—No me apetece cambiarme de ropa. Y encima, de las pocas cosas que recuerdo, una de ellas es que el color negro no me gusta.

Era mentira, obviamente.

—¿Ah, no?

—No.

—Bueno, vale. Pues déjate eso. Supongo que servirá… —declaró sin darle mucha importancia.

—Fernando, de verdad, me siento muy perdida aún, lo mejor sería que fueses tú solo. Allí seré un estorbo para ti. Despídete de tu abuela como a ella le hubiese gustado.

—Precisamente por eso quiero que vengas conmigo, Sara. La yaya te adoraba. Y tú a ella también. Ahora quizá no lo recuerdas, pero siempre decías que ella era todo un ejemplo a seguir. Te encantaba pasarte las tardes charlando con ella…, junto a su mecedora.

¡Joder!, pero este tío, ¿qué clase de droga psicotrópica había tomado antes de llegar a mi casa?

Las tardes junto a su mecedora…, sí, pero con un pañuelo empapado en cloroformo, estuve a punto de vociferar.

—¿De verdad?

—Sí, cielito. Venga acompáñame.

Y después de una larga hora intentando que Fernando me dejara en paz y se largara sin mí, al final, acabé metida en su coche de camino al tanatorio. A veces me daban ganas de pegarme yo sola.

Al llegar a la calle Castelar de la Frontera, en la Zona Franca, mi novio hizo una brusca parada con el vehículo, incluyendo derrape y quemadura de ruedas sobre el asfalto. Menos mal que llevaba el cinturón puesto, de lo contrario habría acabado con la cabeza atravesando el parabrisas. Y lo peor de todo es que no sé para qué cojones corría tanto si la abuela ya estaba muerta y tenían que velarla hasta el día siguiente.

Al entrar en aquella insólita y apática sala, me encontré con cuatro personas, contando al fiambre y a nosotros dos. Es decir, que en el velatorio de esa bruja solo estaba la madre de Fernando, hija de la interpelada. Y no porque le tuviera mucho cariño a la vieja, yo creo que era más bien por la herencia. Seguro que antes de morirse había incluido alguna cláusula en su testamento que decía que como no estuviera presente en su funeral, no vería ni un pavo.

—Sara, ¡has venido! Gracias a Dios que estás bien. Menudo susto nos distes el día de la boda —dijo ella, situándose delante de mí y saludándome con dos besos en el aire—. Por un momento, pensé que dejarías plantado a mi hijo en el altar.

¡Vaya, qué lista…!

¿Pero es que nadie iba a aceptar el hecho de que salir corriendo de una iglesia en plena ceremonia nupcial era señal de que algo fallaba?
La miré de arriba abajo y estaba fantástica como siempre. Con su ropa de Carolina Herrera, su perfume caro, una tonelada de maquillaje y su platino cabello ahuecado de peluquería. Sostenía un clinex en la mano, pero era puro teatro, porque el rímel de sus ojos aún estaba intacto.

—Lo siento, pero no recuerdo nada. —Esa frase estaba empezando a formar parte de mi vocabulario diario.

—Sí, ya, algo me ha comentado Fernando. Tú tranquila, iremos refrescándote la memoria. Mira, ven. —Agarró mi mano y me puso delante de un cristal a través del cual se veía el féretro abierto y el esquelético rostro de esa momia—. Hasta muerta está guapa, ¿no crees?

Asentí con la cabeza sin saber qué otra cosa responder, y lo cierto era que mirar a ese vejestorio criando malvas era verdaderamente espeluznante.

De repente, Fernando se puso a mi lado y apoyó la frente en el cristal con los ojos cerrados. Me dieron ganas de darle un mamporro en la cabeza para que dejara de comportarse de esa forma. Pero él continuó con su drama y, de pronto, comenzó a llorar otra vez y a darle golpes al cristal.

—¿Por qué? ¿Por qué te has ido, yaya? ¡Dios, ¿qué voy a hacer ahora?!

Puse los ojos en blanco y me mordí la lengua con fuerza.

Mi queridísima suegra, en vez de reprender a su hijo, le dio unas friegas en la espalda como consuelo. Lo que provocó que llorara con más fuerza y enfatizara aún más su tragedia.

Al cabo de un rato, agotada de escuchar a Fernando llorar, me senté en uno de los sofás de piel marrón que decoraban la estancia. Contemplé a algunas personas, totalmente desconocidas para mí, y digo desconocidas porque así era como yo debía actuar. Sin embargo, mi novio seguía comportándose como un auténtico gilipollas. No le importó que en un momento de la tarde la sala estuviera un tanto concurrida. Él continuó sollozando.

—¡¿Por qué, Señor?! ¿Por qué, Dios mío? No puedes irte. Te necesito, yaya. ¿Por qué...?

Y cuando dijo como treinta veces por qué y mis oídos estaban a punto de sangrarme, me levanté de mi asiento, tomé aire y grité enloquecida, poseída por esa nueva Sara que ocupaba ahora mi cuerpo.

—¡¿Por qué va a ser, idiota?! Porque tenía noventa y ocho años. ¡Joder!, si ha vivido un siglo entero. Haznos un favor a todos y ¡¡cállate-de-una-puta-vez!!

¡Dios, qué bien me quedé!

Después de decir aquello, el silencio que nos envolvió a todos fue casi asfixiante. Nadie era capaz de mencionar ni una sola palabra. Tan solo me observaban como si me hubiesen salido tres cabezas. Así que, sin pensarlo ni un minuto más, agarré mi bolso y salí pitando de aquel lugar.

A mi espalda creo recordar que oí la voz rota de Fernando pidiéndome que no me fuera, pero ni siquiera miré atrás, todo lo contrario, aceleré el paso y no me detuve hasta que estuve en la avenida y mis pulmones me avisaron que el aire no circulaba bien por ellos. Me apoyé en una pared mientras mi respiración se regulaba. Hacía un calor de mil demonios y eso que solo era mayo.

Crucé la carretera por un paso de peatones y me puse a caminar por la parte sombreada de la calzada. Eran aproximadamente las cinco de la tarde y muchas tiendas aún permanecían cerradas.

El paseo estaba empezando a calmar mi estado de ánimo. Analicé lo que había sucedido en el tanatorio y los días atrás, y me di cuenta de que mi vida era una terrorífica espiral de sinrazones.

¿Cómo había llegado a mentir de esa manera? Y lo peor de todo, ¿qué pretendía conseguir con ese comportamiento?

Me detuve delante de una agencia de viajes y ojeé las ofertas que se mostraban en el escaparate. Turquía, Nueva York, Disneyland París… Cualquier sitio habría sido bueno si hubiese tenido las agallas de largarme. Pero cuando estuve a punto de dar un paso, caí en la cuenta de que Fernando y yo teníamos el viaje de novios pagado. Sí, señor. Un viaje a Islas Mauricio que supuestamente realizaríamos en una semana. Claro que yo había contratado un seguro de cancelación, pero… ¿quién me decía a mí que no cambiara los billetes y me fuera yo sola a pasar unos días a Italia, por ejemplo?

Miré la hora y luego el horario de la tienda, y en ese instante, un hombre de unos cincuenta años, regordete y con un arrugado traje de chaqueta, se dispuso a abrir la puerta.

—Buenas tardes, ¿quería usted información de algún sitio en concreto? —preguntó cuando me vio mirando el escaparate.

—No…, bueno, sí… No sé…

En realidad, en aquel sitio podía pedir la información y apartar el billete hasta que anulara el otro viaje.

—Si desea algo, puedo informarle sin compromiso. Estaré dentro —anunció amablemente, dejando la puerta abierta.

—De acuerdo, muchas gracias.

Continué mirando las ofertas mientras me mordía la uña de mi pulgar.

Viajar sola podía resultar una experiencia apasionante, ¿no?

Me recoloqué el bolso en el hombro y cuando puse un pie en el escalón de la puerta para acceder a su interior, sentí un fuerte tirón en el brazo que me hizo perder el equilibrio y caerme de espaldas. Un dolor agudo en el coxis me dejó instantáneamente desorientada.

¡Un chorizo!

Pero un chorizo de embutido, sí, sí. Quiero decir, un tipo disfrazado de pepperoni acababa de tirarme al suelo e intentaba birlarme el bolso. Grité y forcejeé con él, evitando que me robara mis pertenencias. Bastante tenía ya con haber perdido la memoria... Pero él era más fuerte que yo y me pateó un poco en el suelo, haciendo todo lo posible por salirse con la suya.

El hombre de la agencia de viajes al oír mis gritos salió del local e intentó defenderme, pero ya era tarde. Ese maleante "trozo de pepperoni" corría con mi bolso en su mano. Y lo peor de todo es que llevaba un traje de *foam* incomodísimo.

—¡Al ladrón, cojan al ladrón! —vociferó una señora que pasaba por allí a alguien detrás de mí mientras intentaba ponerme de pie.

Y fue entonces cuando dos hombres enormes vestidos de uniforme salieron corriendo a la caza del "pepperoni" y lo derribaron en un santiamén.

A partir de ese momento, todo sucedió como en cámara lenta.

Era él, uno de los policías... ¡Era él!

Desde mi posición pude observar con claridad cómo hincaba su rodilla en la espalda de aquel tipo y sacaba sus esposas del lateral izquierdo de su cinturón, para luego ponérselas mientras le amenazaba con partirle un brazo si volvía a moverse.

Su compañero, otro hombre un poco más mayor que él, parecía cederle los honores.

Mientras sucedía aquello, allí estaba yo, sin poder salir de mi asombro, con el corazón a punto de reventarme el pecho, y os aseguro que no era por el susto del robo.

¡Diosito, sus brazos..., con esa camiseta negra ajustada...! ¿De verdad tenían que llevar esa ropa para trabajar? La tela marcaba a la perfección cada músculo de su espalda, y ahora que estaba alterado, una línea de sudor le hacía un surco en la parte trasera.

Se puso de pie, pero para levantar al detenido se agachó un poco, mostrándome una buena panorámica de su trasero. ¿Ese culo era real o yo lo estaba viendo en 3D a consecuencia de la caída?

Me quedé paralizada como un pasmarote, contemplando cómo hacía su trabajo. Una barba oscura definía su anguloso rostro hasta convertirlo en algo exageradamente apetitoso.

¿Por qué el gobierno de España permitía que hubiese policías tan guapos en el Cuerpo? Si todos hubiesen sido como los políticos, ahora mismo no estaría sufriendo un ataque de ansiedad.

Continué observándolo mientras él y su compañero hablaban con aquel delincuente. Le repasé tantas veces de arriba abajo que creo que cada parte de su cuerpo se quedó almacenado en mi memoria como parte de ella.

En mis veinticuatro años, jamás había estado con un hombre tan... masculino como ese. Seguro que él no lloraba a lágrima viva en el funeral de su abuela de casi cien años. No, no tenía pinta de eso.

Su cuello, su mandíbula marcada... Una nariz romana, un pelo corto, castaño y alborotado. Tenía ese aspecto descuidado pero terriblemente sexi. A ese hombre daba igual lo que le pusieras de ropa. De pronto, desde aquella distancia, imaginé que era uno de esos recortables con los que jugaba cuando era pequeña. Esos que podías vestir a tu antojo. Y a ese, en concreto, todo le quedaba jodidamente bien. Sin embargo, mi disparatada imaginación se empeñaba en visualizarlo desnudo.

El uniforme de policía le sentaba cojonudo, pero en mi cabeza destelló la estampa de aquel hombre sin nada de ropa.

¡A la mierda los recortables!

Tendría que ser alucinante que un tipo como ese te follara hasta que perdieras el sentido. Estaba completamente segura de que no era de los que se andaban con delicadezas. Seguro que le gustaba esposarte a la cama y hundir su cabeza entre tus piernas para pasarse las horas chupándote... Bueno..., si a él no le gustaba, yo sé de una que sí...

Me atusé el pelo, nerviosa, e intenté desechar de mi cabeza esa sucesión de calenturientas ideas. ¡Por Dios Santo!, era cruzarme con aquel poli y mi mente parecía un canal digital de porno.

—¿Te encuentras bien, joven? —preguntó el señor que me había ayudado a levantarme del suelo y del que casi me había olvidado.

—Sí, sí, gracias.

—Es guapo el poli, ¿eh? —soltó, dándome un codazo con una sonrisita cómplice.

—¿Cómo? —Claro, si es que era normal que le gustase hasta a los hombres.

—A ese sí que le dejaba yo darme con la porra… —murmuró entre dientes el enchaquetado antes de volver a su puesto de trabajo, después de asegurarse que yo estaba bien.

—¡Le he oído! —vociferé. Pero ese hombre no parecía ocultar su tendencia sexual.

Luego seguí a lo mío. Fantaseando con ese dios de las esposas.

Aparté la mirada durante unos segundos de él, pero en cuanto volví a mirarlo me encontré con sus intrigantes ojos recorriéndome entera. Atisbé un amago de sonrisa en su rostro, pero desde aquella distancia no estaba segura de que me sonriera a mí.

Mi bolso aún permanecía tirado en el suelo, con todas mis pertenencias repartidas por el ancho de la acera. Él se detuvo en recoger mis cosas mientras el otro policía se llevaba al delincuente hacia el vehículo que habían dejado estacionado en doble fila.

Al divisar cómo caminaba hacia donde yo estaba, no pude hacer otra cosa que tragar saliva y a medida que se iba acercando, me parecía más grande, varonil y extraordinario. Mi expresión de alelamiento tuvo que hacerle mucha gracia porque una vez que se detuvo frente a mí, me mostró de nuevo su fascinante sonrisa acompañada de unos labios carnosos y prohibidos.

—Hola, Sara, ya veo que vuelves a estar en apuros —dijo con su enronquecida voz, ofreciéndome el bolso y dedicándome un descarado escrutinio.

4

UNA AVERÍA A MEDIAS

En ese momento, los músculos de mi cara perdieron toda movilidad. Quería responderle, pero con ese ejemplar de la especie masculina delante de mí, solo conseguí parecerme a Harpo Marx. De hecho, no me habría venido nada mal una bocina para poder responder a sus preguntas.

—¿Te encuentras bien?

Asentí insistentemente con la cabeza, luchando para que mis cuerdas vocales se pusieran a trabajar y yo recuperara mi ansiada voz.

—Estás un poco pálida. Será mejor que te sientes un momento.

De repente, me agarró con delicadeza por el codo, y ese leve contacto me bloqueó aún más. Me llevó al interior de la agencia de viajes donde aquel enchaquetado permanecía sentado en su desordenada mesa. Al vernos entrar, se puso de pie.

—Disculpe, podría darme un poco de agua para la señorita. Me temo que el susto la ha dejado desorientada.

El hombre acató la petición sin dejar de recorrerlo con los ojos. Unos segundos después, me ofreció un diminuto vaso de plástico mientras él me instaba a sentarme en unos sofás negros, incomodísimos, que decoraban el local.

—¿Mejor? —preguntó en cuclillas delante de mí, con una de sus manos apoyada en mi rodilla.

Volví a asentir con la mirada fija en sus dedos, que se movían despacio acariciando mi piel. Era obvio que aquel roce era un simple y tranquilizador gesto de consuelo. Sin embargo, a esas alturas yo solo imaginaba su mano ascendiendo por mi muslo y perdiéndose en mis bragas…

¡Basta ya, Sara! ¡Céntrate!, me reprendió mi «yo» cuerdo.

Me bebí el vaso de agua y el frescor me aclaró la garganta.

—Gracias —respondí con un hilo de voz.

Mis ojos y los suyos colapsaron en un duelo de miradas. Y me hubiese quedado mirándolo toda la vida, de no haber sido porque el enchaquetado estaba allí, junto a él, y no tenía la menor intención de largarse. Permanecía de pie, con los brazos cruzados y sin apartar su vista de los bíceps de *mi* policía. Sí, mío, mi tesoro…

—¿Me recuerdas? —me interrogó él. Y esa pregunta me devolvió a la realidad como si me hubiesen zarandeado.

¿Cómo iba a recordarle si se suponía que yo había perdido la memoria?

Negué con la cabeza, nerviosa, jugueteando con mis dedos sobre el regazo.

—¿Nos conocemos? —dije en un arranque de… no sé de qué.

¡Joder!, pero… ¿qué coño me pasaba?

—Más o menos… —contestó él sin dejar de penetrarme con su mirada. Como si estuviera buscando la verdad a través de mis ojos.

—Vas mucho al gimnasio, ¿a que sí? —comentó aquel tipo sin venir a cuento e interrumpiendo nuestra sincronizada conexión.

Él sonrió arrugando un poco el entrecejo y se puso de pie, obligándome a alzar la cabeza para ver su perfecto y bronceado rostro.

—Disculpe, ya nos vamos, estamos interrumpiendo su trabajo —murmuré, levantándome de mi asiento.

—Ah, no, tranquilos, con la crisis la gente apenas viaja. Esta semana tan solo he cerrado un viaje a Benidorm para dos jubilados. Así que imaginaos qué emocionante. Luego vendrán contándome que se lo pasaron genial con María Jesús y su acordeón —dijo sin dejar de contemplar el amplio pecho de mi salvador.

—Sara, tienes que venir conmigo a Comisaría para completar la denuncia —me anunció él, ignorando completamente a ese tarado.

—¿Ahora? —Si seguía mucho más tiempo a su lado seguro que acababa metiendo la pata de nuevo.

—Sí, ahora —aseguró muy serio.

—¿Yo tengo que ir también? He sido testigo —declaró el enchaquetado que, en ese momento, ya empezaba a caerme fatal.

—No, usted ya ha dicho y hecho suficiente. Gracias por todo —respondió él, agarrándome de nuevo por el codo para acompañarme al exterior.

Una vez en la calle, mientras caminábamos hacia su coche, en silencio, aproveché para mirarle el trasero de nuevo, ya que yo iba un paso atrás.

¡Madre mía, qué bueno estaba!

Me moría por tocarle los brazos, por pasar mis manos por su espalda. Seguro que todo su cuerpo era tan duro y compacto como yo lo veía.

¿Quién me iba a decir a mí hacía tan solo una hora en aquel tanatorio junto a mi novio llorón, que un rato después estaría al lado de ese pedazo de hombre? Vamos, que si llego a saber que iba a aparecer cuando me robaron el bolso, yo misma habría provocado el altercado. De hecho estaba planteándome seriamente el ponerme a partir espejos de coches solo para que me detuviera y empleara la fuerza conmigo. Ya me lo estaba imaginando... Apresándome contra el cristal de su coche... tirando de mi pelo..., separando mis piernas con sus rodillas para cachearme..., esposándome a los barrotes de la cama y dejándome inmovilizada...

¡Ah, no! que no estábamos en la cama. Se suponía que esa escena era en la calle, ¿no?

¡Despierta, Sara!

—¿Seguro que no te importa?

—¿El qué?

Otra vez había vuelto a perderme en mis obscenas cavilaciones.

—Pues eso, ir hasta Comisaría en el asiento trasero con el detenido.

Debía ser una broma...

—¿Lo dices en serio?

Él esbozó una divertida sonrisa y abrió la puerta del coche invitándome a entrar.

—No te hará nada. Está esposado —soltó tranquilamente.

—No pienso montarme ahí —resoplé, mirando hacia el interior del coche donde aquel chorizo permanecía retenido al pasamanos y me hacía gestos con las cejas moviéndolas de un modo burlesco.

—La Comisaría está tan solo a unos minutos. Llegaremos en nada —insistió él.

—¿Y por qué no te montas tú detrás? —protesté. Eso de ir allí al lado de aquel delincuente como si yo también estuviera detenida no me daba muy buena espina.

—Porque mi sitio es ese —dijo él, señalando el asiento del copiloto.

Su respuesta no me sirvió de nada. Discutí un poco con él sobre el asunto, pero al final el "pepperoni" gritó:

—¡Tía, súbete de una puta vez que me estoy meando!

Así que de un ligero empujón me vi en el interior de aquel vehículo y compartiendo el trayecto con un tipo que birlaba bolsos disfrazado de embutido.

—Vaya, Serra, ¿esta es la misma Sara que llevamos al examen del carné de conducir, no es así? —dijo su compañero, observándome por el espejo retrovisor.

Él giró la cara, me deleitó con una sexi sonrisa ladeada y luego articuló:

—La misma. —De momento ya sabía su apellido: «Serra».

—¿Y qué tal te fue ese día, joven? ¿Aprobaste?

—No lo recuerdo, señor. Tuve un accidente hace muy poco y he perdido la memoria.

—¿De verdad?

Aquel policía miró a Serra como para que le confirmara que era cierto y él asintió. Parecía muy puesto al corriente de mi vida.

—Sí —repetí yo.

—¿No recuerdas nada? —inquirió el "pepperoni" metiendo las narices en nuestra conversación.

—Así es.

—¿Ni siquiera sabes que es un televisor o un móvil? —preguntó, alterando aún más mi áspero sentido del humor.

Puse los ojos en blanco.

¿Pero por qué todo el mundo asociaba mi pérdida de memoria con el hecho de reconocer electrodomésticos?

—¡Sí, sé lo que es un televisor y también un móvil! —grité. No tenía ni idea de que hacía yo hablando con ese mal nacido que me había pateado en el suelo.

—Tranqui, tronca.

—¡Eh, mantén el pico cerrado! —amenazó Serra, dirigiéndose al "pepperoni", que a su vez murmuró con provocación:

—Bla, bla, bla…

—¿Tampoco recuerdas que ibas a casarte? —comentó esta vez él, dándose la vuelta para mirarme. Y aquella pregunta llevaba implícito un tono reprobatorio.

—No —recalqué, sosteniéndole la mirada.

—No te cases. Hazle un favor a tu novio. Sois todas iguales. Luego le pedirás el divorcio y querrás quedarte con la casa, el coche… y lo echarás a la calle a él y a su agapornis.

Seguro que perderá su trabajo y tendrá que aceptar el primer denigrante empleo que le ofrezcan. Probablemente vestido de embutido en algún supermercado, siendo el hazmerreír de todos los niños que pasen por allí. Al final, acabará tan traumatizado que para él la única solución será robar bolsos a las ancianitas —relató el "pepperoni".

—¡Oye, que yo no soy ninguna ancianita y también has intentado robarme a mí!

—Pero tienes pinta de adinerada —aseguró el chorizo mirándome de soslayo.

—Eso es porque es hija de la alcaldesa —graznó Serra, contemplándome con la mirada afilada.

—Joder, ¿en serio eres la hija de la alcaldesa? ¡Ayy, Dios mío!, que me voy a pasar el resto de mi miserable vida en la cárcel. ¡¿Pero es que cómo se puede tener tan mala suerte?! —exclamó el detenido en un gesto dramático mirando al cielo—. Por favor, no me denuncies —rogó desesperado.

—Pues claro que te va a denunciar. Y si ella no lo hace lo haremos nosotros de todas formas —masculló Serra.

—Sí, pero si ella se niega a denunciarme la condena que me impongan será menor.

—Qué sabrás tú de leyes… —farfulló el otro policía que conducía.

—Sé bastante. Aunque ustedes no lo crean, antes de ser un desgraciado chorizo ratero, era abogado y trabajaba en un despacho. Pero la hija de puta de mi exmujer se lió con mi jefe y me pusieron de patitas en la calle.

—Claro, y a partir de ese momento te volviste contra el mundo y decidiste patear a la gente en el suelo para robarle sus pertenencias, ¿no? —replicó Serra.

—No ha sido para tanto, joder, ¿te he hecho daño? —quiso saber poniendo cara de preocupación.

—Me duele un poco el culo de la caída, pero sobreviviré —afirmé, cruzándome de brazos.

—Lo siento —susurró, a punto de echarse a llorar. Sentí pena y empecé a plantearme si denunciarle o no. Bastante castigo tenía ya el pobre con todo lo que había sufrido por su exmujer.

De repente un silencio incómodo inundó el espacio. Serra fijó la vista en la carretera y yo me deleité en su perfil. ¿No le dolía la cara de ser tan precioso?

—Pero, entonces, ¿vas a casarte o no? —reseñó el "pepperoni", deshaciendo por completo mis dudas sobre si meterlo en el trullo.

Él se quedó quieto, esta vez no se giró. Yo no dejaba de observarlo y era obvio que esperaba mi respuesta.

Fui a responder, pero en ese mismo instante su compañero detuvo el coche delante de la Comisaría y exclamó:

—Pues ya hemos llegado. Choricito, deja de dar pena que esta noche no te libra nadie del calabozo.

Unos segundos después atisbé cómo el policía más veterano sacaba del vehículo al "pepperoni" y lo llevaba al interior de las dependencias.

—¡Por favor, no me denuncies! —vociferaba —. La alcaldesa me va joder vivo.

—Venga, anda, haberlo pensado antes de liarte a dar tirones de bolso —le amonestaba aquel policía.

Luego le perdí de vista cuando se adentró hacia el interior de la Jefatura. Tan solo oí sus sollozos.

Me detuve en los escalones de aquella delegación y Serra se paró a mi lado.

—¿Qué ocurre?

—No quiero denunciarle. Me da pena —dije dubitativa.

—Tienes que hacerlo, es un ladrón. En esa caída podría haberte lesionado seriamente. Has tenido suerte.

—Ya, pero es un infeliz. Lleva razón, si mi madre se entera de que ha intentado robarme se asegurará de que pase una larga temporada en la cárcel.

Su mirada bailó por mis ojos.

—¿Siempre eres tan buena?

Ladeó un poco la cabeza y sus labios se curvaron ligeramente.

—Pues no lo sé, apenas recuerdo quién soy.

Él cruzó los brazos y los músculos de sus antebrazos captaron toda mi atención.

—¿No recuerdas absolutamente nada?

Negué con la cabeza. Me costaba mentirle mirándole directamente a los ojos. Así que cambié el peso de mi cuerpo hacia una de mis piernas y me acomodé el bolso en el hombro.

—¿Nos conocemos, verdad? —murmuré.

Él asintió.

—¿Vas a casarte? —preguntó muy serio, mirando esta vez mis labios.

—No, solo pretendo ordenar mi vida. ¿Por qué lo preguntas?

Esta vez esbozó una sonrisa y se pasó una mano por el pelo.

—No…, por nada. Es simple curiosidad… Tenemos que entrar. Tienes que poner la denuncia, Sara.

—No quiero.

—Entra al menos conmigo y déjame ver los antecedentes de ese tipo. No sabemos si es verdad lo que nos ha contado.

Consideré la propuesta unos segundos y luego cedí. Al fin y al cabo, me moría de ganas por pasar más tiempo con él.

—De acuerdo.

Entré en la Comisaría seguida por él. Había puesto una mano en la parte baja de mi espalda y caminar a su lado me produjo una excitación incontrolada.

Saludó a algunos compañeros suyos a medida que atravesamos un pasillo. Percibí que un par de ellos le hacían muecas con la cara. ¡Hombres…!

—Tendré que consultar el historial de ese tipo en el ordenador que está en la segunda planta. El de la oficina principal no funciona —me informó mientras me conducía hacia un ascensor.

Meterme con él en ese habitáculo era quizá lo más intrépido y estimulante que había hecho en mucho tiempo.

Un tintineo nos anunció que las puertas se abrían. Él me hizo un gesto con la mano para dejarme pasar a mí primero.

¡Vaya, que galán…!

Pulsó el número dos y luego se apoyó en una de las cuatro paredes del elevador.

—Y dime… ¿Qué se siente cuando pierdes todos tus recuerdos?

Me encogí de hombros.

—No lo sé. Estoy muy confundida —dije sin saber qué decir.

—Ya —susurró con esa voz tan masculina y atrayente sin romper nuestro contacto visual. Luego sus ojos descendieron y me recorrió el escote y las caderas.

Sus miradas empezaban a ponerme tremendamente nerviosa, pero, sin embargo, el deseo que sentía hacia él era fulminante. Estábamos el uno frente al otro y aquella distancia parecía kilométrica. Anhelaba acercarme a él y hacerme con su boca. ¿A qué sabrían sus labios? Seguro que era de esa clase de hombres que te harían correrte de un solo beso.

—Supongo que tampoco recuerdas por qué escapabas de la iglesia aquel día, ¿no?

La cara me ardía y el pulso empezó a latirme descompasado. Era evidente que tener a ese hombre tan cerca y en un espacio tan reducido estaba revolucionando mi nivel arterial.

—Imagino que algo no iría bien si pretendía largarme de allí en plena ceremonia.

No sabía dónde demonios poner las manos. Me sentía torpe e insignificante, así que, las crucé, y luego me las metí en los bolsillos del pantalón.

En cambio, él parecía tranquilo y muy seguro de sí mismo. Y me miraba con una profundidad inquietante.

Otro tintineo nos avisó de que habíamos llegado a la segunda planta. De repente, oímos un ruido muy extraño y la puerta se quedó atascada. Él intentó abrirla con las manos, pero, al parecer, el ascensor tenía una especie de bloqueo y mucho me temía que nos habíamos quedado encerrados allí dentro.

¡Madre de Dios! ¡Encerrada con él en un ascensor!

—¡Joder!, este maldito aparato siempre igual —resopló él, haciendo lo imposible por abrir las puertas.

Yo me quedé callada detrás de él, contemplando cómo ejercía su fuerza y todo su cuerpo se contraía cada vez que probaba a manipular la abertura.

¿Por qué razón me gustaba más cuando lo veía en acción?

¿Acaso me estaba transformando en una especie de sádica?

—Nada. Imposible —exhaló con las manos en jarras a la altura de sus caderas.

—¿Cómo que imposible?

La idea de permanecer mucho tiempo allí dentro con él me parecía una tortura.

—¿Tienes claustrofobia? —inquirió él cuando avistó cómo mi cara iba perdiendo color. Dio un paso hacia mí y su cuerpo quedó a un palmo del mío. Tuve que alzar la barbilla para mirarle a los ojos.

¡Y qué ojos…!

—¿Qué…? Sí…, cuando era pequeña, me quedé encerrada en el ascensor de mi edificio y desde entonces me dan pánico.

Él entrecerró los ojos y apoyó una de sus manos en la pared que quedaba detrás de mí.

—Tranquila, aquí conmigo estarás a salvo. —Miré sus labios mientras él susurraba esas palabras y deseé con todas mis fuerzas chuparlos hasta gastárselos.

—¿Ah, sí?

—Sí. Aún no me has preguntado de qué nos conocemos.

Su nariz casi rozaba la mía y mis rodillas amenazaban con derrumbarse de un momento a otro.

—¿De qué nos conocemos? —Mi voz sonaba ridícula pero es que mis cuerdas vocales tiritaban de expectación.

—Un día antes de tu boda, tú y yo estuvimos follando como locos en mi casa. ¿No recuerdas nada?

De repente toda la saliva que tenía en mi boca se quedó agolpada en mi garganta. Pensé que mi mente calenturienta de nuevo me estaba traicionando, y esas palabras tan solo eran producto de mi perturbada imaginación.

Pero ¿qué demonios era esto? ¿Un pulso para ver cuál de los dos decía más mentiras?

Negué con la cabeza sin apartar mis ojos de él.

—Eso no es verdad —protesté.

—¿Y cómo lo sabes? Se supone que no recuerdas nada.

—Porque estoy segura de que no me acostaría con nadie un día antes de casarme con otra persona.

En aquel momento no sabía muy bien qué estaba diciendo. Quizá mi intención era no parecer una guarra.

¡Claro, Sara, era mucho mejor ser gilipollas!

¡Síguele el rollo, maldita sea!

—¿Y si te refresco la memoria? A lo mejor si te beso consigues recordar algo.

Una de sus manos fue directa a mi cabello y sus dedos juguetearon con uno de mis mechones.

A esa distancia, el olor de su sudor mezclado con el suave aroma a jabón que desprendía su ropa… era embriagador.

—Está bien, pero solo por si logro acordarme.

Él sonrió de un modo terriblemente sexi y antes de que me diera tiempo a respirar metió su mano en mi nuca y su lengua arrasó mi boca.

Aquel beso fue lo más extraordinario que me había pasado desde que tenía uso de razón. Su saliva me resultó adictiva y nuestros labios se apretaron y acariciaron a un ritmo perfecto. Aquello era un beso de verdad.

Uno de esos que pueden hacer que te corras sin ni siquiera tocarte. De hecho, a medida que su cuerpo se pegaba cada vez más al mío, mis bragas eran testigos de la excitación que sufría.

¡Diosito de mi vida, haz el favor de detener el tiempo y dejarme en estas cuatro paredes para toda la eternidad. Con él, claro!

Chupé y saboreé cada recodo de su apetitosa boca. Y cuando arrojé mis manos a su cuello para evitar que no se me escapara, un puño aporreó la puerta y escuché una voz desde el exterior.

—¡Serra, se acabó el numerito del ascensor! La jefa acaba de llegar.

Él se retiró con premura de mí y pulsó un botón rojo que había en uno de los laterales. Las puertas se abrieron inmediatamente y unos tres o cuatro agentes nos contemplaron risueños.

—Eres un crack, Serra —bramó uno de ellos, recorriéndome de arriba abajo.

Necesité unos segundos para entender lo que estaba pasando.

—¿Has bloqueado el ascensor a propósito?

Él me dedicó una mirada pendenciera y respondió:

—Tenía que asegurarme que tu pérdida de memoria era real. Pero ahora ya sé que es un teatro. ¿Cómo es posible que recuerdes que de pequeña te quedaste encerrada en un ascensor si se supone que no te acuerdas de nada, no?

Vale, me había descubierto.

—Eres un imbécil —masapullé.

—Sí, ya. Pero casi le suplicas a este imbécil que te bese solo para que te refresque la memoria. Una memoria que, por cierto, te funciona perfectamente —dijo acercándose a mí y agachándose para poner su rostro frente al mío.

No sabía si abofetearlo o comerle la boca de nuevo.

—Serra, ¿esta es la misma Sara que rodó por las escaleras de la Catedral? ¿La hija de la alcaldesa? —preguntó uno de los polis que escuchaban expectantes nuestra disputa.

—Exacto, y me temo que lo de mentir lo ha heredado de la política —farfulló él con un tono amenazante.

Ya no quise soportarle ni un minuto más. ¿Quién diablos se había creído que era ese guaperas?

Me giré para marcharme pero él me agarró del brazo.

—¡Suéltame! —le exigí.

La humillación que me había hecho pasar casi hizo que me pusiera a llorar como una colegiala tras una horrenda novatada. Pero ni de coña le iba a dar ese gusto.

En aquel momento oí una voz femenina detrás de mí.

—¿Qué está pasando aquí?

Y al soltarme de su agarre casi me tropiezo con una mujer de unos treinta y tantos, alta, con el cabello castaño y ondulado y con un cuerpo de top model. Era algo así como la doble de Beckett, la agente de la serie Castle. Solo que esta era un pelín menos guapa. Aun así, al ver la mirada que ella le lanzó a Serra, supe al instante que entre ellos había algo.

5

UN HASHTAGS MUY PELIGROSO

—¿Qué pasa, Serra? ¿Otra que no se te resiste en el ascensor? Me pregunto cuándo dejarás de comportarte como un crío y empezarás a actuar acorde a tu edad…

Aquellas palabras tal vez iban dirigidas a él, pero desde luego era a mí a quien miraba de arriba abajo como si estuviera perdonándome la vida. Sin duda, en su tono había mucho más que resquemor.

—Probablemente me moriré así. Hasta ahora no me ha ido nada mal, Varela —replicó él, altanero.

El rostro de ella se crispó aún más ante su respuesta y cuando se vio acorralada, se giró y vociferó a los otros policías que huroneaban sin ningún reparo:

—¿Qué coño miráis? ¡Venga, volved a vuestros puestos, joder! Y tú —dijo, señalándolo a él—, despídete de tu "amiguita" y ponte a trabajar.

Eso fue una orden en toda regla. Y Serra se la merecía por chulo y arrogante. ¡Joder con la Teniente O'Neill! Sin embargo, la entonación que había utilizado para referirse a mí no me gustó en absoluto.

Pero lo que menos me agradó fue la incesante sucesión de miradas entre ellos dos. Esa mujer estaba despechada y no podía disimularlo.

—No soy su "amiguita". Solo vine a poner una denuncia, pero en vista de que esta Comisaría está llena de incompetentes... me marcho —farfullé, alzando mi dignidad y encaminándome hacia el primer tramo de escaleras que atisbé. Por supuesto no pensaba meterme de nuevo en el ascensor.

No pude ver la cara que puso ella porque lo único que deseaba en ese momento era salir de allí, así que me recoloqué el bolso y bajé los peldaños con diligencia.

Pero cuando estuve a punto de salir de aquella Jefatura su voz me asaltó de nuevo.

—¡Sara! ¡Espera un momento!

No le hice caso. Continué empeinada en huir, pero él aceleró el paso y se colocó delante de mí obligándome a detenerme. Con esa expresión de enfurecimiento en su rostro estaba aún más guapo, si eso era posible.

Ahora ambos nos encontrábamos en la acera de la calle. Yo me crucé de brazos y eché un rápido vistazo al semáforo que quedaba justo delante de mí. Recé para que el muñequito cambiara de color y así poder atravesar la avenida.

—Te lo has pasado bien a mi costa, ¿no? —masculé sin mirarle.

—Bueno, yo creo que tú tampoco has sufrido demasiado con ese beso.

—Pero, niño, ¿tú eres idiota? ¿De qué vas?

—¿De qué vas tú, engañando a todo el mundo con una amnesia imaginaria?

Miré de nuevo hacia el semáforo, pero esa figurita roja aún permanecía estática. En cuanto llegara a mi casa hablaría con mi madre para que redujera el tiempo de espera en los pasos de peatones. No era necesario tanto tiempo, ¡maldita sea!

—Y a ti qué te importa. Es mi vida y puedo hacer lo que me dé la gana.

Él adoptó la misma postura que yo, como si estuviera imitándome.

—Sabes, yo estuve allí el día que rodaste por las escaleras. Casi te matas escapando de la iglesia. ¿De qué huías exactamente?

Sentí que la curiosidad le corroía.

—A ti te lo voy a decir… —murmuré, poniendo los ojos en blanco.

—¿Puedes dejar por un momento esa actitud de niña mimada y mirarme mientras te hablo?

Esta vez dio un paso más hacia mí y yo retrocedí otro.

—Vamos a ver, ¿tú estás sordo? No quiero hablar contigo. Eres un gilipollas —dije esta vez, enfrentándolo.

—¿Por qué me insultas, por besarte en el ascensor? Que yo sepa ha sido un beso consentido. Querías que te refrescara la memoria y eso es lo que he hecho.

Pero esto último lo dijo con una sonrisa ladeada e injustamente sexi.

¡¿Estaba burlándose de mí?!

—Mira, Serra, vete a hacer de las tuyas con otra. No estoy para perder el tiempo con niñatos como tú.

Él levantó los brazos en señal de «*me rindo*».

—Está bien, como quieras. No volveré a molestarla, señorita Maldonado. Ha sido un placer conocerla.

Vi cómo su rostro se fue transformando. Al parecer, esto último no le sentó demasiado bien y antes de que me diera cuenta, se dio media vuelta y volvió a la Comisaría.

Por suerte o por desgracia para mí, el muñequito verde destelló y pude atravesar la calle.

***

Recuerdo que cuando era pequeña, la primavera irrumpía progresivamente llenando de sol la ciudad y perfumando de aire floral las calles. Todo se volvía aceitunado y el ambiente se impregnaba de resplandor y viveza. Sin embargo, últimamente, el tiempo estaba más loco que yo, lo cual era difícil; y ahora en vez de hacer la temperatura agradable que se suponía que mayo nos traería, hacía más calor que en el Estadio Ramón Sánchez-Pizjuán de Sevilla en una tarde de agosto. Y a eso había que sumarle el cabreo que me había provocado ese... ese tío bueno.

No podía pensar en otra cosa que no fueran sus labios. Bueno, sí, en sus brazos, y también en su culo... Pero joder, su boca... aún podía sentir su sabor. Un solo beso, uno, y ya pensaba que no podría acostumbrarme a vivir sin ese contacto.

Me detuve delante del edificio de Hacienda, sin saber qué hacer ni a dónde ir. Estaba atrapada en un sinfín de confusiones y enredos. Pensaba que engañando a todos y fingiendo que mi memoria se había ido de vacaciones recuperaría las riendas de mi vida, pero no era así. A la única que estaba estafando era a mí misma y ya era hora de acabar con esa farsa. Tenía que hablar con mi madre, decirle que me encontraba perfectamente y que no me casaría con Fernando bajo ninguna circunstancia. Sí, eso haría.

De repente me sentí aliviada. Estaba completamente segura de que en cuanto fuese sincera con todo, las cosas me irían mucho mejor. Miré al cielo; de vez en cuando me gustaba hablar con mi padre, aunque fuese en silencio. Él me insuflaría ánimos desde donde estuviera…

Pero justo cuando concentré mi visión en el aglomerado blanquecino de nubes que se alzaban, imponentes, sobre el grandioso monumento arquitectónico de Puerta de Tierra, una gaviota sobrevoló a mi alrededor con sus alas níveas y planeando con maestría. Era preciosa… ¿Y si una vez que el alma abandona el cuerpo nos convertimos en criaturas libres? En eso pensaba tan solo un segundo antes de que aquel lindo pajarito defecara sin importarle un pimiento quién estuviera debajo suya, y con tan mala suerte que sus blandujos excrementos aterrizaron directamente en mi flequillo.

—¡Me cago en todos los antepasados de Torcuato Cayón! —Ya sé que él no tenía la culpa pero, claro, ¡¿a quién iba a maldecir, sino al arquitecto de la muralla que tenía ante mis ojos?!

Una pandilla de jóvenes *prepúberes* que hacían botellón a las siete de la tarde un día laboral, me señalaron y comenzaron a desternillarse de la risa.

Rebusqué en mi bolso y mi paquete de clinex no estaba. Probablemente se me habría perdido cuando el maldito "pepperonni" intentó robármelo. Era obvio que la difunta familia de Torcuato se estaba regodeando con mi bochorno.

Con la camisa tampoco podía limpiarme porque era de manga corta. Así que no me lo pensé y me agaché al suelo para agarrar un envoltorio sucio y carcomido de pipas con sal. Y sé que eran con sal porque lo leí un instante antes de llevarlo a mi pelo y retirar la verdosa caca de ese pajarraco. En el transcurso de esa maniobra me manché la frente y los dedos.

—¡Dios, qué asco!

Las carcajadas de los "ni ni" (ni estudian ni trabajan), me estaban poniendo nerviosa por momentos. Yo con esa edad también era así; para qué negarlo. Me reía de mi propia sombra pero, claro, la cosa cambia cuando el motivo del cachondeo eres tú.

Así que tiré de mala gana aquel papel sobre el asfalto y decidí ir a asearme a algún sitio. Quizá a una cafetería o un bar cercano.

Antes de cruzar la muralla recordé que mi amiga Irene vivía muy cerca de donde yo me encontraba en ese momento y decidí ir a su casa. Al fin y al cabo necesitaba a mi mejor amiga de mi parte, por muy tarada y zopenca que ella fuera a veces.

Llamé al timbre unas tres veces y cuando estaba a punto de marcharme, el hermano de Irene, Fran, abrió la puerta. Durante mi época de instituto estuve colgada por ese chico, pero menos mal que aquella fiebre africana me duró poco. No podía negar que era muy mono. Rubio, con ese pelo brillante y siempre estratégicamente peinado. Con esos dientes de anuncio y ese aire despreocupado e infantil. Era adorable, aunque más vago que el ángel de la guarda de los Kennedy.

Se había enrollado con toda nuestra pandilla, incluida yo. A decir verdad, lo mío fueron tan solo un par de besos absurdos y etílicos en una barbacoa del trofeo Carranza. Dejó de gustarme cuando vomitó calimocho sobre mi pareo. Ahí se esfumó el romanticismo.

—Hola, Sara.

—Hola, Fran. ¿Está Irene?

—Sí, pasa, está en su cuarto.

Entré en el pasillo y avisté que él se guardaba sus llaves y se preparaba para ir a la calle.

—¿Qué te pasa en el flequillo?

—¿Esto? Nada. Se me ha cagado una gaviota.

—Pues no te queda mal. Solo tú estás guapa hasta con mierda de pájaro en el pelo.

—Gracias, supongo que es un buen piropo.

—Por cierto. ¿Es verdad eso de que has perdido la memoria?

—Bueno, solo algunas cosas. Ya estoy empezando a recordar.

—Ah, guay.

—¿Te vas? —pregunté, simplemente por continuar la charla.

—Sí, he quedado —dijo, haciéndome un gesto con los ojos y moviendo las cejas insistentemente—. Voy al cine.

—¡Oh, no! Vamos, Fran, eres muy pesado con lo del cubo de palomitas, ¿a cuántas chicas les has hecho lo mismo? No te va a funcionar.

—No pienso tirar la toalla. Llegará el día en que a alguna le enamore ese gesto. Y entonces sabré que es mi alma gemela.

—¿Quieres decir que si a la chica con la que has quedado hoy le gusta que metas la polla en el cubo de palomitas, te casarás con ella?

—Exacto.

Negué con la cabeza mientras él se arreglaba la gomina del pelo con los dedos, frente al espejo.

—Vale. Pues que tengas mucha suerte —murmuré un segundo antes de encaminarme hacia la habitación de mi amiga y dejándolo por imposible.

En esa casa no reinaba la cordura precisamente.

Mis nudillos golpearon suavemente la puerta y tras esta, la voz de Irene vociferó:

—¡Fran, no pienso dejarte más dinero! Trabaja que ya tienes muchos pelos en los huevos.

Abrí sin preguntar y ella se sobresaltó:

—Sara, lo siento, pensé que era el friki de mi hermano.

—¿Puedo? —inquirí con meticulosidad sujetando el pomo.

Había llegado el momento de contarle la verdad a mi amiga.

—Claro, pasa. Ven, siéntate —me instó, retirando algunas prendas de su cama—. ¿Cómo has llegado hasta mi casa? ¿Has recordado la dirección?

Suspiré y me dejé caer en el colchón. Ella permanecía de pie frente a mí observándome con una expresión de desconcierto.

—Irene, no he perdido la memoria. Estoy perfectamente.

—¡¿Cómo?! Pero… ¿y por qué? ¡Joder!… Tú estás muy mal, tía…

Me incorporé sobre mis codos y la vi moverse de un lado a otro de la habitación. Llevaba un corte de pelo muy original, trasquilado en la parte de atrás y con un flequillo largo, aunque si no se lo peinaba como era debido, podía parecer una loca recién fugada de un manicomio. Más o menos como en ese momento.

—Me inventé la amnesia para que mi madre me dejara en paz con el tema de la boda. Llevo meses sometida a mucha presión.

—Pero… ¿y por qué me has mentido a mí también? Estuve contigo a solas en ese hospital. Podrías haberme dicho que todo era una pantomima tuya.

—No lo sé, Irene. Lo siento.

Ella se paró y se apoyó en su escritorio sin decir nada. Fijó la vista en el suelo. Se parecía mucho a Winona Ryder, en lo que a su físico se refiere. Mi amiga no era cleptómana.

—Vale. ¿Entonces no has olvidado nuestro viaje a Ibiza?—Negué con la cabeza y sonreí. Ella dejó caer los hombros con una mueca exagerada y exhaló: —Menos mal. He estado a punto de hacer un álbum con todas las fotos solo para refrescarte la memoria. Incluso con las que me pediste que borrara.

—Irene, créeme, aunque perdiera la memoria estoy segura que ese viaje se quedaría en mi recuerdo para siempre.

Su sonrisa se agrandó. Luego se dio media vuelta y agarró su móvil.

—Pues si tu memoria no falla y la mía tampoco, hay un policía macizorro que anda muy preocupado por tu estado de salud. De hecho, un segundo antes de tú entrar por esa puerta me acababa de enviar un mensaje para pedirme tu número de teléfono.

Mi cuerpo volvió a tensarse de nuevo.

—¿Y se lo has dado? —pregunté en alerta máxima.

—No, no me ha dado tiempo. En eso estaba. ¿Qué hago, se lo envío?

Me froté la cara con las dos manos.

—No…, no sé…, es que es tan guapo…, pero me acabo de dar cuenta de que es un imbécil.

—¿Por qué dices eso? No sabes nada de él.

—Sí, hoy he tenido la oportunidad de conocerle un poco más a fondo.

Me entretuve en contarle a Irene lo que me había sucedido. Le narré mi altercado en el tanatorio junto con el intento de hurto del "pepperoni" y, finalmente, acabé describiendo con todo lujo de detalles el beso que Serra me había dado en el ascensor. Incluso le hablé de esa inspectora: Varela. La que era una copia barata de la imponente Beckett.

Ella me miraba como si no acabara de creerlo, no obstante, cuando abrió la boca comentó:

—¿Qué coño te pasa en el flequillo?

Y lo decía la que parecía que había metido los dedos en un enchufe.

—Es caca de gaviota.

—¿Te ha besado aun llevando el pelo embadurnado de mierda de pájaro?

—¡No! Lo de la gaviota ha sucedido después.

—Ah, vale.

—¡¿Cómo que vale?! ¡No, no vale! ¡Nada de lo que pasa en mi vida vale!

—Eh, tranquilízate. Ya me gustaría a mí que me pasaran cosas como esas. ¡La pobre Sara…, que está intentando ser seducida por un tío que está como un tren! ¡Oh, pobrecita…!

Obviamente, en ese momento, con esos pelos de loca y cambiando el tono de voz, mi amiga estaba a punto de convertirse en la primera de mi lista negra.

Pero tras decir aquello, me perdí otra vez en mis desatinadas reflexiones y a continuación exigí:

—Necesito saber más cosas sobre él.

—¿Sobre quién?

—Sobre el friki de tu hermano, no te jode. —Me levanté de la cama y me senté frente a su ordenador. Ella puso un taburete a mi lado.

—¿Qué vas a hacer?

—Buscarlo en Facebook.

Encendí el ordenador y en la pantalla de Irene apareció de fondo una fotografía de Miguel Ángel Silvestre, su amor platónico. La miré y ella se encogió de hombros.

—Sé que un día de estos me lo encontraré en el Palmar haciendo surf, y cuando eso ocurra, no dejaré que se me escape —dijo ella con la mirada perdida en el monitor de su Mac.

—Sí, ya.

Luego accedí a mi Facebook y desde allí, en búsquedas, tecleé Serra. Nos pasamos al menos veinte minutos ojeando perfiles de todo tipo sin éxito ninguno. Cuando empecé a desesperarme, Irene recordó que el día de mi boda, en el grupo de policías que acordonaba la Catedral, se encontraba un agente amigo de su tío. Ella me cambió el sitio y entró en el muro de este. Desde allí localizamos al amigo y entre los contactos de ese policía…¡Bingo! Lo encontramos. Había puesto como único nombre Serra, sin ningún otro apelativo, lo cual me resultó tremendamente curioso. Estaba ansiosa por saber cómo se llamaba.

—Déjame el ratón —le pedí a mi amiga.

Sin embargo, no descubrimos mucho. Tenía la configuración de su Facebook completamente privada. Lo único que mostraba era una fotografía de perfil donde decir que estaba guapo era una idiotez. Pero no fue su bonito rostro lo que hizo que Irene y yo nos miráramos asombradas, sino el hecho de que en esa fotografía él sujetaba a un bebé en brazos.

—¿Será suyo? —murmuró Irene.

De repente, no sé por qué, esa idea me aterró. Quizá porque deseé con todas mis fuerzas que ese adorable pequeñín hubiera sido de él y mío.

—Igual es un sobrino o el hijo de algún amigo —expuse con el pulso latiéndome con furia.

—Vamos a cotillear su Twitter, a ver si allí descubrimos algo más —propuso Irene.

Pero no encontramos mucho. Mostraba la misma fotografía y también lo tenía privado, así que sin poder evitarlo, una profunda sensación de decepción me invadió.

—Da igual, apaga el ordenador. No sé ni para qué hago esto —dije cabreada.

—Si de verdad quieres conocerlo más, puedo enviarle tu número de teléfono. Lo está esperando.

—No.

Ella se derrumbó en la mesa teatralmente y luego, apoyando la cabeza sobre un codo, manifestó:

—Nos queda Instagram. Vamos a buscarlo por allí.

Y fue entonces cuando mi mundo se terminó de derrumbar del todo.

Tardamos muy poco en dar con él. En esta red social su nombre era Serra...Cádiz, como si quisiera dar a conocer a la multitud de chicas que le seguían, dónde podían encontrarle. Esta vez no había nada oculto, todo lo contrario. En esta aplicación se mostraba muy extrovertido, demasiado... Al pinchar su nombre, un abanico de fotografías mostraban al tío más sexi, guapo, divertido y adorable que había visto en mi vida. Y digo eso, porque fue exactamente lo que sentí al ojear aquel conjunto de fabulosas imágenes. En algunas, aparecía haciendo deporte en la playa con un torso bárbaro, en otras, a lomos de una imponente moto...Irene y yo continuamos cotilleando una a una todas las fotos, sin parpadear.

—Qué bueno está el jodío —susurraba mi amiga.

Pero entre todas aquellas estampas había muchas chicas. Y todas ellas eran preciosas. Serra con una rubia, Serra con una morena, Serra con una pelirroja, Serra con una...¿china? A él parecían gustarle de todos los colores y nacionalidades...

Sentí rabia. Una furia desmedida e incontrolada. Me dieron ganas de golpear el monitor, pero estaba segura de que Irene me habría aniquilado en "cero coma dos" si le hacía algo a su Mac.

Serra era un vive la vida y en realidad no podía odiarle por eso. Un chico como él, ¿qué iba a hacer si no? Sin embargo, no pude evitar el fiasco.

Definitivamente, ese hombre no era para mí.

—Mira, Sara, los comentarios que le ponen las chicas en esta foto. —Ella agrandó una en la cual aparecía él haciendo abdominales en lo que parecía ser una barra de acero. Fue ver esa foto y deseé, en contra de mis principios, hacerle un traje de saliva—. Todas usan el mismo hashtags: #Serraquieroguerra.

¡Serán guarras!, pensé para mí.

Cuando ya tenía la cabeza saturada de leer innumerables proposiciones y obscenos ofrecimientos, le pedí a Irene que, por favor, apagara el ordenador. Estaba claro que él no tenía problemas para ligar. Muchas, incluso, dejaban sus teléfonos móviles junto al comentario. ¿Tan desesperadas estaban algunas?

Me levanté del asiento y me volví a tumbar en la cama de Irene.

—Ves, te lo dije. Es un imbécil —protesté.

—¿Por qué? ¿Solo por estar bueno ya no te vale?

—Da igual, no quiero saber nada más de ese niñato.

Mi amiga dio la vuelta en su silla giratoria y se mordió el labio inferior.

—¿Ah, no? Pues en realidad hay algo en lo que te he mentido.

—¿En qué? —inquirí mirándola de soslayo.

—Pues que justo cuando has llegado le acababa de enviar tu número.—Le lancé una mirada amenazante—. Pero no te preocupes, ahora que he visto todo eso en Instagram no creo que te llame. De hecho, no sé ni para qué demonios quiere el tuyo.

A partir de ese instante mi mejor amiga encabezó el primer puesto de mi lista negra, sin ningún atisbo de duda.

6

OBJETO VOLADOR NO IDENTIFICADO

Irene y yo contemplábamos el techo de su habitación tumbadas en su cama. Después de ver todas aquellas fotografías y analizar mi desgraciado porvenir, no me quedaban fuerzas para nada.

El silencio se fue extendiendo lentamente por las paredes, invadiendo la atmósfera y, por primera vez en mi vida, agradecí esa ausencia de sonido. Pensé que mirando al vacío e impregnada de ese hipnótico mutismo, hallaría la paz que tanto necesitaba. Me giré hacia mi amiga y observé su perfil. Ella también parecía absorta en sus pensamientos. Con la mirada fija en algún punto inexistente de aquel techo de escayola.

—¿En qué piensas? —susurré, intentando no romper esa conexión intrínseca que empezaba a sentir. Conocía a Irene desde que estábamos en primero de EGB, y podía adivinar qué estaba pensando con tan solo mirarla. Pero esta vez no supe descifrar lo que la tenía tan abstraída. Quizá buscaba una respuesta en algún lugar recóndito de su mente.

—Pues en que el techo vuelve a tener otra vez humedad. ¿Ves esa mancha negra? Ya verás cuando mi madre se dé cuenta la que le va a liar a mi vecina.

No, definitivamente sus reflexiones no eran muy profundas.

Me incorporé y decidí que tenía que volver a mi casa. Era necesario que aclarara con mi familia todo ese embrollo.

—Tengo que irme.

—¿Y qué pasará con Fernando, Sara? Quiero decir, ¿has hablado ya con él acerca de la boda?

Suspiré y me froté la cara. En mi cabeza aparecían una y otra vez las fotografías de Serra…

—No, aún no. Pero lo haré. No voy a casarme, Irene. No quiero a Fernando. Apenas lo soporto delante de mi vista. —Me puse de pie y agarré mi bolso.

—Atu madre le va a dar un síncope —rezongó ella, levantándose detrás de mí—.El día que estuve visitándote en el hospital me dijo que había llegado a un acuerdo con el catering para posponer el banquete. Me comentó que tuvo que pagarlo por adelantado para asegurarse de que no le engordarían la factura. Me encantaría ver su cara cuando se lo cuentes todo.

—Me da igual, esta vez no voy a hacer lo que ella quiera. Estoy harta.

Abrí la puerta de la habitación e Irene me siguió por el pasillo. Cuando ya estaba en el rellano para marcharme me giré y le pedí:

—Deséame suerte.

—¡Y una mierda! —protestó.

—¿Por qué no?

—Pues porque ya tienes muchísima. ¿Te parece poco que ese buenorro de Serra te haya besado en un ascensor?

Puse los ojos en blanco y me despedí de ella.

Al salir a la calle, una densa oscuridad fue cubriendo el cielo y millones de estrellas adornaron el firmamento. La temperatura había descendido unos grados y en ese momento pasear por mi ciudad era un verdadero placer.

Fui caminando hasta mi casa con la ilusoria esperanza de que mi madre no se tomaría tan mal la verdad de todo aquello, pero a medida que me acercaba al inminente destino fui cambiando de opinión. Ella había pagado el banquete y, obviamente, el problema era mayor.

La casa de mis padres estaba situada frente al paseo de la Alameda Apodaca, en una preciosa finca restaurada de cuatro pisos con enormes ventanales cubiertos con cortinas georgianas. Ese amplio piso lo consideré mi hogar durante mi feliz infancia, cuando mi única preocupación era que mis pulcras trenzas castañas estuvieran siempre en su sitio y fuera del alcance del pedante de mi hermano. Sin embargo, ahora que me debatía en atravesar o no aquel umbral, la empedrada fachada color ocre mostraba el aspecto de una terrorífica mansión de los años cincuenta. No obstante, no podía demorarlo más.

Abrí la puerta con mi llave y oí el sonido del televisor en el salón.

—Sara, ¿eres tú? —preguntó mi madre desde el fondo.

—Sí, mamá.

La vi asomarse al pasillo desde la cocina.

—Ven aquí, hija. Tenemos que hablar.

Me encaminé hacia allí y me apoyé en el quicio de la puerta mientras la observaba moverse de un lado a otro preparando la cena.

—¿Qué demonios ha pasado en el tanatorio? Fernando me acaba de llamar muy disgustado. Dice que te has marchado de allí y que no para de llamar a tu móvil, pero que no contestas a sus llamadas. —Eso era cierto. Lo último que me apetecía era hablar con él—. Me he asustado. Pensé que igual no te acordabas de volver a casa.

Me llevé la mano a la frente fingiendo que me dolía la cabeza, y luego exhalé:

—Mamá, todo esto es demasiado extraño. Fernando, para mí, es un completo desconocido. No quiero estar a su lado.

Ella se giró con cara de espanto.

—Pero, hija, de la única manera que volverás a recordar será rodeándote de tu gente más cercana. Es muy importante que estés cerca de Fernando.

—Lo sé…, pero necesito tiempo. Quizá si vuelvo a mi apartamento y continúo con mi rutina todo vuelva a la normalidad.

Me costó convencerla de regresar a mi diminuto estudio, pero puse todo mi empeño y finalmente accedió.

Al día siguiente mi padrastro me ayudó a trasladarme. Era doloroso mentirle a él también, mucho más que a mi madre, pero no podía correr riesgos. Un segundo antes de marcharse y dejarme sola en aquellas reducidas cuatro paredes, él agarró mi mano y mirándome a los ojos musitó:

—Sara, intenta descansar y procura que ni Fernando ni nadie te moleste. Necesitas un periodo de tiempo para ti. En cuanto tus recuerdos vuelvan tienes que solucionar muchas cosas.

Asentí sin saber qué otra cosa responder, luego le di un beso en la mejilla y contemplé cómo se alejaba.

Cuando cerré la puerta me apoyé sobre ella y suspiré. Eché un rápido vistazo a mi caótico hogar.

Estaba de baja en mi trabajo, con lo cual tenía unos días por delante para emplearlos en lo que me diera la gana. Y lo primero que haría sería ordenar mi armario. Menos mal que no le hice caso al imbécil de mi novio y llevé toda mi ropa hacia su piso, sino ahora tendría un grave problema. Aun así, aquella estancia evidenciaba una reciente mudanza. Gran parte de mis cosas se encontraban ahora en casa de Fernando pero, en realidad, me importaba un comino. Nada de lo que había dejado allí era realmente importante para mí: ropa de invierno, libros, cedés y poco más.

Así que me puse a organizar aquella insignificante vorágine y el día se me pasó en un santiamén.

Finalmente, mi apartamento recuperó el aspecto acogedor de siempre y acabé derrumbada en el sofá haciendo zapping. Engullía unos palitos de cangrejo, ya que era la única comida no caducada que había en mi nevera, mientras la cara de un tipo escuchimizado y con coleta se hacía pasar por vidente en un patético programa de televisión.

—Dime, Remedios, ¿qué es lo que quieres saber exactamente? —preguntaba, barajando unas cartas enormes y con símbolos extraños.

—Pues me preocupa la salud de mi marido —decía la mujer a la cual acababa de atender la llamada.

El interpelado puso un gesto adusto y reflexivo y luego aseguró:

—Este año tu marido se recuperará perfectamente. Y no lo digo yo, lo dicen las cartas.

—Pero eso no puede ser, mi marido tiene cáncer pancreático y los médicos han dicho que mañana desconectarán las máquinas, lo mantienen con respiración.

«Entonces, ¿para qué cojones llamas?», pensé yo.

—No, no. Tu marido mañana saldrá sanísimo del hospital. Y no lo digo yo, lo dicen las cartas.

Vaya tela, ¡como está el país! ¿Era legal ser tan caradura?

—¿De verdad? —La voz de esa desconocida sonaba esperanzada.

—Sí, mujer, sí. ¿Cómo se llama tu marido? —reiteró él.

—Eleuterio.

¿En serio? ¡¿Quién cojones llamaba de esa manera a su hijo?!

—Pues dile a Ele —¡¿Ele?! Se me quedó un palito de un puto cangrejo, o lo que fuera, atravesado en la garganta— que me llame mañana cuando vaya camino a casa.

¡¡Sí, desde la caja de pino te va a llamar, sacacuartos!!

—Oh, Dios mío, gracias. Así lo hará.

En la pantalla, la cara del coleta mostraba una sonrisa triunfadora y daba paso a la siguiente llamada. Me tragué casi el programa entero, y antes de cambiar de canal tuve que reprimir mis ganas de llamar y poner a parir a ese miserable estafador.

Enojada me levanté del sofá y decidí vestirme. Seguro que un poco de ejercicio me ayudaría a eliminar tensiones.

Me puse unas mallas grises que marcaban demasiado mi arco del triunfo y las combiné con una camiseta larga también gris, de tirantes. Agarré una sudadera negra y me la anudé a la cintura. Eran aproximadamente las ocho de la tarde y aún hacía calor, pero en cuanto cayera la noche refrescaría, así que decidí prevenir.

Dejé el móvil en casa. Total, la única persona que me había llamado en las últimas doce horas había sido Fernando, con lo cual, no me haría mucha falta.

Mi apartamento estaba situado en la calle Benito Pérez Galdós y a esa hora y con la agradable temperatura de aquel generoso mes de mayo había bastante gente fuera. Unos minutos después de callejear por el centro llegué al Campo del Sur, y no sé si fue el embriagador olor del mar o la sensación de libertad que me irradió el color aturquesado del cielo, pero fueron los determinantes necesarios para que echara a correr sin acordarme de que no había estirado los músculos.

En aquel momento, mientras contemplaba la majestuosa belleza que exhibía el paisaje, solo pensaba en lo maravilloso que sería vivir en una isla desierta, con wifi, claro, y sin madres alcadesas ni novios llorones. Sin otra preocupación que levantarme por la mañana y decidir qué deporte acuático practicaría ese día. Mi mente, por un momento, se alejó de la realidad y divagó por las azuladas aguas de un sitio extraordinario, donde los delfines nadaban a mi lado y los árboles me proveían de las frutas más exóticas y deliciosas jamás descubiertas.

Me distancié tanto de mi propio yo que lo único que me llevó de vuelta al infausto presente fue el tremendo calambrazo que en ese instante me sacudió el gemelo.

Me tiré al suelo retorciéndome de dolor…y cuando me llevé la rodilla al pecho con la intención de masajearme la pierna para ver si así podía calmar ese suplicio… apareció de repente una imagen corpulenta, y yo diría que incluso soberbia. Se plantó delante de mí. Me costó enfocar la visión a consecuencia del agarrotamiento de mi pierna, sin embargo, cuando me di cuenta que era *él*, mi corazón latió con furia amenazando con deshacer mi caja torácica.

—Señorita Maldonado, ¿me cruzaré con usted alguna vez sin que se encuentre en apuros? —dijo, agachándose hasta quedar en cuclillas junto a mí.

Al parecer, él también venía haciendo ejercicio porque su respiración estaba alterada y un ligero velo de sudor empañaba su frente. Sin embargo, sus mejillas estaban un poco sonrojadas y al sonreír, su reluciente y perfecta dentadura hizo que mi dolor se suavizara. ¡Por el amor de Dios, ¿por qué la genética de ese espécimen tenía que torturarme de esa manera?!

No me dio tiempo de responder nada cuando él agarró mi pierna y comenzó a masajear mi pantorrilla.

—¿Es aquí donde te duele? —preguntó, presionando con sus dedos el músculo de mi gemelo.

Asentí haciendo una mueca de dolor mientras él manipulaba con destreza mi lesión.

Le eché un rápido vistazo a su ropa, llevaba una sencilla camiseta blanca un poco sudada y un pantalón corto, gris, de chándal. El vello dorado de sus muslos, sus torneados brazos bajo esa sencilla indumentaria y sus aceitunados ojos que ahora escrutaban mi cara con decisión, me resultaron tan magníficos y tentadores que de pronto parloteé sin saber por qué:

—Ya estoy bien, solo ha sido un calambre.

Intenté ponerme de pie y, de paso, guardar una distancia considerable. Sin embargo, el tirón volvió de nuevo.

—¡Ahhh!

—¿Has estirado antes de hacer ejercicio?

—Pues claro, ¿por quién me tomas? —protesté dando saltitos en el suelo, intentando que la molestia desapareciera de una vez.

—Apoya el pie completamente en el suelo e intenta caminar.

Le lancé una mirada amenazante, pero, a pesar de todo, hice lo que me dijo y al cabo de unos segundos sentí un profundo alivio.

—¿Mejor? —inquirió, caminando a mi lado.

—Sí…, gracias… —susurré.

—No corres muy a menudo, ¿no?

—¿Por qué lo dices?

—Tus zapatillas… —dijo, señalando mis *converse* blancas, que a mí me parecían monísimas—. No puedes llevar ese calzado para correr. Necesitas unos tenis de *running*.

Sabía que llevaba razón, pero esa era una de las cosas que había llevado a casa de Fernando y que estaba empezando a dar por perdidas.

—Sí, ya…¿Qué eres policía o experto en ciencias del deporte?

Él volvió a sonreír. Sí, otra vez su sonrisa sexi e irresistible.

—¿Aún sigues molesta por lo del ascensor? Solo fue una broma, Sara.

—Tranquilo, Serra. Es así como te llamas, ¿no?

Detuve el ritmo de mis pasos para contemplar su bonito rostro.

—Sí —respondió, cortante.

Esta vez ambos estábamos uno frente al otro en el paseo marítimo. El sol se ocultaba lentamente en el horizonte y el reflejo de los tenues rayos de luz iluminaban su castaño cabello despeinado y terriblemente atrayente.

—Pues eso, que no te preocupes, *Serra* —recalqué su nombre con un tonito cargante—. El numerito del ascensor me ayudó a darme cuenta de qué tipo de persona eres.

—Vaya, qué lista. ¿A qué te dedicas, Sara?¿Eres psicoanalista o simplemente tienes por hobby juzgar a las personas antes de conocerlas?

Cruzó los brazos de una manera muy masculina y ladeó la cabeza para observarme con más intensidad.

—Soy psicóloga. Trabajo en un centro psicoeducativo con niños discapacitados y jóvenes adolescentes con problemas de conducta. Y te aseguro que tu actitud del otro día no se diferencia mucho de lo que veo diariamente.

De repente liberó una sarcástica carcajada. Estaba cabreado, era obvio.

—¿Tú? ¿Psicóloga? ¿Y cómo analizarías a una chica que finge perder la memoria tras un absurdo accidente escapando de su boda?

—Lo que yo haga con mi vida a ti te importa un pimiento —resoplé.

Por un momento, estuve tentada de darme la vuelta y largarme, pero, en realidad, quería estar más tiempo frente a él. Ese hombre me sacaba de quicio, pero al mismo tiempo todo él parecía poseer una fuerza invisible que me arrastraba incesantemente.

—Exacto, pero acabas de analizarme, así que estoy en mi derecho de hacer lo mismo contigo.

Ambos nos retamos durante unos segundos con la mirada.

—Muy bien, ¿has acabado ya? —protesté.

—No. Esto solo acaba de empezar... —masculló, dando un paso hacia mí y sin dejar de contemplar mis labios. En ese instante me quedé paralizada. Como si las *converse* se hubiesen adherido al asfalto. ¿De verdad iba a besarme otra vez? ¡Diosito, por favor, sí!

La gente continuaba paseando, muchos en bici, otros en patines..., pero lo cierto es que en aquel momento yo solo era capaz de retener en mi mente su apetitosa e irresistible boca. El mundo a mi alrededor podía desaparecer, que me importaba tan poco como la condición sexual de las hijas góticas de Zapatero. Yo tan solo tenía en mi cabeza esos preciosos ojos esmeralda traspasándome y haciéndome sentir la mujer más deseada de todo el planeta. ¿Era real esa portentosa química o me daría de bruces con la verdad, como Remedios cuando su marido la palmara al día siguiente?

¡Sara, céntrate! ¿Vas a besarle o no?

En esas estaba cuando una voz femenina y lejana, yo diría que proveniente de un balcón no muy apartado a donde nos encontrábamos en ese momento, gritó como poseída por la ira:

—¡Serra, cabronazo!

La reacción fue instantánea por parte de ambos. Giramos la cabeza para descubrir a la autora de semejante insulto y fue cuando identifiqué un extraño objeto volador dirigirse a máxima velocidad hacia nosotros. De hecho, ahora que lo recuerdo todo con claridad, esa escena ocurrió como en cámara lenta. Él me miró, yo lo miré, él se retiró con una rapidez supersónica y...¡zás! Un huevo estalló en mi pecho. ¡Sí, señor! Una tía muy cabreada acababa de tirarle ¡un huevo!, desde su casa, y claro, yo, que últimamente gozaba de una suerte sublime, me llevé el premio gordo.

Miramos hacia aquella terraza, pero la ovípara asesina se había escondido dentro de la casa y mi cuello y gran parte de mi indumentaria chorreaba los restos de aquel polluelo. Pero lo que más molestó era que mientras yo era el motivo de risas de los transeúntes que desfilaban a nuestro alrededor, él seguía con su ropa impoluta.

—¿Quién coño ha sido? —farfullé enojada.

—¡Joder! —protestó él sin apartar la vista del balcón.

—¿Qué pasa, Serra?¿Tienes examantes cabreadas por todas las esquinas? —masculló, despegando los trozos de cáscara que colgaban de la tela de mi camiseta.

—Lo siento, creo que el huevo iba dirigido a mí —dijo, mordiéndose el labio inferior para reprimir la risa.

—No me digas. —Se llevó la mano a la nuca y se la frotó mientras sus labios se curvaban cada vez más—. ¿Te hace gracia?

No estaba yo para mucho cachondeo en ese momento.

—Ven a mi casa, está aquí al lado. Sube un momento y te dejo una camiseta limpia.

¿A su casa? Si meterme con él en un ascensor fue un suicidio… ¿qué pasaría en su casa?

—No, da igual. Me largo.

Me estaba haciendo de rogar, lógicamente.

—Venga, mujer, ¿cómo te vas a ir con la ropa así? Déjame al menos que te preste algo. Me siento culpable.

—Claro, como debe ser —aseguré—.Se supone que eres policía, que debes proteger al ciudadano, ¿no?

—Ha sido un acto reflejo —se excusó.

—Imagínate que en vez de un huevo hubiese sido una granada de mano. Desde luego ya sabemos cuál de los dos habría salido perdiendo.

Él suspiró.

—¿Por qué tienes que dramatizar tanto? Solo es cáscara de huevo. No ha sido para tanto.

—Solo es cáscara de huevo… —dije, haciendo una mueca con la cara, burlándome de él.

Y sin yo esperarlo, agarró mi mano y me instó a seguirlo.¡¿En serio me llevaba de la mano?!

Atravesamos la carretera y llegamos a un bloque de pisos que quedaba relativamente cerca de la comisaría. Sacó unas llaves del bolsillo de su pantalón de chándal y mientras abría la puerta le pregunté:

—¿Quién era? —Contemplé su perfil con esa barba rasposa y me entraron ganas de recorrerla con mi lengua.

—¿Quién era quién?

—La lanza huevos, ¿quién era?

Él buscó mis ojos y de nuevo me mostró esa sonrisita pendenciera.

—No estoy seguro, quizá una vieja amiga.

—¿Amiga?

—Bueno, examiga, a partir de ahora.

Sujetó la puerta para dejarme pasar a mí primero y le lancé una mirada desintegradora.

Su apartamento estaba en el primer piso y era un poco más grande que el mío. No mucho. Estaba bastante limpio, quizá un pelín desordenado, pero en comparación con el aspecto de mi estudio esa misma mañana, aquello relucía. Al entrar lo observé todo con precisión.

Un salón amplio y luminoso con una pequeña pero coqueta cocina anexa. Al fondo, una habitación con lo que parecía ser otra puerta que probablemente fuera el baño. Las paredes estaban pintadas de blanco y el suelo lucía una bonita tarima color roble. Los muebles eran todos modernos y funcionales, la gran mayoría de Ikea. Un enorme sofá negro en forma de ele ocupaba casi todo el espacio y justo delante un aparador con un plasma. Lo cierto es que parecía recién reformado. Tenía también una pequeña terraza con vistas al mar. De repente, me imaginé allí fuera, sentada en sus rodillas tomando café recién hecho, y disfrutando del cautivador sonido de las olas y del dulce piar de los jilgueros,(en realidad me daba igual que fuesen jilgueros, colibríes o loros…), después de haber compartido la noche con él mientras me susurraba al oído lo maravilloso que era estar dentro de mí y yo...

¡Despierta, Sara!

—Siéntate si quieres. ¿Te apetece tomar algo? —comentó, dirigiéndose a la cocina y sacando de la nevera una bebida energética.

—Sí, agua, por favor.

Yo seguí escrutando su casa y de repente empecé a fijarme en las fotografías.

Una de las paredes en concreto estaba repleta de pequeños marcos blancos con imágenes fantásticas. Muchas mostraban unos paisajes fascinantes, sin embargo, hubo un par de ellas que atrajeron completamente mi curiosidad. De nuevo él sujetando a ese adorable bebé.

Desvié la vista de la pared en cuanto se acercó a ofrecerme el vaso de agua.

—Toma —dijo, acercándose demasiado a mí.

Bebí un poco y la profundidad de sus ojos me obligó a desviar la vista, intimidada. Fue entonces cuando me percaté de que en una de las esquinas del salón había una caja con bastantes juguetes.

Era su hijo… No podía ser de otro modo.

—Es muy guapo. ¿Quién es? —murmuré, centrando de nuevo mi visión en la foto.

Él se alejó de mí, se acercó al mueble aparador donde había un moderno y sofisticado equipo de música y pulsó un botón. Un instante después la hipnótica y embriagadora voz del vocalista de *Maroon 5* impregnó el aire con su tema *Sugar*. ¡Oh, Dios!, cuánto me gustaba esa canción. Recuerdo que la primera vez que vi ese videoclip pensé en mi boda con Fernando y supe que sería un error garrafal. Yo quería una boda de esas, en las que las sorpresas estuvieran garantizadas. Y sabía de sobra que si esa ceremonia estaba organizada por mi madre, todo sería aburrido y absurdamente coordinado.

Me di la vuelta esperando una respuesta y de pronto vi cómo se quitaba la camiseta y se quedaba solo con el pantalón de chándal… Se movía de un lado a otro recogiendo algunas cosas. Como si quisiera poner orden en su casa.

¡Diosito, ayúdame!

Mientras tanto, la letra de aquella canción seguía penetrando por los poros de mi piel.

—¿Ese? Es Bruno. Un tipo cojonudo. Como su padre.

¿Un tipo? Pero si en esa foto era un bebé de apenas seis meses.

—¿Y dónde está ahora? —pregunté, dando por hecho que era su hijo.

—Con su madre. Vive con ella —afirmó él, dirigiéndose hacia una cómoda que había en su dormitorio. Unos segundos más tarde me ofreció una camiseta suya—.Toma, espero que te sirva. Te vendrá un poco grande, pero al menos no huele a gallina.

Miré sus labios mientras me hablaba y tuve que hacer un esfuerzo para concentrarme y no perderme en su preciosa sonrisa.

—Vale. ¿Puedo entrar en el baño a cambiarme?

—Por mí, puedes hacerlo aquí mismo, pero si no quieres, el baño está allí dentro —bromeó.

Una vez que me encerré en su aseo, me quité la camiseta y la hice una bola. Olía bastante mal, pero, claro…, ¿a qué iba a oler el cadáver de un polluelo? Me limpié los restos de cáscaras de huevo resecos en mi cuello, después agarré un bote de colonia de baño que había en uno de los estantes y me apliqué por todas partes. Mientras tanto, mis ojos fisgoneaban hasta el último recodo.

¿De verdad tenía un hijo?

Me entretuve más de la cuenta en peinarme y ponerme decente. En ese cuarto de baño, obviamente, no había barras de labios ni antiojeras, así que me pellizqué las mejillas, me solté el pelo, y aunque la camiseta me quedaba como si me hubiesen echado una sábana por encima, el resultado no me disgustó. Sobre todo porque era de él, y el simple hecho de llevar una prenda suya me erizó los vellos de mi piel. Intenté controlarme y no inspirar el aroma del suavizante mezclado con lo que reconocí como su olor corporal. Pero no pude.

Sujetaba el pomo para salir cuando de pronto se me ocurrió cotillear un mueble que colgaba en una de las paredes. Sabía que no debía hacerlo. Estaba mal. Pero así era yo…

Abrí una de las puertas y por un momento estuve a punto de caerme de culo al contemplar lo que había allí dentro. Mis manos fueron directas a una caja de preservativos estriados, a su lado otros retardantes, para hacerte sentir como un verdadero héroe en la cama, decía el envoltorio. ¡Madre de Dios! Seguí ojeando. Lubricantes anales, aceites con feromonas, una crema de cuidado para el pene… ¿Cómo? Leí las instrucciones: una crema especialmente diseñada para el cuidado del pene con todos los componentes para tener un pene suave y cuidado.

De repente, me di cuenta de que la cara me ardía. Fue leer eso y visualizar en mi cabeza su… su… pues eso, su cosa. Y lo peor de todo es que me imaginé a mí misma aplicándole esa loción.

¡Basta, Sara!

¿Quién coño era este tío? ¿Una especie de puñetero adorador del sexo y ese mueble su templo? ¡Joder!…

—¿Tienes hambre? —Su voz me sobresaltó desde el exterior y de un manotazo derrumbé el orden de aquel mini sex shop.

—¡Ehh…, no…, tengo que irme…, gracias! —respondí, intentando dejarlo todo como estaba.

Respiré profundamente antes de salir y cuando llegué al salón, la mesita baja y cuadrada que lo decoraba lucía un par de manteles individuales con motivos orientales. A su alrededor había colocado un plato con queso y uvas, un bol con ensalada mediterránea y otro plato con unos sándwiches cortados en triángulos.

Me quedé perpleja contemplando aquel improvisado festín y mi estómago rugió de una manera incontrolada.

—¿Entonces qué, te quedas a cenar o no, Sarita? —susurró plantándose delante de mí con esa única prenda deportiva y con aquel torso prohibido cegando el poco sentido común que me quedaba.

Cogió una uva y la mordió. Un poco de zumo resbaló por sus labios.

—¿Te quedas?

7

UNA VISITA INESPERADA

L a fascinante música de *Maroon 5* continuaba sonando en aquel espacioso salón mientras la resplandeciente luz de una hermosa luna plateada se iba filtrando por la enorme cristalera de la terraza y le daba brillo a su perfecto y anguloso rostro.

Me debatía entre si quedarme o no a cenar manteniendo una lucha interna con esas dos "Saras" que vivían dentro de un único cuerpo, más bien pequeño para dos, pero que ahí estaban. Eran dos voces impertinentes. Por un lado, una me susurraba:

—Quédate, Sara, y cómetelo a él en vez de a los sándwiches.

Y luego, la otra voz, que probablemente era pariente de mi madre o de algún testigo de Jehová, y que decía:

—Sal de esa casa ahora mismo y no compliques aún más tu vida. Bastante la has liado ya, hija mía.

Sin embargo, a pesar de que intenté concentrarme y sopesar ambas posibilidades, esta vez fue mi estómago el que se hizo escuchar incluso por encima de la música. Y no era de extrañar. Ese día únicamente había ingerido palitos de cangrejo congelados, y para colmo, la digestión se me hizo pesadísima con ese médium tramposo de la tele.

Así que rehuí pensar por un momento y me dejé llevar por el hambre, en el más amplio sentido de la palabra, eso sí.

—Está bien, me quedo —parloteé rápidamente, evitando la intensidad de su mirada y sentándome en el sofá antes de que me diera por arrepentirme.

Él sonrió mientras seguía saboreando aquella uva.

—Perfecto. Voy a darme una ducha rápida y enseguida estoy aquí. No te lo comas todo. Deja un hueco para el postre… —murmuró, guiñándome un ojo antes de perderse en su habitación.

El rubor me subió hasta el cuello y contemplé los músculos de su espalda sin que me viera. Suspiré.

Picoteé un poco de queso y me miré las uñas. Canté, haciendo tiempo mientras oía el sonido de la ducha de fondo. Me emocioné con una de las canciones de Adam Levine, y sin darme cuenta, en un arranque, me puse a cantar en voz alta. Era ese tema hiper pegadizo de "Moves Like Jagger". Y sí, me puse a mover los hombros al mismo tiempo que probaba las riquísimas uvas. Masticaba cuando la voz de Christina Aguilera llenó el ambiente. Algo dentro de mí, me impulsó a agarrar un tenedor y ponerme a cantar.

No fui consciente del significado de aquellas estrofas y, sin querer, me encontré tarareando en inglés y con los ojos cerrados aquellas insinuantes frases que hablaban sobre un secreto y la necesidad de sentirme suya por una noche.

Hey, hey, hey… En el último "hey", a decir verdad, abrí los ojos y Serra estaba frente a mí, justo delante de la mesa, de pie y con una toalla enrollada bajo sus caderas, donde esos músculos, que en realidad muy pocos hombres saben que están ahí, se marcaban de un modo delicioso y envidiable. Él sonreía y algunas gotas de agua quedaban salpicadas en su pecho y descendían lentamente por esa línea de vello dorado que conducía a su ombligo. Me atraganté con la fina piel de una de las uvas al verme sorprendida cantando y haciendo el tonto, como siempre. No obstante, el júbilo que desprendía su radiante sonrisa me decía que le gustaba lo que acababa de presenciar.

—Vaya, Sara. Eres una cajita de sorpresas. ¡Qué bien cantas! —comentó, secándose el pelo con otra toalla pequeña.

Su cabello quedaba alborotado y yo aún no podía salir del asombro de ver a ese extraordinario ejemplar delante de mí, recién duchado y oliendo a gloria bendita. Y para colmo, seguro que antes de salir del baño se habría aplicado la crema… Sí, ya sabéis cuál... ¡No me hagáis especificarlo todo!

—He sido seleccionada para la próxima temporada de "Tú sí que vales" —dije, intentando que se tragara esa trola tras recuperarme de una leve tos y del shock de verlo así.

—¿En serio? —preguntó abriendo mucho los ojos. ¡Qué inocente!

—Sí. Cantaré y haré música con los dedos —bromeé, acordándome de una vez que vi a un tipo en ese programa decir eso mismo y luego se puso a sacudir las manos delante de toda España. Obviamente, no estaba bien de la cabeza. Me refiero al tipo, no a mí.

Él soltó una carcajada.

—Ya me he dado cuenta que eres muy graciosilla —declaró, afilando la mirada. Luego se giró y volvió a su habitación. Me pareció verle el culo cuando dejó la toalla sobre la cama y se puso un pantalón de pijama gris y una camiseta blanca.

Bueno, no me pareció, ¡se lo vi!

Junte las manos a lo niño Jesús y rogué al cielo en silencio:

—¡Diosito, deja de tocar las narices!

Unos segundos después, él salió al salón y peinándose su cabello mojado con los dedos, se sentó junto a mí. Su rodilla rozó la mía y una extraña corriente eléctrica me recorrió la pierna hasta llegar al punto más erógeno de mi cuerpo. A esa distancia, el olor de su desodorante me noqueó.

—Bueno, Sarita, venga, cuéntame cosas de ti —dijo, sirviéndose ensalada en su plato con una sonrisa de medio lado—. De momento, solo sé que eres psicóloga, que cantas muy bien y que te has convertido en una especie de novia a la fuga, según el Diario de Cádiz.

Me encogí de hombros y le ofrecí mi plato para que me sirviera a mí también.

—Pues no hay mucho más. Me considero una persona normal y corriente. —De esas que no tienen un santuario erótico en el cuarto de baño, pensé—. Me gusta la música, un buen vino… —dije, haciendo un gesto con la cabeza y señalando la botella de La Claudina 2007 que había dejado sobre la mesa un minuto antes de acomodarse a mi lado. Aquel blanco de Raúl Pérez era de una cosecha muy limitada. Me pregunté cómo habría conseguido esa joya—. Me encanta la playa, el deporte al aire libre y pasar tiempo con la gente a la que aprecio —concluí.

Él se puso un poco más serio, sin dejar de estudiar mis facciones. Dejó el plato en mi mantel y luego me sirvió el vino.

—Cuando hablas de deporte... supongo que no siempre llevarás ese calzado.

—Supones bien. ¿Y tú? ¿Qué me dices de ti? —inquirí.

—¿Qué te gustaría saber? —me retó con arrogancia mientras comía.

—¿Por qué eres policía?, por ejemplo. Porque lo de proteger al ciudadano... como que no cuela.

Él rio con ganas, inclinando la cabeza hacia atrás, y su sonrisa me traspasó el corazón. Creo que era la primera vez en mi vida que veía reírse a alguien de una manera tan espontánea, sencilla y... sexi.

—Ya veo que eres rencorosa. Lo tendré en cuenta.

—Entonces, ¿qué, me lo cuentas o no?

Bebió de su copa y tuve que hacer un esfuerzo tremendo para no lamer el licor de uva de Godello que empapó su labio superior.

—Siempre quise serlo. He crecido en una familia de policías. De hecho, aspiro a convertirme en inspector. Estoy estudiando para conseguir la plaza.

Vale. Tremendamente guapo y encima con aspiraciones. ¡Houston, tenemos un problema...!

Durante un segundo me quedé en silencio. Asentí con la cabeza y le di un bocado a uno de los sándwiches. No sabía cómo continuar la conversación.

—Tienes una casa muy bonita. ¿La has decorado tú?

Lo cierto es que había detalles que eran bastante femeninos. O al menos a mí me lo pareció. Oteé el mueble aparador y me quedé observando una fotografía que hasta el momento no me había dado cuenta de que estaba allí.

De repente, un latigazo de celos me sacudió las entrañas. Otra vez esa mujer, la inspectora Varela. Era una foto en blanco y negro de ellos dos. Ella estaba colocada a su espalda y le rodeaba el cuello con los brazos mientras le besaba la mejilla. Él sujetaba sus manos y hacia una mueca divertida a la cámara. No supe describir lo que sentí. Solo sé que disimulé como pude y fijé la vista en mi plato.

—Bueno, algo de ayuda he tenido. No dio más explicaciones.

Agarró el mando del equipo de música y automáticamente saltó a otro a CD.

Lana del Rey con su single *Blue Jeans* embriagó el aire. La sensual y enigmática voz de esa mujer me produjo algo extraño en la boca del estómago.

Me gustaba. Mucho. Pero todas aquellas fotografías..., el bebé..., ella... No había que ser muy lista para darse cuenta de qué ocurría.

Solté aquel trozo de pan y bebí un poco para aclararme la garganta. En ese instante la sentía como papel de lija. Miré el reloj de mi muñeca y luego exhalé:

—Debo irme.

Su gesto se transformó con rapidez.

—¿Por qué? ¿Tienes toque de queda?

—Nooo..., es que... es tarde —dije, levantándome del sofá y alejándome de él.

—¿Tarde? Son las diez menos cuarto —replicó él poniéndose de pie también.

—Ya, pero yo me acuesto muy temprano.

Lo sé. Era una excusa absurda.

Él parpadeó con incredulidad.

—¿Ah, sí? ¿Qué eres un armadillo?

—Mira, lo siento, pero tengo que irme.

—¿Qué pasa, Sara?

Comenzó a acercarse lentamente a mí.

—Nada.

—¿Cuál es el problema?

Pues era, precisamente, que cuando fui consciente, me tenía atrapada entre la pared y su cuerpo.

—¿Estás con tu novio? Es eso, ¿verdad? —Había resquemor en su voz y no lo ocultó.

¡¿Qué novio ni qué ocho cuartos?!

—¡No!..., no estoy con nadie. ¿Y tú?

Alcé la cabeza y mis ojos impactaron en los suyos. Eran puro fuego.

—Ahora mismo, solo estoy contigo. Aquí. Y lo único que deseo es lamerte de la cabeza a los pies.

¡Madre mía! Este chico tenía buenas ideas... ¡MUY-BUENAS-IDEAS!

—No me he duchado —balbuceé, nerviosa.

Su mirada fue directa a mi boca y se oscureció de un modo peligroso.

—No te preocupes, lo haremos juntos cuando acabe con lo que quiero hacerte.

Una de sus manos quedó a un lado de mi cabeza, abierta sobre aquel muro donde yo tenía pegada mi espalda.

—¿Qué quieres hacerme?

Era obvio, lo mismo que yo a él: un traje de saliva. Pero, claro, yo solo preguntaba para ganar tiempo. No sé exactamente para qué. Quizá para intentar controlar el tembleque de mis rodillas.

Sus labios fueron directos al lóbulo de mi oreja y a continuación susurró:

—Quiero follarte durante horas. Chuparte hasta que no quede un centímetro de tu piel que no haya recorrido. Quiero hacer que te corras tantas veces que no recuerdes tu nombre… —Su lengua lamió despacio el vértice de mi barbilla y yo comencé a ver estrellitas diminutas muy lejanas mientras cerraba los ojos con fuerza. La parte baja de mi vientre se contrajo de deseo. Un deseo incontrolable y desmedido—. ¿Te gustaría?

¡¿Qué clase de pregunta era esa?! ¡¿A quién coño no le iba a gustar eso?! Asentí.

—Sí… —exhalé.

—¿Sí, qué? Dilo. Dime qué quieres que te haga —decía enterrando su boca en mi cuello. Besándome, convirtiéndome en gelatina líquida.

Su cuerpo se pegó completamente al mío y la mano que hasta ese momento estaba en la pared fue directa a mi nuca, advirtiéndome de su posesión, mientras la otra agarraba mi muslo contrario, elevándolo para poder colocarse entre mis piernas.

Los delgados tejidos que nos separaban me hizo sentir su tremenda erección clavándose en mí con desesperación. Se frotaba de un modo completamente sensual. Sus besos se hicieron más sedientos, reptando por mi garganta. Llevé mis dedos a su cabello y los enterré en él.

Era una estupidez resistirse. Había que estar demasiado loca, y no del tipo de locura mía.

Nos dejamos llevar y todo se volvió frenético y lujurioso. Su boca y mi boca. Su lengua y mi lengua. Creí que nunca sería capaz de detenerme. Besar a ese hombre tenía un efecto narcótico, alucinógeno. Su olor. El tacto de su piel. Quería lamerlo, saborearlo.

—Dilo —respiró sobre mis labios sujetando el borde mi camiseta para deshacerse de ella.

No recordaba cuándo fue la última vez que me había sentido tan excitada. Hasta ese momento jamás había experimentado esa intensidad. Esa necesidad encarnizada.

Lo ayudé y colaboré a quitarme la parte de arriba. Su cabeza se hundió entre mis pechos, acariciándolos y lamiéndolos por encima de la licra de mi sujetador. Mis pezones se endurecieron y él sacó uno de ellos de la copa y lo chupó. Me mordí el labio conteniendo un grito. En aquel momento, la humedad empapaba mis bragas.

—Joder...

Él continuó con esa portentosa y excitante tortura y fue descendiendo besándome los costados, el vientre...Sus manos estaban por todas partes y sabían lo que hacían.

—Sara... —susurró con sus labios pegados en mi piel, arrodillándose delante de mí. Con sus dedos en la cinturilla de mis mallas—. Voy a comerte, nena.

¡Diosito!, ¿Tan buena había sido?, pensé.

Deseé que el todopoderoso no se acordara de aquella vez que estuve a punto de prender mi instituto. Quizá lo había archivado o había prescrito. Quién sabe.

El caso es que allí estaba él, dispuesto a elevarme de placer y yo ya no era yo. ¿O sí?...

Deslizó mi prenda hasta dejarla a la altura de mis rodillas y contempló mis braguitas. Mis dedos seguían mesando su pelo, suave y divino. Lo oí sonreír.

—¿Bob Esponja?

Abrí los ojos como platos y mis mejillas ardieron cuando la imagen de mi ropa interior impactó en mi cerebro.

¡Mierda, mierda... y mierda!

Si hubiera sabido que ese macho alfa iba a hacerme un *cunnilingus,* por supuesto habría escogido otras bragas más sexis, pero claro, ¿cómo iba a imaginarme eso cuando salí simplemente a hacer un poco de deporte?

—Joder, nena, cómo me pones —gruñó, mordisqueando mi sexo.

Mi pecho subía y bajaba a consecuencia de mi respiración. La sangre hervía en mis venas cuando él comenzó a apartar a Bob Esponja de aquella zona y a lamer y besuquear mi recién depilado pubis.

Eché la cabeza hacia atrás con las pulsaciones resonando en mis oídos. Estuve a punto de correrme solo de pensar en lo que estaba a punto de suceder cuando de repente… atisbé que el pomo de la puerta se giraba hasta abrirse completamente.

Lo empujé a consecuencia del susto y me aparté. Él se puso de pie inmediatamente.

Primero observé colarse en el salón un carrito de bebé, y tras él a la inspectora Varela. ¡Cómo no! ¿Qué demonios estaba sucediendo?

Ella había abierto la puerta con su propia llave y al sorprendernos de ese modo su gesto se endureció.

Yo recompuse mi ropa y me agaché al suelo a recoger mi camiseta y ponérmela a la velocidad de la luz.

—¿Pero tú siempre estás igual? —dijo, cruzándose de brazos tras el cochecito, donde un bebé de unos dos años dormía plácidamente.

—¡¿No sabes llamar?! —protestó él.

—Shhh…No grites que acaba de quedarse dormido —murmuró ella escaneándome de arriba abajo.

Él se pasó una mano por el pelo y luego se arregló el pantalón, nervioso, en un intento fallido de ocultar su erección.

—¿Qué haces aquí? —Estaba cabreado. Su mandíbula lo delataba.

—Hoy te tocaba quedarte con él. ¿Es que ya no te acuerdas? Te lo dije anteayer.

Lo vi frotarse la frente y luego suspiró:

—¡Joder!, es verdad —masculló, negando con la cabeza como si de pronto lo hubiera recordado.

—Bueno, dentro de la bolsa está todo. Si se despierta a media noche, ya sabes, hazle un biberón pero sin cereales, que el pediatra dice que ya está demasiado grande para su edad.

Y era cierto. Era un bebé enorme. Adorable, eso sí, pero muy grande. Al menos daba esa impresión en ese carrito.

Mientras ella le explicaba otras cosas acerca de los cuidados del pequeñín, sin dejar de seguirme con la mirada, agarré mi chaqueta que descansaba sobre el sofá y me la puse. Me sentía tremendamente decepcionada y avergonzada.

No dije nada. Simplemente me puse a la altura de ambos para salir por la puerta y largarme de una vez.

—¿Dónde vas? —farfulló él, atrapando mi muñeca.

—Me voy.

Ella estudió mis facciones, con una sonrisita de suficiencia en sus labios.

—No, espera un momento.

—Ni hablar. —Me zafé de su mano y salí de allí como una exhalación.

—Sara, ¿qué haces?

Dijo algo más..., pero lo siguiente no lo oí. Me alejé de aquel edificio como un rayo y crucé la carretera hasta llegar de nuevo al paseo marítimo.

Corrí sin detenerme. Sin importarme no llevar el calzado adecuado.

Mi cabeza no dejaba de elucubrar. No podía dejar de pensar en lo complicado que era enredarme en una relación como esa. Con el peso de una ex novia o ex mujer resentida, atado a mantener un nexo cordial por el hijo que tenían en común. Y encima las palabras de ella se hicieron eco en mis pensamientos...*¿Pero tú siempre estás igual?* Es decir, que aquella, probablemente, era tan solo una de sus muchas noches.

Cuando me harté de correr, solo caminé, con los hombros caídos, desilusionada. Sobre todo porque era la primera vez en mi vida que un hombre me gustaba de verdad. Porque nunca antes me había sentido tan deseada y excitada al mismo tiempo. Porque ni en un millón de años me habría imaginado en los brazos de alguien como él.

¿Por qué, maldita sea? El todopoderoso no había olvidado mis tendencias pirómanas. Claro que no. El muy...

Me sentí impotente. Tenía ganas de gritar y no solo por la frustración de no haber acabado en su cama. Con mis piernas en su cintura mientras él me clavaba en el colchón...(¡Para, Sara!) , no, no solo por eso, sino porque sentía que mi vida carecía de sentido. Como si actuara impulsada por lo que los demás decidían por mí, sin darme la oportunidad de descubrir qué era en realidad lo que yo quería. Nadie se había parado a preguntarme qué me estaba pasando. Todos daban por hecho que ese absurdo matrimonio con Fernando era lo mejor que podía sucederme. Hasta mi mejor amiga llegó a pensar que, finalmente, acabaría casada con él. ¿Quién diablos era esa Sara que se había dejado manipular de aquella manera?

Estaba cansada y quería gritar, vaciar mis pulmones. Desfogar la furia que me corroía.

A esas alturas, me encontraba en el Balneario de la Caleta y la marea estaba vacía. Bajé para resguardarme de todo el mal en aquella despoblada y solitaria playa, y mis tenis se enterraron en la húmeda arena. Me situé de cara a esa gigantesca luna de metal, dejando atrás la tenue luz de las farolas que iluminaba la ciudad y fue entonces cuando lo hice:

—¡¡¡Ahhhhhhhhhhhhhhhhhhhhhhhhhhhhh…!!!

La sensación fue maravillosa. Una percepción de absoluto aplacamiento y desahogo me llenó completamente. Y pasados unos segundos repetí la acción. Tomé aire y…

—¡¡¡Ahhhhhhhhhhhhhhhhhhhhhhhhhhhhh…!!!

—¡Cállate de una vez, puta loca! —protestó un indigente bastante ebrio que dormía bajo las galerías, abrazadas a la tierra de aquel edificio blanco y emblemático construido en la década de los veinte.

Me giré y ni siquiera tuve fuerzas para replicar. Simplemente agaché la cabeza y me marché.

Mañana sería otro día.

8

UN MAESTRO Y UN MENSAJERO

Entré en casa aproximadamente a la una de la mañana, rota, deshecha, frustrada... De repente, mi diminuto apartamento, ahora que muchas cosas no estaban, me resultó frío y sencillamente solitario. Tenía que hacerme a la idea de que empezar una nueva rutina no sería fácil. Pero era lo que yo deseaba. Necesitaba empezar de cero. Sin Fernando, sin boda, sin vida en común con un hombre que no me hacía feliz, sin las decisiones de mi madre impuestas en contra de mi voluntad, sin mentiras, sin enredos... y lo peor de todo... sin Serra. Exacto. Sin ese guaperas de metro noventa que había estado a punto de meter su lengua allí donde Bob Esponja mostraba sus dos paletas.

¡¿Cómo iba a olvidar aquellos besos?!

Tenía ganas de gritar de nuevo pero no me atreví por mis vecinos, bastante había tenido ya con el indigente de la playa, que me había llamado de todo menos bonita por despertarle de su plácido sueño entre cartones y chinches.

Lo único que hice fue meterme en la ducha, tal vez de esa manera lograra sacarme de mi cabeza aquellos besos adictivos..., esa mirada fulgurante..., el olor del gel de baño impregnado en su piel...,el cosquilleo de su barba recorriendo cada centímetro de mi cuello..., su lengua chupando y lamiendo mi barbilla y descendiendo hasta mis pechos hinchados y pesados…, sus manos grandes y firmes por todas partes… el grave y ronco tono de su voz…

Pero no. El agua no alivió nada. No consiguió calmar mi agitado malestar. Todo lo contrario. En la ducha, cuanto más pensaba en él, más intensas eran las ganas de llevar mi mano a mi entrepierna y provocarme yo solita ese orgasmo que la impertinente inspectora Varela me había arrebatado. Y lo hice. Intenté darme placer, ya que no me quedaba otro remedio, pero cuando comencé a tocarme me sentí tan ridícula y desgraciada que decidí dejarlo para otro momento y acostarme.

Justo cuando salí del baño oí mi teléfono móvil sonar. Por un instante, la improbable posibilidad de que fuera él impactó de lleno en mi pensamiento. Corrí hacia la mesa del salón que era donde lo había dejado antes de salir de casa y ojeé la pantalla.

No. No era él. La insistencia en el tono de llamada era obra de Fernando. Así que sacudí la cabeza con los ojos en blanco y desactivé el sonido de aquel aparato. Cuando cesó en su fatigosa obstinación me di cuenta que me había llamado como unas treinta veces.

—¡Joder, qué tío más pesado!

Apagué el teléfono y simplemente me acosté.

Antes de cerrar los ojos deseé con todas mis fuerzas despertarme a la mañana siguiente y que, por fin, todo se hubiese solucionado…

Sin embargo, me pasé la noche dando vueltas en la cama, con las piernas enredadas en las sábanas y, he de confesar, que me puse su camiseta para dormir e inhalé su tejido. Ese olor que tanto me recordaba a él.

¡Sí, así, en plan psicópata! Al final, me dormí y seguro que ni siquiera imagináis con quién soñé…

Cuando la claridad del día fue invadiendo mi habitación, me levanté de la cama dispuesta a afrontar mi aleatorio futuro. Desayuné y el resto de la mañana decidí continuar ordenando mi piso y enviar algunos correos electrónicos a mi jefe, al que, por supuesto, también había engañado con mi amnesia transitoria. Releí varias veces el e-mail. No quería meter la pata, así que fui breve y le escribí que ya me sentía mucho mejor, que mis recuerdos no habían tardado en regresar y que, según mi médico, lo que me había ocurrido era producto del golpe y del estrés al que había estado sometida. Le pedí volver a mi puesto cuanto antes, ya que era lo que mi doctor me había aconsejado y le expliqué, también, que el asunto de la boda era algo que quería hablar con él personalmente.

Obviamente, no todos se tragaron eso de que había salido de la iglesia buscando a alguien. Los únicos que parecían ignorar la realidad eran Fernando y mi madre.

Él tardó tan solo unos quince minutos en responder y cuando lo hizo sus palabras me arrancaron una leve sonrisa:

«Claro, Sara, estamos deseando que vuelvas a incorporarte. Puedes empezar el lunes si te parece bien. Hablaremos de todo cuando estés aquí.

Un saludo.

P.D.: Esto no es lo mismo sin ti».

Esa mañana, después de dejar mi apartamento más reluciente, si ello era posible, bajé al supermercado a por algunas provisiones. No podría alimentarme eternamente de palitos de cangrejos. Y justo cuando volví a casa y guardaba los alimentos en la nevera, el sonido del timbre me sorprendió. Me temí lo peor.

Miré a través de la mirilla con la aterradora idea de encontrarme a Fernando, pero no fue así. Abrí la puerta y allí, delante de mí, estaba Irene haciendo una pompa enorme con un chicle.

—¿Qué demonios le pasa a tu móvil? Llevo llamándote toda la mañana.

—Pasa —la insté.

Volví a la cocina y ella me siguió.

—¿Te quedas a comer? Voy a preparar lasaña —le dije, enseñándole uno de los platos precocinados que acababa de comprar.

—Vale —respondió ella, soltando su bolso sobre una de las sillas del salón y acercándose a mí hasta colocarse en el centro de la encimera, justo delante del fregadero. Mientras tanto, yo seguía ordenando el frigorífico.

—¿Qué pasa, Sara? ¿Has solucionado algo?

—No, Irene.

Dejé caer los hombros.

—¿Y Serra?

—¿Qué pasa con Serra?

La miré desde mi posición, a la defensiva.

—¿Te ha llamado?

—No…Ayer estuve con él —murmuré con la boquita pequeña, restándole importancia.

—¡¿Cómo?!

Ella se movió rápidamente y se acercó aún más a mí.

—Sí, ayer salí a correr un rato por la tarde y me lo encontré en el paseo marítimo. Vive muy cerca de la comisaría.

—¿Estuviste en su casa? —preguntó asombrada.

—Sí, pero solo subí un momento para limpiarme la mancha de huevo… —Ella puso cara de no entender nada. Lógico—. Me tiraron un huevo, por su culpa, desde un balcón.

—¿En serio? ¿Quién? —dijo cruzándose de brazos, dispuesta a empaparse de toda la historia.

—Ni idea. Una tía muy cabreada —respondí, cerrando la puerta de la nevera y sujetando la lasaña.

—Joder con Serra. Al final va a ser verdad eso de que quiere guerra… —Hice una mueca con la cara y me dispuse a abrir el envoltorio de aquel plato precocinado y meterlo en el microondas —. Pero… ¿te acostaste con él?

—No, Irene. La situación de ese hombre es muy complicada y no quiero enredar mi vida más de lo que está.

—¿Por qué? ¿Qué le sucede?

Mientras la comida se cocinaba ella solita gracias a los avances culinarios, le ofrecí un botellín de cerveza y la invité a sentarnos en el sofá. Fui muy concreta con todos los detalles. Así era la amistad que nos unía. Entre Irene y yo no había secretos. Precisamente por eso no pude continuar engañándola con el asunto de mi amnesia.

Cuando finalicé de contarle todo lo que había sucedido la noche anterior en casa de Serra, ella se tapaba la boca con las dos manos.

—¡Qué suerte tienes, hija de puta!

—¡¿Suerte?! ¡¿Es que no me has oído?! Llegué a mi casa con un calentón del diez.

—Ya, pero al menos os habéis metido mano y eso. Menos es nada.

Dejé caer la cabeza en el sofá y suspiré.

—Si le vieras en ropa interior…¡Qué guapo es, Irene! Una de las veces le vi hasta el culo.

—Ya, ya, vale. No quiero oír nada más —protestó, alzando una mano—. ¿Cómo crees que me siento después de que hace seis meses que no me acuesto con nadie? Salgo a la calle y cuando entro en un pub parece que estoy en un casting de "El milagro de P. Tinto". ¿Dónde están esos tíos que las escritoras definen en sus libros? ¡Me siento estafada! voy a dejar de leer novela romántica. Hacen mucho daño al género femenino.

—¿Qué voy a hacer? Tiene un hijo.

—¿Y qué tiene eso que ver contigo? Lo dices como si te estuviera pidiendo los apellidos.

—Ya, pero no es por el bebé, es por esa mujer. Joder, no me gusta nada. Se nota que aún siente algo por él.

El tintineo del microondas nos avisó que nuestro almuerzo estaba listo.

Entre las dos pusimos un par de manteles, los vasos y los cubiertos, y cuando lo tuvimos todo preparado nos sentamos frente al televisor. Serra fue nuestro tema de conversación durante el almuerzo. Cuando estábamos terminando de degustar aquella lasaña con sabor a metal, mi amiga alargó el brazo para hacerse con el mando y, de repente, la primera imagen que apareció en el plasma fue la de aquel vidente sacacuartos del día anterior.

¡Oh, no! ¿Tan mal estaba nuestro país como para darle a un tipo como ese un programa en una hora de máxima audiencia?

—Siguiente llamada, por favor —decía él, fingiendo una voz de ultratumba y sin dejar de barajar aquellas cartas del tamaño DIN A4.

—Hola, soy Remedios.

No di crédito. En cuanto escuché a esa mujer, le pedí a Irene que subiera el volumen de la tele.

—¿De verdad te gusta esta mierda?

—Shhhhh, quiero oír esto —repliqué, haciendo un gesto con la mano para que se callara.

—Llamé ayer, ¿lo recuerda? Le comenté que mi marido estaba a punto de morir a consecuencia de un cáncer pancreático y usted me aseguró que hoy saldría del hospital perfectamente.

—Pues claro que lo recuerdo, Remedios. Y también le dije que me llamara. Lo que no recuerdo es el nombre de su marido.

"Ele", murmuré yo. Irene se giró y pestañeó con incredulidad.

—Eleuterio —masculló la mujer en un tono demasiado tosco.

—Ah, sí, es verdad. Ele. Si es tan amable páseme con él. Me encantaría poder saludarle.

—Acabamos de incinerarlo.

La cara del *coleta* se transformó al instante. Incluso atisbé un tic extraño en su ojo derecho.

—Pero eso no puede ser. No hablaba yo, hablaban las cartas.

—Pues sus cartas no tienen ¡ni puta idea de lo que dicen! Así que cómprese unas nuevas, ¡¡sin vergüenza!!

Tras el insulto, la mujer cortó la llamada. Justo en ese momento, Irene y yo contemplábamos el televisor "ojipláticas".

El tipo, para justificarse y no quedar delante de toda España como lo que era realmente, continuó barajando las cartas y puso cara de circunstancia.

—Mis más sinceras disculpas a nuestros queridos espectadores, pero es lo que tiene el directo, que puede llamar cualquiera aunque sea solo para insultar.

—¡Tendrá cara! —protesté yo.

—Acércame mi bolso, por favor —me pidió mi amiga, señalando la esquina del sofá—. Vamos a llamar a este impostor. ¿No dice que puede llamar cualquiera?..., pues ahora se va a enterar.

—¿Vas a llamar de verdad? —dije sonriendo y haciendo lo que me pedía.

—Ya lo creo.

Aflojamos el volumen de la tele y al quinto tono una teleoperadora nos atendió y nos preguntó cuál era el motivo de la llamada. Irene narró que su marido acababa de abandonarla por su mejor amiga y que quería saber si ellos iban a casarse. Al cabo de unos segundos la avisó que en breve entraría en directo para hablar con el *Maestro*. Así era como se hacía llamar el muy caradura.

Por aquel entonces ya me dolía la barriga de reírme.

—Hola, buenas tardes, ¿cuál es tu nombre?

—Hola, me llamo Trinidad.

—Dime, Trinidad, ¿qué deseas preguntarle a las cartas?

—Quiero saber si el asqueroso de mi marido va a casarse con su amante o, si por el contrario, ambos serán arrollados por un tren de mercancías.

Ella me guiñaba un ojo y se tapaba la boca para no estallar en carcajadas.

—Vaya, Trinidad, te veo bastante afectada con esta ruptura. No creo que sea bueno guardar tanta ira en tu interior. Deberías intentar canalizar tus emociones.

—Sí, vale, pero… ¿los pillará un tren o no?

Él agachó la cabeza, pensativo, y puso dos cartas sobre la mesa. Se quedó observándolas durante unos segundos que nos parecieron eternos y, luego, con la mirada fija en la pantalla, como si estuviera viéndonos a través del monitor, masculló:

—Trinidad, tú no eres quien realmente dices que eres, y precisamente por eso, te ha abandonado tu marido. Es más, creo que te quedarás sola para el resto de tu vida.

Mi barbilla casi roza el suelo y los ojos de Irene se hicieron cada vez más pequeños y diabólicos.

Lo siguiente fue oír a mi amiga soltar un agravio de epítetos y descalificativos que pensé que ni siquiera existían. Sin embargo, el coleta solo mostró una sonrisa mortificante a la cámara y yo tuve que saltar sobre Irene para agarrar el mando y apagar el televisor antes de que le diera por lanzar un vaso a la pantalla.

—¡¿Has oído lo que ha dicho ese hijo de perra?! Que me voy a quedar sola, Sara. ¡¿Y si lleva razón?!

—Pero ¿qué dices? Si no da ni una. ¿No le has oído antes? Le aseguró a esa mujer que su marido saldría sano y salvo del hospital y ella ha llamado para decir que hoy lo habían incinerado.

Se tumbó en el sofá y se pasó las dos manos por la cara, en un gesto demasiado exagerado. Pero es que así era Irene…

—No, Sara, ese tío sabe lo que dice. Me ha mirado. Ha visto a través de mis ojos. La culpa la tienes tú por pedirme que dejara ese programa.

—Sí, claro…

—Voy a quedarme para vestir santos. Es imposible que en esta ciudad encuentre a alguien que merezca la pena. Tengo que largarme de aquí.

De repente, se puso de pie a toda prisa y agarró su bolso.

—Pero…¿adónde vas? —le pregunté, alzando la cabeza para mirarla.

—Me largo, Sara. Me encanta Cádiz, pero no quiero pasarme la vida trabajando a media jornada en una tienda de ropa y sacando a los perros de mis vecinos por las noches. —Básicamente esa era la rutina de Irene y, hasta ese momento, yo pensaba que era feliz—. Voy a recorrer el mundo.

—¿Pero qué dices, majareta? Para eso hace falta dinero, ¿de dónde lo vas a sacar? Porque estoy segura de que tus padres no pueden darte mucho, y tu hermano… Bueno, de ese mejor que ni hablemos.

—No me importa. Me iré en plan mochilera. Dormiré en albergues y si hace falta en medio de la selva.

Me puse de pie y me acerqué a ella que iba directa a la puerta.

—¿Pero tú quién coño te crees que eres: Tarzán?

Su mirada me traspasó, fría, glacial. Al parecer, mi broma no le hizo demasiada gracia.

—Mira, guapa, qué tú no tengas el valor de cambiar tu vida no significa que yo no lo haga con la mía.

Se ajustó el bolso al hombro enfurruñada.

—¿Qué significa eso de que no tengo valor? Escapé de mi boda, ¿no te parece eso un acto de valor?

Crucé los brazos y apoyé el peso de mi cuerpo en una de mis piernas. Estaba empezando a cabrearme de verdad.

—¡Oh, sí, ya lo creo! —protestó ella, gesticulando con las manos—. *"Hola, soy Sara, estoy un poco loca y no recuerdo nada. Me piro de la iglesia, ahí os quedáis".* —Esto último lo dijo imitando el tono de mi voz—. ¡Cuánto valor!

Sabía que tenía razón, pero oír de boca de mi mejor amiga que era una cobarde... me provocó una punzada de dolor en las entrañas.

—¿Sabes qué, Sara? Que no me voy a quedar aquí de brazos cruzados esperando a que no me ocurra nada apasionante. No dejaré que ese timador que se hace llamar el *Maestro* lleve razón. Voy a salir ahí fuera a buscar mi felicidad, y si eso me supone vivir como Tarzán, lo haré. Total, a veces me da la sensación de estar en medio de un circo. Últimamente no hago más que conocer a payasos y monos. Así que me voy, Sara. Me largo de aquí. Si el amor no viene a por mí iré yo a por él.

Giró la cabeza de un modo ultrasónico y un mechón de su flequillo me atizó en la nariz.

—Pues, ala, adiós, Frank de la Jungla. Suerte en el Amazonas.

A esas alturas estaba tan enojada que apenas podía mirarla a la cara.

Ella agarró el pomo de la puerta y la abrió de un tirón.

—Prefiero morir en el Amazonas que vivir como tú, entre cuatro paredes de pladur y escondiéndome del tío más guapo del planeta solo porque tiene un hijo. ¡Espabila, Sara!

Lo siguiente fue un tremendo portazo que hizo que un cuadro de la pared cayera al suelo y los cristales del marco se rompieran en mil pedazos.

Me quedé paralizada. Ni siquiera fui capaz de recoger aquel desastre.

Simplemente me giré y caí derrumbada en el sofá.

Al cabo de veinte minutos, cuando ya estaba harta de mirar al techo y observar que las molduras de las escayolas estaban horrorosamente acabadas, me levanté y me dispuse a recoger la mesa.

¡Maldita, Irene! ¿Por qué había tenido que largarse de mi casa de aquella manera? Joder, yo no era ninguna cobarde. Tan solo estaba en un proceso de transición. Además, no era el hijo de Serra lo que me preocupaba. El bebé era una delicia. Mi temor era él en sí. Me gustaba tanto ese hombre que la posibilidad de que yo fuera tan solo un pasatiempo de su extensa colección de conquistas era lacerante. No le estaba pidiendo amor eterno, pero… no sé… algo que me demostrara que yo de verdad le gustaba y que no acabaría lazando huevos por una ventana a diestro y siniestro.

Estaba acabando de meter los platos en el lavavajillas cuando oí de nuevo el timbre de la puerta. Probablemente Irene habría recapacitado. Lo de marcharse en plan mochilera era una idea espantosa y ella seguramente se habría dado cuenta al sentir la brisa de la calle en su cara.

Me limpié la humedad de mis manos en un paño y fui directa a abrir la puerta con la certera idea de que mi amiga se disculparía por su desmesurada reacción.

Sin embargo, en el rellano me encontré a un chico demasiado bajo, incluso para mí. Chupaba un Chupa Chups con insistencia y la música de sus auriculares se oía perfectamente a esa distancia. Era de esas personas sobre las que nunca te atreverías a apostar su edad. Es decir, entre veinte y cincuenta. El tipo sujetaba un paquete con una de sus manos.

—¿Sara Maldonado? —preguntó con una voz similar a Galindo el de Crónicas Marcianas.

—Sí, soy yo.

—Esto es para usted.

—¿Qué es? —Lo sé, es una pregunta idiota.

—Ni idea. Yo solo soy un mensajero. No me dedico a abrir los paquetes, señorita.

—Vale. —¡Joder, qué antipático!

—Firme aquí —masculló, colocándome un papel encima de la caja, de mala gana.

Hice un garabato torpemente, sosteniéndola entre mis manos.

—Aquí tiene. Gracias —dije educadamente, entregándole el recibo.

Luego zarandeé un poco aquel bulto con curiosidad.

—¿Qué es? —inquirió esta vez él, allí, delante de mí, saboreando esa bola de caramelo, como esperando a que lo abriera.

—No le importa. Usted solo es un mensajero —respondí dándole con la puerta en las narices. ¡Toooma!

Mal día para que un enano gruñón me tocara la peineta.

Una vez dentro, en la intimidad de mi apartamento, contemplé el artículo envuelto en papel de regalo. Y eso me dio una pista de quién podría ser el culpable de semejante envío. Bob Esponja aparecía por todas partes.

No me lo pensé ni un segundo más y rompí con premura el pliego infantil que cubría la caja. Sin duda se trataba de unos zapatos. El logo de Reebok destelló en letras fluorescentes sobre la superficie encartonada. Eran unos tenis. Pero no unos cualquiera. No. Eran las zapatillas deportivas rosa fucsia más flamantes, coquetas y novedosas que había visto en toda mi vida.

Las sostuve entre mis dedos, acariciándolas y adorándolas. Había acertado incluso con el número. Tragué saliva con fuerza, sintiendo cómo el pulso me latía a un ritmo severo. Eran tan bonitas que me entraron ganas de calzármelas y combinarlas con todo mi armario.

Y después de un rato admirando semejante ofrenda, volví a colocarlas en su caja. Fue entonces cuando, debajo de un papel celofán blanco, encontré una tarjeta en un sobre.

Me mordí el labio inferior. Esta vez mi corazón se saltó tres latidos.

Tenía ante mí un texto escrito con una caligrafía magistral. ¿Cómo era posible que hasta la letra la tuviera bonita?

«Espero que te gusten tus nuevas zapatillas. Vas a necesitarlas si sales corriendo de esa forma cada vez que algo no sea como esperabas.
Otra cosa…, no sabía que fueras fanática de Bob Esponja. Me temo que a partir de ahora, ese impertinente muñeco amarillo formará parte de mis fantasías sexuales más húmedas.

Serra».

9

LA HUIDA DE IRENE

U na semana, solo una semana le pedí a mi madre.

Al día siguiente de recibir el regalo de Serra, ella hizo su aparición en la puerta de mi apartamento. Estaba imponente, con sus mechas rubias y con un caro traje de chaqueta azul cielo a juego con sus zapatos y su bolso. Esa mañana tenía pleno en el Ayuntamiento y, según ella, el aspecto era esencial para impresionar a los votantes. Una y otra vez me preguntaba si esas personas que votaban conocían realmente la labor de los políticos. Yo había crecido en ese mundo y me resultaba detestable. Mi madre era una experta en vender humo, sin embargo, llevaba toda una vida viviendo de ello.

—Pero, Sara, ¿qué es lo que te ocurre realmente? —decía ella, irrumpiendo en mi casa y apoyando su bolso de Fendi sobre la mesa del salón.

—Mamá, solo necesito un tiempo para mí. Tengo muchas dudas. Empiezo a recordar cosas, pero aún tengo la cabeza como si me fuera a explotar —parloteé, dirigiéndome a la cocina.

—Cariño, Fernando y su familia están muy preocupados por ti. Él dice que lleva un par de días llamándote y que no sabe cómo actuar contigo.

—Podría empezar por darme espacio. Fue lo que dijo el doctor. Mamá, es preciso saber quién soy para poder recuperar todos mis recuerdos. Llevo dos días sola, poniendo un poco de orden en esta casa, y lo cierto es que me encuentro mucho mejor. Os pido una semana. Solo una. Luego escucharé a Fernando y decidiré lo que tenga que decidir —repliqué, sirviéndome una taza de café. No le ofrecí a mi madre porque sabía que no le gustaba.

Ella afiló su mirada.

—¿Qué quieres decir con eso? —inquirió.

—Lo que has oído —masculló antes de darle un sorbo.

—Sara —declaró delante de mí, con sus manos en mis hombros, en un gesto de consuelo. Aunque yo sabía de sobra que eso no era más que una de sus muchas advertencias—, hija…, si quieres una semana, la tendrás. Tómate un tiempo para ti. Pero, cariño, las elecciones están cerca y tu boda con Fernando le daría mucha publicidad a mi campaña. Quiero que lo medites. Sé que estás confusa, pero no puedes fallarme ahora. Sería muy egoísta por tu parte.

Parpadeé atónita y di un paso atrás, asimilando sus palabras.

—¿Muy egoísta? Mamá, no me importa tu estúpida campaña en estos momentos. Lo único que me interesa es recuperar mi vida.

Ella me apartó la mirada y se giró sin decir nada para agarrar su bolso. La seguí hasta el salón.

—Es cierto, amor mío, perdóname. No he sabido explicarme. —Se atusó el pelo y luego volvió de nuevo a colocarse delante de mí. Me sacaba una cabeza y eso siempre me había intimidado—. Llevas razón. Lo primero es tu memoria. —Jugueteó con uno de mis mechones como hacía cuando yo era pequeña—. Es solo que me preocupa la subvención para las casas de acogidas que me pediste que gestionara. Es algo que quiero hacer bien. A lo mejor no lo recuerdas ahora, pero antes del accidente me pediste que interviniera en ese asunto.

Esta vez fui yo la que afiló la mirada. Y claro que lo recordaba.

En el centro donde yo trabajaba, aparte de las tareas que desempeñábamos con los niños autistas, había un ala para adolescentes con conductas rebeldes y conflictivas, y muchos de ellos, una vez cumplidos los dieciocho años y superado el periodo de reinserción en la sociedad, debían volver a sus hogares.

El problema radicaba en que la gran mayoría no tenía a dónde ir y terminaban de nuevo en la calle. Un número considerable de ellos delinquía para acabar en la cárcel donde, al menos, tendrían una cama y comida; y otros, tristemente, recurrían al suicidio cuando eran conscientes de que no había nada en la vida que los motivase.

Así era mi día a día, a pesar de que a veces parecía que mi mundo era una pantomima. Mi trabajo era lo único que me mantenía cuerda y a raya. Esos chicos. Aquellos a los que dedicaba horas e intensas terapias para que una vez salieran a la calle y se encontraran de frente con el mundo real supieran defenderse. Era entrar por las puertas de aquel centro y darme cuenta de que todo era auténtico y que mi alrededor estaba contaminado de farsantes e hipócritas.

Allí, me encontraba a diario con muchachos que no tenían nada. Sus familias los habían abandonado, bien porque sus padres eran toxicómanos o, simplemente, porque la naturaleza jamás debió concederles a sus progenitores el don de procrear.

Dos meses antes habíamos sufrido la pérdida de Carlos, un chico guapísimo de diecisiete años. Con todo un futuro por delante. Aún tenía grabada a fuego su sonrisa en mi corazón. Su comportamiento mejoró notablemente desde que entró en nuestro centro. Su relación con los monitores era espléndida después de tanto lidiar con él. Pero cuando le comunicamos que una vez cumplidos los dieciocho tendría que marcharse..., se pasó meses silencioso y cabizbajo.

No todos se enfrentaban de la misma manera a ese tipo de situación. Algunos tenían la suerte de encontrar pareja y casi siempre acababan viviendo en casa de los suegros. Eso era lo mejor que podía sucederles. Sin embargo, Carlos no fue de los afortunados. Él no asimiló la noticia de que lo arrojaríamos al mundo exterior sin más.

Mi jefe y todo mi equipo llevábamos años luchando por conseguir ayudas para mantener albergues, residencias, hogares... donde estos jóvenes pudieran vivir al salir de nuestro centro, pero los nuevos recortes de nuestro putrefacto gobierno había arrasado con eso y con mucho más.

Durante el tiempo que mi madre y yo nos mantuvimos la mirada, supe que jamás podría engañar a una mujer como ella. Era demasiado astuta, demasiado pérfida...Su interpretación había sido, sin duda, mucho mejor que la mía. Hasta ese momento no me di cuenta de que lo único que había heredado de ella eran sus dotes interpretativos.

—Sí que lo recuerdo... —susurré, dejando caer mis hombros y con el bonito y aniñado rostro de Carlos inundando mi pensamiento. Embebiendo mi mente y dificultando mi respiración.

—Pues eso, cariño, si no gano las elecciones no podré ponerme manos a la obra con las subvenciones. Y claro, no es eso lo que ninguna de las dos queremos, ¿verdad? —expuso ella, pinzándome la barbilla.

Me retiré con desprecio y luego asentí. No lograba entender cómo a veces podía ser tan despiadada.

—Me encantaría poder ayudaros con eso. Fue una lástima lo que le ocurrió a ese chico. Así que espero que una semana sea suficiente para que vuelvas a tu rutina. Creo que ya va siendo hora de que dejemos de jugar.

Esto último lo dijo ajustándose el bolso al hombro un segundo antes de encaminarse hacia la puerta.

—Por cierto...—comentó cuando yo ya rezaba por perderla de vista. Rebuscó en su cartera y alargó el brazo para ofrecerme algo parecido a una tarjeta—, aquí tienes tu carné de conducir —dijo, atravesándome con los ojos. Había esperado justo hasta ese momento para demostrarme cuánto era capaz de conseguir con su poder—. Adiós, mi vida —murmuró con su ensayada sonrisa.

Contemplé aquel documento, pensando en que era imposible que yo pudiera conducir un coche sin matar a alguien, y luego tuve que sentarme para procesar mi condicionado futuro.

Me pasé el resto de la mañana aislada, triste, asustada... Leyendo, haciendo deporte con mis nuevas zapatillas. Aproveché que mayo tenía una temperatura idónea para tomar el sol y me fui a la playa. Intenté reponerme y asimilar que a cambio de conseguir un hogar para los chicos con los que pasaba gran parte de mi tiempo, prácticamente mi única familia, tendría que casarme con Fernando. Solo para que mi madre tuviera la boda que ella anhelaba. La misma que llenaría los titulares de toda la prensa y desmentiría lo que hasta ahora se estaba comentando. La que reforzaría su vomitiva campaña electoral. No me quedaba otro remedio que aprovechar mi semana de paz y coger fuerzas para lo que me esperaba.

¿Qué otra cosa podía hacer? Ese día pensé mucho en Carlos. Me había esforzado demasiado en que ese joven se integrara con los demás chicos. Logré que se interesara en los talleres. Descubrí que le gustaba la electricidad y tuve la tenue esperanza de que, finalmente, se convirtiera en un gran electricista. Pero aquello desapareció de la noche a la mañana...

Con la única persona que hablé de ello fue con Diego, mi padrastro. Recuerdo que cuando ocurrió aquella desgracia, Diego fue en la única persona que me apoyó. Y ahora solo me apetecía charlar con él.

Ese viernes le llamé y me invitó a almorzar en un bar muy singular que recientemente habían inaugurado en la Plaza de Abastos y, aunque ninguno de los dos sacamos el tema, era obvio que sabía que mi amnesia transitoria había sido fingida. No obstante, simplemente disfruté de su compañía. Me encantaba hablar con Diego. Ambos teníamos gustos muy comunes en cuanto a literatura y cine.

—¿Qué te preocupa, Sara? —me preguntó cuando ya había pagado la cuenta y yo me despedía de él—.Ya sabes que puedes hablar conmigo de lo que quieras.

—Lo sé, Diego. Te lo agradezco. Pero no es nada.

—No te cases si no es lo que tú deseas —dijo con determinación, observándome con el cejo fruncido.

De repente sentí la irrefrenable necesidad de ponerme a llorar, pero me contuve como pude.

—Estoy bien. No te preocupes —susurré, dándole un beso en la mejilla.

—Cuídate, pequeña.

Le mostré una débil sonrisa y me marché.

Respiré profundamente y adelanté el paso para alejarme de él.

Tenía que dejar de pensar en todo aquello…

Caminaba por el centro, sin rumbo, simplemente por el placer de pasear, cuando me di cuenta de que estaba muy cerca de la tienda de ropa donde trabajaba Irene. No sabía nada de ella desde el día anterior. Ignoraba si aún seguiría con esa absurda idea de largarse a recorrer el mundo.

Entré en el comercio y en cuanto reconocí a su jefa me acerqué y le pregunté por ella.

—Disculpa, ¿hoy no está Irene por aquí?

La mujer se giró y me miró de arriba abajo mientras doblaba una pila de jerséis. Su mirada me advirtió que había problemas.

—¿Eres su amiga Sara, verdad?

La pregunta me puso en alerta.

—Sí.

—Irene no está. Se despidió ella solita ayer. Dijo que no soportaba más este trabajo. Que quería largarse de aquí. Según ella, merece algo mejor que este insignificante empleo. ¡No sé qué cojones se habrá creído esa niñata! —graznó la mujer, indignada, colocando la ropa en unas baldas.

Pero en el fondo llevaba razón. ¿Qué demonios le estaba pasando a mi amiga?

—Lo siento, no sabía nada.

—¿No? Pues si la ves dile de mi parte que tenga mucha suerte, que la va a necesitar si es verdad eso de que va a marcharse a la quinta puñeta.

Aquel comentario me tensó completamente. ¿Y si era cierto y llevaba a cabo esa locura?

Apenas me despedí de la mujer. La dejé con la palabra en la boca y salí de la tienda como un meteorito. Rebusqué en mi bolso el móvil y la llamé, pero ella no respondió. Su teléfono me daba apagado o fuera de cobertura. El mecanismo que había dentro de mi cabeza se activó en *ipso facto*, como una bomba de relojería que acaba de ponerse en funcionamiento..., y la vi.

Allí, en mi subconsciente, me la imaginé como Jane, la mujer de Tarzán…, rodeada de maleza y un montón de hojas verdes.

Estaba segura de que Irene no sobreviviría a una aventura como esa.

¡Era imposible! Recordé nuestro primer camping, cuando cumplimos los diecisiete años, y nuestros padres nos dejaron ir con nuestras amigas. Irene no soportaba los insectos. Se pasó las noches en vela diciendo que en la caseta de campaña había hormigas. ¿Cómo iba a sobrevivir sin enchufes ni cargadores de móvil? Ella no podía vivir sin sus planchas del pelo…

Eché a correr en dirección a su casa, y quince minutos después me encontré llamando al timbre de su puerta con el corazón bombeándome con fuerza. Además, me aterraba la idea de que sus padres le hubiesen consentido marcharse así, sin más, sin rumbo determinado.

Su madre abrió al cabo de unos segundos. Cuando alcé la vista y contemplé su rostro, me quedé sin respiración. Sujetaba un clínex en las manos y era evidente que había estado llorando. Aún conservaba algunas lágrimas resbalando por sus mejillas.

—Hola, Sara —murmuró con voz gangosa.

—¿Dónde está Irene? —pregunté sin moverme de mi sitio. Los músculos se me habían congelado.

—Se marchó esta mañana —respondió ella un segundo antes de llevarse el pañuelo a la nariz y reprimir un sollozo.

—¡¿Qué?! —me llevé las manos a la cabeza, sin creer lo que estaba pasando—. Pero... ¡¿es-estáis locos?! ¿Cómo habéis dejado que se marche así, sin más? ¡Maldita sea ,sois sus padres, se supone que debéis protegerla, no dejarla que se marche a Dios sabe dónde!

Paqui, que así se llamaba la madre de Irene, se retiró el pañuelo de la cara y me observó perpleja. Era la primera vez en mi vida que le hablaba de esa manera. Siempre había sido muy comedida delante de ellos, pero ahora me encontraba realmente decepcionada y no pude controlarme.

—Pero...

Apenas la dejé hablar. Necesitaba expresar la furia que me corroía. Mi amiga acababa de largarse; mi madre me había amenazado con casarme a cambio de conseguir un hogar para aquellos jóvenes; Serra me había regalado unas zapatillas preciosas, y probablemente jamás podría agradecérselo como él se merecía. Y para colmo, la expresión de esa mujer no hacía más que sacarme de mis casillas.

Levanté una mano pidiéndole que se callara.

—No, Paqui. Vuestra obligación, como sus padres que sois, es aseguraros de que será feliz. O al menos luchar por conseguirlo. No apartarla de vuestro lado a la primera de cambio. ¡¿Joder, por qué la gente se empeña en tener hijos si después no van a cuidarlos?! —exclamé al cielo.

Cuando dirigí de nuevo la vista hacia ella, la vi sacar una tarjeta del bolsillo de su rebeca y ofrecérmela con cara de pocos amigos.

—¿Qué es esto? —exigí.

—Una Clínica de Fisioterapia en San Fernando. Allí es donde está tu amiga. Empezó esta mañana en su nuevo empleo.

De pronto deseé chasquear los dedos y borrarme del mapa. Carraspeé mientras Paqui seguía allí, taladrándome con la mirada.

—Yo..., bueno... Es que pensé que Irene se había marchado al extranjero...

—Sí, ya. Pues no, bonita, San Fernando aún pertenece a la localidad de Cádiz —protestó en un tono muy hosco.

—¿Y por qué llorabas entonces?

—¿Esto? —dijo, restándole importancia con la mano—. Es que has llamado justo en la escena que Luis Alfredo se entera que él no es el padre del pequeño Ricardito José y ...

—Vale, vale —dije, cortándola antes de que me contara todo el argumento de la telenovela. Esa mujer era una fanática de los culebrones y ese día no estaba yo en mi mejor momento para escucharla—. Paqui, lo siento. Me he hecho un lío...

Ella me observó con curiosidad.

—Me ha dicho Irene que últimamente estás muy rara... Pues hazme un favor, dile a tu madre que se gaste menos dinero en publicidad electoral y te preste un poco más de atención a ti. Que estoy segura que te hace falta. —Agarró la puerta con intención de cerrarla y luego manifestó—: Si no necesitas nada más te dejo, que quiero saber qué hará ahora Luis Alfredo. Adiós, Sara.

Me quedé allí plantada, en el rellano, volví a mirar la tarjeta y decidí que si Irene no me había contado nada de su nuevo trabajo era porque aún estaba molesta por la discusión del día anterior, así que sin pensarlo ni un segundo, salí a la calle y me monté en el primer autobús que pillé.

No estaba dispuesta a pasar ni un minuto más enfadada con Irene. Ya éramos muy mayorcitas para estas tonterías.

Llegué a San Fernando antes de lo que yo esperaba. Y menos mal, porque el señor que se había sentado delante de mí en el transporte público tenía tanta caspa en el pelo que parecía que acababa de nevar en su cabeza.

La Clínica estaba situada en la zona de Camposoto, en una urbanización de casas unifamiliares con jardines. No quedaba muy lejos del centro donde yo trabajaba. La encontré sin ninguna dificultad. Parecía recién inaugurada, ya que un par de jóvenes con monos de trabajo aún colocaban vinilos sobre el cristal que conformaba la fachada.

Me asomé a la puerta con sigilo y vi a mi amiga sentada en el mostrador de recepción. Parecía realmente enfrascada en su tarea.

La observé el tiempo suficiente para que ella alzara la cabeza y se encontrara con mi mirada. No me atreví a entrar.

—¡Sara! —exclamó—.Pasa...

Me acerqué hacia donde estaba y ella salió a recibirme.

—¿Qué haces aquí? —preguntó extrañada pero risueña. Volvía a ser la Irene de siempre.

—Tu madre me dijo que estabas trabajando en este sitio. —Me giré para observar la estancia, y aparentemente mostraba el aspecto sobrio y cuidado de una consulta de esas características. La sala de espera era pequeña, con un sofá blanco de tres plazas a juego con dos de confidente. Las paredes estaban recubiertas de papel pintado marrón y al fondo se estrechaba un pasillo con varias puertas donde supuse que estarían las consultas.

—¿Te lo puedes creer? Llamé ayer por casualidad cuando vi la oferta en una publicación de Facebook y me hicieron la entrevista al final de la tarde. Dicen que doy el perfil. Que soy muy simpática y extrovertida. Mi jefe es encantador, Sara. Es un hombre de unos cincuenta y tantos. Y aquí solo tengo que coger el teléfono y dar las citas a los pacientes. Puedo leer, jugar al *Candy Crush*, y cotillear el Instagram de Serra, si es necesario… —Puse los ojos en blanco y me reí. El rostro de él me invadió el pensamiento de nuevo..., pero sacudí la cabeza intentando concentrarme en lo que Irene me contaba—. Es el trabajo de mis sueños. Y encima me pagan bien. Ya estaba harta de doblar jerséis.

Me alegré mucho por ella. Cualquier cosa era mejor que marcharse al Amazonas. Por supuesto no volví a sacar ese tema a colación.

—¡Qué bien, Irene!

—Pensaba llamarte hoy cuando terminara para contártelo. No me ha dado tiempo…

—Bueno, la verdad es que me has asustado un poco. Tu madre te dará más detalles…

Ella frunció el ceño, pero luego me agarró del brazo y dio un saltito.

—Tenemos que celebrarlo, Sara. Quiero invitarte a cenar y luego a tomarnos unas copas. ¿Qué te parece?

Su proposición me resultó gratamente tentadora. Era cuanto necesitaba. Salir, divertirme, desconectar… Una noche de fiesta con Irene era el plan perfecto para ese viernes.

—Hecho —respondí con una amplia sonrisa.

—Muy bien, pues vete a tu casa y ponte jodidamente guapa. Hoy la vamos a liar.

Dos horas después, abrí mi armario. Me acababa de duchar y ya estaba maquillada y peinada. Había resaltado mis ojos pardos con unas sombras ahumadas y usé para mis labios grosezuelos un brillo voluminizador. Antes de subir a casa compré un tinte para el pelo y decidí que, quizá, el cobrizo no me quedaría mal, y tras observarme en el espejo de mi tocador, el resultado me agradó. Además, estaba perfeccionando el manejo de mis tenacillas y unas ondas fabulosas caían sobre mis hombros.

Saqué de uno de los cajones mis pitillos vaqueros, aquellos que me quedaban tan ajustados que parecían tatuados a mi piel y los combiné con un top escarlata sin espalda, es decir, el único agarre de la tela era un precioso lazo de seda en la parte baja de mi cintura. Sin embargo, la parte delantera era bastante discreta, con un cuello alto y elegante. Me subí a mis plataformas negras, y un diminuto bolsito en forma de concha del mismo color del top puso el toque final a mi esmerada indumentaria.

Unos minutos antes de marcharme de casa volví a mirarme en el espejo. Iba mucho más explosiva de lo que yo solía ir a diario, pero el caso es que me gustaba. Aquella era mi semana de descanso, de paz. Y estaba dispuesta a disfrutarla al máximo.

Me retoqué el colorete de mis rollizas mejillas y salí preparada para divertirme de verdad.

10

UNA CENA PARA DOS

M ientras intentaba, estratégicamente, que mi móvil, las llaves, el pintalabios, un paquete de clínex, otro de toallitas íntimas y el corrector de ojeras entrara en ese diminuto bolso rígido, mi teléfono comenzó a sonar. Era Irene. Había quedado en recogerla en su casa a las diez de la noche. Según ella, su jornada terminaba a las ocho y media de la tarde y se daría mucha prisa para estar lista sobre esa hora.

—¿Sí? —respondí, cerrando la puerta de mi casa y sujetando mi iPhone con el hombro.

—Sara, verás..., he tenido un problemilla de última hora.

Miré el reloj de mi muñeca y marcaba las diez menos cuarto.

—¿Qué sucede? —inquirí, poniendo los ojos en blanco.

—Acabo de salir de la Clínica ahora mismo. Ya te contaré. No me da tiempo de ir a mi casa a cambiarme. Me he maquillado en el trabajo y me dejaré la misma ropa. No voy tan mal. Así que nos vemos en la glorieta Ingeniero de la Cierva en unos quince o veinte minutos, ¿de acuerdo?

—Vale.

Salí a la calle y busqué un taxi. Irene tardó un poco más de lo que me había dicho, pero cuando apareció por aquella plazoleta yo la esperaba sentada en un banco toqueteando mi teléfono.

—¡Ya estoy aquí! —Venía un poco alterada y mucho menos arreglada que yo, pero eso no se lo dije. Llevaba unos pantalones rajados muy ajustados, una camiseta negra sin mangas con unas letras fluorescentes, sus *converse* negras y su cazadora vaquera colgando del brazo. Estaba fabulosa, solo que íbamos exageradamente diferentes en el estilo—. ¡Qué elegante te has puesto, ni que fueras a una gala!

Me levanté para saludarla.

—Dijiste que me pusiera jodidamente guapa, esa fueron tus palabras —protesté.

—Lo sé, llevas razón, y yo también lo habría hecho si no fuera porque justo cuando te fuiste apareció mi jefe. Necesito sentarme para contarte esto. Vamos a cenar, me muero de hambre.

Tiró de mi mano y cruzamos un paso de peatón. Frente a nosotras se alzaba la franquicia Mac Donald's, y de repente atisbé cómo Irene se encaminaba con decisión hacia allí, arrastrándome con ella.

—¿Adónde vamos? —pregunté por curiosidad, dando por hecho que no me metería en aquel sitio.

—A cenar —aseguró como si tal cosa.

Me detuve en el primer escalón.

—Estás de coña, ¿no? —Le hice un gesto para que me mirara de arriba abajo—. ¿Cómo voy a entrar en un Mac Donald's con estas pintas?

Era obvio que iba demasiado arreglada.

—Pero si estás muy guapa —dijo ella como si nada.

—¡Ya lo sé!

—Vaya, Sarita no tiene abuelita… —farfulló, moviendo la cabeza de un modo burlesco.

—Te estoy diciendo que me he vestido así porque pensé que me invitarías a cenar a un restaurante en condiciones. Ya sabes, con cubiertos y esas cosas.

Ella me miró como si me hubiera vuelto loca.

—¡Pero si no he cobrado aún!, ¿qué quieres arruinarme antes de tiempo? Venga, no te pongas tiquismiquis que no te pega nada el rollo pijo de tu madre. Te invito a una hamburguesa y no se hable más.

Volvió a tirar de mí y así, sin más, me vi en la kilométrica cola de una de las Cajas, rodeada de quinceañeros con ataques de acné y padres con bebés en los brazos que nos observaban como si hiciera años que no vieran a dos mujeres. Sujeté mi bolso entre mis dedos y suspiré.Mientras tanto, Irene contemplaba el luminoso que había en la parte superior del mostrador, decidiendo su menú.

—¿Y qué es eso que me tienes que contar?

—Odio a mi jefe —masculló sin mirarme con los ojos fijos en aquel cartel.

—¡Pero si me has dicho esta tarde que era adorable!

—¡Qué va!, ese es su padre. Mi verdadero jefe se ha presentado esta tarde en la consulta. Es el hijo. Se llama Víctor. La verdad es que cuando lo vi entrar por la puerta pensé que estaba soñando. Sara —dijo girándose hacia mí—, es el tío más guapo que he visto en mi vida. Tiene un pelo…¡Madre mía…! Y su barba… así en plan sexi total. Es alto, fibroso. Debe rondar los treinta. Creí que me había tocado la primitiva, pero en cuanto ha abierto la boca me he dado cuenta que es un gilipollas integral. Se ha pasado toda la tarde dándome órdenes. Menos mal que es guapo, si llega a ser feo me despido hoy mismo. No sé si aguantaré sus tonterías por mucho tiempo.

—¿Pero qué te ha dicho?

—Pues nada, entró y en ese momento yo estaba leyendo una revista. ¡Joder, no había trabajo! Ya había atendido algunas llamadas y el otro fisioterapeuta que trabaja también allí estaba con un paciente. Así que estaba ojeando el nuevo catálogo de Mango cuando se puso frente a la mesa de recepción, con los codos apoyados y me dijo: tú debes de ser Irene, ¿verdad? Asentí boqueando como un pez, porque te juro que no di crédito, Sara. El muy cabrón es guapo a rabiar, pero al siguiente instante articuló: Pues suelta la revistita y gánate el sueldo, anda, que aquí hay bastante trabajo. —Hice un gesto de asombro con los ojos e intenté no reírme, ella parecía bastante afectada—.Luego me ha dicho que él es el jefe, que su padre solo se encarga de contratar al personal y que mi obligación, aparte de atender las llamadas y dar las citas, es mantener la consulta intacta.

—Jodeeerr —susurré.

—Sí. Al parecer no es la única Clínica que tiene. Esta es la última que han inaugurado, pero hay tres más repartidas por la provincia de Cádiz. Es un explotador, Sara. Tiene toda la pinta. No es lo que me ha dicho, han sido las formas. Se ha marchado a las nueve de la noche y antes de irse me ha asignado un montón de tareas. El otro chico me ha contado de él que es un fisioterapeuta de éxito. Aparte de las Clínicas trabaja con deportistas de élite. En fin, sabe que está bueno y encima tiene pasta. Pero si se cree que se va a pasar el día dándome órdenes la lleva clara. Y, por supuesto, me va a pagar la hora extra de hoy. Ya hablaré con él el lunes.

—Pero, Irene, creo que deberías llevar este asunto con mucho tacto. Si es un tipo… complicado, limítate a hacer lo que te diga e intenta no enemistarte con él. Al fin y al cabo, es tu jefe.

La cola había avanzado tanto que de pronto estábamos frente a una chica bajita con brakers, con toda la cabeza llena de trencitas diminutas y luciendo el uniforme de la franquicia con orgullo.

—Buenas noches, ¿qué van a tomar? —comentó con una sonrisa aprendida.

Irene sacó diez euros del bolsillo del pantalón y dijo:

—Dos *happy meals*. ¿Tú que lo quieres con hamburguesa o *nuggets*? —me preguntó.

Cerré los ojos y respiré hondo. Aún estaba decidiendo si matarla directamente o torturarla lentamente…

—Ham-bur-gue-sa —masculló.

Así era mi amiga.

—Lo siento, Sara, pero no tengo más dinero. Y me temo que mi jefe no va a ser de esos a los que puedas pedir un anticipo.

—¿El regalo del menú que lo prefieren de Monster High o Spiderman? —nos interrumpió la chica de los brakers con un deje cargante. Me fijé en su rostro y avisté que estaba demasiado bronceada. Seguro que acababa de regresar del Caribe y habría aprovechado ese viaje para hacerse ese peinado que no le favorecía nada, pero que ella lucía con la misma dignidad que el uniforme. Es más, cada vez que giraba la cabeza lo hacía de forma que todas las trencitas se movían cual cortinilla de flecos.

Dejó ambos juguetitos sobre el mostrador.

Irene le lanzó una mirada amenazante, consciente de que incluso la propia dependienta se estaba mofando de nosotras.

—¿Tengo pinta de hombre araña? —protestó mi amiga a la defensiva.

La chica no respondió. Solo se limitó a guardar dentro de las cajitas dos regalos idénticos de esas muñecas cadáveres.

Vamos, la noche prometía ser de lo más excitante…

Cogimos nuestras bandejas y nos acomodamos en una mesa lo más alejadas posible del revuelo que armaban los adolescentes.

Mientras engullíamos esas minis hamburguesas, Irene continuó poniendo de verde y oro al guaperas de su jefe. Pero conociéndola como ya la conocía, ese tío le gustaba muchísimo. Me detalló a la perfección su ropa, el largo de su cabello, el color castaño de sus ojos y hasta el tono ronco de su voz.

Más tarde, cuando conseguí que se relajara y logré convencerla de que tenía que darle una oportunidad más antes de juzgarlo, cambiamos de tema y le comenté lo que mi madre me había advertido.

—No le hagas caso, Sara. Manda a Fernando a freír espárragos y si tanto le gusta ese tío que se case ella con él —expresó, rasgando el envoltorio de plástico de aquel juguete.

—No es tan fácil, Irene. Quiero que me ayude con las subvenciones para las casas de acogida, y ya la conoces, ella no hace nada si no es a cambio de algo.

Me dejé caer sobre el respaldo de mi asiento.

—Sara, no puedes casarte con Fernando solo por conseguir esa subvención. Tú no quieres a ese tío. Además… —carraspeó un poco—, le he enviado un mensaje a Serra por si quería venir a tomar una copa con nosotras.

El chisme era un reloj con forma de pulsera, y una pegatina con la cara de una de esas muñecas ojerosas aparecía en la esfera.

—¡¿Qué?! ¡¿Pero tú eres tonta?! —grité con el corazón a mil cuando fui consciente de lo que acababa de decir.

—¿Qué pasa? Pero si te encanta ese poli —replicó, ajustándose el brazalete.

—Va a pensar que ha sido idea mía —manifesté, llevándome una mano a la frente.

—Tranquiii… Me ha dicho que esta noche está trabajando. Así que no tienes de qué preocuparte.

Sin embargo, no sé por qué ese último comentario me dejó una sensación de vacío tremenda. En realidad, la idea de encontrarme con él había permanecido latente todo el tiempo en algún lugar de mi mente, pero ahora ya sabía que eso no sería posible, a menos que me diera por armar camorra en la calle y me llevaran detenida, ¿no?

Era una opción…

—Anda, vamos a tomar algo, pero te aviso que a las copas invitas tú —dijo mi "queridísima" amiga, levantándose de la mesa y depositando el contenido de la bandeja en la papelera más cercana—. Mmm... queda chulo, ¿a qué sí? —Alargó el brazo y movió la muñeca luciendo ese horroroso reloj de juguete que, por supuesto, no marcaba la hora.

Miré al cielo y pedí clemencia…, fuerzas no, porque si me las daba...

No fuimos muy lejos, mis zapatos no se parecían en absoluto al calzado de Irene, y ya que la noche no se presentaba muy apasionante, decidimos entrar en uno de los bares de copas de la calle Muñoz Arenillas. Un pub sencillo y carente de decoración. Pero según mi amiga, los chupitos eran baratos. Y como yo lo único que quería era sentarme en un taburete y tomarme una copa tranquilamente, no estuve muy atenta al entorno.

Eso sí, la música dejaba mucho que desear… No obstante, poco a poco me relajé y al cabo de un rato Irene y yo charlábamos recordando viejos tiempos, muertas de risa. Una cosa llevó a la otra y la esquina de la barra donde nos encontrábamos comenzó a llenarse de vasos vacíos. Pero es que con Irene siempre era de esa manera. Al final me daba cuenta de que estar con ella era el plan más divertido que se me podía presentar. Aunque a veces sintiera la irrefrenable necesidad de estrangularla, he de reconocer que era tan graciosa y adorable que solo podía quererla cada día más. No recordaba ningún acontecimiento importante en mi vida en el que ella no hubiese estado presente.

El sonido de nuestras risas se mezcló con la melodía que sonaba en ese instante y aquel lugar se fue ambientando hasta quedar completamente abarrotado.

El efecto del Malibú con piña empezó a diluirse en mis venas, provocándome una agradable sensación de libertad y frenesí. Y de pronto, el camarero toqueteó el arcaico equipo de música que había junto a la caja registradora y esa canción titulada *El Taxi,* de Osmani García, provocó un revuelo en todo el bar.

Yo movía los hombros sin bajarme de mi taburete mientras seguía conversando animadamente con Irene, cuando un tipo, diría que bastante mayorcito para esas tonterías, se colocó delante de nosotras y nos regaló un pésimo intento de coreografía. Pero lo peor de todo es que pretendía que Irene bailara con él.

Iba vestido con una camisa de cuadros diminutos y un vaquero, creo que con campana. Tenía ese aspecto de divorciado alopécico que está empezando a vivir la vida de nuevo. Apuesto a que superaba los cuarenta. Y, por supuesto, era el alma de la fiesta de su grupo de amigos, que lo observaban risueños desde la pared contraria a la nuestra.

—¡Venga, nena, un bailecito! —gritó con la intención de dejarse oír por encima de la música y agarrando la mano de Irene.

Al principio, mi amiga fue educada, le sonrió y negó con la cabeza advirtiéndole que no le apetecía bailar, pero cuando el tipo continuó empecinado en su objetivo, moviéndose descompasado, ella le hizo un gesto para que se acercara y vociferó de forma que yo también lo oyera:

—Te voy a dar un consejo. No te lo tomes a mal, pero a menos que seas Ricky Martín o Chayanne no intentes ligar nunca bailando.

En cuanto dijo eso, el sorbo de malibú que estaba tomando me salió por la nariz y comencé a toser debido a la incontrolada carcajada. La cara de él se transformó al instante y luego creo que oí un insulto antes de alejarse, solo que Irene estaba preocupada porque yo recuperara la respiración y apenas le prestamos atención.

Unos minutos después decidimos cambiarnos al otro lado de la barra porque aquel tipo y sus amigos no se habían tomado demasiado bien el consejo de Irene…

Atravesamos el local tronchadas de la risa y moviéndonos al ritmo del estribillo de esa canción cuando Irene tiró de mi mano con fuerza y me indicó que mirara hacia una de las mesas altas que había junto a la puerta del bar.

—¡¿Qué?! —pregunté cuando la vi esconderse detrás de mí, blanca como el papel de fumar.

—Es él —masculló entre dientes. Miré y vi a dos chicos bebiendo unos botellines de cerveza—. Es mi jefe. El de la camisa blanca. Es Víctor —aclaró ella.

—Vaya, sí que es guapo —exhalé.

Y lo era. Tal y como ella lo había descrito.

—Déjame tu pintalabios —comentó nerviosa.

Yo me giré sonriendo, ocultándonos entre el bullicio.

—¿Para qué? Pero si dices que es un gilipollas —dije para chincharla.

—Y lo es. Pero es un gilipollas que está muy bueno. Y por supuesto me va a pagar la hora extra de hoy.

Se repasó el carmín rojo de sus labios y se atusó el pelo con los dedos. Ese corte le favorecía muchísimo. Hacía sus facciones mucho más traviesas y joviales. Y para colmo, la chispa de las copas ingeridas resaltaba en sus mejillas.

—Vamos —declaró, agarrando mi mano y tomando el control de la situación—. Ahora se va a enterar.

Íbamos directas a la salida del bar y justo al pasar por al lado de él, Irene hizo como la que tropezaba y lo empujó. El botellín que él sostenía entre sus dedos cayó al suelo y se rompió, salpicando a la gente que había alrededor.

—¡Lo siento! —escenificó ella con la vista clavada en aquellos cristales, fingiendo el encontronazo.

Ambos se miraron.

—Mira, ¡qué casualidad! Mi nueva empleada... —comentó observándola de arriba abajo.

—Ah, eres tú, Víctor. Perdona. No te había visto.

La tensión sexual entre ellos era tan potente que me llegó hasta mí.

—Irene...

—Así es, y ella es Sara, mi amiga.

Él me dedicó una sonrisa de medio lado, fugaz, y luego sus ojos recorrieron el rostro de Irene.

—Él es Antonio, mi amigo —dijo imitándola. El chico que estaba junto a él nos saludó con un gesto de cabeza—. Ella es la recepcionista de la Clínica de Camposoto —aclaró dirigiéndose a aquel joven alto y corpulento—. ¿Os vais? —inquirió.

—Sí. Realmente siento lo de la cerveza.

Obviamente, no lo sentía y no sé por qué pero intuí que Víctor era consciente.

—No te preocupes. Ahora me invitas a una y solucionado.

—Bueno, mejor te la pides tú y me la descuentas del dinero que me debes de la hora extra de hoy, ¿te parece? —replicó ella, peinando su flequillo de una manera muy sexi.

En cuanto dijo eso, la mirada de Víctor se oscureció y yo sentí vergüenza ajena. El amigo soltó una carcajada y de pronto ambos sostuvieron el contacto visual durante lo que a mí me pareció una eternidad.

Él cruzó los brazos sobre su amplio pecho, dejando entrever el vello de sus brazos y que, por supuesto, el comentario de Irene no le había hecho ninguna gracia.

—De acuerdo, hablaremos de ese asunto el lunes —farfulló, yo diría que bastante molesto.

—Muy bien, pues adiós —finalizó ella con la cabeza bien alta.

Luego tiró de mí y salimos del local.

Una vez en la calle la sujeté de la muñeca y le di un tirón.

—¿Estás loca?¿Es que quieres quedarte sin trabajo? Sabes perfectamente que la cola del paro es más larga que la que hemos esperado hoy en McDonald's, ¿no?

—Me estaba vacilando, Sara. *Ahora me invitas a una y solucionado*— protestó ella simulando la voz de Víctor—. Quiero dejarle bien clarito que trabajaré para él, pero que no soy su esclava.

—¿No crees que estás exagerando? En mi opinión solo intentaba ser amable —expuse mientras avanzábamos por aquella acera. Ella me hizo un gesto con la mano para que me callara. Sin embargo, no pude evitar decir lo que pensaba—. Joder, Irene, es guapísimo.

—Sí, pero ya lo has visto. Es imbécil. ¿Ves?, Sara, por eso quería largarme de aquí. Todos los tíos buenos que conozco últimamente, o son gays o son gilipollas.

—De todas maneras, aunque fuera adorable, es tu jefe, Irene. No puedes liarte con él —apostillé solo para sonsacarle algo más.

—Claro…, además, estará muy bueno pero no es mi tipo —rebufó ella.

—Sí, ya…

No te lo crees ni tú, pensé para mí.

Quince minutos después nos metimos en un taxi. Estábamos cansadas y decidimos dejar la juerga para otro día. Durante el trayecto, Irene sacó el teléfono del bolso al oír el sonido de un mensaje. Pensé en Serra, quizá le había escrito para encontrarse con nosotras. Tal vez su turno había finalizado… Esperé a que ella me lo aclarara, pero sin decir ni una palabra me mostró la pantalla y lo que leí me obligó a llevarme una mano a la boca, conteniendo una sonrisa.

«*Podemos negociar las horas extras, si quieres*».

—¿Vas a responderle? —pregunté mordiéndome una uña.

Ella negó con la cabeza y volvió a guardar el móvil haciéndose la interesante.

—El lunes le aclararé algunos términos —atestiguó.

El taxi paró primero en su casa, me despedí de ella, y luego me llevó hasta mi calle. Iba inmersa en mis pensamientos. Serían aproximadamente las tres de la madrugada y a esa hora apenas había gente deambulando. Aquellas plataformas me estaban torturando y tanteé la posibilidad de quitarme los zapatos y continuar descalza, sin embargo, algunas cacas de perros me advirtieron, sonrientes como las del *WhasttApp*, que no lo hiciera. Refrescaba un poco y me froté uno de los brazos antes de abrir mi bolso y sacar las llaves de mi portal.

Pero justo cuando alcé la vista para enfocar la puerta me encontré con la figura perfecta y fascinante del agente Serra apoyado en la pared contigua, con las manos metidas en los bolsillos del vaquero. El corazón me dio un brinco dentro del pecho.

Vestía de un modo muy informal. Llevaba una camiseta blanca debajo de una sudadera con capucha gris, y su pelo, como siempre, revuelto y preparado para que mis dedos se fundieran en él.

Su sonrisa adorable y atractiva casi me deja ciega al instante mientras mis piernas no dejaban de temblar.

—Hola —fue lo único que logré articular.

—Hola —susurró él, acercándose lentamente, desnudándome con la mirada.

—¿Q-Que haces aquí? —inquirí, peleándome con ese bolso ridículo.

—Necesitaba saber si te gustaron las zapatillas.

11

¿ANÍS O CERVEZA?

J amás en toda mi vida había estado tan nerviosa ante la presencia de un hombre. Pero claro, no todos los días tenía uno así frente a mí. En la puerta de mi casa, a las tantas de la madrugada, y encima preguntándome si me había gustado un regalo que él mismo me había enviado. Unas deportivas preciosas, para ser más exacta, pero, vamos, que aunque me hubiese regalado dos bolsas de basura para los pies...también me habría vuelto loca de ilusión. A esas alturas me gustaba tanto ese policía que cualquier cosa que viniera de él me fascinaba.

—Me han encantado. Son muy bonitas… —respondí sin poder apartar mis ojos de su apetitosa boca, ahora que estaba tan cerca.

—¿Y no pensabas darme las gracias? —preguntó alzando una ceja y utilizando ese tonito petulante.

—Gracias —susurré.

—Mmm… no me vale —murmuró cruzándose de brazos, en esa postura tan sexi con las piernas entreabiertas y buscándome la mirada.

—¿Ah, no? ¿Y cómo se supone que tengo que agradecértelo?

Me acerqué un poco más a la puerta para poder introducir la llave en la cerradura y de paso coger un poco de aire.

—Estoy segura que ya has pensado en algo. Tienes bastante imaginación…

De nuevo, esa sonrisa ladeada.

—Me acabo de quedar en blanco —seguí bromeando mientras abría el portal.

—Vale, te ayudaré. ¿Qué te parece si me invitas a una copa? Acabo de salir de trabajar y me apetece desconectar un poco.

—No sé si será buena idea… —dije mirándole fijamente.

Y no es que no quisiera que subiera, es que simplemente estaba aterrada ante la idea de tenerlo en mi apartamento.

—Sara, voy a subir a tu casa esta noche. Espero que lo tengas tan claro como yo —me advirtió con una seguridad abrumadora. Casi me derrito, pero...

Fue entonces cuando, sin apartar mis ojos de él, me armé de valentía y le pregunté por aquello que realmente me preocupaba.

—¿Qué hay entre esa inspectora y tú?

Él afiló un poco la mirada, como si por fin entendiera mi indecisión.

—Es esa la razón por la que te largaste el otro día de mi casa, ¿verdad? ¿Crees que Varela y yo somos pareja? —No respondí. Sencillamente dejé que él solito se explicara. Miró al suelo y luego otra vez a mí. Se frotó la nuca antes de añadir—: ¿Hay alguna posibilidad de que te lo explique mientras me invitas a esa copa?

Lo contemplé durante unos largos segundos sin decir nada. Abrí aún más la puerta y le hice un gesto con la cabeza para que entrara.

Era de locos dejarlo entrar en mi casa y en mi situación, teniendo en cuenta que mi madre solo me había concedido un plazo de una semana y que luego todo volvería a ser como antes… Pero el caso es que iba aprovechar ese tiempo y no se me ocurría una compañía mejor.

Mi edificio tan solo tenía cuatro pisos y al tratarse de una finca antigua no tenía ascensor, así que me descalcé los zapatos ante su atenta mirada y le insté a seguirme hasta la planta tercera.

—Estás guapísima —exhaló a espaldas mías mientras subíamos los peldaños.

Me giré y le dediqué una sonrisa encantadora.

—Tú también —contesté envalentonada.

Y era cierto, no era posible que pudiese estar más guapo vestido de sport. Además, el olor de su fresco perfume estaba impregnando el aire y no sé si era el efecto del alcohol, aún en mi sangre, o el simple hecho de que estábamos a punto de cruzar el umbral de mi apartamento, pero me sentía achispada, exultante, atrevida, desinhibida y muy segura de que ese hombre me gustaba hasta unos límites preocupantes.

Me ayudó con los zapatos para que yo pudiera abrir, y cuando le invité a pasar los dejó sobre una de las sillas del salón al mismo tiempo que analizaba cada recodo de mi casa.

Tenía las manos metidas en los bolsillos, mirando a un lado y a otro, y si no fuera porque aún no lo conocía lo suficiente, habría apostado a que estaba un poco nervioso.

—Me gusta tu casa.

—Es pequeña —añadí, entrando en la cocina para beber agua.

Atisbé cómo se acercaba al sofá y se sentaba en él.

—Me gustan las casas pequeñas. Son más acogedoras y te acostumbras a vivir con lo imprescindible. Si consigues convertirla en tu hogar, son más prácticas que un piso enorme con pasillos kilométricos.

Asentí con la cabeza sin apenas oír lo que estaba diciendo mientras rebuscaba en uno de los muebles algo de alcohol que ofrecerle, y de pronto me di cuenta que no tenía nada salvo una botella de…

—¿Te apetece un anís? —vociferé mostrándosela.

—Sí, hombre, y ya puestos dame un tenedor y cantamos "Pero mira como beben los peces en el río" —replicó desde su posición, con los antebrazos apoyados en las rodillas.

—Lo siento, es que no suelo tener alcohol en casa —dije sonriendo.

—¿Ni una cerveza?

—Bueno, sí, cerveza sí tengo, y refrescos.

—Vale, pues con una cerveza servirá.

—Muy bien.

Agarré un par de latas y dos vasos y los dejé sobre la mesa mientras él me observaba.

Luego, antes de acomodarme a su lado, se me ocurrió poner un poco de música. Así que puse la televisión y desde mi teléfono móvil sincronicé una de mis listas de reproducciones de You Tube. Bajé el volumen lo suficiente para poder conversar y que ese tema de Ed Sheeran, *ThinkingOutLoud,* llenara la habitación y suavizara mi estado de nerviosismo. Aunque no hizo más que alterarlo. Escuchar esa canción con Serra sentado en mi sofá y oliendo a gloria bendita... no me ayudó mucho.

Le ofrecí su vaso una vez servidas las cervezas, sostuve el mío, y en ese momento él hizo el gesto de brindar conmigo.

—Por ti, por ese color de pelo y por esa ropa tremendamente sexi que te has puesto esta noche... Joder, estás tan guapa que no puedo dejar de mirarte.

Y a pesar de que estaba haciendo lo posible por comportarme con naturalidad, ese comentario me sonrojó como a una quinceañera. Bebí un sorbo y mis labios se curvaron.

Estoy segura de que si le hubiese sostenido la mirada durante unos segundos más, me habría besado. Sin embargo, yo aún sentía curiosidad por saber qué ocurría entre esa mujer y él.

—Bueno, ¿vas a contármelo o no?

Solté la bebida y me apoyé en el respaldo del sofá, con las rodillas recogidas. De forma que su perfil era para mí un espectáculo.

Él se giró para mirarme y se deshizo de su sudadera, dejando al descubierto, bajo su camiseta blanca, aquellos brazos perfectamente torneados y musculosos.

—No estoy con Marian —aseguró, llamándola por su nombre de pila, lo que hizo que mi cuerpo se pusiera a la defensiva—. Ella era la mujer de mi padre.

Arrugué la frente en un gesto de confusión.

—¿Era? ¿Ya no están juntos? —Entonces el bebé...

—No, mi padre murió hace un año y medio, Sara. Bruno es mi hermano —confesó dejándose caer a mi lado.

¿Su hermano?

—Pero yo pensé... joder creí que... Lo siento.

—Ya, ya lo sé...Pensaste que era mi hijo y que Marian y yo...Pues no, es mi hermano. El único que tengo, mira por dónde.

Me quedé completamente muda.

—Es que parecía que erais pareja, me dio esa impresión —carraspeé.

—Pues ya ves que no —pero esto último lo dijo mirándose las manos, jugueteando con un anillo sencillo que llevaba en el dedo corazón.

—Lo único que me une a ella es mi hermano.

—Y el trabajo, ¿no? —añadí para descubrir algo más.

—En el trabajo nuestra relación es estrictamente profesional. Si tengo contacto con ella fuera de él es únicamente por Bruno. No quiero que crezca sin mí a su lado. —Me miró con determinación, como si estuviera asegurándose de que lo había entendido.

Asentí. Aunque aún me quedaban muchas dudas, como, por ejemplo, por qué ella tenía una llave de su piso y por qué diablos actuaba como una exnovia celosa cada vez que yo estaba delante.

—¿Qué le ocurrió a tu padre? —pregunté sin pensar demasiado, removiéndome en el sofá.

—No quiero hablar de eso hoy —respondió muy serio.

Me quedé un poco cortada. Y él se dio cuenta enseguida.

—Lo siento —susurré.

—No, no te preocupes, es solo que no suelo hablar mucho de ese asunto todavía…

—Lo comprendo.

Silencio. Y sus ojos recorriéndome entera.

—Bien, ¿todo aclarado? —inquirió, agarrando la cerveza y dándole un sorbo. Le dediqué una leve sonrisa—. ¿Y qué hay de ti?

Esta vez dejó el vaso en la mesa e imitó mi postura. Extendiendo un brazo por el respaldo y con una de sus piernas flexionadas. Repasé su amplio pecho, el color de su piel bajo esa camiseta, y sin poder evitarlo mi mirada me traicionó y fue directa a su entrepierna.

—¿De mí? —solté el mechón de mi pelo con el que estaba jugueteando.

—Sí, ¿vas a dejar que te folle esta noche?

¡Diosito, diosito! ¿De verdad había dicho eso?

Tragué saliva. Y sentí cómo mis bragas se humedecían inmediatamente. ¿Era posible que una pregunta tan sencilla me hubiera puesto tan cachonda? No es que fuera algo que te preguntaran en la cola del Banco, pero… en fin, la cuestión era fácil de responder, ¿no?

—Bueno… yo… yo… —dije tartamudeando y riendo como una imbécil. Aunque tomarme a broma su pregunta no calmó mis nervios.

Él continuó atravesándome con aquella ávida mirada.

—¿Tú qué? ¿Vas a responderme, Sara?

Y de pronto sentí el aire denso, muy denso. Ahora su perfume se estaba mezclando con mi excitación, y mi cuerpo estaba a punto de saltar sobre él. Sin embargo, él no hacía el intento de moverse.

¿Qué se suponía que tenía que responder? ¿Sí, fóllame? ¿Era eso lo que esperaba? Jamás había estado en una situación como esa, quiero decir, que nunca antes nadie me lo había preguntado tan directamente. Sencillamente era algo que surgía. No obstante, él seguía allí sin apartar sus ojos de mí.

—Me parece que acabas de saltarte los preliminares, ¿no? —murmuré en un intento de… yo que sé.

—Contigo ya han sido demasiados preliminares, ¿no crees?

De repente tiró de mi muñeca y cuando me quise dar cuenta, en un rápido movimiento y manejándome a su antojo, me tenía a horcajadas sobre él. Me agarré a sus hombros.

Mi corazón estuvo a punto de atravesarme el pecho.

Puso sus manos grandes sobre mi trasero y lo pellizcó, haciendo que me frotara con su abultada erección que presionaba la tela de su vaquero.

—Oh, Dios… —exhalé cuando sentí que se movía debajo de mí.

Estaba segura de que me correría así si continuaba.

—¡Qué bonita eres, nena! No te imaginas las ganas que tengo de estar dentro de ti.

Metió su cara en el arco de mi cuello y su lengua comenzó a lamerme. Un millar de sensaciones me recorrieron de la cabeza a los pies, y el calor que sentía en la parte baja de mi vientre se extendió por todos los poros de mi piel.

Fue besándome la mandíbula hasta llegar a mis labios y cuando volví a besarlo me di cuenta de lo mucho que me costaría olvidarme de aquellos besos. Sus dedos lentamente fueron recorriendo mi espalda hasta que una de sus manos se metió bajo mi cabello, impidiendo que nuestras bocas se separaran mientras con la otra intentaba deshacer el lazo que unía la tela de mi top. Ese beso fue brutal, sentía su lengua saqueando mi boca, devorándome.

Solo se separó un segundo de mí, manteniendo el fuego de su mirada sobre mi rostro, mis hombros, mis brazos…

—Quítate esto —me ordenó con la voz rajada por el deseo, sujetando la blusa por los bordes.

Eran tan intensas las ganas de complacerle que me deshice de la parte de arriba y con ella de los tabúes, los complejos, los prejuicios, la culpa, si es que tenía algo por lo que sentirme culpable y, simplemente, me dejé llevar.

—Hoy no pienso permitir que vuelvas a escaparte de mí.

Sus dedos ascendieron por mis costados y cuando capturó uno de mis pezones con sus labios no pude hacer otra cosa que retorcerme de excitación. Mis caderas se movieron sobre él y me aferré a su pelo, mesándolo. Aún no me podía creer que le tuviera allí, bajo mi cuerpo, dispuesto a llevarme al séptimo cielo.

—Acabo de recordar que tengo que salir a correr con mis zapatillas nuevas —bromeé entre jadeos mientras él continuaba besuqueando mis pechos.

Se apartó unos segundos para mostrarme una sonrisa fascinante.

¡Dios mío, qué guapo!

—Te aseguro que vas a correr-te, pero tranquila, que no hará falta que salgas de aquí —bisbiseó, regando de besos mi cuello e intentando hacerme cosquillas.

Me retorcí entre risas, cuando de pronto se puso de pie conmigo en brazos.

—Vamos a la cama, nena. Me muero por comerte entera.

¿Qué podía decir ante eso? Yo no sería una buena anfitriona si no acatara sus deseos...

Acuné su rostro entre mis manos y esta vez fui yo la que capturé sus labios. Los lamí, los mordí, los saboreé. Las ansias de tenerlo sobre mí eran tan intensas que intenté demostrárselo en ese beso.

Enrosqué mis piernas a su cintura y él me condujo hasta la habitación, sin soltarme. En sus brazos me sentí más pequeña y manejable, pero también sexi y confiada…

Cuando me dejó sobre la cama, se incorporó y me contempló con una mirada hambrienta.

—¿Sabes lo guapa que estás así?

Me di cuenta que solo llevaba el vaquero y mis pechos estaban al descubierto. Sonreí e hice el intento de taparme con los brazos, ruborizándome.

Pero él me sujetó las muñecas.

—Jamás te tapes delante de mí. Quiero verte. Quiero mirarte. Quiero recorrerte de la cabeza a los pies. ¡Joder, Sara!, ¿eres consciente de lo preciosa que eres?

Sus palabras me pusieron la piel de gallina y, sin romper el contacto visual, llevé mis manos a los botones de mi vaquero y comencé a desabrocharlos.

La expresión de su cara se tiñó aún más de excitación, y deseé que esa mirada no se borrara de mi mente nunca.

Me sentía tan segura de que era eso lo que anhelaba en ese momento que me di cuenta que, por primera vez en toda mi vida, estaba haciendo algo que realmente me hacía sentirme completa.

Probablemente cuando se hiciera de día, me daría de bruces por enésima vez con mi asqueada realidad, pero por ahora tenía a ese hombre allí, delante de mí, sacándose la camiseta por la cabeza con una masculina maniobra y dejando ante mis ojos el pecho más perfecto, atlético y musculoso que había visto jamás.

La música varió de repente, y de fondo, tan solo se oían nuestras respiraciones mezcladas con la desgarrada voz del vocalista de Imagine Dragons en esa canción titulada *Radioactive*. La misma que hablaba del apocalipsis y de una nueva era.

Él me ayudó a deshacerme completamente de mis pantalones y se mordió el labio inferior cuando se percató de que mis braguitas de encaje rosa eran minúsculas y muy al estilo "Lolita".

—¿Te gustan más estas? —pregunté retorciéndome de un modo muy sexi, cerrando las piernas y haciéndole sonreír al recordar el episodio de Bob Esponja.

—Sí, son muy bonitas, pero es una lástima que te vayan a durar tan poco… —gruñó, agarrándome los muslos con posesión y llevando sus dedos al borde de la tela para quitármelas.

Cuando me tuvo bajo su cuerpo como Dios me trajo al mundo, tan solo sonrió glorioso, como un niño que acaba de ganar su primer trofeo en una liga de fútbol. Se agachó para besar mi vientre con sus manos amasando mis pechos, mientras yo lo acogía abriendo las piernas y haciéndome con su pelo.

—Te follaré durante horas, Sara. —Pues vale. No era momento para poner objeciones—. Me gustaría hacerte tantas cosas… —exhaló con sus labios humedeciendo la piel de mi vientre y ascendiendo por mis pechos.

—¿Q-Qué cosas? —jadeé.

—Todas sucias, muy sucias… —susurró, alzando la vista y llevando una de sus manos a mi entrepierna.

Me retorcí de placer cuando sus dedos expertos se resbalaron por los pliegues de mi empapado sexo.

Atisbé que tensaba la mandíbula al sentirme tan preparada.

Tiré de su pelo con fuerza y arqueé la espalda mientras él hacía magia con su mano allá abajo. Y de pronto quise pronunciar su nombre, pero su nombre de pila, y me di cuenta que no lo sabía...

—¿Có-Cómo te llamas? —pronuncié con dificultad.

—¿No crees que es un poco tarde para las presentaciones?

Su mano abierta cubrió todo mi sexo.

¡Oh, Dios mío!

—Tu nombre —exigí a punto de alcanzar el orgasmo.

—Me llamo Serra, todos me llaman así. Y ese es el que quiero que pronuncies mientras te corres...

Me agarré con fuerza a sus bíceps.

—D-De acuerdo, SSSerra...

Introdujo dos dedos y comenzó a masturbarme. Balanceé mis caderas buscando su mano. ¡Madre mía!, si hacía esas cosas con las manos... ¡¿Qué no haría con su polla?!

Nuestras bocas se buscaron y se devoraron en aquel clima inundado de morbo, olor a sexo y puro erotismo. Porque así era como veía aquella escena si me hubiese visto desde un punto lejano de mi habitación: a Serra sobre mí, con sus vaqueros aún puestos, con mis piernas abiertas dando acceso a que sus dedos entraran y salieran de mí interior, volviéndome loca de deseo, retorciéndome cual serpiente, aferrándome con una de mis manos a su pelo y con la otra, ahora, intentado deshacerme de sus pantalones mientras me resultaba imposible dejar de morder sus labios. Porque ese cabronazo tenía la boca más perfecta que había besado en toda mi estúpida existencia.

—Maldita sea, nena, me tienes a punto y eso que solo te estoy tocando...

Ante mi insistencia por colarme dentro de sus calzoncillos, se arrodilló delante de mí y se desnudó tan rápidamente que cuando volví a mirarlo estaba allí con toda su esplendorosa erección preparada para la fiesta.

Recorrí con mis ojos el camino de vello dorado que le cubría el abdomen hasta llegar de nuevo a su gruesa..., pesada... y perfecta polla. Porque si soy sincera, no pude dejar de pensar que aquella crema estaba haciendo efecto. Y no es que yo fuera toda una experta en penes, la verdad, pero ese no se parecía en absoluto a ninguno de los que había visto anteriormente.

Bueno, en realidad, él en toda su inmensidad no se asemejaba a nadie que hubiera conocido antes.

—Eres guapísimo… —murmuré. No pude evitarlo. Las palabras salieron de mis labios sin pensar.

Una sonrisa de suficiencia se dibujó en su cara. Estaba convencida de que no era la primera vez que había oído eso.

Sacó un condón del bolsillo trasero de su vaquero, el pantalón fue lanzado a su espalda y luego rasgó el envoltorio con los dientes y se lo puso sin apartar sus ojos de los míos. No. Tampoco era la primera vez que se ponía uno, obviamente.

Agarró mi tobillo y dejó un reguero de besos por mi pierna que acabó con su cabeza enterrada en mi vientre.

—Ahh… —gimoteé cuando su lengua bajó a mi sexo y comenzó a follarme.

Clavé mis uñas en sus anchos hombros y cerré los ojos, contorsionando mi cuerpo. El placer que me recorría era tan inmenso que no pude controlarlo y exploté en su boca. Me dejé ir y él alargó ese brutal orgasmo saboreando cada centímetro de mi húmeda y sensible carne.

—Dios, Serra…

¡Sí! ¡Dios, Dios, Dios!

Si existía alguno desde luego era muy bueno conmigo.

Antes de que me diera tiempo a recuperarme del éxtasis lo sentí incorporarse y llevar una de mis piernas a su hombro.

—Voy a follarte fuerte, Sara —dijo con la voz ronca y acariciando con su pulgar mi pie—. Joder, nena, sabes tan bien —jadeó, introduciendo de nuevo un dedo dentro de mí.

Todo era tan sucio, erótico, húmedo, sexual y carnal…

—¿T-Te gusta?

—S-Sí…

La expresión de su cara era de pura excitación.

—Pídemelo, nena.

Esto era completamente nuevo para mí. No se parecía en absoluto a ninguna de mis anteriores relaciones sexuales, era infinitamente mejor. Y yo…yo me encontraba tan poseída por ese deseo febril que llevé mis manos a mis pechos y los agarré para intensificar aquella lujuria.

Serra se lamió los labios y sus ojos se oscurecieron peligrosamente.

Su barba de tres días, su pelo despeinado por mis dedos, y esa profunda y perniciosa mirada estaban a punto de convertir esa experiencia en el mejor polvo de mi patética vida.

—Pídemelo, Sara —repitió, acercando su erección a mi entrada.

¡Joder..., lo necesitaba dentro de mí! ¡Ya!

—Fóllame... —exhalé sin pudor.

Y esa simple y sórdida palabra hizo que se fundiera en mi interior. Sentí cómo me penetraba con fuerza mientras yo intentaba acostumbrarme a su tamaño.

—Nena, eres tan... Joder, no creo que tarde mucho en correrme...

Aceleró sus movimientos recreándose en aquella deliciosa fricción.

La química entre nuestros cuerpos era jodidamente extraordinaria.

Envolvió su cintura con mis piernas para acercarse más a mí sin detener sus acometidas.

De pronto solo éramos lengua, saliva, gemidos, jadeos, sudor y frenesí.

—¿Lo sientes? —gruñó sobre mis labios—. Sabía desde el principio que sería así contigo desde la primera vez que te vi.

Acaricié su espalda y contraje mi sexo apretando aún más su gruesa polla. Mordí su barbilla y atisbé cómo él cerraba los ojos, con sus codos clavados en el colchón, inflando sus bíceps en cada embestida...

Me encantaba ese hombre. Y no tenía ni idea de cómo iba a gestionar esa situación después de eso.

En una certera maniobra sin salirse de mí, me dio la vuelta y ahora era yo la que estaba al mando de la situación.

—Acomódese, agente —bromeé chupando sus labios.

Su sonrisa, preciosa y sincera, me rozó un filamento extraño en el corazón.

"¡No,no, no! Sara, no te enamores, esto solo es sexo...", me dije a mí misma.

Me moví conocedora de que aquello le provocaría mucho.

—Sigue, nena, sigue moviéndote así —decía con sus manos en mi culo, apresándolo—. Eres perfecta.

—Voy a correrme —gruñí unos segundos después, mientras me balanceaba sobre él con sus dedos clavándose en mis muslos. Estaba segura de que dejaría marcas en mi piel, pero el simple hecho de pensarlo me excitó aún más.

Su manera de mirarme, su forma de tocarme esa noche, su voz, aquella música, el olor de su perfume ahora impregnado en mis sábanas, la luz del salón iluminando mi dormitorio y creando sombras en las paredes mientras me hacía cabalgarlo, el modo en el que todas esas palabras bonitas salían de su boca, acariciando mis oídos… Aquello era muy nuevo, desconocido, abrumador y alucinante.

El clímax me desgarró y dejé que una ola de deseo me absorbiera.

Luego lo oí gemir:

—Joder, Sara…

Unas últimas sacudidas fuertes…, profundas y me derrumbé sobre su pecho, enterrando mi cara en su cuello, escondiéndome en su abrazo.

***

Irene

Tres y veinte de la madrugada.

«Podemos negociar las horas extras, si quieres».

Lo sé, el mensaje no decía nada más, era escueto y demasiado directo y por más que lo leyera no iba a adquirir otro significado. Estaba segura de que ese cretino pensaba que yo era una cualquiera, si no, a cuenta de qué iba a enviarme ese mensaje a mí, a su nueva empleada.

¡Menudo gilipollas!

Es que me entraban ganas de lanzar el teléfono contra la pared…, pero, claro, qué culpa tenía el pobre aparato. Además, no podía arriesgarme a destrozar mi móvil, dadas las circunstancias en mi reciente y tambaleante puesto de trabajo.

El taxi acababa de dejarme delante de mi casa y aún me temblaban las piernas tras el encontronazo con él en el bar. Maldito cabronazo, ¡qué guapo estaba!

Entré en el portal.

¿Y si le respondía? Aún estaba en línea. Ya sé que le había dicho a Sara que hablaría con él el lunes pero, en ese instante, la tentación de decirle algo, podía conmigo.

Fue entonces cuando se me encendió la bombillita, esa que a veces se quedaba sin luz dentro de mi derrengado cerebro, y... recurrí a los emoticonos.

Los analicé uno a uno, desde las caritas, los animales, los accesorios, las plantas, los paisajes..., hasta llegar a las banderas, y tras mucho deliberar pensé que en cuanto viera aquel WhatsApp entendería su sentido. Si tan listo era como parecía estaba convencida que con un solo emoticono podría transmitirle mi mensaje. Así que, me armé de valor, pinché nada más y nada menos que la bandera de Japón y le di a enviar. Tal vez de esa forma comprendería que lo que yo quería decirle era lo que vulgarmente se traduciría a "que te den por el culo".

Esperé unos segundos y ese doble clic, soplón, me confirmó que lo había recibido.

Escribiendo, leí en la parte superior de mi teléfono. Es decir, que tenía algo que añadir a la banderita.

Abrí los ojos como platos cuando me llegó su siguiente mensaje:

«Mmm... ¿No crees que es un poco pronto para que me pidas sexo anal?».

—Hijo de puta... —susurré.
Luego volví a teclear, echando humo por las orejas.

«Tienes cara de gustarte bastante, eso sí, me da a mí que te gusta más con hombres, no sé por qué».

Unos segundos después...

«Bueno, cambiarás de opinión, tranquila...».

Afilé la mirada sin apartar la vista de la pantalla.
Estúpido arrogante...
Me mordí una uña pensando en qué responderle de nuevo, pero el portal de mi casa se abrió y entró mi querido hermano con una borrachera de kilo y medio.

Se sobresaltó al verme sentada en los escalones a oscuras, con la luz de mi móvil iluminando mi rostro, la única que había en el zaguán.

—¡Joder, qué susto, Irene! —protestó con la voz ebria.

Siempre me preguntaba cómo mi hermano podía agarrar esos pedos si salía a la calle sin un puto euro.

—¿Qué haces ahí a oscuras?

—Nada, hablando con un gilipollas —repliqué.

—¿Tienes un novio? —preguntó con guasa.

—¿Pero qué dices, mongolo? Anda, tira para arriba —Me puse en pie y guardé el teléfono en el bolso. El lunes sería un buen día para plantarle cara a ese idiota tan…asquerosamente sexi.

—Irene…—murmuró mi hermano, sujetándose a la pared—.Creo que voy a vomitar.

Puse los ojos en blanco.

¿Por qué diablos todos los hombres que me rodeaban eran imbéciles?

12

UN BAILE ARRIESGADO

S erra en mi cama, boca abajo, con su brazo sobre mi cintura y una de
sus piernas enrollada a la mía. Su única prenda: unos grises
calzoncillos *Hugo Boss*.

¡Diosito!

Si en ese instante hubiera tenido cinco años habría pensado que ese
chico era un príncipe de cuento, como Eric el de la Sirenita, o tal vez John
Smith el de Pocahontas.

Pero ni yo tenía cinco años ni Serra poseía títulos nobiliarios, que yo
supiera. Estoy segura que esos blandengues de los dibujos animados no
habían follado ni con una cuarta parte de las tías que, con toda seguridad,
Serra se había pasado por la piedra. Porque si algo sabía ese hombre... era
follar.

Ahora que lo observaba, allí, junto a mí, tan dormido, tan guapo, tan...
tan... masculino, tuve que reprimir mis ganas de acercarme a su cara y
morderle los labios.

Los recuerdos de la destreza de su lengua sobre las partes más erógenas
de mi cuerpo aún estaban latentes. Aquella noche acababa de marcar un
antes y un después en mi grotesca vida sexual. Eso, equiparado con

acostarme con Fernando, era como comparar el comer un lujoso caviar del mismísimo Mar Caspio con masticar estiércol. Serra era el caviar, obviamente.

Retiré su brazo despacio para no despertarlo, necesitaba poner distancia. Levantarme, ducharme, pensar… Sin embargo, su mano apresó mi cadera y me empujó hacia él.

—¿Dónde crees que vas? —gruñó con los ojos cerrados, sin la menor intención de dejarme salir de la cama.

—Tengo que ir al baño —susurré.

—Vale, pero te doy solo un minuto. Luego te quiero de nuevo aquí —remarcó, acercando su erección a mi pierna.

¡Madre mía!

La mañana fue…¿Cómo decirlo? ¿Húmeda? ¿Empapada? ¿Bastante sucia? ¿Narcótica? ¿Extremadamente placentera? Supongo que todos estos adjetivos habrían servido para calificarla.

Y luego una ducha con él. Serra en mi cuarto de baño, con su cuerpo y el mío bajo el chorro de agua, con sus manos dejando huellas por cada milímetro de mi piel, con sus labios pegados a mi cuello, con mi espalda pegada a los azulejos de la pared mientras me obligaba a rodearle la cintura para enterrarse en mí con unos movimientos de pelvis brutales, bárbaros, salvajes… Aferrándome a sus hombros, jadeando y suplicándole que no parara… Porque exactamente así era como quería quedarme para siempre, con él fundiéndose dentro de mí, con las facciones de su cara contrayéndose de placer y mi nombre en cada exhalación.

Una hora después, él comía cereales apoyado en la encimera de mi cocina.

Y yo me bebía un zumo sentada en uno de los taburetes que decoraban una pequeña barra saliente en la pared contraria. Me observaba con su media sonrisita pendenciera, recorriendo mis piernas desnudas. En ese momento, yo solo llevaba puesta su camiseta, la que me había dejado en su casa el día que salí corriendo. La usaba de pijama desde entonces, y al parecer eso le gustaba. Él, en cambio, solo llevaba sus calzoncillos. Estaba segura de que Hugo Boss, de verlo en ese instante, habría empapelado todo Manhattan con su imagen.

—¿Y? —le pregunté mientras él seguía contemplándome con la cabeza ladeada, masticando aquellos cereales.

Afiló la mirada unos segundos.

—¿Cómo es que nunca te había visto? Quiero decir, que he ido a muchos actos oficiales donde me he encontrado con tu madre, pero nunca hemos coincidido tú y yo.

Me levanté para dejar mi vaso en el fregadero.

—Probablemente sea porque no suelo ir a nada de eso. No me interesa la política lo más mínimo.

—No creo que a tu madre le guste oír eso.

—No mucho —dije sonriendo.

Se acercó un poco más a mí y dejó el tazón junto al vaso. Su mano rozó unos papeles que había sobre la encimera y lo vi agacharse para recoger algo.

—¿Y esto? —inquirió, mostrándome mi carné de conducir, el mismo que mi madre había conseguido para mí de modo fraudulento.

—Ah, eso… —murmuré, dándome la vuelta y colocándome frente a él, descansando el peso de mi cuerpo sobre el mueble de la pila.

Ver aquel documento solo me recordó el embrollo en el que me encontraba. Dejé caer mis hombros.

—¿Ya tienes carné? ¿Al final aprobaste?

Examinó mi foto sin borrar su bonita sonrisa de sus labios.

—Ese carné no tiene validez. No tengo ni idea de conducir—confesé.

—¿Cómo?

Su expresión varió.

—Lo que oyes. No sé conducir —articulé, fregando el vaso y el tazón.

—¿Y por qué te lo han dado?

—Esa pregunta tendrías que hacérsela a mi madre…

—Entiendo —masculló.

Le quité el documento de las manos, abrí el mueble que estaba detrás de mí y lo tiré al cubo de la basura.

—¿Por qué lo tiras?

—Porque no es válido, ya te lo he dicho —dije saliendo de la cocina, tras secarme las manos.

—Sí lo es —añadió muy serio.

—No, no lo es, no para mí —me dirigí a la habitación y comencé a hacer la cama. Él se puso al otro lado, dispuesto a ayudarme—. No sé conducir. Desde que era una niña todo ha sido igual con ella. Si presentaba un dibujo a algún concurso escolar... ella lo amañaba para que ganara. Mis disfraces siempre eran los mejores —agarré una almohada y la sacudí un poco—. Mis notas eran buenas, pero ella se las arreglaba para que mi expediente académico y el de mis hermanos, fuera excelente. En su mente retorcida no cabe la posibilidad del fracaso. Recuerdo que hubo una época en la que me gustaba escribir. A mis compañeros de clase les gustaban mis redacciones. Presenté una de mis poesías a un certamen local con la esperanza de que ella no se enterara. Y gané. Solo que, tres meses después, descubrí que dos de las personas del tribunal eran miembros de su partido. Tras eso dejé de escribir.

Terminamos de estirar la colcha y él se quedó quieto, observándome.

—Tú madre es una de esas madres difíciles, ¿no?

—No sé si difícil la describiría bien. Con ella siempre he tenido la sensación de que mi esfuerzo no ha sido más que un falseado resultado. Me hubiese gustado luchar por conseguir algo que me apasionara. Como cuando soñaba con escribir. ¿De qué me habría servido continuar con esa pasión si ella iba a ensuciar con sus sobornos cada uno de mis pequeños logros? —relaté mientras colocaba los diez cojines que aquel juego de sábanas de Zara Home le daban a mi cama un aspecto diminuto.

—¿No te parece demasiado extremista dejar de hacer lo que te gusta solo porque ella quería que fueses la mejor? —comentó aquello agarrando sus pantalones vaqueros que permanecían desperdigados en una de las esquinas de mi habitación y poniéndoselos de un modo muy masculino.

—Tú no lo entiendes —recogí el resto de mi ropa que también permanecía en el suelo—. Ella habría contaminado algo real, auténtico. Tengo derecho a equivocarme, a cometer errores, a suspender mil veces el carné de conducir si es necesario. Ella no es nadie para arrebatármelo. —A esas alturas, me di cuenta de que hablar de mi madre estaba alterando mi estado de ánimo—. Debería haberme enseñado a levantarme yo sola cuando me caía, no pagar a otros para que alisaran la superficie sobre la que pisaba.

Sus ojos no cesaron de escrutar mi rostro. Pero no dijo nada. Solo vi cómo ahora se ponía la camiseta. Era más que obvio que aquel tema de conversación había sido demasiado intenso para una primera vez.

¿Por qué no te callas de una vez, Sarita?, dijo mi voz de ultratumba.

—¿Te vas? —le pregunté al cabo de unos segundos cuando el silencio se alargó demasiado.

Intentaba doblar mis pantalones, nerviosa. Probablemente le habría espantado con mi estúpido trauma materno.

—Nos vamos —aseguró, quitándome la prenda de las manos para tirar de mi muñeca y empujarme hacia él. Sus manos fueron directas a mi culo y sus labios colisionaron con los míos.

¡Joder!, sus besos tenían un efecto hipnótico. Cuando recuperé el aliento, volvía a estar dispuesta para él.

—¿Dónde vamos? —susurré, acariciando con mi lengua su labio inferior, con mis dedos jugueteando con los mechones de su nuca.

—Te voy a enseñar a conducir.

Abrí los ojos horrorizada.

¡Diosito, que no me deje después de esto!, rogué en silencio.

Dos horas más tarde…

—¡Sara, frena, por Dios santo , eso que está ahí es una pared de ladrillos, no es un decorado de papel! —vociferó con sus manos sobre el salpicadero.

—¡Te lo dije! —grité, frenando bruscamente su Audi Q5 azul eléctrico. Verlo conducir ese coche había sido tremendamente excitante. Allí sentado, con un polo de Bikkembergs blanco y gris, unos tejanos azules y su deportivo reloj Tag Heuer adornando su bonita muñeca. Sin embargo, en cuanto intercambiamos nuestros asientos, el ambiente entre nosotros se turbó—. ¡No sé conducir, ya te lo advertí!

Él se pasó una de las manos por el pelo en un gesto de exasperación.

—Joder, pero es que parece que no me estás escuchando. Cuando te digo que frenes significa que pises el pedal de freno, no que te pongas a tocar la palanca de cambios como si fuera el mando de una video consola.

—Se acabó —protesté, quitándome el cinturón y bajándome del coche. Comencé a andar sin saber adónde ir, ya que en ese instante nos encontrábamos en un polígono industrial desierto a unos quince kilómetros de Cádiz, en la localidad de Puerto Real.

El sol, que era el único testigo de mi monumental cabreo en esa deshabitada carretera, hacía de las suyas y calentaba con fuerza a esa hora. La tela de mi vaquero me estaba resultando asfixiante. Menos mal que había escogido una de mis camisetas favoritas, sencilla, roja, sin mangas, con las letras de Coca-Cola impresas en el pecho. De haberme abrigado un poco más por la parte superior me habría derretido.

—¿Pero dónde coño vas? —lo oí a mi espalda.

—Ahí te quedas, ¡no voy a permitir que me hables como si fuera estúpida! —chillé de mala gana, andando con rumbo incierto.

—¡¿Quieres volver al coche, maldita sea?!

Pero no le hice caso y continué sin detenerme.

El pelo se me estaba quedando pegado a la nuca y, aunque no pensaba ceder, miré a un lado y a otro buscando un sitio donde resguardarme del sol, pero allí lo único que había era a mi derecha los astilleros de Navantia y a la izquierda la Nacional-443.

¡Joder!, como le diera por largarse y dejarme allí sola, me veía comiendo escarabajos y haciendo dedo en la autopista.

Unos segundos después el rugido del motor me avisó que estaba detrás de mí. Maniobró hasta ponerse a mi lado y abrió la ventanilla.

—Sube de una vez —me ordenó de mal humor.

—No. No pienso subir.

Bien, Sara, tú sigue.

—¿Eres tonta? ¿Qué quieres, irte andando hasta Cádiz? —masculló con el coche a poca velocidad.

—Prefiero eso a volver a subir ahí contigo —dije con la cabeza bien alta, mirándolo de soslayo y con un goterón de sudor resbalando por mi sien.

Suspiró.

—De acuerdo, pues ala, que te sea leve el paseo al solecito.

Luego aceleró y me dejó allí plantada en medio de aquel lugar donde se podían freír huevos en el asfalto. Observé su coche avanzar a una velocidad supersónica y luego perderse tras unas naves comerciales en la lejanía.

Sentí la descontrolada necesidad de partir algo, golpear una farola, destrozar una papelera, yo que sé, algo… pero es que allí no había nada, solo carretera y hierbajos sucios a los alrededores.

Aún no me podía creer que se hubiera marchado. Más le valía volver a por mí si quería seguir con vida y aplicándose cremas en el pene.

Fui a echar mano de mi teléfono para llamar a un taxi y de pronto caí en la cuenta de que mi bolso estaba en el asiento trasero de su coche.

Cuando estaba a punto de ponerme a llorar como un bebé, escuché las ruedas de otro vehículo. Me giré pensando que sería él, pero no. Un Peugeot 206 gris, bastante castigado y mugriento se detuvo a mi lado. En su interior iban cuatro hombres con monos de mecánicos y con las caras y las manos como si acabaran de salir de picar una mina. El rostro del que conducía me resultó familiar al instante.

—Pelirroja, ¿dónde vas tú tan solita, mujer? —canturreó el copiloto, que juro por Dios que era el doble de Fernando Esteso.

Sopesé la posibilidad de montarme con ellos y que me llevaran a Cádiz, mientras me devanaba los sesos por averiguar de qué conocía yo al que conducía.

—Ehhh… yo… estoy esperando a que me recojan —mentí.

—En este coche aún hay un sitio. Anda, vente, gatita, nosotros te llevaremos adonde tú quieras.

¿Gatita?

—No, gracias, mi novio está al llegar.

El conductor abrió la puerta, salió, se apoyó en el techo del coche y cuando lo miré de frente y paseé mis ojos por su calva brillante, lo reconocí de inmediato. Era el tipo del que Irene se había mofado en aquel bar. El mismo que ella le había pedido que no bailara a menos que fuese Chayanne o Ricky Martin.

—Yo a ti te conozco… —dijo señalándome con el dedo, mirándome de arriba abajo—. Tú y tu amiguita, esa tan graciosita, estabais anoche en ese pub de la calle Muñoz Arenilla. —Fingí que no me acordaba—. Sí, no te hagas la tonta…

—¿Conoces a esta monada, Manolo? —preguntó "Fernando Esteso". Los otros dos que iban detrás habían bajado las ventanillas y me observaban babeando.

—Sí, ella y su amiga se burlaron de mí anoche. Me dijeron claramente que bailaba muy mal —resopló mucho más cabreado de lo que yo hubiera imaginado.

Todos volvieron a fijar la atención en mí.

—Eso no fue así —repliqué—. No se lo tome a mal.

¿Qué podía decir…? Maldita, Irene.

—¿Le dijisteis eso?

¡Madre mía!, ya estaba viendo cómo iba a acabar esa mañana: conmigo en el suelo y esos cuatro maromos moliéndome a palos, y eso con suerte.

—¡Demuéstrale a esta tía cómo se baila de verdad, Manolo! —exclamó el copiloto, subiendo el volumen de la radio y poniendo a toda pastilla ese tema de Pitbull con John Ryan titulado *Fireball*.

El tipo alopécico, en cuanto oyó la música, cerró la puerta, se puso delante del vehículo y comenzó a moverse canturreando de un modo horrendo la enrevesada letra de esa canción. Los otros tres salieron del coche y se pusieron a tocarle las palmas a coro.

Joder...

El hombre calvo se estaba tomando muy en serio lo del baile. Me pareció que imitaba a David Bisbal, por eso de la vuelta, porque por los rizos estaba claro que no. Y yo, para evitar que eso acabara en desastre me uní a sus amigos.

Aquel cuadro, visto desde otra perspectiva, era realmente caricaturesco. Pero qué otro remedio me quedaba. Era eso o arriesgarme a que me violaran, apalearan y después me dejaran medio muerta en cualquier cuneta.

Avisté que el coche de Serra aparecía de nuevo. Lo distinguí en la distancia y conforme se iba acercando se me ocurrió vengarme de él. El muy hijo de su madre se iba a enterar de lo que suponía dejarme tirada en un polígono.

Así que me armé de atrevimiento, me acerqué a esa especie de John Travolta electrocutado y me puse a moverme delante de él. Movía mis hombros y mis brazos, me giré y le dediqué unos sensuales meneos de trasero. El tipo se vino arriba y me agarró por la cintura.

—¡Eso es, nena!

Oí las ruedas del Audi derrapar a tan solo unos metros de donde nos encontrábamos y cuando me quise dar cuenta, Serra salía del vehículo con un millón de gélidas expresiones cruzando su rostro. Las manos del calvo aún permanecían en mi cintura, pero él no se lo pensó ni un segundo y se lanzó como un toro de Miura para apartarme de aquel hombre.

—¡¿Eh, tío, de qué vas?! —dijo uno de ellos.

Lo que vino a continuación fue tan acelerado e incomprensible que lo único que hice fue quedarme paralizada tras él.

—¡Montaros en el coche y largaros de aquí ahora mismo! —gritó él, fuera de sí.

—¿Pero tú quien coño te crees que eres, George Michael? La chica se queda con nosotros.

Esto último lo dijo el bailarín empujando a Serra, que en ese instante se giraba traspasándome con la mirada.

Sin embargo, él, antes de que el otro tuviera tiempo a reaccionar le asestó un derechazo en la mandíbula que lo mandó directo al capó de su coche.

Por un momento creí que lo había dejado KO. Pensé que los amigos se le echarían encima. Pero lo cierto era que Serra le sacaba a cada uno casi dos cuartas y supuse que después de ver cómo había acabado el primero, ninguno más se atrevería.

Sentí pena, mucha pena de ese pobre hombre. Intenté acercarme a socorrerlo. Pero él me lo impidió. Aferró sus dedos a mi brazo y masculló:

—¡Súbete al coche de una puta vez!

Y lo hice. No porque él me lo estuviera ordenando ni mucho menos, sino porque no quería que aquello acabara como el rosario de la aurora.

Así que ocupé mi asiento tras un portazo tremendo, y mientras él arrancaba echando humo por las orejas, contemplé cómo los amigos del agredido lo ayudaban a incorporarse.

Nos alejamos y tras un extenso silencio rebufé:

—¿De qué vas? Ese hombre no te ha hecho nada para que le pegues.

—¿De qué vas tú? Me largo un momento y cuando vuelvo te has transformado en "Shakira poligonera".

—Se supone que eres policía, idiota. No puedes ir por ahí pegándole a la gente.

—Bueno, tú eres psicóloga, y mira qué bien utilizas tu sentido común, bailando con cuatro tipos sudorosos en medio de una carretera.

—Eres un imbécil.

—Y tú una niñata.

—Gilipollas.

—Infantil.

Continuamos con los insultos un par de minutos más hasta que decidí abrir la ventanilla y que el aire me refrescara.

Contemplé la hora en el reloj de su coche y eran casi las tres de la tarde. Mi estómago rugía tan fuerte que sentí vergüenza.

Él conducía sin abrir el pico. Con una mano sobre el volante y con el otro brazo apoyado en la puerta mientras sus dedos índice y pulgar acariciaban su barbilla. Tenía el cejo fruncido, lo que me indicaba que aún estaba furioso. Sin embargo, no pensaba llevarme a mi casa, y lo supe porque en cuanto salimos de Puerto Real, tomó el desvío en dirección a San Fernando-Chiclana.

Ninguno de los dos dijo nada durante bastante tiempo. Agarré mi bolso y saqué una goma del pelo para hacerme una coleta. Me repasé los labios contemplándome en el espejo del quitasol.

Sentí su mirada sobre mi perfil.

—¿Qué? —inquirí.

Esbozó una sonrisa de medio lado y negó con la cabeza. Probablemente rememoró en su mente mi ridículo baile con el alopécico.

—Nada —murmuró.

Pero su manera de decirlo me indicó que su mosqueo había mermado.

—¿Me vas a decir adónde vamos?

Él se centró en el camino y luego respondió:

—Ahora lo verás.

Alargué el brazo para toquetear la radio y de pronto la magnética y oportuna voz de Ricky Martin llenó la reciente calma que nos separaba. Era su álbum nuevo y subí el volumen para oír mejor esa canción que tanto me gustaba: *"Cuanto me acuerdo de ti"*.

Maldita sea, la letra era tan… sensual que a medida que sonaba cada nota musical, la vibración de esa melodía mezclada con el olor del perfume de Serra, con el recuerdo de esa sonrisa ladeada y la expresión de su cara cuando había visto a ese hombre tocar mi cintura, su desmedida reacción y la sensación de que incluso discutiendo con él me parecía irresistible…, todo se agolpó en la boca de mi estómago y lo supe.

No puedo… No puedo…

13

SU FAMILIA

¿Cómo iba a seguir adelante con esta locura?

Porque lo era. Arriesgarme a continuar y alargar aquello era casi un suicidio. Cuanto más tiempo pasaba a su lado más difícil se me hacía digerir la idea de que en unos días todo acabaría.

Sí quería obtener esa subvención sabía que tenía que casarme con Fernando. De otro modo, la despiadada alcaldesa jamás me ayudaría.

Aquellos chicos se merecían un hogar. Un sitio a donde ir. Una oportunidad…

Y si yo podía hacer algo, lo haría.

Siempre me negué a aceptar favores de mi madre. Ella no daba nada gratis. Pero ahora era la primera vez en mi vida que necesitaba de sus contactos, que demandaba que utilizara su poder si eso suponía que ninguno más de aquellos jóvenes acabara con su vida por el hecho de verse sin ningún sitio adonde ir.

Así que lo único que podía hacer era aprovechar el fin de semana con Serra y luego… empezar a aceptar lo que me esperaba.

Su coche se detuvo delante de una construcción de dos plantas, un caserío de ladrillos toscos pintado de color arena con techos de pizarra que presentaba un aspecto aldeano y acogedor. Estábamos en un carril que desconocía, cerca de la playa del Palmar, en Conil. Desde donde nos encontrábamos se vislumbraba el mar.

La casa, protegida por una empedrada fachada exterior, parecía muy grande.

Serra aparcó a un lado.

—Hemos llegado —murmuró, quitando la llave del contacto.

Me lanzó una rauda mirada y salió del vehículo. Lo rodeó hasta llegar a mi puerta y la sujetó mientras yo bajaba.

—¿Dónde estamos?

Aún me sentía un poco cohibida. Discutir con él había sido embarazoso, pero al mismo tiempo excitante.

—Esta casa rural es de mi familia. De mis tíos —respondió sin dejar de contemplar mis labios recién pintados—.Poseen esto y un restaurante de comida tradicional a pie de playa. Comeremos allí —dijo, haciendo un gesto con la cabeza hacia el final del camino.

Asentí mientras me colgaba el bolso en el hombro. ¿Conocer a su familia? Me sonrojé de inmediato.

—De acuerdo —susurré.

Pero antes de que echara a andar, él me aplastó contra el todoterreno, dejando mi espalda completamente pegada a la ventanilla y acunando mi rostro entre sus manos. No dijo nada. Solo me miró durante unos segundos. Luego atrapó mi boca y su lengua entró despacio buscando la mía.

¡Joder!, aquel beso…Su saliva, su sabor, la forma en la que sus pulgares acariciaban mis mejillas, el modo en el que su respiración se alteraba a medida que ese dominio nos envolvía a ambos… Podría pasarme horas besándolo y, aun así, nunca me saciaría de él.

—¿Cómo es posible que incluso cabreado contigo quiera follarte? —gruñó, lamiendo mi barbilla y con todo su cuerpo apretándose contra el mío, advirtiéndome con su erección en mi vientre, que si continuábamos con aquello, no almorzaríamos.

—¿Todavía estás enfadado? —exhalé, agarrándome a su cintura.

Sus ojos bailaron en los míos.

—No, ya no. Pero prefiero pagarte unas clases en la autoescuela —declaró sonriendo antes de que yo le golpeara levemente en el hombro.

Hasta que no accedimos al interior de aquella propiedad no me di cuenta que se trataba de un recinto hotelero. La casa que se veía desde el exterior era la edificación principal, pero tras esa construcción había unos bungalós de madera, piedra y techos de paja, que rodeaban una preciosa piscina asimétrica.

Se trataba de uno de esos hoteles con encanto. La vegetación a nuestro alrededor era espesa y frondosa, tanto, que el olor de la hierba se mezclaba con el del cloro, obligándonos a respirarlo.

Serra me agarró de la mano, tentándome a seguirle por un camino de revestidas baldosas.

Admiraba la exuberante variedad de plantas que lucía aquel lugar mientras él me contaba cómo sus tíos, poco a poco, habían ido transformando ese espectacular paraje, cuando de repente nos encontramos de frente con un señor de unos cincuenta años, alto, canoso, con la piel castigada por el sol, y con un mono de jardinero. En su mano derecha llevaba unas tijeras de podar.

—¡Nene, qué alegría verte! —exclamó el hombre, acogiéndole en un emotivo abrazo.

—Hola, tío —lo saludó él.

—Estaba empezando a preocuparme por ti —dijo su tío un instante antes de soltarlo y mirarme.

—Lo siento, últimamente he tenido bastante trabajo. Mira, ella es Sara —comentó girándose.

—Vaya, hola, Sara. Sí, ya veo que has estado ocupado —murmuró el hombre, acercándose a mí para abrazarme también.

Aquella exagerada muestra de afecto me dejó paralizada.

Serra soltó una leve carcajada.

—Sara, él es mi tío Ramón: el responsable de que este lugar tenga el aspecto que presenta actualmente.

—Bueno, tuve ayuda, hasta que aquí, el muchacho, decidió hacerse agente de la ley —refunfuñó Ramón.

Continuamos andando mientras su tío me explicaba cómo él, con la cooperación de su sobrino, había reformado ese sitio hasta convertirlo en lo que ahora era. Y lo cierto era que a medida que avanzábamos, más hermoso me resultaba. Según él, solo alquilaban los bungalós los meses de temporada alta, y el resto del año, se limitaban a mantenerlos y a explotar el restaurante.

Aquella villa resultó ser mucho más extensa de lo que realmente aparentaba. Dejamos atrás una hilera de hamacas perfectamente alineadas frente a la piscina y caminamos siguiendo a Ramón hasta que llegamos a una zona ajardinada donde se alzaba un chozo enorme, decorado con mesas y sillas de madera maciza.

Tenía una terraza exterior y la gran parte de los clientes estaban allí.

—Victoria, mira quién ha venido a vernos —vociferó su tío llamando a una mujer que en ese instante salía, de lo que se suponía que era la cocina, con dos platos en las manos.

—¡Nene! —gritó ella. Dejó los platos sobre la barra y se lanzó a los brazos de Serra.

—Tata, hola… —respondió él contento.

Al girarse, me fijé en ella. El parecido físico con su sobrino era asombroso.

Victoria era una señora madura y muy atractiva. Llevaba el pelo recogido con una castaña trenza a la espalda y vestía un sencillo vestido color verde mar, a juego con sus bonitos ojos. Lucía un delantal con motivos frutales.

—¡Pero qué guapo estás! —clamó ella.

—Tú sí que estás guapa.

Los ojos de su tía saltaron hasta mí.

—¿Y tú eres…? —inquirió para saludarme.

—Soy Sara.

Sentí cómo me estudiaba con cariño mientras me daba dos besos.

—Espero que mi sobrino te haya explicado que a mi restaurante hay que venir con hambre —dijo agarrándome del brazo.

—Es verdad —murmuró él—, se me había olvidado. Mis tíos, si no te lo comes todo, son capaces de amarrarte a uno de esos árboles y obligarte a masticar. Lo sé por experiencia —bromeó.

Un rato después, estábamos acomodados en una de las mesas más cercanas al exterior, desde donde se avistaba el mar embravecido por las olas. A pesar de estar hambrienta, fui incapaz de acabar con la enorme y deliciosa parrillada de carne que Victoria preparó para nosotros.

Sus tíos continuaron con sus tareas mientras almorzábamos, pero de vez en cuando, uno de los dos se acercaba a contarme alguna anécdota graciosa e infantil sobre él.

El restaurante estaba casi lleno, con lo cual su tía estuvo bastante ocupada. Cuando conseguí la intimidad que necesitaba después de que Serra saludara a todos los camareros, le pregunté:

—¿Vivías aquí?

—Así es, prácticamente me criaron mis tíos —respondió, llevándose un trozo de filete a la boca.

—Pero… ¿y tu madre?

Nunca le había preguntado por ella y en ese instante sus ojos me examinaron.

—Murió en mi parto.

Me removí en mi asiento.

—Lo siento… —musité.

—Para mí, mi tata es lo más parecido a una madre que tengo.

—¿Es hermana de tu madre?

Corté un trozo de pan y le di un diminuto mordisco.

—Sí.

—¿No tienen hijos?

—No.

Posó sus codos en la mesa.

—Ella es adorable. Los dos lo son —dije refiriéndome también a su tío.

—Tú también eres adorable.

Su pierna rozó la mía y aquel contacto me electrizó.

—No pensaste lo mismo cuando me viste bailando en aquel polígono —bromeé.

—No. En aquel momento solo pensé en darle una paliza a ese tío calvo que estaba a punto de tocarte el culo.

Puse los ojos en blanco y sonreí.

—Tus tíos te llaman nene.

Me coloqué un mechón de mi flequillo tras la oreja.

—Sí, desde que era un niño.

—Me gusta —puse morritos—. ¿Yo también puedo llamarte nene?

Hizo una mueca graciosa con la cara como si estuviera pensando la respuesta.

—Vale, pero solo cuando estés a punto de correrte.

Golpeé su mano.

—Eres un guarro.

—Es que te miro y solo puedo pensar en cosas guarras.

Negué con la cabeza aguantando la risa.

—¿Y tu padre? ¿Cómo era tu relación con él?—pregunté.

—Muy buena. Solo que él estuvo destinado fuera algunos años y yo me quedé con mis tíos.

Me llevé una patata a la boca. Estuve a punto de preguntarle cómo murió, pero no me pareció oportuno. Supe de inmediato por la expresión de su cara que hablar de su padre era doloroso.

Unos segundos después él me miró a los ojos.

—¿Por qué escapaste de tu boda, Sara? Saliste corriendo de la iglesia y aún no me has dicho por qué.

Tragué con fuerza y fijé la vista en el mar.

—No quería casarme —mascullé.

¿Cómo iba a explicarle que me sentía una marioneta de las decisiones de mi madre?

—¿Y te diste cuenta de eso al llegar al altar?

—No. Pero no me apetece recordarlo hoy. He decidido que a partir de ahora viviré el momento.

El silencio llenó nuestras miradas.

—¿Y en ese momento entro yo?

Sus ojos serpentearon mis facciones. ¡Dios mío, qué guapo era!…

—En este sí.

—Pues anota también algunos momentos para esta noche. Porque hoy vuelves a dormir conmigo.

El corazón brincó dentro de mi pecho.

Fui a decir algo, pero su tía apareció detrás de mí con dos cazuelas de barro llenas de arroz con leche casero. Y cuando probé aquel postre estuve a punto de comerme a besos a esa mujer.

A medida que transcurría el tiempo en aquel lugar, empezaba a sentirme de un modo distinto. Me di cuenta de que hablar con él era sencillo, cómodo, natural.

Me contó cómo había compaginado sus estudios para acceder a la academia de policía ayudando a su tío en la casa rural. Yo le expliqué mi labor con los chicos de Conflicto Social y lo mucho que significaban para mí.

Los minutos se llenaron de nuestras voces. La brisa se contagió de nuestras risas. El murmullo de la gente, la música de fondo, la vigilante y complaciente mirada de Victoria por encima de aquellas mesas...

Serra era un chico sin traumas, que había crecido arropado por el calor de una familia extraordinaria, con personas trabajadoras, humildes, honradas... Era divertido, cariñoso, atento... y diferente a todo lo que me rodeaba. Era real y lo tenía delante de mí.

Intenté memorizar cada segundo de esa tarde. Cada una de sus sonrisas, el timbre de su voz, el tacto de sus dedos acariciando mis manos por encima de la mesa. Me sentía tan feliz y a la vez abrumada, que la sensación era como estar a punto de saltar en paracaídas.

Sus tíos se sentaron con nosotros cuando cerraron la cocina y nos acompañaron con las copas. Pensé que en otra vida yo había tenido una familia como esa. Era difícil asimilar que me hicieran sentir parte de ellos cuando hacía tan solo unas horas que me conocían. Ramón puso sobre la superficie rústica una botella de licor de cerezas que, según él, había elaborado con sus propias manos y sirvió unos chupitos para brindar.

—Por Sara —vociferó su tío.

—¿Por mí? —sonreí, mordiéndome el labio inferior.

Serra apoyó la barbilla sobre la palma de su mano sin dejar de contemplarme. Aquella forma de mirarme era tan intensa...

—Sí, por ti. Para que vengas a visitarnos a menudo —añadió, alzando el vasito.

Asentí desconcertada, y bebí rápidamente. Lo que estaba empezando a sentir era demasiado profundo.

—Está muy bueno —declaré saboreándolo.

—¿De verdad te gusta? —preguntó Serra extrañado. Él y su tía habían encogido la cara en una mueca de asco tras tragar.

—Sí, está riquísimo —aseguré, pidiéndole a su tío que me llenara el vaso de nuevo.

Ramón soltó una sonora carcajada sin ocultar su felicidad y luego, dándole una palmadita en la espalda a su sobrino, atestiguó:

—Es ella, nene.

El sol empezó a descender en el horizonte y las primeras gotas de humedad se reflejaron sobre el verdor del césped. Ramón y Victoria se quedaron conversando con unos clientes en el restaurante y yo me sentía tan achispada que le pedí a Serra que paseáramos un poco.

Serían aproximadamente las ocho de la tarde cuando me derrumbé sobre una de las hamacas que había frente a la piscina. Desde allí me llegaba el sonido alejado de los vasos entrechocándose y el runrún de las olas rompiendo distantes. Todo se balanceaba levemente a mi alrededor. Como si la inmensidad de esa naturaleza fuera demasiado embriagadora.

—Debió ser increíble crecer en un sitio así —susurré, admirando la belleza del entorno.

—Lo fue —respondió él, sentándose en la hamaca de al lado, muy cerca de mí.

Cerré los ojos y respiré profundamente aspirando los últimos aromas de esa apacible primavera, oliendo los primeros efluvios del inminente verano. Cuando los abrí de nuevo, él estaba observándome.

—Seguro que perdiste la virginidad en una de esas casas—bromeé, señalando los bungalós.

Negó con la cabeza, con ese gesto tan suyo en el que casi le costaba entender mi manera de ser.

—¿De verdad te interesa saber cómo la perdí?

—Sí, mucho. Cuéntamelo, por favor—le pedí incorporándome.

—Ni hablar.

¡Joder, su sonrisa! Y su boca…

—¿Por qué no?

—Porque no pienso contarte algo tan íntimo. Aún no te conozco lo suficiente —masculló sosteniéndome la mirada y entrelazando los dedos, allí sentado en esa postura sexi y masculina.

—Bueno, pues cuéntame al menos con quién fue —repliqué.

Sonrió, echando la cabeza hacia atrás y luego volvió a negar.

—Te lo contaré solo si tú me dices una cosa.

—¿El qué?

—Esta mañana me dijiste que de niña te gustaba escribir y que dejaste de hacerlo por culpa de tu madre, pero no creo que nadie deje de hacer lo que realmente le gusta de la noche a la mañana, y mucho menos siendo una niña.

Aquello me dejó completamente aturdida. Mi expresión varió.

—Mi madre habría infectado también mi pasión —confesé.

Había algo más profundo en su modo de mirarme, como si realmente intentara desvelar algo que ni yo misma sabía.

—No te creo —declaró.

Lo fulminé con la mirada. ¿Dónde demonios pretendía llegar con esa conversación?

¿Acaso tenía que justificarme ante él? Volví a tumbarme en la hamaca y pasados unos segundos, mientras el color turquesa del agua de la piscina se mecía delicado, le hablé de mí:

—En el colegio me encantaba la literatura, ¿sabes? Leía a Bécquer, García Márquez, Neruda, Machado... Con los años empecé a analizar a los poetas, a los autores en general. La gran mayoría eran seres traumatizados o con complejos. Criaturas que habían nacido en el seno de una sociedad vetusta y limitada, donde algo tan natural como la tendencia sexual era juzgado. Pensé que yo no era como ellos. Una vez llegué a preguntarle a mi profesor si una persona normal y corriente podía llegar convertirse en artista.

—¿Y qué te respondió?

—Me dijo: Sara, vivimos en un mundo en el que ser diferente atrae. La gente no suele fijarse en algo que ve todos los días. Si pones a cien personas andando en una misma dirección, solo serán cien personas andando en esa dirección. Sin embargo, cuando una de ellas se dé la vuelta todos se fijarán. Somos así de simples.

Hizo un gesto con los ojos de asombro.

—Se refería a que hay mucha gente con talento que no llega a ser descubierta, ¿no?

—Exacto. Por desgracia es así. Él decía que muy pocas veces nos paramos a analizar a esas noventa y nueve personas que continúan andando y viviendo como el resto de los mortales sin necesidad de ser unos poetas malditos, borrachos o heridos. Según él, esa era la razón por la que muchos genios triunfaron después de sus muertes. —Serra continuó a mi lado, escuchándome. Intenté no pensar en nada más que no fuera ese momento. Me dejé llevar por la confianza que me inspiraba, por las sensaciones de la reciente oscuridad que anunciaba la noche. Fui consciente de que el efecto de ese licor en mi sangre me estaba haciendo decir cosas quizá demasiado profundas para lo que se suponía que era una primera cita, pero él permanecía allí, solícito, con la cabeza ladeada. Con su atención centrada solo en mí.

Ese profesor me dijo un día: Sara, se te da bien analizar a las personas.

Deberías pensar estudiar Psicología. Y tuve dos opciones: podía seguir escribiendo y dejar que mi madre me convirtiera en uno de esos poetas traumatizados, porque acabaría así de una forma u otra, o seguir el consejo de mi profesor que acababa de descubrir algo de mí que yo sabía que era cierto, que se me daba bien analizar a las personas. Así que esa es mi historia.

Él parpadeó un par de veces.

—¿Pretendes decirme que leeré tus poesías cuando hayas muerto?

Fui a darle una patada de broma pero él se apartó.

—Es posible, pero basta ya de hablar de mí. Quiero que me cuentes como fue esa primera vez.

Se miró los dedos con esa bonita sonrisa ladeada dibujada en sus labios.

—Fue allí —murmuró, señalando uno de los bungalós que quedaban al fondo.

—¿Con quién? —inquirí muerta de curiosidad.

—Con una amiga de mi tía. Tenía veinte años más que yo —respondió, jugueteando con el anillo de su dedo.

—¿En serio? ¿Perdiste la virginidad con la señora Robinson?

—Más o menos —rio ante mi ocurrencia—. Fue un verano en el que estábamos terminando de reformar la casa principal. Ella y su marido vinieron a pasar unos días, y una tarde que mis tíos se marcharon a comprar unas cosas con él…, sucedió.

De repente, imaginármelo en esa habitación con aquella mujer hizo que una punzada de celos me recorriera de la cabeza a los pies. Me interesaba saber más, pero visualizarlo con otra fue demasiado…

Le aparté la mirada.

—Supongo que te enseñaría muchas cosas —murmuré.

—Bastantes…

Se levantó y se sentó en mi hamaca. Cogió mis piernas y las puso sobre las suyas. Una de sus manos se deslizó por mi muslo. Y el calor de su piel atravesó la tela de mi vaquero zigzagueando hasta la parte baja de mi vientre.

Nos miramos y la conexión fue como un relámpago. Me incorporé y lo besé. Rodeé su cuello y nuestros labios se apretaron y acariciaron. Su lengua invadió mi boca recorriendo mis dientes, arrancándome un gemido estrangulado.

Oí el sonido de los aspersores junto con la exhalación de nuestras respiraciones y luego él se separó de mí.

—Vamos —dijo extendiéndome su mano para que lo acompañara.

—¿Adónde?

—Pasaremos la noche aquí.

—Pero… tus tíos… —alegué con voz débil.

—Están ocupados. Ven conmigo.

Entramos en uno de esos bungalós y avisté que cerraba la puerta y echaba el cerrojo. Me acerqué al borde de la cama mientras estudiaba la habitación. Era sencilla, con paredes empedradas y muebles de madera autóctona. Una sola ventana con cortinas livianas dejaba pasar la luz de los farolillos que hacía tan solo unos minutos alumbraban la zona de la piscina.

Él se colocó detrás de mí, enterrando su nariz en mi pelo.

Cerré los ojos dejándome atrapar por todos los sentimientos que se agolpaban en mi estómago.

—Te follaría como un loco durante días, Sara.

Me giré y enterré mis dedos en su cabello. Me fundí en su abrazo. Sus manos grandes, firmes, se aferraron a mi espalda y mis caderas.

—Pues hazlo, al menos por esta noche.

Se separó unos segundos de mí y su mirada encendida recorrió mis facciones.

—¿Te he dicho ya que eres guapísima?

—¿A cuántas chicas le has dicho lo mismo en estas cabañas? —bromeé capturando su labio inferior.

Él se puso serio.

—Aquí a ninguna. —Luego vi como ocultaba una sonrisita canalla— .Quizá allá abajo en la playa sí le he dicho algo parecido a alguna.

Sonreí. Le pegué en el hombro y él me sostuvo la muñeca.

—Eres un…

Intenté alejarme de él, pero antes de que me diera tiempo a respirar estaba tumbada en la cama y me tenía inmovilizada.

—Es la primera vez que traigo una chica a casa de mis tíos —susurró con su cara muy cerca de la mía y sujetándome los brazos por encima de la cabeza.

—No me lo creo —masculló.

—Me da igual lo que creas. Ese es tu problema —dijo él.

Luego me liberó y sentado como estaba encima de mí, a horcajadas, se quitó el polo.

Me humedecí los labios e intenté asimilar lo bueno que estaba. Joder, joder…

Llevé mis dedos a su pecho y lo acaricié descendiendo por ese camino de vello dorado que me llevaba a su ombligo. Él atrapó mi mano y se la acercó a la boca.

Nos miramos sin decirnos nada. La conexión era abrumadora.

Besó primero mi muñeca y luego su lengua lamió mi dedo pulgar. El calor se concentró en la parte baja de mi vientre mientras observaba que se tomaba su tiempo en ese acto.

A continuación, agarró el borde de mi camiseta y me instó a deshacerme de ella. Hizo lo mismo con mis pantalones y cuando se aseguró de que estaba desnuda bajo su cuerpo, se entretuvo en contemplándome.

—Joder, voy a comerte de la cabeza a los pies. ¿Lo sabes, no?

—Vale…me parece bien —alegué, arrancándole una carcajada preciosa.

Bajó hasta mi boca y su beso me dejó aún más desorientada. Me sentía como si estuviera flotando sobre nubes de algodones. Era imposible que me sintiera tan segura cerca de ese hombre completamente desconocido para mí.

A medida que me besaba, una de sus manos se deslizaba por todo mi cuerpo y tendido sobre mí, llevó sus dedos a ese punto intensamente placentero de mi anatomía.

—¿Sabes lo que siento cuando te toco y estás así de húmeda?

—Oh, Dios…

—Sara, tócame tú —gimió con su frente apoyada en la mía.

Y claro que le tocaría. Sin pensarlo ni un segundo le obligué a tumbarse sobre la cama.

Él me detuvo.

—Espera —dijo con la voz rajada. Aquel sonido era morbo líquido.

Se sentó al borde del colchón y agarró mi muñeca para dejarme entre sus piernas. Ahora yo estaba de pie y él, sentado, besándome el vientre y paseando su lengua por mi pubis depilado. Eché la cabeza hacia atrás y tiré de su pelo.

Luego sentí cómo desabrochaba su pantalón, y el ruido de la cremallera en aquella silenciosa y caldeada calma me electrizó la piel.Alzó sus ojos hasta los míos y, de pronto, esa expresión salvaje y primitiva apoderándose de su mirada me enloqueció.

Nadie jamás me había mirado de ese modo. Con esa tremenda fascinación. Como si tenerme allí delante suya fuera pura tentación. No sé si era el alcohol, aún burbujeante en mi sangre, o el nivel de excitación en el que me sentía envuelta, pero no pude evitar arrodillarme entre sus piernas y ponerme al mando de la situación.

Ascendí mis manos por sus muslos duros y musculosos, y agarré la cinturilla de sus vaqueros pidiéndole en silencio que se los quitara.

Arrastré con él sus boxers dejando todo a sus pies, y cuando su polla perfecta, dura y erecta estuvo cerca de mi cara, la acaricié.

—Joder, Sara... —exhaló cerrando los ojos, con el rostro poseído de lujuria.

—¿Qué quieres que te haga? —pregunté tocándole y acercándola a mi boca.

Obviamente sabía lo que quería, pero tenerle allí completamente rendido a mis sutiles caricias me invadió de poder.

—Oh, joder, chúpamela, nena.

Y lo hice. Me la metí en la boca y la saboreé y la besé hasta hacerle perder la razón. Él me guio tirando de mi cabello. Sus caderas se movían descontroladas entrando en mí y, aunque lo que rondaba por mi cabeza era tremendamente sucio, pensé que nunca había disfrutado tanto haciendo eso.

En realidad el sexo oral era algo que no me llamaba lo más mínimo la atención, pero claro, aquella noche aprendí que el sexo, en todas sus facetas, debe ser obsceno, indecente, impúdico; tanto como lo era esa imagen de mí arrodillada entre sus piernas, insaciable y hambrienta de un hombre que me hacía perder la vergüenza. Que me obligaba a deshacerme de mi decencia y demostrarle lo mucho que me gustaba. Porque, maldita sea, ¡me volvía loca!

Me ardía la piel al oírle gemir de ese modo, me perturbaba su frente perlada de sudor y sus manos grandes agarrando mi pelo y dirigiéndole al borde del éxtasis...

—Para, para... —bramó con voz desgarrada.

Él no quería que la noche acabara de ese modo. Así que sin más dilaciones me llevó hasta un tocador de madera que había en una de las esquinas de la habitación y me colocó frente a un espejo. Quedó a mi espalda y sus labios se acercaron a mi oído.

—Mírate, Sara. Mira cómo me meto dentro de ti —susurró agarrando mis pechos con una mano y con la otra bajando por mi abdomen.

Y era cierto, poco a poco estaba traspasando esas capas peligrosas de mi piel. Las que tenían contacto directo con los sentimientos. No quería enamorarme de él, no en mis circunstancias…Pero ¿cómo iba a controlarlo?

—Mírate —insistió cuando cerré los ojos, presa del placer.

El pudor me recorría de la cabeza a los pies, pero mirarlo a través del espejo mientras me masturbaba y besaba mi cuello era demasiado excitante para perdérmelo.

—¿Quieres ver cómo te follo? —siseó con su lengua en esa zona erógena de mi clavícula.

La estancia estaba completamente a oscuras, salvo por la tenue luz exterior que dejaba frente a mí una visión absolutamente maravillosa.

—Sí… —gemí, acariciando sus muslos.

—Pon las manos aquí —me ordenó, colocando sus palmas sobre ellas.

Lo vi separarse un poco de mí para colocarse un condón y luego se pegó de nuevo a mi espalda.

Había algunos objetos sobre la superficie, pero apenas logré identificar qué eran. Un cenicero, una pequeña lamparita y algo más. Solo sé que en el instante en el que él se fundió en mí de una sola y violenta embestida, arqueé la espalda y sentí que todo aquello perdía su orden.

Nuestras miradas se encontraron en el espejo, y verlo con las mandíbulas contraídas y moviéndose de esa manera descontrolada y fiera, aceleró los latidos de mi corazón.

Entraba y salía y mis pechos saltaban al compás de cada uno de sus envites. Estaba segura de que mis caderas amanecerían llenas de cardenales, pero el simple hecho de pensarlo me encendió aún más.

—Dime que tú también lo sientes —me decía, profundizando en sus acometidas—. Dime que te gusta.

—Oh… joder, me encanta… —masculló, mordiéndome el labio y sintiendo como ese torrente de placer empezaba a recorrerme.

—Eres la fantasía de cualquier hombre, Sara —murmuró en una de sus profundas penetraciones con su cabeza en el arco de mi cuello—. Dios, mírate, eres perfecta, nena…

Ni siquiera en mis sueños más dulces me había sentido jamás de esa manera. Tan deseada y desinhibida…

Me giré para hacerme con su boca. Quería hacerle saber en ese beso que yo también sentía lo mismo. Mientras él masajeaba mis pechos, coloqué mis manos sobre las suyas y dejé que aquel clímax desgarrador nos abrasara a ambos…

Lo que sucedió allí dentro me demostró una vez más que volver a mi vida anterior sería condenarme para siempre. No quise que el tiempo avanzara. Deseé quedarme en ese paraíso eternamente. Y no me refería solo a estar en los brazos de Serra, sino a permanecer en ese lugar, con él, con su familia, charlando de cosas triviales, comportándome como una persona normal, libre. Como alguien que no tiene plazos.

Más tarde, en la cama, sumidos en aquel crepúsculo, cuando su respiración se hacía lentamente más honda y yo estaba trazando círculos en su abdomen con mi cabeza pegada a su pecho, él bisbiseó:

—Me gustas mucho. Demasiado, nena.

Cerré los ojos y dejé que sus brazos me envolvieran.

A eso de las ocho de la mañana la claridad irrumpió en mi calma y parpadeé sin saber exactamente dónde me encontraba. Cuando abrí un ojo y miré hacia mi lado lo descubrí allí, profundamente dormido. Con el brazo por debajo de la almohada y con el pelo despeinado y ligeramente apetecible. ¡Madre de Dios! La escena del tocador me asaltó el pensamiento y me llevé la mano a la boca para contener la euforia que me recorría.

Quería saltar sobre él y volver a besarle. Estaba tan guapo… junto a mí…, relajado, satisfecho…, que no podía dejar de observarle.

De pronto se movió un poco, abrió los ojos y cómo no, me pilló observándolo.

¡Bien, Sarita, bien por ti! Ahora creerá que eres la típica psicópata que lo contempla mientras duerme.

Aparté la mirada y me giré rápidamente mirando al techo. Era tarde para fingir que dormía. *Qué bonitas las vigas…*

—Buenos días.

—Buenos días —carraspeé, peinándome con disimulo e intentando adecentar mi cara.

—¿Te sueles despertar tan temprano los domingos? —preguntó él, arrimándose a mí y entrelazando sus piernas con las mías.

—Bueno…yo…es que… a veces extraño mi cama —mentí,

arropándome con la blanca sábana. ¿Cómo iba a extrañar mi cama durmiendo a su lado?

—¿Pero has dormido bien?

—Sí, sí, muy bien. Pero he oído a un bebé llorando. ¿Tú no? —inquirí.

—Vaya... —suspiró—. ¿Has oído las voces?

Lo miré.

—¿Voces?

Él se llevó una mano a la frente y luego se frotó los ojos. De repente parecía bastante preocupado. Respiró profundamente y a continuación añadió:

—Llevo años diciéndole a mis tíos que llamen a alguien.

—¿A quién?

Empecé a asustarme.

—A un espiritista o no sé... a un cura.

—¿Qué? ¿Por qué?

—Verás, cuando mis tíos se instalaron en esta casa, sucedieron cosas muy extrañas...

—¿Cómo qué? —dije muerta de curiosidad y al mismo tiempo pegando mi cuerpo al suyo.

Él tenía la mirada amedrentada.

—No creo que sea conveniente contártelo. Fue muy desagradable. Murieron algunas personas —susurró con un tono siniestro. Abrí los ojos como platos y la piel se me puso de gallina—. Desde entonces no dejan de oírse voces.

Lo admito, me acojoné.

—¿Te estás quedando conmigo, no? —recé porque esa historia fuera falsa, o mucho me temía que no volvería a poner un pie en esa villa.

Él se giró y clavó sus ojos en los míos. Parecía asustado, pero luego, lentamente, vi cómo una sonrisa enorme se extendía por todas sus facciones.

—Por supuesto. El llanto era de Marquitos, el nieto del jardinero.

Le di un puñetazo en el brazo y él soltó una enorme carcajada.

—¡Gilipollas!

—Joder, tu cara... —decía tronchado de la risa, sujetándome para evitar que le borrara de sus labios esa sonrisita cargante.

—Ya veo que te has despertado muy bromista —protesté.

Se movió hasta ponerse encima de mí, y con aquella expresión de diversión y felicidad iluminando sus misteriosos ojos, murmuró:

—Tranquila, no te asustes, si hay algún fantasma por aquí cerca yo te protegeré.

Llevé mis manos a su pelo. El corazón estaba a punto de estallar dentro de mi pecho. Justo así era como quería despertarme cada mañana, contemplando aquella panorámica.

Afilé la mirada y evitando curvar mis labios susurré:

—Me temo que ahora mismo tengo uno enorme sobre mí.

Él acercó su boca a la mía y antes de besarme bisbiseó:

—Pues hazte a la idea de que este fantasma ha vuelto al mundo real para hacerte el amor…

***

Irene

Lunes por la mañana.

Al entrar por la puerta de la Clínica sentí que mis piernas temblaban. Esa mañana me maquillé a conciencia y lo cierto era que aún no sabía por qué. Mi compañero Carlos ya estaba allí. Él era el que abría el centro cada mañana. Así que cuando atravesé el umbral y me di cuenta que estaba solo, una sensación de alivio me invadió al instante.

Rogué al cielo para que el gilipollas de mi jefe no apareciera…

—Hola, Irene —me saludó.

Estaba sentado en mi sitio, actualizando los historiales de algunos de sus pacientes. Solía hacerlo a diario.

—Hola, Carlos —respondí, entrando y guardando mi bolso en un armario que había justo detrás de la recepción. Saqué la bata blanca que utilizaba de uniforme y me la puse.

Un chico joven con un par de muletas llegó poco después. Tenía cita con Carlos y ambos se dirigieron al interior del pasillo.

Me quedé sola y decidí ordenar la agenda. Me dispuse a estructurar alfabéticamente el listado que el padre de Víctor me había pedido que arreglara la semana anterior.

Accioné el hilo musical, una de esas emisoras de música española, y me concentré en mi tarea.

Tarareaba una canción de Julio Iglesias, concretamente esa cuya letra decía:

Hey, no vayas presumiendo por ahí,
diciendo que no puedo estar sin ti.
Tú, qué sabes de mí...

Al tiempo que canturreaba, me giré para guardar una documentación en uno de los archivadores que quedaban a mi espalda cuando de repente, Víctor apareció delante de mí, sorprendiéndome en pleno alarde armónico-vocal y provocándome un susto de muerte.

—¡Ahhh! —grité al verlo allí con su pelo fabuloso, su barba sexi, con aquella expresión desafiante y jodidamente excitante.

Deslicé mis ojos por la tela de su camisa verde agua y por el cinturón de piel que atiné a ver a la altura del mostrador.

—¿Tan feo soy? —masculló con una sonrisa taimada y arrogante. El muy cabrón sabía de sobra que estaba buenísimo.

—Buenos días—respondí alzando la barbilla, demostrándole que yo era una persona profesional y que no iba a dejar que se tomara ninguna confianza conmigo.

Desde luego, el episodio de los mensajitos no iba a volver a repetirse.

Seguí ordenando esos papeles. Él me observaba.

—Buenos días, Irene. Estaré en mi consulta —dijo encaminándose al fondo, mirándome de soslayo.

—Por cierto... —se giró. Fue entonces cuando pude contemplarlo de cuerpo entero. ¡Madre mía, qué tío más guapo!—, en la esquina hay una cafetería. Me gusta el café solo y sin azúcar —declaró retándome.

Obviamente, yo sabía que aquélla solo sería la primera de sus malditas órdenes, pero aun así me armé de valor.

—A mí me gusta con leche y con dos de sacarina, gracias —repliqué.

Se mordió el labio superior y creí identificar en su cara una ligera sonrisita, aunque no estaba del todo segura porque evité mirarlo directamente mientras me acomodaba en mi silla.

—No tardes —me advirtió—. Aún tenemos que negociar las horas extras.

Desde la cafetería a la Clínica había unos escasos cincuenta metros, que recorrí aupando pensamientos contradictorios. Cincuenta metros donde me debatía si escupir en el café de Víctor o parar en la farmacia y comprar un laxante que le hiciera pasar la mañana con su bonito culo adherido a la taza de un retrete. Pero, obviamente, cualquiera de las dos opciones me habría puesto de patitas en la calle, y mi cuenta corriente no estaba para bromas de ese tipo. Así que no tuve más remedio que acatar la orden del gran jefe y llevarle el café a su consulta.

Golpeé la puerta con los nudillos y abrí antes de que a él le diera tiempo a responder. Estaba sentado tras un amplio escritorio de cristal con patas de acero, sobre un enorme sillón de piel color ocre. Tecleaba con la mirada fija en la pantalla de su Mac.

—Pasa —dijo con tonito cuando me adelanté al interior sin su permiso.

Aquella consulta era más amplia que todas las demás y mucho más luminosa. En el lado derecho de la habitación había una camilla quiropráctica y, a su lado, un armario con accesorios de fisioterapia con futones de masaje y vendajes neuromusculares. La camilla no pasó desapercibida para mí…

—Aquí tienes el café —anuncié, apoyando el vaso de cartón sobre su mesa.

Fue entonces cuando despegó sus ojos del teclado y me miró:

—Muchas gracias, Irene.

¿Por qué demonios mi nombre sonaba tan sexual en sus labios?

—De nada, Víctor —respondí, alzando la barbilla justo antes de girarme para marcharme.

Alargué mis pasos con la esperanza de salir de allí en tres zancadas, pero de nuevo el tono de su voz me paralizó completamente:

—Irene. —¡Joder…! Su voz y mi nombre… eran una mezcla explosiva.

—¿Sí? —Sostuve el pomo de la puerta mientras hurgaba en mi mente la fórmula para que no descubriese lo nerviosa que me ponía.

Afiló la mirada contemplándome de arriba abajo. Su sonrisa arrogante permanecía tatuada en su cara. Agarró el café, le dio un sorbo y cuando empezaba a cansarme de su irritante y pasmosa tranquilidad, hizo un ligero gesto con la cabeza señalando mi pelo:

—Dime una cosa…, ¿ese corte te lo has hecho tú, o has ido a una peluquería?

Bueno…, esa pregunta me dejó absolutamente ojiplática. Y él, claro, sonrió aún más con la estúpida expresión de mi rostro. Fui a responder de inmediato, pero lo pensé una milésima de segundo. Decirle a tu jefe: «me lo hizo tu puta madre», era excesivo y peligroso, ¿no? Además, su pobre madre no tenía culpa, bastante le había caído con parir a esa especie de *allien* con aspecto de dios griego.

—Fui a una peluquería, Víctor. Y me encanta mi pelo —repliqué orgullosa, peinándome con los dedos—. Podrías pasarte tú también para que te repasen esa barba cutre.

Exhaló una risita y luego se acarició la barbilla.

—¿Mi barba te parece cutre? —preguntó, acomodándose en su silla.

—Si me lo permites, me reservo la opinión. Acabo de empezar en este trabajo y me gustaría conservarlo —dije sin amilanarme. Al fin y al cabo, él había empezado primero.

—¿Tan peligroso es lo que opinas de mí que no puedes decírmelo?

Atisbé cómo su pulgar recorría el borde de su mandíbula. Me miraba fijamente y esta vez ya no sonreía tanto.

—Lo que opino de tu barba, querrás decir.

Solté el pomo y me crucé de brazos. Pasé el peso de mi cuerpo de una pierna a otra y él se levantó. Cuando lo vi salir de su escritorio me puse en alerta. De pie me sacaba una cabeza y eso me hizo sentir insignificante. Rodeó el escritorio y se apoyó en el borde.

—No. Te estoy preguntando que qué opinas de mí —reafirmó, cruzándose de brazos él también.

De repente las palabras se me quedaron atragantadas en mi garganta.

¿De verdad quería saber lo que pensaba de él? Quiero decir…,¿de él como hombre, o de él como jefe? En fin…, en cualquiera de los dos casos estaba en un problema de dimensiones descomunales.

Mientras los engranajes de mi cabeza indagaban el modo de conseguir una respuesta empecé a tartamudear sintiéndome sofocada por momentos.

—Bue… yo… no…, quiero decir… que…

Él volvió a exhalar otra sonrisita de medio lado.

—Tranquila, Irene, puedes ser sincera, aguantaré lo que me digas —dijo, haciéndome un gesto con la mano invitándome a hablar.

Di un paso adelante y me planté más cerca de él, lo cual fue un tremendo error, porque de cerca era diez veces más guapo y sexi.

—En ese caso, pienso que deberías tratar con más respeto a tus empleados y no tomarte confianzas inapropiadas.

Me fijé en su pelo y me di cuenta que con la luz del sol que entraba por la enorme cristalera velada que había a su espalda, tenía un brillo perfecto. Era muy oscuro y algunos mechones le caían ondulados sobre la frente.

—Así que ese es el problema. ¿Crees que me he tomado confianzas contigo?

Estaba intentando no reírse, pero los esfuerzos eran en vano. Lo que hizo que me irritara aún más. Para él se suponía que aquello era un juego, pero para mí era mi puesto de trabajo.

—Exacto. No me conoces de nada —musité muy seria.

—Ya... ¿Y a ti te parece normal que el primer mensaje que le envíes a tu jefe sea la bandera de Japón? —objetó sin dejar de escanearme. Se acomodó aún más en la mesa y cruzó los tobillos. No pude evitar examinar sus largas piernas que se acentuaban bajo la tela de sus vaqueros. Sobre todo en algunas zonas más que en otras...

—Sin duda era la mejor respuesta para una proposición tan... tan... indecente —respondí muy digna. Pero él no tardó en carcajearse y lo cierto era que aquello había sonado ridículo.

—Joder, Irene, dicho así parece que yo soy Robert Redford y tú, Demi Moore.

Metí las manos en los bolsillos de mi bata sin saber muy bien dónde ponerlas.

—Lo dudo. Yo jamás habría aceptado una oferta como esa —atestigüé mintiendo como una condenada. ¿Quién demonios no se acostaría con Robert Redford bajo previo pago de un millón de dólares? Si yo hubiese sido ella en esa película, habría escarbado en los bolsillos de mi pantalón para pagarle yo, en vez de él a mí.

—A ver si lo entiendo. —Lo vi removerse un poco para acomodarse mejor en la mesa. Parecía realmente entretenido con aquella absurda conversación—. Quieres decir que si te propongo pagarte por las horas extras del otro día un millón de euros a cambio de que te acuestes conmigo, no aceptarías, ¿no?

El calor que ascendió por mis piernas fue fulminante. Me concentré en los latidos de mi corazón que se aceleraron de un modo precipitado.

¡Madre de Dios!, esos hoyuelos en sus mejillas acabarían por volverme loca de remate.

—En primer lugar, ya te gustaría a ti tener un millón de euros para ofrecer así como así, y en segundo lugar, para ser empresario veo que nunca has oído hablar de algo llamado acoso laboral o *mobbing*.

Se mordió el labio inferior negando con la cabeza. Aún hacía lo imposible por no sonreír.

—Ahora que lo pienso..., tu corte de pelo se asemeja al de Demi Moore en esa película.

—Puede ser, pero tú no te pareces en nada a Robert Redford.

El vello de sus antebrazos bajo su camisa arremangada me resultó terriblemente tentador.

—Es verdad, yo soy más guapo —susurró.

Maldito gilipollas, creído de mierda. ¿Por qué diablos me molestaba tanto que llevara razón?

—Ja, ja. Bueno, Víctor, mejor vuelvo a la recepción. Como ves, rechazo tu generosa y cándida oferta. He decidido continuar ganándome la vida dignamente.

Giré sobre mis pies dispuesta a salir de allí, pero un minuto antes de cerrar la puerta su voz volvió a inmovilizarme.

—Irene.

Su mirada me arrasó de la cabeza a los pies. Jamás en toda mi vida había sentido una corriente sexual tan potente. Fue como si de pronto tuviera todo el control sobre mi cuerpo con tan solo contemplarme.

—¿Qué? —pregunté cuando avisté que estaba pensando qué decirme.

—Yo nunca pagaría por acostarme con alguien como tú —murmuró incorporándose.

No supe exactamente si aquello era bueno o malo. En cualquier caso, me molestó igualmente.

—Haces bien, Víctor, porque alguien como yo nunca se acostaría con un tipo como tú.

Cerré la puerta antes de que dijera algo más y sintiera el descontrolado impulso de estrangularlo con aquellos vendajes neuromusculares.

Cuando regresé a mi mesa y tomé asiento, me fijé en que el pulso me temblaba. ¿De verdad había mantenido una charla como esa con mi jefe?

A partir de ese momento no pude hacer otra cosa más que pensar en su cuerpo cubierto de sudor sobre el mío, en mis manos, enterrándose en ese jodido cabello brillante...

¡Dios, ¿por qué era tan estúpido...?!

14

UNA BOLA... ¿MÁGICA?

E l domingo por la tarde, cuando Serra me dejó en mi casa, tuve la sensación de que habían pasado meses desde el viernes. Y no porque el tiempo con él pasara lentamente, sino todo lo contrario. A su lado las horas carecían de importancia. Pero nuestra conexión había sido muy intensa. Temí que yo fuera la única que estuviera sintiendo eso.

La casa rural de sus tíos, el modo en el que me habían tratado, la sensación de tener una verdadera familia, personas a tu alrededor que te quisieran simplemente porque sí..., todo había sido mágico. Aquella misma mañana habíamos desayunado con ellos y sentí nostalgia al saber que tenía que marcharme de allí. Luego decidimos almorzar los dos solos en una pizzería tranquila y romántica situada en una conocida pedanía de Vejer de la Frontera, La Muela; arropados por un asombroso paisaje montañoso que aguardaba el calor del verano y desprendía un intenso aroma a vegetación. Perdimos la noción del tiempo en una mesa de madera bajo la sombra, y la tarde fue apareciendo formando un borrón en el azul del cielo. Sin embargo, ya era hora de volver al mundo real, al complicado universo de Sara.

Serra detuvo su coche cerca de la Plaza del Falla, a tan solo unos metros de mi casa, sobre las nueve de la noche. Tenía turno de noche e irremediablemente nos tocaba despedirnos.

—Bueno, Sarita —murmuró con la cabeza ladeada, mirándome desde su posición—, ha sido un fin de semana muy… divertido.

Tenía una mano puesta en el volante y la otra sobre la palanca de cambios. En ese instante sonaba en la radio *"No way no"*, de Magic.

—Sí… —respondí nerviosa. No sabía qué más decir, aparté la vista de él y me miré las manos. En un momento como ese, lo mejor para romper el hielo era decir una tontería, ¿no?—. Gracias por las clases de conducir, aunque tuvieras que presenciar aquella coreografía barata. —Él sonrió de ese modo tan sexi que me hacía contraer los muslos—. Y gracias también por presentarme a tus tíos; son geniales.

Sus ojos me examinaron con aquel brillo especial; y con los labios aún curvados me preguntó:

—¿Y yo?

—¿Tú qué?

Me toqué el pelo, coqueteando y al mismo tiempo un poco cortada.

—¿Que qué opinas de mí?

¡Madre de Dios, qué guapo era…!

—Pues no sé, que eres muy mono.

—¿Muy mono? ¿Qué soy, un peluche?

—No sé… ¿qué quieres que te diga? ¿Qué estás buenísimo? Eso ya lo sabes. Estoy segura que lo habrás oído más de una vez.

Él me hizo una mueca arrogante y luego susurró:

—¿Y eso es solo lo que se te ocurre pensar sobre mí?

No. Pensaba muchas más cosas…, que era adorable; que me encantaba su voz, su olor; que me gustaba cómo trataba a su familia; que era tan sencillo, divertido y excitante que en tan solo unos días había conseguido meterse en mi mente de un modo preocupante… Y lo peor de todo… que, probablemente, nunca más en mi deprimente existencia conocería a un chico tan fascinante como él. Pero eso y mucho más me lo quedé para mí.

—Hay más pero no pienso decírtelo.

Su sonrisa se agrandó.

—¿Ah, no? —inquirió, acomodándose en su asiento, de lado, para observarme mejor.

—No —sentencié, mordiéndome el labio.

—¿Te ha gustado follar conmigo?

Y su pregunta me pilló tan de sorpresa que sentí cómo toda la sangre se agolpaba en mis mejillas. Lo miré y su expresión había variado. Allí estaba de nuevo su mirada hambrienta. Esperaba una respuesta y lo supe porque en ese momento se acercó hasta mi rostro y apoyó su mano en mi muslo.

—¿Qué clase de pregunta es esa? —tartamudeé nerviosa —. Claro que me ha gustado.

—¿Lo suficiente como para repetir? ¿O bajarás de este coche y esto se acabará aquí? —Sus ojos escrutaron los míos—. No sé por qué, pero tengo la sensación de que te ocurre algo y me gustaría saber qué es.

—No me pasa nada —dije nerviosa, sin poder sostenerle la mirada.

—Es decir —su mano se movió en sentido ascendente por mi vaquero y sus labios se pegaron a mi oído—, que si te llamo esta semana y te propongo follarte durante horas, lamerte, y no sé…, correrme en tu culo, por ejemplo, no te negarás, ¿no?

Por aquel entonces, mis bragas estaban ya tan mojadas que temí que se diera cuenta. ¡¿Cómo podía decirme todas esas guarradas y quedarse tan pancho?!

¡Diosito!, ¿por qué te empeñabas en ponerme piedras en el camino?

(Quien decía piedras, decía un policía cachas con un pene de anuncio).

—¿Correrte en mi culo? —exhalé, sin atinar que lo había repetido en alto, respirando con dificultad y enlazando mis dedos con los suyos.

Supuse que se refería al sexo anal. De otro modo, habría dicho sobre mi culo. Aunque, a decir verdad, cualquiera de las dos opciones me excitaban muchísimo más de lo que yo hubiera imaginado.

—Por supuesto —dijo, esta vez agarrando mi mano y llevándola a su paquete, que por aquel entonces estaba bastante apretado—. Sara, te follaría aquí mismo si no fuera porque tengo que irme a trabajar.

Acababa de hundir su cabeza en el arco de mi cuello, chupándolo y besándolo mientras yo manoseaba su erección, conteniendo mis ganas de saltar sobre él y colocarme encima suya a horcajadas; cuando de repente me encontré con dos ancianitas observándonos pegadas a la ventanilla.

—¡Ahh! —grité asustada y empujándolo para alejarlo de mí.

—¡Qué poca vergüenza! ¡Degenerados! —vociferó una de ellas aporreando el cristal antes de largarse.

Él se descojonó de la risa al observar mi cara y yo le golpeé el brazo.

—¿Qué demonios pretendes, que te quiten la licencia de policía por espectáculos pornográficos en la vía pública?

—Merecería la pena si es contigo —dijo, sujetándome las muñecas para besarme de nuevo.

¡Joder!, estaba tan colada por ese tío que me estaba planteando llamar a un exorcista.

Pasé completamente de las viejas y continué besándolo, saboreando sus labios y con mis dedos mesando los mechones de su nuca. Me habría quedado para siempre en el interior de ese vehículo sobando su ciruelo, pero, claro, él tenía que trabajar y yo…, pues yo tenía que poner los pies en tierra firme y decidir de una puñetera vez cómo iba a gestionar aquella situación ahora que sabía que él quería volver a verme y, entre otras cosas, follarme el culo.

¡¡Ayyy, Sarita…!! ¡Qué dilema!

—Me voy ya o llegarás tarde —murmuré, alejándome de él en contra de mi voluntad antes de darle el último beso.

—Vale —lo oí susurrar.

Abrí la puerta del coche y bajé de él ante su atenta mirada. Pero cuando la cerré, diciéndole adiós con la mano y con cara de pajillera, él bajó la ventanilla y a medida que arrancaba y ponía el vehículo en marcha, muy despacio, comentó sonriendo y elevando el tono de voz lo suficiente para que un cura y una monja que andaban detrás de mí lo oyeran:

—Recuerda lo que te he dicho, nena. Me follaré tantas veces ese culito que pasarás semanas sin poder sentarte.

Luego me guiñó un ojo y aceleró.

Me quedé paralizada en la acera, y a pesar de que no quise mirar hacia atrás, me pareció atisbar que la monja se santiguaba.

**

Subí los escalones de mi casa de dos en dos, pensando en que acababa de perderlo de vista y ya lo echaba de menos. Estaba deseando entrar en mi diminuto apartamento, darme una ducha y ponerme su camiseta. La misma que usaba de pijama y que no pensaba devolverle. Metí la llave en la cerradura y cuando abrí la puerta y dejé apoyado el bolso sobre la mesa del salón, alcé la vista y… por poco me da un ataque al corazón.

—¡Por Dios, Fernando, qué coño haces aquí! —grité llevándome la mano al pecho, intentando controlar mis descompasadas pulsaciones.

Él estaba sentado en el sofá con el codo apoyado en el reposabrazos y las piernas cruzadas. La tenue luz de mi lamparita alargada de Ikea, con tulipa de papel de fumar, le iluminaba lúgubremente el rostro.

Jugueteaba con algo entre las manos, parecía una especie de… ¿bola de billar?

—Hola, Sara —dijo con un tono de voz un poco forzado.

—¿Qué quieres? —protesté, maldiciendo para mí y encendiendo la luz del salón. Verlo allí, en la penumbra, me puso los pelos de punta.

—Llevo todo el fin de semana intentando hablar contigo.

—¿Y en qué parte te has perdido? Si no te cojo el teléfono en días… ¿no te has planteado que tal vez sea porque no quiero responderte?

Él me dedicó una mirada asesina, pero no respondió.

Me acerqué a la cocina y saqué la botella de agua de la nevera. Necesitaba refrescarme la garganta después del susto que me había pegado el muy imbécil.

Cuando volví al salón él aún seguía allí sentado, dándole vueltas a aquello que sostenía entre sus dedos. Agudicé la vista hacia el objeto y me di cuenta de que era mi bola mágica. La misma que me había regalado Irene cuando cumplí dieciséis años y que ella y yo utilizábamos para encontrar respuestas cada vez que algún chico nos gustaba y pasaba de nosotras.

Pero lo peor de todo es, que para encontrar esa bola, con toda seguridad, había registrado el cajón de mi cómoda donde yo guardaba mis objetos personales. La furia empezó a apoderarse de mí. A medida que lo observaba allí plantado con esa actitud de gilipollas en potencia, una multitud de preguntas absurdas comenzaron a inundarme el cerebro, como por ejemplo: ¿Por qué diablos no se me había ocurrido cambiar la cerradura, o en qué estúpido momento se me pasó por la cabeza hacerle una copia de las llaves de mi piso a ese pedazo de friki? Pero la más aplastante de esas cuestiones y, desde luego, la que ahora me atormentaba sin consuelo, era, sin duda: ¿Qué coño le había visto yo a ese tipo para salir con él durante años?

—¿Has registrado mis cajones? —le pregunté con acusación.

—Siéntate, Sara. Tenemos que hablar —masculló.

—¿Pero tú de qué vas, Fernando? ¿Te cuelas en mi casa imitando a Michael Corleone y ahora te pones a darme órdenes?

—¡Siéntate, maldita sea! —gritó, despegando su espalda del sofá.

Me quedé paralizada y lo miré de arriba abajo con mala leche. Mucha, para ser más exacta. Aun así, me senté. Cuanto antes acabara de hablar con él antes me lo quitaría de encima.

Llevaba un pantalón vaquero azul oscuro y un jersey también azul de ochos, sobre una camisa blanca. Su pelo castaño estaba peinado con gomina, como siempre. Era mono. No digo que no. Aunque la imagen de Serra en su coche con aquel polo de Bikkembergs blanco y gris y sus brazos realizando aquellas resueltas maniobras mientras conducía, no dejaban en muy buen lugar a mi ex.

—¿Qué quieres, Fernando? —inquirí, acomodándome en una de las sillas, a un metro y medio de él.

—Escúchame bien, Sara. Tus jueguitos están llegando a su fin. Me dejaste plantado en el altar una vez, pero te aseguro que no voy a permitir que vuelva a ocurrir.

—¿Y cómo vas a evitarlo, si se puede saber? —dije, tragando saliva y cruzándome de brazos.

Él miró la bola y luego otra vez a mí.

—Verás, cariño... —Y al decir *cariño* sonó tan falso como él en toda su inmensidad—. Lo de tu amnesia fue una estrategia pésima, aun así decidimos darte un tiempo. Pero ya es hora de hacer las cosas bien, Sara. Tú sabes mejor que yo que nuestra boda nos conviene a todos. ¿Por qué no dejas de marearnos de una vez?

—No quiero casarme contigo, Fernando. Yo no te quiero.

Soltó un bufido de mofa.

—Pero… ¿quién coño ha hablado aquí de amor? Yo tampoco te quiero, Sara. Sabes de sobra que llevo meses follando con Eva. —Y al decir eso me dieron ganas de darle una patada en toda su estúpida cara, pero al más puro estilo Chuck Norris, y no porque me molestase que se estuviese tirando a su prima postiza ni mucho menos, a esas alturas me importaba un comino lo que hiciese con su vida. De hecho, incluso sentí pena de Eva (Fernando en la cama no era muy habilidoso), lo que verdaderamente me incomodaba era que él pensara que su comentario podía herirme—.Pero tenemos que casarnos. Es una cuestión de intereses. ¿O prefieres que tu madre aparte de su mesa el expediente de las subvenciones?

Yo era consciente de que la razón por la que mi madre quería mantener a

Fernando en su partido no era otra que tener de su lado al tío de este, un juez de la Audiencia Provincial que tenía bastante mano en las cuestiones del Ayuntamiento. Fernando provenía de una familia adinerada, donde la gran mayoría eran magistrados y en la que casarse era algo que ellos entendían como una mera transacción económica.

El objetivo de mi exnovio era llegar a Teniente Alcalde, y el de mi madre tener a los tíos de Fernando comiendo de su mano. De este modo ambos harían lo que les diera la gana con la gestión del poder. Y tanto era así, que llegué a pensar que los dos harían una pareja perfecta.

Sin embargo, después de aquel fin de semana, tras haber vivido tan intensamente junto a Serra y rodearme de la autenticidad de su familia, decidí que no me casaría con ese trozo de mierda ni por todas las subvenciones del mundo. No me vendería igual que hacían ellos.

Respiré profundamente y con la cabeza bien alta, lo miré a los ojos y le respondí:

—No me casaré contigo ni muerta, Fernando, así que ya tienes mi respuesta.

Él apretó la mandíbula.

—¿Estás segura de lo que estás diciendo?

—Segurísima —sentencié.

—¿Y qué crees que pasará a partir de ahora?

Me puse de pie instándole a que se marchara. Él se levantó del sofá y dio dos pasos hacia mí.

—No tengo ni idea. Preguntémosle a la bola que tienes entre las manos. Es mágica, igual ella te da la respuesta.

Se la quité de mala gana y la zarandeé. Estaba muy nerviosa. Sobre todo porque no tenía ni idea de lo que pasaría de ahora en adelante.

—A ver… ¿Me casaré con Fernando? —dije, hablándole a aquel objeto.

Por la expresión de él supe que no le estaba haciendo mucha gracia mi numerito.

Unos segundos después le di la vuelta a la bola.

—*"No cuentes con ello"* —leí en voz alta con una sonrisa triunfal—. Esto no falla, Fernando —repliqué, enseñándole aquellas letras—. La tengo desde que cumplí dieciséis años y es infalible.

Sus ojos seguían clavándose en mi cara como puñales.

—Ríete ahora, Sara. Ya llorarás de nuevo cuando otro de tus chicos de

Conflicto Social se quite la vida al no tener dónde ir.

Sus palabras me provocaron tanto dolor que la sonrisa se desvaneció de mis labios en un nanosegundo.

—¡Lárgate de mi casa, imbécil! —grité abriendo la puerta y echándolo.

Ahora era él, el que se reía avanzando hacia el rellano. Pero como me negaba a que se fuera de allí ganándome la partida, un instante antes de cerrar la puerta, volví a zarandear la bola.

A continuación, con cara de loca, vociferé:

—¿Está la adorable abuelita de Fernando pudriéndose en el infierno?

Giré el objeto ante su despectiva mirada y leí con voz cargante:

—*"Todo apunta a que sí".*

Me encogí de hombros y le di un portazo antes de que a él le diera tiempo a replicar.

Una vez sola, miré de nuevo aquella bola y se me ocurrió hacerle una última pregunta. La posibilidad de que realmente fuera mágica siempre quedaría en el aire, así que la sostuve con fuerza entre mis dedos temblorosos y planteé la cuestión definitiva:

—¿Durará mi relación con Serra? —murmuré en voz baja, asimilando que mi comportamiento no era del todo el de una persona normal, pero qué se le iba a hacer...

Cerré los ojos con fuerza y cuando los volví a abrir, me encontré con algo que yo ya sabía:

"Las perspectivas no son buenas".

¡Maldita bola de mierda!

15

LA DETENCIÓN

Lunes odioso. El que inventó los lunes probablemente también fue el creador de Hacienda y de las columnas de los garajes. Eso pensé nada más levantarme esa mañana, con unas ojeras tan pronunciadas que Fétido, el de la Familia Adams, comparado conmigo, podría hacer un anuncio de cremas «Olay». Apenas había conseguido conciliar el sueño.

Fernando había dejado mi casa impregnada de sus malas vibraciones. El muy cretino no hizo más que recordarme que mi decisión de negarme a esa farsa de matrimonio pondría en peligro el futuro de muchos de mis chicos. Sin embargo, a medida que me preparaba para reincorporarme al trabajo, empecé a pensar en buscar una solución que nos beneficiara a todos. Aunque poco podía hacer yo sin la ayuda de las subvenciones.

Aquella mañana fue una auténtica locura. Llegué al Centro diez minutos tarde a consecuencia del tráfico y, para colmo, no se me ocurrió otra cosa que torturar a mi jefe con un montón de incoherentes explicaciones sobre el supuesto aplazamiento de mi boda. Aunque, por la sardónica expresión de su rostro, supe que no se había tragado ni una sola palabra. Obviamente, él, y el resto de mis compañeros, entendieron que salir huyendo de una iglesia justo el día de tu enlace nupcial, no presagia nada bueno. Aun así, ninguno indagó demasiado en aquel asunto. Mi rocambolesca vida privada se quedaba en un segundo plano nada más cruzar las puertas de ese lugar. Allí dentro había otras cosas mucho más importantes.

Durante las próximas semanas, tanto los educadores como yo, teníamos que organizar los talleres de verano. Nuestra labor radicaba principalmente en facilitar la integración, la futura promoción y, sobre todo, la corrección de situaciones deficitarias de aquellos jóvenes. Intentábamos ajustar las actividades desde una óptica muy participativa. No era fácil. A diario lidiábamos con muchachos a los que era muy difícil motivar. Pero yo llevaba trabajando en aquel Centro dos años y medio, y las últimas estadísticas habían mostrado unos resultados excelentes de reinserción social.

En cuanto me vi de nuevo absorta en mis responsabilidades, me olvidé completamente de los absurdos problemas que me inquietaban. Arrinconé en algún hueco de mi mente a mi neurótica madre y al imbécil de Fernando y continué con mi rutina laboral.

—Sara, menos mal que has vuelto. Se comenta entre estas paredes que has enviado a tu novio a por tabaco. —Fue alguno de los comentarios que oí mientras hacía las rondas y me ponía al día.

—Más o menos. Estoy intentando enviarlo a alguna plantación en Colombia, pero no caerá esa breva.

Me vino muy bien regresar a mis quehaceres. Cuando llegué a casa, por la tarde, estaba tan cansada que apenas tuve tiempo de pensar en nadie más que no fuese Serra. Porque a pesar de haber estado completamente abstraída con mis tareas y con los muchachos, no pude evitar que su bonita sonrisa impactara una y otra vez en mi pensamiento.

Irene me llamó a eso de las nueve de la noche y estuve hablando con ella casi una hora por teléfono. Quería conocer todos los detalles de mi fin de semana y, de paso, poner a parir a Víctor.

Al parecer, la situación con su jefe empezaba a escapársele de las manos. Después de veinte minutos seguidos graznando de él sin parar y relatándome lo mucho que este la provocaba, exhaló:

—¡Dios, Sara, es el tío más gilipollas que he conocido en mi vida! Lo odio. Incluso me ha preguntado si mi corte de pelo me lo he hecho yo o había ido a una peluquería.

Me tapé la boca para que no me oyera reírme.

—Irene, estaría bromeando contigo. Creo que le gustas. Eso es todo.

—No me liaría con él ni por todo el oro del mundo.

—Venga ya… —farfullé, poniendo los ojos en blanco y dejándome caer en el sofá con un sándwich entre mis manos.

—Vale, me lo follaría durante días si supiera que iba a estar calladito. Pero es que es abrir esa boquita asquerosamente irresistible que tiene… y suelta una burrada.

—Pasa de él. Limítate a ir a trabajar y no hagas ni digas nada que te cueste el despido —le advertí, masticando. Conociéndola, no era de extrañar que uno de esos días me contara que Víctor la había puesto de patitas en la calle.

—Claro. Es muy fácil decirlo así. Pero si tuvieras que trabajar todos los días con Serra a sabiendas de que es un cabronazo, ¿qué harías, eh?

Fue decir aquello y miré el reloj de mi muñeca. Eran aproximadamente las diez de la noche y no saber nada de él en todo el día me inquietó. Albergué la esperanza de que me hubiese enviado un wasap al menos, pero supuse que no había nada por lo que preocuparme. Al fin y al cabo era solo lunes. Y él había quedado en llamarme esa semana. Así que esperaría.

Continué charlando con Irene un rato más, pero cuando colgué el teléfono contemplé la pantalla durante unos minutos debatiéndome en si debía o no escribirle yo. Finalmente, decidí no precipitarme. Habíamos pasado un fin de semana bastante intenso y quizá un día de respiro nos vendría bien a ambos.

El martes estuve aún más entretenida. Apenas me dio tiempo de parar a comer. Mi jefe me confirmó que incluiríamos en el área de Programas y Proyectos mi nueva moción de un espacio destinado a la expresión y comunicación. Hasta ese momento, aquellos jóvenes pasaban la mayor parte de su tiempo aprendiendo oficios como carpintería, electricidad, albañilería, etc. Sin embargo, muchos otros mostraban excelentes aptitudes hacia las capacidades artísticas.

Fue por eso por lo que, entre mis compañeros y yo, decidimos elaborar una propuesta que incluyera talleres de pintura, escritura, y de producciones gráficas, tales como fotografía y audiovisuales. Yo sabía de antemano que con las subvenciones del Fondo Social Europeo podríamos reforzar aquella iniciativa y, por supuesto, reformar un edificio que había cerca de nuestro Centro.

Teníamos la intención de habilitar esos pisos para que los jóvenes pudieran convivir una vez cumplida la mayoría de edad. De ese modo, asegurábamos su bienestar hasta que encontrasen un empleo estable. Precisamente por eso, ahora más que nunca, necesitábamos esas ayudas…

Las horas, los minutos y los segundos transcurrían tan rápidamente que sin darme apenas cuenta, el ecuador de la semana se me echó encima. Me sentía eufórica por cómo habían respondido los muchachos a nuestra nueva iniciativa artística. Estaba feliz. Claudio, mi jefe, me aseguró que aunque finalmente nos rechazaran aquel dinero buscaríamos el modo de mantener los talleres.

Cuando entré por la puerta de mi casa aquel miércoles por la tarde sentí la irrefrenable necesidad de contárselo a alguien. Y ese alguien sin duda era él. Serra. El mismo que me había asegurado que me llamaría y me propondría un montón de cosas sucias y excitantes. Pero después de tres días no había dado señales de vida.

Me metí en la ducha intentando no dejarme vencer por la sensación de decepción que se extendía por mi pecho.

«¡Te lo dije, Sara! Eres una estúpida. Ese tío no es para ti. Ya viste su Instagram…»

Llamé a Irene intentando buscar consuelo en sus palabras. Pero mi estado no mejoró mucho. Su situación con Víctor era mucho peor que la mía; y nuestra conversación se resumió a lo siguiente:

—Hoy, antes de marcharse, le he puesto un pósit en la espalda.

—¡¿Que has hecho qué?! —vociferé, abriendo la nevera en busca de algo que llevar a mi estómago.

—Sí, un pósit, uno de esos papelitos amarillos —respondió ella como si nada.

—Ya sé lo que es, Irene. Lo que intento entender es por qué lo has hecho.

—Pues porque me dio la gana. Además, la frase le venía de maravilla: «Soy maricón de España».

—¿Me estás diciendo en serio que le has escrito a tu jefe «soy maricón de España» en la espalda?

—Joder, no te imaginas lo a gusto que me he quedado. Solo espero que lo haya leído mucha gente. Y también le dibujé una polla muy mona bajo la frase.

—Sí, pues lo que deberías esperar es que no se haya dado cuenta de que has sido tú, porque me parece a mí que dentro de poco tendrás las mañanas totalmente libres para retratar rabos.

Saqué un bol con uvas de mi deprimente nevera y me llevé una de ellas a la boca.

—¡Bah! —suspiró, sin hacerme mucho caso. Luego me cambió de tema—. Bueno, entonces, ¿qué te pasa? Que estás en plan depre porque no te llama el poli, ¿no?

—¡No…! Tampoco quedamos en nada. Total, solo somos amigos —dije autoconvenciéndome.

—¿Sí? ¿Entonces por qué no lo llamas tú?

—¿Yo? Ni hablar —sentencié, agarrando el mando de la televisión y derrumbándome en el sofá.

Luego aparté el asunto de Serra de nuestra charla, (porque de mi mente fue imposible) y al cabo de quince minutos nos despedimos.

—¿Salimos el viernes y la liamos un poco? —me animó ella.

—Vale, pero no pienso ir a comer al Mac Donalds. Te lo advierto.

Más tarde, cuando el sueño empezó a revolotear alrededor mía y decidí acostarme en mi cama, agarré el teléfono móvil para poner el despertador y se me ocurrió cotillear su Instagram de nuevo. Tenía ganas de verlo aunque fuese solo en fotos.

Me acomodé sobre los almohadones y comencé a ojear su perfil.

¡Madre mía, qué guapo…!, pensé deteniéndome en una de las imágenes en las que él sonreía junto a un amigo suyo. Eché un vistazo a la última que había publicado esa misma tarde y me derretí al contemplarlo. Sostenía en brazos a su hermano Bruno, y tanto él como el bebé, estaban para comérselos. Sin embargo, cuando leí los comentarios me encontré con algo que me dejó trastocada.

—Aún sigo esperando que me llames para tomarnos esa cerveza que me prometiste —escribía una chica cuyo perfil estaba inundado de fotos de ella deslumbrante, y retocadas con un abuso excesivo de filtros.

—Esta noche estoy libre para ti @muñequita_rubia —respondía él.

Tuve que leerlo un par de veces, porque no di crédito. No sé si el fiasco fue mayor por darme cuenta que era un auténtico gilipollas, o por el hecho de que quedara con una tía cuyo nombre en una red social pública era @muñequita_rubia. El caso es que dejé caer el teléfono sobre las sábanas y me llevé las manos a la cara intentado controlar la rabia que en ese instante me invadía. Probablemente, en esos momentos, estaría con ella mientras yo había fantaseado con la posibilidad de que me llamase.

«Bien, Sara, pues ya lo sabes, es un cabrón. Cierra el capítulo de Serra y vuelve a tu desgraciada realidad», fue lo último que susurré antes de apagar la luz y pasarme horas dando vueltas. El sueño se esfumó y estuve en vela toda la noche.

Sin duda, el trance determinante de la semana llegó el jueves por la tarde cuando decidí que salir a correr con mis deportivas nuevas me vendría de maravilla. Mi madre me había llamado segundos antes con la intención de desempolvar el tema de la boda, pero apenas la dejé hablar. Lo último que necesitaba ese día era oír de nuevo aquello. Así que, sin más dilaciones, le pedí que me dejara en paz y le colgué sin darle ni siquiera la opción de expresarse.

Ese día cambié de ruta de ejercicio y decidí trotar por el paseo de la Alameda. Sobre las nueve de la noche, hacía una temperatura formidable y la brisa marina de finales de mayo, mezclada con la cautivadora y frondosa vegetación de la caminata, me obligaron a reflexionar acerca de mi existencia en general.

De regreso a casa tras una larga y tendida meditación mi conclusión era la siguiente: *«Sara, eres idiota. ¿Cómo se te ocurrió pensar que un tipo como Serra querría algo serio contigo?»*

Tenía puestos mis cinco sentidos en cosas de este tipo cuando al atravesar un paso de peatones me fijé en que dos tipos discutían acaloradamente en una calle contigua a la iglesia del Carmen. Al parecer, uno de ellos iba en moto y el otro le había embestido con su coche. El chico de la moto era bastante joven, tendría unos diecisiete años más o menos. Me recordó muchísimo a uno de mis jóvenes. Sin embargo, el del coche era un hombre cincuentón con muy mala leche.

Aflojé el paso intentando oír la disputa y me quedé paralizada cuando atisbé cómo el hombre agredía al muchacho sin razón ni justificación. No pude evitar intervenir tras ver el tremendo puñetazo que este le asestó en la mandíbula al pobre chaval, que se llevó las manos a la cara asustado.

—Oiga, ¡¿pero qué coño cree que está haciendo?! —protesté indignada, situándome entre ambos con los brazos en jarra—. ¿Con qué derecho se cree para pegar a alguien que podría ser su hijo?

El tipo, ahora que pude observarlo con claridad, tenía las pupilas dilatadas y sudaba. No tuve que esforzarme demasiado para adivinar que estaba borracho. Se había saltado un «ceda el paso», casi mata a un joven menor y, para colmo, de no haber llegado a tiempo se habría enzarzado con él a golpes.

—Lárgate, puta —farfulló a unos centímetros de mi cara, contaminándome con su nauseabundo y embriagado aliento.

No me dio tiempo a responder cuando un furgón de la Policía Nacional frenó a unos metros de distancia. Giré la cabeza y vi que un par de agentes se bajaban de él. Identifiqué a Serra de inmediato y mis músculos se quedaron entumecidos. Al principio pensé que era por el miedo a que ese tío me golpeara a mí también, pero cuando avisté la expresión con la que él me miró supe que un derechazo de ese borracho me habría dolido menos.

Su compañero y él se acercaron hasta llegar a nuestra altura. Me quedé observándolo, esperando alguna reacción por su parte. Un saludo al menos. No obstante, apartó sus ojos de mí con el cejo fruncido y preguntó dirigiéndose al chico.

—¿Qué ha pasado aquí?

Actuaba como si no me conociera de nada, y la angustia comenzó a recorrerme. Tragué saliva y me crucé de brazos. Mientras el muchacho le contaba todo lo ocurrido, él estaba delante de mí, evitando que nuestras miradas se cruzaran. ¿De qué demonios iba este rollo? Aproveché para escanearlo de arriba abajo y, obviamente, estaba tan imponente como siempre. Aquella camiseta negra le quedaba mejor que si se la hubiesen pintado al cuerpo.

—Necesitaré vuestros DNI —dijo sin inmutarse, anotando algunas cosas en una libreta de un modo muy profesional mientras su compañero ya había metido en el furgón al borracho.

—No lo llevo encima —declaré.

—No puede salir a la calle indocumentada, señorita —respondió él mientras escribía.

—He salido a correr y el bolso no me quedaba muy bien con las mallas —maticé con sorna. Él me examinó de la cabeza a los pies y se detuvo en mis zapatillas. Luego negó con la cabeza y volvió a escribir.

—En ese caso tendrá que venir con nosotros a comisaría.

El chico que permanecía a mi lado replicó acongojado.

—Agente, ella solo pasaba por aquí. Evitó que ese hombre me agrediera. Sin embargo, él hizo como el que no había oído nada.

—No pienso montarme de nuevo en el asiento trasero de ese coche —farfullé, recordando el día que viajé junto a aquel tipo disfrazado de pepperoni.

—Si se niega... —masculló alzando la barbilla, cerrando la libreta y guardándose el bolígrafo en el bolsillo trasero de su pantalón en un ademán chulesco—, entonces tendré que detenerla.

Estaba muy cabreado y yo aún no tenía ni idea qué diablos le ocurría.

—Oiga, por favor, esto no es necesario. La señorita no ha hecho nada —reiteró el muchacho cada vez más nervioso.

—No tendrás cojones —lo desafié dando un paso hacia él y encarándolo.

Durante unos segundos me sostuvo la mirada. Se había dejado crecer un poco la barba y su pelo desordenado estaba más apetecible que nunca. Sentí un ligero cosquilleo en las yemas de mis dedos. Me moría por lanzarme a su cuello y devorarle la boca mientras removía su cabello, pero él no parecía sentir lo mismo que yo. Su semblante era una gélida máscara. ¿Por qué estaba actuando de ese modo conmigo?

El silencio se extendió en aquella distancia y a continuación, agarrando las esposas que colgaban de las presillas de su pantalón, comenzó a relatar:

—Tiene usted derecho a guardar silencio...

16

UNA NOTITA Y UNAS ESPOSAS

Irene

Definitivamente, llegué a la conclusión de que ese hombre se escondía tras la puerta y esperaba el momento idóneo para acecharme y pegarme unos sustos de muerte. O eso, o simplemente mi corazón reaccionaba de ese modo en cuanto él se plantaba delante de mí.

La mañana siguiente al incidente de la notita llegué a la Clínica y, como hacía a diario, lo preparé todo a la espera de los primeros pacientes. Encendí la radio y sintonicé aquella emisora que tanto me gustaba. Mi compañero solía decirme que me gustaba la música de mi abuela, pero el caso era que me daba igual. Y allí estaba yo, tan tranquila, ordenando unos ficheros y cantando aquella canción de Ana Gabriel, titulada *"Por tu maldito amor"*.

Esa misma que me sabía de memoria porque mi madre se pasaba un día sí y otro también oyendo rancheras y viendo telenovelas. Era tanta su afición a todo lo sudamericano que a veces incluso hablaba como ellos.

—*Por tu maldito amor no puedo terminar con tantas penas...* — tarareaba con la mirada puesta en aquellos papeles cuando, de repente, él dio un golpe sobre el mostrador.

Me sobresalté y algunos folios se me cayeron al suelo.

—Por tu maldito amor —murmuró—, que canción tan apropiada...

Me incorporé una vez recogí el desastre que él había provocado y me puse de pie para estar a su altura o, al menos, intentarlo.

—Buenos días, Víctor —vociferé, alzando la barbilla de un modo pedante.

—Serán para ti —masculló él de mala gana, rodeando la mesa para alcanzar una carpeta que había en uno de los estantes del mueble trasero. Momento que aproveché para escanearlo de arriba abajo.

Vaqueros azules..., camisa de cuadros azul y blanca..., cinturón marrón de piel..., reloj Hublot con correa de caucho negra;... y un perfume desconocido, magnético e irresistible. Llevaba el cabello húmedo como cada mañana, pero esa en concreto, no pude evitar pensar en cómo sería verlo ducharse a diario.

¡Qué pena que fuese tan estúpido con lo bueno que estaba!

Se quedó unos segundos allí paralizado, ojeando los documentos que contenía esa carpeta y luego la cerró. Cuando creí que ya se marcharía y me dejaría tranquila al menos un rato, se giró y me taladró con su mirada.

—Por cierto, Irene —dijo rebuscando en el bolsillo de su pantalón mientras yo me removía inquieta en mi silla al oír cómo sonaba mi nombre escapando de sus labios. Esos labios gruesos y apetitosos en los que se podía leer la palabra pecado—. Por casualidad, no sabrás nada de esto, ¿verdad?

Me enseñó la notita sujetándola con sus dos dedos.

—No sé qué es eso, Víctor —respondí con la boquita pequeña, sin apenas mirar la nota.

—¿Seguro?

—Sí, segurísimo —dije esta vez, tecleando en el ordenador. Actualizando las fechas de las próximas citas. Obviamente no tenía ni idea de lo que estaba anotando.

—Pues mira es un papel —relató dándole la vuelta y observándolo— en el que pone "Soy maricón de España", y debajo de esta frase hay dibujada una polla que, por supuesto, no se parece en absoluto a la mía, pero, bueno, supongo que eso a ti no te importa. —Aparté la vista del monitor y lo miré a los ojos. ¡Maldito cretino, arrogante y presuntuoso...!—. El caso es que ayer salí de aquí con este puto papelito de los cojones pegado en mi camisa y, curiosamente, me pasé la tarde en una reunión con empresarios y directivos de un centro de fisioterapia y osteopatía con el que estoy negociando una fusión. Al final, el autor o la autora de semejante broma consiguió que terminara siendo el hazmerreír de esa sala.

Jódete, creído petulante…

—¿Y qué tiene que ver eso conmigo, Víctor? —repliqué cruzándome de brazos mientras le escuchaba. Me temblaban hasta los pelillos del culo, pero aun así me dejé caer en el respaldo de mi silla intentando parecer inalterable.

—Te lo cuento porque la frase está escrita con un bolígrafo de este color —dijo alcanzando un rotulador negro del lapicero que había en mi mesa—, y la polla con este otro —continuó diciendo agarrando otro rotulador rojo.

Vale, me había pillado. Pero tendría que matarme si quería que confesara.

Contemplé sus manos grandes, viriles…, en una la notita y en la otra los dos rotuladores. Mis ojos se pasearon por los suyos. Estaba bastante cabreado. Está bien, me había pasado un poco. Pero…¿cómo coño iba yo a imaginar que iba a una reunión?

—No he sido yo —mentí despiadadamente, con un hilo de voz y humedeciéndome los labios.

—Dime una cosa, Irene, ¿te aburre este trabajo? —inquirió acercándose aún más a mi mesa, dejando caer los codos en ella.

Y esa pregunta me puso el corazón en un puño. ¡Ay, Dios mío!, al final iba a llevar razón Sara y me iba a pasar las mañanas pintando rabos.

—No, para nada. Estoy muy contenta. ¿Por…?

—Porque si tienes tanto tiempo como para fantasear con pollas y dibujarlas en pósits, igual tengo que reajustar tus tareas y darte algunas obligaciones más.

El aire se quedó colapsado en mi garganta. ¡Fantasear con pollas!, decía el muy imbécil…

—Verás, Víctor, si crees que lo que me pagas no es suficiente para el trabajo que hago, aceptaré las nuevas tareas que propongas. Pero te aseguro que fantasear con pollas es algo que solo hacen las que están muy desesperadas, y no es mi caso. Por suerte para mí, tengo una agenda de amigos con los que puedo quedar cada vez que me dé la gana. Gracias por tu preocupación.

—Una agenda de amigos… —repitió asintiendo con la cabeza y con la mirada afilada—. Mmm… ya sabía yo que tú eras de las que no perdían el tiempo.

Sus labios se curvaron en una sonrisa pendenciera y luego me contempló durante unos largos segundos, haciendo que me sintiera más violenta por momentos.

¡¿Me estaba llamando puta?! ¡Gilipollas de mierda!, grazné para mí.

Me mordí la lengua antes de decirle lo que se me pasaba por la mente y luego suspiré.

—El tiempo es oro. Así que si has acabado ya, me gustaría volver a mis tareas —protesté, volviendo de nuevo al ordenador.

—Sí, será lo mejor —farfulló.

Hizo el amago de girarse, pero antes dejó la notita arrugada sobre la mesa.

—Una cosa más. Ni soy maricón ni mi polla es así de pequeña —dijo arrastrando el papel hacia mí, con el cejo fruncido.

—Dirás dos —susurré esta vez tecleando.

Había estado a punto de largarse de allí, pero mi último comentario lo retuvo.

—¡Dos qué!

—Que has dicho una cosa más. Pero en vez de una has dicho dos: que ni eres maricón ni tu polla es así de pequeña—relaté señalando el dibujo con la cabeza y poniendo los ojos en blanco, como si estuviera cansada de escuchar hablar de su miembro.

—¡Bueno, pues dos! —bramó casi echando humo por las orejas.

Ya me estaba empezando a hartar de oírlo gritar y, sobre todo, de que me tocara las narices tan temprano, así que con una tranquilidad irritante comenté:

—Vale. Entendido. Me encanta este trabajo, Víctor. En serio, será algo que añada a mi currículum a partir de ahora. Lo puedo poner en experiencias o no sé… —dije mordiendo un bolígrafo como si estuviera pensando en ello—, quizá en conocimientos: atención al público y habilidades para averiguar el kilométrico tamaño del pene de mi jefe.

Su expresión se transformó aún más. Parecía un toro de Miura a punto de embestir la recepción. Solo le faltaban los cuernos, aunque a decir verdad, todavía no sabía si los tenía o no. Dio un paso para asegurarse de que le oía bien y acercó su rostro al mío por encima de aquel mostrador.

—Cuidado, Irene, no te pases de graciosa conmigo. Me caes bien, es más, si no fueras mi empleada es posible que incluso te follara como probablemente nunca jamás te habrán follado ninguno de esos gilipollas de tu agenda. —.Al decir eso no dejó de recorrer las facciones de mi cara deslizando sus ojos por mi cuello y mi escote. Me sentí como si estuviera deshaciéndose de toda mi ropa con cada palabra. Tragué saliva con esfuerzo—. Pero da la casualidad de que eso no va a pasar. Como tampoco volverá a suceder ningún incidente más de notitas anónimas adheridas a mis camisas. Así que, por hoy, espero que no tengas ninguna tontería más que añadir. ¿Te ha quedado claro? —sentenció apretando la mandíbula.

—Clarísimo —masculló, luchando con mis ganas de comerle la boca. Porque para mi tremenda sorpresa, lo único que quería hacer en ese instante era enredar los dedos en su jodido pelo brillante y fabuloso y besarlo hasta que no me quedara ni un suspiro de aliento.

¿Pero qué diablos te pasa, Irene? ¿Es que acaso aún no te has enterado de que este tío es un cretino? ¡Basta!, deja de mirarle los labios.

—Bien, pues ahora continúa con tu trabajo y cuanto menos hables o cantes..., mejor.

Luego se dio la vuelta y yo no pude evitar hacerle una peineta con el dedo corazón. Y menos mal que estuve rápida fingiendo que me ponía un mechón del pelo tras la oreja, porque a punto estuvo de pillarme de nuevo.

***

Sara

¡No, no, no! Estaría bromeando. Solo pretendía gastarme una broma, ¿no?

—Tiene usted derecho a un abogado…

Mientras él continuaba con aquella parrafada y movía las esposas sin dejar de taladrar mis ojos con su mirada envenenada, recé para que fuera tan solo una inocentada. Pero eso no sería posible, porque el día de los inocentes era en diciembre y aún estábamos en mayo.

Cuando sus dedos rodearon mi muñeca con la intención de apresarme con aquellos horrorosos grilletes, di un paso atrás.

—¿Te has vuelto loco? ¿Se puede saber qué coño te pasa?

Él aún me sujetaba. Y a pesar de que intenté poner distancia entre nosotros, su cuerpo se erguía sobre el mío acechándome de un modo amenazador.

—Pasa que acabo de detenerla por ir indocumentada y faltar el respeto a un agente de la ley.

Afilé la mirada e intenté liberarme de su agarre, pero esta vez me apresó la otra muñeca y cuando me quise dar cuenta me había puesto las esposas con una rápida y certera maniobra.

—¡Quítame esto ahora mismo, gilipollas! —grité histérica.

—Venga, al furgón —dijo él, haciendo un gesto con la cabeza e instándome a subirme a ese coche.

—Mira, Serra... —masculié respirando con dificultad e intentando que las pulsaciones de mi corazón me dejaran hablar—, más vale que tengas una buena excusa para justificar todo esto, porque como no sea así, voy a hacer que te metas tu bonita y brillante placa por tu culo de poli arrogante.

Sí, por ese culo musculoso y apetecible que hacía tres días me moría por morder..., eso no se lo dije, solo lo pensé para mí cuando se dio media vuelta ignorándome y se acercó a su compañero para decirle algo al oído.

Ambos sonrieron de un modo muy cargante y eso no hizo más que explosionar la mala leche que recorría mis huesos.

—Sube al coche —me ordenó, abriendo la puerta con un gesto despectivo.

En su interior permanecía también esposado aquel borracho.

El chico que había contemplado anonadado toda la escena, no salía de su asombro.

—Yo...no sé que decir, lo siento..., esto no es justo. Solo pretendías ayudarme... —murmuró a mi lado.

—No te preocupes, muchacho. Estoy bien —respondí para tranquilizarlo.

Podría haber reaccionado de muchas maneras diferentes en ese instante: montar una pataleta; ponerme a gritar o, simplemente, tirarme al suelo y fingir un ataque epiléptico. Sin embargo, no hice nada de eso.

Caminé hacia ese vehículo aupando mi dignidad mientras él sujetaba la puerta, y cuando llegué a su altura lo encaré de nuevo.

—¿Vas a hacer que me monte ahí con ese tipo sudoroso y ebrio? —le pregunté a unos centímetros de su cara.

—¿Preferiría usted una limusina con champán y fresas, señorita Maldonado? —inquirió él con sorna.

Lo fulminé con la mirada.

—Esto no quedará así, Serra.

—Sube al puto coche —sentenció crispado.

Me monté sin decir ni una palabra más. Por aquel entonces, mis ganas de llorar iban en aumento. Me alejé todo lo que pude del borracho y me mantuve en silencio, mirando por la ventanilla y con la visión distraída puesta en la carretera.

—¡Shh, ehh! Tú, putilla —murmuró ese asqueroso tipo al otro lado del asiento—. ¿Has cabreado al poli, eh?

—Déjeme en paz —protesté.

Los ojos de Serra se cruzaron con los míos por el espejo retrovisor y rápidamente esquivé su mirada. En aquel instante lo odiaba de una manera sobrehumana.

—Tú —dijo él, esta vez girándose y señalando al borracho—, si vuelves a abrir la boca te parto los dientes.

El tipo puso los ojos en blanco y a continuación se inclinó con la cabeza hacia delante y vomitó en la alfombrilla del vehículo.

Mi duda era si matar a ese individuo o degollar a Serra por obligarme a viajar junto a él.

—¡Oh, Dios mío! —grazné cuando el repugnante olor dentro del coche me arrancó una arcada. No di crédito de lo que estaba ocurriendo.

—¡Ehhh! Da por hecho que eso vas a limpiarlo tú solito —vociferó el otro policía.

Encogí las piernas todo lo que pude y me encaramé a la puerta. Miré mis manos esposadas y luego volví a buscarlo por el espejo. Él continuaba observándome sin mostrar ningún ápice de compasión en su mirada.

—Vas a lamentar todo esto, créeme —dije convencida.

—Tranquila, asumiré las consecuencias —respondió impasible.

Su compañero continuó conduciendo sin decir ni una palabra y cuando llegamos a la comisaría aparcó el vehículo y se llevó al borracho al interior de la delegación. Nos quedamos solos unos segundos dentro del coche. Pensé que diría algo, sin embargo, tan solo suspiró profundamente y luego, con una pasmosa tranquilidad, abrió mi puerta.

—Baja, Sara.

Salí y lo enfrenté.

—¿Ahora soy Sara? Hace un momento me has llamado señorita Maldonado. ¿En qué quedamos? —gruñí.

—Vamos —dijo ignorándome y agarrándome del brazo de malas maneras.

—Suéltame, hijo de puta —bramé removiéndome hasta que logré liberarme—. No te atrevas a tocarme otra vez.

Su expresión se ensombreció de un modo aterrador y plantándose a escasos centímetros de mi cuerpo masculló:

—No volvería a tocarte ni aunque me lo pidieras de rodillas.

Alcé el rostro para mirarlo. De pronto me pareció aún más corpulento y musculoso.

—¿De rodillas? ¡Ja! Sigue soñando, imbécil.

Aquello le dolió. Lo supe por la manera en la que sus ojos escrutaron mi cara, pero fue más bochornoso para él cuando algunos de sus compañeros se asomaron a la puerta y desde la parte superior de la escalera principal uno de ellos comentó:

—Serra, esta sí que se te resiste ¿eh, amigo?

Les lanzó a sus compañeros una mirada desintegradora y estos desaparecieron al instante. Dio un paso más hacia mí y, señalando con el dedo al interior de las dependencias, farfulló:

—O entras allí dentro, por las buenas, o te meteré yo a las malas.

—Quítame esto, aquí y ahora —articulé, ofreciéndole mis muñecas en modo ofrenda—. Sabes de sobra que te estás pasando. Estoy devanándome el cerebro por averiguar en qué se parece este cretino que tengo delante de mí al chico adorable, sexi y cariñoso con el que he pasado el fin de semana.

Mis palabras tuvieron un efecto fulminante en él porque de repente se humedeció los labios, se pasó una mano por el pelo y se detuvo para mirarme de una manera muy distinta. Hubo un silencio largo y denso entre nosotros. Sin embargo, se resistía a sincerarse conmigo.

—Ese chico ya no existe para ti. A partir de ahora espero que seas muy feliz con tu nueva vida, completa y realizada.

Fruncí el cejo realmente confundida.

—Pero...¿qué demonios...?

—Mira, déjalo… —dijo, sacando las llaves del bolsillo del pantalón y, para mi sorpresa, liberándome de las esposas —. Llevas razón, me he pasado. Al fin y al cabo no sé de qué me sorprendo. Tú y yo no somos nada. No nos debemos ninguna explicación. Anda, lárgate —añadió dándome la espalda.

Me froté las muñecas. Estaba empezando a hartarme de que me tratara de esa manera sin tener motivo alguno.

—¿Crees que voy a dejar esto así? —inquirí cuando solo hubo dado dos pasos. Caminé hasta ponerme otra vez a su altura y le detuve poniendo la palma de mi mano en su pecho. Sentí los acelerados latidos de su corazón cosquilleando mis dedos—. Me has esposado y me has obligado a viajar en un coche con un tipo repulsivo que casi me vomita encima. Y todo ¿por qué? Porque te ha ti te ha dado hoy no sé qué paranoia extraña. Pues te digo desde ya, Serra, que ni lo sueñes. —Él miró mi mano y luego otra vez a mí—. Voy a denunciarte —sentencié cruzándome de brazos.

Aquella expresión chulesca y desafiante volvió de nuevo a su semblante.

—Me importa un carajo lo que hagas —pronunció muy bajito con su nariz casi rozando la mía.

—Bueno, eso ya lo veremos cuando consiga que te echen del Cuerpo —dije pegándome un farol. Porque, obviamente, no pensaba hacer nada de eso.

Me miró primero un ojo y después el otro. Supe que aquella conversación estaba llegando a su fin.

La noche caía sobre nosotros y con ella el bullicio y la algarabía de los peatones y vehículos que circulaban por la extensa avenida.

Una ligera ráfaga de viento revolvió un mechón de mi flequillo y me lo coloqué tras la oreja, sintiendo cómo mi corazón se deshacía lentamente.

¿Por qué? ¿Por qué estaba actuando de ese modo ahora que la cosa empezaba a tener sentido en mi existencia?

—Ol-ví-da-me, Sara —murmuró con desdén. Estuve a punto de cruzarle la cara. De hecho, estaba deseándolo desde hacía un rato, pero mis principios no me lo permitieron. La violencia no iba conmigo.

—Olvídame tú. Sigue quedando con tu "muñequita guion bajo rubia" —bramé, haciendo comillas con los dedos y gesticulando poseída por una fuerza demoníaca. Él afiló la mirada en cuanto pronuncié el ridículo apodo de su amiguita y me pareció ver en sus labios un mueca de suficiencia—, y bórrame de tu agenda, payaso.

—No te preocupes, estás fuera de ella desde el martes —declaró con una sonrisa maligna, con el propósito de hacerme estallar de ira.

Luego se dio media vuelta y se largó.

La rabia me sacudió de la cabeza a los pies. ¿Desde el martes? ¿Y por qué desde el martes? Me temí lo peor…

Lo observé alejarse. Subiendo los escalones de dos en dos sin la menor intención de rectificar. Con aquellos pantalones negros resaltando su perfecto trasero y su camiseta negra insinuando los músculos de su escultural espalda. No tuve energías para reaccionar como era debido.

Era imposible que me hubiese equivocado tanto con él…

Así que sin más preámbulos giré sobre mis talones y me alejé de allí. Cuando estuve lo bastante lejos para asegurarme de que no me veía, me apoyé en una pared y me limpié una de mis lágrimas con el dorso de mi mano. Intenté serenarme y pensar con claridad. Analicé lentamente lo que había sucedido. Cada una de sus palabras y expresiones. Nadie reacciona de esa manera de un día para otro si no tiene una razón de peso.

Caminé cabizbaja hasta la casa de Irene. Me pillaba de camino en esa dirección. Antes de atravesar el monumento de las Puertas de Tierra, con un millar de malos presagios revoloteando en mi estómago accedí al portal de Irene y fue entonces cuando me encontré con ella de frente.

—¡Sara! Ahora mismo iba para tu casa —resopló ella acelerada.

—¿Qué ocurre?

—¿Qué es eso de que vas a casarte con Fernando dentro de un mes? ¿Cómo es que no me dices nada? ¿Te has vuelto loca? Ese tío no te quiere, Sara. ¿Qué pasa con Serra? Está…

—Irene, Irene, podrías callarte un momento y dejar de decir tonterías —la interrumpí desconcertada—. No voy a casarme con Fernando, ya te lo he dicho. ¿De qué estás hablando?

Ella desplegó la hoja de un periódico que hasta ese instante no me había percatado que llevaba en sus manos y me mostró el titular de una noticia que casi hizo que me cayera de culo.

Sara Maldonado se dará el "sí quiero" con el candidato a Teniente Alcalde, Fernando Rodríguez, el próximo 20 de junio.

—¡¿Qué?! —grité, arrancándole de las manos aquel trozo de papel y leyendo el texto que seguía.

La joven hija de la Alcaldesa Teresa Maldonado, sufrió un fatídico accidente el día de su boda, el pasado 2 de mayo, cuando tropezó con su propio vestido al salir de la Catedral en busca de uno de sus testigos. Afortunadamente, el incidente no le ocasionó lesiones graves, tan solo una ligera amnesia transitoria, por la que ha estado hospitalizada y convaleciente durante una semana aproximadamente. En estos momentos, la guapa y exitosa psicóloga, se encuentra estable y sumergida en los preparativos de su enlace. Según sus últimas declaraciones, su vida no estará del todo completa y realizada hasta haber hecho realidad su sueño de casarse con el gran amor de su vida...

No pude continuar. Su frase asaltó mi pensamiento: "A partir de ahora espero que seas muy feliz con tu nueva vida, completa y realizada".

Me llevé uno de mis dedos al puente de la nariz y cerré los ojos.

Luego, cuando los abrí, me fijé en el titular de la noticia que venía a continuación:

El Ayuntamiento de Cádiz hará frente al proyecto de construcción de treinta viviendas para los jóvenes del Centro de Conflicto Social de San Fernando.

—Lo sabía —murmuré una vez que lo entendí todo.

Había unido las dos noticias en la misma página para advertirme de lo que pasaría en el caso de que me negara a esa estúpida boda.

—¿Qué pasa, Sara? —preguntó Irene preocupada.

Me di la vuelta y busqué algo donde apoyarme. Estaba agotada y ahora también algo mareada.

—Necesito sentarme —exhalé, dirigiéndome a uno de los escalones en el interior de aquella casapuerta—.Todo esto no es más que una de las jugadas de mi madre, Irene. ¿Es que no lo ves?

Ella frunció el cejo unos segundos, pero luego abrió los ojos como platos.

—Joder, Sara, esta vez se ha pasado.

Hice una bola con aquel trozo de papel y la lancé con todas mis fuerzas hacia el exterior.

—Estoy sobrepasada, Irene. Me está haciendo la vida imposible.

—Esa noticia es del martes. Mi hermano me la ha enseñado hoy. Y como no me habías dicho nada pensé que la habías visto. ¿Crees que Serra la habrá leído? —dijo sentándose a mi lado y agarrando mi rodilla en un gesto de consuelo.

—Sí, lo sé con total seguridad. Acabo de estar con él ahora mismo.

—¿En serio? Pero cuando dices estar... ¿a qué te refieres? ¿Te has acostado con él?

—Nooo —ojalá, pensé—, me ha detenido por ir corriendo por la calle sin DNI, y me ha llevado a la comisaria esposada. Y ahora ya sé por qué lo ha hecho.

Irene, giró la cabeza ojiplática.

—¿Te ha puesto las esposas?

—Así es —dije con los codos apoyados en las rodillas y dejando caer mi cara sobre las palmas de mis manos.

—¡Madre mía!, cómo se las gasta Serra.

Estuve un buen rato detallándole a Irene cómo había sido mi encontronazo con él y de la manera tan cruel que se había comportado conmigo, y a ella solo se le ocurrió decir lo siguiente:

—Tampoco habrá sido para tanto, Sara. Después de todo podría haberte llevado a uno de los calabozos y torturarte o, yo que sé, secuestrarte y no dejarte escapar hasta el año que viene, asegurándose con ello de que no hubiera boda. Sin embargo, te ha puesto en libertad para que seas tú la que decidas qué hacer con tu vida. —Sonreí negando con la cabeza mientras me empapaba de su conclusión. Así era Irene...—. Venga, amiga, no se lo tengas en cuenta al pobre chaval. Más de una mataría por que ese poli guaperas se la llevara con él aunque fuese esposada.

Me apoyé sobre su hombro y suspiré.

—Anda, quédate a cenar en casa. Se te quitara el malestar en cuanto pruebes la tortilla que ha hecho mi madre.

Acepté su invitación y pude corroborar que llevaba razón. Aunque en casa de Irene todo me sabía de maravilla. Aquella noche necesitaba una pequeña ración de familia y mi amiga compartió un poco de la suya conmigo.

17

UN CUMPLEAÑOS SIN REGALO

S i hubiera tenido la solución ante mis ojos a todo lo que estaba ocurriendo, sin duda, habría calmado mi desolado corazón. Deseaba encontrarme con un inesperado remedio ante aquella tragedia. Pero, de momento, la única que podía hacer algo por mí era Irene. Ella y su peculiar sentido del humor. Al menos, a su lado tenía asegurada una noche de diversión y locura. El problema era que a veces esa locura se extendía abarcando el más amplio sentido de la palabra.

A pesar de todo… accedí. Llegó el viernes y me dejé en sus manos. Es más, continué ignorando a mi madre; a las estúpidas noticias que aquellos periodistas baratos se atrevían a publicar, vendiendo con ello su alma al diablo; y, por supuesto, decidí que fuera Serra el que se diera cuenta del error tan garrafal que había cometido creyendo un absurdo titular sin ni siquiera tomarse la molestia de contrastarlo conmigo.

Por lo pronto, mi conciencia estaba bien tranquila y no iba a dejar pasar como si nada su actitud hacia mí, porque, desde luego, arrestarme, meterme en un furgón policial junto a un borracho y tratarme como si fuera un repugnante deshecho humano, no era algo que se pudiera olvidar de un día para otro. Tenía a fuego lento grabada su mirada envenenada. Me dolía que me hubiese tratado de esa manera, pero, por otro lado, su desproporcionada reacción alimentó la esperanza de que, de verdad, sintiera algo serio por mí…

Después de mi jornada de trabajo volví a casa. Irene me envió un mensaje ese mediodía, cuando estaba descansando en mi sofá, advirtiéndome que a las diez de la noche me pasase a recogerla. Me pregunté cuál sería su plan. Viniendo de ella podías esperar cualquier cosa…

«¿Qué vas a ponerte?».

Le pregunté en un mensaje, recordando que el último viernes que salimos nuestros atuendos fueron completamente dispares.

«Yo cualquier cosilla, cómoda, unos vaqueros y a lo mejor me pongo mi camiseta de naranjito».

Puse los ojos en blanco. Irene, a veces, confeccionaba su propia ropa. Uno de sus hobbies era personalizar blusas y tejanos, y aquella, en concreto, de la mascota del Mundial de Fútbol de 1982 era una de sus favoritas. Según ella, cada vez que se embutía en esa prenda, los tíos se volvían locos. Sin embargo, yo pensaba que era ella la que estaba mal de la azotea, pero bueno, esa era otra cuestión.

«Perfecto».

Respondí, dando por hecho que yo también me vestiría de un modo informal.

No obstante, ella añadió:

«Pero… tú deberías ponerte bastante explosiva. Es posible que veamos a Serra esta noche. Bueno, posible no, es seguro».

¡¡Qué!!, grité en voz alta en mi salón. Ya había hecho una de las suyas, ¡cómo no…!

Corté los mensajes de inmediato y marqué su número. Era mejor tener esa conversación por teléfono.

—¿Qué te pasa? —suspiró ella nada más descolgar.

—Explícate, ¿qué es eso de que vamos a ver a Serra esta noche? ¿Es que acaso no escuchaste lo que te conté ayer? No quiero ver a ese imbécil.

Me llevé una mano a la frente. ¿Era tan difícil de entender que yo lo único que necesitaba era una noche de desconexión? Sin policías insolentes, sin madres y sin periódicos embusteros. Porque de mi adorable madre ya me encargaría más adelante...

—Pues lo siento, pero vas a verle. ¿Te acuerdas de ese chico amigo de mi tío, el que también es poli y por el cual descubrimos el Facebook de Serra?

—Sí, lo recuerdo —respondí seca.

—Vale, pues hoy es su cumpleaños y estamos invitadas.

—¿Pretendes que me cuele en una fiesta de cumpleaños de alguien que no conozco? —inquirí, mirándome las uñas de los pies y pensando en que tendría que repasarme el esmalte.

—Es amigo mío. Se llama Paco. Es compañero de Serra y me gusta un poco. En realidad me ha tirado los tejos por Facebook. Me habló anoche cuando me vio conectada al chat y me ha dicho que hoy harán una fiesta en su casa. Sé que Serra irá porque vi un comentario suyo en una de las fotos. Y por mucho que te niegues vamos a ir.

—Ni hablar —masculló.

—Sara, vamos a ir —insistió—. Le dije que llevaría a una amiga. Serra se va a quedar de piedra cuando te vea allí. Estoy loca por ver su cara.

—Irene, no quiero encontrarme con él, ¿es que no lo entiendes? —exhalé extenuada.

En realidad sí que quería, pero estaba tan cabreada con *él* que pensé que lo mejor sería dejar pasar el tiempo.

—¿Por qué no? Se supone que te gusta. El pobre solo está confundido. Mira, Sara, estuve a punto de llamarlo ayer y cantarle las cuarenta por lo que te había hecho, pero prefiero que seas tú quien le explique, personalmente, que no vas a casarte y que lo del periódico no es más que una de las sucias estrategias de tu madre para amargarte la vida. Esta es una buena oportunidad para fingir un encuentro. Haces como el que te lo encuentras de casualidad y punto.

—Es que...

—Sara, reacciona. ¿Vas a dejar que piense que te casarás con el pelmazo de Fernando?

—Prefiero esperar —dije jugueteando con un mechón de mi pelo.

—¿Esperar a qué? ¿A que pase de ti creyéndose esa boda imaginaria y empiece a liarse con todas las tías que le siguen por Instagram?

Aquello me sentó como si me hubiesen dado una patada en la boca del estómago.

Y ella tuvo que intuirlo por mi silencio.

—Sara, cariño, no te angusties. Vamos a la fiesta de cumpleaños y si una vez allí, decides que quieres irte, yo me iré contigo, ¿de acuerdo?

En aquel momento podría haberme negado rotundamente, pero lo cierto era que quería volver a verle. Aún no tenía muy claro qué hacer cuando lo tuviera delante. Pero, desde luego, no iba a dejar las cosas como estaban, para bien o para mal ese poli chulito se iba a enterar de quién era yo.

Esa noche, cuando me miré en el espejo de mi armario antes de marcharme, me sentí como Olivia Newton-John en la última escena de *Grease*. Sobre todo, porque mi camiseta se parecía demasiado a la de ella en esa película, solo que yo, en vez de mallas, decidí embutirme en mis tejanos pitillo y subirme a unas cuñas de esparto. Decidí pasar del cardado voluminoso y alisarme el pelo con mis planchas. Quería darle un escarmiento a Serra y demostrarle que se había equivocado creyendo antes a un trozo de papel que a mí. Había llegado la hora de poner las cartas sobre la mesa…

A las diez y media de la noche, Irene y yo llamábamos al timbre de la casa de Paco. Pero claro, ¿quién demonios era Paco? Me sentía ridícula en la puerta de esa extraña casa. Estábamos en el último piso de una de los edificios situados junto al Corte inglés, esperando a que alguien nos abriera mientras que, desde el interior, se filtraba una música que no atinaba a identificar.

—Estoy empezando a arrepentirme de haber venido —mascullé lo suficientemente alto para que Irene me oyera.

—No digas tonterías, estoy deseando ver qué hace Serra cuando te vea aquí —dijo ella frotándose las manos.

Le eché un rápido vistazo y estaba fabulosa, incluso con esa camiseta de naranjito que ella misma se había cortado para enseñar parte de la piel de su cintura. Llevaba unos vaqueros bajos y lucía un piercing de brillante en su ombligo.

—Ni siquiera hemos traído un regalo —protesté.

—¿Un regalo para quién? —preguntó, llamando de nuevo a la puerta.

Era obvio que con la música no oirían el timbre.

—Para quién va a ser, para Paco —dije, como si el chico fuese nuestro amigo de toda la vida.

—Sí, hombre, no tengo donde caerme muerta y le voy a comprar un regalo a un tío que no conozco de nada.

—Pero es de mala educación colarse en una fiesta de cumpleaños sin regalo.

Estaba tan nerviosa que lo único que hacía era decir tonterías.

—Bueno, Sara, pues es lo que hay, esta noche seremos unas maleducadas.

Fui a replicar cuando la puerta se abrió y un chico de mediana estatura, musculoso y con el pelo excesivamente engominado nos recibió con una enorme sonrisa.

—¡Irene, qué bien! Pensé que al final no vendríais —exclamó, invitándonos a entrar.

—Hola, Paco. Mira, ella es mi amiga Sara.

El chico se acercó a darme dos besos y el olor de su perfume me resultó demasiado empalagoso. Era mono, pero me recordó a uno de esos tronistas de Mujeres, Hombres y Viceversa. Su camiseta llevaba más escote que la mía y en cuanto se dio la vuelta, conduciéndonos a la zona donde se estaba realizando la fiesta, Irene me agarró del brazo y me susurró al oído.

—¿Qué te parece?

Se suponía que ese muchacho era un posible candidato para saciar la sequía sexual de Irene.

—Me parece que si te casas con él tendréis que hacer dos cuartos de baño en vuestra casa —bromeé.

—Ja, ja, claaaro..., como tú estás a punto de casarte, ya quieres pringarme a mí también…

Le di una palmada en el culo justo antes de atravesar un ventanal enorme que daba acceso a la terraza. Era espaciosa y desde allí arriba se vislumbraba la belleza de la bahía de Cádiz en toda su magnitud. Había varios sofás, sillas de teca y una larga mesa de caballete donde estaban colocadas las bebidas y algunos aperitivos. Todo iluminado con unos farolillos de luz tenue y cálida. La música estaba alta, pero la gente conversaba sin dificultad. Sin pararme demasiado, conté como unas veinte personas entre chicos y chicas. Miré con disimulo hacia todas partes, pero él no estaba. Mi corazón bombeaba con fuerza mientras examinaba los rostros de aquellos muchachos, sin embargo, la expectación de volver a verlo se fue diluyendo dando paso a una absoluta decepción. No estaba…

Paco nos presentó a sus amigos, y al cabo de unos quince minutos, Irene ya era el centro de atención. Llevaba razón, su camiseta causó sensación abriendo un debate sobre los mundiales de fútbol, en el que ella participaba animada. Porque si había una mujer que entendiese de fútbol esa era Irene.

Yo continué a su lado con un botellín de cerveza en la mano y preguntándome una y otra vez qué demonios hacía allí y por qué Irene se sabía todos los nombres y apellidos de los jugadores de la selección española. Además era una forofa de nuestro equipo amarillo, el Cádiz C.F. Iba todos los domingos con su padre y su hermano a ver debutar a la plantilla.

—Me suena mucho tu cara —me dijo en ese momento uno de los chicos. Lo miré y me di cuenta enseguida que lo había visto en la comisaria el día que Serra me montó ese numerito del ascensor.

—Sí…, bueno…, ya sabes, esta ciudad es muy pequeña. Aquí se conoce todo el mundo —respondí nerviosa.

—Me llamo Alberto.

—Yo soy Sara.

Era amable y, al menos, me entretuvo un rato. Mi amiga empezó a ignorarme y a tontear con Paco, que parecía encantado de tenerla a su lado, y yo no tuve más remedio que aferrarme a esa conversación.

Pero tengamos en cuenta que mi vida ya de por sí es complicada. Yo soy un enorme foco de problemas constantes y lo ideal hubiese sido que esa bonita noche de primavera me la pasara charlando con un chico agradable y educado que, en principio, no mostraba ningún interés en mí salvo conversar. No me importaba haber acompañado a Irene a esa fiesta y hacer de aguantavelas. Empecé a olvidarme del verdadero motivo por el que estaba en ese lugar. Por un instante, me vi desde otra perspectiva, sonriendo despreocupada ante uno de los ocurrentes comentarios de ese muchacho. Sin embargo, esa sonrisa se esfumó de mi cara cuando la grave voz de Serra me paralizó todos los músculos.

Me giré de inmediato y sus ojos impactaron con los míos.

Se había acercado a saludar a Paco y felicitarlo, pero en cuanto nos vio a Irene y a mí allí, prácticamente, se quedó sin palabras.

—Hola, Serra —oí decir a Irene con un deje cargante.

—H-Hola —respondió él, que no dejaba de examinarme de la cabeza a los pies.

Por supuesto los chicos que nos rodeaban se percataron de que algo ocurría. Alberto, que hasta ese momento estuvo bastante conversador se quedó en silencio y pude sentir el mecanismo de sus neuronas encajando las piezas.

Yo le di un trago a mi cerveza, pero tuve que hacer un esfuerzo terrible para ingerir aquel líquido.

Cuando creí que la situación no podía ser más incómoda, una chica alta, con mechas rubias y con un escote de infarto, se acercó hasta él y agarró su mano, entrelazando sus dedos.

—Felicidades, Paco — dijo ella, risueña.

—Gracias, Susana —respondió Paco— ¿Qué os apetece tomar?

—Yo una cerveza, ¿y tú? —le preguntó ella a Serra con una voz cantarina que me resultó odiosa. Irene la miró a ella y luego a mí.

—Agua —murmuró él con el cejo fruncido y con su mirada envenenada fija en la mía.

El mundo se derrumbó a mis pies. Él sostuvo la mano de la chica sin ningún ápice de remordimiento. Todo lo contrario. Parecía orgulloso de llevar una mujer como esa a su lado. La reconocí de inmediato. Susana era *muñequita guión bajo rubia*. Exacto. Era esa chica con la que él había quedado por Instagram. Y a medida que la observaba, me sentía más pequeña, ridícula y patética. Desde luego, ella y yo éramos polos opuestos.

—¿Puedo cambiar la música? —preguntó Irene para romper la tensión del momento, acercándose a la base iPod que estaba muy cerca de nosotros sobre un taburete alto.

—Claro, pon lo quieras —vociferó Paco, alejándose en busca de las bebidas de sus nuevos invitados.

Serra continuó observándome sin cortarse ni un pelo, pero yo me giré e intenté sacarle conversación a Alberto, que parecía más incómodo que yo.

Al cabo de un segundo, esa canción de Enrique Iglesias y Nicky Jam titulada *"El Perdón"*, comenzó a sonar a todo volumen.

—Dime si es verdad... me dijeron que te estás casando... —cantó Irene, agarrando mi mano y meneando sus caderas, animándome a bailar con ella.

Sonreí nerviosa, sintiendo cómo aquella letra, junto con su melodía, envolvía el aire cargado de electricidad. Negué con la cabeza, advirtiéndole a Irene con un ligero pestañeo que por favor no me sacara a bailar en ese instante. Pero ella se retiró un poco y esta vez agarró a Alberto, que la siguió sin pensárselo dos veces. Mientras ellos bailaban y yo hacía como la que me centraba en esa divertida escena, no pude evitar encontrarme de nuevo con los ojos de Serra.

"Es que yo sin ti, tú sin mi dime quien puede ser feliz, esto no me gusta...", tarareaba Irene.

El tiempo se detuvo y me quedé atrapada en su mirada esmeralda. Me contemplaba desafiante. Lo escaneé de arriba abajo. Llevaba una camisa azul eléctrico por dentro de sus vaqueros claros. Se había afeitado; el pelo revuelto y sexi, y tenía un aspecto soberbio. Sujetó a la chica por la cintura y ella se movió suavemente al ritmo de la canción mientras le susurraba algo al oído. Deseé morirme. Me dolía todo el cuerpo solo de pensar lo pronto que se había olvidado de mí. La risa de ella estaba empezando a provocarme arcadas. Me los imaginé follando como locos y mi mano fue directa a mi estómago cuando sentí de nuevo una punzada.

No podía estar allí más tiempo. Volví a beber de mi cerveza y retiré mis ojos de los suyos cuando él la besó con lengua.

¡¿Cómo puñetas me había dejado enredar por Irene?!

La ansiedad y la amargura de verme en ese absurdo circo como alguien que sobraba, me provocó unas ganas tremendas de ponerme a llorar. Empecé a aceptar el hecho de que Serra era simplemente así. Un cretino hijo de puta.

Cuando la canción acabó y Alberto, entre carcajadas, regresó a mi lado, le comenté:

—Voy al baño un momento.—Este asintió.

Sin mirar atrás me dirigí al interior de ese piso y atravesé el salón. Tenía que salir de allí, no iba a quedarme ni un minuto más viéndoles morrearse. Pero antes me encerré en el primer aseo que encontré y me refresqué la nuca. Me mordí los labios conteniendo un sollozo.

¿Por qué? ¿Por qué me había liado con el tío más impresentable del planeta?

Me arreglé el lápiz de los ojos, apartando aquellas repentinas lágrimas y decidí marcharme a mi casa. No quería volver de nuevo a la terraza, sabía que Irene intentaría convencerme para que no me fuera. Así que me dirigí a la puerta de entrada con sigilo y justo cuando tenía mi mano sujetando el pomo, su inconfundible voz me sobresaltó.

—¿Te vas?

Me giré rápidamente y me lo encontré delante de mí, sujetando una copa con hielo.

—¿Q-Qué? —tartamudeé.

—¿Qué si te vas? —preguntó, haciendo un despectivo gesto con la cabeza, señalando la puerta.

Su postura frente a mí era retadora. No dejaba de recorrer las facciones de mi cara con esa expresión amenazante.

—¡Ah, no! Me he equivocado de puerta —respondí fingiendo indiferencia.

No iba a darle la satisfacción de marcharme con el rabo entre las piernas.

Al pasar muy cerca de él me sujetó el brazo.

—¿Qué coño haces aquí? —masculló, centrando su visión en mis labios.

—¿Perdón? ¿Y a ti que te importa? —dije zafándome de un tirón de su agarre.

—Estos son mis compañeros de trabajo. ¿Qué carajo pintas tú en esta fiesta?

Me crucé de brazos frente a él y suspiré.

—Me han invitado. Paco es amigo de Irene. Créeme que si llego a saber que tú venias habría preferido descargar sacos de pescado antes que ver tu cara de gilipollas.

Vi cómo apretaba la mandíbula con fuerza y di un paso más para dejarlo allí plantado.

—¿No deberías estar con los preparativos de tu boda? —inquirió con sorna.

Me detuve. Reconsideré la posibilidad de confesarle la verdad, pero esa noche me sentía demasiado humillada y verlo con esa chica solo me había demostrado que yo no significaba nada para él. Así que ya me daba igual lo que pensara.

—Tranquilo. Ya lo tengo todo listo. Gracias por tu preocupación.

Él negó con la cabeza y soltó una carcajada sarcástica.

—¿Y le has contado a tu futuro marido que te pasaste el fin de semana pasado follando con otro?

Había tanto odio en su mirada y en el modo en el que pronunció aquellas palabras que respiré para asimilarlo antes de responder.

—¿Por qué iba a contárselo? Eso no significó absolutamente nada para mí —contesté, pensando en él metiendo su lengua en la boca de su *muñequita guión bajo rubia*.

Miró al suelo y luego otra vez a mí.

—Me sorprende cómo no me di cuenta de cómo eras desde el principio, Sara.

Llevé la mano a mi cabello y me lo retiré de la cara, pero cuando sentí que mi pulso temblaba demasiado metí mis dedos en el bolsillo trasero de mi pantalón.

—Vaya, mira por donde yo estaba pensando lo mismo de ti.

Fue a decir algo más, pero Paco nos interrumpió vociferando desde la terraza.

—Serra, tu chica dice que cuándo vas a traerle el hielo.

—Dile que voy enseguida —respondió él, avanzando lentamente hacia mí.

No me moví. Sobre todo porque mis pies parecían haberse quedado pegados al suelo. Fui incapaz de parpadear cuando sus ojos escrutadores me acecharon obligándome a alzar la cabeza.

—Tu chica te espera, Serra. —Articulé con un hilo de voz.

Tenerlo tan cerca alteró aún más el calor en mi sangre.

—La próxima vez que vayas indocumentada no tendrás tanta suerte —murmuró, bajando su mirada oscura a mi boca.

—Vete a jugar a los polis con tu amiguita. Por lo que veo no has tardado mucho en buscarte a otra —le espeté sin poder contener mi furia.

—¿Pensabas que iba a guardarte luto? —inquirió con una sonrisa glacial de medio lado.

—El luto es para la gente que se muere y da la casualidad que yo me siento más viva que nunca.

Sentí de nuevo como todos los músculos de su cara se contraían. Estaba cada vez más cabreado y yo di un paso atrás, intentando que la distancia me dejara reaccionar como era debido.

—Deberías llevarle el hielo antes de que se derrita —dije señalando su copa con un ligero gesto donde se podía ver mayormente agua.

—Desde luego —protestó él, pero en ese instante ella apareció en su búsqueda.

—¡Eh, nene!, ¿no te habrás olvidado de mí, no?

Oír como ella le llamaba nene fue torturador.

Él se retiró de mí con premura y la recibió con una sonrisa y acercándola a su cuerpo.

—No, solo estaba hablando con Sara, es una vieja amiga. Me estaba contando que dentro de poco va a casarse —dijo hundiendo su nariz en el cabello de ella.

Apreté los puños a la altura de mis caderas.

—¡Vaya, eso es fantástico! —exclamó Susana que a juzgar por el modo de moverse y por el tono de su voz, tenía menos luces que el castillo del Conde Drácula—. ¿Y ya tienes el vestido? —preguntó risueña encaramada a él.

Antes de que me diera tiempo a responder él saltó de nuevo.

—Sí, iba a casarse el mes pasado, pero tuvo un accidente en la puerta de la iglesia y perdió la memoria. —Su mirada afilada estuvo a punto de desintegrarme.

—¿En serio? —dijo ella sorprendida, mirándolo a él y luego otra vez a mí—. Pensé que esas cosas solo pasaban en las películas.

—Pues ya ves. Así es mi vida —susurré encogiéndome de hombros sin saber qué otra cosa decir. Bueno, se me ocurrían algunas para Serra, pero me las guardaría de momento.

—Yo soy Susana —dijo sorprendiéndome y plantándome dos sonoros besos.

Volví a encontrarme con los ojos de él por encima del hombro de aquella chica.

—Encantada, Susana —añadí desconcertada.

—¿Por qué no volvemosa la terraza y así me cuentas todos los detalles de tu boda?

La chica parecía simpática, sin embargo, yo no podía dejar de odiarla.

—Sara ya se iba —refunfuñó él.

Esta vez fui yo la que lo fulminé.

—No, quédate un rato más —insistió ella—. Me gustaría charlar sobre estas cosas. Yo quiero montar mi propia empresa de organización de eventos, ¿sabes? —relató agarrándome del brazo.

Él se quedó un paso atrás de nosotras y cuando me giré vi su gesto de confusión. Como si de pronto la situación se le estuviese yendo de las manos.

—¿De verdad? —exageré metida en mi papel—. Serra, ¡qué buen gusto has tenido siempre para las chicas! —dije consciente de mi cruel comportamiento. Pero prefería mil veces actuar como una zorra sin corazón a que él me viera marcharme de allí deshecha en lágrimas.

—Bueno, con Susana he acertado. La anterior me salió rana —farfulló.

—Entonces, ¿qué, te quedas un poco más? —preguntó ella con una mirada inocente.

—Claro, ¡cómo iba a marcharme ahora que la cosa empieza a ponerse interesante…!

18

ALTO O DISPARO

—¿Qué se supone que estás haciendo? —me preguntó Irene entre dientes cuando la recién estrenada novia de Serra me sentó junto a ella en uno de los sofás de la terraza, para que le explicara los detalles de mi boda.

Él permanecía de pie con Paco y los demás chicos, sin despegar sus ojos de mí. Observando cómo yo la ponía al día del gran evento.

—Solo pretendo divertirme un poco. De perdidos al río… —murmuré justo una de las veces que la chica se levantó para volver a llenar su copa.

—¿Y este es tu modo de divertirte?

—No pienso darle ninguna satisfacción a ese gilipollas. Cree que me molesta que esté con otra, pero el caso es que me importa un comino —masculló muy digna.

Mi amiga cerró los ojos y negó con la cabeza.

Susana volvió de nuevo a mi lado.

—¡Cómo me gustaría estar en tu situación! —comentó con una expresión soñadora. Irene me tiró un pellizco en la pierna que yo ignoré—. Es decir, sueño con el día en que yo me case y tenga que prepararlo todo —dijo antes de darle un sorbo a su gin-tonic.

—¿Ya quieres casarte? —inquirió mi amiga con un gesto de asombro, a mi otro lado. Yo estaba en medio de ambas, con una clara panorámica de la situación tan embarazosa que se creaba por momentos.

—No, claro que no —exclamó ella sonriendo, humedeciéndose sus carnosos labios. Para mi sorpresa, a medida que la observaba me di cuenta que era una chica preciosa. Tenía una dentadura envidiable y unos enormes y expresivos ojos azules que le daban a su rostro un aspecto inocente y adorable. De no haberse colado esa noche del brazo de Serra, me habría caído incluso bien—. Hablo de un futuro. Además —dijo esta vez a modo de confidencia, arrimándose más a nosotras y en voz baja—, Serra y yo no somos novios. Quiero decir, solo nos acostamos de vez en cuando. Es un amigo con derecho a roce. No se me ocurriría enamorarme de él.

Me removí incómoda cuando sentí cómo la sangre me hervía bajo la piel. Irene tuvo que adivinar con la velocidad que se me amontonaban los pensamientos.

—¿Y por qué no? Hacéis muy buena pareja —dije cuando tragué saliva, evitando mirar a mi amiga.

Él conversaba ahora con Alberto, pero yo sabía de sobra que deseaba oír lo que hablábamos.

—Sí, si a mí me encanta. Y para colmo en la cama es…uff…demasiado. —En ese instante respiré, pero el oxígeno apenas llegó a mis pulmones—. Pero tengo claro que no es alguien con quien pueda hacerme ilusiones de algo más. Se ha enrollado con casi todas mis amigas, y la verdad es que no me veo casándome con un hombre como él. Es más, no creo ni siquiera que él piense en casarse algún día.

—Bueno, la gente cambia, ¿quién sabe? —carraspeó Irene en cuanto dedujo lo que pasaba por mi mente.

Susana tenía toda la razón. Serra no era un tío con el que pudieras hacerte ilusiones y lo peor de todo es que yo me las había hecho, incluso sabiéndolo de antemano.

—¿Tú crees? —preguntó ella esperanzada. Mirándolo esta vez a él y poniéndole ojitos.

—Claro que sí. Puede que un día de estos decida asentar la cabeza —continuó diciendo Irene, yo creo que más para calmar mis ánimos que los de aquella chica. Sin embargo, ella exhaló:

—Ojalá, lo cierto es que me encantaría. Esta noche ha estado muy cariñoso conmigo. Es que a veces pienso que le gusto de verdad, pero luego deja de llamarme.

Bienvenida al club, pensé para mí.

Él, probablemente intuyendo que era nuestro tema de conversación, le dedicó una sexi sonrisa a Susana, que le habría borrado de su cara de un puñetazo si no fuera porque me encontraba interpretando el papelazo de mi vida.

—¿Pero os conocéis desde hace mucho? —indagué.

—Bueno, desde hace algunos meses…

—En realidad llevas razón, yo que tú no me haría ilusiones con Serra, es un picha brava —la interrumpió Irene, contradiciendo lo anterior.

Ella puso cara de decepción. Y yo lo di un codazo a mi amiga.

—Vosotras que le conocéis mejor que yo, ¿sabéis si últimamente ha estado saliendo con alguien?

—Pues… —dijo Irene a punto de responder.

—Es que me he pasado las dos últimas semanas llamándolo al móvil y enviándole mensajes, y me ignoraba. Antes solo tenía que escribirle un par de guarradas y en cinco minutos le tenía en mi puerta —murmuró ella, tapándose la boca y riéndose sobre su propio comentario.

¡Ja, ja! ¡Qué poca gracia!

—Sin embargo —añadió— al no responderme últimamente, pensé que habría conocido a alguien. Sara, tú eres su amiga ¿no?

—Sí…pero… —tartamudeé confusa.

—Venga, dímelo, anda…—me rogó ella sujetando mi mano entre las suyas—. Está quedando con otra chica, ¿verdad?

Se suponía que íbamos a hablar de que ella quería ser organizadora de eventos, se suponía que yo tenía que fastidiarlo a él hablando de mi boda imaginaria, no de a quién se follaba él en los ratos que no quedaba con ella.

Serra enfocó nuestras manos y luego buscó mis ojos. Le dio un trago a su botellín de agua y no se amilanó ni un segundo en sostenerme la mirada. Desde aquella distancia sentí que podía leer sus pensamientos al mirarme de esa manera. Sabía que lo que había pasado entre nosotros la semana anterior, no era algo sin importancia. Al menos para mí no lo era, pero aquí estaba yo, sentada junto a su nueva novia o lo que fuere, haciéndome la dura, cuando en realidad lo que quería era cavar un agujero bajo mis pies y desaparecer.

¡Maldita sea, ¿por qué demonios era tan extremadamente guapo?!

—No lo sé, Susana. Lo cierto es que no lo conozco tanto —dije con un hilo de voz. De nuevo regresó a mí esa necesidad de salir huyendo de ese sitio—. Lo siento, tengo que irme.

Me puse de pie sin pensarlo un segundo, evitando encontrarme de nuevo con sus ojos.

—Me marcho. Gracias por todo, Paco —vociferé atrayendo la atención de todos ellos.

—¿Ya? —dijo el pretendiente de Irene. Pero sin mirar a nadie más me dispuse a salir de allí.

—Espera, Sara —oí decir a Irene detrás de mí cuando ya estaba a punto de alcanzar la puerta de salida.

—No tienes por qué venir conmigo, Irene. Quédate tú si estás a gusto.

—De eso nada, me voy contigo. Ya le he dicho a Paco que nos veremos en otra ocasión. Concretamente, cuando deje de ponerse escotes —bufó ella antes de partirse de la risa y provocando también la mía.

El camino de vuelta fue extraño. Irene hablaba con el taxista mientras sus dedos serpenteaban en su móvil. Y yo me mantuve silenciosa mirando por la ventanilla, perdida en un mar de reflexiones, hasta que ella decidió interrumpirme y devolverme al mundo real.

—¿Ese es tu plan? ¿Dejar que Serra crea que vas a casarte?

Era la tercera vez que intentaba sacarme el tema desde que habíamos salido de aquella casa y me daba la impresión que no lo dejaría correr hasta que hablásemos de ello.

—No pienso decirle nada. Y menos después de verlo con esa chica.

—Pues entonces se lo diré yo.

—¡No! ¡No lo harás! —protesté girándome en el asiento para mirarla a los ojos. Estaba a punto de echarme a llorar e Irene lo supo de inmediato. Cerré los ojos y suspiré intentando contenerme.

Ella guardó silencio unos segundos, pero luego susurró:

—Vamos, Sara, él piensa que vas a casarte con otro. ¿Qué querías que hiciera? Aun así es obvio que esa chica le importa una mierda. Ya has oído lo que ha dicho ella.

Me miré las manos.

—Es igual, Irene. De todas maneras tengo que sacármelo de la cabeza. Un tipo como él es lo último que me conviene en este momento de mi vida. Tengo cosas más importantes de las que preocuparme que de un capullo rompe bragas.

—Haz lo que te parezca, Sara. Pero creo que deberías contarle la verdad —insistió ella al mismo tiempo que seguía con la mirada en la pantalla de su teléfono.

Volví a contemplar la carretera, evitando seguir hablando de Serra, cuando la oí murmurar:

—Será…

—¿Quién? —pregunté con curiosidad. Estaba manteniendo una conversación a través de WhatsApp con alguien, y ahora me interesaba saber qué decían esos mensajes. Sobre todo por el modo en que ella se mordía el labio.

—Es Víctor.

—¿Tu jefe? ¿Otra vez? —inquirí con una sonrisa ladeada. Jamás había visto a Irene alterarse tanto por un hombre.

—Mira —dijo ofreciéndome el móvil.

Víctor:

«Esta mañana te has dejado dos luces encendidas, la del baño y la de la Sala 1».

Irene:

«Upss, lo siento, Víctor. La del baño tal vez, la de la Sala 1, imposible, yo no he entrado esta mañana allí».

Víctor:

«Pues deberías. Tienes que revisar toda la consulta antes de marcharte».

Irene:

«Muy bien. Así lo haré. Si quieres lo hablamos mejor el lunes, no creo que un viernes a las doce de la noche sea muy apropiado para que estés… bueno, pues eso, para hablar de trabajo».

Víctor:

«¿Qué pasa, te pillo en un mal momento?».

Irene:

«Exacto».

Víctor:

«¿Hoy has tirado de tu agenda?».

Irene:

«Siempre tiro de mi agenda. Gracias por tu interés».

Víctor:

«De nada».

Irene:

«Además, te recomiendo que tires tú también de la tuya. Deberías de relajarte un poco y no pensar tanto en el trabajo. Se te ve un pelín amargado. Y de verdad que te lo digo sin maldad…».

Víctor:

«No te preocupes por mí. Follo bastante. Y me gusta el sexo fuerte, duro y muy sucio. Créeme, libera tensiones».

Irene:

«Tranquilo, lo sé. Lo practico a menudo. En cambio, tú parece que no follas desde hace mucho. Al menos es la impresión que me da. Y vuelvo a insistir que te digo esto por tu bien».

Víctor:

«No vuelvas a dejarte ninguna otra luz encendida».

Irene:

«¿Qué luz? ¡Ah sí, perdona! Ya se me había olvidado con tanta palabrería… No volverá a ocurrir».

Víctor:

«Eso espero. Disfruta de tu noche».

Irene:

«Lo haré. Ves, después de todo no eres un jefe tan malo».

A este último mensaje le seguía una de esas caritas con una burla simpática.

Víctor:

«Suerte para ti que soy tu jefe. De lo contrario liberaría muchas tensiones contigo...».

Cuando le devolví el teléfono me fijé en el brillo de sus ojos.

—Joder, Irene, esta conversación me ha puesto a mil —confesé.

—Dios, Sara..., es desesperante —dijo ella un segundo antes de que aquel vehículo se detuviera en su calle.

—Pues parece que os entendéis a las mil maravillas —resoplé.

Ella ignoró mi comentario, un tanto nerviosa.

—Toma, coge esto. Antes has pagado tú el otro taxi —dijo ofreciéndome un billete de diez euros.

—No te preocupes, guárdalos. Ve ahorrando por si se te ocurre pegarle otro pósit a Víctor en la espalda —bromeé, insinuando que se arriesgaba demasiado a que su jefe la despidiera.

Ella sonrió.

—Llámame si te encuentras mal, ¿de acuerdo? Y piénsalo, Sara, yo que tú le contaría que no vas a casarte.

Eso fue lo último que dijo antes de alejarse y meterse en su edificio. Luego el taxista me llevó a mi casa.

Saqué las llaves de mi bolso y me fijé en que las hojas de los árboles apenas se movían. Hacía muchísima calor esa noche. Probablemente fue la más calurosa de aquella primavera. Olía a Dama de Noche y me encantaba ese olor. Ese aroma anunciaba la llegada del verano y a diferencia de otras flores, esta esperaba la llegada de la noche para florecer. Una vez leí que algunas de ellas solo se abrían una vez en la vida, y lo hacían para destilar su fragancia más exquisita.

Mientras introducía la llave en la cerradura de mi portal, me pregunté por qué diablos estaba pensando yo en flores y, sobre todo, en esa en concreto, que florecía una vez en la vida.

Sacudí la cabeza intentando ordenar mis ideas, desechando todo aquello que no me servía para nada allí dentro, como por ejemplo el beso de Serra con esa chica. Ese que le había dado en mis narices.

Me los imaginaba a los dos follando como animales y la rabia me recorría de la cabeza a los pies.

¡Maldito, hijo de perra…!

Subí las escaleras con premura y cuando estaba entrando en mi apartamento mi teléfono móvil comenzó a sonar. Pensé que igual era Irene para asegurarse de que ya había llegado a mi casa, pero mi gran sorpresa fue ver su nombre en la pantalla.

¡Serra!

Consideré la idea de ni siquiera responderle, se merecía mi total y absoluta indiferencia, pero admito que me agarré a la esperanza de que hubiera descubierto la verdad y estuviera dispuesto a pedirme perdón. Estaba deseando ver cómo se tragaba, una a una, todas sus horribles palabras hacia mí.

—¿Sí? —dije fingiendo naturalidad.

—Sara.

—¿Quién eres? —pregunté, soltando el bolso encima de la mesa del salón. Por supuesto le haría creer que había borrado su número.

—Ya sabes quién soy. No te hagas la tonta. — Aún se oía la música de fondo. Probablemente él todavía estaba en la fiesta de Paco, con ella sentada en su regazo.

Joder…

—¿Serra? Lo siento, es que el otro día borré tu teléfono. El día que me detuviste injustamente, ¿lo recuerdas?

—Claro que lo recuerdo. ¡Cómo iba al olvidar semejante acontecimiento!

Suspiré y mientras me quitaba los zapatos sujeté el teléfono con el hombro en una postura imposible.

—¿Qué quieres? —le pregunté de mala gana.

—Verás, te llamaba porque parece ser que a Susana le has caído muy bien. No entiendo cómo, pero el caso es que me ha pedido que te llamara y te preguntara si podrías quedar con ella esta semana.

Le oí suspirar, cosa que alteró aún más mi monumental cabreo.

—¿Para eso me llamas? ¿Qué pasa, que tus novias no tienen amigas y se las tienes que buscar tú? —dije paralizada delante de la puerta de mi baño.

—Solo te he llamado porque ella me lo ha pedido.

—Vale, pues hazme caso, no te beneficia para nada que tu *muñequita guión bajo rubia* esté cerca de mí, o me temo que tendré que contarle lo cretino que eres realmente. Y la chica me cae bien, que conste —masculló desabrochándome el botón del pantalón antes de meterme en el aseo.

—Ese es tu problema, Sara, que eres tan buena fingiendo que ahora ella cree que puede ser amiga tuya.

Entré en el baño mordiéndome el labio inferior. Tenía ganas de berrearle cuatro cosas por el auricular. ¿Quién demonios se había creído ese imbécil para llamarme e insultarme de nuevo? Sin embargo, en cuanto fijé la vista en el suelo, lo que vi me hizo alejarme de mi situación actual y ponerme a gritar como una posesa. El teléfono se me cayó de las manos y apenas me fijé en si se había roto o no.

—¡No! ¡Dios mío, no!

Por aquel entonces, el corazón se me iba a salir del pecho y corrí hacia el salón retorciéndome del asco.

Intenté tranquilizarme y pensar con claridad. Estaba sola y nadie más podría ayudarme. Tenía una cucaracha del tamaño de una barra de pan en mi cuarto de baño, y a menos que encontrara pronto el insecticida y la rociara con él, no acabaría con el problema.

Bueno, quizá había exagerado un poco con el tamaño, pero la puñetera se alimentaba bien.

Me llevé las manos a las sienes y luego respiré.

—Tranquilízate, Sara, no es más que un insecto. No puede hacerte daño —me susurré a mí misma una y otra vez.

Pero en cuanto la vi aparecer de nuevo por la puerta y dirigirse hacia el salón, comencé a gritar de nuevo y a punto estuve de destrozarme las cuerdas vocales. Salté sobre el sofá mientras ella se movía por mi casa como si fuera suya.

—¡Ahhhh!

Esperé a que se quedara quieta en alguna esquina. Necesitaba llegar a la cocina. Allí, bajo el mueble de la pila, almacenaba los productos de limpieza y el insecticida.

Estuve como diez minutos sin moverme de encima del sofá intentando no perderla de vista hasta que se dio la vuelta de nuevo y volvió al interior de mi baño, momento que aproveché para bajarme e ir en busca de aquel veneno.

—¡Dios mío, qué asco! —protesté, hurgando entre todos aquellos productos.

Cuando al fin lo encontré me dispuse a acabar con ella de una vez. Nada iba a detenerme. Nada salvo el timbre de la puerta y una voz extrañamente familiar desde el exterior, aporreando la madera.

—¡Sara, ¿estás bien?! ¡Abre la puerta!

Si mi corazón iba acelerado hasta ese momento, oírle gritar de aquella manera lo exaltó aún más.

Abrí sin pensar demasiado en las consecuencias del acto en sí, y de repente, me encontré con él frente a mí con su metro noventa de altura arrasando en mi salón y sujetando su arma.

—¡Qué demonios…!

Su gesto delataba una absoluta preocupación.

—¡¿Estás bien?! —vociferó alterado, mirando hacia todas partes—. ¿Qué ocurre? ¿Por qué gritabas?

Reconozco que tenerlo en mi casa, vestido de ese modo, con esa camisa azul eléctrico y para colmo con una pistola en su mano, me puso muy... pero que muy cachonda.

¿Había venido a salvarme?

Señalé el cuarto de baño sin poder articular aún ni una sola palabra.

—¿Quién es, Sara? ¿Te ha hecho daño? —dijo poniéndose muy cerca de mí. Tan cerca que su olor casi me dejó noqueada.

—Hay… una… cucaracha allí dentro —murmuré con la voz entrecortada.

—¡¿Qué?! —bramó, pasándose una mano por el pelo y dando un paso atrás—. ¡¿Sabes el susto que me has dado, joder?! ¡Pensé que te ocurría algo, que había alguien en tu casa!

Yo no podía dejar de mirarle. Maldita sea, estaba tan guapo que tenía ganas de saltar sobre él.

Tragué saliva e intenté adoptar una postura flemática.

—Y lo hay. Es un insecto al que le tengo fobia. Por favor, mátala.

Él cerró los ojos y negó con la cabeza, como si no creyera lo que le estaba diciendo.

—He salido corriendo de casa de Paco. He dejado a Susana allí porque pensé que te había sucedido algo. Te he llamado mil veces durante el camino y no me has respondido y todo por… ¿una estúpida cucaracha? —protestó moviéndose de un lado a otro, guardando su arma en la parte trasera de su vaquero.

Me fijé en cómo la tela de aquella prenda se le tensaba en la zona del pecho.

¡Diosito, pórtate bien!

—Estaba hablando contigo y casi la piso descalza. Me dan pánico. Se me ha caído el teléfono. Ni siquiera sé si se ha roto o no —me excusé.

—Joder, es que soy un imbécil… —masculló, dirigiéndose a la puerta con intención de marcharse.

Fue entonces cuando lo agarré de la camisa y lo atraje hacia mí. Por nada del mundo lo dejaría largarse de allí sin acabar con el bicho.

—Por favor, no te vayas —le rogué dispuesta a ponerme de rodillas si era necesario—. Tengo mucho miedo. Les tengo fobia a esos insectos desde que era una niña. Ayúdame —supliqué.

Durante unos segundos nos quedamos mirándonos a los ojos. No me di cuenta que había pegado mi cuerpo demasiado al suyo y que él, a pesar de estar muy cabreado, me contemplaba con una extraña mezcla de lujuria y excitación en su mirada.

El tiempo se condensó enrareciendo el aire. La tensión sexual era tan palpable que la sentía ascendiendo por mis muslos, creando un lazo en torno a nosotros dos y acercándonos cada vez más.

—¿Y por qué tendría que ayudarte? —susurró, bajando su atención hasta mis labios.

—Porque estoy en apuros.

19

¿SEXO O AMOR?

E se gesto…, Dios, ese gesto suyo tocándose el pelo y retirándome la mirada como si estuviera luchando contra su propio instinto de devorarme la boca… ¿por qué si no iba apartar sus ojos de mis labios?

Quería besarme, era obvio, pero seguro que no tanto como yo a él.Percibí que le estaba arrugando la camisa y le solté.

—Por favor… —gimoteé intentando dar pena.

Suspiró. Me contempló de nuevo y juraría que mi cara hasta le hizo un poco de gracia, porque avisté un amago de diversión en su rostro.

—Está bien, ¿dónde la has visto? —comentó poniendo los brazos en jarra, haciéndose cargo de la situación.

—En el baño. Toma —dije extendiéndole el insecticida.

—Esto es ambientador —murmuró aguantando la risa— ¿qué quieres que la perfume?

Le arranqué el spray de las manos y comprobé que así era.

—Joder, espera.

Me giré y fui de nuevo hacia la cocina, pero cuando eché un vistazo hacia la puerta del cuarto de baño para comprobar que aquel indeseable animalito no había salido de allí, la vi trepando por la pared del pasillo y me puse a gritar otra vez como una energúmena.

—¡Ahhhhhh!

Vi cómo Serra se sobresaltó.

—¡¿Quieres dejar de gritar, que me has asustado?!

—¡Mátala de una vez, por Dios! —vociferé, señalándole al insecto que en ese momento, a juzgar por el modo de recorrer cada palmo de mi casa, habría apostado que era una especie de tasador y había venido a medir mi apartamento.

—¡Vale, pero tranquilízate!

Él agarró de mala gana uno de mis zapatos, que estaban tirados en el suelo del salón, y lo vi avanzar hacia el pasillo.

Yo me quedé observándole desde mi posición, oculta tras la barra de la cocina. Si no hubiese sido por el miedo que me recorría la sangre, no me habría importado quedarme toda la noche deleitándome con la visión de su culo prieto con esos vaqueros.

Pero lo primero era lo primero, y cuanto antes acabara con el insecto antes podría ordenar mis ideas y decidir qué hacer con Serra después del asesinato de la cucaracha.

No quise mirar cuando él aplastó a la intrusa con mi sandalia de esparto. Me di la vuelta y me tapé los oídos.

Pronto habría acabado todo y él se largaría de allí...

¿Es eso lo que quieres, Sara? ¿Quieres que se vaya de tu apartamento para acabar la noche entre las largas y bonitas piernas de Susana?

¡Joder, joder, joder!

Sentí sus dedos dándome unos toquecitos en el hombro y abrí los ojos.

—Ya está —anunció, apoyando el peso de su cuerpo en una pierna y ladeando ligeramente la cabeza para observarme.

—¿Ya?

—Sí —afirmó esta vez cruzando los brazos. ¡Oh, Dios, sus brazos!

—¿La has matado?

—Sí.

—¿Y dónde está?

—Esperando a que llegue el forense, no te jode... —replicó poniendo los ojos en blanco.

—Quiero decir qué dónde la has tirado.

—Joder, al váter.

—Ah, vale, bueno... —Miré su boca y la expresión de su rostro, estudiándome. ¿Estaba sonriendo?—. No sé qué decir, en fin, gracias, supongo.

—Sí, supongo que gracias no estaría mal... —Otra vez contemplaba mis labios de ese modo, pero de repente, como si hubiese caído en la cuenta de algo, exclamó:

—¡Mi coche!

Se dio la vuelta y buscó la ventana del salón para asomarse. Lo vi mirar a ambos lados de la calle.

—¡No, no, no! Me cago en la puta —masculló.

—¿Qué pasa?

—Se lo ha llevado la grúa. Joder, lo había aparcado encima de la acera y ahora solo está esa horrible pegatina verde. ¡Mierda!

Diosito, que difícil me lo estás poniendo...

—Vaya, lo siento... —comenté con hilo de voz.

—¡¿No me digas?! —protestó él, llevándose una mano a la nuca y con la otra toqueteando su móvil. ¿Llamaría a Susana para que viniera a por él? La idea me sacó de mis casillas.

—Oye, yo no tengo la culpa de que la grúa se haya llevado tu coche.

—¿Ah, no? —inquirió, moviéndose de un lado a otro por mi salón con el teléfono pegado a su oído.

—No, no la tengo.

—¿Y quién coño la tiene si no? —dijo, guardándoselo en el bolsillo de nuevo. Al parecer, la llamada no había sido respondida... —Joder, si es que aún no entiendo para qué he venido.

Se apresuró a abrir la puerta para largarse con un cabreo de campeonato cuando se me ocurrió soltar sin pensar:

—¿Sabes qué? Que me alegro.

—¿Cómo dices?

—Sí, que me alegro de que la grúa se haya llevado tu bonito y reluciente Audi.

Su mirada hizo que me tambaleara un poco. Estoy segura que si en vez de llamarme Sara me hubiera llamado Manolo, me habría derribado antes de acabar esa frase. Pero yo no era un hombre, claro que no, era una mujer que se moría por dejar de discutir con él y besarlo hasta que no le quedaran labios.

Sujeté el pomo de la puerta con una actitud tremendamente desafiante invitándole a que se marchara de una vez. Él respiró profundamente, creo que intentando calmarse, pero verlo de ese modo solo me incitó a provocarle aún más. Además, sabía que en cuanto saliera de mi casa, se reuniría con ella de nuevo, así que a pesar de que lo que pronuncié a continuación, probablemente cerraría cualquier posibilidad de ser al menos su amiga, lo dije:

—Te lo mereces. —Forcé una sonrisa sarcástica—. Supongo que lo tomaré como mi venganza por lo que me hiciste ayer. Ya ves lo justo que es el cosmos. Tú me detuviste injustamente y me metiste en aquel furgón con ese asqueroso borracho y hoy, mira por donde, te quita el coche la grúa por culpa de una estúpida cucaracha. ¿A que jode?

Tras decir todo eso, le hice un gesto con los ojos bastante irritante.

Vi cómo se contraían los músculos de su cara, pero con todo advertí cómo su oscura mirada se deslizaba por mi cuello, mi escote y terminaba en el botón desabrochado de mis vaqueros.

El silencio se hizo casi material mientras nos mirábamos el uno al otro. Me deseaba, sí, así era, ¿no? ¿Por qué si no iba a escrutar mi rostro de ese modo? ¿Por qué parecía entonces que estaba controlando su naturaleza animal?

El aire se transformó de nuevo, adquiriendo esa mezcla excitante de sensualidad y lascivia.

A continuación agarró el canto de la puerta y la cerró de un portazo.

Oh, oh…

—¿Por qué, Sara?

Di un paso atrás, pero él se me echó encima y prácticamente me dejó acorralada en la pared. Sus manos fueron directas una a cada lado de mi cabeza.

Y de pronto… su olor lo envolvió todo. A mí, a la Sara que estaba simulando ser, y al reducido espacio que quedaba entre su cuerpo y el mío. Alcé la cabeza para llegar a sus ojos verdes, tan verdes como un campo de hierba fresca.

—¿Por qué… qué? —tartamudeé.

—¿Por qué me mentiste? ¿Por qué no me dijiste que ibas a casarte?

¿Cómo iba a casarme con el imbécil de Fernando después de haber tenido a este ejemplar de varón en mi cama?

215

—Bueno... —Vale, ahí estaba la pregunta, la oportunidad perfecta para contarle la verdad y salir de una vez por todas de este lío. Sin embargo, antes tenía que averiguar si él se había acostado con Susana esta misma semana—. No creí que fuera tan importante. Al fin y al cabo te ha faltado tiempo para liarte con esa chica.

—Yo no tengo pareja, puedo hacer lo que me dé la gana. Pero cuando salgo con alguna chica al cine, a tomar una caña, o simplemente a follar, me gusta que esté libre como yo. Y sobre todo que no sea una mentirosa.

Mis rodillas estaban a punto de desmoronarse.

—¿No entiendo por qué te afecta tanto el hecho de que vaya a casarme? Lo nuestro fue solo sexo, de otro modo no te habrías acostado con Susana unos días después de estar conmigo... ¿no?

Intenté que mi voz sonara convincente, pero con él a unos escasos centímetros de mí, me temo que no dio el resultado que yo esperaba.

—Así es, ahora estoy con Susana —dijo él, bullendo de furia y haciendo añicos mi corazón.

—Muy bien, pues ya sabes dónde está la puerta —protesté moviéndome un poco, como dándole a entender que necesitaba espacio.

Sin embargo, él no retiró las manos. Todo lo contrario, me acorraló aún más.

—Sí, está aquí al lado, pero no me voy todavía —sentenció.

Me mordí el labio y me fijé en el cuello de su camisa y en aquellos botones que dejaban entrever parte de su piel. Él percibió el modo en el que mis ojos lo habían desnudado y centró su interés en mi boca.

—Quiero que te vayas —exhalé sin saber ni siquiera por qué había dicho eso cuando, en realidad, lo que quería era que se dejara de tonterías y me besara de una maldita vez.

—Ves, eres una mentirosa. Dices que quieres que me vaya, pero en cambio tu cuerpo me está pidiendo a gritos que te folle contra esta pared.

Pero vamos a ver, ¿este tío qué era policía o vidente?

—No quiero acostarme contigo —dije con un tono de voz que pareció un gemido.

Acercó sus labios a mi oreja y rozándome muy levemente susurró:

—Pues yo creo que sí.

Una corriente eléctrica me ascendió por las piernas y contraje los muslos.

—No… no quiero —jadeé sin moverme.

Por aquel entonces, yo ya era un puñado de hormonas descontroladas esperando su siguiente movimiento.

—No pienso irme de aquí sin nada a cambio —dijo con su mirada bailando en mis ojos.Se agachó y lamió el borde de mi mandíbula. Me agarré a su cintura, confusa, debatiéndome en si debía alejarle de mí—.Estoy muy cabreado —continuó diciendo mientras me besaba el cuello—. Ni siquiera sé qué hago aquí y por qué no puedo dejar de pensar en follarte una vez más.

Un segundo después, cubrió mis labios con los suyos y su lengua me hizo perder mi turbado sentido de la cordura. Respondí a su invasión colgándome de su cuello y sus manos abandonaron la pared para sobarme el culo. ¡Qué demonios! La vida son dos días y en la mía probablemente uno de ellos estaría lloviendo cacas de gaviotas del cielo.

¡Maldita sea! Besarle era la sensación más arrolladora que había experimentado en mi triste vida. Estar en sus brazos hacía que me olvidase de mi propia existencia.

Me separé un instante de su boca y le tiré del pelo.

—Esto está mal —dije, embebiéndome del color esmeralda de sus ojos. Necesitaba explicarle que yo no era quién él pensaba que era.

—Cállate, Sara —gruñó, besándome de nuevo y agarrando el borde de mi camiseta para deshacerse de ella.

El sabor de su lengua y su piel suave tras el afeitado me resultó deliciosa. Me obligó a alzar los brazos para quitarme la prenda.

—Pero…

—Mañana nos olvidáremos de esto y cada uno seguirá con su vida —dijo, contemplando mi sujetador de encaje rosa. Pero su voz sonó necesitada y desesperada.

Llevé mis dedos a los botones de su camisa y empecé a desabrocharlos uno a uno. Era inútil resistirse. Una noche más con él no supondría un gran cambio en esta situación, ¿no?

—Sí, eso haremos. —La deslicé por sus hombros y le acaricié el pecho. Él terminó de quitársela, dejó el arma sobre la mesa, sin apartar sus ojos de mi rostro y luego me agarró por la nuca y sus dientes chocaron con los míos.

Nos lamimos el uno al otro con tanta desesperación que pensé que me correría antes de empezar la fiesta.

El ambiente se cargó de deseo y apenas avisté cómo me cogía en brazos y mis piernas rodeaban sus caderas para acabar recorriendo mi apartamento en dirección a mi habitación.

Me soltó delante la cama y con una ligera maniobra se deshizo de mi sujetador.

Uno de mis pezones fue directo a su boca y antes de chuparme el otro oí un gruñido escapar de sus labios. La piel se me puso de gallina.

Busqué la hebilla de su cinturón y él me ayudó también con eso.

—Túmbate —me ordenó con la mirada en llamas.

Hice lo que me pidió y me coloqué en la cama apoyándome sobre mis codos. Por nada del mundo iba a perderme el espectáculo de ver cómo se desprendía de sus pantalones y luego de sus bóxers.

Hurgó en sus bolsillos buscando un preservativo y se lo puso con destreza. No pude evitar pensar que si llevaba uno encima era porque pensaba usarlo con Susana.

De repente me di cuenta que era mucho más placentero fingir que era una zorra y que lo único que me interesaba de él era su cuerpo, que mostrarme dolida y resentida. Así que cuando él me obsequió con su magnífica desnudez, yo hice lo propio y me quité los vaqueros y el tanga ante su semblante hambriento y afanoso.

Se colocó entre mis piernas, de rodillas, y el reflejo de la luz del salón en su piel me recordó a nuestra primera vez. Hacía solo una semana que me había acostado con ese hombre y ya parecía que había pasado un siglo. Solo que la primera vez había sido todo muy diferente y ahora le tenía allí, furioso, confundido y envuelto en una mentira absurda. Me contempló con lujuria y a punto estuve de cubrirme avergonzada. Pero si hacía eso echaría a perder mi interpretación de mujer fatal. Y no iba a dejar que volviera a dañarme de nuevo. Mucho menos un tipo como él, que se acostaba con un tía diferente cada semana.

Sus manos se deslizaron por mis muslos.

—Dijiste que no volverías a tocarme —le recordé, aludiendo a sus palabras la noche anterior en la puerta de la comisaria.

Él se acomodó apoyando el peso de su cuerpo sobre sus antebrazos, y cuando sentí el vello de su pecho sobre el mío y la cercanía de nuestros sexos, un velo de excitación me recorrió los huesos.

—Te mentí —gruñó, embistiéndome con tanta fuerza que un grito ahogado escapó de mi garganta—. Ahora ya estamos en paz —dijo quieto dentro de mí.

Empezó a moverse despacio, empujando y en círculos, pero luego aquella fricción se fue acelerando. El sonido rítmico de nuestra piel chocando la una con la otra, nuestros jadeos y la intensidad de su mirada mientras me follaba de ese modo, se quedaría para siempre en mi memoria.

Serra era una droga de la que me tenía que alejar. Aunque le dijera la verdad, no estaba segura de que ese chico fuera para mí. Me haría pedazos tarde o temprano.

—Sigue… —le pedí, envolviéndole con mis piernas.

—¿Así? —gemía, empujando cada vez más fuerte.

—Sí…, así… —susurré esta vez, chupando la piel de su cuello.

—Joder…, no hagas eso —le oí murmurar sin dejar de moverse.

—¿Por qué…? ¿No te gusta? —jadeé, paseándole la lengua por la barbilla.

Él llevó sus dedos a mi pelo y me saqueó la boca.

¡Dios, sus besos eran pecado!

No dejó de lamer mis labios mientras me embestía una y otra vez.

El olor de su cuerpo, su respiración agitada y profunda y los ruidos que escapaban de su garganta me hicieron centrarme en el placer que estaba a punto de liberarnos a ambos.

—Sara, joder, voy a correrme… —exhaló sobre mi mejilla, supuse que pidiendo mi consentimiento para hacerlo. Después de todo, parecía preocuparle dejarme satisfecha.

Asentí cerrando los ojos con fuerza cuando el orgasmo empezó a recorrerme y él continuó alargando aquel clímax con unas profundas sacudidas.

Se dejó caer sobre mí y, por muy extraño que resultara, después de la sesión de sexo que habíamos compartido, esa cercanía y la manera en la que su nariz acarició mi cuello me pareció desconcertante. Quizá porque me había metido tanto bajo la piel de esa Sara embaucadora y farsante que por un momento no conté con la posibilidad de que para él tal vez no fuera solo sexo. ¿Y si sentía algo más por mí?

¿Y si Irene llevaba razón y él podía enamorarse de verdad?

20

DECLARACIONES Y EMOTICONOS

Sacudí interiormente la idea de Serra y yo juntos para toda la eternidad y pensé que esa noche nada más podría sorprenderme, cuando de pronto él susurró:

—No puedo dejar de pensar en ti, Sara... —Apoyó su frente sobre la mía mientras sus envites se calmaban—. Sé que no debería decírtelo, pero es la jodida verdad.

Sus palabras me dejaron completamente paralizada.

—¿Cuándo has estado con ella estos días, también pensabas en mí? —repliqué, aflojando la presión de mis talones en su trasero.

Por un momento recé para que me dijera que no había sucedido nada entre ellos desde que se acostó conmigo, pero él solo se limitó a responder a mi pregunta.

—Sí...

Le aparté la mirada y él me pellizcó la barbilla.

—¿Por qué te enfadas? Tú también has estado con él. Eres tú la que vas a casarte, no yo —dijo con el cejo visiblemente fruncido.

Me toqué el pelo y empecé a enrollar un mechón en mi dedo. Intenté que mi fachada dura y fría no se desvaneciera con él dentro de mí.

—No estoy enfadada. Es solo que me sorprende con la facilidad que has quedado con ella. Cuando has llegado a casa de Paco realmente parecía tu novia.

No lo miré mientras decía todo eso.

—Por ahora es mi amiga, pero es muy probable que acabe siéndolo —farfulló él, consciente de que eso me haría daño.

—Perfecto. Pues ya puedes largarte.

Me moví bajo su cuerpo con la intención de quitármelo de encima, pero él no tenía propósito de irse a ninguna parte. Apresó mis muñecas, inmovilizándome, y de repente, al verme tan expuesta y vulnerable, sentí unas ganas tremendas de ponerme a llorar.

—¿Lo dices en serio? —preguntó buscándome la mirada.

—Muy en serio —mascullé forcejeando. Sin embargo, mis movimientos apenas se notaban con toda su corpulencia sobre mí.

Necesitaba alejarme de él, pensar con claridad. Estaba a punto de desmoronarme, y él estoy segura que empezaba a percibirlo.

—¿Me estás echando de tu casa cuando aún ni siquiera estoy fuera de ti? —No quise responder a eso, ladeé la cabeza intentando tragarme el nudo que tenía en la garganta—.No sé qué demonios te ocurre, Sara, pero a veces siento que te conozco y otras ni siquiera puedo imaginar qué ronda dentro de tu mente.

Continué en silencio, prolongando ese difícil momento en el que me preguntaba una y otra vez si contarle la verdad o no. Pero... ¿acaso iba a servir de algo? Él ya lo había estropeado.

—¿Por qué vas a casarte? —inquirió con determinación.

Lo enfrenté. Clavé mis ojos en los suyos y sentí su respiración a escasos centímetros de mi cara. El olor de su piel mezclado con la intimidad que habíamos compartido no hacía más que nublarme la razón.

—Déjame en paz —dije al cabo de unos segundos.

Él me soltó, cabreado, y se apartó de mí. Avisté cómo se quitaba el condón y le hacía un nudo. Y luego no pude evitar fijarme en su culo cuando se agachó para recoger sus pantalones del suelo.

Envuelta en ese absurdo mutismo salí de la cama por el lado contrario y abrí un cajón de la mesa de noche donde guardaba mis pijamas de verano.

Me puse uno de espaldas a él, era un pantalón corto de corazones y una sencilla camiseta blanca de tirantes. Cuando me di la vuelta, él tenía los vaqueros puestos y se frotaba la nuca sin dejar de mirarme. Parecía muy angustiado y perdido...

—¿Por qué? Tú no estás enamorada de ese tío. Yo te vi —dijo haciendo un gesto con la mano. Nervioso—.Te vi el día de la boda y, desde luego, tu expresión antes de rodar por esas escaleras no era la de una mujer que va enamorada al altar.

Obviamente, no había que ser un lumbreras para darse cuenta de eso. Pero la cuestión era si debía aprovechar ese instante para confesar o seguir devanándome los sesos por parecer algo que no era. Y tras un relámpago de lucidez decidí que ya era hora de dejar de inventar.

—¿Ah, no? ¿Y de quién estoy enamorada entonces? ¿De ti? ¿De un tipo como tú que se cree una sucia mentira de un periódico antes de preguntarme? ¿De ti que ni siquiera se te ocurrió hablar conmigo y asegurarte si era verdad o no?

Su cara se transformó a medida que las palabras salían de mi boca.

—¿Me... me estás diciendo que esa noticia era falsa?

—Exacto —mascullé, moviéndome por la habitación y recogiendo la ropa que habíamos dejado desperdigada.

—Pero entonces... —musitó asombrado.

—Es mentira. No voy a casarme ni con Fernando ni con nadie, por muy empeñada que esté mi madre en hacerme la vida imposible. —Salí al salón en busca de mis zapatos. Estaba bastante alterada y no sé por qué me dio por ordenar el apartamento.

Él me siguió, con sus pantalones aún desabrochados y descalzo. Su cabello lucía despeinado y verlo de esa manera no hacía más que exaltar mi caótico raciocinio.

—¿Y por qué no me lo has dicho? ¿Por qué has dejado que piense que era cierto? —dijo a solo un paso detrás de mí.

Cerré los ojos y respiré con fuerza sin ocultar mi enfado. Agarré una de mis sandalias y mientras buscaba la otra relaté:

—Porque cuando me encontré contigo el otro día estaba ajena a todo. No había leído el periódico y desconocía esa noticia. Te pregunté qué te pasaba y no me dijiste nada, solo te limitaste a actuar como el gilipollas que eres.

—Esto último lo dije encarándolo, sobre todo porque mi cabeza empezó a llenarse de sus palabras de la noche anterior y del modo en el que me había tratado. Nada justificaba su comportamiento inmaduro y estúpido. Y para colmo lo había empeorado al colarse en la fiesta de Paco con aquella chica.

De pronto su fachada de tipo duro se vino abajo. Se llevó las manos a la cara y luego se las pasó por el pelo en un gesto de profunda perplejidad.

—Pensé que ibas a casarte, joder —murmuró abatido. Y a pesar de que me sentía aliviada por haber soltado de una vez por todas la verdad, ahora me encontraba entre la espada y la pared—. ¿Cómo iba a imaginar que era mentira? ¿Sabes cómo me sentí cuando leí… eso?

—¿Te has acostado con ella esta semana? —pregunté sin más dilaciones. Al fin y al cabo era lo único que me preocupaba. Necesitaba saber si él no era más que un niñato cuya única distracción era follar. Tenía que averiguar si yo le importaba lo suficiente como para no correr a la primera de cambios a las bragas de otra tía.

—¡Creí que ibas a casarte! Joder, tú… ibas a casarte… —protestó dando un paso atrás y moviéndose de un lado a otro.

—¡¿Sí o no?! —vociferé consciente de que estaba perdiendo los papeles. Pero ya me daba igual. Estaba disgustada conmigo misma. Enojada, confusa, indignada… por haber acabado en la cama con él cuando en realidad debí mandarlo a paseo.

Antes de que respondiera yo ya sabía lo que de un modo u otro era indudable.

—Sí, maldita sea. Sí, me la follé y luego me largué de su piso y no dejé de pensar en ti en toda la puta noche.

La sangre se congeló en mis venas.

Nos quedamos mirándonos durante un tiempo demasiado extenso. Sus ojos bailaban sobre los míos esperando que dijera algo.

—Vete. —Fue lo único que pude articular.

—¿Qué?

—He dicho que te vayas. ¿Además de gilipollas eres sordo?

—No, no estoy sordo —masculló irguiéndose como si quisiera demostrarme que no iba a humillarse.

—Pues lárgate de mi casa. No quiero volver a verte jamás.

Me di la vuelta para volver a mi habitación, pero él me agarró del brazo.

—Hice lo que hice porque estaba cabreado. Maldita sea, me volví loco pensando que lo nuestro no había significado nada para ti. Te imaginaba con él…

Me solté de su agarre para poder decirle lo que quería. Crucé los brazos sobre mi pecho.

—Claro y fue más fácil para ti follarte a Susana que preguntarme si lo que ese periódico decía era cierto, ¿no?

No dijo nada. Supe por su expresión que los pensamientos se le amontonaban. Estaba intentando buscar algo que le excusara, pero nada de lo que dijera me serviría en ese instante.

—Sal de mi casa ahora mismo —gruñí agarrando su camisa de una de las sillas y extendiéndosela.

Si se hubiese vestido, todo me habría resultado más fácil.

—Sara… yo… no sé hacer esto.

—¿Qué es lo que no sabes? ¿Admitir que has metido la pata hasta el fondo?

—No —dijo agarrando su prenda de mala gana—. Aceptar que me gustas tanto que incluso pensando que ibas a casarte con otro necesitaba estar contigo esta noche.

Se me paró el corazón cuando procesé sus palabras. Me humedecí los labios e intenté tomar oxígeno. Volví a cruzar los brazos, más que nada porque no sabía dónde ponerlos.

—Soy un imbécil, ¿vale? Me comporté como un cretino. Pero tú…, tú has dejado que creyese que era verdad.

—Lo cierto es que una vez que he visto cómo tu lengua entraba en la boca de esa chica... ya me importaba una mierda lo que pensaras —decirlo en alto me resultó aún más doloroso.

Me contempló con esa expresión de confusión en su rostro como si tratara de encontrar una respuesta coherente a mi comentario.

—De acuerdo —dijo al cabo de unos segundos asintiendo con el cejo fruncido y poniéndose la camisa. Le recorrí el pecho con los ojos. Si este era el final de nuestro corto idilio, desde luego esa imagen no me ayudaría a olvidarle—. Creo que diga lo que diga, ya has tomado tu decisión, ¿no es verdad?

—Por supuesto —aseguré aupando mi dignidad—.Ahora solo queda que saques tu culo de poli petulante y engreído de mi salón.

Terminó de abrocharse la camisa con su mirada aún puesta en cada uno de mis movimientos.

—Hace solo un momento parecía gustarte mucho mi culo —dijo acercándose a la mesa para coger su arma y guardársela en un costado, bajo la camisa.

No supe exactamente si estaba bromeando o solo dijo aquello para sacarme de quicio.

—Lo que ha pasado ahí dentro esta noche —susurré señalando la habitación— es solo sexo. Y tú mejor que nadie deberías saberlo. Lo siento si por un momento te habías hecho ilusiones. Pero ni en un millón de años me plantearía algo serio con alguien como tú.

Él negó con la cabeza y exhaló una sonrisa falsa. Mis palabras le habían herido e intentaba digerirlas.

Maldita sea, ¿por qué tenía que salirle ese hoyuelo tan mono en su mejilla?

—¿Has acabado de insultarme? ¿O aún quieres añadir algo más? —preguntó dirigiéndose hacia la puerta.

—No sé…, déjame pensar. ¿Gilipollas? ¡Ah, no! Ese ya te lo he dicho antes —le seguí y yo misma abrí indicándole que se marchara.

Pero justo en ese mismo instante en el que él iba a replicar su teléfono móvil comenzó a sonar.

Metió su mano en el bolsillo y en cuanto lo sacó ambos leímos al mismo tiempo el nombre que aparecía en la pantalla: Susana.

Una punzada de celos me sacudió.

Sin apartar sus ojos de mi rostro y con algo parecido a una sonrisita irritante en sus labios, atendió la llamada.

—Dime, Susana.

La voz de ella, melódica e inconfundible, me llegó a través del auricular. Lo empujé para que saliera de mi casa, me negaba a oír cómo ellos conversaban tranquilamente, pero él plantó su mano abierta sobre la madera frenando mi maniobra y luego puso el *manos libres*. ¿Qué demonios pretendía, que oyera su conversación?

—¿Qué ha pasado? ¿Está bien Sara?

—Sí, tranquila —dijo él mirándome de arriba abajo—, está perfectamente. Era solo una cucaracha, les tiene fobia.

—Vaya —exclamó ella con una leve carcajada—. Ya somos dos. Bueno, me alegro de que no haya sido nada. ¿Te espero aquí entonces?

Él, antes de responder a eso, me taladró con su mirada y yo agarré con más fuerza el pomo.

—No, Susana… Verás… Me parece que lo mejor es que dejemos de vernos. —Las costillas me presionaron los pulmones impidiendo mi respiración—. No he sido sincero.

Un silencio se extendió entre su cuerpo y el mío antes de que ella hablara de nuevo.

—¿No? —preguntó con cierto resquemor en su voz.

—Lo siento, pero no debí quedar contigo. Me estoy enamorando de otra chica. He conocido a alguien…

Tragué saliva.

—Has conocido a alguien —repitió ella como si esa información no le cogiera de sorpresa. Me la imaginé asintiendo con la cabeza y mordiéndose una uña.

—Sí, es distinta. Es posible que esté un poco loca, pero es fascinante… y cuando la miro solo quiero besarla hasta que dejen de existir los besos.

El color verde de sus ojos y la intensidad de aquella inesperada confesión me dejó completamente desorientada. El tiempo dejó de importar para mí y deseé que volviera a repetirlo para asegurarme de que no lo había soñado.

Yo también quería besarlo hasta que dejaran de existir los besos. Abrazarlo hasta que las semanas tuvieran más días y perderme en su cuerpo sin pensar en otra cosa que quedarme en él para siempre.

—Ha sido un error por mi parte verte esta semana, de verdad que lo siento.

Joder, estaba admitiendo que se había equivocado y encima cortaba con ella delante de mí. ¿Qué se suponía que tenía que hacer? Quería hacerme la dura y darle su merecido, pero lo cierto era que estaba loca por ese hombre y esto estaba resultando francamente difícil.

Por un momento, Susana no dijo nada, pero luego la oí carraspear.

—¿Serra enamorado? —Inquirió ella con mofa—. Eso sí que es una novedad. —Él se encogió de hombros e hizo un gesto tremendamente sexi e infantil, como si estuviera admitiendo algo que era obvio—¿Y se puede saber quién es la afortunada?

Miré al suelo. El corazón no dejaba de latirme con fuerza. Temí que le contara lo que acababa de ocurrir entre nosotros. Al fin y al cabo no quería hacerle daño innecesariamente a esa pobre chica.

—Eso ya no importa. Ella dice que no le gusta mi culo...

Volví a sus ojos y el brillo de diversión que había en ellos casi me ciega.

—Pues dile que no sabe lo que se pierde.

—Se lo diré —murmuró curvando sus labios.

—Adiós, Serra.

Susana cortó la conversación con un tono bastante triste. Sentí pena por ella, pero admito que dentro de mí había una Sara agitando unos pompones gigantescos...

Él se guardó el teléfono en su pantalón y apartó la mano de la puerta.

Mi actitud había variado y ahora no sabía qué decir.

—Me voy —dijo a pesar de que no se movió.

—Vale.

—¿Quieres que me vaya?

Claro que no. Quería que se quedara y amanecer con su boca entre mis piernas, pero ese oscuro y orgulloso lóbulo de mi cerebro me impedía decir lo que realmente sentía.

—Sí...

—Vale.

—Vale.

Lo cierto es que jamás imaginé que haría algo parecido. Había empezado a acostumbrarme a ese Serra arrogante y desdeñoso, y ahora tenía ante mí a un hombre que era capaz de asumir su error y decir en voz alta que se estaba enamorando.

Era la declaración de amor más romántica a la que me había enfrentado nunca. De hecho, por una vez en toda mi vida, sentí que eso podía ser amor. Pero un amor de esos que te cortaba la respiración y te robaba las palabras. De esos que te trastornaban y asustaban a partes iguales. Un amor de los que yo nunca había vivido. Uno tan nuevo y desconocido que apenas fui consciente que era de verdad.

Me fijé en su cuello cuando dio un paso adelante para salir de mi apartamento, también en su piel bronceada y suave, y recordé el modo en el que mi lengua la había recorrido tan solo unos minutos antes.

Se detuvo en el primer escalón de las escaleras, tenía una mano en la barandilla y con la otra seguía frotándose la nuca en ese gesto tan masculino y adorable que delataba su estado de nerviosismo.

Giró su cuerpo y abrió la boca para decir algo, pero no lo hizo. Tan solo me dedicó una de sus bonitas sonrisas y luego susurró:

—Adiós, Sarita.

***

Irene

Estaba empezando a soñar con una camilla de masaje y con un tipo de pelo oscuro con unas manos preciosas…cuando oí mi móvil vibrar. Alargué el brazo hasta la mesilla de noche y avisté con un ojo la cara de Sara iluminando la pantalla.

—¿Qué te pasa? —pregunté cambiando de postura para ponerme boca arriba.

La oscuridad de mi habitación me abrumó y decidí encender mi flexo.

—Le ha dicho a Susana que se está enamorando de mí.

—¿Qué Susana?

Por un momento no tenía ni idea de qué me estaba contando.

—Joder, Susana, *muñequita guión bajo rubia* —dijo ella refrescándome la memoria y de pronto me di cuenta que me estaba hablando de Serra. Claro. De quién si no.

Me pasé una hora con el teléfono pegado a la oreja mientras ella me relataba su noche, pero de un modo muy extraño. Porque primero me habló de una declaración de amor, luego mencionó una cucaracha, en medio de todo eso dijo algo sobre un ambientador y una pistola y si no recuerdo mal, la palabra grúa apareció también por ahí. Sara hablaba y hablaba, y a punto estuve de empezar a roncar cuando ella me gritó a través del auricular.

—¡¿Irene, me estás escuchando?!

—Sí, sí —respondí parpadeando y esforzándome por escucharla. Pero, joder, eran las mismísimas tres de la madrugada y yo tenía sueño.

—¿Qué hago entonces?

—Pues… —Qué iba a decirle si básicamente no había entendido nada de lo que me había contado, salvo que él había enviado a esa tal Susana a freír pimientos.

—¿Crees que debería darle una oportunidad?

—Claro que sí, Sara. Estáis locos el uno por el otro. —Y lo dije de todo corazón, porque era lo que había visto desde el momento en que esos dos cabezotas habían cruzado sus caminos. Mi amiga merecía que algo bueno le ocurriera. Era una tía cojonuda. Siempre lo había sido.

—Es que me gusta tanto…

—Normal, si está como un tren —resoplé poniendo los ojos en blanco.

—Irene, si lo hubieras visto esta noche. Cuando he empezado a tocarle de nuevo..., me he dado cuenta de lo mucho que le echaba de menos. Madre mía, su cuerpo y su pecho…

—Eh, eh, córtate un poquito que por aquí algunas no tienen tanta suerte como tú, forastera.

Oí su risa.

—Bueno tú tienes un jefe que está como un queso. No todas podemos ir a trabajar sabiendo que nos vamos a encontrar con un tipo así —dijo ella buscándome las cosquillas.

Maldita sea, por qué me lo había recordado. Me costó una eternidad conciliar el sueño pensando en los estúpidos mensajes del estúpido de Víctor y ahora otra vez lo tenía metido en mi pensamiento.

—¿Así cómo? Insoportable, ¿no? —refunfuñé.

—No. Irresistible. Así es como creo que te resulta a ti —murmuró ella.

La muy puñetera me conocía demasiado bien. Podía engañarme a mí misma con un poco de empeño, pero con Sara era inútil fingir.

—Bueno… ¿qué? ¿Duerme alguien esta noche o no? —protesté removiéndome en mi cama.

—Está bien. No te molesto más.

—No molestas, pava.

Estaba sonriendo. No la veía pero sentía su sonrisa.

—Hablamos mañana —dijo ella.

—Vale. Que sueñes con tu enamorado.

—Y tú con tu irresistible jefe.

Una carcajada fue lo último que oí antes de que me colgara.

Dejé el móvil sobre la mesilla y me acomodé envolviendo la almohada. Apagué la luz y suspiré. Mucho me temía que Morfeo se había esfumado de mi lado y ahora iba a tener que agarrar de nuevo mi teléfono y jugar al Candy Crash hasta que al dios del sueño le diera por aparecer de nuevo.

Pero entonces lo hice. Me conecté al WhatsApp y busqué el contacto de Víctor. Volví a leer sus mensajes y no pude evitar morderme el labio para contener la risa. Luego pinché en su perfil para contemplar su fotografía. En aquella imagen él estaba de espaldas sujetando una tabla de surf en una playa que parecía el mismísimo paraíso.

Observé con tanta precisión cada detalle de esa foto que apenas me di cuenta de que estaba empezando a quedarme dormida con aquel aparato entre mis manos.

En mi subconsciente, yo estaba aferrándome a esa monumental espalda y él se giraba para estrecharme en sus brazos. Luego me instaba a rodearle las caderas con mis piernas mientras él se adentraba en el mar manoseando mi culo y apretándome contra su evidente erección. Mis dedos ya se habían perdido en su pelo y nuestras bocas se saboreaban y lamían con una intensidad abrumadora.

El agua cubría la mitad de nuestros cuerpos y ambos estábamos centrados en la necesidad de proporcionarnos placer. Besos húmedos..., ávidos...; besos hambrientos y sedientos, acompañados de miradas cargadas de deseo y de una pasión desmedida. En mi sueño ese hombre no hablaba. Solo besaba, tocaba, chupaba... y... ¿vibraba?

Me incorporé de un salto y quedé sentada en la cama. No. Ahí lo único que estaba vibrando de nuevo era mi teléfono y a punto estuve de echar el corazón por la boca cuando enfoqué la pantalla y leí el nombre de Víctor. Dudé unos segundos si contestar o no. ¿Qué demonios hacía llamándome a las tantas de la madrugada?

—¿Sí? —respondí con un hilo de voz y encendiendo el flexo de nuevo.

—¿Te aburres, Irene?

—¿Cómo?

—Sí, ¿que si te aburres?

—Víctor, por Dios, ¿sabes la hora que es?

—Perdona, eres tú la que no paras de enviarme emoticonos.

—¡¿Qué?! Yo no te he enviado nada —dije apoyándome sobre el cabecero.

—Sí que lo has hecho. En realidad han sido algunas letras sueltas y creo que un par de animalitos. He intentado descifrar el mensaje pero sigo sin entenderlo.

De repente caí en la cuenta que probablemente habría pulsado las teclas cuando dormía.

—Lo siento, me he quedado dormida toqueteando el teléfono. Se habrá enviado por error.

—Por error… —repitió él como si no terminara de creerlo.

—Sí, por error. No te preocupes que no hay nada que quiera decirte que precise de un código descifrable secreto y oscuro. Y mucho menos un viernes a las cuatro de la madrugada.

Oí como exhalaba una carcajada y ese sonido me resultó delicioso.

Me acomodé un poco más y flexioné las rodillas.

—Menos mal, me dejas más tranquilo.

—Sí, ya.

—Bueno, y … ¿qué tal la agenda?

Afilé la mirada imaginando su sonrisa pendenciera.

—Perfectamente. Mi agenda y yo estamos muy bien, gracias —dije tirando de un hilo de la sábana.

—No lo creo.

—¿Perdona?

—Que no creo que hayas quedado con nadie esta noche.

—¿Ah, no? ¿Y cómo has llegado tú solito a esa conclusión?

—Porque, a pesar de que sé con total seguridad de que todos los tíos que tienes en esa agenda son unos gilipollas, tendrían que estar muy locos si quedaran contigo una noche y te dejaran en tu casa antes de las cuatro de la madrugada.

¿Eso era un piropo? ¡Era un piropo! Joder, joder…

Apreté los muslos y sujeté el teléfono con más fuerza.

La voz se me quebró y tuve que carraspear un poco para poder responder a su último comentario.

—¿Y quién te ha dicho a ti que estoy en mi casa?

Él tardó unos segundos en responder, quizá estaba deliberando sobre la posibilidad de que yo estuviera ocupada con algún maromo.

—En ese caso sal de ahí cuanto antes. Cualquiera que te tenga en su cama y no te esté follando sin parar, no merece la pena, Irene.

Me quedé en silencio y lo siguiente que pude articular fue:

—Que descanses, Víctor.

—Igualmente.

¿Y ahora quién duerme así?

21

LA VOZ DEL PUEBLO

Tus padres es lo único que no eliges en la vida, ellos ya vienen impuestos de fábrica como los coches con airbag obligatorio o cierre centralizado. Lo sé, es una estúpida comparación, lo era, sobre todo para mí que en esa época me deberían haber prohibido pensar en coches cuando ni siquiera sabía conducir.

Pero lo que rondaba mi mente mientras estaba tumbada en mi cama ese lunes por la mañana era que yo no había escogido una madre como la mía. No había sido yo la que había optado por que manipulara mi vida para satisfacer sus grotescas necesidades políticas. Yo simplemente nací y ella estaba ahí. Todos estaban ahí.

Cuando era una niña pensaba que el afán de mi madre por hacerme destacar era su manera de sobreprotegerme, pero la madurez me demostró que no era así. Ella solo pretendía inflar su enorme ego y alimentar su vanidad a cambio de sacrificar mi felicidad. Y no solo la mía, con mi hermana y mi hermano le había ocurrido exactamente lo mismo. Sin embargo, ellos eran más parecidos a ella de lo que yo nunca lo sería, así que eso me dejaba en desventaja.

Asumí desde muy pequeña que sería la oveja negra de la familia. Lo supe porque era la única que me revelaba ante ciertas imposiciones. Con lo cual, que mis hermanos apenas se relacionaran conmigo, me daba exactamente igual. Al fin y al cabo tampoco los habían enseñado a eso.

A ellos solo los educaron para amoldarse…

Clara, mi hermana, diez años mayor que yo, acabó casándose con su novio de la universidad: un contable insípido y sin muchas ambiciones con el que había tenido dos hijos y que ahora criaban a su imagen y semejanza. Por supuesto mi madre orquestó su boda y acabaron viviendo en una casa que ella misma eligió.

Y mi hermano, Jorge…, ese era otro cantar. Trabajaba en el Ayuntamiento, haciendo aún no sé el qué. Bueno, en realidad sí lo sé: esconderse bajo las faldas de ella como había hecho siempre y ocultarle la verdadera naturaleza de su sexualidad a cambio de un sueldo cuantioso que pudiera costear sus escapadas de fin de semana con "algún amigo".

La cuestión era que, aunque apenas me relacionaba con ellos, se sentían con la confianza de meterse en mi vida y opinar sobre ella.

Esa mañana de lunes, después de darle muchas vueltas a la cabeza, decidí hacer lo que tenía pensado desde hacía varios días. Llamé al Centro y le dije a mi jefe que llegaría un poco más tarde. Fingí que tenía que hacer unos recados importantes y él no puso objeciones.

A las diez de la mañana me encontraba frente a las puertas del Ayuntamiento. Me temblaba todo el cuerpo y tenía ganas de vomitar. Odiaba con una fuerza sobrehumana que la culpable de mi estado fuera la persona que me había dado la vida. Pero ya era hora de acabar con todo de una vez.

Mi móvil sonó unos segundos antes de que me decidiera a entrar. Era Irene. Probablemente pensaba contarme que había soñado de nuevo con su jefe. Se había pasado dos días enteros hablándome de él y de lo mucho que, según ella, ese estúpido arrogante aparecía en su subconsciente. Se suponía que irnos al chalet de sus abuelos ese fin de semana, nos ayudaría a desconectar. Sobre todo a mí, que no conseguí deshacerme de la imagen de Serra empujando entre mis piernas y luego diciendo alto y claro que estaba enamorado de mí. ¡Diosito, Diosito…!

Pero resultó que el chalet no era precisamente un chalet en el que tumbarse a tomar el sol y leer. No. Nunca había estado allí, a pesar de todas las veces que Irene me había pedido que fuera con ella. Ese sitio era algo así como una granja en fase terminal en la que su abuelo, literalmente, nos mató a trabajar mientras ella ponía a parir a Víctor. Fue aterrador. No tenía ni idea de que las gallinas me dieran tanto miedo.

Me pregunté unas mil veces por qué demonios siempre acababa dejándome llevar por los planes de Irene. Pero cuando llegué a mi casa oliendo a mierda de cabra recapacité y me di cuenta que era mejor eso que quedarme a esperar a que Serra me llamará. Algo que no pasó. Además, ¿por qué iba a llamarme si yo le había dejado claro que entre él y yo ya no iba a pasar nada más? ¿Y por qué entonces no podía dejar de fantasear con la idea de que se arrastrara hasta mi puerta pidiéndome una oportunidad? ¿Por qué me costaba tanto aceptar que Serra no era un tío de los que suplicaban? ¿Qué se suponía que tenía que hacer ahora, llamarle yo? Eso nunca. No iba a negar que su declaración de amor era lo más apasionante y maravilloso que había oído en mi vida, pero, aún así, él se había acostado con aquella chica y eso lo cambiaba todo.

Miré el móvil una vez más e Irene seguía insistiendo. Sin embargo, le colgué y decidí devolverle la llamada una vez hubiera finalizado lo que había venido a hacer.

Me recoloqué el bolso y alisé mi camisa de lino estampada. Y justo cuando fui a atravesar la puerta principal del Ayuntamiento me encontré a mi hermano de frente.

—Sara, ¿vienes a ver a mamá? —me preguntó como si tal cosa, sujetando una carpeta entre sus manos.

Sus ojos, bajo aquellas gafas graduadas, me escrutaron de arriba abajo.

—Así es.

—Tendrás que esperar un poco para verla, ahora mismo está en el Pleno.

—De acuerdo —respondí sin hacerle mucho caso. Por supuesto que hablaría con ella y lo que menos me importaba era el lugar.

Di un paso hacia delante para continuar con mi camino. No me apetecía hablar con mi hermano ese día. De hecho, no me apetecía nunca. No recuerdo ni que él ni mi hermana me hubiesen llamado jamás para conversar o simplemente para saber de mí. Ni siquiera cuando lo estuve pasando tan mal por la muerte de aquel chico del Centro hacía tan solo unos meses. La única persona de mi familia que entendió mi dolor fue Diego, mi padrastro. Precisamente el único que, sin serlo, era de verdad alguien familiar para mí.

—No pareces muy ilusionada —dijo él con un poco de sorna en su voz.

Esta vez fui yo la que lo miré con grosería. Aquella persona probablemente llevaba mi sangre, pero eso no lo convertía en mi hermano. Me fijé en su impoluta camisa Yves Saint Lauren y sus mocasines marrones. Jorge no era muy alto, y su parecido físico con mi madre era asombroso.

—¿Por qué he de estarlo? —inquirí, cruzándome de brazos.

—Por la boda, ¿no? Te queda menos de un mes.

Exhalé una sonrisa podrida.

—No voy a casarme. Y lo más curioso es que ya todos lo sabéis de sobra.

Su mirada amenazante me taladró.

—Tienes que hacerlo, Sara.

—No. No tengo que hacerlo —repliqué sonriendo aún más.

—Siempre estás con lo mismo. ¿Por qué te empeñas en llevarle la contraria a mamá en todo? ¡Cásate de una maldita vez con Fernando y deja las cosas como están!

Claro, a él también le convenía mi matrimonio. Si mi madre continuaba en el poder todo seguiría igual que hasta ahora. Su absurdo trabajo, su desproporcionado sueldo, sus escapadas y escarceos a espaldas de los demás. De cara al público él seguiría siendo el hijo soltero y heterosexual de la alcaldesa, que está tan centrado en las tareas del pueblo que no tiene tiempo para enamorarse. Al menos eso era lo que mi madre vendía a la prensa. Pero lo que yo no iba a consentir era que arruinaran mi vida para que ellos siguieran enriqueciendo las suyas.

—Ni hablar, hermanito. Además, tú y yo sabemos que no soy la única que contradice los deseos de nuestra madre. Me pregunto qué harías tú si ella se empeña en que te cases con esa chica... — me di unos golpecitos con el índice en mis labios, fingiendo que pensaba— Pilar, ¿no era Pilar? — Farfullé, aludiendo a la hija de un juez del Supremo con la que mi madre había querido emparejarlo en varias ocasiones—. Hacíais tan buena pareja… —Obviamente esto último lo dije para mofarme. La pobre chica era idéntica a un luchador de Sumo.

Él apretó los labios en un claro gesto de enfado.

—Si no te casas con Fernando perjudicarás mucho a mamá. Eres consciente de eso, ¿no?

—Oh, sí, tranquilo, ya había pensado en eso también. Pero ¿sabes qué? ¡Qué me importa una mierda! ¡Todos me importáis una mierda! —grité en un arranque de histerismo, atrayendo la atención de la gente que pululaba a nuestro alrededor.

—¡Estás loca, niña! Ni siquiera sé cómo te dejan trabajar en ese Centro —masculló separándose de mí para continuar con su camino.

Podría haberle dicho muchas más cosas, pero respiré profundamente, lo ignoré, y decidí guardar energías para lo que me esperaba a continuación.

Anduve por varios pasillos con los nervios saltando dentro de mi estómago y al cabo de unos segundos me detuve delante de una puerta enorme de madera maciza. Aquella era la sala de la Casa Consistorial donde se estaría realizando la sesión ordinaria.

Antes de abrir, cerré los ojos con fuerza y recé para que ese acto no tuviera consecuencias desastrosas, aunque ya lo único que me quedaba era afrontarlas.

Giré el pomo y cuando me colé en su interior me fijé en que aquella estancia estaba abarrotada. Esperé mi turno oculta entre la multitud.

Mi madre encabezaba la mesa presidencial. Allí estaba, imponente, con sus mechas rubias sobre su tinte castaño y con un traje de chaqueta color salmón, leyendo unos documentos por debajo de sus gafas de vista. A su lado se situaba el teniente alcalde, que pronto sería sustituido por Fernando, y el resto de los componentes de la mesa, que supuse serían los concejales lameculos que ella manipulaba a su antojo.

En ese instante una mujer joven de unos treinta años sujetaba un micrófono y le exponía la actual situación en la que se encontraban ella y su marido: sin trabajo, con dos hijos que mantener y a punto de ser desahuciada de su casa. La muchacha intentaba expresarle que estaba desesperada y que solo pedía si podían darle unos meses más en aquella casa de protección oficial hasta que su marido lograra encontrar un trabajo. Se me partió el corazón… Sin embargo, mi madre, apenas la miró durante el tiempo que duró el discurso de aquella chica. Tan solo hizo un gesto con la cara y le susurró algo al oído a la persona que estaba a su lado.

Cuando la joven, limpiándose las lágrimas con el dorso de su mano, se retiró del micrófono sin poder acabar lo que estaba diciendo, salí de mi escondite y me planté frente a ellos.

—Buenos días —dije con la voz temblando. Ella aún seguía con la mirada en aquellos folios. Ni siquiera reconoció mi voz. Sin embargo, el resto de su equipo ya palidecía. Había varios periodistas y me aseguré de mirarlos para atraer su atención—. Mi nombre es Sara Maldonado. —Ella alzó la vista y cuando sentí cómo su mirada se clavaba en mí estuve a punto de tambalearme. Se quitó las gafas con una tranquilidad irritante—. Soy la hija menor de Teresa Maldonado y he venido a decir públicamente que no voy a casarme. —Observé como sus dedos se entrelazaban y su espalda adoptaba una postura rígida—. La semana pasada el Diario de Cádiz divulgó una noticia completamente falsa sobre mi persona, en la que se anunciaba un compromiso con Fernando Rodríguez para el próximo 27 de junio. Y solo puedo decir que me encantaría que ese día Fernando se casara con su prima postiza, con la que lleva engañándome desde hace ya dos años y dejara de darme la tabarra de una vez. También quería comentar que todos esos rumores que se han publicado sobre novia a la fuga son absolutamente ciertos. Sí —dije mirando a una de las cámaras—. Me escapé de la iglesia aquel día y volveré a hacerlo si me obligan a casarme de nuevo con alguien a quien detesto.

Busqué sus ojos para asegurarme de que lo había entendido, y nunca jamás en mis veinticuatro años de vida había visto en ella una expresión tan impregnada de ira.

—Ahora, como ciudadana de Cádiz —continué—, permítanme que me dirija a ustedes, que son las personas que gobiernan esta ciudad y que a mí tanto me gusta, para decirles que se centren en los problemas reales que atañen a la gente de aquí. —Me giré para señalar a la joven que estaba sentada detrás de mí y que me contemplaba con verdadera fascinación—.En el paro, en los desahucios, en la precariedad laboral, en la educación y en la sanidad, y hagan que los votantes que les colocaron en esa mesa no se sientan engañados y defraudados.

—¿Ha terminado ya, señorita? —dijo ella interrumpiéndome y escribiendo algo sobre los folios.

—Espero que sí…, mamá.

Llamarla de ese modo fue poner la guinda a ese pastel que ahora mismo acababa de estallarle en la cara. Ella asintió con la cabeza lentamente como si estuviera asimilando lo que se le venía encima. Si hubiésemos estado en la Antigua Roma y aquella sala hubiese sido un anfiteatro estoy convencida de que mi madre me habría arrojado a los leones con una sonrisa mortificante en su cara y luego habría obligado a los esclavos a arrastrar mi cuerpo despedazado, pero aquello no era Roma y en estos momentos de la democracia existía algo llamado libertad de expresión y, desde luego, yo acababa de hacer uso de ello.

—Que tengan un buen día —añadí antes de soltar el micrófono.

En cuanto me giré para marcharme tuve que asegurarme de apoyar bien los pies sobre la superficie enmoquetada para no tropezarme. Sentía que me estaba asfixiando en esa sala y la cosa empeoró cuando los ciudadanos que hacían de público y posiblemente miembros de partidos de la oposición empezaron a aplaudir.

Miré a un lado y a otro sintiendo cómo unos puntos blancos empezaban a nublarme la visión.

Quise salir de allí lo antes posible, pero algunos periodistas me asaltaron con la idea de sacarme más información. Tuve que luchar con el bolso al más puro estilo Margarita Seisdedos hasta que logré encontrar la salida.

No me detuve hasta que estuve fuera de esa edificación y me oculté entre las calles.

Solo entonces fui consciente de que necesitaba sentarme y tomarme una tila. Ni siquiera había desayunado y el vacío de mi estómago se hacía más inmenso por momentos.

Intenté alejarme de los alrededores del Ayuntamiento y acabé sentada en la esquina de la barra de un bar pequeño lleno de ancianos con los dedos manchados de nicotina y bebiendo anís a las once de la mañana. Mientras ellos hablaban del tiempo, yo me acodé en la barra y esperé a que ese camarero, al que la vida no había tratado muy bien, me atendiera.

Pero de nuevo sentí mi móvil vibrar dentro del bolso. Estaba convencida de que mi madre no iba a dejar las cosas como estaban y esa sería solo la primera de sus terribles amenazas. No obstante, cuando observé la pantalla, me encontré de nuevo con la fotografía de Irene insistiendo en la llamada. Me resultó extraño que estuviera tan obstinada en hablar conmigo.

—Dime, Irene —dije, dándome la vuelta sobre mi taburete para que el tipo que jugaba a las tragaperras dejara de mirarme como si yo fuera una especie exótica.

—Joder, Sara, ¿dónde coño estás? He llamado a tu trabajo y tampoco estabas allí.

—Acabo de salir del Ayuntamiento —relaté dispuesta a contarle lo que acababa de hacer—. He tenido un encuentro muy interesante con mi adorable madre…

—Vale, Sara, escúchame —exhaló ella interrumpiéndome. Respiraba con dificultad.

—¿Qué sucede, Irene? —inquirí cuando me di cuenta que algo iba mal.

—Verás, acabo de ver en las noticias que esta mañana un tipo ha asaltado una de las sucursales de La Caixa que está en la avenida y dos agentes han resultado heridos. —Agarré el teléfono con tanta fuerza que los nudillos se me quedaron blancos. Con la otra mano me sujeté a la barra asegurándome de que no me caería. Mi corazón no lo soportaría…—. Sara, uno de ellos es Serra. Oí a la presentadora decir su nombre y he llamado a Paco para preguntarle.

—Oh, Dios mío, Irene —sollocé, sintiendo que las lágrimas humedecían mis ojos.

El tipo de las tragaperras se acercó hasta mí con el gesto contraído de preocupación.

—¿Estás bien, muchacha?

Asentí mientras hacía lo posible por no derrumbarme.

—Sara, tranquila, Paco dice que solo le han herido en la pierna. Está ingresado en el hospital. No ha podido contarme mucho. Tan solo me ha dicho que se encuentra en la habitación 734. He pensado que querrías saberlo.

—Claro, gracias, Irene —susurré, dejando escapar el aire que se había quedado colapsado en mi garganta. Gracias a Dios…

—¿Vas a ir, verdad?

—Sí, por supuesto.

En esos momentos lo único que quería era volver a verle.

—Bien —sentí su sonrisa a través del auricular—. Me encantaría acompañarte, pero me temo que Víctor no me dejará salir antes. Este soplapollas ha tenido un mal fin de semana… Ve tú y ya me dices qué tal está.

—De acuerdo. Te llamo luego.

Cuando colgué, el tipo de las tragaperras todavía estaba a mi lado observándome con pena. Pero sin decir ni una palabra más me eché el bolso al hombro y salí de allí.

Apenas fui consciente que subir siete pisos andando era una barbaridad. Con la frente perlada de sudor y el pulso bombeándome a toda máquina, sorteé los pasillos hasta que localicé la habitación 734, era la que estaba frente al control de enfermería. Aceleré el paso, pero frené cuando vi la puerta abrirse y a una enfermera salir de su interior con una sonrisa de oreja a oreja. Le comentaba a su compañera que estaba tras el mostrador:

—Me acabo de enamorar.

—Te lo dije, es guapísimo —añadió la otra.

—¡Madre de Dios, cómo está el poli! ¿Pero tú has visto qué brazos tiene, y qué piernas?, y esto de aquí, ¿cómo se llama? —dijo señalándose el estómago—, la tableta de chocolate ¿no? Estoy por decirle a mi marido que tire la lavadora, que a partir de ahora voy a lavar la ropa a mano en el abdomen de ese muchacho.

Las dos se carcajeaban mientras yo, desde mi estado catatónico, me veía a mí misma arrancándoles las cabezas a ambas.

Reaccioné cuando una de ellas me preguntó si podían ayudarme en algo. Simplemente dije que no de mala gana y me dispuse a entrar en la habitación.

Ni siquiera llamé. Abrí la puerta y los rayos de luz que se filtraban por la ventana me deslumbraron, obligándome a desviar la vista hacia su cama.

De pronto sentí una presión en el pecho casi dolorosa. Estaba tan nerviosa que los latidos de mi corazón zumbaban en mis oídos.

Se hallaba tumbado bocarriba y tenía la mirada perdida hacia el exterior, como si estuviera pensando en algo o quizá… en alguien.

Nunca jamás le había visto esa expresión.

Aproveché que él aún no se había percatado de mi presencia para escanearlo de arriba abajo. Tan solo llevaba un bóxer negro y un vendaje enorme cubría su muslo derecho. Ahora entendía de lo que hablaban aquellas enfermeras… Tendido sobre esas blancas sábanas con el pecho al descubierto y con su pelo despeinado pensé que era el hombre más perfecto que existía sobre la faz de la tierra. Me dieron ganas de esposarme a una de las patas y quedarme haciendo guardia a su lado. Pronto tendría a todas las féminas de ese hospital haciendo cola en la puerta para verle.

Los celos y las hormonas estaban revolucionando mi sistema nervioso.

Carraspeé para atraer su atención.

—Hola —murmuré.

Él giró la cabeza y cuando me vio parada en un metro de su cama, una sonrisa de felicidad se dibujó en sus labios llegando a sus ojos.

—Sara… —exhaló sorprendido.

Dejé mi bolso sobre una silla que había junto a la pared y me coloqué más cerca. Casi a los pies.

—¿Estás bien? ¿Q-Qué ha pasado? —pregunté intentando controlar mi respiración.

—¿Has venido a verme? ¿Quién te lo ha dicho?

—Irene dice que ha visto la noticia en la tele.

—Ven —dijo, dando una palmadita a su lado en el colchón.

Sopesé si acercarme demasiado a él. Al fin y al cabo seguíamos estando en el mismo punto. Que lo hubieran herido no significaba que iba a olvidarme sin más de todo.

—¿Estás bien? —repetí sin moverme de mi sitio. Mi cometido allí solo era asegurarme de que se encontraba en perfecto estado. Bueno, eso y alegrarme la vista, para que me iba a engañar…

Él suspiró. Como si estuviera asumiendo que yo aún seguía enfadada.

—No. No lo estoy —resopló tocándose el pelo.

Mis ojos fueron directos a su bíceps.

Joder, joder…

—¿Por qué has venido? —me preguntó esta vez muy serio.

—¿Qué? Pues… para verte —respondí, dejando caer mi cadera sobre la estructura de la cama y cruzándome de brazos. Intentando parecer indiferente a su actitud.

—¿Por qué?

—Por qué va a ser. Me he asustado. Aunque nuestro…bueno…, lo que sea que hayamos tenido, no haya funcionado no significa que no me preocupe por ti.

Él no dejó de observar todos mis movimientos y de repente me fijé en cómo deslizaba su mirada hacia mi cuello y a los primeros botones de mi blusa de lino.

—Ha sido ese tipo, el "pepperoni". ¿Lo recuerdas? El mismo al que no quisiste denunciar por pena. Esta mañana se ha presentado en aquel banco con una pistola y si no hubiésemos llegado a tiempo podría haber matado a alguien.

—¡Oh, Dios mío! —exclamé, llevándome las manos a la boca. De repente, la culpa me arrasó. Probablemente si lo hubiera denunciado, ahora él no estaría en este hospital—.Yo…yo… lo siento. Me siento fatal.

—Bueno, tranquila, no sé si volveré a andar, pero al menos no moriré —murmuró él.

—¡¿Qué?! —vociferé sin querer creer lo que estaba oyendo.

—Sí…, los médicos no me dan muchas esperanzas —dijo, esta vez mirando de nuevo hacia la ventana.

Imaginarlo en una silla de ruedas me destrozó el alma. Por eso tenía esa expresión cuando llegué…

Necesité unos segundos para digerir la escabrosa realidad que se me presentaba.

Me puse de pie y me situé muy cerca de él. Me acomodé cerca de su pecho y le cogí la cara.

—Mírame. No vuelvas a decir eso, ¿vale? Vas a salir de aquí andando —le aseguré infundiéndole confianza. Por nada del mundo le abandonaría en una situación como esa.

Él cerró los ojos y luego agarró una de mis manos y me besó la palma.

Ese simple beso lanzó una oleada de electricidad por todo mi cuerpo.

—¿Tú crees? —me preguntó, enlazando sus dedos con los míos.

—Estoy segura —dije, acariciando su mandíbula con mi otra mano y sin dejar de contemplarle.

—¿Sería mucho pedir que me dieras un beso?

Y el modo en el que pronunció aquella pregunta me resultó tan adorable y excitante al mismo tiempo que no me lo pensé ni un segundo antes de estrellar mis labios con los suyos.

Mi lengua buscó la suya con insistencia y en cuanto nuestras salivas se mezclaron, sentí una corriente de deseo ascendiendo por mi columna. Él se incorporó para intensificar y ahondar su invasión en mi boca. Agarró mi pelo impidiendo que me separara de él y eso hizo que mis brazos se enlazaran a su cuello.

Pensé que nunca jamás podría besar a nadie con tanta intensidad. Chupar y lamer aquellos labios era el placer más extraordinario que había experimentado en mi vida.

Ese hombre, Dios…, ese hombre era para mí, tenía que ser para mí. Y si debía luchar a su lado para que se recuperara, lucharía.

Pero de repente, la puerta se abrió y una de las enfermeras que anteriormente había visto en el control interrumpió nuestra desmedida pasión.

La mujer, de unos cincuenta años, tosió para avisarnos que estaba dentro. Sostenía una bandeja metálica en la que había algunas pastillas.

—Bueno, bueno…, ya veo que tienes una visita muy agradable.

Yo me aparté de la cama con premura y me peiné el cabello con los dedos, mientras él intentaba ocultar su erección tapándose con la fina tela de la sábana.

—Tranquilos, solo he venido a dejarte estos antibióticos y el antiinflamatorio. Podéis seguir cuando me vaya —dijo ella guiñándole un ojo.

Él me miró y sonrió.

Mis mejillas estaban a punto de explotar de la vergüenza.

Sin embargo, antes de salir de la habitación, ella se giró y comentó, así, como si nada:

—Por cierto, el médico dice que probablemente mañana te darán el alta. Estás como una perita, guapetón.

Afilé la mirada y apreté los puños junto a mis caderas.

Lo mato…

22

UNA HERIDA CON CICATRIZ

Mientras el mecanismo de mi cerebro trabajaba a destajo asimilando cómo se podía ser tan embustero y farsante, él hacía una mueca de dolor con la cara intentando incorporarse un poco más.

—Sara, espera un momento, por favor —dijo cuando la enfermera cerró la puerta y se dio cuenta de que me fui directa a coger mi bolso.

—¿Pero tú eres imbecil? ¿Sabes la de cosas que se me han pasado por la mente en unos segundos? ¿Cómo te atreves a bromear con algo tan serio? Es que… no sé ni para qué demonios he venido a verte.

Negué con la cabeza, furiosa, y cuando estaba agarrando el asa él hizo el intento de bajarse de la cama.

—Espera, maldita sea.

Exhaló un gemido y sabía de sobra que si seguía moviéndose de ese modo la herida podía complicársele.

—¡¿Quieres estarte quieto de una vez?! —protesté encarándolo y con los brazos en jarras.

—Vale —susurró esta vez sentado y clavando sus puños en el colchón para sostenerse—. Pero no te vayas.

Su mirada suplicante allí, delante de mí, en calzoncillos, y con ese cuerpo digno de una portada de revista, consiguió hacerme comprender que era francamente difícil alejarme.

Sin embargo, sentí verdaderamente el impulso de darle una bofetada. Se la merecía por ser tan estúpido e infantil.

—Es que… ¿Cómo has podido fingir algo así? ¿Tú estás mal de la cabeza o qué? —lo reté airada.

Él solo me miró con adoración. Con aquellos ojos esmeralda, brillantes y hambrientos. Con la expresión de un hombre que acaba de asimilar que está perdidamente enamorado.

—Habría dicho o hecho lo que hiciera falta con tal de volver a besarte —sentenció con convicción, haciendo que mi corazón diera un respingo dentro de mi pecho.

Mi cuerpo no era capaz de digerir la indignación que sentía por su ruin engaño y las palabras que acababan de deslizarse por sus sensuales labios.

Me encontraba confundida, enfadada, y al mismo tiempo quería fundirme de nuevo en sus brazos al saber que estaba perfectamente.

Dejé caer mis hombros, agotada, extenuada. Aún no era mediodía y yo ya estaba sobrepasada.

—Estás loco —murmuré con el cejo fruncido, contemplándole con la misma profundidad que él a mí.

—Tendrás que curarme —dijo, ocultando una sonrisa radiante y desviando sus ojos hacia su prominente erección.

—Me temo que yo no trato esa clase de locuras —repliqué, metiéndome las manos en los bolsillos de mi vaquero.

—Estoy dispuesto a colaborar, doctora.

Parecía estar divirtiéndose con la situación. Y a pesar de que en ese instante me resultaba terriblemente adorable, no quería reírle la gracia.

—Muy gracioso —dije, haciéndole una mueca de burla con la cara.

Pero él alargó el brazo para atrapar una de mis muñecas y me atrajo hasta dejarme entre sus piernas.

Evité moverme demasiado, porque no quería hacerle daño en la herida. Pegué las palmas de mis manos en su pecho, manteniendo la distancia y él me agarró por la cintura.

Durante unos escasos segundos me perdí en la intensidad de su mirada.

—Sara, es imposible que estemos en la misma habitación y yo no pueda tocarte, ¿lo entiendes?

Su nariz fue directa al arco de mi cuello, acariciándolo y aspirando mi aroma, y cuando su lengua comenzó a lamer la piel de aquella zona, aflojé la presión que hasta ese momento estaba ejerciendo para separarme de él, y me dejé llevar por mis instintos más primarios.

—No quiero besarte, estoy muy enfadada —susurré contradiciendo a mi cuerpo y con mis dedos deslizándose por sus hombros.

—No tienes que hacerlo. Tan solo deja que te bese yo —gimió él, ascendiendo una mano por mi espalda para llevarla a mi cabello.

Continuó chupando y regando de humedad el borde de mi mandíbula, transformando todo mi ser en una especie de volcán a punto de dinamitar. Y descubrí que era cierto lo que acababa de decir. No podíamos estar en la misma estancia sin que sintiera la necesidad de devorarlo. Sin que mis pensamientos se centraran solo en la exigencia de sentir sus labios contra los míos. Sin que mis manos actuaran en contra de mi cerebro y volvieran a perderse en su pelo castaño, brillante y suave como la seda.

Allí estaba otra vez, retrocediendo dos pasos y condenándome al placer que ese hombre me provocaba simplemente con su boca. Y no era poco, que conste.

Ahora ya me daba igual lo que quisiera decirme, lo que se hubiera inventado con tal de tenerme envuelta en sus brazos. Ahora, con su lengua debatiendo con la mía, incluso me parecía que merecía la pena.

¡Joder, cuánto me gustaba…!

—Nena… —respiró, manoseando mi culo—. Dios, daría lo que fuera por poder follarte aquí mismo. Sin prisas. Tú y yo. Solos. Sin nada ni nadie que nos moleste.

Asimilé cada palabra asintiendo mentalmente. *"Sin nada ni nadie que nos moleste"*. Justo así era como quería estar.

Nuestros besos se aceleraron transformándose en una pasión acelerada e imperiosa. Sentía que cuanto más acercaba mi cuerpo al suyo más desmedidas eran las ganas de subirme encima de él y cabalgarlo hasta que el tiempo dejara de contar.

Pero…cuando creí que habían desaparecido las barreras entre nosotros, cuando empecé a pensar que podría olvidarme del mundo con tal de estar aferrada a él, el rostro de aquella chica, Susana, me asaltó el pensamiento sin previo aviso.

—¡No! —dije esforzándome por alejarme de él.

—¿No, qué? —replicó él sosteniéndome el codo.

La preocupación alcanzó su mirada.

—No quiero seguir besándote. Solo he venido a ver cómo te encontrabas. Pero no ha cambiado nada entre nosotros.

Me aparté lentamente mientras le decía aquello y contemplé cómo su expresión variaba con cada letra.

—¿Qué no ha cambiado nada? Sara, que no vayas a casarte lo cambia todo. Yo quiero estar contigo y tú quieres estar conmigo.

—Te acostaste con ella. Lo hiciste. Y no puedo olvidarme de eso así como así.

—¡Maldita sea, ya te lo he dicho! ¡Estaba furioso! Pensé que me habías mentido, que solo estabas burlándote de mí. Joder, no tenía ni idea de que esa noticia era falsa —dijo moviendo los brazos, nervioso, y pasándose las manos por el pelo.

—Necesito pensar más sobre todo esto —murmuré dando un paso hasta la silla donde descansaba mi bolso. Me lo colgué al hombro y volví a mirarlo.

Ahora tenía la cabeza agachada y miraba al suelo.

—¿Qué es lo que tienes que pensar? —susurró suspirando y cruzando los brazos sobre su amplio pecho.

—No estoy pasando por un buen momento y tú... Bueno...nosotros..., todo es muy confuso —me coloqué un mechón de mi cabello detrás de la oreja.

—¿Estás confusa? —dijo con un gesto glacial, sin apartar sus ojos de los míos—. Habla claro, Sara.

Supongo que mi indecisión lo estaba confundiendo aún más. Así que respiré e intenté ser sincera.

—Me gustas, Serra, muchísimo. Pero apenas te conozco, ni siquiera sé cómo te llamas. —Al decir eso agarré el asa del bolso con más fuerza y él se humedeció los labios. Pensé que al fin iba a decírmelo, pero lo único que hizo fue mover ligeramente la cabeza instándome a continuar con mi parrafada—. Mi vida en estos momentos es más complicada de lo que imaginas. Tengo una familia un tanto peculiar que está empeñada en sabotear mi felicidad, y lo cierto es que ahora mismo debería centrarme en solucionar mis asuntos antes de empezar nada con nadie. No te culpo por creer lo que ponía en ese periódico. Al fin y al cabo tú tampoco me conoces a mí. —Vi que se llevaba una mano a la frente y se la frotaba—.Pero ahora mismo no me encuentro con fuerzas para superar otra decepción. Y créeme que saber que te acostaste con Susana, lo fue.

Él chasqueó la lengua.

—Fue una estupidez. No deberíamos seguir hablando de ella.

Se removió en la cama intentando acomodarse, estaba alterado e inquieto.

—Solo pretendo explicarte cómo me siento.

—Cometí un error. Lo sé. Pero sabes de sobra que de no ser por esa absurda noticia nunca me habría acostado con ella.

—No. No lo sé. Ya te lo he dicho, apenas sé nada de ti.

—Sabes cuanto necesitas por ahora. Me encantas, joder, me…fascinas, me gustas tanto que temo estar haciendo el gilipollas constantemente… —Abrió la boca para decir algo más pero se calló. Yo hice un esfuerzo por tragar saliva—. No sé, Sara, si quieres marcharte y dejar que esto acabe aquí, no soy nadie para impedírtelo —dijo toqueteando el vendaje de su muslo. Su semblante colérico y la arruga de su frente me decían que estaba furioso.

Un silencio extraño nos envolvió a ambos.

—No quiero que acabe, solo intento dejar atrás el miedo al fracaso. Necesito tiempo.

—Bien, tú misma.

Pero al decir eso apenas me miró. Tan solo se giró y con el gesto contraído por el esfuerzo que hacía al moverse, se tumbó en la cama sobre los almohadones.

—Tengo que irme —dije mirando el reloj de mi muñeca. Tenía que volver al Centro, no podía pasarme la mañana en esa habitación por mucho que deseara quedarme a su lado.

—Vale —respondió él con la mirada perdida en la ventana.

—Adiós.

Apenas le oí murmurar algo más mientras me marchaba de allí con el corazón dolorido.

Mis reacciones, cuando estaba con él, eran completamente incontroladas. Podía estar abrazada a él deshaciéndome entre sus brazos para un segundo después decirle que no estaba segura. Pero es que en esos momentos de mi vida yo me sentía así: insegura, perdida…

En ese instante, tras salir de aquella habitación estaba convencida de que debía pasar el tiempo, sola. La presencia de Serra en mi existencia había puesto patas arriba ese caos ya de por sí desordenado en el que vivía. No obstante, mis sentimientos hacía él se hacían más inmensos cada segundo que pasaba a su lado, y temía que si me equivocaba y al final resultaba siendo tan solo un chico guapo del que no debía haberme encaprichado, lo iba a pasar francamente mal.

Quizá era conveniente dejarme llevar y actuar según los impulsos de mi cuerpo. Pero Serra iba más allá de una simple tentación. Él hablaba de que se estaba enamorando de mí y yo…yo creo que lo estaba desde el minuto uno en que había posado mis ojos en él. Con lo cual, mi cabeza no hacía más que pensar en que necesitaba un poco de espacio para convencerme de que por una vez me merecía que algo bueno estuviera ocurriéndome. Algo verdadero y lejos de todo lo tóxico que me rodeaba.

No quería estropearlo con el recuerdo de él acostándose con aquella chica. Sin embargo, necesitaba unos días para reflexionar y dejar atrás los errores de ambos.

Y así, sin más, fue como pasé esa semana. Dándome espacio. Y ¿qué se supone que significaba eso? Una mierda, básicamente. Torturarme durante días, mirando constantemente el móvil y deseando recibir un mísero mensaje que me recordara que aún no se había olvidado de mí.

Mi deprimente y entrecomillado espacio consistió en: trabajar con los sentidos puestos en los besos que Serra me había dado en esa habitación del hospital, repetirme mentalmente las palabras que él mismo había pronunciado una y otra vez; llamar a Irene y quedar con ella para aburrirla sobre lo mucho que me gustaba y el miedo que me daba que en realidad me hubiera hecho demasiadas ilusiones, y hartarme de ver vídeos en YouTube y en el Facebook. Porque si algo había provocado mi presencia en el pleno era atención. Desde que me marché de esa sala, una tremenda algarabía mediática había revolucionado las redes sociales y ahora incluso en los titulares aparecía en letras grandes: PUÑALADA TRAICIONERA A LA ALCALDESA.

Irene se tronchaba de la risa cada vez que me veía en esos videos, diciendo todo eso sobre los votantes y lo mucho que se merecían que los políticos trabajaran por el pueblo. Pero yo no hacía más que prepararme para la despiadada represalia que ese nido de ornamentadas noticias provocaría sobre mí.

Cuando llegó el viernes estaba tan deprimida que no sabía qué hacer. Mi madre no había intentado ponerse en contacto conmigo ni si quiera para insultarme, lo cual me resultaba aún más preocupante. Diego me llamó, pero solo para charlar, como siempre. Según él, prefería mantenerse al margen de la polémica. No me regañó por lo que había dicho en el acto, pero tampoco lo alabó, así que ya no sabía qué pensar.

Y Serra se había tomado al pie de la letra mi sugerencia de darnos espacio.

¡Maldita sea!

Cuando acabé de almorzar y me tumbé en el sofá, la ansiedad que sentía empezó a apoderarse poco a poco de mí. ¿De verdad no iba a escribirme? ¿Ni siquiera un wasap?

Agarré el móvil y estuve deliberando sobre la posibilidad de escribirle yo, pero claro, ¿qué iba a decirle? Además ya había ido al hospital a verle y a preocuparme por su estado. ¿Por qué no me escribía él? Aunque a decir verdad siempre podría preguntarle por su pierna. Solo eso.

«¿Qué tal tu pierna?».

Se conectó de inmediato y la pantalla me chivateó que estaba respondiéndome.

«Bueno, hace tanto tiempo que no me preguntas que se me ha olvidado decirte que me la han cortado».

A su mensaje lo acompañaba una carita con una burla. Sonreí como una tonta ante su broma macabra.

«Espero que no se hayan pasado cortando».

Me lo imaginé sonriendo, mostrando sus dientes blancos y delineados.

«Si lo que te interesa saber es sí aún te puedo ser útil, ven a mi casa y veremos qué se puede hacer».

Mi estado de ánimo había dado un giro brutal y ahora me sentía exultante y con ganas de hacer piruetas en el salón.

«¿Quieres que vaya a tu casa?».

«Ya estás tardando».

Me llevé una uña a la boca y me la mordí.

«¿Para qué?».

Obviamente lo estaba provocando. Pensaba levantarme de un momento a otro y vestirme.

«¿Para qué? Ya sabes para qué. Quiero arrancarte la ropa, chuparte, lamerte, morderte. Quiero saborearte de la cabeza a los pies. Y también quiero que tú me chupes a mí».

Cuando me di cuenta me estaba abanicando con la mano y toda la sangre se me había agolpado en las mejillas.

Miré el teléfono y él seguía en línea. Se suponía que me tocaba responder.

¡Diosito, diosito!

«Veremos qué se puede hacer».

Tecleé repitiendo la frase que había usado él anteriormente. Sabía que eso le haría gracia.

«Jajaja, de acuerdo, date prisa. Te echo de menos».

Yo también lo echaba de menos. Muchísimo.

Me pasé como media hora en mi casa probándome vestidos, camisetas, pantalones, sandalias y conjuntos de ropa interior. Quería ponerme algo con lo que estuviera guapa, pero que a la vez resultara natural y no estratégicamente pensado. Así que finalmente acabé con un vaquero corto y una camiseta gris sin mangas que Irene me había regalado un año por mi cumpleaños y que ella misma había decorado en su afán de convertirse en diseñadora de moda. Me alisé mi cabello cobrizo con la plancha y luego utilicé un maquillaje liviano y veraniego.

Siendo previsora, antes de salir de casa agarré un bolso mediano donde pudiera guardar algo de ropa de recambio, mis maquillajes y un cepillo de dientes. Aún no estaba segura de si él quería que me quedase a dormir, pero desde luego no iba a desaprovechar la oportunidad.

Veinte minutos más tarde mis dedos temblorosos llamaban a su puerta. Oí música de fondo. No estaba segura de qué era lo que sonaba, solo sé que tuve que insistir para que me oyera. Y cuando mis esperanzas en que abriera empezaron a desvanecerse él apareció mostrando su cuerpo atlético y perfecto delante de mí.

Dejé de respirar momentáneamente. Hacía tantos días que no le veía que ya no recordaba el efecto que causaba ese hombre en mi organismo.

Llevaba como única prenda un pantalón gris, corto, de chándal, y mientras yo lo examinaba de arriba abajo él hizo lo mismo. Alcancé a ver que el vendaje de su pierna era más pequeño ahora.

Su sonrisa se agrandó en su cara, iluminando sus ojos. Tenía un poco más de barba que la última vez que lo había visto y su pelo seguía igual, revuelto y jodidamente seductor.

No dijo nada, tan solo se lanzó a agarrarme de la cintura y atraerme hacia él para estrellar sus labios con los míos.

—Estás guapísima —dijo sobre mi boca cuando me colgué de su cuello para devolverle el beso.

—Tú también, me gusta tu barba —susurré pasándole un dedo por la mandíbula.

Se separó de mí y me agarró de la mano invitándome a pasar.

—Ven, tengo un invitado.

¿Un invitado? Pero apenas me dio tiempo de pensar en nada más cuando de repente me encontré con aquel bebé sentado en su sofá jugando con lo que parecían ser unos cilindros de goma.

¿Estaba cuidando a su hermano?

Mi cara de pánfila observando a aquel diminuto ser humano tuvo que ser un poema. Pero es que lo último que me imaginaba era a Serra haciendo de niñera, y ahora que había vuelto al lado del pequeñín e intentaba hacerle sonreír, hablándole de ese modo que solo se habla a los bebés, me pareció la escena más tierna, adorable y condenadamente sexi que había visto jamás. Es decir, lo que sentí en mi corazón fue inexplicable. Solo sé que algún filamento extraño allí dentro se alteró de algún modo.

—¿Quieres tomar algo? —me preguntó cuando vio que aún no me había movido de en medio del salón y bajando el volumen de la tele. Tenía puesto un canal de dibujos animados.

—No…no…gracias —titubeé cuando reaccioné.

Colgué el bolso en el perchero y me senté junto a ellos.

—Bruno, esta es Sara, ¿te acuerdas? Te he hablado de ella. Pero ni se te ocurra decirle ni una palabra de lo que te he mencionado antes —dijo él ocultando esa sonrisita canalla.

Obviamente el pequeñín seguía a lo suyo. Tan solo me miró y me mostró algunos dientes diminutos. Balbuceó algo, pero no se le entendía nada.

—¿Cuántos años tiene? —le pregunté.

—Dos.

—Es muy mono —dije, contemplando al pequeñín que en ese momento mordía uno de los cilindros. Tenía el pelo castaño casi al cepillo y unos mofletes regordetes que me moría por pellizcar.

—¿Te gusta? Puedo hacerte uno si quieres.

Sonreí y le di una patada en el pie, de broma.

—¿Cómo tienes la herida?

Quería cambiarle de tema. Fantasear con la idea de tener un hijo de él era demasiado para mí…

—Mucho mejor, la bala solo me rozó el muslo. Solo tengo algunos puntos y dentro de poco estará cicatrizada —decía él acariciando la espalda de su hermano.

—Me alegro mucho de que no te pasara nada.

Y lo dije de corazón. El hecho de pensar que podía haberle sucedido algo grave me aterraba.

Su mirada me abrasó.

—Yo también. Aún tengo muchas cosas que hacer contigo —añadió.

—¿Cosas? —inquirí cambiando el tono de mi voz y envolviendo la conversación de perversión.

Me crucé de piernas y él observó mis muslos. Me encantaba su manera de mirarme…

—Sí, muchas —murmuró—, y tienes suerte de que aún esté aquí Bruno y no pueda decírtelas en voz alta. Aunque no cantes victoria, su madre llegará de un momento a otro para llevárselo.

La mamá de Bruno: Marian…La doble de la inspectora Beckett.

De repente, me puse en alerta y mi gesto se transformó. ¿Iba a encontrarme de nuevo con esa mujer?

Estoy segura de que tuvo que ver cómo mi cara bajaba dos tonos, pero en ese instante sonó el timbre y él, sin más preámbulos, se levantó a abrir.

—Será ella —dijo dirigiéndose a la puerta. Y así era.

—Siento haber tardado tanto. Espero que no te haya dado mucha guerra — le oí decir a medida que se adentraba en el salón.

Sin embargo, cuando se percató de mi presencia, cambió su semblante e hizo exactamente lo mismo que la primera vez que me vio: mirarme con desconfianza.

—Vaya, hola —articuló.

—Hola.

Iba vestida con un vaquero claro y una camisa blanca sencilla de manga corta, pero he de reconocer que estaba fabulosa. Con su pelo oscuro y suelto a la altura de los hombros. No era capaz de acertar su edad pero aposté a que no tenía más de cuarenta años.

—Marian, ella es Sara.

—Sí, ya…—dijo ella sin pararse a saludarme.

Me aparté para que tuviera acceso al sofá y pudiera coger al bebé.

Ella me ignoró el tiempo que estuvo allí, colocando al pequeño en su carrito y recogiendo sus cosas.

Serra no prestó demasiada atención a la tensión que había entre nosotras porque estaba más distraído en hacer reír a Bruno que en cualquier otra cosa.

Lo único que sabía era que en cuanto perdiera de vista a esa mujer él y yo teníamos que aclarar algunas cosas.

23

UN HOMBRE SIN NOMBRE

La puerta se cerró y, por aquel entonces, yo estaba sentada en su sofá.Acababa de presenciar como él se despedía de su hermano y ella salía de su casa sin decirme adiós. Y lo peor de todo era que él no le dio la más mínima importancia. Regresó a mi lado con una sonrisa triunfante y se acomodó extendiendo su brazo por el respaldo.

—¿Qué tienes pensado hacer conmigo? —me preguntó con aquella expresión juguetona en su bonito rostro.

Me contagié de su buen humor al instante, pero intenté no desviarme de lo que de verdad me interesaba saber. Así que me aparté un poco de él, me removí en el asiento y me coloqué de forma que sus ojos quedaran frente a los míos.

—¿Quién es esa mujer y por qué tengo la sospecha de que no me lo has contado todo sobre ella?

Su gesto se transformó y esa sonrisa que antes iluminaba sus facciones se fue escurriendo de su cara.

—Ya sabes quien es, es la madre de mi hermano. El único hermano que tengo.

Me miré los dedos de las manos, nerviosa.

—Es que parece…No sé…, pero ella…es…

—Marian es así, Sara. No suele ser muy agradable con la gente. En realidad, no le gusta nadie que no sea ese enano.

Me quedé en silencio asimilando cada palabra, pero las dudas se me amontonaban en el cerebro.

—¿Y tú? Contigo parece llevarse bien. Y encima tiene una llave de tu piso.

Chasqueó la lengua. Como si darme tantas explicaciones fuera innecesario para él.

—Ella vive en Jerez y tiene que venir todos los días a trabajar aquí.

Yo soy la única ayuda que tiene con Bruno. Su familia es de Barcelona. Le hice una copia para que pueda ducharse aquí, ella o el pequeño, los días que tiene mucho trabajo.

Asentí lentamente. Vale. Eso no habría sido tan malo si esa mujer no fuera tan atractiva. Pero lo era. Y para colmo también trabajaba con él.

—Ni siquiera me ha mirado —dije a modo de reproche.

—Ella no tiene que mirarte. Debería bastarte con que te mire yo —murmuró recorriéndome con sus ojos hambrientos.

Estaba intentando desviar la conversación. Pero yo aún no había acabado.

Me mordí una uña y a continuación solté sin más.

—Creo que siente algo por ti. —Y a pesar de que la frase había salido de mi boca casi atropellada procuré sostenerle la mirada el suficiente tiempo para averiguar algo.

Él arrugó las cejas. No había duda de que se había enfadado ante aquella sugerencia.

Respiró profundamente y luego se inclinó hasta dejar los codos apoyados en sus rodillas. Se llevó las manos a la cara y se la frotó.

—Sara…, Marian es la madre de mi hermano. Era la mujer de mi padre.

—Eso no hace que lo que acabo de decir sea incierto —corroboré muy seria.

—Quiero dejar de hablar de esto —masculló poniéndose de pie.

Se giró para decir algo. Estaba furioso. Y me pregunté por qué estaba reaccionando de esa manera. Si de verdad no había nada entre ellos, tan solo tenía que desmentirlo. Pero en vez de eso optó por zanjar la conversación e internarse en la cocina.

No sabía qué hacer, si levantarme e irme o seguir insistiendo en averiguar algo más.

Al cabo de unos minutos, cuando ya estaba empezando a desesperarme, salió con una botella de agua pequeña entre sus dedos y bebiendo a morros.

Nos miramos sin decirnos nada y él se apoyó en el marco de la puerta.

Fijó la vista en el suelo. Estaba a punto de decirme algo y me quedé inmóvil esperando a que hablara.

—Salimos una vez. —¡¿Q-Quééé?! Grité para mí. Sin embargo, solo asentí. Ahora que iba a hablar no tenía intención de interrumpirlo—. Antes de que ella conociera a mi padre.

Mi cara probablemente reflejaría el nudo de sentimientos contradictorios que en ese momento se arremolinaban en mi interior. ¡¿Habían salido juntos?! Para Serra, la diferencia de edad entre ellos no debió de ser ningún impedimento.

No obstante, antes de que yo planteara la pregunta, él respondió saciando mi curiosidad.

—Pero no pasó nada —añadió— Fue hace cuatro años. A ella acababan de destinarla a esta comisaria y yo la invité una noche a salir. Cenamos y nos tomamos algunas copas… —Hizo una pausa y bebió otro trago. Deduje que entre copa y copa hubo algún beso y eso me provocó una punzada de celos que me sacudió—.Y cuando veníamos de vuelta a mi apartamento mi padre estaba esperándome en el portal. Por aquel entonces, él formaba parte de la UDYCO en Madrid y tan solo había venido unos días a visitarme. Quiso marcharse cuando me vio con Marian, me dijo que dormiría en un hotel y que al día siguiente me llamaría. Pero al final acabamos los tres en mi salón con una botella de vino sobre la mesa y hablando de un montón de anécdotas de mi infancia. No tardé mucho en darme cuenta de que a Marian le interesaba más mi padre que yo, así que me acosté y cuando me desperté a la mañana siguiente, ellos aún estaban charlando en mi sofá. Seis meses después se casaron y luego llegó Bruno.

Parpadeé reconstruyendo en mi cabeza todo lo que acababa de contarme.

Marian se había enamorado de su padre al instante, pero de no ser así… ¿Habrían acabado en la cama?

—Es decir, que de no aparecer tu padre esa noche, tú y ella…

—Sara, eso ya no importa —dijo interrumpiéndome—. Ella para mí ya no es la misma mujer con la que salí aquella noche.

—Es que es… No sé…

—No hay nada entre ella y yo. Nunca lo hubo y nunca lo habrá —sentenció él tras leer mis pensamientos.

—Vale —susurré, aceptando que por ese día ya sabía bastante. Aunque eso no descartaba que ella se sintiera atraída por él, ahora que su padre había fallecido. Lo sé, era asqueroso incluso pensarlo, pero al fin y al cabo, él y ella eran dos personas adultas, independientes y, aunque me doliera el simple hecho de que se me pasara por la mente, sabía que esa posibilidad existía. Lo sabía yo, y su dispar reacción ante mi insinuación me decía que él también lo había considerado.

—Bien —exhaló, toqueteando el tapón de la botella que sostenía entre sus manos.

Deslicé mis ojos por su cuello y su pecho atlético y perfecto.

—Bien —repetí sin saber qué otra cosa decir.

—Ahora vuelvo a la pregunta que te hecho antes… ¿Qué tienes pensado hacer conmigo?

Avisté cómo la comisura de su boca se curvaba en una sonrisa suave, sexi, provocadora.

—En realidad me gusta esperar que sea el destino el que entre en juego —respondí, devolviéndole la sonrisa y dejándome caer en el respaldo del sofá. Volví a cruzar las piernas y me toqué el pelo en un intento de resultarle excitante o, no sé, simplemente por hacer algo con las manos.

—Bonita frase. Pero tratándose de este momento. Aquí y ahora, contigo, no voy a esperar nada. Ni siquiera al destino. Así que ponte de pie y quítate la ropa.

Pero el modo en el que pronunció esa orden me paralizó. Una oleada de calor ascendió por mis muslos amenazando con instalarse allí en el vértice de mis piernas.

Me humedecí los labios y a continuación…lo hice.

Deseaba tanto volver a tocarle, a besarle, a abrazarle que habría hecho cualquier cosa que me hubiera pedido.

En cuanto me levanté de mi asiento vi como su semblante brillaba de expectación. Me deshice de la camiseta sin despegar mis ojos de los suyos, y luego mis dedos tantearon el botón y la cremallera de mi short vaquero para dejarlo caer a mis pies. Lo aparté y él continuó recorriendo cada palmo de mi cuerpo. Allí, apoyado, con esa barba terriblemente tentadora y su cabello alborotado y apetecible.

Mi conjunto de ropa interior había causado el efecto deseado. Elsa Pataky en ese anuncio de WomenSecret tenía la culpa.

—Joder, Sara... ¿Quieres volverme loco, verdad? —masculló con la mirada encendida.

Pero no respondí. Tan solo me acerqué hasta él y me planté lo suficientemente cerca para posar mis manos en su pecho. Su primera reacción fue cogerme del pelo, tirar suavemente y devorarme los labios. Su lengua entró en mi boca y sentí que los vellos de mi piel se erizaban. Vi cómo tiraba la botella de agua vacía al suelo para poder apresarme entre sus brazos. Su mano izquierda fue directa a una de mis nalgas y la derecha no me dejaba apartar mis labios de los suyos.

Antes de poder recuperar el aliento ya estaba colgada de su cuello. Era tan alto y sus hombros eran tan anchos que estar prácticamente desnuda y deshaciéndome con sus besos me hacía parecer más pequeña. Sin embargo, la sensación de confort y protección que sentía cada vez que ese hombre me estrechaba contra su cuerpo era grandiosa.

—Te deseo muchísimo —gemí, capturando su labio inferior.

—Yo también —respondió.

Retrocedimos sin romper el contacto de nuestros cuerpos. Me dejé conducir por él y acabé con la espalda en el sofá, pero al tumbarse sobre mí, mi pierna rozó su vendaje y percibí que hacía una mueca de dolor.

—Lo siento —susurré, mesando los mechones de su nuca.

—No pasa nada. Solo que creo que será mejor que te pongas tú encima.

Asentí.

Él se sentó y me atrapó la muñeca instándome a sentarme sobre él, a horcajadas.

Su erección bajo aquellos pantalones de algodón se clavó en mí y moví las caderas para sentirla mejor, con sumo cuidado de no dañar su herida.

—Mejor así —exhaló con sus manos en mi culo. Sus dedos se metieron por el encaje de mis bragas pellizcando mis nalgas.

Volvimos a besarnos más intensamente, más profundamente.

Su nariz se deslizó por mi cuello y su lengua lamió despacio la piel de mi garganta.

No tardó mucho en agarrar el cierre de mi sujetador. Le ayudé a quitármelo y mis pezones esperaron expuestos a ser atendidos por turnos.

¡Madre de Dios! Observarlo mientras chupaba y lamía mis pechos, me electrizó.

Fue entonces cuando deseé tirar de su pelo y gemir su nombre.

Sí, su nombre. Quería llamarlo por su nombre y a esas alturas él aún no me había dicho cómo se llamaba.

Acuné su rostro entre mis manos y, a pesar de que lo que estaba haciendo en ese momento estaba a punto de provocarme un orgasmo, le detuve.

—¿Qué pasa? —dijo él con el cejo fruncido y los labios hinchados.

—Dímelo. —Sus ojos bailaron en los míos, confusos. —Tu nombre —aclaré—.Quiero saberlo.

Él me plantó un beso en la nariz. Y luego con una mirada penetrante y cargada de sentimientos musitó:

—La única persona que siempre me llamaba por mi nombre de pila era mi padre.

Lo contemplé con afecto. Quizá era por eso por lo que no me había dicho su nombre. Ahora empezaba a darme cuenta de que la muerte de su padre le había afectado más de lo que yo creía.

Acaricié sus labios con los dedos de una mano mientras con la otra tiré de su pelo suavemente.

—Ahora quiero ser yo.

Enterró su cara en mi cuello para volver a besarlo.

—Si te corres pronunciando mi nombre es probable que no te deje salir de este apartamento nunca —susurró.

—Eso ha sonado muy posesivo.

—Lo es.

—Acepto —sentencié con mi respiración alterada a consecuencia de sus lametones—. Eso sí, espero que no me digas que te llamas Godofredo o Eustaquio.

Una carcajada sincera y preciosa lo obligó a echar la cabeza hacia atrás.

—Ya has aceptado. No hay vuelta atrás —murmuró removiéndose bajo mi cuerpo para quitarse los pantalones. Hurgó en uno de sus bolsillos y dejó un preservativo a un lado.

Flexioné las piernas para facilitarle la maniobra, y la enervante idea de pensar que entre su sexo y el mío solo se hallaba el fino encaje de mis bragas me humedeció al instante.

—¿Cómo te llamas? —insistí.

Pero él se tomó su tiempo. Mostrándome aquella sonrisa sexi de dientes perfectos.

—¿Sabes qué? No voy a poder olvidarme durante días, ¡qué digo días!, años… de cómo te has desnudado hace un momento delante de mí.

Su mano fue directa a mi entrepierna y sentí como mi clítoris palpitaba en sus dedos. Jadeé y me balanceé demandando más atención allá abajo. Tiré de él para volver a besarle y esta vez nuestro beso fue más desesperado.

—¿Vas a decírmelo?

—Tengo que ponerme el condón —gimió sobre mi boca.

Su saliva se mezcló con la mía y sentí que, a medida que seguíamos besándonos, él agarró su erección. Se separó un segundo y me mostró el preservativo.

—Hazlo tú —me ordenó con la mirada cargada de lascivia, sujetando su polla grande y perfecta.

Lo agarré y lo rasgué con mis dientes ante su atento y sensual escrutinio.

Mi cuerpo estaba completamente poseído por la lujuria del momento. Necesitaba tenerlo dentro de mí, y lo necesitaba cuanto antes.

Así que me deshice de las barreras y los tabúes y lo toqué. Apreté su miembro en mi puño con la vista clavada en él y noté cómo su pecho se hinchaba y deshinchaba.

Empecé a masturbarlo y él hizo lo mismo conmigo.

—Si no quieres que esto acabe en tu mano, será mejor que me lo pongas ya.

Intenté no resultar patética poniéndole el condón, pero creo que no lo conseguí demasiado cuando él tuvo que rectificar mi tarea con su expresión pendenciera.

Sin embargo, el morbo y el descontrol del momento solo me obligó a concentrarme en la forma en la que se deslizó dentro de mí y en cómo mi sexo lo acogía dejándole espacio.

Una vez dentro se detuvo y me pinzó la barbilla.

—Miguel —dijo con la voz convertida en un sueño líquido.

Casi me corrí solo de oírlo. Un hombre como él no podía llamarse de otro modo…

Cada sílaba, cada letra me sonaron jodidamente perfectas saliendo de sus labios. Su nombre en esa boca sensual y prohibida era una puta poesía.

Sonreí. Una risa sincera y transparente.

—Encantada, Miguel —susurré, entrelazando los dedos en su nuca y moviéndome sobre él.

—Igualmente, Sara —añadió agarrando mi culo e instándome en mis pecaminosos movimientos.

Levantó las caderas para penetrarme con más fuerza y colarse más adentro de mí. Yo me alcé sobre él y volví a entrar para sentir cada una de las terminaciones nerviosas de su piel. ¡Dios, aquello era maravilloso! Follármelo de ese modo, allí, en su sofá, no sería un recuerdo fácil de eliminar de mi mente.

Clavé las uñas en sus hombros mientras él dejaba las huellas de sus dedos en mis muslos.

—Así, nena… —decía entre gemidos—. ¡Joder, qué bien te mueves!

Perdí la noción del tiempo cabalgándolo, besándolo, lamiéndolo…

Por supuesto, cuando el orgasmo nos arrasó a ambos volví a pronunciar su nombre.

Más tarde, en su cama, estábamos tumbados uno frente al otro. Él se apoyó en un codo para contemplarme y yo, con la cabeza sobre la almohada, le acaricié el pecho. Durante un rato solo nos miramos, sin decirnos nada. De ese modo que hacen las personas que se encuentran conectadas. De esa forma que traspasa las emociones y altera las sensaciones. Permanecimos en silencio. Conociéndonos un poco más. Descubriendo que no nos hacía falta dialogar para saber que algo muy intenso sobrevolaba a nuestro alrededor. Algo sano, real, pero al mismo tiempo aterrador.

Luego él, curvando sus labios, murmuró:

—¿Cómo sé que no estás hipnotizándome?

Continué acariciando su cuello.

—¿Por qué iba a querer hipnotizarte? Me gusta mucho lo que me haces cuando estás consciente.

—¿Te gusta?

—Sí, mucho—bisbiseé mirándolo a los ojos.

—A mí me gustas tú.

Esta vez lo dijo como si admitirlo lo desconcertara. En realidad ya sabía que le gustaba, era obvio. Pero creo que esa noche empezó a asimilar que aquello podía convertirse en algo insensato, irracional. Algo agudo y constante. En esa clase de sentimiento que te asalta y arrasa, que incita a querer saberlo todo de la otra persona…a tenerla cerca, a desear atravesar su piel y llegar a su corazón…

—Eso ya lo sé—respondí sonriéndole. Una de esas sonrisas tímidas que intentaban restar importancia a la magnitud de sus palabras.

Él me pinzo la barbilla y antes de estrellar sus labios con los míos afirmó:

—No. No lo sabes.

24

LA EXCUSA: EL MÓVIL

Irene

—M ierda, mierda...

—¿Qué pasa? —me preguntó mi hermano con un bote de gomina en la mano irrumpiendo en la habitación.

Removí por quinta vez el bolso y aquel millón de objetos inservibles que tendía a acumular, y nada, mi móvil no estaba.

—Me he dejado el teléfono en la Clínica.

—Joder, qué putada. ¿Y no puedes ir a por él?

—Acabo de llegar de San Fernando. Ya está cerrada. Probablemente no podré recuperarlo hasta el lunes.

Era viernes y la idea de estar todo el fin de semana sin el móvil empezaba a ponerme a nerviosa.

—Bueno, tampoco es para tanto. Solo es un teléfono —dijo mi adorable hermano poniéndome aún de peor humor—. Anda, ayúdame y ponme esto.

Me ofreció el bote de ese producto pegajoso que solía ponerse en el pelo y se sentó en mi cama esperando a que lo peinara.

No tenía ganas de aguantar sus tonterías, pero cuando lo vi allí, esperando, con esa expresión infantil en su aniñado rostro decidí que, al fin y al cabo, él no tenía la culpa de mi despiste.

—¿Has quedado con alguien?

—Sí. Es una chica de mi facultad —respondió con desinterés.

—¿Te gusta?

—Sí, está buena.

—¿Cómo se llama?

—Montse, creo.

—¿Crees?

—No, no, Mónica.

Puse los ojos en blanco mientras continuaba extendiendo aquel mejunje sobre su cabello rubio.

—Ya está —le dije devolviéndole el bote.

—Gracias, hermanita —murmuró levantándose y dándome un beso en la mejilla. Él era mucho más cariñoso conmigo que yo con él—. ¿No sales hoy? —me preguntó mientras se dirigía a la puerta. Me fijé en su espalda y me di cuenta que sus músculos estaban más desarrollados. Además, juraría a que también había crecido un poco.

—No tengo ganas. Y Sara ha quedado con el chico con el que sale, así que me quedé sin plan.

—¿Qué pasa con ese tío?

—¿Qué tío? —inquirí sin tener ni idea de lo que me hablaba.

—Con ese con el que te mensajeabas el otro día en el portal, a oscuras. El gilipollas —añadió a modo de aclaración.

El rostro de Víctor jodidamente perfecto, y su cuerpo fibroso, alto e imponente, con la misma camisa verde mar con la que había aparecido esa mañana, me colapsó el cerebro.

—Sigue siendo un gilipollas —masculé pensativa, doblando las prendas que estaban desperdigadas sobre el colchón.

Mi hermano se detuvo antes de salir de mi habitación y me miró con una expresión insondable.

—Últimamente estás distinta, Irene. Si quieres que le parta las piernas a ese tío solo tienes que decírmelo.

Me giré de inmediato y avisté el gesto de preocupación que alcanzaba a sus ojos.

—Fran, estoy bien, no es nadie —lo tranquilicé.

Mi hermano podía ser un capullo con las tías, inmaduro, superficial…, pero conmigo a veces se pasaba de sobreprotector.

Al cabo de un rato, cuando ya hube cenado y mis padres estaban en el salón tragándose aquel escandaloso programa de Telecinco titulado Sálvame Deluxe, decidí meterme en mi habitación y ponerme a leer, pero de repente oí el timbre del telefonillo.

—¿Sí? —respondí pensando que sería mi hermano. Se habría vuelto a olvidar las llaves y probablemente volvía a por ellas.

—Irene, soy Víctor. He venido a traerte el móvil.

El auricular estuvo a punto de escurrírseme de las manos.

—V-Vale, bajo en un minuto.

Sufrí un micro infarto. Lo juro. Pero cuando logré recuperarme me moví de un lado a otro pensando en mi indumentaria.

Mi madre pasó por delante de mi habitación justo en el momento en el que yo ya estaba tirada sobre la cama. Embutirme en aquellos vaqueros estrechos que me quedaban de infarto con aquel roto en la rodilla, no era fácil. De ninguna manera iba a bajar a recibirle en pijama. No tenía mucho tiempo, pero sabía cuáles eran las dos prendas de mi armario que me hacían parecer sexi sin arreglarme demasiado: esos tejanos y mi camiseta de naranjito.

—Irene, hija mía, ¿qué haces? —preguntó mi madre desde la puerta, observando cómo yo hacía lo posible por abrocharme el maldito botón.

—Nada, voy a bajar un momento. Me he dejado el móvil en la Clínica y mi jefe me lo ha traído.

—¿Tu jefe? Hija, dile que suba.

—Sí hombre… —respondí con voz sarcástica, poniéndome la camiseta.

—¿Por qué no?

—Mamá, porque no. Mi jefe es… es… un jefe, ya sabes —repliqué, moviéndome por mi dormitorio con una sandalia mientras buscaba la otra.

—¿Te trata mal?

—Noooo, mamá, no me trata mal. Es solo un jefe, ya está.

—Solo un jefe… —murmuró ella con esa cara de listilla: la cara de "superpoderes" para leer el pensamiento. Sí, no sé cómo lo hacía, pero a veces adivinaba lo que rondaba por mi mente antes incluso que yo.

Tuve que pasar por su lado para salir de allí y ella me miró de arriba abajo. Vestía aquel camisón azul cielo que usaba para dormir y llevaba su cabello caramelo recogido con una pinza.

—Ahora subo —comenté nerviosa ante su descarado escrutinio. Seguro que ya lo estaba haciendo. Seguro que sabía lo que mis agitadas neuronas maquinaban en ese instante.

—Espero que sepas lo que haces —le oí decir detrás de mí.

Agarré mis llaves, que descansaban sobre el taquillón de la entrada, y contemplé mi imagen en el espejo. Me peiné con los dedos mi flequillo largo y desfilado.

—Claro que lo sé, voy a por mi móvil.

—Sí, ya… —graznó ella un segundo antes de que yo cerrara la puerta.

Bajé los escalones de dos en dos e intenté inspirar profundamente el aire que alcanzaba. Lo iba a necesitar…

Cuando llegué al último tramo divisé su figura en el exterior a través de los cristales de mi portal. Y de repente me di cuenta de que la atmósfera que me envolvía no le proporcionaría suficiente oxígeno a mi cerebro para digerir lo guapísimo que estaba vestido de ese modo.

¡Qué hijo de la gran…chingada!, como diría mi madre, tras todas las telenovelas que se tragaba día sí y día también.

Llevaba una camisa negra que se ceñía a los músculos proporcionados de sus brazos y su espalda, y se ajustaba a su cintura estrecha perdiéndose en el interior de su pantalón vaquero oscuro, donde se ocultaba su trasero firme, compacto y terriblemente seductor.

Me puse a hacer aspavientos sin que me viera, contemplando su cuerpo de espaldas a mí. Su pelo… allí estaba, meciéndose a la melodía del viento, mientras yo fantaseaba con la posibilidad de hundir mis dedos en él. Solo que aquella fantasía se esfumó en el mismísimo instante en el que él echó un vistazo a su reloj, probablemente caro y de una marca prohibida, y me dejó ver que llevaba prisa.

Aceleré el paso y abrí la puerta atrayendo completamente su atención.

Su atractiva e hipnótica mirada de ojos almendrados se entretuvo en deslizarse por todo mi cuerpo para acabar alzando una ceja y esbozando una leve sonrisa. Al parecer mi camiseta le había hecho gracia.

—¿Naranjito?

Se había afeitado. Exacto. Era la primera vez que lo veía sin su barba sexi y excitante. ¿Dónde demonios iría tan guapo un viernes por la noche?

Asentí y me encogí de hombros.

Él se coló dentro obligándome a retroceder, confundida. Su perfume era… ¡Joder!…Una puta tentación.

Se rebuscó en el vaquero y sacó mi iPhone 4 de segunda mano, al que yo quería más que a algunas de las articulaciones de mi cuerpo.

—Gracias, Víctor. Pero no tendrías que haber venido hasta aquí.

Afiló la mirada y su boca se curvó de esa forma que solo hacía cuando hablaba conmigo. Esa misma que me advertía que en breves momentos me sacaría de mis casillas.

—Lo cierto es que lo he visto de casualidad. He ido a la Clínica hace una hora para recoger una documentación y justo cuando me marchaba lo he oído sonar.

Se detuvo antes de continuar y alcé la cabeza para clavar mis ojos en los suyos mientras mi mano le arrancaba el teléfono de las manos.

—Te ha llamado Paco —dijo con aquella sonrisita tocapelotas que tanto me irritaba—.Pero le he dicho que no estabas. Y que seguramente no podrías llamarlo en todo el fin de semana.

Oteé las llamadas perdidas y no encontré ninguna. Sin embargo, en llamadas entrantes…

Respiré antes de hablar.

—¿Has respondido a una llamada que era para mí?

—¿Qué querías que hiciera? —se excusó él.

—¿Que qué querías que hicieras? ¿Tal vez dejarlo sonar y no meterte en mi vida privada?

—Pensé que podrías ser tú desde otro teléfono.

Claro.

Suspiré y me metí el flequillo detrás de la oreja.

—¿Quién es Paco, tu novio?

Exhalé una carcajada más falsa que una peseta de madera.

—¿Qué? Pero bueno… ¿A ti qué te importa? —tartamudeé inquieta, luchando por mantener el equilibrio. Estaba tan cerca de mí que de repente me di cuenta de que nunca había observado el color de sus ojos a una distancia tan corta.

Eran preciosos, atezados, rajados y recubiertos de unas espesas pestañas.

—Si es tu novio, será mejor que le llames pronto.

—¿Por qué?

—Porque podría pensar que el tipo que ha respondido tu teléfono tiene algún interés en ti.

Un nudo de saliva se me agolpó de repente a mitad de la garganta colapsando mi respiración.

El aire se hizo más denso y espeso. Tanto que no había manera alguna de respirarlo.

—Es un amigo. Pero no entiendo por qué tendría que pensar eso. Cuando hable con él le explicaré que ese tipo es mi jefe. Solamente —recalqué—.Y también le diré que tengo un jefe un pelín entrometido y exasperante.

La forma en la que estaba contemplando mis labios hizo que mi cuerpo se pusiera en alerta máxima.

—Y si Paco es solo un amigo, ¿por qué tendrías que darle tantas explicaciones?

—Porque me da la gana —masculle.

Nos retamos en silencio lo que a mí me resultó una eternidad.

En realidad lo retaba yo. Él aún seguía con esa expresión mortificante en su atractivo rostro.

La luz del portal se apagó y me lancé como una autómata a encenderla. Quedarme a oscuras con Víctor en ese reducido espacio no era buena idea, ¿o sí?

—¿No sales hoy? —preguntó él cuando los halógenos del techo nos cubrieron de luminosidad.

—Claro que salgo —mentí sin remordimiento—. Estaba vistiéndome cuando has llamado.

Asintió lentamente y se metió las manos en los bolsillos. Yo me quedé junto al interruptor, por si acaso, y él dio dos pasos hacia la pared para apoyar su hombro en ella.

—Esa camiseta —dijo haciendo un gesto de cabeza hacia el muñeco de naranjito que había estampado en mi pecho—me gusta.

—A mí también, es mi favorita —añadí tirando del borde, que apenas me tapaba el vientre.

No tardé en percibir que esa parte de mi cuerpo había captado su atención. Los vellos de los brazos se me erizaron solo de pensar que me observaba de un modo completamente sexual. Y ahora, en vez de amilanarme como solía hacer cuando él se mostraba tan descarado y arrogante, opté por seguirle el juego.

Me llevé las manos a los bolsillos traseros de mi pantalón y ladeé ligeramente la cabeza para mirarle.

—Tengo que irme —murmuró hipnotizándome con esa mirada intensa y cargada de perversión.

—Estás muy elegante. ¿Has tirado de tu agenda? —inquirí mirándolo de arriba abajo, dejando entrever que se había puesto demasiado guapo.

Él apretó los labios reprimiendo una preciosa sonrisa y luego los humedeció. Se me hizo la boca agua imaginando aquella lengua reptando por mi piel.

—Más o menos —susurró incorporándose y acercándose hacia la puerta.

—Ya decía yo. Se te ve hoy más relajado —dije fingiendo indiferencia y sintiendo cómo un ramalazo de celos me sacudía de la cabeza a los pies.

¿Por qué imaginármelo con una mujer me provocaba esa sensación de desconsuelo?

Ahora que sabía que pronto lo perdería de vista; la idea se me antojó horrible.

Irene, céntrate, es tu jefe.

—Si me ves estresado en la Clínica es posible que se deba a una empleada muy graciosilla que le da por dibujar cosas obscenas en los pósits y pegarlos en mi espalda.

Agarró el pomo sin dejar de recorrer las facciones de mi cara.

Mis mejillas se pusieron rojas de repente. Pero aun así continué cubriéndome con ese caparazón que estaba utilizando para bromear con él y poder ocultar el nerviosismo que me provocaba su cercanía.

—La culpa es tuya. ¿Qué clase de empleada tienes en tu empresa? —pregunté coqueteando descaradamente con él.

Él pensó durante unos segundos la respuesta y a continuación con aquella voz magnética y atrayente comentó:

—Una que me perturba y provoca. Una que canta rancheras, se hace cortes de pelo arriesgados y viste camisetas pasadas de moda que a ella le quedan como a nadie. —Mi corazón bombeaba con tanta fuerza que lo oí golpeando mi pecho—. Una que me incita a pensar las cosas más depravadas y sucias que jamás habría imaginado con ninguna otra mujer. —

Sus ojos bailaron otra vez desde mi cara hasta mi vientre desnudo—. Una que me impulsa a arrastrarme hasta su casa un viernes por la noche con la excusa de traerle su puñetero móvil. —Miré al suelo, porque sostenerle la mirada en ese instante se me hizo demasiado peligroso—. La clase de empleada que me obliga a llegar tarde a mi cita —dijo mirándose el reloj—, haciendo que merezca la pena solo por quedarme frente a ella para mirarla.

Me llevé la uña de mi pulgar a mi boca y percibí que mi pulso temblaba.

Él se quedó en silencio y yo también.

¡Joder, joder!, yo le gustaba, no eran cosas mías…

Cuando volví a mirarlo, estaba serio. Tanto que me intimidó.

—Esa es la clase de empleada que he contratado. Y me temo que tengo un problema.

Apenas me di cuenta de que me mordía el labio con fuerza.

—Bueno…no quiero que llegues tarde a tu cita —titubeé con un hilo de voz sin saber qué otra cosa decir.

Se frotó la nuca, yo diría que bastante nervioso y luego abrió más la puerta.

—Te veo el lunes, Irene.

Dios mío, la profundidad de su mirada estaba a punto de reducirme a cenizas.

—De acuerdo. Gracias por traerme el móvil.

—Ha sido un placer.

Luego lo contemplé salir y alejarse de allí.

Creo que estuve al menos veinte minutos apoyada en esa pared, asimilando una a una las palabras que acababa de decirme. Probablemente mi cara era un poema en ese momento. Me froté la frente como unas diez veces y otras diez me llevé las manos a la boca intentando contener mis ganas de ponerme a gritar a pleno pulmón.

Tenía que hablar con alguien, quería contárselo a Sara.

Subí los escalones a paso ligero y cuando entré en mi casa me encerré en mi habitación antes de que a mi madre le diera por hacer uso de su extraordinaria habilidad para leer mi mente.

Me tumbé en la cama, vestida, y me puse a buscar entre mis contactos el número de teléfono de mi amiga. Pero no sé por qué, mis dedos, por inercia, teclearon hasta dar con el contacto de él. Parpadeé atónita cuando me di cuenta que había hurgado en mi agenda y que él solito había editado su nombre. Yo lo tenía memorizado como Víctor y entre paréntesis :*jefe capullo,* y él lo había cambiado por *"Víctor, un jefe adorable y sexi".*

—Será cretino... —murmuré para mí, negando con la cabeza y sin darme cuenta de que una sonrisa enorme se apoderaba de mi cara.

Miré la hora y a pesar de que eran solo las diez y media pensé que si Sara no me había llamado era porque estaba demasiado ocupada con ese poli que la traía loca.

Me alegré por ella. Ya buscaría otro momento para contarle lo que acababa de oír de los labios perfectos, sensuales y apetitosos de Víctor. Sí, Víctor. El que se suponía que era un jefe odioso, mandón y detestable, hasta aparecer esa noche en mi portal convertido en esa especie de adonis elegante, terriblemente seductor, y soltando por esa boca prohibida que fantaseaba con hacerme cosas sucias y depravadas.

¡Hacérmelas a mí!

Pataleé en mi cama y me tapé el rostro con la almohada.

Yo también tenía un problema...

25

MAGIA IMPROVISADA

¿No habéis sentido nunca que estáis en el momento perfecto con la persona perfecta? ¿Que las horas pierden significado y que son los instantes los que cuentan?

¿Que aunque todo lo que te rodea sea caótico, descontrolado y catastrófico, solo quieres estar envuelta en esos brazos desconocidos? En aquellos que te hacen sentir viva, completa, radiante…

A decir verdad, yo era la primera vez que sentía esa sensación. Y fue esa tarde, sobre las sábanas blancas de ese chico del que me había enamorado incluso antes de saber ni siquiera cómo se llamaba.

—Miguel… —susurré con la barbilla apoyada sobre su pecho mientras él paseaba el dorso de su mano por mi mejilla y continuaba acariciando mi cabello.

—Vas a gastarme el nombre —bromeaba, mirándome con adoración.

—Es bonito —murmuré, haciendo círculos sobre sus pectorales.

—Tú eres bonita.

—Así que te gusto—resoplé alzando una ceja para arrancarle una sonrisa.

—Exacto. Me gusta esta Sara imprevisible, preciosa, ocurrente…, la misma que parece haber nacido para quedarse en esta cama —dijo con esa voz hipnótica, estimulante y que era como morfina para mis oídos.

Ahí estaba de nuevo, diciendo cosas que me desconcertaban y pronunciando palabras que entraban directas en mi corazón.

Me mordí el labio inferior y él llevó sus ojos a ese acto, centrando su atención en ellos.

—Vi lo que dijiste en el Pleno —pronunció tras unos largos segundos en los que habíamos permanecido observándonos en silencio—. He visto ese vídeo en Facebook. Está por todas partes —dijo paseando sus dedos por mi piel.

Mi cuerpo se puso en tensión de repente.

Suspiré.

Me removí para acomodarme y sin alejarme demasiado de él, apoyé los codos sobre el colchón.

—¿Qué diablos le pasa a tu madre, Sara? ¿Por qué se empeña en casarte con ese tipo? Quiero saberlo todo.

—Está acostumbrada a salirse con la suya. Eso es lo que le pasa. No la conoces. Haría lo que fuera por conservar su puesto en la alcaldía —dije con la vista clavada en sus facciones.

—¿Qué quieres decir?

Respiré profundamente y me coloqué bocarriba, mirando al techo. Ambos estábamos desnudos. Sin embargo, me encontraba tan libre en aquella habitación que estar despojada de toda mi ropa delante de él me pareció lo más natural del mundo.

—Está empeñada en casarme con Fernando. Piensa que eso le dará poder jurisdiccional, y no va a rendirse —exhalé frotándome la frente.

Hablar de mi madre después de hacer el amor con Serra, era agotador.

Eché un vistazo a su dormitorio, la ventana permanecía entreabierta dejando pasar los leves rayos de sol que aún acompañaban a esa bonita tarde de primavera. La decoración era simple, un práctico armario de madera blanca y alguna cómoda a juego. En una de las paredes, más fotografías de paisajes y alguna que otra de Bruno y él. El suelo de parquet ahora mostraba nuestras prendas desperdigadas.

—¿Y qué dice él de todo eso? —inquirió con el cejo fruncido. Como si la sola mención de mi exnovio le hubiera molestado.

—Me da igual lo que diga él. Me da igual lo que digan todos. No voy a casarme y no pueden obligarme.

—Sara, quiero que me digas si ese tipo te está atosigando—masculló, cambiando otra vez de posición y poniéndose de lado para observarme.

—No no. Él…no es el problema —mentí.

—¿Sientes algo por él?

Su pregunta me alarmó y la respuesta salió disparada de mis labios.

—¡¿Qué?! No, no le soporto. Llevamos mucho tiempo mal. Y él tampoco quiere estar conmigo. Él y mi madre comparten los mismos intereses. Es por eso por lo único que quiere casarse.

—Ahora estás conmigo. Si te incordia quiero saberlo…

¿Ahora estás conmigo?¿De verdad había dicho eso?

—¿Qué significa eso de que ahora estoy contigo? —le corté, ocultando la risa que amenazaba con dibujarse en mi cara.

La conversación había girado y, en ese instante, solo me interesaba saber qué implicaba esa expresión.

—Significa que eres mi novia —murmuró posando su cuerpo sobre el mío y obligándome a rodearle las caderas con mis piernas—. Que puedo follarte cada vez que se me antoje —dijo acercando su sexo al mío y advirtiéndome de que de un momento a otro estaría de nuevo preparado para la *fiesta*—. Significa que si me entero de que ese tipo se acerca a ti, le partiré las piernas y tendrá que arrastrarse para entrar en el Ayuntamiento. —Le besé la nariz y llevé mis manos a su pelo para mesarlo como a mí me gustaba. Que quisiera protegerme de ese modo hizo que las pulsaciones de mi corazón se aceleraran—. Significa que quiero que le digas a tu madre que no puedes casarte porque estás con otra persona. Y que esa persona no quiere volver a abrir un periódico y encontrarse con ninguna absurda y falsa noticia sobre su novia.

—Vale, solo hay una cosa que no he entendido bien.

—¿Qué cosa? —preguntó contagiándose de mi sonrisa y besando mi mandíbula.

—¿Ser tu novia implica que puedas follarme cada vez que te la gana?

—Por supuesto —aseguró con un brillo malvado y adorable en sus bonitos ojos esmeralda—. Es una condición inamovible.

—¿Y si me niego?

—Entonces tendré que usar las esposas.

—Mmmm…interesante.

Estado de transición. Así llamé a ese estado de felicidad extrema en el que me encontraba. De ese modo me atreví a denominar lo que venía siendo mi nivel emocional. ¿Y por qué así? ¿Por qué definí ese fin de semana como un estado de transición? ¿Por qué lo comparé con la colisión de las moléculas?

¿Por qué me arrojé sin ni siquiera pensar en coordenadas de reacción o en la cinética de las reacciones químicas? En primer lugar porque, partamos de la base de que algún lóbulo de mi cerebro no estaba del todo cuerdo y aún revolcándome en la cama con ese hombre fascinante y que quería ser mi novio, sí, mi novio, yo no podía apartar de mi mente que, al igual que ocurre con la colisión de las moléculas reactantes, el resultado puede ser exitoso o no. Es decir, que tanto en mi relación como en mecánica cuántica, el llamado estado de transición dependía de la energía que nos rodeaba. Exacto. Era esencial controlar lo que pululaba a nuestro alrededor para alcanzar la siguiente fase, y yo…yo no reparé en que lo que me rodeaba estaba infectado de malicia.

—Vístete —me ordenó cuando eran las nueve de la noche y aún nos recuperábamos de un orgasmo apoteósico.

—¿Adónde vamos?

—Me gustaría llevarte a un sitio —dijo saliendo de la cama, desnudo. Madre de Dios…

—Estás convaleciente. No deberías salir de casa.

—¿Crees que lo acabo de hacerte lo haría una persona convaleciente?

Sonreí y le lancé una almohada.

Cuando bajaba los escalones de su casa cogida de su mano tuve la sensación de que mis pies volaban retando a la gravedad. Que flotaba como si estuviera subida sobre una nube de algodón.

Una vez en el exterior, la oscuridad comenzaba a inundar el paisaje y el cielo se tornaba en tonos violetas y ambarinos.

La temperatura era apetecible e incluso el olor a mar diluyéndose en el ambiente junto con el perfume fresco y masculino que había usado él, inmortalizaron el momento de ir colgada de su brazo.

De vez en cuando giraba la cabeza y me contemplaba de arriba abajo con esa sonrisa ladeada terriblemente seductora. Iba vestido de un modo sencillo, con una impoluta camiseta blanca, vaqueros gastados y zapatillas de deporte. No tenía ni idea de adónde se dirigía, solo sé que caminábamos por la misma acera donde segundos antes habíamos dejado su casa.

—¿Qué? —inquirí cuando él me observó por tercera vez y continuaba sonriendo sin decir nada.

—Que estás guapísima recién follada.

—Eres un cerdo —bromeé.

—No, aún no lo he sido lo suficiente…

Llegamos a la puerta de un garaje y él sacó del bolsillo de su pantalón un mando pequeño y lo pulsó, haciendo que la puerta se abriera.

—Ven —murmuró.

Descendimos una rampa y lo seguí hasta su plaza donde estaba aparcado su Audi. Recordé de inmediato la noche que la grúa se lo había llevado y el cabreo que se había pillado. Por supuesto, no pensaba hacer mención a aquello.

Pensé que íbamos a coger su coche y me situé junto a la puerta del copiloto, pero entonces él se acercó a una furgoneta roja que había en la plaza continua y sonrió.

—Hoy vamos en esta —dijo, haciéndome un gesto con la cabeza.

—¿Es tuya? —pregunté asombrada, moviéndome alrededor de ese vehículo.

Era una Volkswagen California, reluciente, completamente equipada para viajar con todas las comodidades de una caravana.

—Sí, la he comprado de segunda mano a un compañero de trabajo.

—Es preciosa —inspiré a medida que él iba abriendo puertas y mostrándome los diferentes compartimentos y la multifuncionalidad de un transporte de esas características.

—¿Te gusta? —decía con la expresión de un niño pequeño con un juguete nuevo.

—Me encanta —respondí, examinando los detalles de su interior—. ¿Desde cuando la tienes?

—Hace solo un par de semanas, pero aún no he podido cogerla.

—Es extraordinaria. Siempre he querido hacer un viaje en caravana, pero esta furgoneta es aún mejor…

Me fijé en los asientos e incluso en una diminuta cocina que había en uno de los laterales.

—Quiero estrenarla hoy. Este fin de semana. ¿Te vienes conmigo? —dijo él acercándose a mí y rodeándome la cintura.

—Pero…¿Quieres decir ahora?

—Exacto. Ahora mismo. En realidad no era una pregunta.

—¿Y no tienes que coger ropa ni nada?

Menos mal que mi bolso iba cargado con todo lo que necesitaba para dormir fuera de mi casa.

—No. Ahí dentro tengo algunas camisetas y si nos hace falta algo lo compramos.

—¿Y tu pierna?

—Mi pierna está perfectamente. Son unos puntos de nada.

Me colgué de su cuello y de pronto la idea de recorrer la costa subida en ese apasionante vehículo y pasarme dos días haciendo el amor en la parte trasera de su Volkswagen California fue como si acabaran de decirme que me había tocado la lotería.

—¿Si me niego usarás las esposas?

—No estoy de servicio, pero puedo hacer una excepción.

***

Nos adentramos en la concurrida autovía cuando el cielo nocturno abordaba la ciudad. Él conducía y yo permanecía a su lado, subiendo el volumen de la radio. Esa canción de Olly Murs titulada "Dear Darlin" llenó el silencio que nos separaba.

Contemplé sus masculinos brazos y luego sus manos perfectas, grandes y expertas sobre el volante, y él me apremió con esa sonrisa sincera y sexi sin apartar sus ojos de la carretera.

Subida en ese coche, a su lado, ni siquiera pregunté a dónde me llevaría, porque lo cierto era que me daba igual, yo tan solo quería alejarme de Cádiz, y de lo que mi sexto sentido me advertía que estaba por llegar. Tan solo quería estar con él. Perderme con él y en él.

Durante el trayecto analicé las horas atrás. Me encontraba serena y tranquila, pero al mismo tiempo exultante de felicidad. Una tarde metida en su cama había transformado por completo mi estado de ánimo. Enredarme a su cuerpo y rendirme a sus caricias mientras charlábamos y reíamos había sido como liberarme de todo mi pasado. Como si mis verdaderos recuerdos empezaran ahora y lo anterior fuera un retazo de mi mente que acabaría por desechar.

Una tarde con Miguel…Sí, Miguel, mi novio… Repetí mentalmente esa frase y la dejé que se convirtiera en un murmullo que se reprodujese en mi cerebro. ¿Mi novio? ¿De verdad era mi novio? ¿Lo era?

Él continuó hablándome sobre las comodidades de su furgoneta y lo mucho que siempre había deseado tener una. El camino se me hizo cortísimo oyendo su voz, observando cómo sus labios se humedecían y sus dedos tamborileaban sobre el cuero negro del volante al son de la música. Antes de que pudiera darme cuenta que estaba deteniendo el vehículo, él comentó:

—Ya hemos llegado.

—¿Dónde estamos? —pregunté mirando a un lado y a otro. La vegetación era abundante y todo estaba tan oscuro que lo único que podía identificar eran unas luces tenues en la lejanía.

—En Tarifa —respondió.

Rodeó el coche y me ayudó a bajar de él. El sonido de las olas y el reflejo de la luna en el mar atrajo toda mi atención. Nos encontrábamos sobre un rocoso acantilado.

—Me gusta mucho este sitio. Es de unos amigos de mis tíos y preparan el mejor atún que he probado en mi vida, ya lo verás —decía mientras tiraba de mí hasta alcanzar unas rampas de madera que nos conducían al restaurante.

Al entrar me quedé admirando la decoración. La construcción estaba encallada en el despeñadero de esa preciosa cala y para descender a la playa había que bajar por unas escaleras directamente desde el local. Las mesas y las sillas eran de madera maciza. Me recordó al chozo que sus tíos tenían en el Palmar, solo que aquí las mesas estaban alumbradas con unos farolillos que desprendían una luz suave y acogedora y el ambiente era más íntimo y selecto. Pero, sin duda, lo que más me impresionó fue divisar en uno de los laterales un pequeño escenario donde una banda formada por dos chicos y una chica escuchimizada y con tatuajes interpretaban un tema de ¡Magic!, concretamente "Let your hair down".

Lo miré sin salir de mi asombro y él sonrió de satisfacción.

—Este sitio es… impresionante —exhalé, acercándome para besar sus adictivos labios.

Unos segundos después, el dueño lo reconoció y nos acomodó en una mesa íntima situada junto a una bonita cristalera, donde una luna enorme y metálica parecía a punto de bañarse en el mar.

Bebimos vino blanco y probé el atún que él me había recomendado, directamente de su tenedor. Aquella fue la cena más romántica que había tenido jamás. Reímos, hablamos, nos acariciamos… me perdí en sus ojos y él en los míos, enlazamos nuestras piernas bajo la mesa, y apenas fui consciente que ese inicio era sencillamente nuestro inicio, así de simple, así de mágico. Solo nuestro. Con risas francas y secretitos al oído. Con esa alegría tímida propia del principio.

Hicimos un recorrido por nuestras infancias y, para mi sorpresa, él me habló de su padre y de la extraordinaria relación que habían mantenido cuando este aún vivía. A medida que los minutos seguían contando asumí que charlar con él era sencillamente confortable.

—Fue una suerte que ese día mi compañero decidiera que te lleváramos a tu examen —dijo una de las veces con mis dedos enlazados en los suyos y besando el dorso de mi mano.

Un fotograma de él dentro del coche de policía la primera vez que lo vi me asaltó el pensamiento. ¿Habría sido lo nuestro amor a primera vista? ¿Era real esa clase de amor?

—¿Una suerte para quién? —bromeé.

—Para ti. Obviamente. Si no fuera por Gutiérrez —dijo refiriéndose a su compañero—, ahora mismo no estarías disfrutando de mi compañía.

Solté una carcajada y él aprovechó para besarme el cuello.

—Tendré que hacerle un regalo a Gutiérrez. —Tomé un sorbo de mi copa—. Le enviaré a un sicario.

Esta vez fue él quien rió con ganas.

—Qué guapa eres, joder.

Me sonrojé y escondí la cara en su cuello, pero él me agarró de la barbilla para buscar mi mirada antes de besarme.

La voz de aquella chica, suave, melodiosa y única, fue transformando la noche en un fascinante encantamiento. Las canciones continuaban sonando y la banda interpretó temas como "Rumour has it" de Adele o "Better in time" de Leona Lewis, de un modo muy personal y propio.

Tras un profundo y lánguido beso apoyé mi frente sobre la suya.

—¿Has tenido alguna novia antes que yo? Quiero decir…alguna relación duradera —le aclaré nerviosa.

Él hizo un gesto divertido con la cara como si estuviera pensando en ello.

—¿Novia novia? —inquirió con sorna, dejándose caer en el respaldo de su silla.

—Sí, novia. Ya sabes a qué me refiero.

—¿Quieres saber si me he enamorado alguna vez?

—Sí…

—Creo que no —sentenció con firmeza.

Me quedé en silencio sin entender del todo su respuesta. Pero él se adelantó y me sacó de mis cavilaciones.

—¿Y tú? —preguntó afilando la mirada. Supuse que quería saber sobre mi relación con Fernando, sin embargo, no había mucho que contar sobre eso, así que desvié el tema.

—Bueno, me enamoré con siete años de un niño de mi clase que se llamaba Dani, pero me tiró del pelo con todas sus fuerzas en la fiesta de fin de curso y dejó de gustarme —comenté jugando con la servilleta.

La sonrisa le llegó a los ojos.

—Entonces no era amor —murmuró él con diversión.

—Por su parte seguro que no, en quinto me enteré de que era gay y que tenía envidia de mi pelo. Me lo dijo él mismo —relaté, colocándome un mechón de mi cabello tras la oreja.

Una risotada sincera y fresca le hizo mover los hombros.

—No sabes cuánto me alegra oír eso. Pero aparte de ese Dani mariposón y envidioso, ¿te has enamorado de alguien más? —dijo apoyando un codo en la mesa para que su rostro y el mío estuvieran más cerca.

El aire se cargó de electricidad...

—No. Ahora sé que lo que he vivido antes no era amor. —Y esta vez lo dije completamente convencida.

—¿Antes de qué? ¿Antes de esto? —musitó señalando la corta distancia que nos separaba.

La profundidad de su mirada me eclipsó y una extraña sensación, parecida a eso que la gente llama mariposas en el estómago, me obligó a removerme.

Asentí.

—Sí, antes de ti —susurré.

Su pulgar me rozó la mejilla y se acercó un poco más a mí para besarme justo debajo del oído.

Luego su aliento cálido me puso la piel de gallina cuando bisbiseó.

—Será mejor que nos vayamos. Si vamos a hablar de amor necesito tenerte desnuda en mi furgoneta.

Poco después, la madrugada se hizo dueña del paisaje y fiel testigo de lo que estábamos a punto de decirnos. Él y yo estábamos dispuestos a entregarnos a la pasión en la parte trasera de esa magnífica furgoneta, a punto de apresurarnos y prometernos cosas como suelen hacer dos tontos que se enamoran. Dos inocentes que acaban de darse de bruces con algo inmenso. Porque era fácil estar con él, era fácil enamorarse de ese hombre. Sin embargo, fuimos cautelosos. Hicimos el amor, cómo no, pero no hablamos de *amor*. Era una noche demasiado improvisada para cargarla de grandes pretensiones. Demasiado serena, demasiado estrellada y con una luna demasiado hermosa y plateada para precipitarse.

No obstante, algunas palabras cargadas de intención, deseo y frenesí se apoderaron de sus labios y, mientras le sentía hundiéndose en mí, despacio, le oí exhalar:

—Sara…, quiero quedarme a vivir aquí. Dentro de ti…

26

UN INTERLUDIO DE FELICIDAD

M e cambió la vida. No había duda. Aquel día en el que mi corazón o quizá mi atrofiado sentido común, o ambos a la vez, me impulsaron a lanzarme a ese coche de policía para que me llevaran al examen del carné de conducir y encontrarme con ese hombre desconocido y extraordinario, cambió el curso de mi realidad.

Hasta ese fin de semana, que pasé envuelta en sus brazos, en la parte trasera de su furgoneta, no sabía que alguien te pudiera gustar de esa manera. No sabía que estar con él me haría olvidarme del día en el que vivía. Ni siquiera sabía que no me acordaría de que tenía una familia detestable. Simplemente fui tan necia que pensé que después de decir públicamente que no me casaría, mi madre me dejaría en paz, pero a estas alturas ya sabréis que no fue así...

Viernes, sábado y domingo. Los tres días con él. En su furgoneta, en su casa, en la mía... Evitamos la playa porque su herida aún no se había curado del todo, pero durante el día recorrimos la costa de nuestra ciudad con las ventanillas de su Volkswagen abiertas y la música a un volumen considerable. Lo suficiente para que yo cantara en un arranque, desinhibida, y él se tronchara de la risa. Hablamos de tantas cosas que creí que ya nos habíamos dicho demasiado. El tiempo no se detuvo, ya me hubiera gustado. Las horas a su lado pasaron a una velocidad de vértigo, y yo intenté saborear cada instante.

—¿Y ahora qué? —me preguntó apoyado en el marco de la puerta de mi casa el domingo por la noche, cuando el reloj de su muñeca marcaba las doce pasadas.

Tenía las manos en los bolsillos de sus vaqueros desgatados, y su camiseta blanca llevaba en el centro del pecho una mancha de tomate de la pizza que nos habíamos comido en mi sofá, sin ni siquiera tomarnos la molestia de incorporarnos a la mesa porque con nuestras piernas enlazadas estábamos mejor. Vimos una de mis películas favoritas a medias, que de pura casualidad echaron esa noche en un canal digital: Armas de Mujer.

Y digo a medias porque, mientras yo le explicaba lo mucho que de niña había soñado con trabajar en un edificio como en el que Melanie Griffith acaba por conseguir su puesto de trabajo, él me observaba con esa media sonrisa cautivadora y acariciaba con su pulgar mi rodilla. A esas alturas seguro que pensó que yo en vez de pizza había comido lengua. Pero la cuestión era que me sentía tan relajada y cómoda con su cuerpo tan cerca del mío que ya me daba igual no tener un despacho con vistas a una despampanante ciudad norteamericana. En ese instante, contemplando su cabello despeinado y sus ojos del color del mar cuando el sol comienza su baño, me parecía que mis sueños se habían hecho realidad.

—Pues no sé, ¿qué? —respondí sujetando la puerta y jugueteando con el pomo.

—¿Te veré mañana? —Sus ojos no se apartaron de los míos ni un segundo.

—¿Quieres verme? —dije ladeando la cabeza, ocultando una sonrisa.

—Quiero verte todos los días —afirmó tras humedecerse los labios y frotarse la nuca con la mano. Estaba tan guapo, allí, con su camiseta manchada, su rostro adormilado y con aquella expresión serena y sincera iluminando sus facciones, que estuve a punto de arrastrarlo de nuevo hacia dentro y pedirle que no se fuera. Pero al día siguiente era lunes y ambos teníamos cosas que hacer muy temprano.

Miré al suelo con el corazón a punto de saltarme dentro del pecho. Y luego le sostuve de nuevo la mirada.

—Vale. Tienes un arma. No puedo negarme.

Él sonrió abiertamente y tiró de mi muñeca para aplastarme contra su cuerpo.

Antes de marcharse me aseguré de robarle besos suficientes hasta el día siguiente.

Aquella semana fue extraña. Y cuando digo extraña me refiero a tranquila e inmensamente feliz para mí. Lo extraño era que, por una vez en mi vida, tuve la sensación que de lo único que tenía que preocuparme era de hacer bien mi trabajo en el centro. Motivar a aquellos chicos y dotarles de las herramientas necesarias para que supieran forjarse un futuro decente, y una vez que salía de allí y desconectaba de mi ambiente laboral, me esperaba la mejor de las recompensas: estar con él. Era cuanto necesitaba. Bueno, eso, y hablar de vez en cuando con Irene, que últimamente estaba más rara que nunca.

Al parecer, Víctor, su jefe, según ella se le había declarado en el portal de su casa el viernes noche, pero el lunes siguiente, en la Clínica, había actuado como si no le hubiera dicho nada de eso y se pasó toda la semana evitándola.

—Mejor para ti, ¿no? —le dije en una de nuestras conversaciones telefónicas mientras ella me lo contaba todo—. Siempre te estás quejando de que no te deja en paz y ahora que parece que ha dejado de molestarte, ¿qué es lo que no te encaja? Además, a ti no te gusta Víctor, ¿no? —indagué consciente de que eso no era cierto.

Por supuesto que le gustaba. De hecho, conocía a Irene mejor que a ningún otro ser humano en el mundo y precisamente, ahora, sabía que su jefe había conseguido toda su atención.

—No. No me gusta —mintió—. Está bueno, pero no es mi tipo.

—¿Y cuál es tu tipo? ¿Paco? Haríais buena pareja, si él fuera tronista de Mujeres y Hombres y tú una pretendienta —inquirí solo por buscarle las cosquillas.

—Ja, ja. Ya veo que desde que tienes novio estás muy graciosilla.

Sonreí y ella lo hizo conmigo.

—En serio, Irene, no tiene nada de malo reconocer que te gusta Víctor. Es posible que al principio fuera un estúpido contigo, pero… ¿y si a partir de ahora ya no es así?

Ella se quedó unos segundos en silencio.

—Es mi jefe, Sara. Es la primera vez en mi vida que tengo un trabajo que siento que merece la pena. Me gusta lo que hago en la Clínica. No quiero estropearlo... —dijo aquello como si de verdad estuviera preocupada. Me desconcertaba sentir a Irene de ese modo, tan llena de dudas y yo diría que un pelín asustada.

—En ese caso, sigue el consejo que te di. Limítate a trabajar e intenta mantener un trato cordial con él. Lo demás ya se verá. Y por supuesto nada de pósit en su espalda.

—Bueno, eso no puedo asegurártelo.

Esta era mi Irene.

Y sí, la semana marchó con tranquilidad. Algunas noches él venía a mi casa y otras yo a la suya. Le hablé de los chicos del centro y él me contaba que estaba aprovechando esa semana que estaba de baja laboral para preparar el examen que lo ascendería en escala. Curiosamente pasábamos la mayor parte de nuestro tiempo charlando, aunque lo mejor de todo era revolcarme con él en su sofá o en el mío. El sitio era lo de menos. Lo sorprendentemente importante era que nos estábamos conociendo. Sí, así era. Ya sabía más cosas de él de las que jamás llegaría a descubrir de ninguno de mis hermanos. Sabía que le apasionaban los deportes, especialmente el surf y el boxeo. Sabía también que la familia para él era algo valioso, a juzgar por cómo hablaba de sus tíos y de su padre, y especialmente de su hermanito. Sabía que no le gustaba beber alcohol a excepción de un buen vino. Que el café lo tomaba solo y con mucha azúcar. Que le encantaba la pasta pero solo con tomate. Que le fascinaba comer pizza con mis piernas sobre su regazo, que no podía agobiarle demasiado con películas románticas. Que era más de baloncesto que de fútbol. Que le interesaban los programas de cocina aunque fingía que no. Que tenía más de una sonrisa, una enorme, sincera y sonora para cuando yo soltaba algunos de mis comentarios disparatados e impulsivos; otra para cuando se despedía de mí, dulce, adorable e incluso inocente; y la que más me gustaba de todas era su sonrisa pendenciera, traviesa y terriblemente sexi: aquella que usaba para cuando se acomodaba entre mis piernas. La que dejaba tatuada en su cara mientras besaba mi vientre y ascendía pasando por mis pechos acabando unida a la mía, sellando mis labios.

Sabía que para él el tiempo también carecía de importancia cuando estábamos juntos y que a pesar del miedo que me provocaba lo que aquello implicaba, él empezaba a llamar a lo nuestro relación. Y desde luego, lo era.

Hasta el momento era la única relación saludable que había mantenido con un hombre desde que comencé a relacionarme con el género masculino. Sentía que estar con él empezaba a cambiar el aspecto de mi piel, dando luz a cada uno de mis rasgos. Sabía que oír su voz, susurrándome al oído lo mucho que le gustaba el olor de mi pelo o lo sexi que resultaba para él toda mi colección de braguitas de Bob Esponja, era algo gloriosamente adictivo…

—Nena… ¿Qué estás haciendo conmigo? —exhaló sobre mi boca el jueves de esa semana, cuando hacía tan solo unos minutos que había entrado en su casa y apenas pude reaccionar. Su cuerpo impactó contra el mío y acabamos arrancándonos la ropa—. Ya ni siquiera puedo concentrarme. Tu olor está por todas partes.

—¿Y eso es bueno? —dije capturando su labio inferior, mordiéndolo, mientras mis manos tiraban de su pelo y él apresaba mi trasero para acercarse aún más a mí.

—Lo es siempre que pueda respirarlo directamente de ti.

Así era como se suponía que tendrían que haber continuado los días. Con aquella felicidad reciente y desconocida revoloteando a mi alrededor y con la esperanza de que vivir sin tormento era posible, sin ese presentimiento constante de que algo tan hermoso y real pudiera desmoronarse con la misma facilidad que se deshace un castillo de arena a orillas del mar.

Pero a pesar de que ignoré esa punzada intermitente y desagradable que a ratos me revolvía el estómago, solo para augurarme lo que estaba por llegar, de vez en cuando mi cabeza me traicionaba y se preguntaba por qué demonios mi madre no era una de esas madres que se preocupa por sus hijos. ¿Por qué no podía compartir con ella que conocer a ese chico era lo más maravilloso que me había sucedido hasta ahora? Entonces lo entendí. Si quería continuar mi vida sin esa desabrida sensación permanentemente en mis entrañas, tenía que aceptar que ella había decidido olvidarse de mí para siempre. Y por mucho que yo quisiera ignorarlo, incluso en esos momentos en los que Serra ocupaba gran parte de mi tiempo, admitir la cruda realidad era doloroso.

El domingo siguiente llegó. Y se celebraron las Elecciones Provinciales.

Me negué a votar. Lo sé. Indirectamente le di mi voto a mi madre. Pero ni siquiera quería hablar de ese tema. Serra lo sabía. Él sabía que la postura de mi madre era lo que me mantenía a veces ausente en nuestras conversaciones, y ese día me pidió que nos fuéramos a pasar la tarde con sus tíos, al Palmar. Fue un acierto. Sin embargo, una de las veces en el restaurante oí a una familia conversar sobre los partidos políticos y me enteré de que ella había vuelto a ganar, aunque con muchos menos votos. Su puesto en la tenía fecha de caducidad y así lo habían anunciado todos los medios de comunicación. Los partidos minoritarios estaban ganando escaños y yo era consciente de que eso le estaría dando dolor de cabeza.

No obstante, intenté olvidarme del asunto y centrarme en mi ámbito personal, que al fin y al cabo era lo único que merecía la pena.

A partir de ese momento, los días posteriores transcurrieron con una imprevista tranquilidad. Serra era mi novio. Ya casi empecé a acostumbrarme a ese término. Nos enviábamos mensajes durante las horas de trabajo y contaba los minutos para reunirme con él por la noche. Estar con él era vivir en un estado de éxtasis constante. Prácticamente nos veíamos a diario. Pero una tarde que me comentó que iría con su tío a Ikea a comprar mobiliario para el hotel decidí quedar con Irene. Me pasé por su casa y la acompañé a sacar a los perros de sus vecinos.

—Se te ve muy feliz, Sara. Me alegro mucho por vosotros—me dijo una de las veces. Seguramente pensó que su mejor amiga se había transformado en una tía cursi que no dejaba de hablar de lo bonito que era enamorarse.

—Lo siento, Irene, quizá estoy siendo un poco pesada hablando de Miguel.

—¿Quién coño es Miguel? —preguntó ella extrañada.

—Serra —le aclaré.

—Ah, vale, es verdad, que se llama Miguel. No sé, es que no me acostumbro a que lo llames por su nombre de pila.

—Ya…, pero ¿y tú que tal?

—Bien.

—¿Y Víctor?

—Víctor, Víctor, ¿qué pasa con Víctor?

Ambas íbamos caminando por el paseo de la zona de Bahía Blanca y ella sujetaba con las dos manos las correas de cuatro perros. Un labrador blanco enorme que no tenía pinta de gustarle mucho pasear, dos yorkshire terrier bastante gruñones y un cocker inglés con un precioso pelaje amarillo que parecía empeñado en fornicar con uno de los yorkshire. Todos eran machos pero al cocker no le preocupaba demasiado ese detalle.

Debían ser las ocho de la tarde y el cielo aún mostraba ese color azulado propio de los primeros vestigios del verano.

—¿Por qué te molesta tanto que te pregunte por él?

—No me molesta —respondió sin mirarme—. ¡Eh, tú! —dijo, esta vez tirando de la correa del cocker cuando este seguía empecinado en dar un espectáculo pornográfico en mitad de la calle—. Si yo puedo sobrevivir sin sexo, tú también.

Sonreí y me crucé de brazos sin dejar de observarla. Estaba esperando que se sincerara de una vez.

—Está de viaje. Se marchó la semana pasada. Es el fisio de la selección española de Voleibol masculino y se fue hace unos días al extranjero. Así que poco puedo contarte sobre él. Salvo que me evita.

—Te evita —repetí intentando no reírme.

—Sí, bueno… no sé si me evita, pero actúa como si no me hubiese dicho todo eso en la puerta de mi casa.

Nos detuvimos cuando el labrador se puso a hacer sus necesidades sobre la arenilla de un árbol endeble.

—¿Y eso te jode?

—¿Tú que crees?

—¿Quieres que te diga la verdad?

Alzó la vista y puso los ojos en blanco.

—Sí, di lo que tengas que decir. Vas a hacerlo igualmente.

—Creo que te estás enamorando de Víctor.

—¿Pero qué dices? Deja de una maldita vez de hablar de amor. No sé qué coño te ha hecho ese poli —protestó ella con cara de asco, recogiendo la caca con una bolsa de plástico y depositándola en un contenedor.

—¿Entonces por qué estás tan a la defensiva?

Suspiró mientras continuábamos paseando.

—No es eso, es que últimamente me siento un poco perdida, como si de verdad no supiera realmente qué quiero hacer con mi vida. No creo que tenga nada que ver con Víctor.

—Dijiste que estabas contenta con el trabajo.

—Sí, y lo estoy, pero…te sonará extraño lo que voy a decirte.—Se humedeció los labios y a continuación mirándome a los ojos murmuró—:

he pensado en prepararme las pruebas de acceso a la universidad.

—¿En serio? —exhalé sorprendida.

Durante los años en los que Irene y yo habíamos estudiado juntas, ella me había demostrado que era una chica con un potencial brillante. Sus notas siempre habían sido muy buenas, sin embargo, cuando llegó la hora de hacer selectividad, ella anunció que haría un módulo de Formación Profesional.

Nunca habíamos profundizado demasiado en ese tema, pero yo sé que lo hizo porque, por aquel entonces, su padre había perdido su puesto de trabajo en la fábrica en la que llevaba trabajando toda la vida, y ella no quiso que sus estudios fueran una carga más en su familia. Por el contrario, cursó un FP de Secretariado y lo compaginó trabajando en tiendas de ropa para ayudar a sus padres.

—Ya sé que es un poco tarde para estudiar, pero…

—¿Tarde? ¡Irene es genial! —exclamé demostrándole cuánta ilusión me hacía la idea.

—¿Tú crees?

—Pues claro que sí. Nunca es tarde para hacer lo que te gusta. ¿Has pensado ya qué carrera te gustaría cursar?

Ella se detuvo cuando uno de los yorkshire se puso a oler una esquina. Luego, con una expresión en su rostro de flamante entusiasmo, me comentó:

—Verás, últimamente ayudo mucho a mi compañero en la Clínica. Te sorprendería ver el trabajo que hace un fisioterapeuta con personas que han sufrido accidentes o enfermedades que los han dejado en sillas de ruedas o incluso peor.

—¿Quieres estudiar Fisioterapia?

—De momento voy a prepararme las pruebas de acceso y ya veré si alcanzo la nota.

—¡Es estupendo!

—Bueno, lo será si consigo acceder.

—Lo conseguirás.

Paseamos durante un rato más y justo cuando estábamos de regreso a su casa ella me sacó el tema que tanto había evitado yo hasta ese momento.

—¿Has hablado ya con tu madre?

—No, Irene…

—¿Y qué pasará con la subvención y ese asunto de un hogar para los chicos que tanto te preocupa?

Solté el aire que se había quedado colapsado en mis pulmones y ajustándome el bolso al hombro, le respondí:

—Sinceramente, no lo sé. No creo que me ayude después de lo que dije en el Pleno. He hablado con mi jefe esta semana y está buscando otro tipo de ayudas que no dependan del Ayuntamiento. Pero no creo que se pueda hacer mucho. A finales de año, cinco chicos tienen que abandonar el centro y no tienen adónde ir. Estamos intentando buscar soluciones temporales.

—Seguro que lo lográis. Ya verás que sí —dijo ella dándome un apretón en el brazo.

Poco después me despedí de ella y me marché a mi casa. Llamé a Serra por el camino y me comentó que esa noche no llegaría a tiempo para vernos. Al parecer, su tío no tenía intención de dejarlo ir hasta que lo ayudase con algunas reparaciones pendientes en el hotel.

—No te preocupes, mañana nos veremos —le comenté ocultando mi decepción.

—No estoy seguro de poder pasar un día sin verte —dijo él a través del auricular mientras yo caminaba ignorando por dónde iba.

—Lo superarás —bromeé.

—Es probable que me cuele en tu casa de madrugada y quiera ver si llevas puestas esas bragas sexis de Bob Esponja.

—Solo a ti puede parecerte sexi ese muñeco —dije mordiéndome una uña y sin darme cuenta que sonreía como una tonta.

—Tú me parecerías sexi incluso disfrazada de él.

—Dudo que eso ocurra nunca.

—Da igual, me conformo con verte en bragas.

Cuando colgué el teléfono y lo guardé en mi bolso me di cuenta que estaba muy cerca de la casa de mi madre. Iba paseando por la Alameda aspirando el aroma que desprendía las flores de aquellos árboles con la caída de la noche. Divisé la empedrada fachada de la finca que fue mi hogar hasta solo unos años antes.

Me detuve el tiempo suficiente para que mis pensamientos me recondujeran hasta algunos momentos felices vividos en esa casa. A punto estuve de adelantarme y llamar. Si ella no quería hablar conmigo, tal vez no era tan descabellado dar yo ese paso. Era mi madre, no quería pasarme toda la vida enemistada con ella. Sin embargo, mientras me debatía en las consecuencias que tendría ese acto, el portal se abrió y la persona que salió de su interior hizo que mis rodillas se tambalearan poniendo en peligro mi equilibro…

Agudicé la mirada ocultándome tras el tronco de aquel ficus enorme que embellecía el paseo y entonces la vi. Era ella.

¿Qué demonios hacía la inspectora Marian Varela saliendo de casa de mi madre?

27

LEONES A LA CAZA

S iempre tuve claro que la paciencia es el arma de los triunfadores, que todos aquellos que poseen el don de saber esperar son los que alcanzan el éxito. Quizá por eso mi madre había logrado mantener su puesto en la alcaldía durante tanto tiempo, con indiferencia de que luego su labor me pareciera detestable. Pero ella tenía algo que la hacía ganar siempre, algo que la diferenciaba del resto, y ese algo era su habilidad para esperar el momento oportuno. Así como hacen los leones cuando están de caza. Ellos se agrupan en manada y esperan a la noche porque es cuando tienen mejor visión. Esperan al instante exacto en el que su presa es lo suficientemente vulnerable para no poder escapar, y entonces se lanzan a por ella y la muerden en el cuello hasta que esta deja de respirar. Así es como ellos se alimentan, como crecen y se hacen más fuertes y depredadores.

Mi madre, con el paso de los años, se fue convirtiendo en un animal de esas características. En una temible leona. Solo había un detalle que las diferenciaba a ambas, y era que la leona caza para sobrevivir y ella lo hacía por puro placer.

Me fui a mi apartamento después de ver a la inspectora Varela saliendo de aquella casa en la que había dejado atrás todos los recuerdos de mi infancia. Si ella sabía esperar, yo también lo haría. A pesar de lo mucho que me costó no parar a esa mujer en plena calle y preguntarle qué demonios hacía allí, no lo hice. Simplemente me largué con esa sensación aterradora presionando la boca de mi estómago, y me hice a la idea de que tenía que pensar bien las cosas antes de dar un paso en falso.

Al día siguiente intenté concentrarme en el trabajo, pero las secuelas de la noche anterior no hicieron que esa jornada fuera precisamente brillante. Mi cabeza no dejaba de dar vueltas pensando en qué podría tramar mi madre que involucrara a Marian.

Esa mañana estuve trabajando en el ala de autismo, ayudando a los monitores y al profesorado a preparar el programa que se establecería en verano y elaborando los talleres para el campamento urbano que ofrecía el centro como actividad extraescolar.

—¿Te ocurre algo hoy, Sara? Estás ausente —me había comentado una de mis compañeras justo al finalizar la reunión en la que habíamos acordado las propuestas.

—Estoy bien, es solo que he dormido fatal esta noche.

Ella no pareció muy convencida con mi respuesta. Pero tras una charla breve en uno de los pasillos, me marché a mi oficina, al otro lado del centro.

Mi despacho estaba situado en la primera planta del edificio donde convivían los chicos de Conflicto Social. Recordé el primer día que comencé a trabajar en ese centro. De eso hacía ya casi tres años. Había empezado haciendo prácticas y mi jefe, Claudio, me confesó poco después que le había sorprendido muchísimo mi habilidad y madurez para tratar a los muchachos más conflictivos. Y es que para mí, ellos no eran distintos. De hecho, ahora, me daba cuenta de lo mucho que esos chicos tenían en común conmigo…

Estaba archivando toda la documentación del personal docente cuando mi jefe se asomó a la puerta:

—¿Se puede?

—Claro, pasa, Claudio.

Lo observé e inmediatamente me di cuenta que estaba preocupado.Claudio era un hombre de unos cincuenta años, alto, se movía con bastante energía, y a pesar de sus huesos largos y aquellos dedos escuálidos que le caracterizaban, tenía un rostro afinado pero armonioso. Su pelo era cano aunque abundante. Y poseía una gracia peculiar en sus gestos. Tanto era así que en cuanto atisbé el cejo fruncido de su frente me di cuenta que algo iba mal.

—¿Todo bien? —le pregunté en cuanto lo vi avanzar hacia mi mesa.

—Sí, sí, es solo que me gustaría hablar contigo.

Tomó asiento en uno de los sillones de confidente que había delante de mi mesa y yo me dispuse a escucharle, acomodándome en mi silla.

—Tú dirás.

Él suspiró con pesar y luego, llevándose una mano a la frente, anunció:

—Sara, nos han denegado la subvención. Según la Junta hay otros centros en España que la necesitan más que nosotros. Llevo días llamando e intentando conseguir que reconsideren nuestra propuesta, pero ya ha pasado a manos del gobierno central. Al parecer, el problema viene de los recortes del Fondo Social Europeo. Me temo que no hay mucho que podamos hacer.

Supe al instante que Claudio recurría a mí porque pensaba que el que mi madre fuera la alcaldesa iba a beneficiarnos a todos. Pero a esas alturas era hora de contarle lo que pasaba.

—Claudio, lo siento, pero yo tampoco puedo hacer nada más. —Me sentí como si estuviera traicionándole. Después de todo, había sido yo quien le había asegurado un año antes que mi madre conseguiría esa subvención.

Él se reclinó un poco y apoyó los codos en las rodillas. Estaba bastante nervioso.

—Lo sé lo sé, Sara, no quiero presionarte, solo he venido por si había alguna posibilidad de que yo hablara directamente con tu madre.

—Claudio…, ella no va a ayudarnos. La conozco. La relación con mi madre desde hace un mes para acá es desastrosa.

—Supongo que ese video tuyo en el Pleno no le gustó demasiado, ¿no?

Hasta ese momento, había albergado la esperanza de que mi jefe no estuviera al tanto de ese asunto, pero estaba claro que mi desproporcionado optimismo fallaba.

—Exacto —afirmé frotándome los ojos con una mano—. Lo siento de veras, Claudio —dije esta vez mirándolo—.Pero si te soy sincera, creo que ella tiene mucho que ver en que nos hayan denegado la subvención.

—Tranquila, Sara. No tienes que disculparte. Sé cómo funcionan los políticos. Llevo muchos años tratando con ellos.

—Prometió hacer algo solo si me casaba con el idiota de Fernando, pero ahora que he dejado claro que no lo haré, supongo que cualquier posibilidad de que interviniera en ese asunto se ha esfumado.

Él miró al suelo, pensativo. Y el silencio se extendió por las paredes.

—¿Qué piensas? —murmuré.

Me temía lo peor. Si Claudio en ese instante me hubiera rogado que accediera a los caprichos de mi madre, habría abierto la ventana y saltado por ella de cabeza. Él era una de las pocas personas honestas que conocía.

—Tenemos que buscar otra solución. Alguna ayuda privada. Accionistas… no sé, Sara. He pensado en algún sitio donde ellos puedan alojarse una vez salgan de aquí, a cambio de realizar trabajos. No quiero que vuelva a ocurrir lo de Carlos.

Cuando se dibujó en mi mente la sonrisa adorable e inocente de ese chico al que tanto cariño habíamos cogido todos, el corazón se me resquebrajó.

Además, aquello había creado un precedente para los que se sentían desesperados ante la idea de verse arrojados a la calle.

—Estoy haciendo gestiones, pero no es fácil con la crisis económica —añadió, interrumpiendo mis pensamientos—. En fin, me imaginaba que las cosas con tu madre no marcharían muy bien, pero al menos lo hemos intentado—dijo encogiéndose de hombros.

Cerré los ojos, afligida, y él poniéndose de pie murmuró:

—Sara, no tienes por qué sentirte culpable. Sé que lo has intentado.

—Claudio, yo…

—Esto no es algo que dependa de ti. Ya les ayudas demasiado.

Me levanté para acompañarlo hasta la puerta. Él agarró el pomo.

—Siento como si estuviera traicionándoles —dije casi en un murmullo. Y era la verdad. Probablemente no casarme con Fernando era el detonante de que nos hubieran denegado la subvención, y admitirlo me hacía sentir egoísta.

—Las únicas personas que han traicionado a estos chicos fueron sus padres al abandonarles o al no estar capacitados para cuidar de ellos. Nosotros solo nos limitamos a ayudarles. Tú no eres culpable de nada, Sara. Eres una víctima más —dijo agarrándome el codo en un gesto de consuelo—. Buscaremos otra solución. Ya lo verás. Ahora vete a casa, son casi las tres. Se te ve cansada.

Tras eso, asentí y él me dejó sola en aquella habitación.

Claudio había sido prudente al decir que yo era una víctima más, en vez de poner a parir a mi madre por ser una madre horrible. Él era un hombre demasiado educado para recurrir a los descalificativos, pero su expresión, justo antes de marcharse, había confirmado lo mucho que me compadecía.

Esa tarde vi a Serra. Llegué a mi casa, almorcé sin muchas ganas y él, a eso de las ocho, se coló por mi apartamento sin llamar. Unas horas antes había empezado a pensar que no sabía nada de él desde la llamada de la noche anterior y aunque sabía que preocuparme era exagerar un poco, me puse a hacer cosas para distraerme. ¿Qué cosas? Pues no se me ocurrió nada más y nada menos que pintar el salón.

Sí, así. Sin tener ni idea de pintar. Pero yo, muy valiente, me había ido a una tienda de pinturas cercana a mi casa y había comprado una lata de pintura que pesaba una tonelada y una brocha cuadrada. La mujer que me atendió me hizo como un centenar de preguntas absurdas, pero la muy hija de su madre, no me informó que se necesitaba disolvente y otros productos además de la pintura en sí y la brocha. Aunque me hubiese venido mucho mejor un rodillo, pero eso lo supe después, cuando me puse a buscar tutoriales en YouTube.

El caso es que cuando llevaba dos horas pintando con esa brocha diminuta una de las paredes y apenas había cubierto ni la mitad de un paño, empecé a darme cuenta de que ese color no era precisamente muy apropiado.

Me retiré un poco para observar mi horrenda obra de arte, y se me ocurrió salpicar unas gotas en modo artista chiflada. Obviamente, tendría que llamar a un pintor para que arreglara ese desastre, así que me limité a evadirme y hacer garabatos en la pared, intentando deshacerme de los pensamientos horrorosos que se me colaban en el cerebro sin poder evitarlo.

El timbre de la puerta sonó y solté la brocha con curiosidad.Cuando miré por la mirilla lo vi. ¡Era él! Y yo estaba completamente cubierta de pintura.

Abrí y la ojeada que me lanzó de arriba abajo acompañada de su sonrisa deslumbrante me informó de lo cómico que le resultaba mi aspecto.

—¿Estás pintando? —inquirió, mostrándome esos dientes perfectos bajo sus labios tentadores.

Vestía una sencilla camiseta gris y sus tejanos gastados. Y en su mano derecha sujetaba una bolsa del supermercado con comida.

—Bueno, pintar… lo que se dice pintar… Yo más bien lo considero una terapia de reflexión —respondí, abriendo más la puerta e invitándolo a pasar.

—¿Y sobre qué tienes tú que reflexionar, si se puede saber? —dijo él mientras se colaba en el interior y con su mano libre me sujetaba de la cintura para plantarme un beso que casi hizo olvidarme de la pregunta y de mi propio nombre.

Apenas me di cuenta que él había cerrado la puerta de una patada y dejado caer la bolsa al suelo para sujetarme la nuca y ahondar en ese beso sediento y apasionado. Me agarré a su cuello y me limité a disfrutar del momento. Desde luego era el mejor que había tenido desde que amanecí esa mañana.

—Estás guapa hasta con la cara y la ropa manchada de pintura —exhaló sin soltarme.

—Gracias —murmuré jugueteando con los mechones de su nuca y empinándome para llegar a sus labios.

—He traído comida para hacer la cena. Bueno, era comida hasta que he dejado caer la bolsa, ahora no sé qué habrá ahí.

Me retiré de él sonriendo para recoger las frutas y las verduras que se habían desperdigado por alrededor de nuestros pies y él aprovechó para observar mi obra de arte.

—Pero… ¿qué diablos has estado haciendo? ¿Acaso pretendes convertir tu salón en princelandia?

—Pretendía darle un cambio a este apartamento, pero me he dado cuenta que no sé pintar.

—¡No me digas! —dijo poniendo los ojos en blanco.

—¡Eh, no te pases! He visto artistas que se han hecho millonarios por cosas como esas —dije, llevando la bolsa a la cocina y dejando todo lo que él había comprado sobre la encimera.

—Sí, como estas, seguro… —resopló encaminándose a mi lado y ayudándome a guardar las cosas en la nevera.

—Da igual, mañana llamaré a un pintor para que lo arregle.

—¿A un pintor? Aquí tienes a uno —presumió él, señalándose mientras me pasaba unas latas de Coca-cola.

—¿Tú?

—¿Qué pasa? ¿No crees que sea capaz de pintar un salón? Para tu información te diré que fui yo quien pintó toda la finca del Palmar de mis tíos.

—¿Me ayudarías? —dije mirándole a los ojos. De pronto, imaginármelo pintando en mi casa me resultó terriblemente sexi y adorable.

Cerré la nevera y me di la vuelta para poder contemplarle de frente.

—Solo si prometes compensarme en tu cama o en la mía —murmuró acercándose más a mí, dejándome acorralada.

—Eso no es ayudar. Eso es cobrar por un trabajo —susurré con mi boca muy cerca de la suya.

—Dejémoslo en un trueque sexual. Yo pinto y tú me lo agradeces con mucho sexo —dijo agarrando el borde de mi camiseta para deshacerse de ella.

—De acuerdo, pero no suelo pagar por adelantado —bromeé, sintiendo cómo los vellos de mi piel se ponían de punta solo de pensar en lo que estaba a punto de suceder allí mismo.

De pronto, me pareció tan alto y tan perfecto en ese reducido espacio que no pude evitar comérmelo con los ojos.

—Aún no soy tu pintor. Ahora solo soy tu novio y voy a follarte en esta cocina.

¡Ay, Diosito!

Mi vientre se contrajo y mi respiración se hizo más irregular.

Sus manos grandes no tardaron ni un segundo en arrancarme esa prenda y cuando su mirada abrasadora se detuvo a ojear mis pechos bajo ese sujetador de encaje color melocotón, yo tiré de su camiseta y alcancé sus labios para degustarlo.

—Me gusta la idea.

Aquella noche fue bastante entretenida. De la encimera de la cocina pasamos al cuarto de baño y poco después ambos preparamos la cena charlando sobre un montón de cosas. Poder contemplarlo semidesnudo con esos tejanos desgastados y descalzo en mi diminuto apartamento era una sensación cósmica. Ver cómo se reía ante mis ocurrencias, o como se le marcaban los músculos de los brazos mientras cortaba la verdura, o simplemente cómo observaba la televisión y escuchaba atentamente las noticias deportivas mientras llevábamos los platos a la mesa... Cualquier situación con él, por sencilla y natural que resultase, era completamente nueva y extraordinaria. Cada segundo a su lado empezaba a causarme emociones gigantescas...

Más tarde, tumbados en mi sofá y con mi cabeza apoyada en el arco de su brazo, empecé a hablarle de eso que tanto me preocupaba. Me sinceré y le conté la conversación que habíamos mantenido Claudio y yo. Se me pasó por la cabeza contarle que había visto a Marian saliendo de casa de mi madre, pero antes quería dejar pasar los días y averiguar algo más.

—Así que tu madre tiene que ver en ese asunto —dijo acariciándome la barbilla.

—Estoy segura que sí. Ella es… es… así.

—Sara —murmuró con una voz dulce—, no conozco a tu madre de nada, pero por lo poco que me has hablado de ella intuyo que es una mujer muy orgullosa. ¿Por qué no hablas con ella directamente? Pregúntaselo. Quizá está esperando que se lo pidas. Que le pidas ayuda.

Llevé mis dedos a su pecho caliente y tracé círculos sobre él. Era normal que pensara de esa forma. De ese modo pensaban las personas buenas. Sabía que él solo pretendía ayudarme y convencerme de que mi madre no era tan mala como yo creía. Pero el problema estaba en que él no la conocía como yo. Y aunque era cierto que era orgullosa, no era el orgullo lo que la estaba apartando de mí. Era sencillamente su ansia de salirse siempre con la suya. Pero eso tampoco se lo dije. Me sentía tan a gusto y protegida envuelta en sus brazos firmes y cálidos que simplemente asentí y cerré los ojos vencida por el sueño.

Al cabo de un rato sentí que me trasladaba a la cama. Me agarré a su cuello respirando profundamente y embebiéndome de esa sensación de confort, y luego sentí cómo se metía en ella conmigo y me abrazaba.

No fue fácil averiguar cuál era mi lugar favorito en el mundo. No fue sencillo admitir que dormir a su lado era lo único que le daba sentido a mi vida. Llegué hasta ese instante y descubrí que me daba igual cuanto se alargara aquello. No me importaba que fuera para siempre o que durara un susurro. Yo tan solo quería sentir que era real, que de verdad él estaba allí…

Lo que ocurrió el día posterior a ese, empezó a desmoronar mi estado de comodidad sentimental.

Él se quedó en mi apartamento esa mañana. Se despertó a la misma hora que yo y desayunamos juntos. Aún estaba de baja y me comentó que antes de que yo llegara de trabajar ya habría acabado de pintar el salón, aunque se negó rotundamente a pintarlo de rosa.

—No pienso convertir esto en la casa de Minnie Mouse —había protestado.

Así que acepté su propuesta de que él mismo fuera a comprar pintura blanca y la dejara como ya estaba. Le ofrecí dinero para que pagara la pintura, pero se negó a cogerlo.

—Yo pongo el material y la mano de obra. Después me encargaré de cobrarlo como es debido —sentenció antes de que me marchara con esa sonrisita pendenciera y despidiéndose de mí con un beso de los suyos. De esos que continuaban sobándome el trasero y obligándome a hacer un esfuerzo sobrehumano para poder alejarme de él…

Cogí el autobús que me llevaba hasta mi trabajo y me pasé todo el trayecto pensando en lo bien que sabían sus labios. Mi jornada fue ese día más amena solo de pensar que a mi regreso él estaría en mi casa.

Volví a reunirme con el profesorado del ala de autismo para acabar de concretar los talleres de verano. Pero esa mañana estuve más despierta. Eso sí, me distraje con el móvil mucho más de lo que nunca lo había hecho. Él se ocupó de iluminar mis sentidos enviándome fotos de cómo iba quedando su trabajo de pintura. Pero la mejor de todas fue un selfie de él con un pañuelo en la cabeza estilo pirata y con su torso salpicado de gotas blancas mientras se las señalaba con el dedo.

"Luego tendrás que ocuparte de esto", decía uno de sus mensajes.
"Me ocuparé de eso y de todo lo demás", le respondí con coqueteo.
"Buena chica".

A las tres y cuarto de la tarde, cuando ya iba de vuelta a mi casa, oí de nuevo mi móvil vibrar dentro del bolso. Supuse que era él con otro de sus mensajes graciosos y sexis. Pero esta vez, a pesar de que era él, lo que leí desvaneció la sonrisa que había tatuada en mi cara.

"Sara, he tenido que marcharme. Esta tarde tengo una reunión en la comisaría. Varela dice que tiene algo urgente que contarme. Luego te llamo".

28

DERRUMBE

E sperar cuando crees que lo que esperas va a llegar, es estimulante. Pero cuando el motivo de la espera es una llamada que nunca llega, la situación se vuelve irritante.

Y así me encontraba esa tarde. Más desesperada que nunca. Intentando no volverme loca pensando en qué era aquello tan importante que Varela tenía que decirle a Serra.

Las horas pasaban tan lentas que me limité a observar desde mi sofá cómo las manecillas del reloj de Ikea, de mi cocina, marcaban los segundos.

A las diez de la noche supuse que era imposible que aún estuviera reunido. Así que me calcé las zapatillas deportivas que él mismo me había regalado y me enfundé en mis mallas negras. Mi idea era aparecer por su casa con la excusa de que había salido a correr, y ya de paso preguntarle qué tal había ido su reunión. Y lo hice. Me encaminé con decisión, trotando por el extenso paseo del Campo del Sur y respirando el aroma marino que se entremezclaba con la arena salada.

Poco después, me encontraba frente a su edificio haciendo lo posible por que mi pulso se regulara. Tan solo sujetaba las llaves y mi móvil en mi mano derecha. Miré la pantalla meditando en si llamarle o no antes de subir, cuando de repente este comenzó a sonar. Sin embargo, la imagen que apareció ante mí me obligó a sujetar ese aparato con fuerzas para que no resbalara de mis manos. Era ella, mi madre, y la insistencia en el tono de llamada me decía que no se daría por vencida...

—¿Sí? —titubeé.

—¿Sara? —articuló ella.

—Sí, dime, mamá —respondí, intentando aparentar naturalidad.

—Necesito que vengas a casa ahora. Me gustaría hablar contigo.

—¿Ahora? —dije sin dejar de observar el edificio de Serra y concretamente su balcón, donde pude divisar luz en el interior. Si estaba en su casa... ¿por qué demonios no me había llamado ya?

—Sí, hija, ahora. Es importante —relató ella con aquel tono de voz que denotaba advertencia.

—De acuerdo —murmuré sin pensar demasiado. Solo sé que colgué el teléfono y me di media vuelta en dirección a la Alameda, dejando atrás la casa de mi novio.

Cuando llegué a la puerta de esa familiar finca, la tristeza que me invadió fue tan enorme que tuve que pararme a pensar unos segundos antes de pulsar el timbre.

Sabía que lo que iba a decirme no era bueno, pero en algún lugar de mi corazón la esperanza de que ella saliera a recibirme y me estrechara en sus brazos estuvo presente el tiempo que tardé en pulsar el portero automático.

Unos segundos después ella misma me abrió con aquel gesto soberbio abarcando las facciones de su cara.

—Pasa —dijo sin tomarse la molestia de sujetar la puerta.

Naturalmente comprendí que aquella no era una visita de conciliación.

La observé de espaldas mientras ascendía las escaleras que la conducían al primer piso. Vestía unos pantalones de lino azul marino y una blusa holgada de un tono salmón. Llevaba el pelo recogido en un sencillo moño. Hice todo el recorrido en silencio, siguiéndola y esperando que ella hablase primero.

Me condujo hasta el salón donde Diego permanecía sentado encabezando una mesa exquisitamente decorada con una cara vajilla y algunos entrantes calientes listos para comer. Todo estaba meticulosamente ordenado, como siempre. Decorado con los mismos muebles de antaño que ahora se consideraban valiosas antigüedades.

Las voluminosas cortinas de color ocre colgaban desde el techo vistiendo esos enormes ventanales con vistas al paseo de la Alameda Apodaca y haciendo juego con el gusto ecléctico del regionalismo.

—¿Has cenado? —dijo ella como si nada, una vez que Diego se percató de mi presencia.

Negué con la cabeza y él se levantó a saludarme con dos besos.

—Sara, qué alegría verte —exclamó con una enorme sonrisa. —¿Te quedas a cenar, verdad?

—Pues… —tartamudeé mirando a mi madre, que ya había tomado asiento al otro lado de la mesa.

—Claro —afirmó ella por mí—. Siéntate —me ordenó simulando que aquello sería una dulce velada familiar.

Diego la miró a ella y luego otra vez a mí, pero a continuación, ocultando su desconcierto, entabló conversación conmigo.

—¿Qué tal todo por el Centro? —dijo, sirviéndome un poco de vino blanco en mi copa.

La televisión estaba apagada y solo sonaba un CD de música clásica que él acostumbraba a escuchar. Supe que la pieza que sonaba era de la pianista francesa Brigitte Engerer interpretando a Frederic Chopin. Desde que Diego se había apartado de su carrera como ingeniero industrial empleaba su tiempo en tocar el piano. Y lo cierto era que cada vez lo hacía mejor.

Mi madre le había regalado hacía tan solo un año un precioso piano digital modelo Ringway y él, últimamente, se pasaba los días aislado del mundo, encerrado en ese salón, donde junto a uno de los ventanales se hallaba ese majestuoso instrumento.

—Muy bien, mucho trabajo últimamente y sorteando muchos obstáculos —respondí sin apartar mis ojos de los de mi madre que en ese instante bebía de su copa—, pero afortunadamente los chicos responden cada vez mejor.

—Eso es muy bueno, Sara —comentó ella, apoyando los codos en la mesa y enlazando los dedos bajo su barbilla—. Hice todo lo que pude con ese asunto de la subvención, pero siento decirte que no era de mi competencia.

Me quedé callada e imité su postura, contemplándola fijamente.

—No te preocupes —solté al cabo de unos segundos, cuando el único sonido que recaía sobre la mesa como una pesada carga era el de las armoniosas notas de ese piano que sonaba de fondo—. Estoy segura que lo has intentado —alargué la mano y fingiendo que nada de lo que ella pudiera decirme me haría daño, alcancé un canapé de sobrasada con nueces y me lo llevé a la boca. Luego me limpié los dedos sobre su mantel impoluto y ella desvió su mirada hacia la mancha que yo acababa de provocar a propósito.

Recordé la de veces que me había castigado de niña por ese estúpido descuido. Así que aquello solo fue un acto más de rebeldía por mi parte.

Ella suspiró y mientras yo masticaba intentando hacer todo el ruido posible que se puede hacer masticando pan con sobrasada, comenté con la boca llena:

—Estamos buscando otras opciones. Y ya veréis cómo dentro de poco tengo buenas noticias.

Diego no parecía estar muy pendiente de mi numerito, en ese momento estaba sirviéndose ensalada y asentía con la cabeza.

—Seguro que sí, mi vida —musitó ella.

Tras eso, desvié la conversación y me puse a charlar con Diego sobre sus clases de piano y otros temas de los que me gustaba hablar con él, como, por ejemplo, los últimos libros que habíamos leído ambos.

Ella intervino en un par de ocasiones, pero yo me limité a comer y a esperar, porque, obviamente, esa invitación tenía un trasfondo y lo supe justo en el instante en que Diego se levantó de la mesa para ir a la cocina a por el postre.

—Me gustaría que te quedaras un poco más cuando Diego se retire.

—¿Por qué no me dices lo que tengas que decirme ya y te dejas de tanto misterio?

Me mostró sus dientes con una sonrisa infame, pero no le dio tiempo a responder cuando él apareció con un plato alargado que contenía un delicioso dulce de coco y caramelo.

—Espero que te guste, Sara. Lo he hecho yo.

—Si es así, sírveme un buen trozo —exclamé.

Cuando acabamos el postre y Diego me ofreció café, le dije que no. En realidad, estaba deseando quedarme a solas con ella y escuchar aquello que tuviera que decirme. Él ya estaba empezando a darse cuenta que ella y yo no dejábamos de observarnos y una de las veces se acercó hasta el equipo de música, se detuvo unos segundos sacando el CD y lo guardó en su vitrina. Pensé que simplemente iba a cambiar la música, pero tras verlo toquetear el aparato se dio media vuelta y comentó:

—Bueno, yo me retiro por hoy. Sara, quédate a dormir si quieres. No me gusta que te vayas sola hasta tu casa tan tarde.

—No te preocupes, Diego. Me quedaré charlando un rato más con mamá y me voy —dije poniéndome de pie para despedirme de él con un afectuoso beso en la mejilla.

La puerta se cerró tras él y ella y yo nos quedamos solas.

—Venga, mamá, ¿qué pasa? Sorpréndeme. A estas alturas estoy deseando saber qué coño estás ingeniando.

Agarró su servilleta que descansaba sobre su regazo y la dejó sobre la mesa.

Se puso seria, mucho. Tanto que las comisuras de su boca se apretaron en un gesto de hastío.

—El día 18 de junio vas a casarte con Fernando —masculló con tanta seguridad que de haber estado de pie mis piernas me habrían traicionado.

Carraspeé ocultando el latigazo de turbación que me provocó esa afirmación.

—¿Por qué? ¿Por qué crees que voy a hacerlo? Hace un mes lo único que me motivaba a cometer semejante estupidez era el hecho de que tú intervendrías en el asunto de la subvención, pero ahora que sé que has hecho lo posible porque nos la denieguen, ¿qué te hace pensar que lo haré? —dije esbozando una sonrisa sarcástica.

Ella afiló su mirada y llevó uno de sus codos al respaldo de su silla. Por primera vez en mi vida me di cuenta de que esa mujer que yo había pensado que algún día podría quererme, no quería a nadie que no fuese a ella misma.

—Miguel Serra. ¿Te suena, verdad? —El pulso se me paró al igual que se detiene un coche de un brusco frenazo.

No respondí, solo me crucé de brazos para ocultar el tembleque de mis dedos.

Aquella gruesa mesa de caoba con nuestros platos medio vacíos era lo único que me separaba de ella físicamente, aunque todos mis sentidos me decían que esa mujer se hallaba más lejos de mí que nunca.

—Por tu cara, ya veo que sí —continuó—. Bien, pues esto es lo que pasará si te niegas a casarte con Fernando y se te ocurre volver a montar otro numerito de los tuyos como en el Pleno… —La vi apoyar los codos de nuevo sobre la superficie. —: Sé que ese joven está preparándose las pruebas para ascender a inspector. —A medida que hablaba yo sentía que cada palabra me arrasaba la piel y la dejaba en carne viva—.Y todo indica que llegará a conseguirlo. Sería una pena que a mitad de camino lo relacionasen con algún oscuro asunto de drogas. Eso echaría a perder su brillante carrera y claro, supongo que ni tú ni yo queremos que algo así ocurra, ¿no? —Un nudo desagradable y doloroso me atravesó en la garganta—. Sobre todo tú. Últimamente sé que has pasado mucho tiempo con él y le habrás cogido bastante cariño… Pero comprenderás que no voy a pasar por alto el escándalo que has organizado con ese vídeo. Así que te daré la oportunidad de rectificar. Puedes decir que tuviste una pelea con Fernando poco antes de la boda y que todo fue un malentendido. Dirás que tú creías que él te engañaba, pero que luego descubriste que siempre te ha sido fiel y que te arrepientes de todas y cada una de las palabras que dijiste aquel día. La boda seguirá en pie para la fecha que estaba prevista. Y eso es lo que tienes que hacerle saber a la prensa.

Soltó esa grotesca parrafada sin pestañear. Las facciones de su cara no mostraron el más mínimo signo de piedad ante las lágrimas que lentamente se agolpaban en mis ojos. Intenté con todas mis fuerzas ser fuerte y no llorar delante de ella, pero aquello era demasiado retorcido para ser cierto.

—Dios, estás loca… —logré articular con mis doloridas cuerdas vocales.

Apenas podía sostenerle la mirada. Me resultaba tan malvada que ahora me arrepentía de haber sentido tristeza al entrar en esa casa, cuando en realidad lo que debía sentir era solo asco de estar cerca de ella. Asco de haber estado alguna vez en las entrañas de esa mujer.

Ella sonrió ante mi último comentario.

—No, loca estás tú si creías que iba a dejar que mi propia hija saboteara mi carrera.

—Por eso llamaste a Varela, ¿no? ¿Qué diablos le has dicho a esa mujer? ¿Qué tiene que ver ella en todo esto? —grazné apartando de mis mejillas esas lágrimas incontroladas.

Me fijé en cómo su semblante variaba. Atisbé que eso la había cogido por sorpresa y, estudiando cada uno de mis movimientos, dijo levantándose y acercándose hacia un mueble bar que había justo a su espalda.

—Bueno, quería saber cosas sobre ese chico y ella me ha dicho todo lo que necesitaba. —Se sirvió una copa de un licor ambarino en un vaso chato y tras darle un sorbo continuó diciendo—: Además, ella sabe lo que le pasa a aquellos policías que meten sus narices donde no les llaman. Sé que estuvo casada con el padre de ese joven que tanto te gusta y que curiosamente murió en un acto de servicio. Una pena, la verdad. Pero es lo que pasa cuando te empeñas en desacreditar a alguien con poder, que acabas echando a perder tu vida. ¿Sabías que lo mataron cuando intentaba relacionar a un juez del Supremo en un asunto de narcotráfico? —Abrí tanto la boca que temí que la barbilla me rozara el suelo. Mi corazón bombeaba sangre a un ritmo brutal y ella se movía de un lado a otro, despacio—. Esa misma cara se le quedó a ella cuando se lo recordé y le dije que sería una pena que al hijo le ocurriera lo mismo. Es más, ella estuvo de acuerdo conmigo en que lo mejor sería enviarlo cuando antes a Ávila, a la Academia de Policía. Por lo visto él comienza su instrucción en septiembre, pero le he propuesto un traslado a Madrid hasta la fecha. Es mejor que se aleje de ti ahora que vas a casarte y se centre en su prometedor futuro, ¿no crees?

Agaché la cabeza y me miré los dedos que descansaban ahora sobre mi regazo sin dejar de temblar.

—Eres… eres…

—Deja las alabanzas para otro momento, Sara —me cortó—. Centrémonos en esto que nos concierne a ambas. Tú no quieres que nada malo le ocurra a ese chico y por supuesto yo tampoco. Así que es muy fácil. Este domingo asistiremos todos juntos a la apertura del paseo marítimo rehabilitado por Paradores y tú llegarás del brazo de Fernando. Una vez allí en cuanto la prensa se acerque a entrevistarte dirás lo que te he dicho antes, ni una palabra más.

Esta vez caminó hasta quedar delante de mí, de pie, apoyó el vaso sobre la mesa y tuve que alzar la cabeza para mirarla a los ojos.

Puse todo el odio que había en mí, en fulminarla con esa mirada.

—No sé si me he explicado con claridad. Pero puedo asegurarte que si intentas joderme otra vez, será él el que pague las consecuencias. Esto no será nada comparado con sabotear esa absurda subvención. —Se agachó un poco para poner su cara a la altura de la mía—. Te garantizo que me han bastado tan solo un par de llamadas para que la denegaran —dijo escrutándome de ese modo horrible, con esa expresión endemoniada apoderándose de sus rasgos—. Lo que te estoy diciendo ahora es que uses tu estúpida cabeza —masculló, atreviéndose a tocarme la frente con su largo dedo. Yo me aparté con repulsa— y pienses cómo acabara todo esto si continuas negándote a ese matrimonio.

—¿Me estás diciendo que serías capaz de matarle como mataron a su padre solo si no hago lo que tú quieres?

Formular aquella pregunta en voz alta me produjo unos escalofríos que ascendieron por mi columna vertebral.

—No dramatices, Sara —graznó, incorporándose de nuevo y separándose de mí para comenzar a amontonar los platos con la intención de recoger la mesa—. Eso es lo que le he explicado a la guapa inspectora Varela para que haga justo lo que le he pedido. Ella tan solo debe convencerle de que se aleje de ti, y estoy segura que esa mujer tiene cualidades suficientes para convencerle —decía mostrándome sus dientes—. Se mostró bastante preocupada por él, ¿sabes? Me ha asegurado que en una semana él estará en Madrid. Tú lo único que tienes que hacer es procurar que no le ocurra nada allí, para que en septiembre pueda ingresar en la Academia de Policía.—Cuando agrupó los platos y puso los cubiertos sucios sobre el que estaba arriba, supe que aquella odiosa conversación estaba llegando a su fin.

Me llevé las manos a las sienes y me las masajeé. Por un momento recé para que aquello solo fuera una monstruosa pesadilla y me despertara de ella.

—Supongo que pedirte que me ayudes a recoger la mesa es demasiado, ¿no? —dijo con algo parecido a sorna en su voz. Volví a fulminarla, pero ella se encogió de hombros y me dio la espalda para salir del salón—. En ese caso, cierra la puerta cuando te vayas. Te veré el domingo.

Sin embargo, antes de marcharse dio un paso atrás y sujetando aquellos platos comentó:

—Por cierto, fue una suerte que ese tipo, el que atracó el banco justo en el momento en que él estaba patrullando en esa zona, solo le hiriera en la pierna. ¿Me pregunto, qué habría sucedido si hubiese apuntado más arriba?

Luego se dio media vuelta y me dejó allí, completamente deshecha.

29

DESASTRE UNIVERSAL

Diego

Oí los pasos de Sara repiqueteando por el parquet. Sabía que una vez que ella se marchara, Teresa no tardaría en atravesar el umbral de nuestro dormitorio. La puerta de entrada se cerró y yo solo me limité a esperar en mi cama.

Tenía que fingir que estaba profundamente dormido y aguardar el momento oportuno en el que mi queridísima esposa cayera en las garras de Morfeo.

«Seguro que no es tan difícil», me repetí una y otra vez, tramando el modo de hacerme con esa grabación. Después de oír la conversación entre esa inspectora y Teresa, no iba a dejar que arruinaran la vida de la pobre Sara. La ambición de Teresa iba más allá de los límites permisibles. Yo había sido testigo de cómo ella le ofrecía a esa mujer cincuenta mil euros a cambio de seducir a aquel chico. Ella quería una foto en la que le pudiera demostrar a su hija que ese joven no era de fiar y, obviamente, para lograr aquello había tenido que trazar un plan. Y lo peor de todo era que la inspectora había aceptado el trato sin rechistar.

Ya había llegado la hora de detenerla.

En cuanto sentí su cuerpo deslizarse sobre las sábanas, me mantuve quieto. Intenté controlar mi respiración, fingiendo que era profunda y pausada, y al cabo de unos minutos me pareció que ella había caído en ese precipicio de somnolencia.

No recuerdo cuánto tiempo pasó hasta que decidí levantarme, con sigilo, y salir de la habitación.

Entré en el salón y no me tomé la molestia de encender la luz. Desde los amplios ventanales se filtraba la liviana iluminación de las farolas.

Me acerqué hasta el equipo de música y metí la mano para rebuscar detrás de aquel aparato. Allí, donde había colocado la grabadora con sumo cuidado. Mis dedos tantearon los cables que había en la parte trasera, pero para mi sorpresa, no encontré nada. Pensé que quizá se había caído al suelo y me limité a separar el mueble procurando no arrastrarlo. Me agaché para palpar el suelo en una postura imposible, cuando de repente la luz del salón se encendió y me encontré con el airado rostro de mi esposa atravesándome.

—¿Buscas esto? —dijo, avanzando lentamente hasta quedar a un metro de distancia de mí, y sujetando en su mano la misma grabadora que yo había estado buscando.

Debí suponerlo. Ella siempre se adelantaba diez pasos a cada uno de mis movimientos…

Me incorporé despacio con una amarga sonrisa dibujándose en mis labios.

—Teresa…, tú tan astuta como siempre…

Ella no sonrió.

—¿Qué pretendes, Diego? —masculló con su afilada mirada, escrutándome.

—Quiero que la dejes en paz. Me da igual qué sucios negocios te traigas entre manos, pero solo quiero que dejes vivir a Sara. Es una buena chica. No merece que le hagas esto.

—¿Y qué pensabas hacer con esta grabación? ¿Ibas a traicionarme? —me espetó cada vez más enfadada.

—Es tu hija, Teresa —repliqué con la intención de hacerla entrar en razón.

—Exacto, Diego. Es mi hija. Y tomaré las decisiones que yo crea oportunas para su futuro.

—¡¿Qué futuro?! A ti su futuro te importa una mierda. Tú solo quieres que se case con ese cretino para aumentar tu poder. Ni siquiera puedo creer en quién te estás convirtiendo.

Ella cogió aire antes de volver a hablar, pero luego lo dejó escapar, despacio.

Me fijé en su camisón de raso marfil y sentí que esa mujer ya no se parecía en absoluto a la persona de la que un día me enamoré, a aquella por la que había decidido alejarme de todo lo que conocía…

—Tengo sueño, Diego. Me voy a la cama. Y me quedaré con este aparato —dijo enseñándome de nuevo la grabadora—. Mantente al margen de esto. No quiero volver a repetírtelo.

**

Sara

Desastre universal, así habría titulado ese capítulo de mi vida si se me hubiese ocurrido escribir un libro sobre ella. Así era como yo lo veía todo en ese momento, como un terrible y colosal desastre.

¿Y qué podía hacer salvo tomarme en serio las horripilantes amenazas de mi *encantadora* madre? Era inútil continuar peleando. Ya no me quedaban fuerzas. No, si eso suponía poner en peligro al único hombre que amaba con toda mi alma. Podría vivir con un matrimonio fingido. Podría hacer un esfuerzo y arrojarme a un altar para decir *sí quiero* a una persona desleal, infiel e hipócrita. Podría acostumbrarme a continuar mi existencia simulando que estar sin él era algo que superaría…Pero lo que no podría soportar es que por mi estúpido e irracional comportamiento, por obedecer a los dictados de mi corazón, arruinara su carrera o, lo que era aún peor, arriesgara su bienestar. El simple acto de pensarlo me paralizaba los músculos. Prefería mil veces casarme con Fernando y renunciar a él, por muy repulsiva que me resultara la idea, que correr el riesgo de exponer su seguridad.

Mi madre no bromeaba al respecto. Supe, por el modo en el que sus ojos me habían acechado, que era capaz de eso y de mucho más si no me limitaba a obedecer.

Por lo tanto, de ahora en adelante, tenía que ser muy cautelosa en cada uno de mis movimientos. Un paso en falso y todo mi mundo se derrumbaría...

Los días posteriores a la conversación con mi madre continué esperando una llamada de teléfono que nunca llegó. Me pregunté un millar de veces qué demonios le habría dicho Varela a él para que ni siquiera se tomara la molestia de llamarme. Aunque en realidad era mejor así... Mejor para todos, ¿no?

A partir de entonces, descubrí lo que era de verdad un dolor en el corazón. Uno tan profundo y punzante que sentía que estaba constantemente a punto de sufrir un infarto. Había oído hablar de cómo se sentía alguien tras un desamor. De cómo ese periodo se convierte en una lenta y desgarradora tortura, de cómo consume tus ganas de vivir y reduce a cenizas tus ilusiones, de cómo el tiempo se transforma en una permanente desazón..., pero descubrir en tu propia piel que es cierto, que de verdad una decepción duele de esa manera, fue peor de lo que imaginaba.

Y justo así pasé mis días hasta que llegó el domingo. El día en el que tendría que reaparecer en público del brazo de Fernando y mentir del mismo modo ruin que lo hacía mi madre.

Sin embargo, el sábado Irene vino a verme a mi casa y a pesar de que había estado toda la semana intentando evitarla con el fin de apartarla de ese terrible embrollo, ella no cesó en sus preguntas hasta que finalmente me eché a llorar desconsolada. Me sentía tan sola y desgraciada que no pude controlar mi impulso de aferrarme a su abrazo y confesarle las atroces amenazas de mi madre.

—Sara, mi niña, tranquilízate. Estás temblando... —decía, abrazándome en la cocina mientras yo apenas era capaz de vocalizar a consecuencia del llanto—. Ven, vamos a sentarnos.

Hice lo que me pidió y cuando estuvimos acomodadas en mi sofá tomé aire para contarle lo que me estaba sucediendo.

Sabía que hablar de ello con Irene era peligroso, pero ella era la única persona de confianza que tenía en ese momento.

—¿Y dices que él no te ha llamado desde que se reunió con esa mujer?

—Así es —respondí, secándome las lágrimas de mis mejillas con el dorso de mi mano.

Ella se mantuvo en silencio unos segundos, con la mirada perdida y luego comentó:

—¿Y si le llamo yo? Entiendo que tú no quieras perjudicarle y todo eso, pero es muy extraño que él no te haya llamado a ti. Necesitamos saber qué es lo que él cree. Puedo intentar averiguar qué le ha dicho esa poli.

—No sé, Irene, sea lo que sea tengo que apartarme de él. Sé que mi madre no bromea esta vez.

Pero por aquel entonces, ella ya había sacado su teléfono del bolso y buscado el número de él entre sus contactos. Lo puso en manos libres y cuando oí el primer tono, agarré su muñeca, suplicándole que colgara, no obstante, ella puso el dedo índice en sus labios pidiéndome silencio y me rogó que me calmara con un leve pestañeo.

—¿Sí? —respondió él de inmediato.

Oír su voz me entumeció de la cabeza a los pies.

—Serra, qué tal, tío. Soy Irene —dijo ella a modo de saludo, para mi gusto, forzado.

—Ah, hola, Irene. —Su voz sonaba apagada y distante.

—Verás, te he llamado porque últimamente no consigo hablar con Sara. Cada vez que la llamo o está ocupada en el trabajo o no me coge el teléfono —mintió—, ¿está contigo ahora?

Ella paseó su mirada del aparato a mí y, mientras esperaba la respuesta de él, sentí que la garganta se me secaba.

—Eh…no no. Sara y yo ya no estamos juntos —sentenció.

—¿Cómo? Pero…, si no me ha dicho nada. ¿Desde cuándo? —preguntó Irene, indagando.

—Sé que va a casarse, Irene—masculló con desdén.

Ella y yo nos observamos con los ojos como platos. Mi pulso latía más fuerte que nunca.

—¡¿Qué?! ¿Quién diablos te ha dicho eso? —protestó ella.

—Lo sé de buena fuente. ¿Y sabes qué? Es lo mejor. Al fin y al cabo, yo me marcho la semana que viene a Madrid, me trasladan allí, y ella…ella tiene que casarse… —pero esto último lo dijo como si pronunciarlo le estuviera costando la vida.

—¿Pero qué coño dices, Serra? Conozco a Sara, sé que ella no está enamorada de Fernando. ¿Qué es lo que te han dicho y quién?

Hice el intento de arrancarle el teléfono a Irene de las manos para cortar esa conversación, pero ella fue más rápida y lo retiró.

—Tengo que colgar, Irene, estoy en el trabajo y no puedo hablar ahora

—dijo él.

—Pero, ¡Serra…! —vociferó ella antes de que él cortara la llamada.

Luego solo oí su voz masculina y profunda pronunciar un escueto y frío *adiós*.

Irene no conseguía salir de su asombro. Y yo solo me derrumbé en el sofá cubriéndome los ojos con el brazo, y rezando para que ese perenne dolor que sentía en el pecho se suavizara de una vez.

—Es mejor así, Irene. No puedo hacer otra cosa. Tengo que casarme.

Ella se puso de pie y comenzó a moverse de un lado a otro, nerviosa.

—¡Pero por Dios, Sara, no puedes hacerlo! Está claro que algo le ocurre, tú has visto lo raro que estaba. No lo conozco demasiado, pero sé que algo oculta. No puedes conformarte sin más por miedo a tu madre.

Suspiré y me pasé las manos por la cara.

—No le tengo miedo a ella, tengo miedo de lo que pueda sucederle a él —exhalé.

Irene continuó moviéndose con la mirada puesta en sus pies, deliberando.

Llevaba un vestido de punto, largo, informal, con unas sandalias romanas. Su pelo le había crecido bastante desde su último corte y atisbé cómo se apartaba el flequillo de la cara en ese ademán tan suyo.

—¿En serio vas a casarte? —dijo, poniéndose más cerca de mí y sentándose de nuevo a mi lado.

—¿Qué otra cosa puedo hacer si no?

Ella se miró las manos. Y, luego, jugueteando con uno de sus anillos me miró a los ojos y dijo:

—Márchate, Sara. Vete lejos de aquí. Aléjate de tu madre. Si continuas a su lado se pasará la vida mortificándote.

Me incorporé hasta quedar sentada en posición indio junto a ella.

Fue como si de repente, en medio de ese caos, hubiera descubierto una diminuta vía de escape. Reconozco que la posibilidad de desaparecer era algo que había considerado, pero abandonar mi trabajo, mi casa y toda mi vida para siempre, era demasiado temerario.

No contesté. Pero entre Irene y yo no hizo falta decir nada más. Ella solo me abrazó otra vez y luego se ofreció a hacerme la cena. Yo apenas pude moverme del sofá.

Al día siguiente, cuando el amanecer anunciaba su llegaba con los primeros rayos de sol, me levanté y me duché. Mi madre me envió un mensaje poco después para anunciarme que a las diez pasaría a recogerme un coche oficial. No me tomé la molestia de contestarle. Dejé el móvil sobre el lavabo y continué maquillándome. Mis profundas ojeras y los vestigios del sufrimiento que estaba soportando no resultaron fácil de ocultar. Me vestí de un modo aburrido: un pantalón color caqui, unas bailarinas beige y una camisa blanca de manga corta. Apenas me paré a pensar en lo que estaba haciendo. Mi cuerpo se movía impulsado por sí solo con mi mente y mi corazón bastante más alejados de allí.

A las diez en punto bajé los escalones de mi casa sujetando mi bolso de asa corta en la mano y convenciéndome a mí misma de que ese día tendría que contradecir a mis principios a cambio de proteger al hombre que amaba.

Cuando salí al exterior, el coche me esperaba al final de la calle. Lo identifiqué de inmediato y me encaminé hacia él con el corazón latiéndome veloz.

El chófer, un tipo alto, corpulento y de mediana edad, estaba de pie junto a la puerta del copiloto.

—Buenos días, señorita Maldonado.

—Buenos días —respondí sin muchas ganas. Él no tenía ninguna culpa, era un simple empleado, pero mi estado de ánimo era tan nefasto que no reparé en ese detalle.

Abrió una de las puertas traseras, instándome a subir, y, cuando mis ojos identificaron a la persona que me esperaba dentro, no pude evitar que unas repentinas náuseas me golpearan el estómago.

Fernando vestía un refinado traje de chaqueta gris, con corbata a juego. Llevaba el cabello excesivamente engominado, como siempre, y en sus manos sujetaba un sobre del tamaño de un folio.

—Sara, entra, cielito..., qué alegría verte —exclamó con una sonrisa diabólica en su estúpida cara.

Cerré los ojos con fuerza y tomé aire antes de subir a ese vehículo.

Una vez dentro, intenté sentarme lo más lejos posible de él.

—No te haces ni una idea lo feliz que me siento al saber que por fin has entrado en razón. Sabía que tu madre acabaría convenciéndote.

Apreté tanto las mandíbulas que estuve a punto de romperme algunos dientes.

—Fernando, evita dirigirte a mí cuando estemos solos. El simple hecho de oír tu voz me provoca arcadas —grazné con la mirada puesta en la ventanilla, mientras el conductor ponía en marcha el coche.

Él soltó una odiosa carcajada.

—Me temo que no tendrás más remedio que aguantarte. Tu madre me ha pedido que nos pongamos de acuerdo con la declaración que tendremos que dar a la prensa. No quedaría muy convincente que tú dijeras una cosa y yo otra.

Le lancé una mirada envenenada y él me respondió con otra de sus sonrisas putrefactas.

—Bueno, relájate, cariño. Antes es preciso que abras esto y veas lo que hay en su interior. Estoy convencido de que en cuanto veas lo que contiene, te pondrás aún de mejor humor.

Observé su mano, ofreciéndome ese sobre y se lo arranqué de los dedos con desprecio.

Mi corazón, a medida que intentaba descubrir qué era lo que contenía, bombeaba deprisa, y el nudo que tenía en la garganta se hizo más enorme hasta impedirme respirar.

Cuando saqué la primera foto, mis ojos se humedecieron de lágrimas repentinamente. Y mientras hacía lo posible por no derrumbarme delante del imbécil de Fernando supe que cualquier posibilidad de volver a los brazos de Serra quedó absolutamente destrozada al ver cómo él besaba a la inspectora Varela en esa imagen.

30

SOLO DÉJAME QUE TE BESE

C uando era pequeña, mi padre un día me trajo a casa una caja de zapatos con la tapa agujereada.

—Toma, son para ti —me dijo.

Apenas tenía ocho años, pero recuerdo que pensé que eran de verdad unos zapatos. Sin embargo, cuando la puse sobre la mesa de la cocina y la abrí, me llevé una sorpresa tremenda. Eran cuatro gusanos de seda. Un centenar de veces había paseado con él por la Plaza de Abastos de mi ciudad y le había pedido que me comprara algunos para poder cuidarlos y ver cómo se convertían en mariposas.

Mi madre se negaba rotundamente. Según su parecer, eran repugnantes. Por aquel entonces, ella aún no sabía lo que me aleccionaría más tarde: que ningún animal, por muy repulsivo que sea su aspecto, jamás supera la aversión que pueden provocar determinados seres humanos.

No obstante, mi padre la ignoró y me regaló aquellos bellos insectos.

Me pasé semanas con esa cajita junto a mi cama, observando su extraordinario ciclo biológico. Los alimenté con hojas tiernas de morera y contemplé con adoración las diferentes etapas de su vida, admirando el grandioso poder de la metamorfosis.

Todas las mañanas, antes de marcharme al colegio, escondía la caja bajo mi cama con temor a que mi madre un día llevase a cabo su amenaza y se deshiciera de ellos.

Hasta que una tarde, al regresar de la escuela, ya no estaban en su escondite.

Le pregunté por mis pobres gusanitos y me respondió que los había encontrado muertos y que para ahorrarme el disgusto, ella misma se había ocupado de darles sepultura bajo la húmeda tierra de las macetas que lucían en nuestra azotea.

Aquel día lloré hasta que se hizo de noche. Mi padre estaba de viaje y no pudo consolarme. Ella me aseguró que en unos días ya no me acordaría de ellos y, probablemente, habría sido así de no ser porque esa madrugada una horrible pesadilla me sobresaltó y al ir al baño encontré un trozo de hoja de mora junto al retrete.

Quise dar un salto atrás e impedir que los arrojara por el váter. Decirle que no estaba asesinando lo que ella consideraba unos desagradables insectos. ¡No! Estaba aniquilando la ilusión de una niña de siete años.

Extinguiendo sus esperanzas de creer en algo bueno…

Y justo esa misma sensación sentí mientras sujetaba esa fotografía en el interior de aquel coche. Quería retroceder y que esa imagen jamás se me hubiese grabado como una dolorosa espina en el corazón. Quería que mi madre no continuara decapitando todo aquello en lo que ponía mis sentimientos a flor de piel. Pero al igual que había sucedido con mis gusanos de seda, ya no había vuelta atrás.

—¡Ohhh! ¿Vas a llorar? —comentó el idiota de Fernando, burlándose de mí—. No me digas que te habías enamorado del musculitos.

Dentro del sobre había un par de fotos más. Habían sido tomadas muy cerca del edificio de Serra. Ella colgada de su cuello y él sujetándola por la cintura. Fue lo único que atiné a ver antes de decidir alejarlas de mí y lanzárselas a Fernando con todo el odio que se agolpaba en mi estómago en ese instante.

Él rio más fuerte mientras las recogía y las guardaba otra vez en el interior del sobre.

Carraspeó.

—Bueno, venga, ahora que ya sabes que el poli está interesado en alguien que no eres tú, céntrate en lo que vas a decir.

No respondí, tan solo me limité a asentir conforme él me daba instrucciones de cómo debía ser mi comportamiento en aquella inauguración.

—De acuerdo, espero que por el bien de todos no des otro de tus espectáculos.

Los ojos del chófer me escrutaron a través del espejo retrovisor y recuerdo que me sentía tan humillada que apenas pude reaccionar. Continuar forcejeando ante semejante situación solo estaba consumiendo mis ganas de vivir, así que decidí hacer lo que ellos querían y centrarme en sacarme de la cabeza a Serra. Al fin y al cabo, acababa de darme cuenta que mi historia con él había sido tan falsa como todo lo que me rodeaba...

Cuando llegamos al Parador, el coche se detuvo en la zona reservada para vehículos oficiales y Fernando me condujo a la parte trasera del hotel, a una terraza exterior donde se realizaría el acto. Allí nos esperaba la Presidenta de Paradores de Turismo y los directivos del complejo hotelero. La ceremonia de inauguración empezaría a las doce de la mañana, pero, los políticos, los miembros del Comité Directivo, y la prensa, llegarían una hora antes. Supe que una vez que me mezclara con toda esa gente tendría que interpretar lo mejor que supiera, de lo contrario, mi madre llevaría a cabo sus amenazas. Y, aunque en esos momentos odiaba a Serra y de buena gana yo misma lo habría estrangulado con mis propias manos, me negaba a cargar con la culpa de que algo horrible le sucediera.

Fernando se pasó la mañana con su mano pegada a la parte baja de mi espalda guiándome de un lado a otro, presentándome a todo el mundo como su futura esposa y hablando de la boda de un modo tan real que cuando llevaba un rato allí me percaté que yo también hacía lo mismo cada vez que alguien me preguntaba.

Aquel sitio se llenó de asistentes y yo aprovechaba cualquier ocasión para alejarme de Fernando y conversar con auténticos desconocidos sobre la importancia de recuperar espacios públicos y habilitarlos para pasear en una ciudad pequeña como era Cádiz.

Mi madre apareció poco después, acompañada de su séquito de lameculos y se acercó a saludarme con dos besos contaminados de patraña. Ella se encargó de avisar a uno de sus muchos periodistas comprados y de instruirles en la noticia que tendrían que publicar sobre nosotros al día siguiente. Luego, simplemente, prosiguió con su falacia: la de hacer creer a la gente que se preocupaba por los intereses de su pueblo.

Los camareros del hotel comenzaron a moverse de un lado a otro con bandejas repletas de copas, y yo concentré todas mis energías en dejar de pensar en él. Pero no me resultó fácil deshacerme de ese aire ausente.

—¿Ves como no era tan difícil? —me comentó Fernando, arrimándose demasiado a mí y con sus labios pegados al lóbulo de mi oreja. Me estremecí de asco y con disimulo le clavé el codo en el estómago para alejarme de él.

—Lo difícil no es contarle a todo el mundo que vamos a casarnos, lo difícil es oír tu voz y ver tu cara de gilipollas mientras lo cuentas —murmuré con una sonrisa falsa y pellizcándole la mejilla cuando me di cuenta que un grupo de periodistas no dejaban de observarnos—. Me pregunto cómo puede tu prima seguir acostándose contigo con lo mal que follas, hijo mío.

Por la cara que puso supe que no esperaba un comentario de esas características, de hecho, yo misma me sorprendí de haberlo dicho en alto. Pero el trato era mentir y casarme con él, no soportar un acoso constante por su parte. Me reí sin ganas ante su cara de pánfilo y luego le comenté envalentonada:

—Voy al baño, cielito, vuelvo enseguida.

Cuando me hube alejado un metro de él, sus dedos apresaron mi brazo con fuerza, tanta, que estuve a punto de gritar de dolor.

—No tardes —masculló con las mandíbulas tensas, inamovibles.

—Claro que no —dije clavándole mis uñas en el dorso de su mano, luchando por deshacerme de su capción.

Avancé sin mirar atrás. Entré en el hotel y busqué un aseo donde meterme y poder respirar. Me estaba ahogando. Me ahogaba lentamente con mi propio aliento y necesitaba unos segundos de soledad.

Moví la cabeza de un lado a otro en busca de un letrero que señalizara los baños y de pronto me encontré con algo con lo que no había contado.

El hall estaba lleno de agentes de policía y la inspectora Varela conversaba con el que parecía otro agente vestido de calle, junto al mostrador de recepción.

Ella no tardó en reconocerme y clavar su mirada en mí. Yo procuré reaccionar a tiempo para escabullirme por la primera puerta que encontré. Me había metido en el acceso a las escaleras de emergencia, pero era mejor eso que estar soportando el intenso escrutinio de esa mujer. No podía salir allí fuera y volver a cruzarme con ella. Debí imaginar que en ese acto estarían las Fuerzas y Cuerpos de Seguridad del Estado, había algunos ministros, jueces y otros políticos importantes.

No sabía qué hacer, el pulso me latía con furia y la posibilidad de encontrarme con él esa mañana después de lo que había visto en esas fotos, me aterrorizaba. Así que me encaminé hacia el tramo de escaleras y cuando me quise dar cuenta estaba en la primera planta del hotel dando vueltas y buscando un baño.

Localicé uno al final de un largo pasillo. Apenas prestaba atención a la exquisita decoración de las paredes y de los suelos armoniosamente acabados en madera por los que me movía. Entré en aquel aseo que cumplía la línea de arquitectura vanguardista del resto de las instalaciones y apoyé mis manos sobre la superficie lisa de mármol que soportaba los lavabos.

Me sorprendí contemplando la imagen que había frente a mí. A una chica asustada y decepcionada. Herida y atormentada...

Mi frente estaba perlada de sudor y con aquella ropa aburrida e insulsa, me sentía insignificante. Y odiaba sentirme de esa manera. Tenía que poner fin de una vez a todo eso y me juré a mí misma que buscaría el modo de escapar de aquel monstruoso laberinto.

Abrí el grifo y me incliné para mojarme los labios y beber un poco de agua. En ese instante no oí el sonido de la puerta al cerrarse, así que cuando alcé la vista me encontré con su hechizante rostro observándome a través del espejo. El susto, obviamente, fue descomunal. Di un respingo y me giré inmediatamente para asegurarme de que no era una de mis alucinaciones.

—Hola, Sara —dijo él con una voz dulce.

Llevaba su uniforme. Aquella provocadora camiseta negra con la leyenda de POLICÍA por detrás y el escudo genérico a un lado de su amplio pecho, su pantalón con bolsillos de pernera, ajustándose a sus largas piernas, y unas botas de media caña.

Se había vuelto a cortar el pelo y ahora lo lucía muy corto. Sin embargo, su barba estaba como siempre, apetecible y sumándole atractivo a sus irresistibles facciones. Sus ojos, perturbadores, lujuriosos, verdes como un kilómetro de hierba fresca, me arrasaron de la cabeza a los pies.

Tragué saliva. No mucha, la verdad. La impresión me había deshidratado al instante.

—¿Qué quieres?—le pregunté cuando logré recuperarme del

aturdimiento y alejarme de él.

—¿Qué tal estás?

Sonreí con desgana ante su estúpida pregunta. Sí, estúpida. Como yo, al pensar que había algo verdadero entre ese hombre y yo.

—Perfectamente, hasta que tú has entrado por esa puerta —mascullé.

—Sara... —dijo, dando un paso hacia mí.

Alcé la mano y lo obligué a detenerse.

—Ni se te ocurra acercarte más.

Pero él se pasó mi advertencia por una de las perneras de sus pantalones y me acorraló en la pared.

—Ya estoy cerca de ti —susurró con la intención de dejarme atrapada. Con su cuerpo prácticamente encima del mío.

—Apártate, imbécil —protesté, empujándolo con todas mis fuerzas.

Él cerró los ojos y agachó la cabeza, abatido.

—Sal de aquí, ¿crees que no sé qué clase de persona eres?

Durante unos segundos no dijo nada, permaneció callado mirándome con un gesto apesadumbrado y confundido. Con las arrugas de su frente acentuadas. Y poco a poco su expresión se fue tornando a una mezcla de enojo y amargura.

Verlo de ese modo, como si de verdad estuviera arrepentido de lo que había hecho me enfureció aún más.

—Sara...

Si lo que estaba buscando era que me apiadara de él..., no iba a conseguirlo.

—No quiero oírte, no quiero verte, solo quiero que me dejes en paz.

—Sara, escúchame, es complicado... —lo vi llevarse una mano a la frente y frotársela.

—¿Complicado? Claro que lo es, supongo que acostarte con tu madrasta debe ser francamente difícil para ti. Dime, cuando tu hermanito sea mayor, ¿cómo debe llamarte, hermano o papá?

Me contempló sorprendido. Sus ojos bailaron en los míos, perdidos, avergonzados...

Lo aparté de otro empujón para salir de allí. Había salido corriendo de aquella terraza, escapando de Fernando para poder respirar, y de repente estaba en ese cuarto de baño asfixiándome de nuevo.

—No te vayas así —dijo atrapando mi muñeca para retenerme.

La furia me dominó. Jamás había sentido tanto dolor extendiéndose por mis venas, tanto sufrimiento circulando en mis arterias. Estaba convencida de que sus dedos percibían el latir violento de mi pulso. Yo misma podía oír mi propia sangre bombeando en mis oídos. Sin embargo, ya todo me daba igual. En otras circunstancias nunca habría actuado de ese modo, pero en ese instante me zafé de su mano y le asesté un tremendo bofetón en la mejilla, tan fuerte que su cara mostró mis huellas de inmediato.

Él ni siquiera se inmutó.

—Me das asco, Serra —masculló con inquina—. No eres más que otro montón de mierda en este vertedero de mentiras en el que vivo.

Él respiró profundamente mirándome con una intensidad abrumadora, pero continuó callado. Y su silencio estaba a punto de romperme por dentro.

—¿Por qué? —inquirí, sin poder contener que mis ojos se empañaran de lágrimas—. ¿Por qué me dijiste que no había nada entre tú y ella?

Estaba haciendo el ridículo. Lo más apropiado habría sido dejarle allí después de la bofetada. Pero así era yo. Una completa idiota, enamorada e idiota.

Y a partir de ahora no sintáis lástima por mí, cualquiera en mi situación habría actuado de un modo semejante. Quería alejarme de él, pero su olor, ya familiar, adictivo, tóxico por momentos y embriagador, inundó el espacio que nos separaba filtrándose por mis fosas nasales y enloqueciendo aún más mi raciocinio.

—Porque es la verdad. No hay nada —murmuró, atravesándome con el tono glauco de sus ojos.

—¿Ah, no? ¿Entonces qué haces? Te acuestas una semana con ella y a la siguiente con Susana, ¿no?

Agarré el pomo de la puerta para abrirla, pero él lo impidió.

—Yo no soy así, Sara. Te equivocas conmigo.

—Por supuesto que me he equivocado. No he dado ni una. Apártate, hijo de puta.

No obstante, él, no muy satisfecho con mis insultos, volvió a bloquear la puerta de nuevo. Intenté abofetearle por segunda vez, pero paró mi mano antes de que esta impactara en su mejilla. Y en aquella vana tentativa de escapar de allí, él me agarró de la nuca y estrelló sus labios con los míos.

Me besó con tanta desesperación que casi pierdo la consciencia.

Luché por apartarlo de mí, pero era imposible por dos motivos. El primero, porque era un hombre mucho más grande que yo y sus brazos, su pecho, sus manos y todo él, me impidieron moverme. Me inmovilizó de tal manera que solo pude concentrarme en su boca. Y el segundo, porque estaba tan loca por él que en cuanto su saliva tomó contacto con la mía quise creer que ese hombre que me besaba con semejante ímpetu era de verdad lo único bueno que había conocido en mi vida.

Me rendí, lo admito. Me rendí al tacto de su piel, a las marcas que dejaría su barba con el reguero de besos que descendió por mi cuello. Me rendí a él y al potente deseo que me empujaba en ese instante. Sabía que me había traicionado y le odiaba. Pero también sabía que esa sería la última vez que le besaría. Luego, me alejaría tanto de él y de toda esa locura que ya no quedaría espacio para el recuerdo.

Él continuó besándome y cuando se dio cuenta de que mi cuerpo dejaba de resistirse me soltó la muñeca que tenía aferrada entre sus dedos y con sus dos manos acunó mi rostro. Sus pulgares me acariciaron y lentamente fue aflojando la presión de sus labios. Un par de besos suaves y su mirada recorrió mis facciones.

No sabía qué hacer con mis manos y las puse en su cintura. Él parecía estar a punto de decirme algo importante. Parecía aún más desesperado que yo.

—Dios, qué bonita eres, joder —exhaló finalmente, con una sonrisa templada.

Me quedé quieta, sin saber cómo reaccionar. Es decir, yo hacía solo unos segundos que lo había llamado hijo de puta y… ¿él se lo tomaba a guasa?

¿Pero a qué diablos estaba jugando conmigo? ¿Y si era un pervertido que disfrutaba haciéndole daño a las mujeres? ¿Qué demonios estaba sucediendo? ¿Por qué me miraba con semejante adoración, si cuando me daba la vuelta se tiraba a la primera que pillaba?

Respiré para decir algo, pero él me cubrió de nuevo la boca con sus labios.

—Por favor, no digas nada más. Solo déjame que te bese…

Y eso hice. ¿Qué otra cosa mejor podía hacer? ¿Empujarle y volver junto a Fernando?

Lo sé, él me había engañado con su madrastra y no había nada que lo justificase. Pero si esa era la última vez que iba a estar a su lado, al menos quería llevarme esa imagen. Quería quedarme con esa expresión de sus ojos, la que contradecía a la realidad. La que me miraba como si no existiera en el mundo ninguna otra mujer que no fuera yo. Aquella que seguramente usaba con todas y que ahora estaba funcionando conmigo.

¡Maldita sea! ¿Cómo podía ser tan débil? ¿Por qué no era capaz de alejarle de mí y salir de allí?

—Perdóname, nena.

Pero cuando fui a responderle que ni en un millón de años le perdonaría, oí voces en el pasillo. Eso me obligó a reaccionar y quitármelo de encima.

Ambos sabíamos que aquel fortuito encuentro había llegado a su fin. Así que no hizo nada por impedir que abriera la puerta.

—Si vuelves a acercarte a mí, te denunciaré, ¿me oyes? Voy a casarme y, esta vez, te aseguro que es cierto.

Luego me marché.

31

UN BESO REPUGNANTE Y UNA PROPINA

Bajé los escalones con el ánimo mucho más machacado que cuando los subí.

«Perdóname», había dicho ¿Qué se suponía que tenía que perdonarle, acostarse con su madrastra? ¿Acaso pensaba que ese acto iba a tener las mismas consecuencias que cuando lo hizo con aquella chica? Ni hablar. Solo de pensarlo se me subía la bilis a la garganta.

Cuando llegué a la planta de abajo, me dispuse a atravesar el hall. Volvería a encontrarme de nuevo con ella, pero ya me daba igual. Todo me importaba una mierda. Hice de tripas corazón y me armé de valor para soportar el resto de la mañana aguantando a Fernando, a mi madre y ahora también a ellos dos. En lo único que me concentré fue en el modo de no perder la cabeza. Necesitaba actuar con inteligencia y alejarme cuanto antes de esa gentuza.

Salí y al primero que encontré dando vueltas, buscándome, fue a Fernando.

En cuanto me vio, se acercó a toda prisa hacia mí.

—¿Dónde coño estabas? —gruñó con los dientes apretados en voz baja.

—He tenido que subir al primer piso, porque los baños de aquí estaban ocupados—mentí.

—Tu madre, está preguntando por ti—protestó.

—Bien, pues vamos.

Pero justo cuando nos encaminábamos hacia la terraza, Serra salió del ascensor y nos encontramos casi de cara. Fernando no lo vio, iba ocupado amenazándome con lo que pasaría si volvía a desaparecer. Y yo, a medida que avanzaba, oía su voz amortiguada.

Me quedé sin respiración. Es decir, no puedo describir del modo en el que los ojos de Serra pasaron de mí a Fernando. Estoy segura que si es cierto eso de que las miradas matan, aquella, sin duda, habría torturado muy lentamente a mi nauseabundo prometido.

Decidí aprovechar la situación para vengarme de Serra. Exacto. Fue ruin, sucio y demasiado arriesgado, pero era el único modo de demostrarle que lo nuestro había acabado, el único que se me ocurrió para hacerle tanto daño como él me lo había estaba haciendo a mí.

Así que me paré y, a pesar de que lo que iba a hacer me haría vomitar durante días, lo hice. Agarré a Fernando de la solapa de su ridícula chaqueta y lo besé. Me aseguré de que estuviera de espaldas a Serra, de otro modo habría comprendido que ese numerito era solo en venganza.

A mi futuro maridito le pilló tan de sorpresa el beso que se alejó unos segundos de mí.

—¿Qué narices haces? —me preguntó extrañado con sus manos en mi cintura.

En principio no supe qué responder, pero luego un rayo de lucidez me atravesó el cerebro.

—Se supone que acabamos de hacer las paces. Si mi madre y tú queréis que la gente se crea esta pantomima tenemos que actuar como dos enamorados. Los periodistas no paran de hacernos fotos—dije, señalando con la cabeza hacia el exterior donde dos fotógrafos no nos perdían de vista—.Al menos que capten alguna que parezca verdad.

Él afiló la mirada. No supe si me había creído o no, pero el caso es que llevó su mano a mi pelo e introdujo su lengua en mi boca.

Aguanté la respiración. Repugnancia no define con franqueza lo que sentí con ese beso. Sobre todo porque para mí, algo como eso, no podía llamarse beso.

Abrí los ojos el tiempo suficiente para ver a Serra con el rostro poseído de ira. Y creí que su expresión aliviaría mi dolor, pero me equivoqué completamente. Aquello solo sirvió para entristecerme y confundirme aún más. Le vi hacer el intento de lanzarse hacia nosotros, pero ella salió de la nada y le plantó su mano en el pecho, deteniéndolo. Luego se acercó a su oído y le dijo algo. Desde esa distancia intenté analizar cada uno de sus movimientos, pero lo único que avisté fue a Serra darse la vuelta y largarse, y a ella girarse y contemplar mi numerito en una postura retadora.

—Creo que ya es suficiente—gruñí de repente, intentando apartarme de Fernando.

—Sara, si sientes algo por mí todavía solo tienes que ser sincera—dijo el muy estúpido con una sonrisita de suficiencia en sus repulsivos labios, la misma que yo pensaba borrarle al momento siguiente.

Aún me tenía sujeta por la cintura, pegándome a él.

Suspiré y exhalé una leve carcajada.

—Fernando, ¿sabes cuántas posibilidades hay de que yo vuelva a ver algo en ti que no sea abominación?—Su gesto chistoso lentamente se fue esfumando de su cara—. Las mismas de que tu abuela resucite y vuelva a la tierra transformada en la madre Teresa de Calcuta.

No hizo falta que yo le quitara las manos de donde las tenía, él solito me soltó y de mala gana masculló:

—Vamos, no me hagas perder más el tiempo.

A continuación nos adentramos en la terraza y aguanté como pude el resto de la mañana. Mi madre dio un discurso patético que apenas oí. Por aquel entonces, se me ocurrió que solo había un modo de sobrevivir a ese día, y era bebiendo.

Los camareros, a eso de las dos de la tarde, nos invitaron a acceder a la zona de la piscina donde nos esperaba el almuerzo-cóctel. Me zampé tropecientos canapés y eso contrarrestó el grado de alcohol en mi sangre.

Mi hermano también estaba por allí. Cometió el tremendo error de acercarse a mí cuando yo alcanzaba otra copa y me susurró al oído que dejara de beber.

—Ay, Jorge Jorge, me pregunto cuándo dejarás de ir por ahí oliendo a bolas de alcanfor.

Pero lo dije tan alto que un grupo de personas lo oyeron y soltaron unas risitas.

—Lárgate, Sara. Lo único que faltaba es que dieras el fin de fiesta.

—Llevas toda la razón—le dije, tocándole la punta de la nariz con el dedo. Él se apartó—.Por una vez, en tu mísera vida de gay en la sombra, dices algo que tiene sentido. Me marcho, hermanito. Despídete de nuestra adorable madre y de mi futuro esposo.

Su mirada miope me fulminó mientras yo dejaba la copa en una de las mesas altas que el catering había dispuesto para el evento.

Ni siquiera le dije adiós, mi propósito era poder largarme al fin.

Sin embargo, antes de salir, miré hacia el otro lado de la piscina y vi a Fernando conversando animadamente con su prima. La misma con la que me había engañado desde mucho antes de que yo me enterara.

Y lo cierto era que verlos juntos, precisamente ese día, no hizo más que recordarme lo desgraciada que me sentía. Ahora que el vino se me había subido a la cabeza, la expresión de Serra al ver cómo yo besaba a Fernando, no dejaba de atormentarme.

Así que no lo pensé mucho. Rebusqué en mi bolso y miré cuánto dinero llevaba encima. Conté unos ciento veinte euros.

Alcancé a uno de los camareros, un chico joven con un tatuaje saliéndole de la parte de atrás de la camisa, y le pedí que me acompañara hacia el interior. Una vez dentro, me aseguré de que nadie nos veía, me coloqué tras una cristalera y le enseñé un billete de cincuenta euros.

El chico me miró extrañado. Luego, le señalé a Fernando y a su prima.

—Son tuyos si eres capaz de fingir que tropiezas y esos dos acaban dándose un buen chapuzón.

Los ojos del chaval se abrieron de par en par.

Tengamos en cuenta que yo estaba borracha, de otro modo jamás habría pagado por una tontería como esa.

—Señorita, ¿está usted loca? Si hago eso me despedirán.

—Vale, cien—dije poniendo los ojos en blanco.

Al chico tuvo que hacerle gracia mi expresión, porque sonrió y se rascó la barbilla, pensativo.

—De acuerdo, un momento.

Me quedé allí, viendo que se alejaba y le comentaba algo a uno de sus compañeros. A otro muchacho joven y con un corte de pelo demasiado moderno. Al cabo de un minuto regresó hacia donde yo estaba y asintió:

—Hecho, cien euros. Mi amigo lo hará.

—¿Él no teme por su puesto de trabajo?—bromeé.

—Hoy es su último día en el catering, se va mañana a Londres con una beca. Dice que estos cien euros le pagarán el vuelo.

Sin duda, la suerte empezaba a estar de mi parte.

—Estupendo. Toma —le dije cogiendo su mano y poniéndole uno de los billetes de cincuenta en ella—. El resto cuando estén remojándose.

El chaval no hacía más que reírse y negar con la cabeza. Y yo empecé a contagiarme de su risa.

—Bien, quédese aquí.

Y por supuesto, me quedé allí para no perderme el espectáculo.

El muchacho del corte de pelo contemporáneo comenzó a dar vueltas con una bandeja de saladitos alrededor de Fernando y la odiosa de su prima. Ella sonreía ante uno de los comentarios de él y me pregunté qué tendría de gracia cualquier cosa que dijera Fernando. Iba vestida con una falda de tubo celeste pastel que se ajustaba excesivamente a sus anchas caderas, un top negro con un escote en uve, y con un bolso de Tous del mismo tono de la falda que complementaba su conjunto; y yo no hacía más que pensar en lo bonita que luciría su indumentaria con el color aturquesado del agua.

En eso tenía puesto mis pensamientos cuando aquel camarero, posiblemente recién salido de una de las mejores academias de interpretación, fingió que se tropezaba con sus propios pies y los empujó a ambos hacia dentro de la piscina.

El grito de ella me llegó entrecortado.

Ni siquiera me detuve a ver cómo Fernando maldecía con su estrafalario traje de firma empapado de agua y su último iPhone listo para ir directo a la basura. Con mi mente abotargada de vino, solo recuerdo que me acerqué al chico del tatuaje y le di setenta euros. Los cincuenta que habíamos acordado al finalizar el trabajo y otros veinte de propina.

**

Irene

—¿Diga?

—Estoy harto de decirte que no puedes responder el teléfono así.

331

—¿Víctor?

—Sí. Soy yo.

—Claro, cómo no. En ese caso, llama otra vez.

Colgué.

Lo sé, era mi jefe y colgarle el teléfono de ese modo no era muy inteligente. Pero en realidad solo intentaba que mi pulso se calmara ahora que había vuelto a oír su voz después de casi dos semanas.

Aún estaba en el extranjero y lo único que sabía de él era por lo poco que me contaba mi compañero.

Nuestra última conversación había sido en el portal de mi casa y, a decir verdad, él dijo muchas más cosas que yo.

Respiré y el sonido de la llamada llegó de nuevo.

—Clínica de Fisioterapia Atienza, al habla Irene Cortés. ¿En qué puedo atenderle?

Me pareció escuchar a través del auricular algo parecido a una leve carcajada, ¿o era tos?

—Hola, Irene.

Madre mía, mi nombre…qué bien sonaba cuando era él quién lo pronunciaba.

—Hola, ¿con quién hablo? —pregunté bromeando.

De nuevo otro quejido semejante a una risita.

—Con tu jefe.

—Vaya, hola, Víctor, ¿qué tal va todo?

—Eso mismo iba a preguntarte yo.

—Pues por aquí muy bien, a pesar de lo imprescindible que eres, estamos logrando sostener el negocio.

Me lo imaginé tocándose el pelo y con esa sonrisa suya ladeada. La que hacía que su cara se transformara en lo más sexi que había visto nunca.

—Sí, ya veo que hay cosas que siguen igual. Desde luego tu sentido del humor sigue intacto.

—No creas. Echo de menos tus constantes reprimendas. Sin ti esto no es lo mismo.

—¿Me echas de menos? —inquirió esta vez con un tono más serio.

Carraspeé y de pronto me di cuenta que no sabía qué responder a eso.

En fin… quiero decir… yo… ¿qué se suponía que tenía que decir? ¡Estábamos bromeando, ¿no?!

—Claro…, eres el gran jefe. La empresa espera tu vuelta con impaciencia—dije forzando un poco la voz.

Hubo un silencio prolongado en el que yo me toqué el flequillo y me mordí el labio; y como él no decía nada más, fui yo la que intenté romper el hielo.

—Entonces…,¿qué tal por Escocia?

—Ni idea, supongo que muchos escoceses. Yo estoy en Alemania— respondió con voz seria.

—Pues entonces, ¿qué tal en Alemania? ¿Muchos alemanes?

—Demasiados.

—Ya…

Más me valía que volviese pronto y que no se le pegara mucho el agrio acento de los alemanes.

De nuevo silencio.

—¿Cuándo vuelves? —pregunté nerviosa. Esa conversación empezaba a resultarme demasiado incómoda.

—Aún no lo sé. Quizá en un par de semanas.

—Bueno, cuidaremos de la Clínica, no te preocupes.

—Buena chica…—murmuró.

Miré hacia la puerta y vi a un paciente entrando.

—Tengo que colgar, Víctor. Hay gente esperando.

—De acuerdo. Llamaré dentro de unos días.

—Perfecto. Cuídate.

—Irene.

—¿Sí?

—Yo también te echo de menos.

32

UN VIRUS LLAMADO PODER

U na vez oí a mi abuelo decir algo así como que el mundo estaba promovido por el amor y por el poder. Lo escuché mientras él conversaba con mi padre en el despacho de este y yo jugaba con mis muñecas sobre una vieja alfombra clásica con motivos geométricos.

Era muy pequeña para entender qué quería explicarle. Según él, las personas que actuaban impulsadas por el amor, a pesar de ser más felices, sufrían más que aquellas a las que solo les interesaba el poder. Por el contrario, aclaró que los seres corrompidos de autoridad marchitaban cuanto encontraban en su camino...

Creo que aquel día mi abuelo pretendía decirle a mi padre que en su relación había dos mitades, una se inclinaba hacia el amor y la otra al poder.

—Teresa es demasiado ambiciosa, Jorge. Siempre lo ha sido. Si se presenta a las elecciones y es elegida como alcaldesa... vuestras vidas no serán las mismas.

—Lo sé, papá...—respondió él masajeándose las sienes.

—El poder es como un virus implacable, hijo, una vez que entra en tus venas ya no hay antídoto que pueda detenerlo.

Y ahora sabía que todo lo que había oído aquel día de boca de mi abuelo era absolutamente cierto.

Un año después mi padre cayó enfermo. Una despiadada leucemia lo arrancó de mi lado en cuestión de semanas. Mi madre quedó deshecha. Nunca jamás la había visto tan triste. Pero poco después comprendí que si su mitad de amor había muerto, a ella solo le quedaría poder…

***

No podía apartar de mi mente la doliente expresión de sus ojos. Verme besar a Fernando había sido horrible para él. Era imposible que su mirada también me engañara. ¿Por qué? ¿Por qué entonces había estropeado lo nuestro acostándose con Marian?

Con ese gigantesco interrogante abarcando mis pensamientos hice lo que pude por continuar sobreviviendo.

Tras aquel acto en el Parador regresé a mi casa y me metí en la cama hasta el día siguiente. Mi madre ya tenía lo que había buscado, o al menos una parte, esa foto de Fernando y yo besándonos en la recepción de aquel hotel ocupando los primeros titulares, y la noticia completa de nuestra reciente reconciliación relatada tal y como ella había ordenado. En menos de quince días se celebraría la boda y ella lograría su objetivo completo.

Lo único que saqué de provecho de todo eso fue que el resto de la semana pude centrarme en el trabajo sin que ella estuviera merodeando constantemente.

Ya había logrado uno de sus propósitos, con lo cual no le importó que me pasara los días completos en el Centro. Llegaba por la mañana, mucho antes de mi horario, y siempre era la última en marcharme.

Y sí, a medida que pasaban los días empecé a darme cuenta de que casarme con Fernando estaba más cerca de lo que yo hubiera deseado. Yo sabía lo que supondría ese enlace. Mi madre no se contentaría con que dijera que sí en un altar. Ella me obligaría a asistir del brazo de Fernando a todos y cada uno de sus eventos de protocolo.

En fin…, el infierno era inminente y yo sentía cómo las sofocantes llamas arrasaban mis esperanzas.

Irene continuó siendo mi mayor apoyo. No habría sobrevivido esas dos semanas de no ser por ella.

Una noche, mientras cenábamos comida china sentadas en el suelo de mi apartamento apoyadas en los cojines de mi sofá, ella me confesó algo revelador:

—Sara…, yo… he intentado ponerme en contacto con Serra.

Tragué con fuerza un tallarín que se me había quedado adherido a la garganta y luego exclamé:

—¡¿Qué?! ¿Por qué, Irene? Ya te he dicho que no quiero saber absolutamente nada de él.

—Lo sé, y lo siento, pero necesitaba verle y preguntarle por qué había echado a perder lo que teníais. —Estaba sentada en posición indio y comía arroz directamente de un recipiente de cartón—. Pero no he conseguido localizarlo. Lo llamé a su móvil y, al parecer, su número ya no existe. En la comisaría me han dicho que él ya no trabaja allí, dicen que le han destinado a otro departamento, pero que no pueden darme esa información. Es todo muy raro, Sara.

—Estará en Madrid. Fue lo que mi madre me dijo que haría Varela. Lo enviaría primero a Madrid y luego iría a la Academia—dije, casi absorta, removiendo el tenedor entre los tallarines.

Irene me contempló con aquella expresión compungida.

—Sara, cariño, lo siento. No sé cómo ayudarte. Estás perdiendo peso y me preocupa que tu madre acabe provocándote una enfermedad. Deberías considerar lo que te dije.

La miré y suspiré.

—¿Marcharme? ¿Y de qué serviría? Mi madre no va a cambiar, Irene, y si me marcho de aquí habrá conseguido alejarme también de mi trabajo, que es lo único que llena mi vida en estos momentos. Sé que del único modo que puede dejarme en paz es si me caso con Fernando y me limito a fingir que soy su esposa.

—Sara, no te estoy diciendo que desaparezcas para siempre, pero quizá, si te alejas una temporada…

—Irene, si me voy y echo a perder esta boda, mi madre tarde o temprano cumplirá sus amenazas. Estoy convencida de ello. —Dejé el bol de tallarines sobre el mantel que habíamos colocado en el suelo y me abracé a mis rodillas—. No puedo vivir sabiendo que algo malo pueda sucederle—murmuré.

Ella respiró profundamente.

—No puedes olvidarle, ¿verdad?

Negué con la cabeza sintiendo que mis ojos se humedecían.

Ella chasqueó la lengua y se levantó para situarse a mi lado y abrazarme. Pero a esas alturas yo ya era un mar de lágrimas.

—Llora, cariño, llora lo que haga falta. Desahógate—decía con mi cabeza en su pecho y acariciándome el pelo.

Y lo hice, lloré hasta que mis defensas amenazaron con romperse. Hasta que mi cuerpo se quedó laxo, hasta que mi corazón fue asimilando que aquel dolor solo lo calmaría el tiempo…

Al cabo de un rato, ella exhaló como si nada:

—Más va a llorar tu madre cuando vea el look que he escogido para ser tu dama de honor…

Por primera vez en varios días, solté una enorme carcajada.

¡Ay, Diosito, qué se le habría ocurrido…!

***

La última semana, cuando solo quedaban seis días para mi gran castigo, sentía que en vez de vivir, vagaba. El aire era diferente, así como el vuelo de los pájaros, el ir y venir de la gente, la algarabía de los coches…, la vida a mi alrededor me parecía el fragmento de un pasado. Como si realmente no fuera yo la que estuviera condenada a vivir ese aterrador presente.

Deambulaba de casa al trabajo y del trabajo a casa, consumida por mi propia amargura, y aunque hacía lo imposible por deshacerme de todos los recuerdos que me unían a él, era inútil. Su sonrisa llenaba cada una de mis neuronas al igual que los momentos que habíamos pasado envueltos en mi sofá charlando despreocupados; también las palabras que solía susurrarme justo antes de quitarme la ropa; o la expresión de sus ojos, sincera, alegre, risueña, mientras cocinaba junto a mí.

Antes de dormirme no podía evitar torturarme contemplando sus fotos. Aquellas que todavía conservaba en mi móvil y de las que no podía desprenderme aunque mi sentido común me dictaba a gritos lo contrario. A pesar de que mi corazón no quería alejarse de él, mi cabeza no dejaba de mencionarme que lo nuestro ya estaba acabado.

El jueves, antes de la boda, poseída por la inercia de esa monotonía llegué a mi piso a eso de las nueve de la noche, pero cuando abrí mi portal y subí los escalones, me encontré con Diego junto a mi puerta.

—Hola, Sara —me dijo con una sonrisa apagada.

—Diego, ¿qué haces aquí?

—Abre la puerta, será mejor que te lo cuente dentro. No tengo mucho tiempo.

Asentí e hice lo que me pidió.

Una vez en el interior de mi apartamento le ofrecí si quería tomar algo. Él ni siquiera se sentó. Negó con la cabeza y se hurgó en el bolsillo trasero de su vaquero de donde sacó un sobre blanco y doblado.

Yo estaba dejando mi bolso sobre la mesa del salón cuando él se puso frente a mí y me cogió la mano.

Tuve que alzar la cabeza para reparar en que la expresión de su cara era alarmante.

Las arrugas de su frente se hicieron más profundas y por la humedad que se le acumulaba en el labio superior supe que estaba sudando.

—¿Qué ocu…

No me dejó acabar.

—Toma—dijo poniendo aquel sobre en mi palma.

—¿Qué es esto? —inquirí, contemplándole desde mi posición.

Él me miró con ojos asustados.

—Es un billete de avión y dinero.

Mi pulso comenzó a palpitar con la furia contenida de días atrás.

—¿Un billete adónde? No pienso irme a ninguna parte.

Agarró mi mano con insistencia obligándome a enlazar mis dedos sobre aquel papel.

—Escúchame, Sara, tienes que irte. Si te quedas aquí, tu madre no te dejará ser feliz jamás. —El silencio dejó espacio solamente a ruidos extraños, lejanos: un televisor en la casa de al lado y voces de niños. Clavé mi mirada en la suya, grisácea, y supe que él sabía mucho más que yo.

Unos segundos después articulé:

—Si me marcho antes de la boda, ella hará cosas horribles.

—Lo sé. Tienes que irte después. Este billete es para un vuelo que sale desde Sevilla con destino a Nápoles el lunes de madrugada. Cuando llegues, un amigo mío te recogerá en el aeropuerto y te llevará a Positano. Aquí llevas suficiente dinero —dijo mirando el sobre—, si pasados los meses aún no has encontrado un trabajo allí y necesitas más, díselo a mi amigo que él te proporcionará lo que te haga falta.

Mis piernas estuvieron a punto de traicionarme. Por primera vez en mi vida supe cuál era la sensación de los muchachos del Centro al verse arrojados a la calle. Solo que yo sujetaba en mi mano una cantidad suficiente para comenzar y ellos tenían que enfrentarse a un futuro incierto, sin nada ni nadie que los aguardara. Incluso con esa garantía, que generosamente Diego estaba poniendo a mi disposición, me sentía muerta de miedo.

—¡¿Qué?! Pero… y… ¿dónde voy a vivir?

Él miró el reloj de su muñeca. Era obvio que estaba preocupado por el tiempo. Probablemente se habría inventado una excusa para despistar a mi madre.

—No te preocupes por eso ahora, allí tendrás alojamiento. Coge un taxi el domingo por la noche que te lleve a Sevilla y métete en ese avión. Y por supuesto, no le cuentes a nadie tus planes. A nadie, ¿me oyes?

Asentí pensando en Irene. Era la única persona de mi confianza y no podía largarme sin despedirme de ella. Sentí un nudo enorme presionándome la garganta.

—Ahora tengo que irme, Sara—dijo él sacándome de mi distracción—.No podemos volver a hablar de esto. Es demasiado arriesgado. ¿Lo entiendes?

—Sí…—respondí, siguiéndole hasta la puerta con un nido de dudas comiéndome el cerebro.

Él agarró el pomo y abrió.

—No lo pienses, Sara, solo hazlo. Aléjate de todo esto.

Luego, antes de que me diera tiempo a decir nada más, se fue.

Lo que vino a continuación lo recuerdo a retazos. Solo sé que mi madre, el viernes, a eso de las cuatro de la tarde, me llamó para advertirme que esa noche lo correcto sería que durmiera en su casa para amanecer allí el día de la boda. A lo cual respondí agriamente que no. Le dije que no volvería a dormir jamás bajo el mismo techo que ella, y que lo único que deseaba era que mi boda con Fernando le diera tanto prestigio y poder a su carrera política que, el día de mañana, en su mustia jubilación, no encontrara nada más que eso. Ella, inmune a mi odio encerrado, me advirtió:

—En ese caso, a las nueve de la mañana llegarán la peluquera y la maquilladora, así que no te retrases. Espero que no hayas olvidado que ocurrirá si no apareces.

Apreté tanto la mandíbula que me hice daño.

—Allí estaré—masculló. Al instante siguiente colgué.

Irene quiso quedarse conmigo esa noche, pero estar cerca de ella y no poder contarle lo que tenía pensado hacer…, era lacerante. No podría decirle adiós, ni a ella ni a mis compañeros del trabajo. Se suponía que tenía que coger una triste maleta y trasladar mi vida entera a otro país, a un sitio desconocido… Por un lado, una pena inmensa se apoderaba de mí por segundos, pero por otro sabía que si Diego me había pedido que me alejara era porque realmente tenía que hacerlo.

Opté por estar sola. Necesitaba reflexionar y tomar conciencia de que mi mundo entero sería completamente diferente en cuestión de días.

Y fue así como mi historia comenzó a girar…

***

Inevitablemente esa detestable boda se me echó encima como una oscura y temprana tormenta en mitad de una ruta escarpada. Hasta entonces me había parecido que caminaba por un paisaje montañoso, repleto de valles y senderos espigados y peligrosos, pero ahora tendría que continuar por ese infame camino con una borrasca de flashes, frases falsas y sonrisas putrefactas golpeándome en la cara.

Llegué a casa de mi madre a la hora que ella me advirtió, y cuando estuve en la puerta casi vomito en su felpudo, solo que mi estómago estaba tan deshabitado que no había nada en él que expulsar salvo rencor y desprecio.

Ella salió a recibirme con una bata de seda color champan, con su rostro maquillado y su peinado intacto.

Me recorrió de la cabeza a los pies y con una irritante exhalación parecida a una risita comentó:

—Veo que no se lo vas a poner fácil a la maquilladora. Tus ojeras son horribles.

Dejó la puerta abierta para que entrara y al pasar por su lado respondí:

—Bueno, siento que no te guste mi cara, pero quería que hiciese juego con esta farsa.

Me adelanté a subir los escalones que me llevarían al salón donde, al igual que la otra vez, me vestirían y me adornarían, cuando ella me detuvo.

—Sara —dijo sujetando mi brazo—, me gustaría que dejáramos de discutir, aunque no lo creas, me haría muy feliz que volvieras a enamorarte de Fernando. Hubo una época en la que erais felices. Todo sería más fácil si empiezas a aceptar que esto es lo que te conviene. Con Fernando podrás tener cuanto desees. No quiero que estemos enfrentadas, hija.

Me fijé en las sombras malvas de sus párpados y presté atención a cada una de las palabras que salieron de sus labios escarlata. Ella se calló y mis ojos permanecieron unos segundos vigilantes, firmes en su expresión. Avisté que esperaba mi respuesta con algo similar a consternación.

Chasqueé la lengua.

—No sé si me da más asco la Teresa soberbia y despiadada a la que lo único que le importa es el dinero y la supremacía, o esta imitación barata, hipócrita y repugnante de parecer una madre. —Sus dedos dejaron de sujetarme y lentamente dio un paso atrás con el rostro colmado de saña— .Tranquila, me casaré con Fernando hoy. Fingiré, sonreiré y aguantaré todo el día cerca de ti, de él y de la mierda de enlace que has organizado. Tendrás la boda que quieres y me pasaré el resto de mi existencia simulando ser algo que no soy, si es lo que deseas, pero solo con una condición —ella alzó la barbilla—: no vuelvas a llamarme hija en lo que resta de tu miserable y patética vida. Yo no tengo madre. Tú no te acercas ni de lejos a esa definición.

Nos quedamos retándonos unos segundos con miradas impregnadas de aversión.

—Ve a vestirte.

Fue la última vez que se dirigió directamente a mí en esa funesta mañana.

Continué escaleras arriba y dejé que aquellas chicas me convirtieran en la novia más desgraciada a la que habían peinado y maquillado jamás.

33

MENTIRAS Y VERDADES

C ontemplaba a las chicas que estaban adornando mi pelo con unas diminutas flores similares a jaras blancas. Conversaban entre ellas, alegres, ajenas a mi calvario. De vez en cuando intentaban hacerme partícipe de la conversación, pero mi mente estaba en un sitio muy apartado de ese. En mi cabeza sonaba de fondo los primeros acordes de una guitarra y una voz lejana cantando una de esas canciones tristes como podría ser *The only thing* de Sufjan Stevens.

Yo solo podía centrarme en esa nostálgica melodía y en la deplorable imagen que mostraba frente al espejo vestida con ese traje de novia de corte medieval, con las mangas de raso rematadas en una preciosa hilera de botones de la misma tela del vestido. Un vestido que yo misma había escogido un año antes, cuando aún vivía con la ignorancia de que Fernando me engañaba. Aún no entendía cómo me había dejado convencer por todos de que él me amaba y que juntos seríamos felices. ¡Qué ilusa! Parecía que había pasado una década desde entonces…

Al menos, en aquel hastiado protocolo, mis hermanos no estuvieron presentes. Me ahorré el tener que soportarles a ellos también. Cuando aquellas jóvenes acabaron de peinarme y comenzaban a colocarme el velo,

Diego entró en el salón y se mantuvo a mi vera. Apenas conversamos, pero su presencia me ayudó mucho a calmarme y a mantener una postura digna ante la prensa.

A las doce del mediodía el coche nupcial me llevó hasta la Catedral de la Santa Cruz de Cádiz. Me bajé de él con el ánimo envuelto en boñigas y me agarré al brazo de mi padrastro. Él me dedicó una sonrisa dulce.

—Estás preciosa—murmuró en mi oído—.Espero poder llevarte al altar el día que te cases de verdad.

Y aunque esa aspiración se había quedado obsoleta para mí, le devolví la sonrisa y le di un beso en la mejilla.

Lo siguiente fue un aluvión de fotografías y gente a mi alrededor. El día estaba radiante. Hacía al menos treinta grados a esa hora de la mañana y yo me limité a avanzar hacia los empedrados escalones que me conducirían junto a Fernando.

Mientras avanzaba, un extraño *déjà vu* me recorrió la espina dorsal. Me trasladé a la última vez que me había encontrado en esa situación. Subiendo por aquellas escaleras, rememoré la mirada de Serra observándome en la distancia. Y de repente, me paré y miré a mi alrededor, buscándole. Necesitaba verlo, solo una vez más... quedarme con el intenso color pardo de sus ojos grabado en mi corazón. Al fin y al cabo era lo único que podría obtener de él…

Sin embargo, él no estaba por ninguna parte. Había bastantes policías acordonando la zona, pero ninguno de ellos era él.

Continué avanzando cuando Diego tiró levemente de mí y sentí su gesto tenso escrutándome. Probablemente, él también temía que pudiera salir corriendo de allí de un momento a otro. Pero no. Eso no ocurriría. Estaba dispuesta a cumplir con mi parte del trato. Me casaría en contra de todos mis leales principios. Juraría ante Dios que permanecería junto ese hombre hasta que la muerte nos separara. Me arriesgaría a arder en el mismísimo infierno por hacer una falsa promesa ante el Todopoderoso, pero me daba igual si con eso mi madre respetaba nuestro pacto. Si ese era el precio que tendría que pagar para que a él no le sucediese nada malo, lo pagaría…

Y sin más dilaciones, cuando ya me encontraba en el último peldaño, antes de entrar en la iglesia, tragué saliva con fuerza y me dispuse a situarme junto a la segunda persona que más odiaba en esos momentos de mi vida. La primera obviamente era mi madre. Pero la voz de mi amiga

Irene a mi espalda me sobresaltó.

—Un momento, falta la dama de honor—vociferó.

Cuando giré la cabeza y mi mente empezó a asimilar la indumentaria que Irene había escogido para mi boda, no pude evitar llevarme la mano a la boca y contener la profunda carcajada que estuvo a punto de escapar de mi garganta.

—¡Ay va! —oí exclamar a Diego.

Él y yo nos miramos y la conexión fue inmediata. A mi madre le daría un patatús ver a mi amiga vestida de gótica. Sí, tal cual. Así como una chica gótica se vestiría para una boda. O para una fiesta Halloween, porque a decir verdad, cuando me entretuve en repasarla de arriba abajo me di cuenta que aquel vestido negro con encajes en las mangas y la zona superior del pecho, ya se lo había puesto ella una vez que se disfrazó en carnavales de mujer murciélago. No contaré cómo acabamos esa noche, solo diré que pensé que ese traje ya no existía. Pero a la vista estaba que me equivocaba. Ella lo había complementado con un tocado con unas horrendas flores negras y unas botas de plataforma que le llegaban hasta la mitad del muslo.

Mi sonrisa se hacía cada vez más enorme a medida que la observaba. Se había maquillado los ojos y los labios de negro y el resto de la cara con polvos blancos.

Y aunque reconozco que su look era lo más alejado posible a la boda que mi madre con tanta dedicación había preparado, ella estaba fabulosa. De hecho, si me hubiese dicho que desde aquel momento ese iba a ser su estilo de vida, yo la habría apoyado. Sin embargo, Irene solo estaba ayudándome. Ese era su modo de expresarle a mi madre que se negaba a este absurdo enlace. Su manera de decirle que ella se oponía a ese circo de impostores con vestidos caros y pamelas enormes.

—¿Qué pasa, no te gusta mi look? —preguntó, agachándose para colocarme la cola de mi traje correctamente, así como haría una verdadera dama de honor.

—Me encanta—murmuré apretando los labios cuanto pude.

—Pues ala, a casarte—dijo ella guiñándome un ojo.

Volví a sujetarme al brazo de Diego y giré la cabeza para contemplar lo que me esperaba en el altar. Y allí estaba Fernando, exactamente en la misma posición que la vez anterior. Con aquel traje de pingüino y su sonrisa desleal. Mi futura suegra estaba a su lado con un vestido azul eléctrico y una mantilla que ya de entrada me pareció horrenda.

En la primera fila esperaban expectantes mi familia: mis hermanos y cómo no, mi querida mamá. Estaba sonriendo, con la misma mueca falsa en la cara que tenía Fernando. Solo que la suya se desvaneció en cuanto se fijó en Irene pegada a mí todo el tiempo que duró el recorrido por aquella alfombra burdeos. A medida que me acercaba y el rostro de mi madre se teñía de indignación, yo sentía un placer atroz recorriéndome de la cabeza a los pies.

Oía a la gente murmurar y risitas a lo lejos. Sabía que aquel revuelo lo había provocado Irene, pero ella parecía completamente satisfecha. Al menos yo no tendría que estar preocupándome todo el tiempo de mi actitud. Mi amiga había captado la atención de gran parte de los invitados.

Cuando me coloqué junto a Fernando, Irene aún permanecía detrás de mí arreglándome el velo. Mi madre se acercó a ella y, entre dientes, oí que mascullaba:

—Ya le coloco yo el velo, Irene. Puedes largarte por ahí. Cuantas menos fotos te haga la prensa con ese disfraz, mejor.

—De eso nada, Teresa. No pienso despegarme ni un segundo de mi amiga. Recuérdelo, soy la dama de honor.

El sacerdote aún no había salido de la sacristía, pero en cuanto hizo su aparición, mi madre y ella se retiraron a sus posiciones.

Fernando se quedó observando a Irene y a los pocos segundos giró la cabeza y con una odiosa sonrisa en sus labios me comentó:

—Irene tan payasa como siempre, ya sabía yo que esa idiota daría el espectáculo. ¿Se puede saber de qué coño va disfrazada?

Acerqué mis labios a su oído y susurré:

—De mí.

Su gesto se transformó y luego la voz de aquel cura me atrapó…

—Queridos hermanos, estamos aquí reunidos…

Sí. Lo hice. Lo sé.

Era una locura casarse con un tipo así. Era una estupidez conformarse y acatar las órdenes de la mujer más despiadada que conocía. Pero sé que en el fondo muchas de vosotras habríais actuado del mismo modo. Yo amaba a Miguel Serra. Me había enamorado de tal manera de ese hombre que mi mente no quería asimilar la posibilidad de que mi madre le destruyera. Él podría ser un mujeriego, podría no quererme como yo lo quería a él y de ahí su traición, pero eso no impedía que le siguiera amando. Desde la última vez que le había visto en aquel cuarto de baño, no lograba desprenderme de su mirada cálida, de sus pulgares acariciando mis mejillas. No conseguía deshacerme de la intensidad con la que me había contemplado... Ya, quizá me estaba transformando en una especie patética de mártir, pero lo cierto era que en aquella época cometí tantos errores que uno más no me impediría sobrevivir.

Así que cuando aquel sacerdote idéntico a Máxim Huerta, en su versión cincuentona y canosa, pronunció esas odiosas palabras que decían...: «*Por la gracia de Dios yo os declaro marido y mujer*» y a continuación, con una expresión de júbilo en su rostro añadió: «*puedes besar a la novia*», comprendí que tenía que desaparecer para siempre.

✳✳✳

¿Habéis estado alguna vez en una boda tremendamente aburrida? En una de esas en la que los novios apenas se dirigen la palabra. De esas en la que las invitadas se mueven de un lado a otro como si tuvieran un palo metido por el culo. En la que de vez en cuando uno de los tíos del novio intenta hacerse el gracioso con alguna camarera del catering e intenta ridiculizarla delante de su grupo de amigos viejos y sudorosos. Pues así fue mi boda. Y no porque la organización fuera un desastre ni mucho menos. Mi madre había contratado a un *Wedding Planner*, una empresa llamada Ladoeventos, que se había encargado del diseño, coordinación y ejecución de todo el enlace, y he de admitir que suprimiendo a los invitados y, obviamente al novio, aquello habría sido el sueño de cualquier novia. Un sueño donde rosas malvas, hortensias azules, lirios de los valles y hermosas lantanas inundaban e impregnaban nuestros olfatos del más dulce de los aromas.

Pero, por supuesto, ese sueño no era el mío. Yo estaba viviendo a tiempo presente la peor de mis pesadillas.

El banquete tuvo lugar en el Baluarte de los Mártires, una antigua fortificación de Cádiz situada al sur de la Puerta de la Caleta y que había sido remodelada y convertida en un lujoso restaurante y lugar de celebraciones.

Un reconocido saxofonista amenizó el aperitivo y, cómo no, Fernando me obligó a ir colgada de su brazo mientras saludábamos a esa panda de pijos clasistas que tenía por familia.

Mi madre se entretuvo haciendo su espléndida labor de relaciones públicas y solo se dirigía a mí para fingir que estaba feliz y emocionada porque su hija pequeña al fin se hubiese casado.

El almuerzo se llevó a cabo en una carpa enorme en la zona central del patio exterior. Adornada con unos lucidos telares de color marfil y unas magníficas lámparas de pan de oro y cristal de roca. No atiné a calcular cuánto habría costado ese despliegue de ostentación.

Irene se pasó todo el banquete con sus ojos puestos en mí, de hecho, intentó hacerme reír en un par de ocasiones, pero a decir verdad mi humor estaba tan ennegrecido como su ropa.

—Dios, Sara, aún no logro entender cómo has aceptado esto—me comentó una de las veces en el aperitivo con una copa de vino sobre sus labios, intentando que nadie oyera nuestra conversación—.Te lo juro que pensé que huirías igual que la otra vez. ¿Qué piensas hacer de ahora en adelante?

—Solo estoy interpretando, Irene—respondí mirando al horizonte. Donde el azul del cielo se perdía en aquel mar teñido de verde por sol de mediodía—. Pronto esta pesadilla de ser acosada por mi madre habrá acabado. Ya tiene lo que quería. Mi matrimonio con Fernando ya es oficial. Mañana los periódicos más influyentes mostraran las imágenes de este taimado enlace y ella seguro que obtendrá beneficios a cambio.

—Maldita sea, Sara. Bueno, al menos la boda no ha salido del todo como ella quería. Mi look la trae de cabeza…—murmuró, alzando las cejas de un modo divertido.

—A ella y a la mayoría de los invitados—añadí, señalándole a los grupos de completos desconocidos que nos observaban con atención. Porque para ser sincera, en esa boda solo conocía a la concisa familia de Fernando, a la mía y poco más.

Pero una vez que ocupé la mesa presidencial junto a Fernando, sus padres, Diego y mi madre, cuando ya creía que el final de ese terrible día estaba cerca, mi generosa progenitora le comentó al maître algo al oído y, a los pocos segundos, este apareció con un micrófono en las manos.

Ella lo agarró, se puso en pie y comenzó un discurso sobre lo mucho que nuestro compromiso la complacía. Se deshizo en elogios con Fernando, por ser el yerno que ella siempre había soñado y, mientras tanto, Irene, desde su mesa, no dejaba de meterse los dedos en la boca como si fuera a vomitar. Tuve que volver a llevarme las manos a la cara para evitar reírme delante de todos.

El momento más infecto llegó cuando le hizo un gesto a dos de los camareros que había tras nuestra mesa y pronunció lo siguiente:

—Y para demostraros la felicidad tan inmensa que supone para mí que Fernando y tú seáis al fin marido y mujer, aquí tienes mi ofrenda de bodas, cariño.

Ella señaló a mi espalda, y justo cuando me giré, aquellos chicos apartaron una enorme cortina tras la cual había estado oculto un radiante Mercedes Clase A, gris plata, último modelo, con los mejores equipamientos y un tapizado dos tonos más suaves al de la chapa. En el techo un ostentoso lazo rojo dejaba entrever que se trataba de un regalo desproporcionado.

Oí murmullos de alabanzas, gritos de asombro y numerosos aplausos elogiando la buena voluntad de mi madre y su desmedida generosidad. Sin embargo, yo fingí como pude que su muestra de cariño me había conmovido y al acercarme a ella le di un abrazo y le quité el micrófono de las manos:

—Mamá, no sé cómo agradecerte tanto cariño. —Ella exhaló una sonrisa y me hizo un gesto con la mano de poca importancia—. Todo esto es gracias a ti. Bueno, a ti y a todos los contribuyentes—dije muy seria.

Su expresión varió en un nanosegundo. Y supe que si hubiera podido degollarme en ese instante lo habría hecho. El silencio en la carpa se hizo tan espeso que sentí cómo ascendía por aquellos telares.

—Es una broma—añadí, dándole un empujoncito como si estuviera de guasa.

Atisbé que los invitados se miraban los unos a los otros y cuando ella simuló una carcajada, el resto de los presentes la siguieron.

—De verdad, mamá. Muchísimas gracias—continué diciendo. Sus ojos me escrutaban amenazadores—. Me encanta el Mercedes, pero te aseguro que ser tu hija es el mejor regalo que me has dado en la vida.

Ella afiló la mirada durante unos segundos y luego sonrió como si mis palabras la hubieran complacido.

Volvió a abrazarme y con sus labios pegados al lóbulo de mi oreja masculló:

—Siéntate y mantente calladita el resto del banquete.

Apenas probé bocado de los deliciosos platos que el catering me servía. Lo único en lo que me concentré fue en tener bien llena mi copa de vino. Soportaría mejor las horas que me quedaban de suplicio si el alcohol comenzaba a expandirse por mi flujo sanguíneo.

Al cabo de una hora y media, mi vejiga pedía a gritos ir al baño, así que me disculpé ante esa horrenda compañía y me dirigí hacia el exterior de la carpa. Le pregunté a una de las camareras dónde estaba el aseo y ella amablemente me indicó. Me encerré entre esas cuatro paredes y, por primera vez en todo el día, pude respirar unos instantes de calma.

Me observé en el espejo y me lavé las manos antes de salir de allí, pero en ese momento unos dedos golpearon la puerta.

—Está ocupado—protesté.

No oí nada más. Lo siguiente fue una nota colándose por la ranura inferior de aquel portonaje de madera.

El sonido del papel intentado atravesar aquel reducido espacio me obligó a girarme rápidamente.

Era un sobre pequeño, cerrado. Lo agarré con el pulso descompasado y abrí rápidamente para pillar a la persona que quería hacérmelo llegar. Pero allí ya no había nadie. Miré a un lado y a otro e incluso me sostuve el vestido para salir al exterior a grandes zancadas. Y nada…

Me sentía abrumada y creí que los latidos de mi corazón rasgarían la tela del vestido. Mi respiración era irregular e intenté que el aire me llegara al cerebro. Centré mi atención en aquel sobre, y mis dedos torpes, temblorosos, desplegaron la nota que había en su interior…

«Sara, ¿quieres que te diga una verdad entre tanta mentira?
Te quiero.
Esto es lo único que es cierto».

34

NO DEBÍ ENAMORARME

Serra

Cerré la puerta de la furgoneta y Marian aún seguía con esa expresión tensa en su rostro.

Miré a mi alrededor y no pude evitar que todas aquellas pantallas y equipos de sonido desarrollados por científicos israelíes me transmitieran una profunda sensación de tranquilidad. Dos de mis compañeros y agentes del cuerpo de la Udyco permanecían absortos a las grabaciones y haciendo anotaciones. Estábamos a punto de resolver el caso del asesinato de mi padre. Lo único que necesitábamos era aquella confesión de ese tío de Fernando. Aquel juez de la Audiencia Provincial que estaba implicado en ese turbio asunto de narcotráfico. Sabíamos que llevaba meses negociando con la alcaldesa. Teníamos pruebas suficientes para acusarles por cohecho, blanqueo de capitales, amenazas, malversación de caudales públicos y una larga lista de delitos urbanísticos. Pero andábamos tras una declaración. Teníamos la esperanza de que en esa estúpida boda cerrarían un trato importante y él haría alusión al caso Márquez. Aquel caso por el que mi padre fue cruelmente asesinado.

Márquez era un sanguinario narcotraficante colombiano que llevaba años importando cocaína a España y que a pesar de haber sido acusado en innumerables ocasiones, siempre quedaba impune de todos sus delitos. En aquella investigación, mi padre descubrió que tenía una íntima relación con uno de los jueces del Tribunal Supremo y este, a su vez, con el tío de Fernando. El problema tenía sus raíces en el corazón de nuestra putrefacta justicia, y la unidad de mi padre fue la que destapó toda la trama.

Después de aquella redada en la que él y otros tres agentes más murieron, encarcelaron a casi todos los implicados. Incluso teníamos a ese juez del Supremo a punto de ser condenado. Pero necesitábamos esa declaración. Esa en la que el tío de Fernando dijera nombre y apellidos y corroborara lo que llevábamos tanto tiempo intentando desvelar. No eran más que una panda de corruptos hijos de puta y, tanto Marian como yo, estábamos dispuestos a hacer lo que hiciera falta con tal de meterlos a todos entre rejas. Eso incluía a Teresa Maldonado y a su séquito de concejales delincuentes.

—¿Por qué pones esa cara? —le pregunté cuando avisté que ella no dejaba de observarme con reproche.

—Te dije que no te acercaras a ella. Estamos a punto de conseguir esa confesión y tú no paras de arriesgarte a que te vean. Tienes que mantenerte alejado. Esa cabrona de la alcaldesa cree que estás en Madrid, si descubre que no te has ido de aquí sabrá que le estoy mintiendo. Debe creer que he aceptado su soborno.

Estaba de pie observando los monitores. Iba vestida con un vaquero y una sencilla camiseta blanca. Sobre ella llevaba una faja táctica elástica donde guardaba su arma, los grilletes y el walkie que había estado usando para comunicarse con los agentes que se encontraban en el banquete, de incógnito. Llevaba el cabello recogido en una sencilla cola de caballo y con una mano se rascaba la frente.

—Lo sé... —dije sentándome en uno de los taburetes que había en el fondo de aquel furgón. Me masajeé las sienes—. Tenía que verla una vez más. Sé que está hecha polvo. Odio a ese tío. Lo mataré si le pone las manos encima. Lo juro.

—Se suponía que tenías que liarte con ella para acercarte a su madre, no tenías que enamorarte.

Esta vez se cruzó de brazos. Le clavé la mirada y protesté:

—¿Y crees que yo quería esto?

Negó con la cabeza en un gesto de exasperación.

—Te lo advertí. Supe que acabarías colado por ella desde la primera vez que la vi en la comisaría.

Me pareció atisbar una leve sonrisa en su rostro.

—Vale, soy un estúpido, pero ¿qué querías que hiciera? Joder, ella es…

—Ya, ya lo sé… Es fabulosa… Es perfecta… —dijo poniendo los ojos en blanco, imitándome.

Ignoré que estaba burlándose de mí y apoyé los codos en mis rodillas.

—Me odiará cuando sepa el tiempo que llevo mintiéndole.

El rostro de Marian se fue suavizando poco a poco. Probablemente recordó lo mucho que ella había amado a mi padre y ahora parecía compadecerse de mí.

Me dio un apretón en el hombro.

—Sé que la quieres, pero es mejor que no te acerques hasta que estén todos en la cárcel. Tenemos que hacer las cosas paso a paso.

—No debería haber dejado que se casara… ¡Joder!, cree que tú y yo…¡Maldita sea…! Esas fotos le han destrozado el corazón.

Recordé el día que me inventé esa historia de que Marian y yo habíamos salido una noche antes de que ella y mi padre se enrollaran. Era la segunda vez que Marian veía a Sara en mi casa y no dejaba de advertirme que no me colara por ella. Temía que echara a perder la investigación, pero también tenía que justificar de alguna manera el comportamiento de Marian con ella. En aquel momento era demasiado pronto para contarle la verdad. Además, ¿qué le iba a decir?

«Verás, Sara, mi madrastra no ve bien que te traiga a casa cuando estoy seduciéndote para sacarte información sobre tu madre…».

—Escúchame. De eso se trataba —alegó ella.

Suspiré y cerré los ojos. El simple hecho de imaginar su expresión cuando había visto esas imágenes, no dejaba de torturarme.

—Teníamos que demostrarle a su madre que era cierto, que yo había hecho lo que me había pedido —continuó, sujetándome la barbilla—. Ese matrimonio será nulo en cuanto presentemos las pruebas que inculpan a la alcaldesa. Es obvio que ella se ha casado coaccionada. Tenemos la declaración de su madre y esa conversación de ella con su padrastro. Tuviste una idea estupenda al colocar los micrófonos en su casa y en aquellas zapatillas deportivas. Pero la boda era necesaria. De hoy depende que ese tipo se suelte de la lengua y admita su implicación en el caso Márquez. Estoy convencida de que esa mujer, Teresa, ha organizado este enlace con el único propósito de hacer negocios con ese viejo asqueroso. Así que ahora solo nos queda esperar.

—Joder, pero… ¿qué haremos si después de todo nos estamos equivocando? ¿Y si Teresa no tiene intención de hacer negocios con el viejo?

Era innegable que la alcaldesa formaba parte de la larga lista de políticos corruptos de nuestro país, pero de ahí a involucrarse de lleno en el comercio de la cocaína… había una línea bastante peligrosa.

—Lo hará, estoy convencida. He calado a esa mujer. Su ambición es desmedida… —murmuró Marian sin despegar la vista de aquellos monitores.

Desde allí podía contemplar con exactitud la amargura de Sara. Habíamos colocado cámaras en sitios estratégicos. Las suficientes para identificar la mesa presidencial y las otras mesas donde estaban colocadas las personas que estábamos investigando. No debíamos perder ningún detalle. Sin embargo, yo no podía hacer otra cosa que observarla. Me sentía un miserable por haberla arrastrado a casarse. Porque mis ansias, y las de Marian de cerrar ese caso con éxito, le hubiese supuesto tanto sufrimiento. Odiaba a su madre por tratarla de esa manera y sentía una rabia incontrolada cada vez que veía a ese gilipollas acercarse a ella. Pero sabía que pronto ambos estarían entre rejas. Deseaba con una fuerza sobrehumana que llegara el momento de esposar a ese tipo y tenerlo frente a mí. Cara a cara… Hasta entonces tendríamos que permanecer camuflados dentro de esa furgoneta, situada en los alrededores del restaurante.

Allí todos teníamos el mismo objetivo, de un modo u otro las personas que nos encontrábamos en el interior de ese vehículo habíamos perdido a alguien importante en nuestras vidas. Marian al amor de su vida y al padre de su hijo. Ramos y Sousa, los otros dos agentes que nos acompañaban, habían visto con sus propios ojos en aquella redada cómo asesinaban a unos excelentes compañeros y grandes amigos. Y yo… yo nunca más volvería a ver a mi padre.

Desde que él había muerto no hice más que centrarme en encerrar a aquel que directa o indirectamente tenía relación con su muerte. Pero hasta el momento había tenido que fingir ante ella ser un oficial de policía en vez de subinspector. En la comisaria muy pocos de mis compañeros conocían realmente mi labor. Cuando lográramos encarcelar al tío de Fernando y limpiar la basura que había en el Ayuntamiento, tendría que contarle a Sara la verdad de este asunto.

No quería seguir engañándola. Era cierto que al principio mi interés en ella era estrictamente profesional. Pero jamás imaginé que esa chica preciosa y ocurrente que se acercó a nuestro coche aquella mañana y nos suplicó que la lleváramos a su examen del carné de conducir sería la hija de la alcaldesa. La misma a la que yo tendría que seducir para investigar a su madre, a su prometido y a la relación que ambos mantenían con ese indeseable juez.

Marian llevaba razón. Se suponía que no debía enamorarme de ella. Solo tenía que engatusarla, acostarme con ella y sacarle información. Ni siquiera podíamos sospechar que saldría corriendo de la iglesia aquel día. Pero su arrebato de rebeldía provocó cambios en los planes de la alcaldesa y gracias a eso habíamos descubierto muchas más cosas.

Lo sé. No debí enamorarme. Pero ya era tarde para remediar ese error.

***

Irene

Mierda de boda.

Eso era lo único que tenía en mente. Maldita sea, al final me iba a pasar todo el día vestida de esta forma cuando en realidad había albergado la esperanza de que Sara echara a correr en la iglesia, igual que la última vez. Pero no, allí estábamos. Ella con su expresión mustia a punto de cortar la tarta nupcial y yo, sentada en una mesa con completos desconocidos que no habían dejado de escandalizarse con mi atuendo.

Me puse en pie para ir al servicio y la mujer que estaba a mi lado con un sombrero cargado de flores amarillas como tocado, me miró de arriba abajo. Era una tía de Fernando. Otra soplapollas más.

—Lo siento, pero si me disculpan tengo que ir a beber sangre. La llevo aquí —murmuré, colgándome el bolso en el hombro y señalando su interior.

Ella abrió los ojos escandalizada y miró a su marido para cerciorarse de que él también me había oído. Reprimí mis ganas de pegarle un sopapo y arrancarle ese estúpido gorro en forma de maceta; y me marché.

Fui al baño y cuando regresé de nuevo a aquella carpa, los camareros anunciaban a los invitados que en breve comenzaría la barra libre. Serían aproximadamente las cinco de la tarde. Me pregunté cómo lograría sobrevivir hasta que acabara el evento. Tenía unas ganas tremendas de marcharme y quitarme esas horrendas botas que me estaban destrozando los pies, pero dejar a Sara sola con esa pandilla de malnacidos no me parecía buena idea. La observaba y era como si estuviera en estado de shock.

Cuando su madre acabó otro de sus ridículos discursos y por fin la gente empezó a abandonar sus asientos en busca de alcohol, me lancé a buscar a mi amiga.

—Sara, ven, vamos a por una copa —dije tirando de su brazo.

Ella se dejó llevar y nos colocamos en la esquina de la barra que el catering había improvisado en uno de los laterales de la carpa, junto a un escenario donde una orquesta empezaba a tocar las primeras notas musicales.

—Por Dios, Sara, ¿qué demonios te ocurre? Estás más pálida que yo.

Miré a un lado y a otro para asegurarme de que su madre no nos estaba controlando y la localicé en una de las mesas del fondo, hablando con un tipo viejo y barrigudo con pinta de ricachón. Probablemente era ese juez del que Sara me había hablado, aquel tío de Fernando que Teresa quería meterse en el bolsillo para controlar las cuestiones judiciales del Ayuntamiento.

Me entraban náuseas solo de mirarla. Conocía a esa mujer desde los inicios de mi temprana amistad con Sara, y nunca le había tenido mucha estima, pero ahora, al saber que le estaba amargando la vida a su propia hija, sentía ganas de gritarle a la cara lo zorra que era.

—¿Qué les pongo? —nos preguntó amablemente un camarero joven al otro lado de la barra. Me sonaba muchísimo la cara de aquel muchacho pero no sabía de qué.

Ambas pedimos lo mismo: ginebra con Sprite. Íbamos a necesitar bastante de esa pócima para olvidarnos de ese horrible día.

—Ha estado aquí, Irene —articuló ella con esa mirada ausente mientras el chico preparaba nuestros combinados.

—¿Quién, joder? —inquirí.

—Él. Ha estado aquí —murmuró, llevando su mano a la fina gargantilla de oro blanco que adornaba su cuello y jugueteando con ella.

Los invitados habían empezado a arremolinarse delante del escenario sujetando sus copas y moviéndose al ritmo de las canciones que la orquesta tocaba.

—¿Serra? ¿Dónde? ¿Lo has visto?

—Shhh —dijo ella, obligándome a bajar la voz—.No. No lo he visto. Pero sé que ha estado aquí —continuó diciendo, con esa mirada que empezaba a resultarme demasiado extraña. Temí que toda la presión a la que había estado sometida por culpa de esa bruja de Teresa la estuviera trastornando y sufriera una especie de crisis paranoica.

—Sara, ¿estás segura de que te encuentras bien? Empiezas a darme yuyu.

Ella me miró y sonrió.

—Claro que sí, Irene. Te digo que ha estado aquí. Me ha dejado una nota por debajo de la puerta cuando he ido al baño. Dice que me quiere —relató en voz baja, humedeciéndose los labios.

—¿Que te quiere? ¿Y por qué coño no da la cara? —protesté.

Estaba deseando encontrarme de frente con ese guaperas para decirle cuatro cosas. Yo no dudaba de que eso fuera cierto, pero entonces, ¿por qué había dejado que Sara se casara con ese idiota de Fernando? ¿Por qué había echado a perder lo que tenían enrollándose con su madrastra?

—No lo sé, Irene, pero me temo que ya da igual —convino ella, clavando sus codos sobre la barra y agarrando su cubata—.Solo quiero que acabe este día de una vez… —suspiró, tomando un sorbo.

—Voy a hacerlo... —exhaló a continuación.

Me puse de lado para contemplar su perfil.

—¿El qué, Sara?

—Me marcho —dijo, esta vez girándose y clavando sus ojos en los míos. Estaba aterrada. Podía leerlo en cada rasgo de su cara—. Llevabas razón —añadió—. Necesito alejarme de toda esta mierda.

Y justo en ese instante empecé a darme cuenta cuánto daño le estaban haciendo a mi pobre amiga. Cuánto suplicio estaba soportando mi fiel y dulce Sara. Esa amiga con la que la que las palabras sobraban. Aquella con la que había compartido mucho más que confidencias. La que me conocía como si estuviera dentro de mí. En realidad lo estaba. Lo estaría para siempre. Mi hermana… Quizá no llevábamos la misma sangre, pero ¿acaso importaba eso?

El corazón se me encogió y la pena se extendió por mi pecho. Yo misma le había insinuado que se alejara por un tiempo. Pero, en realidad, nunca llegué a pensar que lo haría. Aun así, sabía que era lo mejor para ella.

—¿Dónde irás?

—No lo sé, Irene… —dijo esta vez apartándome la mirada.

—¿Que no lo sabes?

—No. Pero serás la primera en saberlo.

—Me iré contigo.

Y lo dije muy en serio.

Ella ladeó la cabeza y sonrió.

—No, cielo. Esto tengo que hacerlo yo sola.

Apreté los labios con fuerza, evitando ponerme a llorar allí en medio, y ella agarró mi mano.

—No quiero que te vayas. Se suponía que era yo la que me marcharía en plan mochilera.

Sentí una lágrima recorriéndome la mejilla.

Una débil sonrisa se extendió por sus hermosas facciones y alcanzó a su mirada grisácea. Ahora sus ojos brillaban como dos perlas.

—Eres la mejor amiga que se puede tener. ¿Lo sabías?

Me abracé a ella y no me importó que esos estúpidos y aburridos invitados nos observaran con curiosidad mientras las dos nos deshacíamos en lágrimas.

Sara era una de las personas más importante de mi vida. Era mi familia.

¡Joder!, odiaba a su madre y en aquel instante deseé con toda mi alma que algún día pagara por ese dolor creciente y menguante al que la había sometido desde niña.

Unos segundos después, Fernando apareció detrás de nosotras y agarró a Sara por la cintura, sobresaltándonos a ambas.

—Cariño, siento interrumpir esta tierna escena, pero la orquesta va a tocar nuestra canción.

Ella me soltó y se llevó las manos a la cara para arreglarse el maquillaje.

El mío no tenía arreglo. Así que ni siquiera me molesté.

—¿Estabais llorando? —preguntó con un deje de mofa el muy capullo—

. Ohhhh…

—Fernando —dije enfrentándolo—. ¿Te acuerdas de esa frase de la película Grease, la que decía, "cada oveja con su pareja, que nadie baile con su tía"? —Él respiró profundamente y se metió las manos en los bolsillos de su estrafalario traje de pingüino—. Bien, pues tú olvídala. —Le hice un gesto con la mano de poca importancia. Sara ya se mordía el labio, conteniendo la risa. Esa película había marcado nuestra infancia y parte de nuestra adolescencia. No era capaz de contar las veces que la habíamos visto juntas—. Baila con cualquiera de tus tías, mira, con esa por ejemplo. La de la maceta en la cabeza. O no, mejor con tu prima. Sí, la postiza. Y ya de paso aprovecha y dile de mi parte que ahora hay unos tratamientos estupendos para las piernas de elefante.

Ahora ya no sonreía. Apretaba la mandíbula y me miraba con desprecio.

—¿Vas a quedarte mucho rato, Irene? ¿No te has cansado ya de hacer el ridículo con ese horrendo disfraz?

—Créeme, Fernando, en este banquete hay gente peor vestida que yo. Lo mío solo es cuestión de algunas prendas oscuras, pero mira a tu alrededor, a todos esos —dije señalando hacia sus padres y a algunos de sus tíos—, por mucho que los desprendas de sus ropas, seguirán siendo unos adefesios.

Él dio un paso adelante, echando humo por las orejas y abrió la boca para añadir algo. No tenía pinta de ser tierno lo que estuvo a punto de escupir. Pero Sara, muy hábil, se puso entre ambos.

—Bueno, ¿vamos a bailar o no? La orquesta nos está esperando.

Y de esa manera, el recién esposo de mi mejor amiga, la agarró de la muñeca de mala gana y se la llevó con él.

Tras eso, decidí salir de aquel lugar y buscar una farmacia.

Encontré una no muy lejos de allí. Me sorprendió muchísimo que el farmacéutico intentara ligar conmigo aun viéndome con esa ropa y tras pedirle el laxante más potente del mercado. Pero, obviamente, había personas más raras que yo…

Cuando regresé a la fiesta, Sara ya había terminado de bailar y me esperaba en el mismo sitio de la barra.

—¿Dónde has ido? —me preguntó.

Busqué a Fernando entre la multitud y lo vi charlando con su prima. La de las piernas de elefante. Afilé la mirada y me fijé en que su copa estaba casi vacía.

—Tengo el regalo perfecto para tu noche de bodas. A tu esposo le va a encantar.

35

ELLAS

Marian Varela

A veces me daba por pensar que tanto esfuerzo, tantas horas sin dormir, tantos sacrificios no iban a servir para nada si no conseguíamos meter entre rejas, de por vida, a los culpables de la muerte de Alejandro. Ya sabía que nada de lo que hiciera me lo devolvería, pero al menos era un consuelo para mí creer que haciendo justicia tendría un poco de paz.

Solo nos faltaba la declaración de ese maldito juez, algún comentario que le relacionara directamente con el caso Márquez. Sería el detonante para aumentar la condena de los que ya teníamos encerrados y acabar de atar los cabos sueltos.

En momentos como ese hacía lo imposible por mantener la compostura y no venirme abajo, pero en realidad estaba agotada. No era fácil criar a un bebé sola e intentar asimilar el asesinato del amor de mi vida. Esta maldita investigación estaba consumiendo mi salud. Cuando todo aquello acabara tenía que tomarme unas vacaciones y ordenar mis ideas.

Fijé la vista en Sousa. Estaba absorto en uno de los monitores y con una mano se sujetaba los auriculares. No dejaba de pensar en nuestro beso de la noche anterior. Sabía que era demasiado pronto para comenzar una relación con alguien y, aunque jamás se me había pasado por la cabeza que él estuviera interesado en mí, reconozco que la idea me resultaba tentadora. Él estaba divorciado y yo era la viuda de uno de sus mejores amigos. Estando con Alejandro nunca me había fijado en él de esa manera, pero ahora, tras aquel inesperado beso y después de que él me confesara lo mucho que pensaba en mí, ya no podía mirarlo del mismo modo. Era un hombre muy atractivo y aunque sabía que enamorarme otra vez sería muy difícil, él me gustaba. Sí, estaba intentando digerirlo, pero… ¡Oh, Dios, me gustaba! Todo era tan complicado… ¿Cómo iba a explicárselo a Serra? ¿Cómo iba a decirle que investigando el caso de la muerte de su padre me había cegado con uno de los miembros del equipo? Bastante preocupado estaba ya el pobre…

Lo traía de cabeza esa chica, la hija de la alcaldesa. Supe desde el principio que se enamoraría de ella. Se lo advertí mil veces, pero se negaba a escucharme. Al principio, lo único que tenía que hacer era seducirla e intentar sacarle información sobre su madre. Sin embargo, él había hecho las cosas como le había venido en gana. Se había colado por ella y cuando esa mujer descubrió que ellos estaban juntos e intentó sobornarme para que lo alejara de ella, no tuve más remedio que fingir y asegurarle que lo haría. Así que ahora, tanto Teresa como Sara Maldonado, pensaban que Miguel y yo... pues eso, que estábamos liados. Habíamos tenido que besarnos en la puerta de su casa, interpretar ante un fotógrafo que la alcaldesa había contratado, que nuestro romance era cierto. ¡Joder…! Si era como un hijo para mí. ¡Por Dios santo, era el hermano de mi pequeño! Algunas veces pensaba que me había equivocado de profesión. Habría sido más fácil dedicarme al periodismo o la medicina, en vez de hacerme policía.

Esa maldita mujer… Ansiaba que llegara el momento de poder encerrarla y derrumbar su repugnante paraíso de poder. No me cabía ninguna duda de que acabaría implicada en aquel asunto de narcotráfico. Quería ganarse a ese juez como fuera, así que no le quedaría más remedio que aceptar lo que el viejo le propusiera.

De pronto, allí, en el interior de esa furgoneta, a tan solo unos metros de distancia de aquella celebración, miré a Serra y lo vi sentado junto a Sousa y Ramos, había estado a punto de poner en peligro la operación acercándose demasiado a ella, pero ¿quién era yo para reprochárselo? Yo, la misma que se había prendado de su padre unos años antes cuando nos habían asignado ese caso. La misma que volvía a mezclar trabajo con placer de nuevo, aceptando aquel beso de Sousa.

¡Dios…!

Sin embargo, ahora debía centrarme. Los contemplé a los tres. Estaban ensimismados en oír la conversación que mantenía la alcaldesa con ese tipo, mientras yo permanecía de pie detrás de ellos, expectante.

Sentí pena por la chica. La habíamos arrastrado a casarse con aquel concejal corrupto y hecho añicos su corazón. Pero si todo salía como teníamos previsto podríamos contarle la verdad de una vez por todas.

Al cabo de tres horas, la noche se hizo inminente. La celebración dentro del restaurante estaba en plena ebullición. Todos estábamos en silencio, abstraídos en las grabaciones. Teníamos mucha gente trabajando allí dentro para conseguir esa conversación entre la alcaldesa y el juez. Había micros por todas partes y las cámaras nos permitían seguir cada uno de sus movimientos. Crucé los dedos. Solo nos hacía falta que el viejo mencionara a Márquez y le ofreciera a Teresa participar en el negocio. Así que cuando ya estaba empezando a perder la paciencia y me movía de un lado a otro en el reducido espacio de ese vehículo, Sousa se giró hacia mí, se retiró los auriculares y anunció con voz triunfante.

—¡Los tenemos! El viejo ha cantado.

***

Sara

Debo admitir que Irene me salvó de una noche de bodas horrible. Mi madre había preparado para Fernando y para mí una habitación en el Parador Atlántico. Una lujosa suite nupcial por cortesía del hotel. Obviamente, no pensaba dormir con Fernando, pero continuando esa pantomima habíamos acordado que él y yo nos iríamos juntos de allí. Y así lo hicimos.

Aquella estancia era fascinante y lo habría sido mucho más si hubiera disfrutado de ella. Cuando entré me encontré con un amplio dormitorio diáfano de suelos de madera y una decoración cálida y moderna. Una impresionante terraza sobrevolaba la ciudad y dejaba a la vista un océano teñido de negro y custodiado por una enorme luna plateada. Sentí escalofríos al mirarla. Tanto lujo para una mentira como esa…

Al menos pude tomarme mi tiempo para disfrutar de las vistas. Fernando se pasó la noche con el culo pegado a la taza del retrete y, por un momento, temí que Irene hubiese llevado demasiado lejos la bromita del laxante. Cada vez que hacía el intento de salir del baño, me giraba para mirarlo y lo veía sudoroso y con la cara blanca como el papel de fumar. Avanzaba dos pasos y luego volvía al interior del aseo maldiciendo entre dientes.

Sabía que era malo alegrarse de un mal ajeno. Sabía que no debía regocijarme con su calvario, pero lo cierto era que no podía evitarlo. La idea de colarle aquella pócima en su última copa fue brillante. No había sido muy difícil, teniendo en cuenta que el muy estúpido estaba borracho.

Y, gracias a eso, pude respirar el aroma salado del mar y volver a contemplar su nota…

La saqué de un bolsillo interno que tenía mi vestido de novia en uno de los bajos y la desenrollé con sumo cuidado. Releí para mí.

"Sara, ¿quieres que te diga una verdad entre tanta mentira?
Te quiero.
Esto es lo único que es cierto".

Mi corazón reaccionó al instante. Pero intenté calmarme y descifrar cada una de sus palabras.

¿Por qué? ¿Por qué había entrado a hurtadillas en el banquete y entregado ese mensaje? ¿Por qué no había tenido el valor de ponerse frente a mí y decírmelo a la cara?

Apoyé mis codos en la baranda e hice una bola con ese papel. Pensar en ello solo estaba confundiéndome más. Al fin y al cabo, entre él y yo ya no había ninguna posibilidad.

Luego lo arrojé con todas mis fuerzas y observé como el viento lo arrastraba hasta el mar.

Mientras Fernando estaba sintiendo que la vida se le iba por esas tuberías, yo me limité a contemplar aquel cielo tiznado de estrellas e imaginé cómo habría sido mi historia con él de haber salido bien. Dibujé un mundo en el que él y yo nos alejábamos de la realidad en su furgoneta.

Donde una carretera despejada nos esperaba y el sol del mediodía bronceaba mis piernas, apoyadas en el salpicadero. Evoqué su mano acariciando mi rodilla y ascendiendo por mi muslo.

Me inventé un paraíso paralelo al que habíamos vivido. Uno donde yo tarareaba la música de la radio y él sonreía de esa manera que los ojos le brillaban y a mí me temblaba el alma. Fantaseé con un futuro en el que él pintaba un apartamento, así como aquel día que se ofreció a pintar mi casa, solo que esta vez, ese apartamento, era nuestro, de ambos, y él me abría la puerta con el torso al descubierto y salpicado de pintura. Me estrechaba en sus brazos y me besaba de ese modo... en el que una de sus manos quedaba en mi nuca y la otra acariciando mi mejilla con el pulgar... En ese mundo, nuestro mundo, habría una posibilidad para ser feliz.

En aquel mundo, que yo estaba trazando en mi cabeza, él y yo viajaríamos a sitios impresionantes y haríamos el amor en playas desiertas donde los días serían sorprendidos por noches de cielos galvánicos. Soñé despierta y me vi envuelta en su cuerpo, aspirando el olor de su piel y descansando en su pecho, sintiendo los latidos de su corazón bajo mis labios, mientras él trazaba caricias en mi espalda desnuda. Seguro que de fondo, lejana y distante, sonaría aquella melodía titulada *To build a home*, de ese grupo inglés: The Cinematic Orchestra. Seguro que en ese mundo yo podría ser feliz.

Sin embargo, el sonido de la puerta del baño me alejó de mi ilusorio cosmos y supe que tenía que poner en marcha mi plan de largarme lejos de allí.

***

Irene

A pesar de que había leído y oído cientos de veces eso de que estando borracha jamás hay que tener el móvil cerca, yo, como perfecta desequilibrada ebria y con el ánimo bastante machacado tras la boda de Sara, me quité las botas, me tumbé en mi cama y me puse a toquetear el teléfono. En un principio, lo único que tenía en mente era la triste expresión de mi pobre amiga durante todo el banquete y la certeza de que dentro de poco se marcharía lejos de Cádiz. Lejos de su horrible familia, pero también lejos de mí…

Eché un vistazo a mi Facebook y me entretuve en curiosear fotos por Instagram, y luego, así como un relámpago, el rostro de Víctor se me vino a la cabeza de nuevo. Invadiendo cada uno de mis pensamientos e inundándome el cerebro con su mirada penetrante y excitante. Me distraje momentáneamente de lo que estaba mirando y a pesar de que intenté alejarlo de mi mente, él seguía allí, insistente, obstinado…

No miré la hora que era, pero debían ser las doce y media aproximadamente o quizá la una. En mi casa el silencio era imperante. Mis padres dormían y mi hermano… ni idea. Fue entonces cuando busqué su contacto en WhatsApp, y dominada por aquella Irene completamente pirada y aún vestida de gótica, le escribí. Sí, yo, bebida, le envié un mensaje. Sin tener en cuenta que era de madrugada y que en Escocia, Alemania o donde puñetas estuviese, igual el horario era diferente, ¿o no?

«Hola, Víctor, ¿cómo te va?».

¿Cómo te va? Por favor, Irene, ¿qué haces? Es tu jefe, por Dios santo.

Respiré profundamente contemplando la pantalla, él no estaba conectado. Me mordí la uña de mi dedo pulgar y me traje parte del esmalte negro. Pero al cabo de unos segundos él respondió:

«Vaya, vaya, ¡qué sorpresa! Hola, Irene. Estaba a punto de dormirme. ¿A qué debo el honor de que me escribas a estas horas?».

Debí imaginar que él respondería con un mensaje de ese tipo, y yo, en aquel momento, podría haberle escrito muchas cosas, no sé algo como por ejemplo: solo quería saber cómo estabas o cuándo vuelves… Sin embargo, mi estado de embriaguez era tan sumamente lamentable que lo único que se me ocurrió decirle fue:

«Ni idea. Estoy borracha y me he acordado de ti».

Él tardó unos segundos en responder, supongo que estaba procesando mi mensaje. Bastante complicado por lo visto.

«A ver si lo entiendo. ¿Cuando estás borracha te acuerdas de mí?».

«Más o menos».

Ni siquiera entendía por qué mis dedos no dejaban de teclear estupideces. Pero creo que en aquel instante me dejé llevar y tumbada sobre mi mullido edredón, con las rodillas flexionadas y en aquel estado subliminal de cogorza, pensé que toda chica necesita un día en el que pueda decir realmente lo que piensa sin tener en cuenta las consecuencias. Así de peligrosa es la mezcla de teléfono y borrachera.

«¿Más o menos? ¿Eso qué significa?».

Vale ahí iba. El gran holocausto del ser humano dipsómano: la sinceridad.

«Significa que eres un imbécil y a veces me dan ganas de patearte tu culo por arrogante y capullo, pero… no puedo dejar de pensar en lo que me dijiste el otro día en el portal de mi casa. Y a pesar de que sé que mañana me arrepentiré de esta conversación, ya no sé si quiero abofetearte o besarte».

Escribiendo leí en la pantalla.

«¡Wow! Me gusta más la Irene borracha. Así que quieres besarme… Mmmm… déjame que lo asimile».

«Idiota».

«¿Eres consciente de que soy tu jefe y que acabas de decirme que quieres besarme?».

Me lo imaginé tumbado en la cama, en la habitación de su hotel, con su pelo revuelto y aquella sonrisa pendenciera e irritante recorriendo sus labios.

«¿Eres consciente de que estoy borracha?».

Sí, estaba bebida. Las dos últimas copas que me había tomado en la boda de Sara habían causado efecto en mí, pero en realidad aún era consecuente de mis actos.

«Ya, pero los borrachos y los niños dicen la verdad».

«Sí, y los leggins».

«Ay, Irene, Irene…».

«Víctor, Víctor…».

«Ja, ja. Vale, quieres besarme. Sabía que pasaría».

Puse los ojos en blanco.

«En serio, Víctor, ¿lo haces a propósito, o de verdad eres gilipollas?».

«No puedes decirme estas cosas cuando me encuentro a miles de kilómetros de ti».

«¿El qué, que eres un gilipollas?».

«Sí, eso y que quieres besarme».

«Olvídate de lo segundo, no lo he dicho yo, ha sido el alcohol».

«Una lástima. Empezaba a hacerme ilusiones…».

«Soy tu empleada y tú eres mi jefe. No deberíamos tener esta conversación».

«Lo sé. Tampoco debería pensar en ti desnuda y, sin embargo, es en lo

único que pienso».

Me llevé la mano al estómago. La habitación me daba vueltas y sentí una extraña sensación de vértigo adueñándose de mí.

«Estoy muy a gusto trabajando en la Clínica, no quiero que lo estropeemos».

Esto último lo escribió mi yo consecuente.

«Si no me equivoco, ahora eres tú la que me haces proposiciones indecentes».

«Yo no te he propuesto nada».

«Cierto, dejémoslo en insinuaciones indecentes».

«Tampoco he insinuado nada».

«Sí que lo has hecho. Has dicho que no sabes si abofetearme o besarme».

«En realidad, en este momento, preferiría abofetearte».

«Mentirosa».

Dejé el teléfono sobre la cama y me humedecí los labios. Me sacaba de quicio incluso estando en otro país, pero me gustaba tanto que temía escribir alguna otra tontería. Así que mientras decidía qué decirle me llegó su siguiente mensaje:

«¿Sabes qué? El otro día estaba en un pub tomando unas cervezas con unos amigos y escuché esta canción: Girls your age de Transviolet. No me preguntes por qué, pero me recordó a ti. Quizá porque al escucharla no pude dejar de pensar en lo sexi, descarada y misteriosa que era la voz de la cantante, así como me resultas tú».

«¿Y cuántas cervezas te habías tomado, si se puede saber?».

«Dos. Sin alcohol. Tenía bastante trabajo al día siguiente. Esa es la diferencia entre tú y yo: que yo me acuerdo de ti sobrio».

«Sí, y también que piensas en mí desnuda…».

Aunque eso no le diferenciaba de mí. Me lo había imaginado tantas veces sin ropa que era incapaz de contarlas.

«Exacto. Siempre».

«Bueno, creo que ya hemos dicho bastante por hoy. Mañana por la mañana querré suicidarme».

«No te preocupes, no te lo tendré en cuenta. Si de verdad quieres besarme, esperaré a que me lo pidas cuando regrese a la Clínica y no estés borracha».

«Eso no sucederá, Víctor».

«Oh, ya lo creo que sí, Irene».

Ninguno de los dos volvió a escribir nada más.

Al cabo de unos minutos busqué aquella canción en Spotify y la añadí a mi lista de favoritas. *Las niñas de tu edad*, decía el título. Me tumbé sobre la almohada y alcancé mis auriculares de la mesilla de noche.

Sexi, descarada y misteriosa… así como me resultas tú.

Y mientras oía la voz de esa chica licuándose en mis oídos y penetrando por los poros de mi piel, tuve una extraña sensación de sobrecogimiento.

Ese juego me haría daño, mucho daño.

36

SI NO ES CONTIGO, NO TIENE SENTIDO

A brí los ojos y me descubrí en aquella enorme cama sola. Aún llevaba el vestido de novia y me moví un poco cuando sentí que una de las florecillas que llevaba en el pelo se me estaba clavando en la nuca. Parpadeé. La luz del tibio sol iluminando la habitación no me dejaba ver con claridad. De día, la decoración me parecía aún más bonita. La noche anterior apenas me había dado cuenta de que había pétalos de rosas sobre la cama.

Tendida sobre ese colchón, con el traje y el peinado deshechos, mi cara como un mapache maltratado y esas flores coronando mi cuerpo, probablemente evidenciaría un aspecto fúnebre. Suspiré y me apoyé en mis codos. Fue entonces cuando me acordé de Fernando. Miré a un lado y a otro, y no estaba. Lo último que supe de él era que a las cuatro de la madrugada aún seguía en el váter y, por los sonidos que salían de allí, no se encontraba con muchas ganas de juerga.

Me puse en pie para buscarle y decirle que nos largáramos de una vez de ese hotel. Y cuando me asomé a la puerta del baño lo vi sentado en el suelo con la chaqueta de pingüino, la corbata desabrochada y en calzoncillos. Tenía la cabeza apoyada en la tapadera del retrete. Mi primer impulso fue un tremendo susto. Pero luego, cuando lo oí roncar como un oso, supe que los efectos del laxante ya habían cesado.

—Duerme, bebé, duerme… —murmuré para mí.

¡Dios, qué manía le había terminado cogiendo al pobre!

Volví a la cama y me senté en ella. Ya todo había terminado. Mi madre había conseguido su propósito. Tenía la boda que tanto anhelaba y probablemente también sus repulsivos contactos para engrandecer su poder. Ahora yo ya era la esposa de alguien a quien detestaba… Me pasé las manos por la cara y decidí ponerme en marcha cuanto antes.

Quince minutos después salí de allí. Dejé a Fernando roncando en el aseo tras cambiarme de ropa y, antes de cerrar la puerta, recé para no tener que verle nunca más.

Del hotel a mi apartamento había poca distancia. La recorrí con la cabeza llena de pensamientos dispersos. Preguntándome cómo lograría sobrevivir yo sola en un lugar totalmente desconocido. Acostumbrarme a mi día a día sin los chicos del Centro. Sin mi trabajo.

Subí las escaleras y la calma de mi casa me sobrepasó. Me detuve en medio del salón y el olor a pintura lo trajo de nuevo a mi cabeza.

Basta ya, Sara. Deja de pensar en él.

Miré el reloj de mi cocina. Eran las once y media de la mañana. Tenía todo el día por delante para preparar la maleta y concienciarme de que al día siguiente, a esa hora, ya estaría de camino a Nápoles. ¡Nápoles! ¡¿Qué demonios iba a hacer yo allí?!

Me dirigí a mi habitación y abrí el armario. Empecé a sacar ropa y las dudas comenzaron a amontonárseme al mismo tiempo que colocaba aquellas prendas sobre mi cama.

Tendría que decirle a mi jefe que me marcharía. No podía abandonar el Centro así sin más. Pero Diego me había advertido que no le comentara nada a nadie…

Dios mío, ¿cómo había acabado convirtiéndome en una fugitiva? Me había pasado toda mi vida intentando ser una persona con autonomía, dueña de mis decisiones, y ahora no me quedaba más remedio que huir y abandonar mi profesión, lo único que me quedaba.

Al cabo de una hora me di cuenta que era muy difícil guardar en una sola maleta tantos recuerdos. Quería llevarme lo mejor de mi vida en Cádiz, pero eso no sería posible. El mejor recuerdo tenía que dejarlo atrás. Enterrarlo y procurar no desenterrarlo jamás. Ahora solo llevaría conmigo un equipaje cargado de incertidumbres y recelos. Uno enorme que recaía sobre mis hombros y que no hacía más que repetirme que mi mundo estaba lleno de maldad, codicia y decepciones. Y si algo había aprendido hasta ese momento era que no me quedaría de brazos cruzados dejando que otros me destruyeran. Sin embargo, mientras me apartaba las lágrimas de la cara no podía dejar de pensar que mi decisión tal vez era la correcta para mí llegados a ese punto, pero desde luego no iba a ser lo mejor para los chicos del Centro.

Tenía tantas dudas que era incapaz de concentrarme en lo que estaba haciendo.

A las dos de la tarde mi casa estaba patas arriba y yo aún no sabía qué diablos meter en esa maldita maleta. No iba a ser tan fácil. Se suponía que tenía que abandonar ese piso para siempre y dejar allí todo lo que no pudiera llevarme conmigo.

Me senté en el suelo de mi habitación y dejé caer la cabeza en la cama, agotada. Cerré los ojos durante unos segundos y el timbre de la puerta me sobresaltó. Miré a mi alrededor y aquel caos evidenció que mi intención era emprender un viaje. Pegué un salto y me apresuré a mirar por la mirilla. Si era mi madre o Fernando tenía un problema. Pero no. Afilé la mirada y descubrí a Irene con el gesto contraído de preocupación.

—¿Irene? ¿Qué ocurre? —dije tras abrirle e invitarla a pasar.

—Sara —respiró ella con dificultad—. ¿Has visto las noticias?

Atisbé cómo se dirigía hacia la mesa de mi salón y agarraba el mando de la televisión. Iba vestida con sus vaqueros rajados y una sencilla camiseta de los Rolling Stone, al más puro estilo Irene. Nada que ver con el disfraz de gótica que se había puesto para mi boda.

—¿Las noticias? No, ¿por qué, qué pasa?

—Mira —murmuró azorada, haciéndome un gesto con la cabeza para que mirara hacia la pantalla.

Y allí estaba, un primer plano de mi madre siendo arrestada por dos agentes de policía en la puerta de su casa y bajo la imagen unos titulares que decían: «Detenida la alcaldesa de Cádiz por su implicación en el caso Márquez y otros delitos de corrupción».

Alrededor de ella una maraña de periodistas deseosos de hacerse con la sorprendente noticia.

Dejé caer mis hombros y admito que la sensación fue abrumadora. Mis rodillas se tambalearon y me senté sobre el sofá sin apartar los ojos de la televisión. No puedo explicar lo que sentí. Solo sé que se me desencajó el gesto. La pena, la tristeza, el odio… La impotencia…, todo eso me corroía los huesos. Deseé tenerla en ese instante delante de mí y gritarle a la cara que por qué se había arriesgado a terminar su vida en la celda de una cárcel. Pero de qué iba a servir eso.

Irene se sentó junto a mí y me dio unas friegas en la espalda.

—Dios, Irene, ¿cómo ha podido ser tan estúpida? ¡¿Por qué, joder?!

—Sara, me duele decírtelo, pero tu madre es mala persona. Hay gente que es sencillamente así. No hay que darle más vueltas.

Me tapé la cara con las dos manos y percibí como mi corazón se rompía un poco más.

—Cariño —continuó diciendo—, ninguno de nosotros elegimos dónde nacemos, pero sí podemos escoger a las personas que queremos a nuestro alrededor. Sara, ha llegado el momento de decir basta.

Sí, Irene llevaba razón. No podía lamentar sus errores. Ella era consciente de que sus actos le acarrearían consecuencias, y aun así había continuado delinquiendo. Quizá era el castigo que ella se merecía por ser como era, pero no puedo decir que esas imágenes fueran agradables para mí. Todo lo contrario.

Sin embargo, cuando logré tranquilizarme y alcancé el mando de la tele, advertí que la noticia estaba en todas las cadenas. La expresión de mi madre, soberbia, altanera, entrando en ese coche de policía esposada, no dejaba de repetirse en los telediarios. Subí el volumen y presté atención mientras volvían a mencionar su complicidad en el caso Márquez. Esta vez miré a Irene, que también contemplaba la tele con atención y le pregunté:

—¿El caso Márquez? ¿En qué diablos estaba metida mi madre?

—Ni idea —respondió ella encogiéndose de hombros—, pero desde luego no pinta bien.

Suspiré y me puse de pie. Tuve una extraña corazonada.

Fui a mi habitación ante la atenta mirada de mi amiga y busqué mi portátil entre toda la ropa que había desperdigada por allí.

—¿Qué haces? —inquirió Irene cuando volví a su lado y me vio teclear en Google «Caso Márquez».

Comencé a leer sin abrir el pico y de pronto un aluvión de información me colapsó el cerebro. Se trataba de un asunto de narcotráfico y, a medida que leía, mi pulso se aceleraba aún más. Al parecer, el tal Márquez era un conocido narcotraficante colombiano que se había ganado la confianza de un importante juez del Tribunal Supremo, y pretendía meterse en el bolsillo a la justicia española. Los artículos hablaban de cantidades descomunales de dinero y a su vez de numerosos asesinatos.Algunas fotos mostraban crímenes horribles cometidos por la gente que trabajaba con Márquez.

Entre toda esa avalancha de noticias hubo un nombre que me llamó especialmente la atención: Alejandro Serra. Agudicé la vista mientras Irene permanecía a mi lado, observándome. Y no tardé en descubrir que se trataba del padre de Serra. Lo habían asesinado en una redada durante la investigación, junto a dos compañeros más. Me llevé una mano a la boca y contuve la respiración. ¿Mi madre estaba relacionada con todo eso? Las náuseas me golpearon el estómago y aparté el portátil de mis piernas.

Estaba tremendamente confundida. Recordé aquella escena de la inspectora Varela saliendo de casa de mi madre. ¿Y si ella también era cómplice? Esa mujer nunca me había gustado. Dentro de mi cabeza un centenar de interrogantes se repetían incesantemente.

—Sara, ¿qué pasa?

Intenté explicárselo todo a Irene mientras me vestía. No podía quedarme de brazos cruzados más tiempo. Debía ir a la policía y contarle lo que había visto aquel día. Si en ese caso había jueces implicados… ¿quién me decía a mí que esa tipa era de fiar?

Tenía que descubrir qué diablo estaba sucediendo.

Una hora después, Irene y yo nos detuvimos delante de la comisaria. Eran aproximadamente las tres y media de la tarde y el sol despiadado de junio abrasaba con fuerza. Me había puesto un vestido gris casual con un cinturón negro, sin mangas, y aun así estaba muerta de calor.

—¿Estás segura, Sara? Piensa bien lo que vas a decir antes de entrar. Vas a acusar a una tía que es policía —me decía Irene ante la puerta principal de aquellas dependencias.

—Lo sé, pero si no cuento lo que vi, puede que sea peor.

—Está bien, entremos.

Ambas nos apresuramos escaleras arriba y al acceder, un agente joven y bien parecido nos recibió con amabilidad.

—¿En qué puedo ayudarlas, señoritas?

Miré a un lado y a otro como por inercia. A mi mente vinieron los recuerdos del día en que *él* y yo nos habíamos besado en el ascensor de esa comisaria… Me distraje unos segundos, pero cuando el chico insistió de nuevo en la pregunta, Irene me dio un codazo.

—Sí…, perdón…, vengo a denunciar… Bueno, verá, soy Sara Maldonado, la hija de la alcaldesa, quiero hablar con la persona que está llevando el caso Márquez.

Al chico se le cambió la expresión completamente.

—Claro, no se mueva de aquí. Espere un momento.

Dio media vuelta, y al cabo de unos segundos volvió con un hombre vestido de paisano. Era alto con el cabello oscuro y espeso, y se movía con una elegancia natural. Aposté a que rondaba los cuarenta años.

—¿Es usted Sara Maldonado? Soy el inspector Sousa —dijo extendiéndome la mano para saludarme—. Si es tan amable de acompañarme a mi despacho…Su amiga puede esperarla en esa sala, si lo desea.

—Preferiría que estuviera presente —repliqué sin moverme.

—Sara, no te preocupes, esperaré aquí —murmuró Irene.

—Solo será un momento —aclaró el inspector, mirándome primero a mí y después a ella.

Dudé unos segundos…

—De acuerdo —afirmé, ajustándome el bolso al hombro.

Antes de alejarnos del chico joven, avisté cómo el inspector le decía algo al oído.

Lo seguí por el interior de la comisaria y me condujo por un estrecho pasillo por el que nos cruzamos con otros agentes de policía uniformados. Me sentía como si estuviera a punto de soltar una bomba. Estaba confusa, asustada…Sabía que era imposible encontrarme con Serra por allí, él probablemente estaría en Madrid, sin embargo, no dejaba de observar a todos aquellos muchachos con detenimiento.

Aquel hombre me llevó a la primera planta del edificio y me instó a pasar a su despacho: una estancia amplia, luminosa, carente de decoración y con el único mobiliario de una mesa de oficina, un sillón de piel negro y dos sillas de confidente. Él me pidió que tomara asiento mientras yo curioseaba las baldas que había ancladas a las paredes, donde almacenaban numerosas carpetas y expedientes.

—¿Le apetece tomar algo? ¿Un café, una botella de agua...? —inquirió acomodándose en su sillón.

—No, gracias —dije, esta vez mirándolo directamente a los ojos. A decir verdad, era un hombre bastante atractivo—. He venido a contarle algo que creo que puede interesarles.

—Pues dígame —expuso él, apoyando los codos sobre la mesa y cruzando sus manos.

—Hace una hora he visto en la televisión que han detenido a mi madre.

—Así es. Precisamente teníamos pendiente llamarla a usted para prestar declaración hoy mismo. Pero ya veo que se nos ha adelantado.

Él sonrió con amabilidad, no obstante, yo continué con mi semblante inexpresivo.

—He oído que la acusan de corrupción y de su implicación en el caso Márquez —articulé.

—Exacto. Su madre ha estado bastante ocupada últimamente.

—No es de mi madre de quien quiero hablarle. No pongo en duda nada de eso. Pero creo que alguien de esta comisaria se relacionaba bastante con ella.

—Alguien de esta comisaría... —repitió él, asintiendo lentamente y estudiándome. Tuve la sensación de que ese hombre ya me conocía.

—Sí. Hace un par de semanas o quizá tres vi a la inspectora Marian Varela saliendo de casa de mi madre sobre las nueve de la noche.

Pensé que él se sorprendería y me interrogaría, pero en vez de eso, solo continuó asintiendo. Respiró profundamente y luego carraspeó:

—Bueno, la inspectora Varela también dirige el caso Márquez. No es ninguna novedad que hubiera ido a casa de su madre a interrogarla.

—No fue a interrogarla. Sospecho que ellas dos... llegaron a algún acuerdo —dije removiéndome en mi asiento.

Él afiló la mirada. Miró el reloj de su muñeca y a continuación se puso de pie.

—Puede esperar un momento aquí. Vuelvo enseguida —me interrumpió.

Lo vi alejarse y salir de allí. Me quedé sola en aquel despacho y me pasé las manos por el pelo, suspirando. Miré a mi alrededor contemplando la pila de papeles desordenados que había por todas partes. Ese hombre no me creía. No había mostrado signos de preocupación ante lo que yo acababa de contarle. Me di cuenta que tenía la boca seca y que debía haber aceptado la botella de agua que me había ofrecido. Sentía que no podía tragar y mis pulsaciones aún estaban aceleradas.

Al cabo de unos minutos empecé a pensar que tal vez se habría olvidado de mí. Me puse a juguetear con algunos hilos sueltos del bajo de mi falda cuando oí otra vez la puerta.

—Perdone, pero no tengo todo el día. Mi amiga me espera —protesté malhumorada, sin mirarlo, agarrando mi bolso y levantándome.

Pero cuando me giré, no era Sousa quien estaba detrás de mí... no. Claro que no. Era *él*.

Creo que mi corazón dejó de latir durante unos segundos. El tiempo suficiente para darme cuenta que estábamos en la misma habitación. Los dos solos. Intenté tragar saliva pero no pude. Mi cuerpo era un desierto. Seco, casi inerte. La sangre se me agolpó en los oídos y el leve zumbido que me produjo me incitó a reaccionar. Crucé los brazos sobre mi pecho y escondí mis manos temblorosas.

—¿Qué... haces tú aquí? —pregunté mientras sus ojos extenuados me contemplaban con deleite.

Juro por Dios que me pareció el hombre más guapo del planeta, y eso que solo llevaba una camiseta blanca lisa y aquellos pantalones vaqueros gastados que le quedaban de vicio. Era obvio que estaba cansado y yo diría que incluso más delgado.

De pronto, sentí que el aire no llegaba a mis pulmones. No era capaz de ordenar mis pensamientos. ¡Estaba allí, maldita sea! A tan solo un metro de distancia de mí, cuando yo había creído que nunca más volvería a verle.

—Hola —dijo en un murmullo suave y ronco.

Su semblante era similar a la última vez que lo había visto en el baño del Parador. Me observaba con aquella expresión dulce y suplicante.

Pero no podía dejar que nada de lo que él dijera me confundiese.

—No me has respondido. ¿Qué haces tú aquí? No es contigo con quien he venido a hablar.

Él dio un paso adelante y yo retrocedí lo que pude hasta que terminé tropezando con la mesa.

—Creo que es mejor que nos sentemos, Sara. Tengo muchas cosas que explicarte.

—No quiero hablar contigo —masculló muy cabreada.

Era cierto, no quería hablar con él. Ni siquiera quería sentir de nuevo esas ganas irrefrenables de besarle. Pero él estaba otra vez ahí acercándose poco a poco a mí e impregnando el ambiente con su olor, envolviéndome nuevamente con su embriagador aroma.

En mi empeño de alejarme de él, agarré mi bolso y al moverme me di un golpe en el dedo meñique del pie con una de las patas de esa silla. La punzada me arrancó un grito incontrolado y me senté para calmar el dolor.

¡Maldita sea!, grazné entre dientes.

Él se apresuró hasta mí e hizo el intento de agarrarme la pierna.

—¡No me toques! —grité airada.

—Sara, por favor, ¿quieres escucharme? —suplicó en cuclillas delante de mí y con su mano en mi rodilla.

El hecho de que estuviera tocándome enervó los vellos de mi piel. Pero no tuve fuerzas para apartarla. Su pulgar me acarició y yo le aparté la mirada. No podía soportar contemplarle tan de cerca. Ver sus ojos vidriosos, aceitunados, implorándome perdón…

Me mantuve en silencio y él tomó la iniciativa.

—Nada de lo que has visto es lo que parece. Esas fotos que te enseñaron…Todo ha sido un montaje.

¡¿Qué?!

Lo encaré, sorprendida, y él suspiró, poniéndose de pie.

Luego se apoyó en el borde de la mesa y se pasó las manos por el pelo. Lo miré desde mi posición sin entender qué era lo que pretendía decirme.

—Verás, yo…, todo esto ha sido por la investigación. Maldita sea, no sé por dónde empezar —dijo nervioso, mirando al suelo y luego otra vez a mí—. Sara, me asignaron acercarme a ti para obtener información de tu madre. Soy subinspector y formo parte de la unidad que investigaba el caso Márquez. Supongo que a estas alturas ya sabrás de qué se trata… —Se frotó la nuca. Yo no hablé. Me había quedado completamente muda—. La cuestión es que mi padre y otros dos agentes murieron en acto de servicio y desde entonces decidí colaborar con Varela y su equipo para atrapar a los implicados que habían quedado impunes. Y uno de ellos era ese juez que es tío de tu…, de ese imbécil de Fernando. —Su gesto se contrajo al pronunciar ese nombre—. La primera vez que ibas a casarte lo teníamos casi pillado. En esa boda teníamos previsto que cerraría un trato importante con tu madre. Lo habíamos averiguado a través de escuchas. Pero tú saliste huyendo de esa boda y nuestro plan se vino abajo. Así que tuvimos que cambiar nuestra estrategia. Sabíamos que la alcaldesa estaba metida en otros asuntos de corrupción que también relacionaban a ese viejo. Y mi unidad decidió que nuestro nexo de unión serías tú. Sé que lo que estoy a punto de decirte va a sonar horrible. Pero quiero ser sincero. —Tragó saliva sosteniéndome la mirada—.Mi misión era acostarme contigo y de ese modo averiguar lo que pudiese. Tenía que ganarme tu confianza, meterme en tu casa, colocar micros por todas partes y conseguir nuestro propósito.

Menos mal que estaba sentada en ese instante, de lo contrario me habría caído de espaldas.

—Sara —dijo él, moviéndose esta vez de un lado a otro. Mi cara debía ser francamente cómica. Con la visión abstraída y la cabeza gacha—. Me pidieron que averiguara todo lo que pudiese. Ni siquiera sabía que eras tú hasta que te vi aquel día en la puerta de la Catedral. No tenía ni idea de que la chica a la que tendría que seducir era la misma chica que un día antes se había montado en mi coche para que la llevara a su examen del carné de conducir. No dejé de pensar en ti desde la primera vez que te vi. Y al día siguiente, te encontré huyendo de esa estúpida boda. Le iban a asignar la misión a otro de mis compañeros. Pero me negué completamente. Dije que sería yo quien me ocuparía de ti.

Mi cerebro no era capaz de enlazar los acontecimientos. Empecé a recordarlo todo desde el principio. Su insistencia, las veces que nos habíamos encontrado por casualidad, el primer fin de semana que pasamos juntos en la casa rural de sus tíos… ¿Mi historia con él no había sido más que el fruto de otra mentira?

La rabia se fue abriendo paso por mis venas y apreté los dientes con fuerza.

—¿Me estás diciendo que lo único que has hecho conmigo desde el principio ha sido engañarme para obtener información?

Él se puso de nuevo en cuclillas, pero cuando fue a poner su mano otra vez en mi rodilla, le di un manotazo.

—Sí, Sara, al principio fue así. Pero me enamoré de ti. Creo que acepté esa misión aceptando el hecho de que ocurría de un modo u otro.

Respiré profundamente y cerré los ojos asimilando lo que me estaba diciendo. Mi corazón seguía latiendo a un ritmo descompasado.

—Lo de Varela no es cierto —susurró agarrándome la barbilla para que lo mirara—. Tuvimos que fingir que estábamos juntos para engañar a tu madre. Ella había sobornado a Marian y esta le hizo creer que había aceptado su soborno. Teníamos que dejar que te casaras para que se produjese ese encuentro entre tu madre y el juez. Sé todo lo que hiciste. Sé por qué accediste a casarte con él... —dijo apoyándose en los brazos de mi asiento irguiéndose sobre mí con su rostro cada vez más cerca del mío—. Sé que tú también me quieres...

Sentí mi pecho subiendo y bajando.

En un arrebato de nerviosismo le empujé. Sí. Lo aparté de mí. Necesitaba alejarme, moverme, gritar, partir algo. ¿Todo aquel sufrimiento para nada? Me sentía tan humillada y utilizada que no era capaz de articular palabra.

Me tapé la boca para evitar insultarle.

No pude impedir que las lágrimas brotaran de mis ojos. Me sentía sobrepasada. Ni siquiera sabía exactamente cómo sentirme.

—Nena, por favor, no llores —dijo él con la voz rajada.

Alcancé mi bolso para salir de allí, pero él me lo impidió.

—No no, Sara, por favor, no te vayas.

—Suéltame —vociferé, intentando llegar a la puerta.

—Sara, ¿es que no lo entiendes? —replicó, sujetándome las muñecas con una mano, inmovilizándome y pegando mi cuerpo al suyo—. Ya todo ha terminado. Tu matrimonio será nulo gracias a las grabaciones que tenemos. Podemos demostrar que te casaste coaccionada. Coloqué un micro en esas zapatillas deportivas que te regalé. Sabemos lo que tu madre pretendía.

Lo observé durante unos segundos alejando mi rostro del suyo. No podía pensar con su presencia monopolizándome.

—Déjame —mascullé, forcejeando con él para que me soltara.

—Vale —dijo él aflojando la presión que estaba ejerciendo en mis muñecas.

Di un paso atrás para recuperar la compostura. Me arreglé el traje. Y alcé la barbilla, apartándome las lágrimas de las mejillas con el dorso de mi mano.

—¿Cuándo pensabas decírmelo? ¿Cuándo se supone que ibas a contarme todo esto?

—He estado en tu casa hace diez minutos. En cuanto has llegado a la comisaria mis compañeros me han avisado.

Negué con la cabeza.

—A ver si consigo entenderlo. Se supone que tu trabajo era acostarte conmigo y hacerme creer que te gustaba por el bien de esa investigación, ¿no es así?

—Yo no quería hacerte creer nada. Me gustabas desde el principio y eso era innegable —expresó con determinación.

—Espera —dije haciéndole un gesto con la mano para que se callara—. Es decir, ¿que ese numerito de esposarme y montarme en el coche con aquel borracho, de avergonzarme y tratarme como si fuera basura también formaba parte de tu plan? ¡¿Follarte a Susana también fue un montaje?!

Me crucé de brazos y él suspiró abatido.

—¡No, no! ¡Maldita sea! —Se giró y se tocó el pelo—. Eso se me fue de las manos. Ya te lo expliqué. Creí esa noticia. De hecho, a raíz de ahí tomamos medidas para reforzar el seguimiento que le estábamos haciendo a tu madre.

Me humedecí los labios y exhalé una amarga carcajada.

—O sea, que sí que te la follaste —decirlo en alto me recordó lo que había sentido al verlos juntos.

—Vamos, Sara, eso fue al principio. Apenas sabía nada de ti. Cuando leí ese periódico pensé que estaba cometiendo un error enamorándome de ti. Todo lo que sabía es que eras la hija de una alcaldesa corrupta y que colarme por ti pondría en peligro la investigación —dijo él gesticulando con los brazos.

Negué con la cabeza y guardé silencio.

La habitación me daba vueltas. Era demasiado, demasiado para almacenarlo en algún lugar de mi mente y continuar sin más.

—¿Y luego? —inquirí.

Lo miré con intensidad. Quería saber si lo que habíamos vivido después de ese desagradable episodio era real o yo había sido tan estúpida de creer que él sentía lo mismo que yo.

Él me respondió con la misma mirada, profunda, cargada de veneración. Se frotó la frente y luego se revolvió el pelo. Me pareció un gesto tremendamente infantil, sexi, familiar…

Me moría por tocarle, por besarle, por acariciar su barba rasposa y pasar las yemas de mis dedos por el borde de su mandíbula.

—Luego, me volví loco por ti. Solo eso.

Sentí como si mi estómago se volatizara y aquel nudo de emociones que se retorcía allí dentro estuviera a punto de saltar por algún lado.

Me fijé en sus ojeras pronunciadas.

Estaba intentando canalizar todo lo que me había dicho. Esforzándome por no dejarme llevar por mis impulsos.

—Te quiero, Sara. Sé que la nuestra no es una historia de amor normal y corriente, pero es de verdad.

Avanzó despacio y yo intuitivamente retrocedí. Pegando mi espalda a la puerta.

—Sé que has sufrido mucho. Y no sabes cuánto lo siento, nena.

—No. No lo sabes.

Él asintió.

—Sí lo sé. Ahora ya nada va a impedir que vuelva a acercarme a ti. ¿Lo comprendes?

Respiré con dificultad cuando se puso a unos centímetros de mí.

Lo echaba de menos. Dios, muchísimo. Lo repasé de arriba abajo para asegurarme de que no era una alucinación. Sus ojos, su boca, su sonrisa, sus brazos… Después de todo lo que había vivido temía despertar y darme cuenta de que él no estaba allí, diciéndome que me quería. Pero sí. Era real.

Sin embargo, un lado de mi cerebro me seguía diciendo que me había mentido. Una parte de mí aún se sentía manipulada.

—Me has mentido —le reproché con un hilo de voz.

—Jamás te he mentido respecto a mis sentimientos.

Paseé mis ojos por las facciones de su cara. Joder, era perfecto…

Él me acarició la mejilla y durante esos instantes creí que mis piernas me fallarían. Estaba tan cerca de besar sus labios que no podía razonar con claridad.

—Creí que nunca llegaría este momento —susurró con su frente sobre la mía.

Su aliento me dejó desorientada, aturdida.

—Te amo, Sara —exhaló, besándome la nariz—. Aún estamos a tiempo de hacer que funcione.

Su boca llegó a la mía y no recuerdo en qué momento me colgué de su cuello y él apretó sus labios con los míos. Nos besamos y nos abrazamos. Aspiré sus gemidos y saboreé cada instante de ese beso desesperado, hambriento… Mi corazón se desgarró por dentro. El tiempo nos envolvió haciéndonos uno. No supe lo mucho que le amaba hasta que lo tuve así, bebiéndose mis lágrimas, absorbiendo cada parte de mi ser. Descubriendo que él era mi debilidad. Mi camino. Mi verdad.

—Tú y yo, Sara. Si no es contigo, no tiene sentido.

37

TE NECESITO

A sí fue. Me olvidé de lo que sucedía a mi alrededor y me concentré en aquella necesidad imperiosa de besarle. Todo lo demás dejó de preocuparme. Por un momento, ni tan siquiera el hecho de que me había utilizado para resolver ese caso me importaba. Su saliva mezclándose con la mía tenía un efecto narcótico, estupefaciente…Tenía que ser eso. De otro modo, ¿cómo iba a estar comiéndole a besos en aquel despacho después de lo que me había contado? ¿Cómo iba a ignorar que yo había sido solo una insignificante pieza que él había manejado a su antojo para lograr su objetivo?

—Cuánto te he echado de menos, nena… —exhaló sobre mis labios.

Acariciaba mi espalda y sentía sus manos por todas partes, por mis caderas, mi pelo, mis brazos…

A decir verdad, seguía cabreada, mucho. ¡Joder, me había manipulado! Pero ni siquiera enfadada me sentía con fuerzas para alejarlo de mí.

—Hace solo una hora estaba haciendo la maleta para marcharme lejos de aquí. Quería olvidarme de todo para siempre. Quería olvidarme de ti— susurré mirándolo a los ojos.

—Lo sé. Pero pensaba impedírtelo de un modo u otro —respondió él con aquella voz tranquilizadora.

—Estoy…Todo esto es… Necesito salir de aquí. Necesito pensar.

Me removí e hice el intento de alejarme de él.

—De acuerdo. Lo entiendo —dijo dando un paso atrás.

Volví a adecentarme el pelo y la ropa, temblorosa.

Lo contemplé con detenimiento y empecé a asimilar la realidad. Él estaba allí y acababa de decirme que esas fotos no eran más que un montaje.

Continué mirándolo sin decir nada.

La corta distancia que nos separaba y el silencio que se extendía entre su cuerpo y el mío me produjo una sensación abrumadora.

Sonrió con suavidad y una extraña plenitud se extendió por mi pecho.

Quería tocarlo, volver a abrazarle de nuevo, pero sabía que, por el bien de ambos, lo mejor era salir de esa estancia y tomar una decisión meditada.

Unos nudillos golpearon la puerta y nuestro contacto visual se desestabilizó.

—Serra, tenemos trabajo. Aún hay que detener a dos concejales más —oí que decía Sousa desde el otro lado.

Ese comentario me llevó de vuelta a la imagen de mi madre siendo detenida y comprendí la gravedad de la situación.

—Salgo ahora mismo.

Él abrió la puerta y yo me ajusté el bolso.

—Me voy —dije finalmente, adelantándome hacia el pasillo.

—Sara —me detuvo agarrándome del brazo. Recorrió mis facciones.— Luego te llamo.

—No…No, por favor. Necesito tiempo.

Era cierto, lo necesitaba. No era fácil aceptar que el hombre que me había robado el corazón, también me había mentido desde el principio.

Vi como tomaba aire.

—¿Cuánto?

—No lo sé.

Miró al suelo y cuando sus ojos volvieron a los míos, murmuró:

—Te quiero, Sara. No dejaré de insistir.

Me alejé de aquel despacho luchando para que mi pulso se apaciguara. Llegué a la sala donde me esperaba Irene toqueteando su teléfono móvil. Estaba sentada en una vieja silla de plástico junto a una máquina expendedora y cuando alzó la vista y me encontró inmersa en mis propias cavilaciones comentó:

—Sara, ¿qué ha pasado? Estás pálida —dijo poniéndose de pie.

—Necesito salir de aquí.

—Está bien, vámonos.

El chico que nos había recibido al entrar nos despidió educadamente.

Una vez en el exterior, Irene agarró mi brazo y acercó sus labios a mi oído.

—Sara, no sé si me estoy volviendo loca, pero acabo de ver ahí dentro con el uniforme de policía al camarero que nos puso las copas anoche en tu boda. Era él, lo juro. El caso es que ayer cuando lo vi su cara me resultó familiar. Creo que también estaba en la fiesta de cumpleaños de Paco. ¿No te parece extraño?

—Créeme, a estas alturas ya nada me parece extraño —respondí alejándome de allí.

Para cuando llegamos a mi casa, ya le había contado a mi amiga lo que estaba sucediendo. Irene se tumbó en mi cama boca arriba y mirando al techo con una expresión soñadora exclamó:

—Madre mía, Sara, es alucinante. Te sedujo para sacarte información sobre tu madre y ahora está coladito por tus huesos. Joder, es… increíble. Ahora lo entiendo todo. Encima es subinspector, lo que hace que me resulte más misterioso y sexi…Mmm…

Yo permanecí de pie, de cara al armario, intentado poner orden en aquel caos que había provocado al querer huir. Obviamente mi idea de fugarme había pasado a la historia…Sin embargo, no respondí a su comentario. Aún estaba con la cabeza hecha un lío. Ella probablemente lo intuyó.

—Sara —continuó, apoyándose en sus codos—, ¿no lo entiendes? Te ha salvado.

Me senté en el suelo para ordenar los cajones y me llevé la mano a la frente. Ella se sentó a mi lado.

—¿Qué ocurre?

—No lo sé, Irene. Estoy muy confusa. Él…, esas fotos falsas con la inspectora, mi madre en la cárcel. Maldita sea, todo va muy rápido. Hasta hace unas horas pensaba que mi vida era una mierda. Y aunque me había costado asimilarlo, ya estaba convencida de que me marcharía a otro país para tener una oportunidad. Pero él…, de pronto, aparece en ese despacho y me desestabiliza de nuevo. No sé cómo sentirme.

—Siéntete bien, Sara. Él es tu equilibrio, ¿no lo ves? Sé que es duro para ti aceptar que tu madre está en la cárcel, pero ella solita se ha ganado su estancia allí dentro. Y aunque te duela oírlo, espero que sea para una larga temporada.

Me abracé a mis rodillas y ella me cogió la barbilla para que la mirara a la cara.

—Es para ti. Es tu recompensa por todo lo que has sufrido.

Sonreí mordiéndome el labio.

—Irene, estaba guapísimo —suspiré finalmente.

Ella me devolvió la sonrisa. Llena de júbilo y diversión.

—Vale, pero hazme algo de comer mientras me cuentas qué llevaba puesto y cómo os habéis metido mano en esa oficina.

Puse los ojos en blanco y dejé que me ayudara a levantarme.

A eso de las nueve de la noche, Irene se marchó de mi apartamento, después de pasarnos más de dos horas repantingadas en el sofá y hablando de todo un poco.

Víctor ocupó gran parte de esa parte de conversación. Me hizo mucha gracia que se sintiera tan arrepentida tras haberle escrito un mensaje la noche anterior. De hecho, su conversación entera me pareció realmente divertida. Le advertí que quería saber hasta el último detalle sobre ese flirteo que mantenían. Pero ella me aseguró que la cosa no pasaría de ahí. ¡Qué ilusa!

Una vez sola, continué ordenándolo todo. Principalmente mis ideas. Me moví de un lado a otro terminando de recoger las prendas que aún había desperdigadas por allí, pero de vez en cuando me asaltaba el pensamiento la imagen de mi madre entrando en aquel furgón de policía. No quería poner la televisión. Irene y yo habíamos hecho el intento y no dejaban de aparecer noticias sobre lo sucedido. El Ayuntamiento se había desmoronado como lo hizo un día mi esperanza de ser feliz. Gran parte de los concejales, entre ellos Fernando, se enfrentarían a numerosos cargos por corrupción, blanqueo de capitales, falsificación de documentos y prevaricación urbanística. Creyeron que su afán de enriquecerse a costa del esfuerzo de los demás no tendría fecha de caducidad. Pero sí que la tenía…Y deseaba que tuviera también un escarmiento en consonancia.

Pensar en ello empezó a provocarme una migraña horrible y me apresuré a la cocina a tomarme una pastilla, cuando, de repente, oí el timbre de la puerta.

Me quedé paralizada. Si era él, aún no me encontraba con fuerzas para verle de nuevo. Aunque admito que mi corazón se contrajo deprisa dentro de mi pecho.

Eché un vistazo por la mirilla y la vi. No era él. Era ella. No había duda. Marian.

Tragué saliva y enderecé los hombros. Luego abrí.

Me miró a los ojos con el cejo fruncido y yo no pude evitar repasarla de la cabeza a los pies. Iba vestida de ese modo informal, pero acertado, que usaba para trabajar. Con unos vaqueros oscuros, camisa clara y una levita azul marino remangada a la altura de sus codos. Llevaba el pelo suelto y aunque iba maquillada, se la veía cansada y yo diría que un pelín exhausta.

—Hola, Sara, ¿puedo pasar? —dijo con las manos en los bolsillos de su chaqueta.

La sorpresa me había dejado completamente desalentada.

—Claro…, pasa —respondí sin saber qué otra cosa decir.

La observé avanzado hacia el salón. Al parecer yo no era la única que estaba nerviosa con ese encuentro.

Me pareció altísima.

—¿Qué tal estás? —preguntó.

—Bueno…, es difícil responder a esa pregunta en estos momentos.

Ella exhaló una leve sonrisa.

—Vale, creo que lo comprendo. ¿Puedo sentarme? —inquirió mirando el sofá.

—Sí, por favor. ¿Te apetece tomar algo?

Me crucé de brazos y luego los dejé caer a cada lado de mis caderas.

La situación me resultaba muy violenta.

—No, gracias. No puedo quedarme mucho tiempo.

Dudosa tomé asiento a su lado y esperé a que ella hablara primero.

Esa mujer me intimidaba muchísimo. Era guapa, muy guapa. De cerca lo era mucho más y pensar en ello me hacía sentirme insegura.

—Sara, siento mucho todo lo que ha sucedido —murmuró, jugueteando con la alianza que llevaba en su dedo anular.

—¿Te ha pedido él que vinieras? —la corté.

Ella me contempló con detenimiento.

—Sí. Pero iba a venir igualmente. Ya sé que lo que viste contradice a lo que estoy a punto de decirte. Pero yo quiero a Miguel como si fuera un hijo.

No dije nada, solo me froté las rodillas, confusa. Era difícil imaginar a esa mujer ejerciendo de madre de Serra.

—Sé que él ya te ha dicho que aquellas fotos eran solo un montaje —insistió—, pero he venido para asegurarme de que no continuas con ideas raras dentro de tu cabeza. Sara, él te quiere. Se ha enamorado de ti. Y si decides estar con él, es probable que tú y yo pasemos mucho tiempo juntas. Mi hijo y él son hermanos. Miguel es la única familia que le queda de su padre. Y quiero que siempre se tengan uno al otro.

—No sé por qué me dices todo esto. Yo… no pretendo separarlos.

Ella chasqueó la lengua.

—Claro que no. Pero entiendo que aún tengas tus dudas. He sido muy desagradable contigo las veces que nos hemos encontrado. Sabía que él se estaba enamorando de ti y que eso podría entorpecer la investigación, por eso actué de esa manera.

—Él me contó que habíais salido una noche, antes de que empezaras con su padre —solté sin pensar demasiado. Necesitaba saber qué tenía que decirme sobre aquello.

Ella sonrió.

—Lo sé, pero es incierto. Eso no sucedió.

—¿No?

Aquello lo cambiaba todo. Entonces…

—No. Te lo dijo para justificar de algún modo mi actuación hostil hacia ti. Nunca hubo nada entre él y yo.

—Vaya. Sí que os habéis tomado molestias en ocultarme los detalles del caso… —dije haciendo un gesto de asombro con los ojos.

—Sí, Sara, y gracias a ello hemos podido acabar con esto de una vez.

Me quedé en silencio mirando al suelo. En fin, supuse que ahora que ya sabía la verdad tenía que decidir cómo tomármelo.

—No ha sido fácil, créeme —añadió.

—Te refieres a mi madre, ¿no?

Vi cómo suspiraba y se tocaba el pelo.

—Lo siento, Sara. Me temo que pasará una larga temporada en la cárcel. Está metida en cosas muy graves. Me ofreció mucho dinero para que alejara a Miguel de ti. Sé que es tu madre y que nada de esto está siendo agradable, pero es mejor así.

Asentí lentamente y esta vez fue ella la que se frotó las rodillas.

—Tengo que irme —dijo poniéndose de pie.

—De acuerdo.

Era raro estar manteniendo esa conversación cuando hacía tan solo unas horas habría enviado a esa mujer a otro planeta en un cohete.

La acompañé hasta la puerta y una vez allí fui yo quién abrió. Ella avanzó hacia el rellano.

—¿Le darás otra oportunidad? —preguntó antes de bajar los escalones, ocultando una sonrisita.

Me encogí de hombros.

—Necesito tiempo… —murmuré.

En cierto modo, me sentía ahogada, inundada, desbordada de emociones. La presencia de Marian me había tranquilizado bastante, pero, aún así, mis dudas y temores eran algo que tenía que solucionar yo sola.

Ella parpadeó, supuse entendiendo lo que yo estaba sintiendo. Bajó un escalón y volvió a mirarme.

—Te gusta mucho, ¿no?

Esta vez fui yo la que sonrió. Era obvio. Creo que en aquel momento me leyó el pensamiento. Estoy segura que adivinó cómo en mi mente se proyectaban sus labios deseables, ese pelo fascinante y desordenado, su mirada electrizante…

—Eso es porque no conociste a su padre.

Luego se fue.

✳✳✳

Esa noche, simplemente recapacité. Acabé tumbada en mi cama, mirando al techo y sintiéndome extraña, a ratos triste pero también tranquila. Sí, tranquila y aplacada. Él me había dicho tantas cosas que era difícil saber cómo canalizarlo. En ese momento, lo único que podía hacer era admitir que, incluso sopesando la mentira, yo no podía alejarme de él. No quería. Tal vez Irene llevaba razón. Quizá él era mi equilibrio. Quizá era la solución.

Recordé sus ojos verdes. Su mirada cetrina aquel día que salí huyendo de esa iglesia. De pronto, todo lo que me había contado tenía sentido. En realidad la vida tenía sentido. El cosmos, el espacio y todas esas cosas que nos rodean, insólitas y sobrenaturales. Todo poseía un significado al pensar en su forma de mirarme. Todo era importante en su justa medida.

Me había pasado meses asustada. Temiendo acceder a los caprichos de mi madre y que ello me llevara de cabeza a un pozo sin salida. Pero, por fin, ahora veía un poco de luz. ¿Y si él era el remedio? ¿Y si era cierto que podíamos tener un principio?

Me mordí el labio y la piel se me puso de gallina rememorando mi reacción al verle en ese despacho. Suspiré y el sonido de un mensaje en mi móvil me hizo reaccionar. Lo tenía junto a mí sobre las blancas sábanas. Me incorporé para leerlo y cuando lo abrí, vi que era de él. Era un mensaje extenso. Me temblaba el pulso antes incluso de leerlo.

«Ya sé que me has pedido tiempo, y juro por Dios que estoy haciendo un esfuerzo sobrehumano por no ir a tu casa ahora mismo, arrancarte la ropa y hacerte el amor toda la noche. Pero tú, hoy, me has dicho que necesitas pensar y te entiendo.

De hecho, yo no dejo de hacerlo. Pienso constantemente en ti. En tu manera de tocarte el pelo cuando estás nerviosa, o en cómo cruzas los brazos sobre el pecho cuando no sabes dónde poner las manos. En la sonrisa que llega a tus ojos cuando te digo algo obsceno. Pienso en ti en mi cama, en mi sofá, en tu cocina, en tu baño y el mío... Pienso en ti bajo mi cuerpo, pronunciando mi nombre cuando estoy dentro de ti.

Sara, lo nuestro no es una mentira y sé que tú lo sabes tan bien como yo. No me arrepiento de haber tenido que engañarte para llegar a ti. No voy a pedirte perdón por eso. Tendría que estar arrepentido para suplicar perdón y yo no me arrepiento de ninguno de los momentos que he pasado contigo. Lo único que puedo decirte es que quiero conmigo a esa Sara que se cabrea cuando intento enseñarla a conducir, a esa Sara alocada, divertida, la que canta en mi salón creyendo que no la oigo. La Sara que me vuelve loco con solo mirarla. La Sara que escapa de una iglesia y no se conforma con injusticias. La que pelea e invierte su tiempo en transformar la inmoralidad. En hacer algo por los demás.

Lo sé, parezco un puto poeta escribiéndote esta parrafada...

No me hagas esto. La vida es demasiado corta, demasiado injusta para no vivirla como nos gustaría.

Entiendo que necesitas tiempo y voy a respetarlo, pero yo...Yo te necesito a ti».

38

LA OPORTUNIDAD

Aquel lunes amanecí con una extraña sensación. No, yo ya no era la misma. Al mirarme al espejo esa mañana, descubrí que el brillo de mis ojos era diferente. Incluso el tacto de mi piel era distinto.

No sabía si la sensación de serenidad sobrevolándome era sana. Durante los últimos meses de mi vida me había sentido tan desgraciada que casi me costaba acostumbrarme a la percepción de que algo bueno estaba por llegar.

Sin embargo, con Fernando y mi madre en la cárcel todo variaba. Y no es que aquello me hiciera feliz. En el fondo esa situación me producía una tristeza tremenda. Para mi madre, ver caer su imperio de esa manera era el peor de los castigos. Había sido el claro ejemplo del cazador cazado. Ella misma se lo había ganado a pulso. Pero admitirlo no me provocaba satisfacción, al contrario, me hacía ver que tendría que seguir adelante sin ella.

En ese tiempo, aprendí que hay que alejarse de aquello que te contamina. Es inútil intentar sanar un virus que ya se ha extendido demasiado. Si te quedas cerca lo único que vas a conseguir es infectarte.

Y yo ya empezaba a hacer lo propio: distanciarme.

No era fácil asimilar que la persona que me trajo al mundo estaba dispuesta a hacer lo que estuviera en su mano por destruirme. A mí y a todo lo que me importaba.

Por eso, aquel lunes decidí que tendría que continuar con mi vida. Con la que yo quería vivir. Me enfrentaría a lo que estuviese por llegar con la madurez de alguien que ha superado una decepción, con la valentía de quien confía en un futuro mejor.

En cuanto a *él,* me tomaría unos días para recapacitar sobre lo nuestro.No me arriesgaría a embarcarme en una relación precipitada y temeraria por mucho que deseara estar a su lado. Eso mismo le comenté a Irene por teléfono cuando la llamé a primera hora de la mañana para contarle el mensaje que Serra me había enviado la noche anterior, y ella solamente me calificó de friki tocapelotas. Dijo que estaba perdiendo el tiempo con tonterías. Me insultó más de lo que me habría gustado y luego simplemente colgó. Pero en fin, era Irene.

Más tarde llamé a Diego y quedamos en una cafetería cercana a mi casa. Aún tenía unos días por delante de vacaciones y pensaba aprovecharlos para ordenar mis ideas antes de volver al Centro. Estuve charlando con él bastante rato. La policía no tenía pruebas en su contra, pero sí que estaba citado a declarar. Hablamos de todo lo sucedido y le devolví el sobre con el dinero que me había dado. Él no quiso cogerlo pero yo insistí. Al fin y al cabo era absurdo quedármelo ahora que ya había decidido no marcharme. Lo puse al corriente de lo sucedido con Serra y él siguió el hilo de mi conversación taciturno, agarrando una de mis manos por encima de la mesa. Cuando yo acabé él murmuró:

—Me marcharé a Argentina, Sara. Colaboraré con la policía y luego me iré. Pensaba hacerlo de todas maneras. Tu madre y yo…, lo nuestro estaba acabado.

—Diego, lo siento…

Sentí lástima por él. Mucha. Diego había abandonado su carrera, sus amigos y a toda su familia por seguir a mi madre. Pensó que trasladarse a Cádiz con ella, vivir de sus ahorros, que no eran pocos, y dedicarse a sus *hobbies* sería posible. Pero ella le había demostrado que no.

—Lo sé. Pero tanto tú como yo sabemos que esta era la única solución.

Asentí, llevaba razón.

—Has sido como un padre para mí. No te olvidaré jamás.

Él sonrió dulcemente.

—Por supuesto. No dejaré que lo hagas. Te llamaré y estaremos en contacto.

No supe qué decir. Mis ojos se humedecieron. No quería llorar, estaba harta de hacerlo. Pero él me alzó la barbilla con uno de sus dedos.

—No te sientas mal, ahora te toca ser feliz. Nunca dejes que nada ni nadie te arranque esa oportunidad. Vive, Sara. Equivócate si es necesario. Pero hazlo tú. Solo podrás afrontar tus errores si eres tú quien los comete. No lamentes las malas decisiones de los demás, céntrate en las tuyas. Respira al fin. Dale una oportunidad a ese chico.

Aquel día me despedí de Diego en la puerta de esa cafetería y, aunque fue cierto que nunca perdimos el contacto, transcurrió bastante tiempo hasta que volvimos a reencontrarnos.

***

No todo el mundo tiene la oportunidad de descubrir qué es lo que quiere hacer con su vida. Creo que nos pasamos demasiado tiempo pendiente de lo que nos rodea. Nos dejamos llevar por lo que el resto de la sociedad impone, por los hábitos, las rutinas, e incluso los malos vicios. Tenemos una multitud de distracciones como para detenernos a reflexionar qué es lo que realmente nos hace felices. Y precisamente eso era lo que me había sucedido a mí. Yo, hasta ese momento, no me había dado cuenta que las soluciones estaban más al alcance de mi mano de lo que nunca llegué a imaginar.

Era verdad, desde el primer momento que me había cruzado con él, desde ese primer instante que le rogué que me llevara al examen del carné de conducir, estaba tan cegada con la idea de que me encontraba en apuros, con aquello de que mi existencia era una profusión de desventuras, que ni siquiera me di cuenta que él era mi solución. Mi gran acertijo. La pieza final de ese truncado rompecabezas.

Descubrí todo eso el miércoles de esa semana. Cuando amanecí con la irrefrenable necesidad de volver a mi trabajo. Echaba de menos el Centro, a mis compañeros, a los chicos… Después de lo que había ocurrido era una tontería continuar en casa. Además, tras el último mensaje que me había enviado el domingo por la noche, no supe nada más de él, pero supuse que estaba dándome el espacio que yo le había pedido… Aun así, estar en mi apartamento pensando constantemente en él no me ayudaba. Por lo tanto, llamé a Claudio y le dije que me incorporaría. A esas alturas ya estaba informado de los sucesos.

Me recibió con un enorme, cálido y cercano abrazo. Mi jefe, ese hombre peculiar y no excesivamente cariñoso, me dio la bienvenida a mi puesto y evitó incomodarme con preguntas sobre mi madre. Él mismo me condujo a mi despacho, tras pasarnos por los talleres y saludarlos a todos, y una vez allí me enfrasqué en mis quehaceres.

Sin embargo, a media mañana, el teléfono de mi mesa me sobresaltó. Claudio, al otro lado del auricular, comentó con voz serena:

—Sara, puedes venir un momento. Tengo que contarte algo.

—Claro, voy en seguida.

Atravesé los pasillos sin saber qué era lo que quería decirme. Cautelosa golpeé su puerta con los nudillos y él me pidió que pasara. Cuando abrí, vi a un hombre sentado de espaldas a mí, en uno de los sillones de confidente que había frente a la mesa de Claudio. En principio no lo reconocí. No obstante, en cuanto avancé un par de pasos, él se levantó de su asiento y se giró para recibirme. La sorpresa dejó mis músculos entumecidos. Tanto que fui incapaz de dar un paso más.

Aguanté la respiración y mi garganta se quedó completamente seca. Fruncí el ceño e intenté que la tremenda conmoción que me había provocado ver a Ramón, el tío de Serra, en el despacho de mi jefe, me dejara reaccionar a tiempo.

—Hola, Sara —dijo él con su sonrisa adorable y sincera iluminando aquel rostro castigado por el sol. Llevaba una camisa de cuadros azules por dentro de sus vaqueros grises. Su pelo cano y con entradas, estaba peinado hacia atrás. No parecía el mismo hombre que yo había visto la primera vez en la casa rural con su mono de jardinero. Era como si se hubiese arreglado a conciencia para esa reunión.

Claudio no dejaba de pasear sus ojos entre él y yo.

—Ramón…, hola. ¿Qué… te trae por aquí? —pregunté cuando logré recobrar mis funciones motoras.

Él se acercó hasta mí y me dio dos besos. Agarrando mis brazos, así con la misma vehemencia con la que me había saludado el primer día que lo conocí.

—Bueno, ya le he contado a Claudio lo que he venido a proponeros, pero me gustaría que tú también lo oyeras —dijo volviendo a su sitio.

—Claro —respondí exaltada y aturdida.

Me acomodé a su lado, en el otro sillón. Crucé las piernas y las volví a descruzar.

—Tú dirás —carraspeé, invitándole a hablar.

—Verás, hace tiempo que Victoria y yo queremos traspasar el restaurante y dedicarnos solamente a explotar la casa rural. —El corazón empezó a bombearme tan fuerte ante la expectación de lo que estaba a punto decirme que creí no poder concentrarme—. Tenemos mil quinientos metros de parcela libres y estamos pensando en ampliar el alojamiento. El negocio de la restauración ya nos resulta demasiado agotador, así que vamos a invertir en comprar más bungalós y alquilarlos también en invierno. Eso conllevará a contratar más personal. Habrá más trabajo, por lo tanto, tendremos que ampliar la plantilla. Esta es la parte que creo que puede interesaros —dijo él mirando a Claudio y luego otra vez a mí. Obviamente, por la expresión de mi jefe y por la radiante sonrisa que alcanzaba a su mirada, supe que ya estaba al tanto de todo.

—Necesito a gente joven. Chicos que tengan conocimientos de electricidad y albañilería. Quiero hacerle una remodelación importante al terreno ahora que vamos a trabajar todo el año. Mi sobrino —y en cuanto lo mencionó mi espalda se tensó— me comentó que vosotros buscáis alojamiento para los jóvenes que cumplen la mayoría de edad en este lugar y no sé si os servirá lo que tengo en mente, pero había pensado en rehabilitar el primer piso de la casa principal y convertirlo en habitaciones donde ellos puedan alojarse mientras estén trabajando para nosotros. Nos encargaríamos de sus dietas y tendrían un sueldo acorde a las funciones que desempeñen. Claudio me acaba de decir que a finales de este año cinco de los muchachos tienen que marcharse de aquí, y si ellos y vosotros estáis de acuerdo podrían empezar a trabajar para mí en esa fecha.

Durante unos segundos no dijo nada más. Ladeó la cabeza observándonos a ambos. Yo solté el aire que se había quedado atragantado en mis pulmones y me tapé la boca para contener la emoción que me estaba provocando ese momento. Respiré, me removí y me pasé las manos por el pelo.

Él alzó una ceja, mientras Claudio permanecía sentado tras la mesa con aquella expresión de regocijo abarcando su rostro.

—Bueno, di algo. ¿Qué te parece mi propuesta?

Me mordí una uña y luego el labio inferior. Quería saltar sobre él, abrazarle y demostrarle lo que su propuesta significaba para nosotros. Quería hacerle ver, de algún modo, que su presencia en ese despacho había dado un giro brutal al futuro de esos muchachos. Desde que a primeros de año, uno de ellos se quitara la vida por el miedo a verse sin un sitio adonde ir, esa había sido mi principal preocupación, y ahora, Ramón nos mostraba esa grandiosa oportunidad.

Me froté la frente mirando a Claudio y este asintió. Corroborándome que era verdad todo lo que Ramón nos ofrecía. Que lo yo había oído no era producto de mis desvaríos.

Me temblaba el labio y parpadeé para no ponerme a llorar como un bebé. Solo que esta vez, por primera vez en mucho tiempo, aquellas serían unas lágrimas de felicidad. Una felicidad completa, sincera, espontánea e inmensa que me recorría la piel.

Lo miré a los ojos y haciendo un esfuerzo sobrenatural para que mi voz no sonara ridícula articulé:

—Gracias, Ramón. Muchas gracias.

Él sonrió, apretando sus labios.

—No tienes por qué dármelas. Necesito trabajadores y ellos una oportunidad. De no ser por mi sobrino no sabría nada de esto —dijo él con un gesto de incredulidad. Su mirada decía mucho más de lo que había expresado con palabras.

Pero esta vez no pude evitarlo y me lancé a abrazarle.

Él soltó una carcajada ante mi inesperada reacción, pero me devolvió el abrazo.

—Vale, supongo que esto significa que estás contenta.

—Mucho —susurré, poniendo mis manos en sus hombros—. Esto es… muy grande.

Volví a mi asiento y esta vez fue Claudio quien habló.

—Ramón, ¿quieres que te enseñemos los talleres y así puedes hablar con algunos de los chicos?

—Claro, me parece estupendo.

Los tres salimos del despacho y nos encaminamos a la planta de abajo. Atravesamos el patio exterior y mientras tanto Claudio y Ramón conversaban como si se conocieran de toda la vida. Yo aún estaba intentando digerir lo que estaba sucediendo, oyendo la voz de Ramón amortiguada y sintiendo que mis pies volaban sobre la superficie. Él había aparecido aquella mañana por allí y acababa de desprenderme de un peso gigantesco. Estaba casi en estado de shock…

Menos mal que Claudio se encontraba eufórico y él mismo se encargó de presentarle a los monitores y al resto de los muchachos, porque admito que mi actitud dejó mucho que desear. Entramos en el taller de carpintería y los acompañé e hice lo que pude por mantenerme firme y comedida. Observé con deleite cómo Ramón se paraba a comentar con uno de los chicos el trabajo de restauración que este estaba realizando con un viejo mueble.

Temí que ese sueño no fuera real. Sentía unas sensaciones extrañas en la boca de mi estómago. Extrañas, titánicas…

Solo existía una persona que había arrastrado a Ramón hasta allí. Solo una.

Él. Siempre él…

¿Quién si no?

Cuando Ramón anunció a las dos de la tarde que tenía que marcharse, me ofrecí a acompañarle a la salida.

—Muchas gracias, Ramón —le dije por enésima vez mientras él sacaba las llaves de su furgoneta y abría la puerta.

—Deja de darme las gracias, Sara. Tengo una empresa y necesito trabajadores. No voy a regalarles nada. Tendrán que trabajar para ganarlo.

Asentí, consciente de que eso era justo lo que ellos necesitaban. Aquello no impediría que siguiéramos trabajando en que el gobierno financiara las casas de acogida, pero al menos era una solución temporal e inmediata.

—Además —continuó—, no es a mí a quien tienes que agradecerle nada. No fue idea mía —dijo mirándome a los ojos con profundidad.

—Lo sé —respondí con timidez.

Me metí las manos en los bolsillos y me balanceé sobre mis talones con la vista clavada en el suelo.

—Es un buen chico, Sara. Te quiere. Conozco a mi sobrino. —Tragué saliva—. Jamás le había visto así. Me lo ha contado todo. Lo de tu madre y esa investigación…

Volví a mirarle y apreté los labios para contener la emoción.

—Yo también le quiero —confesé.

Él exhaló una sonrisa tierna.

—¿Entonces?

Supuse que esa pregunta llevaba implícita la afirmación que yo ya conocía de sobra, la que me había reprochado Irene gritándome al otro lado del teléfono esa misma mañana: ¿Por qué estábamos perdiendo el tiempo, separados, cuando ambos queríamos estar juntos?

—Hablaré con él. Le llamaré —dije sorprendiéndome a mí misma. Convencida de que no había otra cosa en el mundo que deseara con más fuerza que verle.

—Está en El Palmar. Lleva allí desde anoche. ¿Por qué no vienes conmigo y almuerzas con nosotros? Creo que le gustará verte aparecer.

Su invitación me dejó conmocionada.

—Pero…¿ahora? —tartamudeé aturdida, señalando su coche, mirando mi ropa, analizando mi aspecto con aquellos chinos beige, mi cuerpo plisado sin mangas, color coral, y mis bailarinas burdeos. Insegura…, muerta de miedo y al mismo tiempo exultante ante la idea de encontrarme con él de nuevo.

Él contempló la hora en el reloj de su muñeca y a continuación comentó:

—Bueno, si aún no has terminado de trabajar puedo esperarte.

—No…, no es eso.

Respiré profundamente adecentándome el pelo y le dije que me esperara un momento. Volví al interior corriendo. Busqué a Claudio y le comenté que Ramón quería invitarme a almorzar. Obviamente mi jefe estaba tan contento que no puso objeciones porque me marchara un poco antes. Tan solo me abrazó otra vez y luego, antes de que saliera del Centro, me dio un apretón en el hombro y murmuró:

—Lo hemos conseguido, Sara.

Cuando la furgoneta de Ramón se puso en marcha, él me miró satisfecho y yo le devolví la sonrisa.

La carretera se desplegó ante nosotros y abrí la ventanilla para que el aire me acariciara la cara. Aquella brisa de verano, cálida, suave, ahora me resultaba prometedora, ahora sentía que esa era la señal, la advertencia de que las cosas serían distintas.

Ramón hablaba y yo le escuchaba con el codo apoyado en la puerta, ladeando la cabeza para poder contemplar su perfil. Recuerdo que en la radio sonaba una canción de Julio Iglesias, aquella titulada *Momentos*. Más tarde supe que no era la radio, sino el cedé completo y que Ramón era un fan incondicional de ese cantante.

Le pregunté desde cuándo vivían en aquella casa. Él me contó que el terreno lo había heredado de sus padres y que entre Victoria y él lo habían convertido en lo que era. También me contó que con la ayuda de Alejandro, el padre de Miguel, habían construido la casa principal cuando esa zona aún era completamente virgen. Por el modo en el que pronunció su nombre y en cómo había variado su expresión al mencionarlo deduje que la muerte de su cuñado había sido un duro golpe para ellos.

Yo le oía y de vez en cuando desviaba mi atención hacia el azul brillante del cielo. Luego observaba el interior de aquel coche, en la parte trasera herramientas y algunos trozos de madera cuyo aroma se entremezclaba con el del cuero viejo de los asientos. Sabía que hasta el último detalle de ese día se quedaría grabado para siempre en mi memoria. Todo lo que me había dicho Ramón. En ese corto trayecto supe que él y Alejandro habían sido amigos desde la infancia y que conocieron al mismo tiempo a Victoria y a Carmen. Así era como se llamaba la madre de Miguel. Dos amigos enamorados de dos hermanas. Dos parejas que habían compartido momentos inolvidables… Él trató de omitir los fragmentos más dolorosos, pero era imposible obviar el sufrimiento que habían padecido.

Ahora entendía que Miguel fuera para ellos tan importante. Que sintieran hacia él ese cariño desmedido y franco.

Cuando la furgoneta se detuvo delante de aquella empedrada fachada, mi corazón amenazó con salirse de mi pecho. El mar a lo lejos, sereno e imperturbable, parecía expectante.

Ramón quitó la llave del contacto y me miró:

—¿Estás preparada? —me preguntó con una expresión de júbilo en sus ojos.

Asentí nerviosa. Jamás en mi vida lo había estado tanto.

Y de pronto supe que el mundo podría ser diferente para mí. Que tenía la oportunidad de convertirlo en una aspiración sin tener la necesidad de renunciar a aquellas personas que le daban sentido.

De pronto, mi vida cobraba ilusión.

***

Irene

Víctor vuelve hoy.

De acuerdo, deja ya de pensar en ello, Irene.

Víctor vuelve hoy.

Sabía que de un momento a otro lo vería entrar por la puerta. Sabía que de un momento a otro me quedaría sin respiración. Mis órganos, mis sentidos y todo lo que me componía reaccionaría de ese modo inverosímil e ilógico en que lo hacía cuando él aparecía.

Solo que ese día, cada vez que oía la puerta, yo alzaba la vista y cuando veía que no era él quien atravesaba el umbral, me entraban ganas de gritar y meterme el bolígrafo en el ojo.

Menos mal que no me dio por hacerlo.

Así pasé casi toda la mañana hasta que a eso de las doce y media estaba anotando en el ordenador la próxima cita de un paciente que mi compañero Carlos había tratado de una lesión en la rodilla, cuando sentí la puerta cerrarse y su presencia inundando el aire. Apenas le había mirado aún y ya sabía que estaba allí.

Mis dedos comenzaron a temblar sobre el teclado. No quería apartar la vista del monitor, pero cuando inevitablemente lo hice, avisté que avanzaba hacia mí. Se colocó junto al chico que esperaba al otro lado del mostrador de recepción, mientras yo intentaba concentrarme en lo que hacía.

—Hola, Irene.

—Víctor, bienvenido —dije, haciendo un milagro por ocultar mi conmoción.

Él apoyó un codo sobre la mesa. Continué tecleando sobre el teclado, hasta que finalmente apunté la cita de aquel joven en una tarjeta y se la extendí.

Cuando el chico salió por la puerta bailé mis ojos hasta él y estuve a punto de caerme de la silla. Esta vez llevaba un polo de manga corta azul marino, *Lacoste,* y su barba volvía a estar como siempre, sexi... deseable... En su muñeca un reloj de esos caros que él usaba, con la correa de piel y la esfera masculina, a juego con su imponente personalidad. A decir verdad, se le veía cansado, supuse que era del viaje, pero incluso con aquel amago de ojeras, estaba para comérselo.

—¿Todo bien? —preguntó escrutándome con una leve sonrisa.

—Sí, muy bien, ¿qué tal el vuelo de vuelta? —inquirí por decir algo. Estaba tan nerviosa que me costaba controlar mi respiración. Nuestra última conversación había sido a través de mensajes y yo le había confesado, bajo los efectos del alcohol, mis deseos de besarle. *Bien por ti, Irene.*

—Largo y aburrido —dijo él humedeciéndose los labios y, para más tortura, tocándose el pelo.

Aparté la mirada. Me costaba sostenérsela. Era muy difícil para mí fingir indiferencia ante lo que ese hombre me provocaba.

—Tienes el pelo más largo, ¿no? —comentó con su mirada felina.

—Si tú lo dices... —respondí, peinándome con los dedos los mechones de la nuca.

Sonrió. Sí, pero esta vez utilizó su sonrisa canalla.

Me estremecí y sin darme cuenta me cargué el capuchón del bolígrafo. Él miró mis manos y luego otra vez a mí.

Dios... mío...

En ese instante, Carlos apareció tras él y le dio un apretón en el hombro.

—Hombre, Víctor, por fin estás aquí —exclamó saludándole.

Aproveché para soltar el aire que tenía atragantado en algún lugar de mis pulmones, y mientras tanto ellos conversaron delante de mí sobre el viaje.

Ambos se alejaron de mi mesa en dirección al despacho de Víctor, pero cuando creí que por fin podría suspirar tranquila él se giró y mirándome a los ojos comentó:

—Irene, luego hablamos.

El tono que había utilizado me paralizó la circulación.

Cuando lo perdí de vista, e intenté continuar con lo que estaba haciendo, admito que no fue nada fácil concentrarme.

Sobre las dos menos cuarto de la tarde Carlos se marchó y yo comencé a recoger mis cosas. A las dos en punto acababa mi turno y él aún seguía en su despacho. Me llamó por teléfono y me pidió que le imprimiera unos contratos y que se los llevara. El simple hecho de estar con él a solas en la Clínica me aterrorizó. Agarré la grapadora y mientras iba ordenando aquellos folios y grapando las hojas, me apresuré al final del pasillo.

La puerta estaba encajada y la abrí sin llamar.

Él estaba sentado tras la mesa, concentrado en aquello que tenía ante la pantalla. Se acariciaba la barba con el pulgar.

—Aquí tienes —dije ofreciéndole los folios.

Yo ya me había quitado la bata blanca que usaba de uniforme, así que él no mostró remordimiento en repasarme de la cabeza a los pies. Mi indumentaria, ese día, consistía en una sencilla camiseta blanca de manga corta con unos labios rojos de lentejuelas estampados en el centro del pecho y mis vaqueros favoritos, los ajustados con el roto en la rodilla. De calzado, mis converses negras. ¿Qué si no?

—Gracias —respondió sin apartar sus ojos de los míos.

Me giré sujetando la grapadora con las dos manos.

—Bien, si no necesitas nada más me marcho, Víctor —relaté, apresurándome hacia la puerta.

—En realidad, quería hacerte una pregunta.

Cerré los ojos antes de volver a girarme y tomé aire para enfrentarme a él.

—Dime.

Él se puso en pie y se acercó hasta quedar a solo dos pasos de mí. Metió las manos en los bolsillos de sus pantalones y ladeó la cabeza para contemplarme. A esa distancia examiné con detenimiento el color castaño e intenso de sus ojos, rodeado por sus largas pestañas. ¡Dios mío!, era tan guapo que me pregunté si no le dolían las facciones.

—¿Qué tal la resaca del otro día? —preguntó con su sonrisita cargante.

Yo enderecé los hombros. Ahí estaba la versión más original y genuina de Víctor. Dispuesto a hacerme sentir incómoda y ridícula. Pero no. Yo no iba a consentirlo.

Chasqué la lengua.

—Jodida, como todas las resacas. Sobre todo en esas en las que te levantas arrepintiéndote de las tonterías que has hecho, dicho o escrito borracha.

Él alzó una ceja sin dejar de sonreír.

—¿Muy arrepentida?

—Sí. Mucho —mascullé jugueteando con la grapadora.

—Vale… —miró al suelo y sacó una de las manos del bolsillo para tocarse el pelo. Lo removió dejándolo despeinado y tremendamente apetecible. Luego, su mirada regresó a la mía y avanzó un paso obligándome a alzar la cabeza—. Es decir, que eso de que a veces no sabes si abofetearme o besarme era solo una tontería.

Joder, joder…

Mi estómago se contrajo y no caí en la cuenta de que tenía metido el dedo en la parte peligrosa de la grapadora, con tan mala suerte que los nervios me traicionaron y… sí. Me grapé el índice. Así tal cual. Una de esas cositas puntiagudas y metálicas se me clavó en la piel y claro, ya podéis imaginar mi expresión cuando fui consciente de ello.

Al principio intenté morderme la lengua para compensar el dolor, intenso, punzante en la yema del dedo, pero cuando la agonía ascendió por mi brazo, grité, tiré ese maldito aparato al suelo y agarrándome la muñeca me doblé por la mitad.

—Pero…¿qué has hecho? —lo oí decir mientras yo me desgañitaba la garganta maldiciendo.

Salí corriendo hacia el baño y él me siguió.

Metí el dedo bajo el grifo con la intención de aliviar el dolor. Pero reconozco que por un momento no tuve consuelo. Quería llorar y abrazarme en una esquina.

—Déjame ver, anda —dijo sujetando mi muñeca.

Me mordí el labio mientras él observaba mi autoflagelación. Creí avistar en su rostro un amago de sonrisa, pero antes de que dijera alguna estupidez más, protesté fuera de mis casillas:

—Si te ríes ahora atente a las consecuencias.

Obviamente yo no estaba en condiciones de amenazar. Y él me ignoró.

—Siéntate ahí —me ordenó, girándose en ese reducido espacio para alcanzar el botiquín. Bajé la tapadera del retrete y me senté. Mirarle el culo fue lo único que me distrajo momentáneamente.

Él sacó unas pinzas metálicas y agarró un taburete blanco que había junto al lavabo para sentarse frente a mí.

—Dame la mano —dijo cuando vio cómo yo la retiraba y me la pegaba al pecho.

—Me va a doler —murmuré asustada.

Él soltó una carcajada.

—Si quieres te dejas la grapa y ya de paso puedes decorar el resto de los dedos con clips.

—Ja ja, qué gracioso es mi jefe.

—Dame la mano —resopló.

Al final lo hice.

Estaba sentado delante de mí sobre ese diminuto taburete, con las piernas abiertas y aquel polo azul que le quedaba de vicio. Por un momento, deseé haberme grapado los diez dedos solo para tenerle un buen rato así, contemplando su pelo, sus manos, sus brazos, el vello de su barba a esa distancia. El tono de sus labios que aún ocultaban aquella sonrisita socarrona.

Ni siquiera fui consciente de que él ya había apartado ese cuerpo metálico de mi piel hasta que lo vi mostrándomelo.

—¿Quieres guárdala de recuerdo? —inquirió con guasa.

Aparté la mano, cabreada, y me fijé en que tenía sangre en la yema.

Sentí escozor y me quejé.

Él me agarró de nuevo la muñeca y retiró la sangre con una gasa pequeña. Luego se llevó el dedo a la boca y lo chupó.

¡¡Lo chupó!!

¡¡Mi dedo!!

Juro que mi corazón dejó de bombear durante unos segundos. Cuando recuperó la actividad lo hizo de un modo descompasado y acelerado. La corriente eléctrica que ascendió por mis piernas fue fulminante. Mis hormonas gritaban y se removían bajo mi piel. Mi clítoris, mis pezones y todos mis órganos reaccionaron al contacto de su lengua de una forma portentosa.

Sus ojos impactaron en los míos mientras continuaba con ese gesto y yo fui incapaz de reaccionar.

Tragué saliva con dificultad.

Lo sacó de su boca y examinó la pequeña herida. Volvió a mirarme.

—Eso… ha sido muy… inapropiado —dije cohibida.

Él me ignoró y me dio un beso en la palma de la mano. ¡Un beso! ¿Se suponía que ese era nuestro primer beso? Porque lo era, ¿no? Si el gesto de chuparme el dedo me había pillado por sorpresa, lo otro me dejó noqueada.

—Solo estoy curándote. Podrías darme las gracias al menos —murmuró con su rostro a unos centímetros del mío.

A través del hilo musical sonaba la música de la radio, suave, lejana…Y aquella versión acústica titulada *Firestone* de Kygo, junto con mi incontrolada respiración, fue lo único que mis oídos eran capaz de oír. Las notas recaían sobre mí, espesas, transformando el aire en una densa turbación. Supe que jamás me olvidaría de la expresión de sus ojos en ese instante, desnudándome, abrasándome…

Mis pulmones estaban a punto de pasar a una vida mejor.

—Has chupado mi sangre. No sabes si…tengo alguna enfermedad contigiosa —carraspeé.

Él aún sujetaba mi mano entre las suyas.

—Espero que esa enfermedad no me haga ponerme camisetas de naranjito o hacerme esos cortes de pelo —dijo, haciendo un gesto con la cabeza hacia mi cabello.

—Eres un idiota —protesté.

—Ya, pero te gusto.

Me deshice de su agarre y lo fulminé con la mirada.

—Este juego puede salirnos muy caro a los dos —le advertí.

Ambos lo sabíamos. Su seriedad me delató que él también pensaba lo mismo.

Hice el intento de ponerme en pie para alejarme de él, pero, sin saber exactamente cómo, acabé con la espalda en una de las paredes de ese diminuto baño y con él devorándome la boca, comiéndose mis labios, saboreándome la lengua, los dientes y creo que incluso bebiéndose mis ansias de separarme de él. Mi cuerpo reaccionó justo como yo sabía que haría ante un momento como ese: contradiciendo a mi sentido común.

Dios mío, ¡cómo besaba! Víctor, el gilipollas. Víctor, mi jefe. Aquel adonis arrogante, estúpido y desdeñoso que estaba más bueno que un bocadillo de *Nocilla* me tenía acorralada, inmovilizada sobre los blancos azulejos de ese aseo y yo, extasiada, respondí a su invasión enterrando mis dedos en su pelo. Y aunque era completamente consciente de que ese beso acarrearía unos daños monumentales en mi puesto de trabajo, no fui capaz de alejarme de él. No quería. Era imposible. Estaba poseída por la lujuria del momento. Hipnotizada por su olor, su sabor… Sus manos se metieron por debajo de mi camiseta, rodearon mi cintura y recorrieron mi espalda. El tacto de sus yemas en mi piel fue cósmico. Él estaba por todas partes, inundándome con su masculinidad, desbordándome…

Quería comerle, morderle, apretarme aún más contra su cuerpo. Sentirle y lamerle de la cabeza a los pies. Sabía que si abría los ojos, la realidad me estallaría en la cara como un enorme globo de agua. Así que hice lo propio y continúe besándole. Degustándole. Mordisqueé su labio inferior y le oí gemir. Y hubiera seguido allí de por vida, anclada a él, si nadie nos hubiera interrumpido. De hecho, ahora que lo pienso, creo que ese día habríamos acabado follando como dos locos inconscientes de no ser porque su padre entró de repente y nos pilló dándonos el lote, desesperados.

—¡Víctor! —oí que decía una voz grave tras nosotros.

El sobresalto fue atroz.

Lo empujé y él se giró inmediatamente para enfrentarse al gesto acusatorio de su progenitor.

El hombre no dijo nada. Solo lo traspasó con la mirada.

Yo agaché la cabeza adecentándome el pelo y la camiseta. Sentí una vergüenza tremenda.

¡Maldita sea!, grazné para mí.

Cuando su padre se dio media vuelta y se perdió en el pasillo, avisté cómo él, de espaldas a mí, se llevaba una mano al pelo. Tardó unos segundos en mirarme. Ninguno de los dos habló. Por aquel entonces lo único que quería hacer era largarme de allí. No hacía falta utilizar las palabras para adivinar que se había arrepentido de besarme.

Un horrible presentimiento me impactó en la boca del estómago. La expresión de su padre había sido demasiado severa…

—Irene… —susurró con un tono de lamento cuando fui a salir.

No quise escucharle. Alcé la mano.

—Víctor, será mejor que olvidemos esto.

Él se humedeció los labios con el cejo visiblemente fruncido, luego asintió.

Me dirigí a mi mesa y me colgué mi bolso al hombro, sin mirar atrás. Tenía que marcharme. Alejarme de él.

Atisbé de soslayo que él volvía a su despacho. Oí voces. Parecían discutir. Agudicé el oído.

—¿Qué coño crees que estás haciendo? —Sin duda esa pregunta salió de la boca de su padre—. ¿Es que te has vuelto loco?

Él simplemente respondió:

—Cállate, joder.

Y entonces la frase llegó a mis oídos con nitidez.

—Espero que no te hayas olvidado de que Bárbara regresará a España la semana que viene.

Cerré los ojos con fuerza, encaminándome hacia la puerta.

Lo sabía. Tiene novia. Maldito hijo de puta, murmuré para mí.

39

QUÉDATE

E n psicología estudié que los recuerdos son la restauración del pasado a partir del material que el ser humano almacena en su mente. Aquella definición, en su día, me resultó cinemática y funcional. Sin embargo, con el paso del tiempo entendí que es exactamente así como archivamos nuestros recuerdos. Si hubiera tenido que desglosar ese día en la base de lo que viví y sentí, sin duda habría resaltado una multitud de detalles. Detalles que construyeron el recuerdo más hermoso de mi vida.

Pero a veces, solo hace falta una cosa para transportar a tu cabeza un millón de sensaciones. Solo una para atraer hacia ti las emociones de un instante. La percepción de un color o la intensidad de un olor… Yo sabía que para mí, contemplar la espesura y el frescor verde de aquel precioso paraje e incluso inhalar el acerado aire salino que allí se mezclaba, siempre me transportaría a ese día… inolvidable.

Ramón me condujo por el interior de aquella propiedad. Atravesamos la zona de la piscina y se entretuvo explicándome la remodelación que quería hacerle a la parcela. A medida que nos dirigíamos hacia el restaurante, yo me sentía más nerviosa y exaltada. Él me hablaba y ya apenas era capaz de seguirle el hilo a su conversación. Miraba a un lado y a otro admirando la frondosa vegetación que decoraba el paisaje y temiendo que llegara el momento en el que tendría que enfrentarme de nuevo a sus ojos.

Eran casi las tres de la tarde y mi estómago rugía con furia. Los nervios y el hambre se agitaron dentro de mí. Me sudaban las manos y estaba loca por beber un poco de agua.

Cuando divisé el chozo alzándose ante nosotros, estuve a punto de darme la vuelta y marcharme. Y no porque no quisiera verle, sino todo lo contrario. Temí que mi comportamiento fuera ridículo, que me quedara sin palabras, que no fuera capaz de reaccionar ante su presencia.

Continué acercándome al lugar en cuestión. Ramón iba un paso por delante de mí. Divisé aquellas mesas de madera maciza y los camareros moviéndose de un lado a otro con bandejas llenas de bebidas y comida. Había bastante actividad. La familiaridad del lugar me hizo sentirme acogida. Me fijé en una familia que estaba sentada en una de las mesas más cercanas al mar. Una niña pequeña, de unos cinco o seis años quizá, con el pelo rubio y dos coletas muy graciosas, se empeñaba en dar de comer a su padre. La madre sonreía mirando a ambos con adoración. Cuando desvié la vista de esa escena me di cuenta que estaba a unos metros de la barra y que Ramón se había adelantado lo suficiente para llegar hasta su mujer, a la cual pude ver en el interior de la cocina bastante ocupada. Y luego…luego simplemente lo vi.

Estaba de espaldas a mí, con sus codos apoyados sobre la superficie rústica y hecha de troncos, que conformaba la barra. Llevaba un polo gris con el número 8 estampado en la espalda y unos vaqueros claros le caían bajo las caderas. De calzado, sus deportivas limpias y blancas. Lo escaneé de la cabeza a los pies mientras él aún no se había percatado de que yo estaba allí. Me lo comí con los ojos… Estudié sus brazos fuertes, firmes, sus anchos hombros. Su trasero prieto y aquellas piernas largas y masculinas. Nunca dejaría de impresionarme su cuerpo alto y atlético. Sentí unas ganas tremendas de correr hacia él y rodearle la cintura. De abrazarle y besarle. Pero entonces me di cuenta que estaba charlando con una de las camareras. Una chica joven y preciosa, de piel dorada y cabellos castaños. Ella rio ante uno de sus comentarios echando la cabeza hacia atrás y una punzada de celos me sacudió por completo.

Me quedé paralizada sin saber si seguir avanzando o echar a correr de una vez por todas. Fue Ramón quien tomó la iniciativa.

—Nene, mira quien ha venido a visitarnos.

Él se giró inmediatamente y en cuanto sus ojos impactaron con los míos sentí como si todo lo que me rodeara dejara de importar. De repente, una multitud de fotogramas me inundó la mente y su sonrisa, la primera vez que nos vimos, me llenó los sentidos…

Recordé el brillo en su mirada cuando me arrodillé ante su puerta como una gilipollas rogándole que me llevara al examen…

Recordé sus dientes blancos bajo aquellos labios gruesos y su risa erizando mi piel…

Recordé el ascensor y su cuerpo acorralándome. Me vi sentada en su coche mientras él me enseñaba a conducir…

Todo se entremezcló dentro de mi cabeza. Bob Esponja. El huevo volador. La cucaracha. La grúa. Susana. Su hermano. Marian. Él en mi cocina. Su furgoneta. El mar. El olor a pintura en mi salón. Aquel grupo cantando en el restaurante de Tarifa. Sus manos recorriendo mi espalda. El aroma de su pecho desnudo. Su voz en mi oído. Aquellas fotos…La nota. Mi traje de novia. La luna. El Centro. Y otra vez él. Siempre él… Allí, delante de mí. La pieza final de mi puzle.

Di un par de pasos para acercarme mientras lo observaba. Pensé que sonreiría, que tal vez correría hacia mí y me estrecharía entre sus brazos. Pero no hizo nada de eso. Solo me contempló con profundidad. Con sus codos sobre la barra. Su pelo estaba igual que siempre, brillante, castaño, perfecto, y su barba oscura poblaba aún más su anguloso rostro.

Cuando logré llegar hasta él, sin que mis piernas me fallaran, articulé con voz temblorosa:

—Hola.

—Hola —respondió él con los ojos entrecerrados y mirándome con descaro.

Me quedé quieta unos segundos esperando que reaccionara, pero él continuó con aquella expresión insondable.

Desde luego no era ese el recibimiento que esperaba por su parte…

Suspiré y me armé de paciencia.

Me humedecí los labios y metí las manos en los bolsillos traseros de mis chinos.

—Tu tío…me ha invitado a almorzar con vosotros.

—Pues espero que traigas hambre, ya sabes cómo se las gastan por aquí —bromeó moviéndose y colocándose de lado.

Sonreí, coaccionada, mirando hacia dentro de la cocina. Su tía salió enseguida a saludarme. Se limpió las manos en su delantal de frutas antes de darme un abrazo.

—Sara, estás guapísima. Aunque bastante más delgada que la última vez que estuviste aquí —apuntó ella, sujetándome los brazos y analizando mi aspecto.

No fui la única que se sintió incómoda ante ese comentario. De soslayo, avisté cómo él cambiaba el peso de su cuerpo de una pierna a otra.

—Supongo que hoy me iré de aquí con un par de kilitos.

—No te quepa duda. Venga, sentaos. Raquel —dijo Victoria llamando a esa camarera guapísima que había estado charlando con él—, pon un par de manteles en esa mesa para mi sobrino y su novia.

A la chica se le cambió el gesto y tanto él como yo nos miramos.

Ninguno de los dos dijo nada, pero la tensión se podía cortar con un cuchillo.

Nos sentamos uno frente al otro. Desde mi posición podía divisar el mar. Sosegado y de un color tan azul que casi se podía confundir con el cielo. Por un momento, la situación me resultó forzada. No dejaba de preguntarme si habría hecho bien yendo hasta allí. Él parecía realmente incómodo y yo empecé a montarme mi película. Una que se basaba en esa chica y él follando como locos en la playa.

Sacudí la cabeza interiormente.

Jugueteé con mis dedos por debajo de la mesa y esperé que fuera él quien hablara primero, pero su actitud hostil me decía que no lo haría.

—¿Hoy no trabajas? —le pregunté para romper el hielo.

—No. Estoy libre hasta mañana.

Asentí.

Silencio.

Más silencio.

—Sara, ¿qué te apetece beber? —vociferó su tía desde la barra.

—Agua, gracias.

Él seguía sin colaborar.

—Tu tío ha estado en el Centro —dije esforzándome—. Nos ha contado el proyecto que quiere hacer aquí y su propuesta de contratar a los chicos.

—Me arrimé más a la mesa y busqué su mirada—. Es…extraordinario.

Él se frotó las manos y luego cruzó los dedos.

—Sí. Cuando esté acabado este sitio será precioso.

—Ya sabes a qué me refiero —musité ladeando la cabeza—. Sé que fuiste tú quien le habló de esos jóvenes.

La camarera se acercó y dejó nuestras bebidas. Él le sonrió con amabilidad.

—Sí…, bueno…, yo solo se lo expuse y a él le pareció interesante —dijo quitándole importancia. Evitándome.

—Miguel —murmuré, atrayendo completamente su atención. Sabía que oírme pronunciar su nombre de ese modo le excitaría muchísimo. Me miró—, gracias —susurré.

Él me sostuvo la mirada y empecé a ver que la expresión de su rostro se suavizaba. Quizá estaba molesto porque no respondí a su mensaje y por eso ahora actuaba de ese modo. No podía ser otra cosa.

—De nada.

A continuación, Ramón vino a calmar la tirantez que había entre ambos.

Se sentó junto a él y durante un rato estuvimos hablando de la reforma.

En realidad, él no colaboró demasiado. Fue más bien su tío quien mantuvo el hilo de la conversación.

Victoria atendía la cocina y de vez en cuando venía a nuestra mesa, ponía su mano en mi hombro y me preguntaba por el trabajo. Le gustaba oírme hablar sobre los muchachos y la labor que hacíamos con ellos.

Había música de fondo. Una música ambiental que provenía de un pequeño equipo situado tras la barra. La canción que sonaba en ese instante era *The one* de Kodeline.

Mi mirada se encontró con la suya y, aunque intentaba concentrarme y parecer simpática con sus tíos, yo solo quería estar con él. Preguntarle qué demonios le ocurría.

Comimos sin decirnos nada el uno al otro. Aquella chica fue la que se encargó de traernos la deliciosa carne que Victoria preparó con esmero, junto con una ensalada mediterránea. Los celos seguían sobrevolándome a pesar de que me esforzaba por alejarlos.

Si no hubiese sido por Ramón, no creo que hubiera aguantado tanto tiempo allí sentada frente a él.

Luego, cuando ya pensaba que mi estómago estaba demasiado lleno, Victoria apareció con una tarta de queso a la que obviamente no pude resistirme. De todas formas ella no me habría dejado moverme de la mesa hasta probarla.

—¿Se puede saber por qué estás tan callado? —lo reprendió su tía una de las veces. Era muy difícil pasar por alto que le pasaba algo.

Él se encogió de hombros.

—No tengo muchas ganas de hablar —dijo llevándose la cuchara con un trozo de tarta a la boca.

—¿Ah, no? Pues Sara ha venido hasta aquí, y supongo que encontrarse con tu cara de limón no estará siendo muy agradable.

—No creo que Sara haya venido aquí hoy para verme la cara a mí —masculló él, soltando la cuchara en su plato.

Su comentario me dejó completamente desconcertada. ¿Por qué si no iba a estar allí?

Sus tíos se miraron entre ellos mientras yo le lanzaba dardos con los ojos. Lo que estaba insinuando era humillante.

Ramón le hizo un gesto con la cabeza a su mujer y se alejaron de nuestra mesa con la excusa de que tenían trabajo. Recogieron los platos y yo me ofrecí a ayudarles, pero Victoria me lo impidió obligándome a sentarme.

Cuando volví a quedarme a solas con él, respiré profundamente antes de hablar.

—¿A qué demonios ha venido eso?

Él suspiró y se cruzó de brazos. Mi atención se fue directa a sus bíceps.

Me moría por volver a tocarle…

—Bueno, no quiero que te sientas obligada a agradecerme nada. Si has venido hoy aquí porque te sentías en deuda conmigo…

Alcé la mano para que no acabara la frase.

Exhalé una amarga sonrisa y negué con la cabeza. Luego me levanté de mi asiento y decidí dar un paseo por los alrededores antes de continuar con aquella conversación. Tenía que respirar aire fresco.

—Sara— le oí decir.

Me giré.

—No quiero hablar contigo aquí.

Él miró al suelo y luego se puso en pie para seguirme.

Caminamos en silencio hacia la parte de atrás del chozo, donde se extendía la enorme parcela de la que me había hablado Ramón. Estaba repleta de pinos y la sombra de estos nos concedió la tregua de soportar el sofocante calor de la sobremesa. Observé a los pajaritos posarse sobre las ramas de los árboles y echarnos un ojo. Atrás dejamos el ruido de los platos y los vasos castañeando, el sonido manso de las olas y las lejanas notas musicales que vagaban por el aire.

Cuando me aseguré de que estábamos lo suficientemente alejados del restaurante y de que nadie pudiera oírnos me detuve y lo enfrenté.

—¿Qué significa eso de que me siento en deuda contigo?

Él me apartó la mirada. Estaba enfadado. Mucho.

Volvió a cruzarse de brazos.

—Ya lo sabes.

—No. No lo sé. Y espero por tu bien que no te atrevas a ofenderme con alguna insinuación ofensiva. He tratado de tener paciencia contigo durante todo el almuerzo. De comportarme delante de tus tíos. —Me moví de un lado a otro nerviosa—. Estoy haciendo un esfuerzo sobrehumano por olvidar el lance de que me has mentido y aceptar que te acercaste a mí para sonsacarme información. Pero ni se te ocurra volver a insinuar que estoy aquí por la propuesta que nos ha hecho tu tío.

Su gesto iracundo me traspasó.

—Entonces, ¿por qué has venido? Dímelo.

Se inclinó tanto hacia mí que de repente me encontré analizando el color verde y brillante de sus ojos. La emoción me envolvió.

—Porque te echo de menos, imbécil.

Él apretó la mandíbula dando un paso más, con su frente casi rozando la mía.

—No respondiste a mi mensaje. No dijiste nada —replicó.

Un profundo alivio se reflejó en su rostro.

—¡Dios, estaba sobrepasada! Aún lo estoy. Creo que tengo derecho a quedarme sin palabras, ¡joder! Aún estoy muy cabreada contigo. Estoy asustada. —Me froté la frente.

Él enlazó sus dedos en torno a mi muñeca. El contacto de su piel con la mía me encendió. Su mirada me quemaba.

—¿Has venido por mí? —inquirió sin soltarme.

—Sí —respondí sin más.

—Dijiste que necesitabas tiempo. —Tiró de mi brazo agarrándome por la cintura—. Cuando te envié ese mensaje y no respondiste… pensé que no querías saber nada más de mí.

—Me equivoqué…Yo también te necesito a ti. Tenía miedo —confesé.

Y sí, era cierto. Miedo a que lo nuestro no funcionara. Miedo a precipitarme demasiado. Miedo a seguir sufriendo.

—Mi amor por ti no te hará daño —aseguró con la voz ronca y cargada de promesas, como si acabara de leerme la mente.

Sus labios estaban tan cerca de los míos que ya podía sentir su aliento sobre ellos.

—Eso no lo sabes —jadeé, preparándome para recibirle.

—Puedo demostrártelo —exhaló, acercándome más a él para fundirse en mi boca.

Mis manos se perdieron en su pelo y nos besamos. Sí, nos besamos como si no lo hubiéramos hecho en años. Nos besamos abrazándonos, apretándonos. Tanto que sentí que por fin había encontrado mi sitio en ese universo de decepciones. Lamí y mordisqueé sus labios, acaricié su nuca y me entretuve unos segundos en alejar mi rostro del suyo para mirarle y asegurarme de que eso, de verdad, estaba ocurriendo. Que por fin aceptaba que mi destino era estar ligada a él.

Él pasó su pulgar por mi barbilla y luego la pinzó para continuar con un beso tierno, cargado de veneración.

—Eres preciosa —dijo arrancándome una sonrisa deslumbrante.

Provocando que esa reciente felicidad me dominara.

—Gracias. Por todo —recalqué.

—No hay de qué.

Jugueteé con su barba y luego, subiendo mis ojos hasta los suyos, lo contemplé. No quería nada más, solo degustar ese instante.

—Haría cualquier cosa por ti —declaró.

¡Dios…!

Mi corazón saltó y me golpeó el pecho. Asentí lentamente y lo besé.

—Me gusta así —murmuré refiriéndome a su barba.

—Mí tía dice que me hace mayor —respondió él, pasándose los dedos por el mentón.

—Quizá es porque teme que te hagas un hombre.

Rio y rozó su nariz con la mía. Su risa…, Dios, cuánto la añoraba…

—Ella ya sabe que soy un hombre —replicó, sobándome el culo.

—Bueno, eso también tendrás que demostrármelo.

Avisté como su mirada se oscurecía y se teñía de sexualidad.

—Nena…, no me provoques. Tengo las llaves de todas esas casas —dijo con un movimiento de cabeza, señalando la zona donde estaban los bungalós.

Me ruboricé, sonreí y volví a besarlo.

Pero a medida que le sentía más cerca de mí, mis ganas de tenerle dentro aumentaban. Nos devoramos los labios, saboreándonos. Mi espalda quedó pegada a uno de aquellos árboles y él regó de besos mi mandíbula y mi cuello. La lujuria fue creciendo por segundos y mi pulso latía a una velocidad de vértigo.

—Dios, Sara, no puedo aguantar más. Quiero follarte, nena. Quiero desnudarte y lamerte entera.

Sus palabras me excitaron tanto que sentí cómo me ardían las mejillas.

—No podemos hacerlo. Tus tíos están…

—Mis tíos están trabajando —gruñó comiéndome los labios—. Iremos a mi habitación en la casa principal. Ven conmigo —dijo, tirando de mi mano.

En otras circunstancias, me habría resistido a su proposición, pero no en esa. Yo solo quería estar con él en un sitio donde nadie pudiera vernos.

Quería entregarme a él y sentir cómo se fundía en mí. Así que me dejé llevar y atravesamos juntos la zona de la piscina por aquel estrecho camino de piedras, dejando atrás los pinos y algunos setos verdes y altos.

A esa hora, un hombre bajito vestido con un mono de jardinero y un enorme sombrero de paja, recogía las hojas que había en los alrededores de las hamacas. Saludó a Miguel cuando pasamos por su lado. Me fijé en una pareja que posiblemente estaban alojados en uno de los bungalós y que en ese instante tomaban café bajo la sombrilla del porche. El sol titilaba sobre las hojas y aquel paisaje me resultó tan verde, cuidado y hermoso que pensé que ojalá el mundo entero fuera igual.

Nos entretuvimos en besarnos más de la cuenta antes de llegar a la casa grande. Ocultándonos y riéndonos como dos adolescentes. Cuando llegamos él me dedicó una sexi sonrisa y mis piernas temblaron de expectación. Había estado en esa casa antes, pero nunca en su habitación.

Sabía que sus tíos aún la conservaban igual que cuando él vivía allí de niño. Me cedió el paso una vez abrió con su llave y en cuanto cerró me agarró de la nuca y me besó con desesperación. Le respondí con la misma pasión y hechos una maraña de besos, saliva, lenguas y abrazos subimos hasta su dormitorio en la planta superior.

Entramos y él echó el cerrojo con una mano mientras con la otra me rodeaba la cintura.

—Aún no me puedo creer que estés aquí —gimió en mi boca.

Me acorraló contra la puerta y me arrasó con su corpulencia.

¡Dios, cuánto lo deseaba!

Por lo poco que percibí en ese instante, la habitación era amplia, de techos altos con vigas de madera. El suelo conservaba la línea del resto de la propiedad, de parqué envejecido. La cama estaba deshecha y recordé que él había dormido allí. Había ropa en una silla, y los muebles eran tradicionales y rústicos. Las paredes, cubiertas de retratos antiguos y láminas preciosas. Libros en las estanterías e incluso viejas maquetas de aviones. Sabía que si me paraba a analizar alguna de esas imágenes identificaría a los padres de Miguel, pero él no dejó que eso ocurriera.

Me lo imaginé durmiendo en esa cama siendo un niño, correteando por esos pasillos…

Él besaba mi cuello y yo empecé a tirar del borde de su polo para quitárselo y poder deslizar mis manos por su pecho. Levanté los brazos para facilitarle la maniobra de deshacerse de mi camiseta. Su candente mirada se me quedó grabada en el corazón.

¡Joder, iba a suceder! Iba a hacerme el amor. Allí. En la que había sido su habitación desde que era un crío. Aquella que olía a familia, a recuerdos… En esa casa que desprendía sencillez, honestidad y transparencia por cada uno de sus rincones.

Su cara bajó hasta mis pechos y empezó a mordisquearlos por encima de la tela. Sacando mis pezones de las copas y chupándolos. Seguí el movimiento de su lengua y una corriente de electricidad se me instaló en el vientre. Mi piel, mis sentidos, mi sangre y todas las células de mi anatomía le deseaban de un modo enfermizo.

—¡Dios! —gemí casi fuera de mí.

Le toqué, acaricié sus brazos, su espalda, su pelo. Quería asegurarme de que no era un sueño. Volvimos a besarnos en la boca y esta vez él agarró una de mis piernas para acercar su erección a mi entrepierna. La sentí allí, presionándome. Trazando círculos y frotándose arriba y abajo.

—Por favor… —supliqué.

Necesitaba calmar esa necesidad de él. Necesitaba que estuviera dentro de mí.

—Joder, nena, cuánto te he echado de menos —dijo cogiéndome la cara y aplastándome los labios.

Besó mi mandíbula y su barba me hizo cosquillas.

—Te quiero —susurré, consciente de que era imposible retenerlo más tiempo.

Sí. Lo quería…

Lo amaba como nunca pensé que se pudiera amar a una persona. Con cada parte de mi ser…

Lo amaba de ese modo que me sentía agradecida con el mundo, esperanzada, afortunada…

Lo amaba por haberme devuelto la ilusión, por salvarme de mi caos y apartar de mi camino todo aquello que estaba podrido y contaminado…

Lo amaba por ser mío. Por convertirse en mi refugio, en mi promesa.

Vi cómo sus ojos se iluminaban y aquel deseo animal se amainaba transformándose en adoración.

—Yo también te quiero, Sara —bisbiseó, apartándome un mechón de mi cabello—. No dejaré que vuelvan a hacerte daño.

Asentí pegando mi frente a la suya. Jamás me había sentido tan segura de algo.

Luego enlacé mis piernas en torno a su cintura y él me sostuvo con un brazo mientras con su otra mano desabrochaba mi sujetador. Estar en sus brazos, de esa manera, era sin duda la más grande de mis fantasías.

Me llevó a la cama y me dejó sobre ella con delicadeza. Se acomodó entre mis rodillas y continuó lamiendo mis tetas y paseando su lengua por mi abdomen. Le tiré del pelo con fuerza para llegar de nuevo a su boca.

Quería arrancarle los pantalones y sentirle de una vez por todas.

—No puedo más —jadeé.

Él sonrió de ese modo que me hacía hervir la sangre y se incorporó para quitarme los vaqueros. Sí, fue así. Llevó sus dedos a mi cinturilla y los desabrochó. Me contempló con profundidad mientras lo hacía. Se deshizo de ellos y también de mis braguitas y sin dejar de mirarme acarició mi sexo.

Me concentré en no olvidarme de su expresión. Cerré los ojos cuando comenzó a tocarme. Pero él me dijo que lo mirara. Moví las caderas y el tacto de sus yemas se deslizó hacia mi interior. Lo oí gemir y mi pecho se hinchó.

—Dios, Sara... —dijo con la voz convertida en morbo.

Agarré su muñeca, poseída, al borde del éxtasis, y él me obligó a abrir más las piernas.

Sabía que los dos acabaríamos pronto. Pero me daba igual. Ya tendríamos tiempo de alargarlo en otro momento. En ese instante, lo único que deseaba era que calmara esa necesidad casi dolorosa.

Estaba tan húmeda y caliente que sus dedos se deslizaban como la seda dentro de mí.

Sin dejar de tocarme, llevó su otra mano al botón de su pantalón. Su expresión varió aumentando mi excitación. Lo ayudé con la cremallera sin romper el contacto visual y me deshice de sus calzoncillos bajándolos hacia la mitad de sus muslos.

Él gimió cuando lo toqué. Puso su mano sobre la mía y comencé a masturbarlo.

Torció el cuello, con la cabeza hacia atrás, y verle de ese modo, tan hermoso, masculino y al límite de la lujuria me embriagó de placer.

Las sensaciones se elevaban produciéndome emociones desgarradoras.

Estar con él, compartir aquella intimidad, abrirme para él en cuerpo y alma, iba más allá de lo erótico.

Ese hombre me había dicho que era haría cualquier cosa por mí, y yo sabía que era cierto. Podía sentirlo en mi corazón. Y por supuesto yo también estaba dispuesta a hacer cualquier cosa por él.

—Nena... —gruñó deteniendo el movimiento de mi mano, como si tratara de calmarse.

Se tumbó sobre mí y sentí su sexo acercarse al mío. Alcé las caderas para recibirle y él aplastó su boca con la mía un segundo antes de clavarse en mí. Mi cuerpo tardó unos segundos en acostumbrase a su tamaño.

Nuestros labios se sellaron. Me besó y lamió mientras se movía en mi interior. Rodeé sus caderas con mis piernas y una de sus manos agarró con fuerza mi muslo para fundirse más profundamente en mi interior.

Creí enloquecer de placer ante sus sonidos y sus movimientos. Tiré de su pelo y acaricié su espalda cuando su lengua se deslizó por mi cuello humedeciendo mi piel.

—Sara, te follaré toda la vida, nena. Todos los putos días —masculló dándome empellones, golpeando fuertemente entre mis piernas.

Cerré los ojos consciente de que el orgasmo me sacudiría con una fuerza devastadora. No podía retenerlo más. Mi piel se erizó y clavé mis uñas en su espalda.

Yo también quería tenerlo en mi cama todos los días. Poder amarlo y disfrutarlo para siempre.

—Miguel… —Su nombre escapó de mis labios como un ruego.

—Sí…, córrete, nena —jadeó con voz entrecortada sin detener su invasión.

Me arqueé sintiéndolo en cada parte de mi ser. Invadiéndome, poseyéndome la razón…

Llevé mis manos a sus nalgas y las pellizqué.

¡Dios!, no olvidaría jamás ese momento. El sudor de su cuerpo mezclándose con el mío. Nuestros alientos. Su olor. Su saliva y la mía…

Él y yo.

Sus brazos se hundieron en el colchón y se aseguró de deslizar sus ojos por mis facciones mientras me perdía en aquella brutal corriente de éxtasis.

—Sí, así —le oí decir con un gruñido animal.

Me corrí con violencia, apretando mi sexo en torno al suyo, y provocándole su propio orgasmo. Lo sentí llenándome, tensándose y prolongando la que, sin duda, acababa de convertirse en la mejor experiencia sexual de mi vida.

Los espasmos cesaron lentamente. Su cuerpo cayó sobre mí y lo abracé.

Deseé inmortalizar el tiempo. Pararlo en esa secuencia para toda la eternidad…

Sin embargo, cuando abrí los ojos comprendí que no habíamos usado preservativo y de repente la realidad con el peso de todas sus consecuencias me sacudió de la cabeza a los pies.

—¡Dios mío! —grité llevándome una mano a la boca.

—¿Qué? —inquirió él.

—¿Cómo que qué? No hemos usado nada.

Por un segundo atisbé que su expresión variaba comprendiendo la gravedad, pero lentamente la sorpresa fue desapareciendo de su rostro dando paso a un sentimiento desconocido para mí.

—No me importa —articuló.

—¿Pero qué dices? ¿Te has vuelto loco? —dije con una sonrisa histérica bajo su cuerpo.

—Créeme, correrme dentro de ti sin condón casi lo consigue.

Mi respiración aún era irregular y el aire seguía sin querer llegar a mis pulmones.

Lo empujé para quitármelo de encima. Estaba empezando a enfadarme.

Mucho. Con él y conmigo. Dios, ¿cómo había podido dejar que ocurriera una cosa así?

Él no se movió. Todo lo contrario. Agarró mis muñecas y me las sujetó por encima de la cabeza.

—¿Qué pasa?

Me sentí vulnerable. Asustada y enojada.

Quería respirar. Alejarme.

—Suéltame —le pedí evitando su mirada.

Él frunció el cejo y al cabo de unos segundos me liberó. La magia se volatilizó transformándose en hostilidad.

Suspiró profundamente y cayó a mi lado subiéndose los calzoncillos y los vaqueros. Yo me incorporé y recogí mi ropa del suelo para vestirme.

—¿Por qué actúas de este modo, Sara? —dijo él, poniéndose de pie.

—¿Te das cuenta de que podría quedarme embarazada? —protesté, abriendo mucho los ojos y poniéndome las bragas. ¿Acaso era yo la única persona cuerda en esa habitación?

Él se llevó la manos a las caderas.

Dios mío, descalzo, con su cabello despeinado, con aquellos vaqueros por debajo de su cintura y con ese torso propio de un gladiador, habría que estar muy pirada para no dejar que ese hombre me hiciera, como poco, quintillizos.

—No es ningún problema para mí —dijo él tan pancho, cruzándose de brazos—. Tendremos hijos tarde o temprano. Así que no me importaría que uno de ellos fuera el resultado de ese polvo extraordinario que acabamos de echar —añadió señalando la cama con un ligero gesto.

Yo abrí la boca asombrada. ¿Pero qué clase de droga psicotrópica se había fumado?

—¿En serio? ¿Tú te estás oyendo?

Me giré. Por aquel entonces estaba tan enfadada recogiendo mi ropa del suelo y vistiéndome que no me di cuenta de que él se acercó por detrás. Me rodeó la cintura.

—Vale. Cálmate —susurró en mi oído—. Sería tener mucha puntería si te dejara embarazada hoy. Pero ya veo que no es lo que quieres. Se nos ha ido de las manos. A los dos —recalcó, girándome en sus brazos y pinzándome la barbilla—. No volverá a ocurrir. Si tanto te preocupa podemos ir a una farmacia ahora mismo.

Lo miré a lo ojos e intenté calmarme. Le acaricié el pecho con las palmas de mis manos. No quería estropear lo que tanto trabajo nos había costado recuperar. Besé sus labios y lo abracé.

—Me vuelves loco, Sara. Este es el efecto que provocas en mí. No puedo parar una vez que empiezo a tocarte.

Así que en vez de pasarme la tarde con mis piernas enredada en las suyas, reforzando nuestra reconciliación, tuvimos que recorrernos el pueblo de Conil en busca de una farmacia que vendiera la pastilla «del día después».

Reconozco que no estuve especialmente cariñosa el tiempo que duró el trayecto. Me daba pánico pensar en tener un hijo en esos momentos. No es que no quisiera ser madre. Claro que quería. Y quería con él. Pero antes debía sentirme preparada para ello.

Me vi sentada en el asiento de su coche sujetando aquel medicamento en mi mano con terror. Nos detuvimos delante de un humilde ultramarino a pie de carretera para comprar una botella de agua. Entramos juntos y, justo delante de nosotros, una señora esperaba a ser atendida por un hombre bajito y calvo, con una barriga peluda que asomaba por debajo de su camiseta. La mujer iba acompañada de dos niños gemelos, de unos tres o cuatro años, que no paraban de moverse de un lado a otro desordenándolo todo. Uno de ellos casi tiró la estantería donde ese pobre hombre almacenaba la fruta. El otro parecía un poco más tranquilo.

—¿Quieres estarte quieto de una vez? —reprendió su madre al más revoltoso, sujetándolo por la muñeca. Pero el niño continuó removiéndose como una culebra, mostrando su rebeldía.

Miguel, en un intento de ayudar a la mujer que cada vez parecía más violenta y crispada, se puso en cuclillas para conversar con el pequeño Satanás.

Lo contemplé, allí, agachado, con su pelo desgreñado, con ese polo gris arrugado y con sus labios aún hinchados y turgentes a causa de nuestros besos. Acababa de follármelo y ya quería repetir otra vez.

En principio, la escena me resultó adorable. Él siempre tan dispuesto en ayudar a los demás… Siempre tan comprometido por hacer el bien… Sin embargo, en cuanto le preguntó al niño cómo se llamaba, este le respondió con una tremenda patada en la espinilla acompañada de un insulto.

—¡Pringao!

—¡Oh, Dios mío, lo siento! —Se disculpó la madre antes de darle al niño un mamporro en la cabeza—. Es que es hiperactivo —dijo justificando el comportamiento de su hijo.

Vi que su mandíbula se tensaba y se ponía de pie conteniendo sus ganas de cagarse en los ancestros de aquel gemelito.

Finalmente, la mujer tuvo que abandonar el comercio sin poder comprar nada. Arrastrando con ambas manos a esas criaturas del demonio.

Cuando él me miró yo me tapaba la boca conteniendo la risa.

—¿Qué, aún quieres tener un bebé, campeón?

Me respondió con un cachete en el culo y luego sujetó el tapón de la botella mientras yo tragaba la pastilla.

Lo sé. No fue muy romántico, pero mereció la pena ver la cara que ponía cuando ese pequeño diablillo le asestó el puntapié.

Gracias a Dios, el medicamento no me causó efectos secundarios. Y aun así, se me habrían pasado con sus susurros en mi pelo.

Volvimos a la casa rural y vimos caer la tarde sentados en el porche.

En un sofá balancín de flores que de haber hablado habría contado maravillas. Nos olvidamos de eso de ser padres, por el momento, y nos limitamos a saborear el instante. A conocernos y compartirnos ahora que ya no había nada que nos lo impidiera. Nos sinceramos el uno con el otro y me puso al día de todos los detalles de la investigación. No fue fácil para él hablarme de su padre. Hasta ese día pensé que lo peor que podía sucederle a un hijo era que sus padres no lo quisieran; sentirse despojado de cariño y carente de afecto. Pero cuando le oí hablar de esa manera supe que era mucho peor tener un padre maravilloso y que un destino horrible te arrebatara esa bendición.

Él acariciaba mis pies descalzos mientras conversaba conmigo. Yo le observaba embelesada. Del interior de la casa nos llegaba la música que él había puesto al entrar, en una radio cd portátil que su tía tenía en la cocina. Sonaba *Photograph* de Ed Sheeran.

Sentí que atrás había quedado la tormenta. Que aquellos días que se derramaban unos con otros y en los que la sensación constante de miedo y sufrimiento me había invadido ya eran parte del pasado. Un pasado que ahora traía consigo esa reciente calma.

En el aire inmóvil y enardecido flotaban los aromas agitados de las flores. El sonido de los aspersores, junto con el de los pájaros y las suaves notas musicales de aquella canción, me hicieron ambicionar ese lugar como el número uno de los sueños de mi vida.

Continué oyendo su voz vibrando en mí.

—Había vuelto a enamorarse —musitó con mis piernas en su regazo y rodeándome el hombro con su brazo. La mano que me rodeaba estaba enlazada con la mía—. No puedes hacerte ni una idea lo mucho que hablaba sobre mi madre. Oí una vez decirle a mi tío Ramón que cuando mi madre murió en mi parto, una parte de él se fue con ella para siempre. Sé que no fue fácil para él volver a enamorarse de otra persona —decía sin mirarme. Sabía que estaba haciendo un esfuerzo enorme por no venirse abajo—. Él solía decir cosas como que el amor de verdad solo ocurre una vez en la vida. Tuvo otras relaciones, pero nunca nada importante hasta que apareció Marian. Ella lo deslumbró. Le hizo creer que quizá estaba equivocado, que tal vez todo sucedía por algo. Me dijo esto último el mismo día que Bruno nació. Tendrías que haber visto cuánta felicidad había en su mirada. Mi hermano le había devuelto la juventud, Sara.

Supe que no pudo continuar cuando pegó sus labios a mi frente. Lo abracé con fuerza. Entendía su dolor. Y no supe qué decir. Quise consolarle, pero no tenía palabras para expresarle lo mucho que sentía que hubiera perdido a su padre de esa manera. Apoyé mi cabeza en su pecho y luego le di un beso en el cuello, aspirando su fragancia.

—Seguro que era tan guapo como tú —murmuré.

Su sonrisa dulce bajó hasta mis labios.

—Tú sí que eres guapa —dijo antes de besarme—. Si mi padre llevaba razón y todo ocurre por algo, quiero pensar que aunque le he perdido a él, ahora te tengo a ti.

Aquello me desconcertó. Mi corazón se engrandeció de felicidad.

—Te amo, Miguel —dije acariciando su mejilla.

Le quería y poder expresárselo de ese modo me hacía sentirme agradecida. Él me respondió que también me amaba y luego, simplemente, permanecimos allí sentados, meciéndonos y disfrutando de ese silencio que lo significaba todo.

Al cabo de unos minutos, tragué saliva y formulé la pregunta que tenía clavada en la boca de mi estómago.

—¿Viste a mi madre el día de su detención?

Él me alzó la barbilla.

—Sí, Sara. Pero me negué a hablar con ella. Quería decirle tantas cosas que fui incapaz de mirarla a la cara. Nunca le perdonaré el daño que te ha hecho.

Cerré los ojos y asentí.

—Quiero alejarte de todo eso. Este es mi mundo, Sara. Aquí no hay mentiras ni maldades. Este es mi hogar y quiero que también sea el tuyo.

Miré a mi alrededor y me di cuenta de que ese era el único sitio en el que yo me había sentido comprendida. Justo donde me encontraba en ese instante. Arropada en el arco de su brazo y con aquella verde extensión de maravillas y posibilidades extendiéndose ante nosotros.

Una ligera ráfaga de brisa veraniega ondeó mi cabello anunciando el descenso del sol. Pensé en el futuro y en lo que este nos aguardaba. Curvé mis labios y busqué sus ojos.

—Ahora solo quiero verte sonreír, nena.

Y luego, su beso.

¿Cuántas veces en la vida pensamos que nuestros actos irracionales nos conducirán a la más absoluta felicidad? Nunca. Buscamos la felicidad siendo conscientes de lo que hacemos. Empeñados en que llegue a nuestras vidas sin ser invitada, pero en realidad la esperamos.

Sin embargo, con él había sido completamente diferente. Mis actos desde el primer día que nos habíamos cruzado habían sido una sucesión de sinrazones y, aun así, me condujeron a sus brazos. Escaparme de esa iglesia la primera vez e inventarme mi amnesia tal vez había sido una de esas locuras que a una persona cuerda nunca se le habría ocurrido hacer.

Pero yo ahora daba gracias por ello. Si mi locura me había llevado hasta él, pues bendita locura…

Cuando sus tíos regresaron a la casa nos anunciaron que esa noche dejarían trabajando a sus empleados y cenaríamos juntos en el porche. Fue más bien una merienda-cena con aperitivos fríos acompañados de un delicioso vino tinto. Ayudé a Victoria a prepararlo todo. Ella ya no llevaba aquel delantal de frutas, sino un vestido blanco ibicenco que la hacía más joven y hermosa. Se había duchado y su cabello liso y húmedo le caía sobre los hombros. Mientras Ramón y Miguel estaban sentados en el exterior le pedí que me hablara de los padres de Miguel. Y lo hizo. Se dirigió al salón y regresó con un álbum de fotos con la solapas de piel marrón bajo el brazo.

En cuanto lo abrí recordé las palabras de Marian cuando yo no había respondido a su pregunta de si Miguel me gustaba mucho: «Eso es porque no conociste a su padre». Ahora ya sabía a qué se refería. Alejandro había sido un hombre guapísimo. Casi tanto o más que su hijo. Parecía un actor de cine. Me recordó a uno de esos galanes de Hollywood de los años 50.

Una perfecta y explosiva combinación entre Clint Eastwood y Sean Connery.

Contemplar aquellas imágenes fue como viajar por la juventud de Victoria y Ramón. Como si estuviera viendo pasar ante mis ojos la época más feliz de sus vidas junto a Alejandro y a Carmen. Ella también había sido una mujer preciosa. Me encantó compartir esa complicidad con su tía. Reírnos de sus ropas pasadas de moda y de sus peinados anticuados. Los ojos de Victoria brillaban reviviendo cada imagen y añadiendo comentarios sobre los momentos en cuestión. No era capaz de adivinar cuántas veces ella habría abierto ese álbum y llorado la ausencia de esas dos personas a las que tanto añoraba.

Luego, para deshacer el nudo que se nos había formado a ambas en la garganta, me trajo más fotos de Miguel de pequeño y fue entonces cuando llegó la parte realmente divertida…

La noche nos envolvió sin darnos cuenta, riendo, charlando, brindando por los nuevos proyectos y las grandes expectativas. Hablando de aspiraciones y de cosas sencillas adheridas a la rutina.

Aquel viaje por el pasado de Miguel me hizo comprender que quizá Alejandro estaba en lo cierto. Quizá todo en la vida sucedía por algo.

Quizá nuestros pasos construían un camino y a veces uno en falso nos hacía salirnos de él. Quizá sí o quizá no…

Al día siguiente yo tenía que trabajar y él también, pero sus tíos insistieron en que nos quedáramos a dormir allí. Y aunque la idea me resultó perezosa por eso de tener que madrugar e ir hasta Cádiz a cambiarme de ropa y demás, él solo necesitó una palabra para convencerme:

—Quédate.

Y claro que me quedé.

Me quedé porque él era la forma que tenía la vida de mostrarme una solución.

Me quedé porque quería comprobar cuánta dosis de realidad y magia había en cada uno de sus besos.

Me quedé por decirme esa misma tarde que quería tener hijos conmigo y a mí parecerme lo más descabellado y bonito que me habían dicho nunca.

Me quedé porque quería despertarme todos los días con aquella sensación de vértigo en mi estómago.

Me quedé por él, por sus tíos, porque en ese sitio las hojas tendrían memoria y algún día le susurrarían nuestra historia a alguien.

Me quedé porque, de no hacerlo, habría vivido gris. Sin nada que contar.

Me quedé porque sabía que nadie más me haría sentir que estaba tan viva con una sola mirada…

Y me quedé por mí, porque ya empezaba a acostumbrarme a vivir sin apuros.

40

ACELERAR Y FRENAR

D os meses después…
 —Sara, escúchame antes de tocar nada, ¿quieres?

—Si continuas dirigiéndote a mí en ese tono, no seguimos con la clase —protesté.

Estaba hasta las narices de que me hablara como a una niña de cinco años.

Le advertí que no era buena idea enseñarme conducir. No había salido bien la primera vez.

—Vale, lo siento —dijo él poniendo los ojos en blanco—. Pero por favor, deja de tocar la palanca de cambios en línea recta.

Lo miré con mala leche.

Llevaba un sencillo bañador azul y una camiseta blanca. Su pelo estaba revuelto del salitre del mar. Habíamos pasado la mañana en una bonita cala de Roche, tomando el sol y metiéndonos mano en el agua. Pero cuando el reloj marcaba las cinco de la tarde, él propuso pasar el resto del día en casa de sus tíos, bañándonos en la piscina y cenando con ellos en el porche. Solo que al montarnos en el coche se le ocurrió la brillante de idea de darme una clase de conducción en aquella desierta carretera que se extendía ante nosotros.

—Pretendo cambiar de marchas. Es lo que hay que hacer, ¿no?

—Este coche es automático. ¿Cuántas veces tengo que repetírtelo? Solo tienes que acelerar y frenar. Yo te diré cuándo tienes que cambiar. Ahora céntrate. Inspira y respira. A-ce-le-rar-y-fre-nar.

—¿Ves? —dije quitando las manos del volante y cruzándome de brazos—, sabía que era una estupidez volver a intentarlo. No quiero aprender a conducir —masculló alzando la barbilla.

—¿Pero qué coño dices?¡Tienes que aprender!

Intenté no mirarlo. No cuando estaba tan enfadada. Además estaba guapísimo con sus mejillas y su nariz bronceadas por el exceso de sol. Y sus ojos parecían aún más verdes en contraste con el tono de su piel.

—No. No lo haré. Al menos no contigo como profesor.

—O sea, que ahora resulta que la culpa es mía.

—Sí. Eres un idiota y no sabes enseñar.

—¿Que yo no sé enseñar? —exclamó, señalándose el pecho con el dedo—. ¿No será que tú no quieres aprender?

—Pues no. No quiero —miré a mi alrededor—. Además, este coche no me gusta, añadí a sabiendas de que eso le molestaría mucho.

—¡¿Qué?!

Claro que me gustaba, ¿cómo no me iba a gustar?

—Lo que has oído. ¡No me gusta!

—Deja de decir estupideces y aprende a conducir de una vez —gruñó él con el cejo visiblemente fruncido e intentando poner una de mis manos en el volante.

—No me toques —bramé, dándole un manotazo.

Tiré de la manivela para abrir la puerta.

—Ni se te ocurra… —me amenazó.

Pero antes de que acabara la frase yo ya estaba fuera del vehículo.

—Sara, sube al coche.

Eché a andar apresuradamente por un lado de la carretera.

—¡Sara, sube!

—No me da la gana.

Lo oí maldecir.

No miré atrás, pero sabía que no tardaría en aparecer por mi lado.

Aceleró y se puso a mi altura.

—Sara, o subes ahora o te juro que esta vez no volveré a por ti.

Era agosto y en aquella explanada hacía tanto calor que el mismísimo infierno en comparación con ese sitio habría parecido Frozen, el Reino del Hielo.

—No me subiré a ese coche jamás. Me iré andando —reafirmé sin mirarlo, con la cabeza bien alta.

—¿Hasta el Palmar? Hay 40 kilómetros desde aquí. ¿Los quieres hacer andandito?

Pensé en ello. A la izquierda estaba el acantilado que daba acceso a la preciosa cala en la que habíamos estado, y a mi derecha un paisaje rojizo con abundante vegetación inundado de enebrales costeros. El intenso aroma de estos se mezclaba con el del mar.

—Sí…

—¿Estás segura? —No respondí—. Sara, por aquí no va a pasar nadie.Si estás pensando en bailes con tipos sudorosos para cabrearme, créeme, no va a funcionar.

Apreté los puños junto a mis caderas y lo fulminé con la mirada mientras seguía avanzando. Me daba miedo que llevara razón. Había otros vehículos aparcados por allí, pero no parecía una zona de actividad.

—Lárgate, idiota.

—Como quieras. Pero te diré que esta carretera está inhabilitada, no suelen pasar coches por aquí. Nadie podrá llevarte. Tendrás que caminar bajo este solecito tan apetecible.

—Eso ya lo veremos.

—Vale, pues ala, adiós. Nos veremos en el desayuno de mañana.

Aceleró y se largó de allí quemando ruedas.

Suspiré a sabiendas de que volvería a por mí. Lo haría. Siempre lo hacía.

Continué caminando por esa carretera solitaria e intenté concentrarme en mis pasos, para cuando él diera la vuelta me subiría a su coche y no le dirigiría la palabra en toda la tarde. Ese sería mi castigo por no tener paciencia conmigo.

Sin embargo, yo seguía andando y él no aparecía por ningún lado. No veía su reluciente Audi por ningún sitio, lo único que había por allí eran un montón de insectos y caracoles arrastrándose por el asfalto. En breve yo sería uno más. Estaba empezando a cansarme y tenía sed, mucha sed.

Mi vestido corto con estampado desteñido y flecos metalizados ahora empezaba a resultarme una prenda de demasiado abrigo. Me sudaba la espalda y me hice un moño con la gomilla que llevaba en mi muñeca.

Quince minutos después oí el motor de un vehículo.

Lo sabía. Sabía que volvería, dije para mí.

Pero no. No era él. Divisé a lo lejos un Renault 5 amarillo. Me llamó la atención que un coche tan antiguo estuviera tan reluciente. ¡Dios, una reliquia! A medida que se acercaba identifiqué en su interior a un matrimonio mayor. Eran Los Roper. George y Mildred. Y si no ellos, unas fotocopias. Mi salvación, pensé.

Hice dedo con cara de pena y ellos se detuvieron.

—Joven, ¿necesitas ayuda? —dijo el hombre bajando su ventanilla con esfuerzo.

—Sí, verán, me han robado en la playa y no tengo cómo volver a mi casa. Se han llevado mi bolso con las llaves del coche —mentí.

—¿Vives muy lejos de aquí?

—No, cerca, en el Palmar. Si pudieran llevarme les estaría enormemente agradecida. Me da miedo caminar por esta carretera tan solitaria.

Se miraron entre ellos y supe que mi semblante de desesperación había causado efecto.

—Pues claro, sube.

La Sara triunfadora que vivía dentro de mí ya estaba deseando ver la cara que pondría Miguel cuando me viera aparecer en ese coche por la finca de sus tíos. Si pensaba que me iba a tener que pegar la gran caminata le había salido mal la jugada.

Me monté en el asiento trasero y de repente fue como si me transportara a los años 70. Los ropajes de ese peculiar matrimonio…, el olor a colonia rancia…, la canción *Eres tú* de Mocedades sonando en su vieja radio de ¿cassette?

¡Por Dios!, ¿acaso venían de rodar un capítulo de «Cuéntame cómo pasó»?

La mujer iba sentada junto a su marido, se giró y me sonrió. Llevaba un sombrero de playa enorme. Ambos tendrían aproximadamente unos sesenta años.

Me cayeron bien al instante. Eran adorables. Una vez acomodada entre ellos, me contaron que vivían en Valencia y que este era el primer viaje que hacían desde hacía treinta años. Al parecer estaban celebrando que él se había jubilado y venían al sur a pasar una semana. Sin hijos ni nietos.

—Hemos venido a aprovechar el tiempo —dijo él, alzando las cejas con insistencia a través del espejo retrovisor con un gesto cómplice.

—Jorge, no le digas esas cosas a la chica —lo regañó ella con coqueteo.

Imaginar a esa extraña pareja en plena faena era lo último que me apetecía en ese instante…, pero qué se le iba a hacer.

Un momento, ¿se llamaba Jorge? Como George, ayyy, Dios.

El coche por dentro estaba impecable. La tapicería de cuero se me estaba quedando pegada a la parte trasera de los muslos. Obviamente, no tenían aire acondicionado y estuve a punto de deshidratarme. Pero de no ser por esos pequeños detalles, el trayecto prometía ser grato.

Jorge conducía alegre, la música varió y empezó a sonar *El Chacacha del Tren* de El Consorcio. Ambos se pusieron a cantar la canción a coro y yo continué sentada entre los dos asientos preguntándome por qué todo tenía que pasarme a mí. La mejor parte llegó cuando la mujer se giró y me animó a cantar con ellos. Me negué, pero ella insistió haciendo gestos con las manos. No tuve más remedio que tararearla. Se les veía muy felices y no quería ser yo quien estropeara la felicidad de esas esperadas vacaciones.

Deseé matar a Miguel. Pero no matarlo sin más, sino lentamente.

Sin embargo, cuando íbamos por la carretera del Conil al Palmar y ya pensaba que en unos minutos llegaría a mi destino, oí la sirena de un coche de policía tras el nuestro.

Jorge se puso nervioso y yo me giré para ver qué ocurría.

Era él, había puesto la sirena en el techo del coche y hacía ráfagas con las luces para que nos detuviéramos.

Me mordí la lengua.

Hijo de…

Mildred, o como fuera que se llamase esa mujer, le dijo a su marido que se detuviera a la derecha en una pequeña extensión de tierra que hacía la labor de arcén. Bajaron el volumen de la música.

Yo me quedé quieta sin decir nada. No quería que la reacción de Miguel asustara a ese pobre matrimonio. Parecían bastante preocupados.

Avisté como él se acercaba hasta la ventanilla de Jorge, se identificaba con su placa y se apoyaba sobre ella.

Su mirada casi me desintegra.

—¿Ocurre algo, agente? —preguntó Jorge muertecito de miedo.

Él negó con la cabeza sin apartar sus ojos de los míos.

—Baja —dijo.

—Ya te lo he dicho, no pienso volver a subirme en tu coche —masculle.

Mildred y Jorge se giraron al mismo tiempo. Como era lógico no entendían qué ocurría.

—He dicho que bajes.

—No —protesté cruzándome de brazos.

Él se humedeció los labios, afiló la mirada y volvió a su Audi.

Suspiré pensando que se marcharía y nos dejaría en paz.

Aquel matrimonio me observaba esperando una respuesta.

—Es mi novio —musité—. Nos hemos peleado.

Ella asintió, relajándose, como si por fin lo hubiera comprendido.

Entonces oí la puerta de mi izquierda abrirse y sentí sus dedos en torno a mi brazo.

Todo sucedió muy rápidamente. La mujer gritó pensando que él me haría daño o algo parecido y Jorge con la cara blanca como el papel de fumar se bajó del coche e hizo el intento de enfrentarse a él mientras Miguel ya me había sacado del interior de este.

—Oiga, déjela en paz.

Pero antes de que me diera tiempo a reaccionar él me sujetó las muñecas y me puso las esposas.

Sabía lo mucho que aquello me cabrearía y aun así lo hizo. El brillo de diversión que alcanzó a sus ojos me sacó de mis casillas completamente.

—Déjate de tonterías y quítame esto —le advertí.

Pero él me ignoró, me agarró otra vez del brazo y luego se dio la vuelta para interpretar el papel de su vida.

—Caballero, acabo de salvarles la vida a usted y a su mujer. Llevamos meses tras esta terrorista. No pueden hacerse ni una idea lo peligrosa que es aquí donde la ven. Es toda una experta en engañar a la gente…

El hombre abrió los ojos con asombro. Y ella me miró con horror desde el otro lado del vehículo.

—No crean nada de lo que dice. Es mi novio y se está haciendo el gracioso —dije poniendo los ojos en blanco y negando con la cabeza.

Ella dudó. Creo que los dos dudaron durante unos segundos de si era cierto o no lo que él decía sobre mí, hasta que Miguel añadió:

—Tu novio. Ya te gustaría a ti. Te vas a pasar una larga temporada sin pareja, a no ser que cambies de acera en el módulo para presas. Anda, tira, criminal.

Me vi siendo arrastrada por él mientras ese encantador matrimonio pensaba de mí lo peor. No es que me importara mucho, pero, maldita sea, ¿qué clase de terrorista canta en un coche *El Chacacha Del Tren*?

—Oigan es mentira —dije en un intento de defender mi dignidad.

—¡Sinvergüenza! —me insultó ella antes de que Miguel me metiera en su Audi y me esposara la mano derecha al pasamanos de la puerta conteniendo la risa. Podría haberme resistido un poco más, pero no quería seguir amedrentando a esa pobre pareja.

—Tú ríete... Esta me la vas a pagar —lo amenacé entre dientes.

Luego él se acercó hasta el hombre y le dio la mano agradeciéndole su colaboración.

Jorge a su lado parecía un pitufo.

Cuando volvió al coche y dejó atrás a Los Roper con caras de póquer en su Renault 5 amarillo, empezó a desternillarse de la risa.

Me dieron ganas de matarlo. No, de torturarlo.

—Eres un gilipollas. Me caían bien esas dos personas.

—Piénsalo por el lado bueno. Ahora creen que gracias a ellos hay una delincuente menos por ahí.

—Te equivocas, en cuanto me quites esto te aseguro que habrá una más.

Él sonrió y avisté como con una rápida maniobra se perdía en un carril desierto.

—¿Y quién te ha dicho a ti que voy a quitártelas? —murmuró con la voz teñida de excitación.

Sus ojos se pasearon por mis muslos mientras conducía con una mano sobre el volante y la otra apoyada en la palanca de cambios, esta última estaba tan cerca de mi pierna que el simple hecho de pensarlo hizo que me ardiera la piel.

Una sola mirada, solo una, bastó para ponerme a mil.

—¿Adónde vamos? —inquirí.

Sabía de sobra que ese camino no nos conduciría a casa de sus tíos.

—Voy a follarte —declaró despegando sus ojos de la carretera para mirarme con una profundidad abrumadora.

Esta vez fui yo la que soltó una carcajada. En realidad fue más bien una risita nerviosa. De esas que significan: *madre mía, madre mía...*

—Si, claro.

—Ahora lo verás.

Diosito...

—Ni hablar. No pienso acostarme contigo después de este numerito. Estoy cabreada.

Bueno, en realidad, eso no era del todo cierto. Admito que cuando lo vi ponerme las esposas, mi cuerpo reaccionó de un modo contradictorio y aquel salvaje y primitivo deseo que sentía por él se multiplicó por un millón.

—Yo también. De hecho, estoy tratando de olvidar que te has subido a un coche con dos completos desconocidos. Podrían haber sido dos asesinos.

—Sí, ya, ni te imaginas lo peligrosos que eran. Iban escuchando a Mocedades y a El Consorcio.

Él se mordió el labio a punto de descojonarse y yo centré mi atención en su boca.

Me moría por besarle y sé que él adivinó mis pensamientos en cuanto sus ojos volvieron a encontrarse con los míos.

Luego detuvo el coche bajo la sombra de unos árboles y paró el motor.

La radio continuó sonando y aquella canción de Charlie Puth y Megan Trainor titulada *Marvin Gaye* se quedaría para siempre en la banda sonora de nuestra historia.

Por aquel entonces mi respiración ya me delataba.

Miré sus brazos y el vello de sus muslos expuestos con aquel bañador corto. A continuación ascendí para deleitarme con las facciones de su cara.

Se giró hacia mí y me di cuenta de que no había otro momento en el mundo que me gustara más que ese. No existía ningún otro mejor que la anticipación a sus besos. Los relámpagos que se arremolinaban en mi estómago cuando estaba convencida de que sus labios acabarían devorando los míos, pero aún me sobrevolaba la posibilidad de que no lo hiciera...

Y lo hizo. De repente lo tenía encorvado sobre mí, con su lengua robándome la cordura. Mi mano libre fue directa a su pelo para ahondar ese beso seguro y salvajemente excitante. Los latidos de mi corazón podían oírse con el sonido entrecortado de nuestros gemidos. Sus dedos se deslizaron por debajo de mi vestido hasta llegar a mi cadera.

—Te quitaré las esposas un momento para pasarnos al asiento trasero, pero luego te las volveré a poner otra vez —susurró rozándome la oreja con los labios.

—¿Todas mis clases de conducción van a acabar de esta manera? —jadeé.

¡Por Dios, sí! Todos los días de mi vida debían acabar de esa manera.

—Exacto. Siempre que me desobedezcas este será tu castigo —dijo lamiéndome la mandíbula y trazando una hilera de besos hacia mi cuello.

—En ese caso, has de saber que no aprenderé a conducir jamás.

Él se detuvo un instante para contemplarme. Ahora el verde de sus ojos era mi casa.

—No importa. Seré yo quien te lleve. Iremos juntos al fin del mundo.

EPÍLOGO

Ahora

2 años más tarde...

Estoy sentada delante de mi ordenador. Es sábado por la mañana y él aún duerme en nuestra cama. Porque ahora es nuestra: nuestra cama, nuestro apartamento, nuestro coche. Nuestra vida...

Me giro y lo contemplo. Está bocabajo con la sábana enredada entre sus piernas y el brazo por encima de la almohada. Una luz tibia se cuela por las ranuras de la persiana e ilumina parte de su espalda desnuda. Es perfecto. Y mío. Ya sé que hablar de esa manera sobre alguien suena posesivo, nadie es propiedad de nadie, pero nosotros somos diferentes. No hay nada insalubre entre él y yo. Cuando digo que es mío me refiero a su corazón y a toda la grandeza que lo inunda. Él es mío y yo soy suya. Me da igual cómo suene. Lo importante es como yo lo entiendo.

Me pidió que me viniera a vivir con él poco después de que encarcelaran a mi madre. Decía que era una tontería estar de aquí para allá entre su apartamento y el mío. Y lo cierto era que yo lo estaba deseando.

—Solo quiero despertarme contigo todos los días. Dormir juntos incluso en el sentido más virgen —respondió él cuando le dije que me convenciera entre risas. Aún estaba dentro de mí mientras pronunciaba aquellas palabras. Me burlé de él por el término que había utilizado y también para

439

que no se diera cuenta de que acababa de quedarme sin respiración. Obviamente contesté que sí.

Mis dedos están sobre el teclado. Ahora tengo un blog. Al final me decidí a hacerme uno y comenzar a escribir. Sin embargo, a veces no sé que contar. Observo la fotografía que hay en mi mesa. Una en la que estamos Bruno, él y yo. La sostengo y me río. Me encanta esa foto. En ella los tres tenemos el mismo pintalabios. Exacto. Ese pequeñín pasó por una etapa en la que su principal fijación eran las barras de labios y a Miguel no le hizo mucha gracia cuando Marian se lo contó. Decía que no tenía nada en contra de los homosexuales, pero que no se imaginaba a su hermanito siendo gay. Recuerdo que le pegué en el brazo, le obligué a pintarse los labios y le expliqué que para Bruno aquello era solo un juego. El pequeño veía a su madre haciendo lo mismo a diario, y lo único que hacía era imitarla. Se le pasó pronto la fiebre del maquillaje y a nosotros nos encantaba recordarlo.

Aún no me puedo creer que mi relación con Marian sea ahora tan diferente. Estamos muy unidas. Fui la primera persona a la que ella confesó que estaba enamorada de Sousa. Pensó que yo sabría cómo decírselo a Miguel. Le preocupaba mucho que él no se lo tomara demasiado bien por eso de que su padre y Sousa habían sido íntimos amigos. Y estaba en lo cierto, no fue plato de buen gusto para él, pero con mi ayuda acabó comprendiéndolo. Al fin y al cabo, ella también merecía rehacer su vida. Sousa es un buen hombre y adora a Bruno. Marian y él son muy felices.

Vuelvo a mirar la pantalla y el documento de *Word* aún sigue en blanco. Oigo a Miguel moverse y creo que por fin va a despertarse, pero no, sigue durmiendo, con aquella expresión de serenidad abarcando sus bonitas facciones. En esa cama parece enorme. Pienso en él haciéndome el amor la noche anterior y mi vientre se contrae.

Apoyo un codo sobre la mesa y me sujeto la cabeza con la mano. Céntrate, Sara…

No sé si ha sido buena idea esto de escribir en un blog. Hace mucho que no escribo. Y a veces me resulta complicado. Pero me lo debo a mí misma. Esta fue una de las cosas que mi madre logró arrebatarme. No quiero seguir culpándola. Eso era antes, cuando pensaba que ella tenía algún poder sobre mí. Ya lo he superado. Creo.

Fui a la cárcel a visitarla hace unos meses. Sí, lo sé, fue una estupidez. Miguel me rogó que no lo hiciera, dijo que era mejor dejar las cosas como estaban. Sin embargo, yo me empeñé en verla una última vez. Aguardaba la absurda esperanza de que ella quizá habría cambiado. Y volví a equivocarme.

Mi presencia en prisión solo la incomodó. Me recibió con su semblante altanero. Llevaba el pelo recogido en una cola de caballo y, por su aspecto desmejorado, parecía que habían pasado diez años por ella, pero en parte se debía a sus canas. Supuse que allí dentro no podría ir a la peluquería todos los viernes como hacía desde que yo era una cría. Ella cruzó los brazos sobre la mesa y, en principio, tuvo la amabilidad de decirme que estaba muy guapa. Me preguntó cómo me iba en el trabajo y le conté que por fin habíamos conseguido que el nuevo alcalde le diera prioridad al proyecto de la casa de acogida que ella había enterrado. No dijo nada. Ni siquiera descalificó a las nuevas fuerzas políticas, se limitó a asentir. Después de que ella, Fernando y otros concejales, fueran destituidos de sus cargos y encarcelados, se armó un gran revuelo en el Ayuntamiento. Pero el cambio fue gratamente positivo.

Luego continuó haciéndome más preguntas. Algunas absurdas, entre ellas por qué no llamaba a mis hermanos. Como si le hubiese importado alguna vez que me relacionara con ellos. Y finalmente quiso saber sobre mi relación con Miguel.

—¿Y qué tal con… *él*?

Yo la miré a los ojos.

—Al fin soy feliz —respondí.

Ella exhaló una agria sonrisa.

—Ayy, Sara, tú y tu manera de entender la felicidad. Siempre has creído en el amor para toda la vida. Y déjame decirte que nada dura eternamente. Cuanto antes entiendas ese concepto, menos sufrirás.

—¿Cómo tú? —inquirí mirando su ropa. ¿Iba a darme lecciones aun estando encarcelada? Me acomodé en mi asiento y me crucé de brazos. Hasta ese instante pensé que nuestra conversación se alargaría, pero luego me di cuenta de que no.

—Ya sé que no piensas en mí como ejemplo a seguir. Pero ¿sabes qué? He intentado enseñarte lo valioso que es ser alguien. Siempre me preocupé de que fueras a los mejores colegios, que sacaras las mejores notas. Quise hacerte fuerte. Darte lo mejor. El mundo no se hizo para los débiles, hija. Te aseguro que no sobrevivirías ni un solo día aquí dentro. Amar te convierte en alguien débil, vulnerable. En alguien como tú —dijo moviendo ligeramente la cabeza en un gesto de deprecio.

Esta vez fui yo la que sonrió falsamente.

Me tomé unos segundos para decidir qué responderle.

—No, mamá, amar es lo que te hace invencible. —Creo que fue la primera vez que la llamé mamá después de tanto tiempo.

—No cambiarás jamás, Sara. Mi pequeña, qué equivocada estás —dijo negando.

—Tú eres la que nunca lo has entendido. —Acerqué mi cara a la suya por encima de la superficie—. Una persona que ama es capaz de hacer cualquier cosa. Una persona que ama construye, crea, obra y se reinventa. —Me puse de pie—.No parece que te haya servido de mucho ser alguien aquí dentro. Una persona que ama es libre, mamá. Y mira en qué lado de esta mesa estás tú.

La dejé allí y me marché.

Aquel día decidí que Miguel llevaba razón. Algunas cosas, simplemente, hay que dejarlas estar y continuar.

He pensado que estaría bien escribir sobre mis viajes. Miguel y yo hemos visitado varios sitios en estos dos años juntos. Argentina fue nuestro primer destino.

Cinco meses después de que mi madre ingresara en prisión, le confesé que echaba mucho de menos a Diego, y él no dijo nada. Solo me escuchó. Sin embargo, dos días más tarde me desperté en nuestra cama y me fijé en que él no estaba a mi lado. Antes acostumbraba a correr por las mañanas temprano y yo solía quejarme de su rutina deportiva. Odio desvelarme y darme cuenta de que no está. Sin embargo, ese día dejó un sobre blanco encima de la almohada. En el dorso había escrito de su puño y letra el siguiente mensaje:

«Durante los próximos quince días te despertarás todas las mañanas conmigo. El único inconveniente es que lo harás en otro continente».

Sonreí mordiéndome el labio de la emoción, y cuando leí el destino enterré la cara en el colchón y me puse a gritar a pleno pulmón.

Sí, sería buena idea escribir sobre Argentina. Desde luego es un lugar donde pienso volver, sin duda. Miguel llamó a Diego y entre los dos organizaron esos quince días de ensueño.

Durante una semana estuvimos alojados en casa de Diego, en Buenos Aires. Una preciosa construcción de dos plantas en pleno corazón de la capital. Cuando me reencontré con él en el aeropuerto y lo abracé sentí que había pasado un siglo. Fue como respirar esa sensación de que una vez tuve algo parecido a un hogar… Recorrimos aquella extraordinaria ciudad con su coche y nos empapamos de su historia y aglomeración urbana. Me vi riéndome a carcajadas sentada en la mesa de un restaurante en la magnífica ciudad de Mar de Plata, embriagándome de la belleza de ese paisaje y acompañada de los dos hombres más importantes de mi vida. Admiramos la grandeza de las cataratas de Iguazu en una excursión que Diego organizó para los tres. Fue increíble…

Me costó una eternidad despedirme de él, pero los siguientes siete días serían solo para Miguel y para mí. Así me lo había advertido él antes de marcharnos. Recuerdo que Diego me susurró al oído que su intención de ser nuestro padrino de bodas cuando, finalmente, decidiéramos casarnos aún seguía en pie. Pero yo no quería precipitarme, aunque últimamente hablábamos sobre ello con más frecuencia.

El Calafate y Ushuaia, fue nuestra siguiente y última parada en ese viaje de ensueño. Hicimos una excursión en catamarán y recorrimos los Glaciares Onelli, Upsala y Spegazzini. Por el día nos impregnábamos de aquella asombrosa civilización y por la noche él y yo nos dejábamos la piel en nuestros abrazos. El penúltimo día fuimos a visitar El Faro del Fin del mundo, y aún tengo grabada las palabras que Miguel dejó sobre mi pelo mientras yo contemplaba anonadada la inmensidad del Atlántico Sur.

—Este sitio fue clave para la inspiración de Julio Verne. Ahora ya no tienes excusas para volver a retomar la escritura. Te he traído al fin del mundo, pequeña. Tendrás que escribirlo en algún sitio.

Sí, fue nuestro primer viaje, juntos, y fue maravilloso. Un viaje lleno de susurros, risas y momentos plagados de amor. Sé que quiero escribir sobre ello, pero no hoy. Quizá más adelante.

Él bosteza y esta vez sé que se ha despertado. Me giro en mi silla para contemplarlo y abre un ojo.

—¿Estás escribiendo? —me pregunta.

—Aún no. Pero la intención es lo que cuenta.

Sonríe y se frota la cara en un gesto infantil. Le miro los brazos y el pecho. Y siento que estoy perdiendo el tiempo comiéndomelo con los ojos cuando, en realidad, lo que quiero es tocarle. Así que voy hacia la cama y me siento a su lado. Él me pega a su cuerpo.

—Ahora que puedo escribir a veces no sé por dónde empezar. Sé que quiero expresar muchas cosas, pero no sé cómo hacerlo. Tengo un blog y nada que contar —digo frustrada.

Él agarra una de mis manos y me da un beso en la palma.

—¿Por qué no cuentas nuestra historia?

Lo miro sorprendida.

—¿La nuestra? —inquiero, señalando la corta distancia que nos separa.

—Sí, aunque a decir verdad también podrías escribir la de Irene y Víctor. Con esa seguro que tienes para una trilogía.

Irene y él ahora son muy buenos amigos. Tanto que a veces pienso que mi amiga confía más en mi novio que en mí.

—No —respondo tocándome la barbilla—, esa será mejor que la cuente ella. Sé que se guarda los detalles más importantes. La conozco muy bien...

Él sonríe y vuelve a besarme la mano.

—Entonces empieza con la nuestra.

—No te resultaría raro que escribiera sobre ti y sobre mí —le digo apoyándome en su pecho y jugueteando con el escaso vello que lo cubre.

—No. ¿Por qué? Todo lo contrario. Me parece que la nuestra es una de esas historias que le gente debe leer. Me enamoré de ti nada más verte y justo un día después supe que tendría que conquistarte para sacarte información. Yo creo que tienes material de sobra para empezar.

Lo contemplo durante unos largos segundos y luego besos sus labios. Me encanta su olor por las mañanas. Huele a él y a mí. A lo que somos ahora.

—¿Puedo incluir escenas de sexo? —bromeo.

—Por supuesto. Además, siempre puedo ayudarte si te quedas en blanco —dice él apretándome más contra su cuerpo para besarme otra vez.

Nos revolcamos un poco entre las sábanas y me gira para quedar encima de mí.

—¿De verdad te enamoraste de mí la primera vez que me viste? —le pregunto acariciándole la mandíbula, abrazándole con mis piernas.

—Bueno, quizá en ese momento no estaba enamorado de ti como lo estoy ahora, pero sí supe al instante que quería saberlo todo sobre ti. Quién eras y hacia dónde te dirigías.

Él está apoyado en sus codos. Juega con algunos mechones de mi pelo.

—¿Y ahora lo sabes?

—Sé algunas cosas —dice mirándome a los ojos—. Y no sé por qué… intuyo que aún me quedan muchas por descubrir.

Sonrío y deslizo mis dedos por su clavícula.

—¿Es por eso por lo que quieres que cuente nuestra historia? Pretendes sacarme información, ¿verdad?

Hace una mueca divertida con la cara como si estuviera pensando en ello y luego la entierra en mi cuello.

—Me has pillado —dice haciéndome cosquillas. Forcejeo con él entre risas y cuando deja que me recupere de sus besos me contempla de ese modo que siento oír su corazón—. Por eso y porque sé que puedes. Escribe sobre nosotros, Sara. No fue fácil llegar hasta aquí. Y míranos ahora…

Sí, ya no hay nada que pueda separarnos.

Lleva razón, desde que estoy con él sé que puedo hacer cualquier cosa. Ahora no solo tengo sueños que aspiro a alcanzar, ahora también quiero disfrutar del camino mientras lo intento. Ya no soy esa Sara asustada, que vivía esperando que las cosas se pusieran en su sitio como por arte de magia. Esa Sara ingenua que creyó que alguien sin corazón, un día, le tendería una mano solo porque sí. No. Yo ya no soy así.

Ahora solo soy una chica normal y corriente que ha logrado curarse de unas heridas un tanto complicadas. Ahora sé que él era la fórmula que resolvía aquella enrevesada ecuación.

—Te quiero —susurro en su boca.

—Yo más. Siempre más.

Y me encanta que diga eso. Esas cuatro palabras son las que pronuncia cada vez que le digo que le quiero, y creo que necesito oírlas hasta que me muera.

Asiento y continuamos besándonos durante un buen rato.

Finalmente, insisto en mi intención de sentarme a escribir a pesar de que me cuesta una eternidad separarme de él.

Cuando vuelvo a mi mesa, se pone en pie y va hacia el baño. Lleva esos bóxer negros que tanto me gustan. Lo desnudo con los ojos.

—Pero no puedo escribir nuestra historia… —digo acomodada delante del monitor.

Se detiene y se apoya en el marco de la puerta, de cara a mí.

¡Ayyy…Dios…,qué cuerpo…!

—¿Por qué no? —pregunta con su media sonrisa.

—Aún nos falta lo más importante. Sería una historia incompleta —bromeo para oír qué tiene que decir al respecto.

—Es un blog, ¿no? Puedes empezar por el principio. Eso nos dará una tregua para ir definiendo lo que está por llegar —dice encogiéndose de hombros y cruzándose de brazos.

Yo me muerdo el labio conteniendo una sonrisa y él me guiña un ojo. Luego, cuando creo que por fin se va a meter en la ducha, se asoma de nuevo, ¡desnudo!

¡Ay, Diosito!

—Y, si no, usa la imaginación. A estas alturas ya deberías saber que dentro de muy poco te casarás conmigo. —¡¿Que qué?!—. No me mires con esa cara —dice cuando ve que mi piel baja dos tonos, tirándome sus bóxer a la cara—. Créeme, esta vez nadie te sacará… del apuro.

UN TENTEMPIÉ DE NOMBRE IRENE

M i madre es una romántica. Siempre lo ha sido. A menudo la oigo decir que en las historias de amor, donde realmente ha existido amor verdadero, no debe faltar un final feliz. Pero claro, ella se pasa los días enteros viendo telenovelas. Supongo que ella entiende el amor de un modo muy distinto al resto de los mortales. Además, la suerte estuvo de su parte cuando conoció a mi padre. Él es honrado y trabajador. Quizá mi padre no sea demasiado listo pero es el hombre más bueno que conozco. Y no lo digo porque sea mi padre. Es que llegué a un momento de mi vida en el que decidí que él sería la única figura masculina en la que confiaría por el resto de mis días.

Mi hermano era otro cantar. A veces lo miraba y pensaba por qué no había heredado algo de mi padre. Al menos un poco de esa sensibilidad. Pero no. Él era de otra especie. Quizá estaba hecho del mismo material genético que el cabronazo de mi jefe...

Y sí, ahí estaba de nuevo, rondando en mi cabeza.

Dos semanas deberían haber sido suficientes para arrancármelo del pensamiento. Pero no. Allí, tumbada en mi cama, con aquellos apuntes en mi regazo, aún no entendía qué hacía yo un sábado por la mañana comparando a mi hermano con semejante gilipollas.

Por aquel entonces, en lo único que debía concentrarme era en las pruebas de acceso a la universidad. Me quedaba un verano por delante bastante apurado. Algunas asignaturas las dominaba, pero otras, como filosofía o historia, podían dañar mi nota final; y conseguir una buena puntuación era fundamental para acceder al grado de Fisioterapia en Cádiz. Por lo tanto, que Víctor no apareciera por la Clínica en los próximos tres meses o a ser posible en los próximos diez años, sería un gran alivio para mí.

Tras aquel desatinado revolcón en ese aseo, tan solo me había cruzado con él una vez, y había sido cuando yo ya recogía mis cosas para marcharme. Pero desde ahí Víctor me evitaba. No quería enfrentarse a mí. Probablemente era incapaz de mirarme a los ojos y admitir que era un ser despreciable, adúltero y mentiroso.

La clave estaba en seguir el consejo de mi amiga Sara y olvidarme de eso de enrollarme con mi jefe. Había sido una idea estúpida desde el primer momento. Así que ahora que ya sabía, casi con total seguridad, que esa tal Bárbara era su novia, lo mejor para todos sería no mezclar atún con el betún. Además, él se mostraba bastante arrepentido, lo cual me provocaba más rabia si era posible. De repente, su comportamiento había variado conmigo. Como si no quisiera desencadenar una guerra entre nosotros dos, y la última vez que me lo había encontrado ya pude hacerme un esclarecido simulacro de lo que sería en adelante nuestra, ya de por sí, dificultosa relación laboral.

—Hola, Irene —había dicho con la cabeza gacha al entrar en la Clínica un par de días antes. Yo estaba de espaldas, sacando mi bolso del armario que teníamos en una de las paredes. Eran las dos en punto de la tarde y si hubiese llegado un minuto más tarde posiblemente no me habría cruzado con él.

—Ah, hola —respondí con desinterés, dándome la vuelta y ordenando mi mesa. Por supuesto ni siquiera pude ver cómo iba vestido, porque no lo miré.

—¿Todo bien?

—Perfectamente —dije interpretando de un modo magistral, apagando el ordenador.

—Bien…Voy a…Bueno…, hasta luego.

—Adiós.

Nada más. Luego, de soslayo, lo vi perderse por el pasillo.

Lo único que supe de él esas dos semanas fue que pasaba más tiempo en las otras clínicas. Y desde entonces era su padre quien, con frecuencia, aparecía por nuestro centro de trabajo.

Lo sé, esa hubiese sido la mejor manera de sobrellevar aquella peculiar relación jefe y empleada, pero a veces el destino hace de las suyas y se empeña en complicar aún más lo que ya está tan enrevesado.

Aquel sábado en el que yo tan relajada repasaba mis apuntes de lengua e intentaba comprender las oraciones subordinadas adverbiales condicionales y concesivas, mi adorable hermano irrumpió en mi habitación.

—Irene, necesito que me acompañes a comprarme una camisa y un pantalón.

—Sí, hombre, en eso estaba yo pensando ahora mismo —resoplé, mordisqueando un bolígrafo.

—Irene, es en serio. He quedado esta noche con una chica. Y desde que voy al gimnasio se me han quedado pequeñas todas las camisas. Mira lo que me ha salido aquí —dijo mostrándome un bíceps enorme, más bien presumiendo de cuerpazo.

Puse los ojos en blanco. Pero pese a que me parecía de lo más pedante y creído del mundo, sabía que llevaba razón. No solo le habían crecido los músculos de sus brazos, también estaba más alto. Tanto que yo parecía a su lado pariente de Lisa, la mujer de David el Gnomo.

—Olvídame, Fran. Estoy estudiando.

—Venga, Irene, porfa. Tú tienes mejor gusto que yo. Además, ¿prefieres quedarte aquí tirada toda la mañana en vez de acompañar a tu pobre hermano a comprarse ropa?

—Exacto.

Sin embargo, ese día, Fran se puso demasiado pesado y al final mi madre intervino en nuestra discusión y me acusó de que yo únicamente iba a lo mío. Dijo que no entendía por qué desde hacía algún tiempo andaba siempre tan malhumorada. Fran era el ojito derecho de mi madre, con lo cual eso jugó en mi contra. Acabé sintiéndome francamente mal y después de almorzar fui yo la que entró en su habitación y le pedí que me perdonara. Se hizo un poco de rogar, pero media hora después me vi montada en el coche de mi padre de camino al centro comercial de Bahía Sur, en San Fernando.

Él conducía risueño, hablándome de la chica con la que había quedado y yo intentaba no perder el hilo de su conversación. Fue extraño. Era la primera vez que veía a Fran tan ilusionado por salir con alguien. Quizá los bíceps no era lo único que estaba sufriendo una transformación en su cuerpo...

Nos recorrimos las tiendas charlando de un montón de cosas y de pronto me di cuenta que era imprescindible para mí pasar más tiempo con mi hermano. Después de todo, él parecía estar buscando una amiga con la que sincerarse sobre los sentimientos que empezaba a sentir por esa tal Lucía. Y que hubiese recurrido a mí me llenó de orgullo.

El centro comercial a esa hora de la tarde estaba bastante concurrido. El caso era que entre aquella maraña de gente distinguí la cabeza de Víctor sobresaliendo, y mi expresión mutó de la paz al nerviosismo en una milésima de segundo. Iba con alguien, aunque a esa distancia era incapaz de identificar a su acompañante. Él aún no me había visto, pero eso no tardaría mucho en suceder, dado que estábamos a punto de cruzarnos. A medida que me acercaba atisbé que él y la mujer que lo acompañaba, porque era una mujer, se detuvieron frente a una tienda de helados. Tan solo puede observar con claridad que ella lucía una melena castaña y moldeada a la altura de los hombros. Tenía que actuar con rapidez. Fran seguía hablándome conforme avanzábamos, y yo no podía apartar mis ojos de la escena que tenía ante mí...

Víctor le ofrecía un helado a la susodicha con una sonrisa sincera y fascinante abarcando su rostro. La punzada de celos que me recorrió de la cabeza a los pies fue devastadora.

Y justo en ese instante en el que su mirada y la mía colisionaron entre aquella multitud de consumistas, lo hice. Me agarré a los hombros de mi hermano y me subí a su espalda entre risas forzadas. Obviamente, Fran no tenía ni idea de qué estaba haciendo anclada a su espalda cual orangután, así que, sujetando mis piernas, comentó extrañado:

—¿Qué coño haces, Irene?

Le di un beso en la mejilla con mis brazos alrededor de su cuello y murmuré:

—Sígueme el rollo, porfi. Hay un tío ahí que es gilipollas y quiero que crea que eres mi novio.

—¿Ah, sí? ¿Está por aquí cerca el gilipollas? Dime quién es —dijo él esta vez sonriendo, mirando a un lado y a otro, y asegurándose de que me tenía bien sujeta.

—No —protesté agarrándole la cara, evitando que se encontrara con aquel Víctor estupefacto. A juzgar por la expresión de mi jefe, también para él había sido una sorpresa encontrarse conmigo—. Quiero que se lo crea de verdad.

No pasé desapercibida las miradas escandalizadas de algunas personas a nuestro alrededor mientras mi hermano y yo interpretábamos ser una de esas parejas felices y pasionales que no tienen reparo en demostrar su amor públicamente. Él cargando conmigo como si fuera una mochila, y yo dándole besos en la cara. Solo que al cabo de unos segundos le pedí que me dejara en el suelo y él se negó. Le dio por hacerse el gracioso conmigo en brazos y se puso a corretear fingiendo que era un caballo. Acabé asestándole una colleja y mascullando entre dientes que o dejaba de hacer el tonto o me largaba sin ayudarle a comprar su camisa.

Dejé atrás a Víctor y a esa desconocida mujer a la que no pude verle el rostro. Pero al menos me había salido con la mía. Me había visto. Sí. Su gesto se había transformado ante la escena que mi hermano y yo habíamos interpretado. Estaba completamente convencida de que se había tragado eso de que mi hermano era mi novio.

Me giré un par de veces con disimulo para ver si aún seguía allí, pero ya había desaparecido…

—¿Quién es ese tío, Irene?

—Nadie, ya te lo he dicho.

—Para no ser nadie, te tomas bastantes molestias en darle celos.

—¡Bah! Ha sido una estupidez —dije, haciéndole un gesto con la mano—. Por cierto…, ¿te he dicho ya que voy a estudiar una carrera? —Cambiar de tema era lo mejor para calmar mi estado de ánimo.

Recuerdo que estaba comentándole a Fran mi intención de estudiar Fisioterapia si conseguía superar las pruebas de acceso a la universidad, cuando de pronto él se detuvo delante del escaparate de Massimo Dutti y me señaló una camisa preciosa con un bonito estampado geométrico.

—¿Te gusta esa?

—Sí, creo que te dará un toque interesante. Vamos, entra a probártela.

Fuimos directos a los probadores y poco después una chica joven y muy amable le tendió la prenda para que se la probase. Fran ya se había quitado su camiseta y aquella muchacha parecía en estado *shock* contemplando los pectorales de mi hermano. Así que mientras ella le sugería otro tipo de camisas y polos que podían combinar con el intenso azul de sus ojos, yo aproveché para sentarme en el taburete que había en una esquina del probador y toquetear mi móvil. Bueno, para eso y para pensar.

¿Sería esa mujer la tal Bárbara? ¿Cuánto tiempo llevarían juntos? ¿Estaba él realmente enamorado de ella? Seguro que sí. Su sonrisa plena mientras le ofrecía el helado no dejaba de repetirse en mi cabeza. ¡Oh, Dios, maldito Víctor! ¿En qué estúpido momento se me habría ocurrido responder a ese beso?

—Irene, ¿qué tal esta?

Sacudí mis pensamientos y levanté la vista hacia mi hermano.

—Me gusta. Esa chica llevaba razón. Resalta el color de tus ojos.

—¿Seguro?

—Sí, espera. Voy a por un pantalón que le haga juego —dije levantándome, dispuesta a tomar las riendas. Al fin y al cabo mi hermano me había pedido que lo acompañara y lo asesorara. Así que intenté olvidarme de Víctor y ayudar a Fran.

La dependienta que había estado atendiéndonos anteriormente, ahora estaba ocupada con otro cliente. Me fui directa a una estantería donde había una pila de pantalones chinos que podrían conjuntarle de maravilla y alcancé el primero que encontré.

Lo desplegué buscando la talla y el precio y una voz demasiado conocida y peligrosa para mí, murmuró en mi hombro:

—No creo que sean de tu talla.

Respiré antes de girarme.

—Vaya, Víctor, qué sorpresa.

Intenté alejarme disimuladamente de él para poder ordenar mis pensamientos.

Aquella era la primera vez que lo veía vestido de un modo tan informal. Llevaba una sencilla camiseta blanca con un texto escrito en inglés impreso sobre el pecho y unos vaqueros desgastados. Me pareció avistar que calzaba unas deportivas blancas, y mientras lo escaneaba de arriba abajo no pude evitar pensar que esa ropa parecía más de mi estilo que del suyo. Su pelo castaño casi negro estaba desordenado y de nuevo se había dejado crecer la barba. Otra vez esa barba que me volvía loca de remate...

—Bonitos pantalones —dijo con las manos en los bolsillos de sus jeans y bajando su mirada hasta mi short vaquero. Sin mostrar remordimientos mientras contemplaba mis muslos expuestos.

—Sí, son preciosos —respondí yo nerviosa, extendiendo los chinos beige que tenía en las manos.

—Son para tu novio, ¿no? —inquirió señalando la prenda. Luego sus ojos clavados en los míos.

—Así es —afirmé alzando la barbilla.

—Era el tío ese que imitaba ser un canguro ahí fuera, ¿verdad? —Yo me humedecí los labios conteniendo mis ganas de decirle una burrada—. ¿Desde cuándo estáis saliendo? —continuó.

—Bueno, supongo que esa información no es de tu interés —repliqué, dirigiéndome de nuevo a la estantería y removiendo la ropa que había en ella.

Él sonrió, dio un paso hacia mí fingiendo que él también miraba aquellas prendas, y al instante siguiente murmuró:

—Es posible, pero a él seguro que sí le interesa saber que la chica con la que está saliendo se besa con su jefe.

Un señor que estaba muy cerca de nosotros ojeando unos jerséis nos miró atónito.

Suspiré. Tenía que controlarme. Sabía exactamente qué decir para sacarme de quicio el muy capullo...

—Creo que le interesaría casi tanto como a Bárbara. ¿No es Bárbara? —solté encarándolo.

De repente su expresión varió. No supe exactamente si en su rostro había ofuscación o quizá era decepción. Pero verme pronunciar ese nombre no le gustó en absoluto.

En ese instante habría jurado que su cabeza daba vueltas sin parar.

—Tu novia, ¿no? —insistí dispuesta a hundir el dedo en la llaga. Sin duda había acertado—. Bien, pues déjame que te diga una cosa, Víctor. A partir de ahora tú y yo solo hablaremos de cuestiones de trabajo. Es decir, dentro de la Clínica y siempre y cuando tengas que decirme algo acerca de las funciones que desempeño. Fuera de ella, te agradecería que evitaras incluso saludarme. Me caes mal, ¿sabes? Me caíste mal casi desde el principio. Y ahora que sé que tienes novia y que encima eres un adúltero y un mentiroso, me caes aún peor. —Cruzó los brazos, se miró los zapatos y me pareció que iba a interrumpirme, pero no lo dejé hablar. Alcé una mano pidiéndole que cerrara su bocaza, y lo hizo. Continuó escuchándome con la cabeza ladeada—. Así que, si te parece que no hago mi trabajo correctamente o simplemente crees que me he pasado diciéndote que no te soporto, estás en tu derecho de despedirme, en ese caso lo aceptaré. Si no, me gustaría seguir en mi puesto sin necesidad de aguantar tus impertinencias.

Guardó silencio durante unos segundos. Los suficientes para darme cuenta que las líneas de su frente se habían suavizado.

—Nunca te había visto los labios pintados de ese tono —dijo, provocando con su comentario que mi sangre hirviera. ¿Se estaba burlando de mí? ¿Es que acaso no me había oído? Aunque era verdad, aquella barra de labios era nueva. Concretamente la nueva Bourjois Rouge Edition Velvet color Fuchsia.

Contraje las mandíbulas y él añadió:

—Que yo sepa no he vuelto a molestarte en la Clínica.

—Exacto. Pero acabas de hacerlo aquí y ahora.

—Estamos fuera de horas laborales. Solo bromeaba…

—Pues no eres muy gracioso que digamos.

—Eso no lo sabes. Apenas me conoces. —Descruzó los brazos y volvió a meterse las manos en los bolsillos.

—Créeme, lo poco que sé de ti no me hace ninguna gracia.

Lo taladré con la mirada, como si de ese modo pudiera desintegrarlo.

Chasqueé la lengua para seguir poniéndolo de grana y oro, pero una voz melodiosa a su espalda nos sobresaltó a ambos.

—Víctor.

Él se giró y allí estaba esa mujer. Solo que conforme se iba acercando, me di cuenta de que era una señora madura. Bastante atractiva, eso sí. Alta y refinada. Pero a él le sacaba al menos veinte años. Llevaba un vestido sencillo que me dio la impresión de ser caro. Y en su mano un bolso que probablemente duplicaba mi sueldo.

—Mamá —dijo él girándose. Era su madre…—, mira ella es Irene. La chica que trabaja en la recepción de la Clínica de San Fernando.

—Ah, sí, Irene. ¿Con que tú eres Irene? —dijo la mujer estudiándome de la cabeza a los pies. ¿Había oído hablar de mí?—. Encantada.

Apenas pude reaccionar cuando ella se colocó delante de mí y me plantó dos besos.

—Igualmente —musité cohibida.

—Me gusta tu camiseta —anunció.

—Muchas gracias. Las diseño yo misma —dije muy nerviosa, agarrando el borde de la tela y mostrándole los corazones de lentejuelas que había cosido a mano en uno de los laterales.

—¿De verdad?

No tenía la menor idea del porqué le había dicho eso. Lo único que sabía era que ella se mostró bastante interesada en mi afición por el diseño de moda y, sobre todo, en esa prenda en concreto. A su lado, Víctor no dejaba de observarme mientras su madre me retenía con preguntas comprometidas.

—Bueno, ¿y qué tal en la Clínica? ¿Te tratan bien mi marido y mi hijo? —inquirió agarrándose al brazo de Víctor y lanzándole una miradita cómplice.

—Sí, muy bien, señora —titubeé.

—Ay, por Dios, no me llames señora. Mi nombre es Araceli.

—De acuerdo, Araceli. Quizá es un poco más complicado trabajar con su hijo que con su marido. Pero nos llevamos bien —bromeé con mis ojos fijos en los de él, armándome de valor.

Ella lo miró, sonriendo, y este se encogió de hombros. Para ser sincera, allí, junto a su madre y contemplándome de ese modo, me resultó adorable... Pero no, no era eso lo que yo quería. Víctor no era adorable. ¡Era un maldito cabronazo que le ponía los cuernos a su novia!

Aun así, habría seguido allí, respondiendo a las cuestiones de su madre, de no ser porque mi hermano salió del probador, supuse que harto de esperarme, y sin yo esperarlo se colocó a mi lado.

—Irene.

—Fran —carraspeé—, te iba a llevar este pantalón —dije enseñándole el chino beige que sujetaba en mis manos.

—No te preocupes, me quedo solo la camisa.

—V-Vale.

En fin, la situación no fue fácil. No obstante, mientras Víctor y su madre no apartaban los ojos de mi hermano, supe que tenía que reaccionar de un momento a otro.

—Hola —dijo Araceli.

—Hola —respondió Fran mirando a Víctor de arriba abajo. Más bien, devolviéndole la hostil ojeada que este último le había asestado.

Sabía que debía presentarlos. El silencio incómodo que llenó la distancia que nos separaba no hizo más que avisarme de que debía decir algo urgentemente.

—Fran, él es Víctor, mi jefe; y ella es su madre, Araceli.

—Encantada —se adelantó Araceli, extendiéndole la mano a mi hermano—. ¿Eres su novio?

Y sí, en ese instante todo sucedió muy rápido. Víctor me miró, yo lo miré a él. Mi hermano también me miró y luego volvieron a mirarse entre ellos. Fue uno de esos triángulos de miradas bastante espinosos. Fran no llegó a responder. Creo que supo de inmediato a quién tenía ante él. Agarró la mano de Araceli y fui yo la que se apresuró a decir:

—Sí, es mi novio.

Mi hermano me lanzó una sonrisa traviesa y cuando acabó de saludar a la madre de Víctor, me rodeó la cintura y me apretó contra él.

—Así que este es… Víctor. Tu jefe.

Me arrepentí de inmediato. Conociendo a Fran y su macarrónico sentido del humor, estaba segura de que ponerme en una situación embarazosa sería una diversión para él.

El color desapareció de mi cara.

—Sí… Bueno, Fran, será mejor que nos marchemos.

Víctor no dijo nada. Solo permaneció estático junto a su madre, asesinando a mi hermano con los ojos.

—Lo que tú digas, *tesorito* —respondió Fran, besándome el pelo.

—Ha sido un placer, Araceli —dije.

—Lo mismo digo —murmuró ella, yo diría que desconcertada.

—Hasta luego.

Me adelanté tirando de la muñeca de Fran. No me atreví a volver a mirar a Víctor. Lo único que quería era salir de una vez por todas de esa tienda.

Mi hermano se detuvo en la caja para pagar la camisa y yo sentí de nuevo ese magnetismo extraño tirando de mí, esa necesidad casi lacerante de girarme y enfrentarme a sus ojos una vez más. Cuando lo hice, él estaba a punto de salir de aquel comercio con su madre colgada de su brazo. Ladeó la cabeza y un largo segundo duró el contacto visual entre él y yo. El tiempo suficiente para saber que mi interpretación, y la de Fran, había sido todo un éxito.

Desapareció y una violenta sensación de vacío me sacudió de la cabeza a los pies. Pensé que hacerle creer que tenía novio iba a aliviar la pesadumbre que se había apoderado de mí desde aquel beso. Pero no. Descubrir que verme con otro le ponía enfermo, solo hizo que lo que sentía por él se intensificara.

—Dios… —susurré frotándome la cara.

—Tu jefe. Resulta que el gilipollas es tu jefe.

—Cállate, Fran.

—Vale, hermanita. ¿Quién es ahora el irresponsable?

—He dicho que te calles.

Y lo hizo. Mi hermano no volvió a mencionar ni una sola palabra. De hecho, creo que mi silencio le preocupó tanto que cuando llegamos a mi casa y vio cómo volvía a encerrarme en mi cuarto, no pudo evitar entrar detrás de mí.

—Irene, dime la verdad —dijo cerrando la puerta para que mi madre no nos oyera—, ¿qué te ha pasado con ese tío?

—¡¿Qué?! Nada, Fran, nada —declaré, terminando de ponerme mi pijama de verano.

—¿Qué pasa? ¿Te trata mal? —inquirió él dando un paso hacia mí.

—¡No! Venga, Fran, déjalo, quiero estudiar un rato.

Me sentía extenuada y nostálgica y lo único que me apetecía era aislarme durante unas horas.

—Me da igual que sea tu jefe, Irene. Si me entero de que te ha hecho algo malo, le daré una paliza.

Fue entonces cuando lo miré y me di cuenta de que quizá mi actitud lo había alarmado.

Sonreí para restarle importancia y me acerqué a él.

—Que no, tonto, tú tranquilo. Hasta hoy me ha pagado puntualmente. Si deja de hacerlo, seré yo misma quien se la dé.

Le di un beso en la mejilla para calmarle.

—Y ahora, ponte tu camisa nueva que vas a llegar tarde a tu cita.

—Está bien, pero quiero que sepas que me cae mal —dijo un segundo antes de salir de mi habitación.

Yo negué con la cabeza exhalando una sonrisa y cuando estuve sola murmuré:

—Ya somos dos...

Me derrumbé en la cama, dispuesta a pasarme el sábado por la noche en compañía de la sintaxis de las oraciones. Pero estudiar después de aquel encontronazo con Víctor no resultó ser una tarea fácil... Agarré mis cascos y mientras la voz rota de Ella Eyre en esa canción de *Together* me agitaba los sentimientos, hice un esfuerzo enorme por concentrarme en los folios que tenía delante.

A eso de las once de la noche sentí mi móvil vibrar y antes incluso de mirarlo, tuve la insólita intuición de que sería *él*.

Me acomodé sobre los almohadones para leerlo y cuando vi su nombre en la pantalla...

«Hoy ni siquiera me has dejado hablar y necesito que sepas un par de cosas. La primera: mi madre dice que eres muy guapa. Y la segunda: creo que te has pasado bastante diciéndome que no me soportas».

Me mordí el labio y tardé varios segundos en responder. Solo que mi respuesta fue breve. Busqué en los emoticonos un tren, un avión, un coche y una moto, y le di a enviar.

«¿Ya estamos con los acertijos?», escribió él.

«¿No lo entiendes? Es fácil. Significa que elijas en qué transporte puedes irte a la mierda, Víctor».

«Entiendo. ¿Tan cabreada estás?».

¿Cabreada? ¡Qué modo tan sutil de calificar mi estado!

«No estoy cabreada. Simplemente quiero que tengamos una relación laboral normal. ¿Es mucho pedir?».

«Para nada. Es lo justo. Llevabas razón».

«¿En qué parte, concretamente?».

«En la de que no debí besarte».

Afilé la mirada. Deseé con todas mis fuerzas tenerlo delante en ese momento para poder gritarle a la cara lo imbécil que era.

«Vaya, ¿ahora tienes remordimientos? ¿Hasta ahora no te has dado cuenta de que no debes besar a tus empleadas porque tienes novia?».

«No. No es por eso», contestó.

«¿Ah, no? ¿No tienes novia? ¿O no tienes remordimientos?».

«Sí, Irene. Tengo una relación. Es complicado…».

Leer ese mensaje me produjo un dolor desconocido, irreconocible… La furia y la decepción viajaron hasta la boca de mi estómago y no supe cómo lidiar con ellas.

Suspiré profundamente antes de volver a contestar.

«No tiene nada de complicado, Víctor. Tú tienes novia y yo acabo de empezar a salir con alguien. Fin del asunto. Piensa en los transportes y elige el que más te guste. Chao».

Su respuesta llegó un par de minutos más tarde.

Un cohete. Solo eso. Pensé que no diría nada más, pero tras ese emoticono llegaron las siguientes palabras:

«Quédate tranquila, atenderé a tu petición de una relación laboral normal, pero necesito que sepas que no debí besarte porque ahora ya no quiero besar a nadie más. Chao, Irene».

Solté el móvil y guardé los apuntes.

La oraciones subordinadas serían el menor de mis problemas…
Lo que estaba por llegar…, ya os lo contaré yo misma más adelante.

AGRADECIMIENTOS

Cuando le di título a esta historia ni siquiera se me ocurrió pensar que sería tan apropiado: ¡Estoy en apuros!, justo así me he sentido yo el tiempo que ha durado su proceso de creación. En principio era solo un experimento. Un reto personal que comencé todos los jueves en mi blog y que gracias a vosotr@s me atreví a convertir en una novela.

Ahora sí que puedo decir bien alto que no lo habría logrado si no hubiese sido por vuestros comentarios, por tantas palabras alentadoras y por el apoyo incondicional que recibo a diario en *mi rinconcito*. No imagináis cuánto significa para mí.

Dedicarle tantas horas a la escritura ha dado un giro gradual a mi vida. La ha llenado de ilusión y esperanza. Ahora quiero creer que con esfuerzo pueden llegar cosas buenas.

Esta es mi segunda publicación y sé que aún me queda un camino muy largo por recorrer. Uno en el que tengo que aprender muchísimo y no bajar la guardia. Pero también sé que quiero a mi lado a toda la gente que me ha ayudado a llegar hasta aquí.

Gracias a mi familia. A mi madre por ser mi refugio, mi casa. A mi padre, por hacer imborrables sus abrazos y eterna su sonrisa. A mis hermanas, porque sé que nunca encontraré unas amigas más fieles que ellas. A mis prim@s y mis ti@s, que nunca me abandonan. A Pepi y a Pablo, por quererme como se quiere a una hija.

Gracias a mis amigos. A los que me acompañan día a día y en la distancia. A todos ellos por reconocer mi esfuerzo y animarme a perseguir mi sueño. A los que de un modo u otro me han transmitido que se alegran por mí desde lo más profundo de su alma.

A Agus, por ser mi mano derecha, por aguantar mis neuras y ayudarme en los detalles más importantes.

A Antonio, por su asistencia técnica y su paciencia.

A Marisa, por sus consejos, su infinita ayuda y su amistad.

A José y Laura, por ser mi sustento. Mi energía. Mi savia…Mi todo.

Y gracias a ti, lector, por darme mi primera oportunidad y demostrarme que solo podré ser lo que deseo si consigo acariciar un corazón con palabras.

www.ingramcontent.com/pod-product-compliance
Lightning Source LLC
Chambersburg PA
CBHW060214030726
47499CB00004B/1043